新诗研究丛书
洪子诚 主编

两京论诗

江锡铨 著

北京大学出版社
PEKING UNIVERSITY PRESS

图书在版编目（CIP）数据

两京论诗/江锡铨著. —北京：北京大学出版社，2014.10
（新诗研究丛书）
ISBN 978-7-301-24884-3

Ⅰ.①两… Ⅱ.①江… Ⅲ.①新诗—诗歌研究—中国
Ⅳ.①I207.25

中国版本图书馆 CIP 数据核字（2014）第 225067 号

书　　　　名：	两京论诗
著作责任者：	江锡铨　著
责 任 编 辑：	延城城
标 准 书 号：	ISBN 978-7-301-24884-3/I·2813
出 版 发 行：	北京大学出版社
地　　　　址：	北京市海淀区成府路 205 号　100871
网　　　　址：	http://www.pup.cn　新浪官方微博：@北京大学出版社
电 子 信 箱：	pkuwsz@126.com
电　　　　话：	邮购部 62752015　发行部 62750672　出版部 62754962
	编辑部 62767315
印　　刷　者：	北京中科印刷有限公司
经　　销　者：	新华书店

965 毫米×1300 毫米　16 开本　25.75 印张　367 千字
2014 年 10 月第 1 版　2014 年 10 月第 1 次印刷

定　　价：56.00 元

未经许可，不得以任何方式复制或抄袭本书之部分或全部内容。
版权所有，侵权必究
举报电话：010-62752024　电子信箱：fd@pup.pku.edu.cn

"新诗研究丛书"·出版说明

推动中国新诗研究的深入开展,出版相关的有一定学术质量的研究成果,是北京大学中国新诗研究所的工作重点之一。为此,在北京大学出版社的支持下,拟定了组织出版"新诗研究丛书"的计划。丛书的选题主要是:

一、新诗理论研究;

二、新诗史,包括断代史、流派史、诗刊史等;

三、诗歌文本阅读和重要诗人研究;

四、新诗文化问题研究;

五、有价值的新诗研究资料;

六、其他。

北京大学中国新诗研究所
"新诗研究丛书"编委会
2005 年 4 月

目 录

中国现实主义新诗艺术发展考略 ……………………………（1）
"五四"文学革命与中国诗歌的裂变 …………………………（23）
新诗的形式美学建设与林庚的探索 …………………………（35）
文口融合:周作人的"新诗情结"所系 ………………………（45）
《在延安文艺座谈会上的讲话》与中国现代叙事诗的艺术发展………
………………………………………………………………（57）
小说家的诗
　　——施蛰存诗四首诵读札记 ……………………………（67）
《嫩黄之忆》的意义
　　——关于吴组缃与新诗关系的断想 ……………………（76）
何其芳、李广田、卞之琳:动人的汉园交响曲 ………………（93）
他的名字并非写在水上
　　——解诗人朱湘自杀之谜 ………………………………（101）
寻求新诗史研究的突破与超越
　　——中国新诗史写作与《中国新诗流变论》 …………（110）
新时期鲁迅诗歌研究述略 ……………………………………（116）

试论中国新诗的色彩美 ………………………………………（132）
试论闻一多关于新诗绘画美的理论和实践 …………………（154）
试论"创造诗派"的新诗绘画美 ………………………………（177）
试论"创造诗派"的新诗绘画美(续一) ………………………（190）
试论"创造诗派"的新诗绘画美(续二) ………………………（200）
"唯一":闻一多爱国诗篇的深度评价 ………………………（213）
闻一多与新诗的"标准化" ……………………………………（224）

闻一多：一座连接古今中西的"诗桥" …………………（236）
闻一多：照亮新诗坛和故纸堆的红烛 …………………（246）
闻一多的新诗格律理论与英美诗歌的影响 ……………（266）
闻一多的《死水》与《庄子》研究 ………………………（283）
《渔阳曲》悬解
　　——从一首诗窥测一位诗人的文化心态 …………（297）
七十四年前的呼唤
　　——读闻一多的《七子之歌·澳门》………………（311）
闻一多研究：为爱国主义诗人再塑雕像 ………………（315）

新诗鉴赏浅议 ……………………………………………（343）
一部气势磅礴的新诗交响乐
　　——郭沫若《凤凰涅槃》音乐美赏析 ………………（350）
如歌的行板
　　——读闻一多的《一个观念》………………………（357）
寂寞的空白与美丽的忧伤
　　——戴望舒诗二首赏析 ……………………………（362）
郑敏诗三首赏析 …………………………………………（367）
贝多芬与中国新诗
　　——读郑敏的《献给贝多芬》………………………（374）
悲壮的行旅
　　——读《求知》………………………………………（381）
为了忘却的纪念
　　——吕亮耕诗三首赏析 ……………………………（386）

后　　记 …………………………………………………（397）

中国现实主义新诗艺术发展考略

现实主义文学一直是中国现代文学的主流。对于这一点,恐怕现在已很少有人再提出异议了。文学史发展表明,在中国现代文学发展的前三十年中,现实主义文学的作品,明显地多于其他思潮流派。与之相应的理论研究成果,也相对显得丰富与深厚。但使人稍感意外的是,这些研究往往明显地侧重于叙事文学尤其是小说,而有意无意地简化乃至忽略了对于现代诗歌现实主义艺术发展的考察与探讨,以致在丰富的现代文学研究成果中,竟很难找到一篇集中探讨新诗现实主义艺术方法的论文。诚如一位学者所说,关于诗歌现实主义创作方法的研究,"夸大地讲,这似乎是一部还没有打开的书"[①]。

这种状况应当改变,否则,我们就很难比较全面完整地认识和把握中国新诗与中国现代文学。

一

新诗现实主义发展"这部书"之所以迟迟没有打开,除了总体研究的水平差异之外,更主要的恐怕还在于这项研究面临着颇为棘手的理论难题。

作为人类理性发展到一定阶段所产生的艺术创作方法的现实主义,经过欧洲文艺复兴后几个世纪的艺术实践,形成了批判现实主义运动。现实主义的创作方法,主要是从资本主义社会的史诗——小说中概括、抽象出来的。恩格斯著名的关于现实主义的定义,也是从对一部小说作品的精辟分析入手进行阐发的。这样,现实主义与叙事文学尤

[①] 参见吕进:《新诗文体学》,花城出版社1990年版,第154页。

其是小说创作,似乎有着一种天然的联系。而诗歌文学——这里主要指的是抒情诗——强调自我表现和主观性,主要通过情感抒发以及内心世界的揭示来"折射"社会生活特征的文体特点,与强调真实再现和客观性,主要通过典型环境刻画、典型形象塑造来反映社会生活规律的那种美学特征,似正相反。正是由于文体的这种较大差异,在诗歌文学中发现并阐明主要是从小说创作中抽象出来的那种艺术方法原则,不能不遇到较大的困难。

然而文学包括诗歌的艺术发展史却告诉人们,作为一个历史时期的文学主潮,现实主义并没有绕过这个时期的任何一种重要的文学体裁。在中国,我们读胡适、蒲风、臧克家、田间、艾青、李季的诗歌,总是可以品鉴出与郭沫若、徐志摩、李金发、戴望舒的诗作不甚相同的意味。如果我们认为郭沫若、徐志摩的诗歌主要体现了浪漫主义的创作原则,李金发、戴望舒的诗作主要沿用了象征派的艺术方法的话,那么,我们就不能不承认,前述胡适等人的诗歌却有着相对一致的现实主义艺术倾向。本文就打算对于中国新诗中现实主义的艺术发展,做一个简略的考察。

对于新诗现实主义的理论说明,需要兼顾诗的文体特殊性与现实主义的一般原则。不同文体的差异是客观存在、不容忽视的,但也不宜把这种差异绝对化。任何文学类型、文学体裁的划分都是相对的。诗与小说这两种文体,既有差异、对立之处,又有相通之处。对于文学创作,任何文体都需要主客观的相对统一。诗歌文学虽然有更鲜明的主观倾向,但归根结底仍然是对客观现实的曲折反映。而小说创作尽管强调再现现实生活的真实图景,但这种再现也并不是镜子式、照相式的机械模拟,它在艺术反映的过程中已经渗入了作家的主观因素。诚如德国哲学家狄慈根所说,"幻想概念取自现实,而关于现实的最最正确的概念,必须呼吸着幻想才能活跃起来"①,这也是列宁所首肯的。大约也是在这个意义上,黑格尔提出了"最丰富的东西是最具体的和最

---

① 转引自钱中文:《现实主义和现代主义》,人民文学出版社1987年版,第70页。

主观的"①这一著名美学命题,"最具体"与"最主观"的普遍美学规定,在一个特定的艺术层面上,在不同的文体例如诗与小说的创作中,是可以统一的。这是人类文学艺术发展中值得探讨的一种规律。我们就以此来探讨新诗中的现实主义问题。

现实主义诗歌创作也遵循典型化原则,也真实地再现典型环境中的典型性格,但由于不同的文体特点,又使它不完全等同于小说的现实主义艺术方法。一般说来,现实主义诗歌所塑造的典型形象,往往不是作品中的人物(如果作品中有人物出现的话),而是诗作的抒情主人公。借用苏联文艺理论家波斯彼洛夫的说法,这个通常以第一人称在诗歌作品中出现的抒情主人公,"是一种特殊的文学典型"②。这种文学典型的特点是:常常没有姓名和清晰的肖像,身世经历与具体活动一般也比较模糊——当然也有例外,比如自传体或自画像式的抒情诗。

现实主义诗歌反映生活的方式,是通过对抒情主人公精神情感活动的揭示,在这种揭示中反映和披露社会现实。由于抒情诗篇幅的相对短小,以及情绪、情感活动的片断性,作为文学典型的抒情主人公,通常不是由一首诗,而是由多首诗塑造的。一首诗或几首诗分别表现抒情主人公情感世界的某个侧面。比如胡适的《尝试集》中的大部分诗篇,就塑造了一个"五四"时期由旧到新,接受了西方进步文化思想,有着一定民主解放要求的知识分子形象,揭示了这样一个知识分子的心灵世界。诗集中的《蝴蝶》《鸽子》《一颗星儿》等,表现了抒情主人公对于自由的礼赞和追求解放的孤寂;《威权》《一颗遭劫的星》等,表现了他争取民主的勇气与决心;《湖上》《晨星篇》等,表现了他对于真诚友谊的忆念与渴慕;《人力车夫》表现了他的人道主义思想;《一念》表现了他以科学精神对比情感活动;而诗集中那些未脱尽旧诗窠臼的"白话词",则又显露了他心灵深处旧文化的"胎记"。由于这个抒情主人公在一定程度上代表着"五四"时期一些具有民主主义思想的知识

---

① [德]黑格尔:《逻辑学》下卷,商务印书馆1976年版,第549页。
② [苏]波斯彼洛夫:《文学原理》,三联书店1985年版,第137页。

分子的思想情绪,在有些诗篇中表现了这种思想情绪与"五四"时代环境的联系,所以,通过他的精神情感活动,我们可以约略窥见"五四"时代社会生活的一些内在特征。作为中国现实主义新诗的身手初试,《尝试集》已经体现了一些迥异于旧诗,也不同于其后出现的《女神》的美学特征。《女神》是辉煌的,但并不能代替或者覆盖《尝试集》。作为不同诗歌潮流的源头,《尝试集》有它自己的河床与流域,尽管是相对狭窄的。

同样,臧克家最初的两部诗集《烙印》与《罪恶的黑手》,也塑造了一个生于农村,长于学校,接受了包括马克思主义在内的进步思想影响,经历了20年代社会大动荡的,激进青年知识分子形象。诗集中的《难民》《老哥哥》《炭鬼》《神女》等诗,表现了抒情主人公对于各种类型的下层劳动人民悲苦命运的感愤与思考;《希望》《烙印》《生活》等诗,抒写了他对生活内容、意义与目的的体察与探寻;《忧患》表现了抒情主人公对于民族危机的感同身受;《罪恶的黑手》抒写了他对帝国主义者的文化侵略、精神奴役的猛烈抨击;《不久有那么一天》则表现了他在绝望中对希望和理想的寻求以及对未来的憧憬。这两部诗集所塑造的抒情主人公身上,集中了那个时代革命的、进步的、不甘沉沦的一代青年知识分子的一些重要精神特征。他那丰富与开阔的精神世界的充分展示,为我们从社会心理的层次,更深入地理解30年代初的中国社会生活,理解为外忧内乱、频仍灾异所困扰的中国社会生活的本质特征,提供了一个美学契机。臧克家的这两部诗集,为中国现代文学史和新诗史提供了前所未有的诗歌文学的典型,它们的地位与贡献也同样是不可替代的。

按照一些文学史家的归纳,抗日战争爆发之后,艾青写出了两个系列组诗,即包括《雪落在中国的土地上》《手推车》《北方》《乞丐》《我爱这土地》等诗作的"北方"组诗,和包括《向太阳》《吹号者》《解冻》《老人》《火把》等诗作的"太阳"组诗。艾青以这两个系列组诗,塑造了一个面对艰苦卓绝的民族解放战争,怀着极大的悲愤与深沉的忧郁走上战场,又终于步出忧郁,走向阳光普照的大地,把自己融会到抗战的时代大潮中去的抒情主人公形象。"北方"组诗着重表现了抒情主人公对于残酷的战争所带来的深重灾难的体味,抒写了他对于我们民族的前途命运的无法排遣的忧虑,以及在低抑的情感深处所回旋、激荡着的民族自豪感、英雄气概和必胜信念。"太阳"组诗则着重揭示了抒情主人公追求光明的火热情怀,抒写了他对昂扬向上的民族精神在抗战炮火中得以复苏的无比欢欣,以及他对这场伟大的民族解放战争与整个近现代世界革命有机联系的艺术思考。"北方"组诗表现了抒情主人公的忧郁、沉思与悲哀;"太阳"组诗则表现了抒情主人公的热情与勇毅。这个抒情主人公所表现的,正是那个时代的中国人民,尤其是那一代甘愿以自己的血肉筑成御敌长城的"中国的脊梁"们的典型精神世界。作为一个正面形象的文学典型,艾青的诗歌所塑造的这个抒情主人公,在那一时期的文学创作中恐怕是无与伦比的。而且,即便是在艺术性与审美价值的层面上,比起整个抗战时期小说作品所创造的典型形象,如华威(张天翼:《华威先生》)、赵惠明(茅盾:《腐蚀》)、白酱丹(沙汀:《淘金记》)、杨老二(巴金:《憩园》)、陆萍(丁玲:《在医院中》)、李有才(赵树理:《李有才板话》)等,艾青的抒情主人公也毫不逊色。

　　抒情主人公常以第一人称在诗中出现,但这个"我"并不就是诗人自己。抒情主人公与社会生活中的诗人当然会有千丝万缕的联系,但作为一个文学典型,抒情主人公又只能是诗人艺术创作活动的结果:在这一点上,诗人与他的诗作中抒情主人公的关系,相比于小说家与他的小说中人物形象的关系,并没有什么不同。如同小说家不能机械模拟、复写现实生活细节,在创作活动中必须对生活真实进行审美改造一样,现实主义诗人也不能把自己的精神情感活动原原本本地转移给抒情主人公。在进入艺术创造时,诗人须将个人的情绪、感受改造成为能够被普遍接受、理解的审美内容,这就势必要有所取舍、有所创造。由于个人经历,尤其是个人情感历程的不可重复性,由于诗人对于情感活动艺术处理方式的独特性,生活在同一历史时期的诗人,尽管其中一些人的身世、经历、教养乃至气质都可能会有不少相似之处,但所塑造的抒情主人公却不会雷同。那些有胆识、有才华、锐意创新的诗人,则可以充分利用诗歌文学直接感知、表现内心世界,这种感知与表现又是出以十分独特的"个人"方式这一长处,通过刻苦的艺术实践,创造出集中了一个历史时期社会心理特征的"这一个"抒情主人公。

一般说来,现实主义诗歌的抒情主人公多属于普通人形象。他们的特点是贴近现实生活,贴近生活在现实中的广大读者。这与浪漫主义诗歌或象征派、现代派诗歌的抒情主人公有较大的差别。浪漫主义诗歌的抒情主人公,往往是神化的或被夸大的个人形象;象征派、现代派诗歌的抒情主人公,则往往是一些高深莫测的神秘人物。当然,各种诗歌的抒情主人公都有其独特的审美价值,都以自己独特的抒情方式曲折地反射现实生活。与普通人形象的抒情主人公相联系的,是创造这种特殊文学典型的特定艺术过程。在这一过程中,诗人也同样必须遵循严格的现实主义典型化原则:再现典型环境中的典型性格。只是这种"再现"须同时兼顾诗歌的文体特点,突出人物性格的一些具体层面。如果我们把典型性格看作主人公心理世界以及个性特征的总和,那么无论是诗还是小说,实际上都无法写出"总和"的全部。如果说,小说创作所再现的典型性格,相对说来侧重于主人公的理性世界及行为特征的话,那么,诗歌创作所表观的是与抒情主人公的命运有着因果联系的情感世界。这也同样应当认为是一种典型性格:一种特殊的典型性格。在这个意义上,也许可以说,现实主义文学的典型化原则,在诗歌中比较突出地表现为再现典型环境中的典型情感、典型情绪。也就是说,现实主义诗歌所创造的文学典型——抒情主人公的审美价值,相对集中于他(或她)丰富深邃的情感世界之中。

现实主义诗歌也同样需要认真处理典型环境与典型性格的关系。由于诗歌文学的抒情性特点,诗中典型环境的刻画,一般是通过曲隐的、间接的、暗示的、写意的艺术表现来完成的。"细节真实"在这里主要表现为对于典型环境的细腻感受、体味,而不是像小说或其他叙事文学那样具体细微,乃至纤毫毕现的生活场景描绘。诗人们所再现的典型情感(典型性格),也与以独特的艺术方式所概括、刻画的典型环境有着深刻、密切的因果联系。

在理论探讨的引导与艺术实践的推动下,现实主义诗歌也形成了一些与自己的创作原则相适应的艺术技巧。不过相对来说,艺术技巧往往既带有思潮流派的个性,又更注重服从文体的特殊美学规定。也就是说,一种艺术技巧有可能为不止一种流派的相同文体的创作所采用。如同现实主义小说所首创的横断面式结构、特定观察者的叙事角度等常被浪漫主义或现代主义小说所采用,而心理分析、意识流等现代主义小说广泛使用的某些技巧也可以深化现实主义作品一样,现实主义诗歌也并不拒绝浪漫主义诗歌所擅长的奇特的艺术想象,并不拒绝象征主义诗歌大量使用的"感觉移借"(即"通感"或"联觉")、"思想知觉化"等艺术手法。中国现代文学发展史表明,诗歌领域中不同流派之间的艺术交流与融会,是最为活跃的。要划定一种现实主义诗歌的"专利"技巧或手法,将是十分困难的。这也许正好印证了现实主义文学历史发展的基本特点:不断兼收并蓄其他流派所创造、所习用的艺术技巧,以更深刻、更完美地塑造文学典型。

当然,这种兼收并蓄需要经过"主体"——典型化原则的选择与改造。臧克家通过《冬》这首小诗,把对于国民党反动派的愤懑,"知觉化"为"今年,胜利后的第一个冬天,/夜最长,也最寒冷"的深切感受;化铁以暴雷雨喻示期待中的人民革命,通过奇特的艺术联想,把暴雷雨描绘成为"一长列的保卫天的真实的铁甲列车""沉闷的电子磨着牙齿"(《暴雷雨岸然轰轰而至》)。他们都成功地移用了象征派与浪漫主义诗歌常用的手法,但并没有改变诗作本身的现实主义属性。由于服从与体现了典型化原则的艺术需要,这些技巧实际上已经成为诗人们自己的现实主义创作方法的一个有机组成部分。这种艺术技巧的"共用",有点像化学上的"同分异构"现象:某些化合物如甲醚和乙醇的分子,由同样种类、同等数量的原子构成,有着相同的分子式,有着相近的物理性质;但这些原子的排列方式不同,又有着不同的结构式,因此有着不同的化学性质。文学的、诗歌的"化学"则告诉我们:由于一些艺术手法虽然可以"共同",但须服从、服务于不同的创作原则,须按各自的创作原则"排列组合",所以这些使用过某些相同艺术手法的诗歌,也会有相同的"物理性质"——诗歌文学的文体属性,与不同的"化学性质"——分属不同思潮、不同流派的诗歌创作。

注重情感世界的典型化;通过再现典型环境中的典型情感塑造特殊的文学典型——抒情主人公;尽可能开阔地采用各种各样的诗歌艺术技巧,以形成严格的典型化原则与丰富多样的美学风格的辩证统一:这些,也许可以看作以抒情诗为主体的中国新诗现实主义创作方法的主要内容。

二

1908年,鲁迅在日本写了《摩罗诗力说》,热情评介了欧洲各国"摩罗诗人",即19世纪激进的浪漫主义诗人,企盼着中国早日出现这样的"精神界之战士",以"雄桀伟美挑战之声","来破中国之萧条"。① 如同法国大革命之后的19世纪初,"只有浪漫主义的诗作,才能像史诗那样成为整个周围世界的一面镜子,成为时代的反映"②一样,中国五四新文化运动时期,大约也只有大海一样常动不息的浪漫主义诗篇,才能成为这个伟大时代情绪的反映。于是,艺术上师承拜伦、雪莱、歌德、惠特曼的郭沫若异军突起,以他的《女神》等诗作回报了鲁迅的也是历史的期待。这不仅表现在作品中所宣泄的感情——炽热如《炉中煤》,阔大如吞日噬月的《天狗》,豪迈如《立在地球边上放号》;也不仅表现在作品运用的艺术想象的奇幻新颖——"轮船的烟筒开着了黑色的牡丹是'近代文明底严母';太阳是亚波罗坐的摩托车前的明灯;诗人底心同太阳是'一座公司底电灯'"③;更重要的是作品的抒情主人公具有浪漫主义诗歌的普遍特点:与众不同。他或者是神话人物,如凤

---

① 鲁迅:《鲁迅全集》第1卷,人民文学出版社1981年版,第100页。
② [德]弗里德里希·施莱格尔:《德国浪漫主义文学理论》,转引自[苏]鲍·苏奇科夫,《现实主义的历史命运》,外国文学出版社1988年版,第99页。
③ 闻一多:《女神之时代精神》,《闻一多全集》第3卷,三联书店1982年版,第356、360页。

凰、天狗;或者是神化人物,如能够"立在地球边上放号",能够从自然景观中提取"力",能够将五洲四海调集眼前,向它们辐射"晨安"。诗人以无限扩大的自我,向显得狭小、沉滞的客观世界挑战,揭示了抒情主人公的理想、热情和信心。而这种情绪表现,恰恰对应了那个时代向往人民自由解放、祖国民主富强的普遍情感。确如闻一多所说,《女神》"不独喊出人人心中底热情来,而且喊出人人心中最神圣的一种热情"①。

这样,由《女神》所引领的浪漫主义新诗潮,便一举赢得了读者群众,迅速成为初期白话诗的主流,开始了为期十年的中国新诗浪漫主义时期。如同欧洲19世纪初期的浪漫主义诗歌,为其后兴起的批判现实主义文艺运动提供了重要的艺术准备一样,20世纪20年代《女神》所引领的中国浪漫主义新诗潮,为以后的中国现代诗歌,尤其是现实主义新诗的艺术发展,也提供了重要的、不可或缺的美学经验。因此,在一定的意义上也许可以说,没有这一时期浪漫主义的滋养与"催化",就没有其后丰富、成熟的现实主义。

然而,在《女神》出现之前,这一深刻的艺术辩证法并没有为"初潮"时期的现实主义新诗所发现。新诗最早的"尝试"者,"初期白话诗派"领袖人物胡适的经典性理论主张"八不主义"②,主要师承了英美意象派诗歌的"六原则"③。作为一个影响不是很大的现代主义诗歌流派——意象派,正是从反对浪漫主义起步的④。这一美学倾向似乎也和"六原则"一起为胡适所接受。"五四"时期,胡适在大力张扬正视现实、揭示黑暗的"写实主义"(现实主义的旧称)的同时,却以贬斥的口吻论及浪漫主义:"盲目的理想派文学。"⑤或许正是由于缺乏对"理想

---

① 闻一多:《女神之时代精神》,《闻一多全集》第3卷,三联书店1982年版,第356、360页。
② 胡适:《文学改良刍议》,《新青年》第2卷第5号。
③ 参见《〈意象派诗人〉(1915)序》,[英]彼德·琼斯编:《意象派诗选》,漓江出版社1986年版,第158—159页。
④ 参见赵毅衡:《意象派简介》,《西方现代派文学问题讨论集》上册,人民文学出版社1984年版,第20页。
⑤ 胡适:《易卜生主义》,《新青年》第4卷第6号。

派文学"所创造的艺术表现方式的借重,只是一般地强调写诗须用"具体的做法"①,胡适与其他初期白话诗人的创作,在坚执现实人生吟唱的清新、质朴之外,又难免带上一些平泛、滞重乃至粗滥的弊病。这样,就必然为后起的浪漫主义诗人所诟病。

诗歌创作上差不多与郭沫若同时起步,主要接受了英国19世纪诗歌——拜伦、雪莱、济慈的浪漫主义诗歌及其余绪维多利亚时代诗歌影响的诗人闻一多,是20年代另一支浪漫主义队伍——新月诗派的领袖人物和重要理论家。闻一多在他对初期白话诗的"抽样分析"——俞平伯的诗集《冬夜》的批评中,正是以浪漫主义诗歌的艺术经验,对比、总结了中国新诗现实主义初潮的成败得失。闻一多认为,"幻想"(即艺术想象)与"情感",是诗的音节之外"两个更重要的质素"。然而前者"在中国文学里素来似乎很薄弱。新文学——新诗(指《尝试集》《冬夜》等初期白话诗——引注)里尤其缺乏这种质素";而后者在《冬夜》里"也不是十分地丰富",其"热度"是很有限的②。在闻一多看来,浪漫主义诗歌所推重的艺术想象与充沛激情,是《冬夜》,也是营养不良的初期白话诗所急需的一副补剂。的确,这一补剂所包含的诗学养分,不仅为当时幼稚的现实主义新诗所缺乏,而且与注重"内视"、注重抒情言志、注重非逻辑结构的主观体验的诗歌文体特点,似乎有着某种天然联系。任何潮流的诗歌文学欲促进自身的艺术发展,大约都不能无视这些艺术经验。

十年间不断丰富的新诗艺术积累,启发了20年代中期以后开始复苏的现实主义新诗,去认真领会被初期白话诗人们忽略了的艺术辩证法,积极从那一副"补剂"中——从浪漫主义诗歌艺术经验中汲取养分,以强壮自身。当革命诗人蒋光慈走出浪漫的《新梦》,开始走向革命现实主义的时候,他仍然把浪漫主义杰作《女神》当作艺术上、精神上的老师。《哀中国》中的《我是一个无产者》,与《女神》中的《序诗》;

---

① 胡适:《谈新诗》,《中国新文学大系·建设理论集》,第308页。
② 闻一多:《冬夜评论》,《闻一多全集》第3卷,第327、338页。

《我背着手儿在大马路上慢踱》与《女神》中的《上海印象》,在结构、意象、情调诸方面,都有着许多相似、相近、相通之处。甚至在被他尊为"现在中国唯一的诗人"①的郭沫若已经公开"反叛",不无偏激地宣称浪漫主义是"反革命的文学",对其"要取一种彻底反抗的态度"②的时候,他仍然坚持认为,革命是需要浪漫主义的③。

初露才情便得到鲁迅称许、英年早逝的"左联"青年诗人殷夫,在以《孩儿塔》埋葬了自己"阴面的果实"④——浪漫气息较重的诗作前夕,曾以诗句宣称"Romantik 的时代逝了,/和着他的拜伦,/他的贵妇人和夜莺……",而"要唱一支新歌"⑤。这"新歌"便是被称为"红色鼓动诗"的组诗《我们的诗》《血字》和长诗《一九二九年的五月一日》等。然而,在这种现实主义抒唱中,浪漫主义的艺术营养并没有与"时代"一同逝去,诗中灼热的情感洪流,与同样炽热的诗的氛围与情境,很容易让人联想到《女神》那熔岩般的诗句;而那个从"五卅"的《血字》中站立起来的抒情主人公的心曲——"我是一个叛乱的开始,/我也是历史的长子,/我是海燕,/我是时代的尖刺",则似乎与那个"不断的毁坏,不断的创造,不断的努力"的"立在地球边上放号"者,有着艺术精神上的相通之处。

以后,曾经是"左联"领导下的"中国诗歌会"的诗人们,在致力于以"诗歌大众化"为中心的现实主义诗歌运动时,也同样注重借鉴浪漫主义的艺术经验。与蒋光慈、殷夫一样,"中国诗歌会"实际上的"总干事"蒲风,在创作上受到《女神》影响的痕迹也是十分明显的。在他的第一部诗集《茫茫夜》中,便留下了显然是脱胎于《凤凰涅槃》的《鸦声》。曾经是"中国诗歌会"主要理论家之一的穆木天则提出,有成就

---

① 光赤(蒋光慈):《现代中国社会与革命文学》,1925 年 1 月 1 日上海《民国日报》副刊《觉悟》。
② 郭沫若:《革命与文学》,《创造月刊》第 1 卷第 3 期。
③ 参见郭沫若《创造十年续篇》第 7 节,上海北新书局 1938 年版。
④ 殷夫:《"孩儿塔"上剥蚀的题记》,《殷夫集》,浙江文艺出版社 1984 年版,第 9 页。
⑤ 载《拓荒者》第 1 卷第 1 期,1930 年 1 月 10 日。

的诗人"必须同时地是一个现实主义者和浪漫主义者"。他认为,"新诗的现实主义运动"之所以"没能很好地展开",其根本原因,恰恰在于"新的浪漫主义的倾向,没有发扬起来"①。这一看法,体现了对于前述艺术辩证法的深入理解。穆木天所强调的意思,大约是说,现实主义诗人如要有所建树,必须集其他流派诗歌艺术方法之大成。集大成者方能真正高水平地创新,这应是一条为成功者的道路反复验证的文学艺术史规律。

与"中国诗歌会"差不多同时登上诗坛的另一位现实主义诗人臧克家,就是一位善于集大成者。臧克家曾多次谈到闻一多、郭沫若、徐志摩等浪漫主义诗人对他的影响②,在他的诗作中,也留有上述诗人艺术影响的印痕③。他的诗中那种深挚的热情、敏锐的感受、生动的比喻、奇特的想象以及腴润鲜活的笔调,一定程度上是得益于浪漫主义的"浸润"的。不过,他接受"浸润"的目的,只是为了诗作的更加现实主义化和进一步审美化。因此,这种艺术借鉴又只是一种有限的以现实主义为本位的借鉴。比如,对于浪漫主义诗歌习用的奇幻艺术想象的借鉴,为他的诗作增添了不少光彩。他的名篇如《烙印》《生活》《运河》《春鸟》等,都充分利用了想象的"张力",增大了诗篇的思想艺术容量,但他同时又对这种手法保持一定的警觉而显得有所节制。他曾苛责自己的一些诗句,这些诗句利用艺术想象被编织得十分精致,但稍嫌空泛。他认为运用想象须以诗人对于现实生活的体验为依托,如果"对经验已呼应不灵"而"完全乞求于想象,这是有危险性的"④。诗人在借鉴这类早期新诗所匮乏的艺术经验时,是很注意将其"现实主义化"的。如他自己所概括的,他的确是以"带有浪漫主义的情调",却又

---

① 穆木天:《目前新诗运动的展开问题》,《穆木天诗文集》,时代文艺出版社1985年版,第353页。
② 参见《臧克家诗选·序》,人民文学出版社1956年、1978年版;《诗与生活·悲愤满怀苦吟诗》,四川人民出版社1981年版;《甘苦寸心知》,四川人民出版社1982年版;《克家论诗·新的长征路万千诗人兴会更无前》,文化艺术出版社1985年版。
③ 参见拙作《臧克家现实主义诗风浅议》,载《中国现代文学研究丛刊》1990年第3期。
④ 臧克家:《运河·自序》,文化生活出版社1936年版。

"恪守着严格的现实主义创作态度"①登上诗坛的。

艺术想象也得到了诗人艾青的关注。在他的《诗论》中，辟有专节论述"联想"和"想象"。这些简赅的字句融合了诗人的敏锐与哲学家的睿智：

> 想象与联想是情绪的推移，由这一事物到那一事物的飞翔。
> 有了联想与想象，诗才不致窒死在狭窄的空间与局促的时间里。

但他同时又指出：

> 联想是经验与经验的呼应。
> 想象是经验向未知之出发；
> 想象是此岸向彼岸的张帆远举，是经验的重新组织；②

艾青和臧克家一样，在肯定艺术想象积极作用的前提下，强调"经验"——生活体验的制约作用。他把风想象成为"太悲哀了的老妇"（《雪落在中国的土地上》）；把北国原野上遮天蔽日的沙尘想象成为"土色的忧郁"（《北方》），把手推车的轮辙想象成为"交织着"的"北国人民的悲哀"（《手推车》）。的确，这不只是"情绪的推移"与事物之间的"飞翔"，更是诗人在抗战初期深沉痛切的生活体验的"呼应"与"重新组织"。比之横空出世的"我是一条天狗呀"（《天狗》）或是《立在地球边上放号》，不仅有着艺术风格上深沉与雄奇、坚执与宏放的差异，而且两位诗人所运用的艺术想象，似乎也不属于同一类型。艾青所运用的，主要是所谓的"相似联想"，即依据相似律，依据事物之间的性质、情态、内容等方面的相似而构成的联想，是一种对现实进行大体上合乎情理的"现实想象"；而郭沫若所运用的，则主要是所谓的"接近联想"，即依据接近律，依据事物之间在时空上的接近而构成的联想，是一种强调情感贯通而显得主观性更强的"超实想象"。

---

① 臧克家：《甘苦寸心知》，第9页。
② 写于1939年冬，见艾青：《诗论》，人民文学出版社1980年版，第200—201页。

强调生活体验的第一性,强调驰骋艺术想象必须以生活体验为依托,在艺术想象的运用中主要取"相似联想"这一类型——臧克家、艾青的创作实绩与理论探索所体现的这些艺术特征表明,中国现实主义新诗已经走出"初潮"时期的褊狭,努力吸收、转化不同潮流的诗歌艺术经验,不断丰富与充实自身相对独立的创作方法体系。这样,20年代蓬勃开展的浪漫主义诗歌运动,实际上也为三四十年代现实主义的成熟作了准备。中国文学史似乎重复了19世纪上半叶欧洲文学从浪漫主义到批判现实主义的发展轨迹。

三

"五四"新文学是20世纪的文学现象。由于作家诗人们强烈的历史使命感、社会责任感,由于当时反封建的特定历史需要,中国现代文学、新诗最初的自觉选择,是倾向于能够真实地反映现实生活的本来面貌,描绘和预示历史发展方向,但在世界文学艺术史上似乎已有些"过时"的现实主义和浪漫主义的。但同时也接受了萌生于19世纪中叶,确立于20世纪20年代,风行欧美主要资本主义国家的现代主义文艺思潮的影响。这种外来影响与主体相互作用的结果,导致中国也多少出现了现代主义文学的流派。它们的艺术经验,不同程度上也为中国现实主义、浪漫主义文学所借鉴和移用。

对于西方现代派诗歌的翻译介绍,早在"五四"时期就已经开始进行①。初期白话诗中的某些篇什,例如刘半农的《敲冰》、沈尹默的《月夜》、周作人的《小河》,也都有着程度不同的象征派——西方现代派文学中出现最早、影响最大的派别——意味。但这些都还只是零星的,大多是"妙手偶得"、偶一为之的,并没有改变"初潮"时期的现实主义新诗的基本美学面貌。20年代中期以李金发为代表的初期象征派的形成,30年代初以戴望舒为首的现代派的集结,才从根本上改变了现代

---

① 孙玉石:《中国初期象征派诗歌研究》,北京大学出版社1985年版,第53—62页。

诗歌的艺术格局,也为现实主义新诗的艺术发展提供了一个新的、比较完整的参照系。

有志于开一代诗风,设计构筑现实主义新诗宏伟大厦的诗人们,不论其主观情感以至理论认识上如何评价现代派诗歌,其具体审美活动都是不会拒绝这个"参照系"所提供的艺术经验的。比如臧克家,尽管他对于总体的现代派诗歌潮流似无好感,尽管他在提到象征派、现代派的时候,总是带着一些揶揄与讥讽①。然而在创作与鉴赏中,他仍常常流露出对于现代派诗风艺术成就的倾心。他在谈到读了前辈诗人闻一多的《死水》和《奇迹》之后的感受时说:

> 读了《死水》,我把对郭沫若先生的诗的偏爱减低了。大海的波浪固然能撼动人心,现在我却喜欢一多先生"半夜桃花潭底的黑"的深沉与凝炼的美了。②

按照一些专家的看法,《死水》中的一些篇什与《奇迹》,已经有了明显的现代派意味③。臧克家这里所谈到的对于"深沉与凝炼的美"的企慕,渐渐抑制了对于"能撼动人心"的海浪的向往的感受。如果从艺术"触媒"的角度审视,似乎可以看作是"理智的静观的"④《死水》,及其后"智性与经验的结晶"⑤《奇迹》,促成了现实主义诗人臧克家艺术参借的重心,从浪漫主义向现代派诗风转移。

这种"转移"深化了诗人的艺术思考,强化了诗人的创作风格,为

---

① 这方面的例子如他说:"我讨厌神秘派的诗"(《烙印·再版后志》,开明书店 1934 年重印本。神秘派诗,大约是指"现代派"中极端晦涩的诗作),"在象征派诗风吹得乏力时"(《我的诗生活》,重庆学习出版社 1943 年版);"当'现代派'的风横扫千里的时候"(《十年诗选·序》,重庆现代出版社 1944 年版)等。
② 臧克家:《诗与生活》,第 96—97 页。"半夜桃花潭底的黑"为闻一多诗《奇迹》中的诗句,原诗为"我要的本不是火齐的红,或半夜里/桃花潭水的黑,……"。
③ 孙玉石:《〈荒原〉冲击波下现代诗人们的探索》,《中国现代文学研究丛刊》1989 年第 1 期。
④ 沈从文:《论闻一多的〈死水〉》,《新月》月刊第 3 卷第 2 期。
⑤ 孙玉石:《〈荒原〉冲击波下现代诗人们的探索》,《中国现代文学研究丛刊》1989 年第 1 期。

现实主义新诗增添了新异的光彩。臧克家的名篇《老马》,就有着明显的象征意味。他更多的是利用艺术思辨而不是情感抒发,把个人的生活体验,与发之为诗的审美意象融为一体,从而在一定程度上模糊了抒情主体的确指。而这种模糊,这种"非个人化"的艺术"变焦",不但提高了抒写对象的美学"清晰度",而且使得整个诗篇由于隐去了诗人自己而有了更大的普遍性和思想容量,因而也就有了更大的现实主义批判力量。这一美学效应,显然是单纯的"有什么话,说什么话"的"具体做法",或是强化情感、直抒胸臆的手法所无法获取的。此外,现代派诗歌所普遍适用的大幅度的感觉挪移与契合(所谓"通感"或"联觉")手法的"引进",亦曾为臧克家的一些现实性很强的诗作,增添了特殊的艺术魅力:

> 歌声,
> 象煞黑天上的星星,越听越灿烂,
> 象若干只女神的手,
> 一齐按着生命的键。
> 美妙的音流,
> 从绿树的云间,
> 从蓝天的海上,
> 汇成了活泼自由的一潭。

这是他的名篇《春鸟》中表现春鸟歌声的一段诗。诗人撇开了"婉转""动听"之类可能难脱窠臼的纯听觉描绘,转而流泻出一连串精美的视觉意象来状写春鸟的啼鸣,其艺术手法的新颖奇特又自然天成,恐怕现代派高手们也会叹为观止。然而,似乎并没有谁指《春鸟》为现代派佳作。其原因就在于诗人对于现代派的艺术手法,也如同对于浪漫主义诗歌的艺术手法一样,只是一种有限的、以现实主义为本位的参借,而不是代替现实主义本身。因此,与我们从现代派诗歌中通常所得到的审美感受相反,这"歌声"不是越来越模糊、越来越缥缈、越来越神秘,而是越来越清晰、越来越沉重、越来越炽热,最后终于引发出抨击时政的愤懑呻唤。于是"美妙的音流"从绿树云间、蓝天海上又回到了沉默的大地。

艾青的诗作更多地体现了对于现代派诗歌艺术手法的成功化用。不同于臧克家的是,艾青不仅不排斥,而且十分亲近现代派。他曾明确地表示过,他"是欢喜比较接近我们自己时代的诗人们的"①,比如苏联的叶赛宁、勃洛克、马雅可夫斯基,法国的兰波、阿波利奈尔,比利时的维尔哈仑这样一些属于象征主义、未来主义潮流的现代派诗人。大约就是由于这些诗人的导引,以及三年法国现代艺术的熏陶,艾青早期的新诗创作带有明显的现代派意味:奇特、交错的意象组合,跨度很大的观念联络,以及在暗示、象征中隐现情绪与感觉的潜流等。加上他这些诗作又大都发表在以戴望舒为领袖的现代派主要阵地——《现代》与《新诗》杂志上,因此,在一段时间内,艾青曾被现代派诗人们引为同道。

但是,艾青从来就不是一个彻底的现代派。青少年时代接受的革命思想、进步思想的影响,左翼革命文艺活动的磨炼,以及与"比较接近我们自己时代的诗人们"同样受到他钟爱的19世纪俄国批判现实主义作家的艺术启迪,都使得他不能不对现实人生给以更深切的关注。这种关注的积淀与审美化,构成了另一类诗作的不同艺术特色。他的成名作《大堰河——我的保姆》,运用大量写实的意象,表达"我"对一个贫苦农妇深挚的敬爱,发出了"给予这不公道的世界的咒语";在《九百个》中,他借用陈胜、吴广起义的史实,隐指当时轰轰烈烈的土地革命,号召"人们应该祝福他们/胜利,因为他们/才是大地真正的主人!"这首诗公开发表后,招致现代派的鼓吹者杜衡的非议,认为"艾青写《九百个》是没有出息的,应该多写《芦笛》这样的诗"②。这表明,现实主义因素使得诗人艾青的美学追求已与现代派大异其趣。其实,即便是《芦笛》这样的早期诗作,也难以归入典型的现代派诗歌一流。尽管

---

① 艾青:《艾青选集·自序》,开明书店1951年版。
② 骆寒超:《〈落叶集〉再版后记》,《落叶集》,浙江文艺出版社1987年版,第299页。

他引用了法国现代派诗人阿波利奈尔的诗句作为《芦笛》的题记,但诗中却明确表示,要把悲壮的颂歌,献给"粗野的嘶着的/海的波啊"。铁窗里左翼文艺战士所向往的"粗野的嘶着的"海,与"寻梦者"梦寐以求的"深藏着金色的贝一枚"(戴望舒:《寻梦者》)的海,应是不同的一片水域。这种细微的差别,或许正是日后艺术变异的最初"基因"。

其后不久,艾青便步入了他所向往的大海——抗日民族解放战争。他的"芦笛"也以宽广的音域、浑厚的音色,奏出了那个时代最动人的旋律。艾青说过,"最伟大的诗人,永远是他所生活的时代的最忠实的代言人;最高的艺术品,永远是产生它的时代的情感、风尚、趣味等等之最真实的记录"①。艾青正是抗战时期中华民族最忠实的代言人之一,他的诗作所抒发的忧郁与激愤,正是那个时代整个民族最真实的情感世界。这情感经过充分典型化的艺术处理,是从战火、硝烟、饥荒、阴霾笼罩下的大地上生发出来的。这忧郁与激愤,是与生活在"死亡的恐怖里"的"蓬发垢面的少妇"(《雪落在中国的土地上》)连在一起的;是与"悲哀的国土"带给我们的"淳朴的言语/与宽阔的姿态"(《北方》)连在一起的;是与"照在我们的久久地低垂着/不曾抬起的头上"的"初升的太阳"(《向太阳》),与"他倒在那直到最后一刻/都深深地爱着的土地上"(《吹号者》)连在一起的——总之,他的诗情是与具象化、意象化的民族、时代紧紧连在一起的。他的诗,可以说是一部形象的、生动的、情意化的抗战史。

作为中国现代最杰出的现实主义诗人之一,艾青是集了双重的"异域"——外国诗歌的地域之异与绘画的艺术领域之异——艺术之大成之后,开始攀登他的诗歌创作高峰的。如同他告别了画具之后,所掌握的绘画技艺便逐渐潜移默化为某些特定的诗歌艺术精神与艺术手法一样,他的美学理想远离现代派之后,那些曾为他纯熟操用的现代派诗歌技法,便转而辅佐了他的现实主义诗歌创作。现代派诗歌反对直接抒情、直接陈述,力倡"思想知觉化",注重意象的创造与组合,通过

---

① 写于 1939 年 7 月,见艾青:《诗与时代》,《诗论》,第 160 页。

意象的中介,使诗人的主观情绪客观化、具象化、审美化这样一些艺术经验,为艾青深化他的诗歌现实主义,提供了重要的助力。他的那些真挚的、深邃的、典型化的诗情,往往都是从繁复意象的交错、挤撞中流溢出来的。他的名篇《雪落在中国的土地上》,诗题就是一个中心意象。围绕这个中心意象活动的,有像一个太悲哀的老妇的寒风,前途未卜的马车夫,蓬发垢面的少妇,流亡中的年老母亲,崎岖泥泞的道路,等等。这些意象的交错,展示了中心意象的深厚蕴蓄,酝酿出一种忧郁悲壮的诗意,由抒情主人公——雪野上流浪人群中普通的一员,在监禁中失去青春的诗人抒发了出来:

> 中国的苦痛与灾难,
> 象这雪夜一样广阔而又漫长呀!

一个简洁单纯的意象,代替了千言万语的直抒或陈述,它本身就是"密度"很大的情感的具象化。通过繁复的意象"组接",艾青创造了这样的艺术奇迹:没有一声直接的哭泣,然而却是满纸血泪;没有一句直接的呐喊,然而却是通篇雷霆。这就是现实主义诗人艾青借助现代派诗歌艺术经验的"催化"作用所创造的艺术方式。他要求:

> 给思想以翅膀,
> 给情感以衣裳,
> 给声音以彩色,给颜色以声音;
> 使流逝幻变者凝形,
> ……①

这似乎就是现代派诗歌最重要的艺术经验之一——"思想知觉化"的诗意阐释。《雪落在中国的土地上》正是这样一片"意象化""知觉化"的抗战情思。只是这"知觉"并非神秘莫测的"象征的森林",而是我们劳作生息的大地与时代,情思正是从这里升腾起来的:

---

① 写于 1939 年冬,见艾青:《诗人论》,《诗论》,第 232—233 页。

把弥漫在广大的土地上的渴望、不平、愤懑……集合拢来,浓密如乌云,沉重地移行在地面上……伫望暴风雨来卷带了这一切,扫荡这整个古老的世界吧!①

艾青"扫荡古老世界"的暴风雨般的诗篇,并非无源之水,它是从那个时代"沉重地移行在地面上"的乌云一样浓密的渴望、不平、愤懑中酝酿出来的。这里所移用的"知觉化"过程,只是为了更充分地刻画典型环境,更生动地凸现典型情感。读艾青的诗,我们感到新异,感到深沉,但这新异与深沉是大地般切实的新异与深沉,是现实主义的新异与深沉。它带着现实主义诗歌一般美学风格的印记:新异,但不怪诞;深沉,但不艰涩。这是一种成熟、开阔的现实主义艺术的审美特征。

与艾青开阔雄健的现实主义诗风有着直接师承关系的七月诗派②,是抗战时期,也是整个中国现代文学三十年中最坚韧、最积极、坚持得最久的一个诗歌流派。这个队伍十分壮大的现实主义诗人群,也曾积极汲取现代派诗歌的艺术养分。一位专家以"体验的现实主义"概括现代小说史上的七月派的特色,指出这"是一种十分独特的强调激情并十分重视体验的现实主义,是一种突出主体性的现实主义,是一种和现代派有了某种接近的现实主义"③。我以为,这一评价也同样适用于七月诗派。由于接近现代派而带来的"强调激情""重视体验"和"突出主体性"等美学特征,使得七月诗派的现实主义更容易与诗歌文学特定的文体规定相契合。阿垅的那些雕塑般的心灵造像,冀汸的那些赅博简约、警言、箴言般的咏叹,邹荻帆的那些出其不意、平淡中见深挚的咏物小品,以及绿原的那些挥洒自如、行云流水般的长篇政治抒情诗、政治讽刺诗等等,都是以极新异但又是诗的艺术方式,表现各自抒

---

① 写于1939年冬,见艾青:《诗人论》,《诗论》,第212页。
② 七月诗派的重要成员绿原说过,他们"始终欣然承认,他们大多数人是在艾青的影响下成长起来的"。见《白色花·序》,人民文学出版社1981年版。
③ 严家炎:《中国现代小说流派史》,人民文学出版社1989年版,第254、285页。

情主人公的典型情绪。对于现实主义诗歌来说,借重现代派的艺术经验不仅深化了诗作的艺术表现力,而且能够更充分地表现诗歌自身的文体特征。

20年代后期复苏,三四十年代得到长足发展的深沉、浑厚、热情的现实主义诗风,可以说是新诗史中最有光彩的部分之一。它生成于中国现代社会历史的地层深处,挟带着民族解放战争与人民革命"地火"的烈焰,奔涌着那个时代熔岩般的向真、向善、向美的炽热追求。"地火"与"熔岩"造就了一个强大的美学"引力场",使得那些曾为这个"引力场"的建造不自觉地贡献过艺术经验的现代派诗人,又自觉地向这个"场"归依,按照"艾青方式"——现实主义诗歌艺术表现方式塑造这样的抒情主人公:

> 不对人类命运发空洞的预言,不以先知者的口吻说:"你们都跟我来",而是置身在探求出路的人类当中,共呼吸,共悲欢,共思虑,共生死,那样才能使自己的歌成为发自人类的最真实的呼声。①

于是,在戴望舒笔下,用残损的手掌抚摸忆念中的祖国版图的志士,取代了准备缢死在情人发丝上的"年轻的老人"(《夜》《过时》);在卞之琳笔下,那个长久地伫立在荒街上沉思的年轻人(《几个人》),走上了慰问"一切劳苦者"的征程(《慰劳信集》);在何其芳笔下,那个迷恋着"年青的神"(《预言》)的"季候病"患者,也要"去以自己的火点燃旁人的火","去以心发现心"(《生活是多么广阔》)。置身现实生活中的普通人的"角色意识",在一定程度上改造了那些自命不凡的,或落落寡合的抒情主人公。这种"角色意识",或许就是一种现实主义艺术的"场效应"。

作为30年代现代派的赓续与新枝,形成于40年代后期的中国新诗派(即通常所说的九叶诗人群)的诗人们,在致力于介绍、"引进"西

---

① 艾青:《诗论》,第208页。

方诗艺的同时,也曾以现代诗风写出了深刻的现实主义力作①。当时有人注意到七月诗派与中国新诗派艺术上的某些相通之处,认为一些七月诗人的作品"富于思辨性与象征性,是不自觉的现代主义者",希望他们能与中国新诗派联手,创造一个"诗的新生代"。如果套用这个说法,我们倒是可以认为,是更多的"不自觉的"现实主义诗人与自觉的现实主义诗人精神和艺术上的"趋同",汇集成了一股波澜壮阔的中国诗歌文学新潮。

经过三十年几代诗人的辛勤努力,使得主要是在外来文化影响推动下诞生的中国新诗,呈现出一派潮峰迭起、成果累累、流派分明、方法多样的生动气象。其中的现实主义新诗,表现出了比其他流派的诗歌更旺盛的艺术生命力、更丰富的精神风貌与更广阔的美学包容性。

---

① 参见唐湜:《九叶在闪光》,《新文学史料》1989年第4期,第154、148页。

"五四"文学革命与中国诗歌的裂变

白话新诗是"五四"文学革命中最早诞生的文学形式。就艺术体裁的创造、艺术风格的嬗变、艺术流派的分化组合等方面而言,新诗比之小说、散文与戏剧,显然更具"革命"色彩。然而,七十年之后返观中国现代文学的坎坷行程,则可以发现,在各种文学形式中,最为步履维艰的,却也是新诗,个别老诗人甚至认为新诗"失败了"①。如何恰如其分地评价新诗的艺术成就与历史局限,是正确认识、全面理解"五四"文学革命、"五四"新文化运动所无法回避的理论课题。本文拟对这个问题谈一点粗浅的看法。

一

文艺理论家胡风晚年说过:"诗是文学里面历史最久的最重要的体裁。美学上的重要原则,许多是从这个体裁的实践中提升出来的。……也许不妨说,任何时代思潮的动向几乎总是首先从它开始的。"②这是很有历史眼光的真知灼见。的确,诗经、楚辞、汉乐府、唐诗、宋词、元曲,每一种诗歌形式的风靡,大都标志着一种新的美学风尚的确立。标榜新文化、新道德的"五四"文学革命,其最初的"发难",也势必从诗开始。文学革命的主要"发难"者之一胡适曾谈道,当时,白话文学在小说、戏曲、演说即议论散文方面的成就,守旧派是承认的。双方争论的焦点"只在'白话是否可以作诗'的一个问题了。白话文学的作战,十仗之中,已胜了七八仗。现在只剩一座诗的壁垒,……所以

---

① 郑超麟语,参见楼适夷《记郑超麟》,《新文学史料》1989年第1期。
② 胡适:《胡风评论集(下)》,人民文学出版社1985年版。

我当时打定主意,要作先锋去打这座未投降的壁垒:就是要用全力去试做白话诗。"①这位先锋最初的战绩,便是中国最早的一本白话新诗集《尝试集》。

  为了以白话文征服诗国,夺取新文学"十足"的胜利,初期白话诗人们从一开始就确立了尽可能远离旧诗的自觉意识。这不仅见诸理论宣言,如胡适的"不用典""不讲对仗""不避俗字俗语"等文学改良的"八事"②;在他们的创作实践中,这种意识往往表现得更明确也更形象。胡适的《尝试集》算不上很彻底的新诗,他自己也谈道,其中的不少作品,"实在不过是一些刷洗过的旧诗"③。然而这"刷洗",毕竟也是一种自觉行为。从他的早期作品中,即可以看到一种对于旧诗的某些程式,例如诗歌节奏的有意识冲击。我国古典诗歌节奏的基础,按照一位专家的意见,可以称之为"双言结构与三言结构的稳定连续"④。例如"窗前　明月光,疑是　地上霜"(李白《静夜思》),"八月　秋高　风怒号,卷我　屋上　三重茅"(杜甫《茅屋为秋风所破歌》),"浔阳　江头　夜送客,枫叶　荻花　秋瑟瑟"(白居易《琵琶行》)。胡适早期的诗作大都承袭了五七言的形式,但也留下了明显的"刷洗"痕迹。比如《赠朱经农》的第一节:

    六年　你我　不相见,
    见时在赫贞江边;
    握手　一笑　不须说:
    你我　于今　更少年。

第一、三、四句都是双言结构与三言结构的"连续",但第二句却有意识地打破了这种连续:这句诗无法念成"见时　在赫　贞江边"。但实际

---

  ① 胡适:《逼上梁山》,《中国新文学大系·建设理论集》(以下简称《理论集》),上海良友图书印刷公司1935年版。
  ② 胡适:《文学改良刍议》,《理论集》。
  ③ 胡适:《〈尝试集〉再版自序》,《理论集》。
  ④ 参见孙绍振:《我国古典诗歌节奏的历史发展及其他》,《诗探索》1980年第1期。

上如能略作调整,这句诗即可不破坏"连续",又可表达相同的意思,比如:"赫贞　江边　把手牵"或"赫贞　江边　又比肩"。但胡适却保留了这个"拗句"。大约他不肯"因节害义",不肯为迁就旧诗的固有节奏而改变白话口语的自然语气。再如《老鸦》第二节的前两行诗:

天寒风紧,无枝可栖。
我整日里飞去飞回,整日里又寒又饥。

前一行诗如稍加变更,即可套上五言的程式。如"天寒　风亦紧,无枝可安栖",但他却小心地避开了这个窠臼。后一行诗则通过"整日里"的重复及"我"字的嵌入,打破了可能会出现的工整对仗。这里的良苦用心,正是对他自己所倡导的"八事"的率先实践。他通过输入新的思想内容,又通过创建新的艺术形式,尝试着摆脱这个古老诗国万有引力式的诗"场",以树起一面新的旗帜。

沈尹默留下的新诗作品不多,但在"五四"时期诗名却很大。他的处女作也是成名作,是一首四行、三十来字的短诗《月夜》。这首诗曾被当时及其后的诗评称为"第一首散文诗而备具新诗的美德","不愧为新诗的第一首诗"。① 然而,沈尹默的古典诗词造诣颇深,他的新诗没有结集,但20年代以来已有数种旧体诗词集出版问世。他是把新诗与旧诗当作两种差别较大的体裁来写的。

康白情也是这样一位诗人。他的第一本诗集《草儿》,就是新旧杂陈的,其中既有被茅盾称许为"最能脱离了旧传统"的新诗《草儿在前》②,也有几十首严谨的旧体诗词,题名《味草蔗》附于其后。耽迷传统与脱离传统,看起来相矛盾,其实是辩证统一的——惟其耽迷,知之甚深,所以也才有可能更清醒,更自觉地摆脱其束缚;但也由于"耽迷",又使得"摆脱"很难是彻底的。

初期白话诗人之后崛起的郭沫若,则以更彻底的叛逆诗风雄踞诗坛。如同闻一多所激赏的那样:"若讲新诗,郭沫若君的诗才配称新

---

① 冯文炳:《谈新诗》,人民文学出版社1984年版。
② 茅盾:《论初期白话诗》,《文学》第8卷第1期,1937年1月1日。

呢,不独艺术上他的作品与旧诗词相去最远,最要紧的是他的精神完全是时代的精神——二十世纪底时代的精神。"①可见,在"五四"时代,异于旧诗的程度已成为评价新诗的一个重要标准。中国诗歌文学从艺术观念到艺术方法,都发生了重大的裂变:不同于平仄、粘对,古风、近体之辨,不同于宗唐、宗宋与宗汉魏之争,甚至也不同于清末那场雷声大、雨点小,"旧瓶装新酒"式的"诗界革命",而是要自铸新瓶、自酿新酒,创造出一种意境、情调、格律、节奏完全不同的新诗来。中国传统诗歌面临着一场空前的挑战。

二

新诗以自己的创作实绩,使得越来越多的人开始相信:白话的确可以写出诗来。然而,仓促起事的白话新诗很快暴露了先天不足的缺陷。初期白话诗人普遍缺乏系统、周密的艺术规划与美学构想,如同冯文炳所说,"他们那时候写诗我想只是好奇,大约做得一首好诗成,抵得小孩子过新年一趟,大家见面高兴"②。新鲜感渐渐消失之后,新诗没有很快形成新的审美范畴,而是继续着"话怎么说,诗就怎么做"的随意前行。这样就难免会出现一批粗滥之作,影响了新诗的声誉。比如:

> 这棵大树很可恶,他碍着我的路!
> 来! 快把他砍倒了,把树根也掘去。
> 哈哈! 好了! (胡适《乐观》)

> 德熙去了,
> 少荆来了。
> 少荆去了,
> 舜生来了。

---

① 闻一多:《〈女神〉之时代精神》,《创造周报》第 4 号,1923 年 6 月 3 日。
② 冯文炳:《谈新诗》。

> 舜生去了,
> 葆青绛霄终归在这里。(康白情《西湖杂诗》)

> 飞——飞他底,
> 滚——滚他底;
> 推——推他们底。
> 有从来,有处去,
> 来去有个所以。
> 尽飞,尽滚,尽推,
> 自有飞不去,滚不到,推不动的时候。(俞平伯《仅有的伴侣》)

这些"新诗"的出现,亦如冯文炳所说,"反而是不知不觉的替旧诗虚张声势,没有什么新文学的意义了"①。这种自戕、自溃引起了新文学阵营内有识之士的忧虑。于是,一场"内战"——如果我们把新文学阵营抵御反击封建顽固势力的攻讦称为"外战"的话——不可避免地发生了。成仿吾发动了旨在铲除"野草"的《诗之防御战》②——他把上述那类只有白话而缺少诗味的作品斥为"野草",他说:"一座腐败了的宫殿,是我们把他推倒了,几年来正在从新建造,然而现在呀,王官内外遍地都生了野草了。"新文学的这种"自我拯救"意识,带着"五四"退潮之后深刻反思的意味。在中国诗歌文学裂变中诞生的新诗,开始认真寻求属于自己的特定美学规范了。

然而,危及新诗生存与发展的,并不只是粗制滥造的"野草"。旧诗的宫殿被推倒了,但那断壁残垣的影子,却仍时时投射在新诗的字里行间。比如:

> 眼见秋天到,
> 移花供在家,

---

① 冯文炳:《谈新诗》。
② 载《创造周报》第1号,1923年5月13日。

明年春风回,
祝汝满盆花!(胡适《尝试集·希望》)

白象鼻,青狮头,
上垂袅袅青丝萝;
大鱼潭底游。(俞平伯《冬夜·忆游杂诗》)

醒也不寻常,
醉更清狂,
记从梦里学荒唐;
除却悲歌当哭外,
哪有文章?(刘大白《秋之泪·醉后》)

这些若编入前人的小令词集中,恐怕没有什么不妥。然而它们却收录在新诗集中,这就与集中大量散文化的白话诗,显得很不协调了。一方面是有意识地远离旧诗——如胡适就十分得意于自己的诗作由旧诗的音节进而为词曲的音节,再进而为纯粹的白话诗的音节①;一方面旧诗的素养又神使鬼差地"遥控"他们的诗笔——以至于胡适也不得不承认,"我自己的诗,词调很多,这是不用讳饰的","我所知道的'新诗人',除会稽周氏弟兄之外,大都是从旧诗,词,曲里脱胎出来的"。② 理性认识上有意的排斥与创作实践中无意的趋附所构成的"二律背反",像一只"怪圈"束缚了新诗的手脚,艺术上的停滞是不待言的。这停滞渐渐启迪了一种艺术见解,那就是:发生了裂变的诗歌文学并不能白手起家;因此,也就大可不必如此战战兢兢地,近之不敢、远之不舍地对待旧诗遗产。如同闻一多所说,应当承认旧诗的某些艺术元素,如"带词曲气味的音节"是美的,完全可以经过"熔铸",经过"查验拣择"为新诗所用。若不如此,"我们只有两条路可走:甘心作坏诗——没有音节的

---

① 胡适:《〈尝试集〉再版自序》,《理论集》。
② 胡适:《谈新诗》,《理论集》。"会稽周氏兄弟",指鲁迅与周作人。

诗，或用别国的文字作诗"①。

　　这场"内战"也波及到了曾给新诗坛以极大震荡，可以说是从根本上造成了中国诗歌文学断裂的《女神》。闻一多在肯定《女神》开一代新诗风的同时，又中肯地指出了作品的一个重大缺陷：缺少"地方色彩"即民族风格、民族特色，如果说，不少初期白话诗人患有一种"食古不化"的流行病，那么，《女神》则暴露了一些"食洋不化"的端倪。例如作品中大量引用西方文化典故，诗句中过多地嵌入外文单词，以至于有的作品"迳直是中英合璧了"。闻一多认为，新诗不仅要注意"今时"，还不应忘记"此地"，"我总以为新诗迳直是'新'的，不但新于中国固有的诗，而且新于西方固有的诗，换言之，它不要做纯粹的本地诗，但还要保存本地的色彩，它不要做纯粹的外洋诗，但又尽量的吸收外洋诗的长处，它要做中西艺术结婚后产生的宁馨儿"②，这"本地的色彩"，显然主要是指传统文化的"色彩"。这是新诗自"五四"时代诗歌裂变之后，对于鸿沟那一边的传统诗歌的一次认真的重新审视，也是对于"五四"文学革命的某些矫枉过正之处的有远见的补救。

　　这场"内战"以及其他一些原因，导致了新诗坛为期两年的"中衰"③。到了1925年前后，新诗又渐渐繁荣起来了。这年年底，闻一多说：中国诗似乎已经上了正规④。的确，20年代中期以后的优秀诗人，已经不满足于以白话写出诗来，而是进一步要求白话不仅要能写出诗，而且应当能写出好的诗、美的诗来。这就势必要大量地、充分地从四面八方，包括古典诗歌中吸取艺术养分。我们看到，曾先后风靡诗坛数年、20年代中后期崛起的新月诗派与30年代初崛起的现代诗派，都能够比较从容、自然地吸收与化用旧诗的艺术营养。英国浪漫派与法国象征派对我国这两个诗歌流派的深刻影响，是不言而喻的，但他们诗作的"本地色彩"却同样引人注目。闻一多做诗，"喜欢用别的新诗人用

---

① 闻一多：《冬夜评论》，《闻一多选集》第1卷，四川文艺出版社1987年版。
② 闻一多：《〈女神〉之地方色彩》，《创造周报》第5号，1923年6月10日。
③ 参见朱自清：《中国新文学大系·诗集·导言》，上海良友图书印刷公司1935年版。
④ 参见刘梦苇：《中国诗坛底昨今明》，《晨报副刊》第1409期，1925年12月12日。

不到的中国典故","有点象李贺的雕镂而出"①——但只是"用"与"象"而非刻意仿效。徐志摩"从小受过旧词章的'科班'训练,但是当时写起诗来,俨然和旧诗无缘"②——实际上是由于这种"缘分"已融化得近乎无迹可求,才形成了文字上的"俨然无缘"。朱湘的诗,"在保留到中国诗与词值得保留的纯粹,而加以新的排比,使新诗与旧诗在某一意义上,成为一种'渐变'的联续,而这形式却不失其为新世纪诗歌的典型"③。这种试图弥合中国诗歌"断裂带"的"渐变",给新诗带来了蓬勃的生机与活力。"新月"诗人作品的艺术生命力是持久的。五六十年后的80年代,各种版本的徐志摩诗集与诗选一版再版,总印数达几十万册仍供不应求,这一事实本身就很说明问题。

　　同样,在"反右"与大跃进高潮的1957、1958年,人民文学出版社的《戴望舒诗选》一声不响,也发行了一万八千五百册。他的诗歌之所以能赢得众多的读者,在于"他上接我国根深蒂固的诗词传统这种工夫的完满,外应(迎或拒)世界诗艺潮流变化这种敏感性的深化,而再也不着表面上的痕迹"④。他的成名作《雨巷》被叶圣陶赞许为"替新诗的音节开了一个新的纪元"⑤,而《雨巷》读来,却恰似"旧诗名句'丁香空结雨中愁'的现代白话版的扩充或者'稀释'"⑥。另外,三位年轻的"汉园"诗人何其芳、李广田、卞之琳,"他们属于传统,却又那样新奇,全然超出你平素的修养","所以最初,胡适之先生反对旧诗,苦于摆脱不开旧诗;现在,一群年青诗人不反对旧诗,却轻轻松松甩掉旧诗"。⑦ 这"轻轻松松"中透着不怕被旧诗"同化"的艺术自信力。因

---

① 参见朱自清:《中国新文学大系·诗集·导言》。
② 卞之琳:《人与诗:忆旧说新》,三联书店1984年版。
③ 沈从文:《论朱湘的诗》,《沈从文文集》第11卷,花城出版社1984年版。
④ 卞之琳:《人与诗:忆旧说新》,三联书店1984年版。
⑤ 参见杜衡:《〈望舒草〉序》,《中国现代文论选》第1册,贵州人民出版社1982年版。
⑥ 卞之琳:《人与诗:忆旧说新》。
⑦ 刘西渭(李健吾)《咀华集·鱼目集——卞之琳先生》,《中国现代文论选》第3册,贵州人民出版社1984年版。

此，施蛰存反复强调"《现代》中的诗是诗"①，并非文字游戏，而是对那种甩脱了旧诗体式，又不摒弃传统，新奇瑰丽的，正在走向成熟的"诗"的肯定与追求。

十多年中一批优秀诗人的理论探索与艺术实践，充实了由于诗歌文学断裂而造成的美学真空。这一点一滴的辛勤哺育，终于使得贫血的新诗的脸颊，染上了健康的红晕，受到了普遍的瞩目。卞之琳说："过去许多读书人，习惯于读中国旧诗（词，曲）以至西方诗而自己不写诗的（例如林语堂等），还是读到了徐志摩的新诗才感到白话新体诗也真象诗。"②其实，征服了这些艺术口味很高的读者的，并不止徐志摩一人。徐志摩同时及其后的闻一多、朱湘、戴望舒、艾青、田间及七月、九叶诗人等，都曾以自己融会中外、贯通古今的名篇佳作，显示了新诗的艺术实绩。新诗终于找到了自己与曾激烈反对过的旧诗之间的某种"亲和力"——那就是某些对于艺术美的共同追求，就是中国诗歌文学——尽管已产生了断裂——的某些可能具有历史继承性、延续性的美学格调与美学规定。

在小说散文领域，白话文很快就把文言文"挤"了出去。现在，几乎没有人再写文言的小说散文了。但文言的诗——旧体诗的艺术生命，还一直在延续着。20年代以来，不断有新诗人打退堂鼓，越过"断裂"的壕堑，回到旧诗的领土，如胡适、沈尹默、康白情、俞平伯、周作人、田汉以至郭沫若，也有如臧克家，自称"我是一个两面派，新诗旧诗我都爱"③；也有如郁达夫，在现代白话小说、散文、日记文学方面成就突出，却不大写新诗，反以旧体诗词著称。那种源远流长的艺术形式，恐怕还要与后起的新诗继续相持下去。

也有一些诗人表现出了维护新诗的可贵热忱。如林庚，一生研究古典文学，却不大写旧体诗——至少没有发表过旧体诗；卞之琳有很深

---

① 参见施蛰存：《又关于本刊的诗》，《现代》第4卷第1期，1933年11月。
② 卞之琳：《人与诗：忆旧说新》。
③ 臧克家：《新诗旧诗我都爱》，《臧克家散文小说集》，长江文艺出版社1982年版。

厚的古典诗歌造诣,但也只写新诗;闻一多在清华学校读书时,就曾在《敬告落伍的诗家》中谈道:旧诗做不得,"若要真做诗,只有新诗这条道走"。① 他毕生治古典文学,对诗经、楚辞、唐诗有非常精深的研究,学术上自成一家,但传世的旧体诗却很少,且多为少年之作,似乎1925年后就再没有写过旧体诗。他在昆明西南联大任教期间,曾有人慕名送来旧体诗习作求教,遭他拒绝,辞曰"不懂"。然而,作为一名严谨的学者,闻一多同时也清醒地认识到,"在这新时代的文学动向中,最值得揣摩的,是新诗的前途"。因为在《诗经》之后的两千年间,"诗——抒情诗,始终是我国文学的正统的类型,甚至除散文外,它是唯一的类型"。"诗,不但支配了整个文学领域,还影响了造型艺术,它同化了绘画,又装饰了建筑(如楹联,春帖等)和许多工艺美术品。"②中国古典诗歌的力量与影响,显然远不是一次"五四"文学革命所能消弭的。

鲁迅对于现代文学的多种文体,如短篇小说、历史小说、散文、散文诗、杂文,都做出了开创性的贡献,不仅有丰硕的创作成果,而且有精湛的理论建树。唯独对于诗,他一直是十分审慎的。他写过不少诗,但却一再说自己不懂诗,"要我论诗,真如要我讲天文一样,苦于不知怎么说才好"。③ 他的新诗数量虽不多,但在"五四"时期反响却很大。他的旧体诗功力深厚,艺术水平很高。但无论新诗还是旧体诗,他自己都没有结集付梓。他的谦逊与自律,正体现了他对中国诗歌文学裂变的思考的深入与缜密。对于新诗的一些虽是片断的,但也是精到与深刻的见解,则是他的艺术思考的结晶。他认为,诗究以"能唱者"为好,可惜中国的新诗大概还是"眼看"的。"没有节调,没有韵,它唱不来,唱不来,就记不住,就不能在人们的脑子里将旧诗挤出,占了它的地位。"④ "诗须有形式,要易记,易懂,易唱,动听,但格式不要太严。要有韵,但

---

① 载《清华周刊》第211期,1921年3月11日。
② 闻一多:《文学的历史动向》,《闻一多选集》第1卷。
③ 鲁迅:《书信·341101致窦隐夫》,《鲁迅全集》第12卷,人民文学出版社1981年版。
④ 同上。

不必依旧诗韵,只要顺口便好。"①注重节调、形式、韵律,但又要与旧诗有所区别——鲁迅希望新诗不断自我完善,能够尽快以自己特有的美学力量赢得读者,逐步取代、"挤走"旧诗——尽管他自己主要是写旧体诗的。然而,鲁迅与闻一多一样,深知这"是颇不容易的","新诗直到现在,还是在交倒楣运"。②

每个文明民族都拥有自己特别发达的文化领域。中华民族能与德意志民族的哲学和音乐、法兰西民族的政治学、盎格鲁—撒克逊民族的修辞学相提并论的,恐怕只有诗歌了。诚如闻一多所说,"诗似乎也没有在第二个国度里,象它在这里发挥过的那样大的社会功能。在我们这里,一出世,它就是宗教,是政治,是教育,是社交,它是全面的生活"。③ 编纂一部百科全书自然要比废止一部百科全书艰难得多——这,大约就是新诗交"倒楣运"的根源吧。有些学者喜欢以"五四"新文化运动比附欧洲的"文艺复兴",其实二者有一个很大的不同点,那就是"文艺复兴"毕竟含有"复兴"的意味。西方有发达到近乎完美的封建社会前文化,因此其所欲复兴的,就是古希腊的思想艺术,只不过要挣脱中世纪的封建奴役,从"神本位"走向"人本位"。而"五四"新文化运动所提倡的新文化、新道德,却比较模糊、抽象。这就使得"五四"新文化运动在推动了空前的思想解放、文化艺术解放的同时,又令人遗憾地带来了一些文化断裂、文学断裂,尤其是诗歌文学的断裂:旧的艺术程式被否定了,新的美学规范却没有及时建立起来。在新的艺术形式还没有力量全面"接管"人们的审美需求的时候,对旧形式的否定,也就不可能十分彻底。这样,在一段时间内出现新诗与旧体诗并存的局面,也就不值得奇怪了。在新诗潮急剧流变的六七十年间,旧体诗也曾迸发出新的光辉:毛泽东、鲁迅、郁达夫、郭沫若等人,都留下了数量可观、耐人寻味的旧体诗词;1976 年,爆发过震惊中外的,以旧体诗形

---

① 鲁迅《书信·350920 致蔡斐君》,《鲁迅全集》第 13 卷。
② 鲁迅《书信·341101 致窦隐夫》,《鲁迅全集》第 12 卷。
③ 闻一多:《文学的历史动向》,《闻一多选集》第 1 卷。

式为主的"天安门诗歌运动"。

  但是,无论如何,旧体诗毕竟是属于过去时代的遗物,随着最后两位杰出的诗人毛泽东与鲁迅的相继谢世,旧体诗似乎不太可能再出现什么奇迹了。鲁迅说过:"我的知道中国有太炎先生,并非因为他的经学和小学,是为了他驳斥康有为和作邹容的《革命军》序。"①同样,人们知道中国有胡适、沈尹默、郭沫若、闻一多、臧克家,并非因为他们的旧体诗,而是因为他们的《尝试集》《月夜》《女神》《死水》与《有的人》。即便是鲁迅的那些深沉峻厚的旧体诗,恐怕也不一定能与《狂人日记》《阿Q正传》《野草》及后期杂文等量齐观。将来的诗坛,只能主要是新诗的领地。

  1936年,朱自清在编完了《中国新文学大系·诗集》之后说:"新诗是在进步着的。"他又说:"许多人看到作新诗读新诗的人不如十几年前多,而书店老板也不欢迎新诗集,因而就悲观起来,说新诗不行了,前面没有路,路是有的,但得慢慢儿开辟;只靠一二十年工夫便想开辟出到诗国的康庄新道,未免太急性儿。"②这段话似乎也是为五十余年后的诗坛准备的。"五四"文学革命与中国诗歌文学的裂变,造就了一批筚路蓝缕的前行者,而前行者的足迹也在昭示我们:只要不断开辟,新诗的路是有的。

---

① 鲁迅:《且介亭杂文末编·关于太炎先生二三事》,《鲁迅全集》第6卷。
② 朱自清:《新诗杂话》,三联书店1984年版。

新诗的形式美学建设与林庚的探索

上　篇

从20世纪初期诞生至今,中国新诗已经走过了将近百年的历程。如果对中国新诗作一次世纪回眸,我们可以发现,诗歌形式问题一直困扰着新诗的艺术发展。在中国新诗近百年来的多声部"合唱"中,格律诗的声音是十分微弱的。诚如一位学者前些年所说的那样,"中国新诗有个奇特现象:只有自由诗"。由于新诗诞生之时适逢世界性的诗歌非格律化大潮,以及"五四"新文学先驱者们对于包括古典诗歌格律传统在内的整个传统文化持激进态度,"于是,格律诗在中国式微,自由诗成为中国新诗的全体(不只是一体、不只是主体)了"①。如果考虑到近百年来虽然不断有人进行现代格律诗的倡导与试验,然而却没有一种试验诗体形式被普遍认同、普遍运用这一事实,那么,中国新诗的确是"只有自由诗"。

这种"奇特现象",似乎是导源于"五四"新诗"诗体大解放"的潮流,彰显了"五四"文学革命的"革命"性质。对于冲破当时"拘执着几平几仄方可成句"的"假诗世界"②的壁障,开创中国诗歌文学的新局面,或许也起到了"助推"作用;但是,对于新诗进一步的建设性发展,这种"现象"就难以发挥更大的积极作用了。中国是历史悠久的文明古国,是名副其实的诗歌大国、诗歌强国,曾经创造过极为灿烂的诗歌

---

① 吕进:《现代格律诗的新足音——黄淮〈九言格律诗〉》,《新诗文体学》,花城出版社,1990年版,第144页。
② 刘半农:《诗与小说精神上之革新》,《中国新文学大系·文学论争集》,上海良友图书印刷公司1935年版,第342页。

文学。然而,这灿烂的诗歌文学是保存在同样灿烂、优美的诗歌形式之中的,或者说这优美的诗歌形式本身,就是灿烂的诗歌文学的一部分。在中国新诗的艺术发展进程中,不止一位有识之士曾以传统诗歌为镜鉴,集中关注过新诗的形式美学建设,林庚先生便是其中的一位先知先觉者。他曾经从自由体新诗的写作中获得了全新的解放感,但之后又从这种解放感中悟到建立诗歌形式的重要意义。林庚说过,从楚辞到唐诗,"是先在散文解放的浪潮中取得一定的自由,后来又进一步找到了五七言的完美形式而得到更充分的自由。'李白斗酒诗百篇',中国古典诗歌最成熟、最解放的高潮,恰好就出现在五七言形式完全确立之后"①。因此,"新诗的发展,很自然地会把对更完美的新形式的要求提到日程上来"②。"诗歌形式上的百花齐放,最后总还要统一在一个或几个基本形式上"③——这是新诗形式问题上最彻底、最清醒的认识,是新诗形式美学建设的关键之所在,但同时也是最难以取得普遍共识的深刻的理论见解。

这种"奇特现象",与近现代国际诗歌文学艺术发展的大背景也是极不协调的。尽管一个世纪以来,自由诗在很多国家似乎已经成为一种时尚,但它仍然只是各体诗歌中的一体,好像并没有成为整个世界诗歌的主体,更不是全体。只写自由诗,不写格律诗而成为有影响的大诗人的,在外国诗人,即便在20世纪的外国诗人中也是鲜见的。不仅发达国家是这样,发展中国家也是如此。比如,第二次世界大战以来,拉丁美洲有多位作家获诺贝尔文学奖。其中至少有三位作家主要以诗人名世:智利女诗人米斯特拉尔(Gabriela Mistrai)、危地马拉诗人阿斯图里亚斯(M. A. Astruris)和智利诗人聂鲁达(Pablo Neruda)。他们又都是擅长风行世界,尤其是印欧语系各国的格律诗体十四行诗(Sonnet)的诗人,在他们的获奖作品中,都包括有不同名目的十四行诗集。看

---

① 林庚:《问路集·自序》,北京大学出版社1984年版,第3页。
② 同上书,第1—2页。
③ 林庚:《五七言和它的三字尾》,《文学评论》1959年第2期。

来,一种只有自由诗的诗歌文学,要在全球化语境下的国际间进行比较广泛、深入的交流与对话,恐怕是有一定困难的。

中国新诗自身近百年的艺术发展,也一再表现出试图改变这种"奇特现象"的种种努力。尽管由于这样那样的原因,这些努力的结果也许并不尽如人意,但仍然给我们留下了深刻的启示。笔者以为,中国新诗史上真正产生了较大的,具有全社会、全民性影响的诗歌运动,可能只有四次;还有一次较大规模的诗体实验,即20世纪20年代中期,由闻一多、徐志摩所提倡与领导的,以《晨报·诗镌》为阵地的新诗格律化讨论与试验。文学史家朱自清曾用一句话来概括这次诗体试验的深远影响:"那时大家都做格律诗。"①这次诗体试验被一些学者称为新诗的第一次"中兴",其流风余韵一直持续到抗战爆发前夕北平的"差不多集所有北方新诗作者和关心者于一处"的"读诗会"——"大家兴致所集中的一件事,就是在新诗的诵读上,究竟有无成功的可能",和40年代上海"孤岛"时期醉心于格律诗探索的诗人们创办的《新诗刊》②。在中国新诗史上,可以说没有任何一次艺术倡导、艺术探索拥有如此众多又如此持久的追随者。符合诗歌艺术创造规律的,具有在一定程度上能够被较普遍认同的特殊美学规定的诗歌格律形式,似乎是有着比较强的艺术凝聚力的:无论是对于旧诗还是新诗,好像都是如此。

这次较大规模的诗体试验之后,抗战初期的新诗运动,恐怕要算是中国新诗诞生以来第一次较大的,具有全社会、全民性影响的诗歌运动了。抗战初期是一个诗的时代,因为,"在那样热情蓬勃的时期,无论是时代底气流或我们自己底心,只有在诗这一形式里面能够得到最高的表现"③。这次新诗运动是以朗诵诗、街头诗、诗传单这样一些注重

---

① 朱自清:《〈中国新文学大系〉诗集导言》,《朱自清全集》第4卷,江苏教育出版社1990年版,第372页。
② 沈从文:《昆明冬景·谈朗诵诗》,《沈从文文集》第11卷,花城出版社、生活·读书·新知三联书店香港分店1984年版,第251页。
③ 胡风:《在混乱里面·四年读诗小记》,《胡风评论集》(中),人民文学出版社1984版,第345页。

形式节奏、读来上口、易懂易记、富有艺术感染力的诗体为主导形式的。第二次较大的诗歌运动,当数上世纪40年代中后期的民歌体新诗运动。在解放区表现为以《王贵与李香香》《漳河水》《赶车传》为代表的民歌体叙事诗热潮,国统区则风靡着以《马凡陀的山歌》为代表的民歌体讽刺诗。古老民歌的艺术营养与新诗的创新探索,在40年代多难而炽热的现实生活中相遇,创造出老百姓喜闻乐见的诗歌形式,使得中国新诗不但赢得而且穿越了知识分子读者群,切切实实地进入了社会下层。值得注意的是,当时国统区的一些著名诗人,如郭沫若、臧克家、邹荻帆等也写过很多政治讽刺诗,内容也同样尖锐辛辣。然而,可能是由于这些诗作大多采用自由诗体,所以其影响远不及《马凡陀的山歌》。这里诗体形式的反作用效应,再一次传达了新诗内部规律矛盾运动所产生的对于新诗格律形式的呼唤。

第三次较大的诗歌运动,大约要算是"大跃进"民歌运动了。尽管这次新诗运动产生于特定历史时期,带有那个时期特有的热狂和浮躁,但其规模之大与影响之广泛、之深入,却是新诗诞生以来前所未有的。套用朱自清的表述方式,可以说那个时候大家(不只是诗人,几乎是全民)都写(或唱)民歌。其规模与影响显然是和当时的流行诗体,那种格律简单整齐、韵脚响亮绵密、过目(耳)难忘、易学易会的民歌形式的推动是分不开的。第四次较大的诗歌运动,应当是1976年的天安门诗歌运动。这次诗歌运动和20世纪40年代后期国统区的讽刺诗运动有着惊人的相似之处,诗的"炸弹和旗帜"的作用都得到了充分的体现,而其影响的深度与广度,又更甚于三十年前的那次诗歌运动:在当时,天安门诗歌几乎是唯一被普遍接受的文艺作品。在艺术形式方面,这两次诗歌运动也有惊人的相似之处:天安门诗歌中影响最大的,最脍炙人口的诗篇,全都出之以民歌体或是不十分严格的旧体诗词形式,如《扬眉剑出鞘》《向总理汇报》等。天安门诗歌之所以能够家喻户晓、妇孺皆知,除了痛悼伟人、共讨四凶的如火如荼的民情背景之外,显然也得益于那种朗朗上口、过目即可成诵的诗歌形式。

从20世纪20年代中期闻徐的诗体试验到70年代中期的天安门

诗歌,差不多十年左右就会出现一次规模和影响较大的,并且总是有着一定的艺术形式要求的诗歌运动。这些诗歌运动从文化流向上看是在逐渐走出诗人和知识分子的小圈子,从精英文化走向大众文化;但从形式美学的走向上看,却是在形式追求中渐渐弱化了创新与建设意识,乃至于退回到曾被先驱者否定的旧有诗歌形式中去了。一定的形式追求使得这些诗歌运动能够风靡一时,而文体自觉的丧失,又使得它们作为新诗运动也仅仅只能风靡"一时"而已——独领风骚一二年或三五年——因为新诗是不能一直这样写下去的。对于这些风靡一时的诗歌运动,可以说是成也形式,败也形式。从天安门诗歌运动到现在,四十多年过去了,历史上一再出现的那种有轰动效应的,有全社会性影响乃至几近"全民皆诗"的诗歌运动,却一直没有再出现过,而且短时间内恐怕也不太可能出现。究其原因,除了与思想解放、改革开放相一致的文化选择的多元化,文学的艺术表现、审美时尚的多元化这样一些因素之外,好像与缺少和时代精神相一致的诗歌形式——如同流行音乐的节奏、配器,或是时装的款式、色彩那样的"形式",也是不无关系的。到了天安门诗歌运动,新诗的形式求索已经一步一步蹈入一种十分尴尬的境地:再这样走下去,大约又要回到严格的旧体诗词形式中去了。也确实有一些诗人,如艾青所介绍的那样,原来是写新诗的,后来改写旧诗了。艾青问他们个中缘由,他们都说:新诗难写[①]。这样的感慨,恐怕主要是针对新诗形式无定,难以把握,不如旧诗规范易学而发的。能否在"创格"方面有新的突破,能否创立体现新诗文体特点,相对固定而又能为诗人和读者普遍认同的格律形式,似乎已经成为新诗能否步入中兴之路的关键所在。

在这样的背景之下,林庚先生关于新诗形式美学问题的精深而彻底的理论见解,以及多年来孜孜矻矻、坚持不懈的探求,就显得更为可贵了。

[①] 艾青:《和诗歌爱好者谈诗——在北京劳动人民文化馆》,《诗论》,人民文学出版社1980年版,第22页。

下　篇

1959年,何其芳在《再谈诗歌形式问题》一文中,说了这样一段话:

> 在诗歌的形式方面,五四以来的新诗是"破"得多,"立"得少;"破"得很彻底,"立"得很不够。也曾有少数诗人作了建立格律诗的努力,然而由于理论上和实践上都还有些问题,未能成功。用辩证法的观点来看,这恐怕是一种历史发展的必要的曲折,并不一定是道路迷失得太久。①

如果我们能够认同何其芳这段话的基本精神,那么,为中国新诗的"立",为新诗形式美学建设不遗余力的少数诗人中最坚韧的一位,大约要算是林庚先生了。七十余年来,他几乎是孤军奋战地行进在"历史发展的必要的曲折"中而矢志不移。在新诗命途多舛的形式美学建设历程中,林庚是做出了突出贡献的一位诗人和诗论家。他的坚执信念,持之以恒的不懈努力和远见卓识,以及在此基础上所形成的理论与实践成果,已经成为不算十分丰富的中国新诗形式美学建设成果中最重要、最精深的建树之一。随着时间的推移,他的这些杰出建树对于中国新诗形式美学建设的理论探讨与创作实践的指导意义,将会被文学史的发展进一步确证。

林庚是上世纪30年代很有影响的现代派诗人,以《夜》《春野与窗》《北平情歌》等诗集名噪一时。他最初是以自由诗形式开始新诗创作的,自由诗给他带来了最初的快乐,但无规律的快乐不能让他满足,他从中悟到了自由的相对性,遂从1934年——差不多是他自由体现代派诗创作的巅峰时期——开始了新诗形式的思考与探寻。他认为,这是对新诗艺术发展规律的顺应,因为"为了使诗歌摆脱与生俱来的逻

---

① 何其芳:《再谈诗歌形式问题》,《何其芳文集》第6卷,人民文学出版社1984年版,第67页。

辑习性,还有待于进一步找到自己更完美的形式"①。此后是七十年如一日,始终坚持着对于新诗"更完美的新形式"的探讨和实验,取得了将为诗歌史和文学史所铭记的成就。

林庚深知,诗歌形式是事关新诗存亡兴衰的大问题。他说:"新诗形式的问题为什么会引起这么广泛的注意,就是因为在新诗的创作上还缺少一种相当于过去五七言那样方便的形式可以使用。这不但使得诗坛的繁荣缺少了一个有利的条件,而且不能批判的接受五七言的民族形式传统,也就无法从而取代五七言以及与五七言共始终的文言诗。许多新诗人写了一阵新诗以后,往往又调过头来写旧诗了;这现象就说明了新诗在形式上还远远不能满足创作上的需要。"②林庚认为,"一切艺术形式都因为它有助于特殊艺术性能的充分发挥而存在","诗歌作为最单纯的语言艺术,除了凭藉于语言又别无长物;换句话说,它所唯一凭藉的,乃是它所要求突破的"。"诗不同于散文,它总要有个与散文不同的形式,自由诗必须分行,这也就是起码区别于散文的形式;但是仅止于此还是不够的。……形式并不等于艺术,它不过是一种手段和工具,但一个完美的诗歌形式却可以有助于艺术语言的充分解放与涌现。"然而,"要寻求一个完美的诗歌形式并非一朝一夕之事,而为了新诗发展的需要,对此进行不懈的探索、不断的尝试,乃是值得的"③。林庚已经预见到了中国新诗形式建设的艰难与持久。

在确立了新诗应当具备"完美的诗歌形式"这一理念的同时,林庚进一步提出了"自然诗"的概念,并仔细区分了"自然诗"与通常所说的"自由诗"的差异。林庚认为,就像电影银幕一样,自由诗是不规则的图形,而自然诗则是那永远一致的长方形,读自然诗,就像看电影一样,我们会完全忘掉"银幕"(形式),从而使得诗情得到更深广的传达。那么什么是"自然诗"呢?林庚说,"熟则成自然,而大家都走一条路则自

---

① 林庚:《问路集・自序》,北京大学出版社1984年版,第2页。
② 林庚:《再谈新诗的建行问题》,《文汇报》1959年12月27日。
③ 林庚:《问路集・自序》,北京大学出版社1984年版,第2页。

然愈走愈熟,愈熟便反而愈不觉得了",而新诗的"完美的诗歌形式"追求,似乎正是自然诗这样的"虽有若无","于是采用一个一致的有韵的形式"①——这些理论见解,无疑是非常精当、非常深入的,然而却又被林庚先生表述得非常形象、具体,非常浅显易懂而令人信服。林庚回顾了传统诗歌从楚辞到七言诗形式确立的漫长历史过程后意味深长地指出:"这个历史经验告诉我们,诗坛在经过散文化的洗礼之后,就必须进行语言形式的再度诗化。""楚辞在接受散文化洗礼的同时就出现了骚体的形式,新诗在接受散文化洗礼的同时就出现了分行的形式,这就说明诗歌起码总还得有一个自己的形式……如果连楚辞那样已成为七言诗摇篮的形式,也还只能算是半诗化,也还是后无来者,那么新诗的分行不就更是差的远了吗?"②由此,林庚提出了诗歌形式最终"还要统一在一个或几个基本形式上"③的理论认识。

那么,新诗的这"一个或几个基本形式"的中心问题是什么?林庚提出,就在于建立新的"理想的诗行"。他认为,"词的形式之所以在古诗中不过是一个小巧的局面,正因为它并没有建立起新的诗行","一下子就出现了百十来种的词牌,可见还是容易的;而诗歌史上出现成熟的五言诗行、七言诗行却是多么困难的事情!我们今天面临的难题正是这后者,也就是说我们要像古代建立起五七言诗行一样,能为我们今天的新诗建立起理想的诗行"④。在林庚看来,建立"理想的诗行"的关键问题,在于对民族传统的继承与突破。"民族形式的诗行则将是最主要的,最受欢迎而广泛流行的。""今天的诗歌则正是要继承五七言民族形式中的普遍性而又要突破其间的特殊性。"这个应当继承的"普遍性",正是林庚多年惨淡经营的重大诗歌美学发现——"半逗律":"它贯穿在中国历代诗歌之中,数千年来广泛的为人民所喜爱,它是历

---

① 林庚:《诗的韵律》,《益世报·文学周刊》第 80 期,1948 年 2 月 28 日。
② 林庚:《谈谈新诗回顾楚辞》,《文汇增刊》1980 年第 4 期。
③ 林庚:《五七言和它的三字尾》,《文学评论》1959 年第 2 期。
④ 林庚:《关于新诗形式的问题和建议》,《新建设》1957 年第 5 期。

代诗歌创作生活中不可分割的一部分。"①所谓"半逗律","也就是将诗行划分为相对平衡的上下两个半段,从而在半行上形成一个类似'逗'的节奏点","要力求让这个节奏点保持在稳定的典型位置上"②。"按照'半逗律'上下两半行近于均匀的原则,以及诗行半腰上节奏点的稳定,就自然决定了诗行的一定长度。"他认为,"九言诗行(五四)、以及十言诗行(五五)、八言诗行(四四)、十一言诗行(六五)都可能是更具有普遍性的"③。"但是其中要以九言诗的'五四'体最接近于民族传统,也最适合于口语的发展",因为"凡是念得上口的诗行,其中多含有以五个字为基础的节奏单位",而口语一般比白话要简短些,代替白话中五字单位的,应该是四字单位,由于"口语与白话是息息相通的","这样就构成了五四体。五与四代表着白话与口语的一般性"④,这个"一般性",正是建立在白话和口语基础之上的,突破了建立在文言文基础之上的传统诗歌诗行的汉语新诗的形式美学特征。这些构想都是严谨而缜密的,理论背景上都有着对于中外诗歌,特别是中国古典诗歌形式发展规律的精深把握。当然,也正如林庚所说,"理论性的问题最后还得通过实践来考验","还有待于更多写作的证明"⑤。林庚的这些理论建树所给予我们的,可能更多的还是诗歌形式美学建设理念和精神上的,而不是具体的形式设计上的启示。

直到晚年,林庚仍然在进行着他未竟的思考与探索。1996 年 4 月,林庚谈到他的一次创作经历,说起他的名作《秋之色》的最后两行诗"你这时若打着口哨子去了/无边的颜料里将化作蝴蝶","完全是逼出来的。先写前面的六行,然后,诗到这里是水到渠成,完全是自然流出来的。这是格律诗对创作内容影响的一个证明,若不是有一个节奏的要求,就不会有这两句诗。……格律诗的好处,就在这里,同样的节

---

① 林庚:《关于新诗形式的问题和建议》,《新建设》1957 年第 5 期。
② 林庚:《问路集·自序》,北京大学出版社 1984 年版,第 2 页。
③ 林庚:《再谈新诗的建行问题》,《文汇报》1959 年 12 月 27 日。
④ 林庚:《九言诗的五四体》,《光明日报》1950 年 7 月 12 日。
⑤ 林庚:《再谈新诗的建行问题》,《文汇报》1959 年 12 月 27 日。

奏进行,它就有一种推动作用"。其后,他又再次强调了诗歌格律节奏对于诗歌文学生存与发展的重要意义:"诗的一个重要功能,是传播",而"诗的传播功能,主要靠节奏。有了节奏,才容易记忆,容易吟诵,容易传播开去"①。而诗歌节奏是离不开能够被普遍接受的诗歌形式的,这样就又回到了他关于汉语新诗"更完美的新形式"的毕生追索。"从过去诗歌的发展上看,一个形式的自然形成动辄要经过数百年,我们如果不想这样长期的等下去,就不得不凭借理论的帮助来寻求。"②林庚先生倾毕生之力的不懈探求,正是出于不想"长期等下去",而试图借助"理论的帮助"推动中国新诗形式美学理论建设的急迫心情。这是一个有着强烈的历史责任感的学者诗人可贵的专业品质。

诗歌文学在中国,乃至整个汉语文化圈中的影响与作用是举足轻重的。如林庚所说,"中国是一个诗的国度,诗在人们的精神生活中,占着特殊的位置,不写新诗,就写旧体诗,人们没有拿小说作交往的"。然而,"诗一直不如小说有那么多人看,写诗的,也很冷清,但很多人,还是用诗来满足某种精神生活的需要。无论社会怎样发达,物质怎样丰富,其他文类发展得怎样快,人们一定层次的精神生活对于诗的需要,总是有的。诗是人的精神生活不可缺少的东西"③。诗的不可替代性决定了它的永久的艺术生命力,而生命力又必须存活在具体的艺术躯体之中。作为中国新诗艺术躯体的新诗形式美学建设的重要意义,也就不言而喻了。从这个意义上说,对于林庚先生,一个不遗余力而又无比坚执的前行者对新诗形式美学建设的艰难探索和巨大贡献,是需要我们进一步充分认识和全面评价的。

---

① 孙玉石:《"相见匪遥乐何如之"——林庚先生燕南园谈诗录》,《新文学史料》2005年第1期。
② 林庚:《再谈新诗的建行问题》,《文汇报》1959年12月27日。
③ 孙玉石:《"相见匪遥乐何如之"——林庚先生燕南园谈诗录》,《新文学史料》2005年第1期。

"文口融合":周作人的"新诗情结"所系

新诗是中国现代文学中最先诞生的文学形式,在"五四"时期曾极一时之盛。如亲历过那段历史的周作人所说,"那时做新诗的人实在不少","《新青年》上总是三日两头的有诗"①。以后随着现代小说、散文、戏剧的迅速崛起,以及作家们根据自己的兴趣才情和客观环境条件所做的文体选择,一些作家如鲁迅周作人兄弟,"待到称为诗人的一出现,便洗手不作(新诗——引注)了"②。但他们仍然关注着新诗的发展成长,不时会发表一些关于新诗的精辟的、建设性的意见——或者可以说,他们一直有着一种"新诗情结"吧。周作人便是一位有着浓重"新诗情结"的散文大家。

这种文学史现象似乎有着某种程度的历史继承性。周作人之后,一些由于种种原因渐渐远离了曾经钟情的新诗而专注于戏剧、小说写作的文学青年,如曹禺、沈从文、吴组缃、施蛰存等,在成为剧作家、小说家之后,也仍然不能忘情于新诗。在其他文学和文化领域取得了突出成绩,不以诗人名世,但始终怀有"新诗情结"的作家,在中国现代文学史上也许是具有一定程度的普遍性的。因此,对于他们的诗歌文学活动的关注与考察,不仅有助于更为全面、深入地评价他们的文学成就、文学品格以及艺术源流,而且有可能为全面回顾中国新诗艰难的历史进程、破解新诗艺术发展的困局与难题提供一些有价值的启示与借鉴。

1943年,已经成为古典文学学者的诗人闻一多,针对当时的新诗现状,发出了这样的感慨:"但在这新时代的文学动向中,最值得揣摩

---

① 周作人:《〈扬鞭集〉序》,周作人著,钟叔河编《知堂序跋》,岳麓书社1987年版,第296页。
② 鲁迅:《集外集·序言》,《鲁迅全集》第7卷,人民文学出版社1981年版,第4页。

的,是新诗的前途。你说,旧诗的生命诚然早已结束,但新诗——这几乎是完全重新再做起的新诗,也没有生命吗？对了,除非它真能放弃传统意识,完全洗心革面,重新做起。但那差不多等于说,要把诗做得不像诗了。也对。说得更确点,不像诗,而像小说戏剧,至少让它多像点小说戏剧,少像点诗。"接着,闻一多又具体指出:"在一个小说戏剧的时代,诗得尽量采取小说戏剧的态度,利用小说戏剧的技巧,才能获得广大的读众。……新诗所用的语言更是向小说戏剧跨近了一大步,这是新诗之所以为'新'的第一个也是最主要的理由。"①闻一多的这番话语出惊人,但显然是经过深思熟虑的"揣摩",似乎可以给我们以这样的启示:新诗过去、现在和将来的发生发展,都需要学习、借鉴小说、戏剧、散文等其他文学形式的成功经验;而诗歌语言变革,更是一个学习受益的重要途径。这样,那些在其他文学形式创作中取得较大成就,又有着"新诗情结"的作家们对于新诗的关注,尤其是他们对于新诗语言变革的探求,就多少有了一些切中肯綮的意义。而事实上,他们的很多深度关注,往往也是指向新诗语言问题的,周作人就是其中很有代表性的一位。

一

周作人是小品散文大家,但在其第一部严格意义上的小品文集《雨天的书》出版之前七八年,他已经开始了新诗写作②。他的新诗成名作《小河》问世后,即引起了有识之士的高度关注。胡适称之为"新诗中的第一首杰作,但是那样细密的观察,那样曲折的理想,决不是那旧式的诗体词调所能达得出的"③。以后,朱自清也说,《小河》"融情

---

① 闻一多:《文学的历史动向》,《闻一多全集》第1卷,三联书店1982年版,第205页。
② 周作人说,"我写'新诗',是从民国七年才开始的"。参见周作人:《知堂回想录》,香港三育图书有限公司1980年版,第383页。
③ 胡适:《谈新诗》,《中国新文学大系·建设理论集》,上海良友图书印刷公司1935年版,第295页。

入景,融情入理",比之同时的许多诗作,要"浑融些或精悍些",又说,"但给诗找一种新语言,决非容易,……多数作者急切里无法甩掉旧诗词的调子;但是有死用活用之别。……只有鲁迅氏兄弟全然摆脱了旧镣铐,周启明氏简直不大用韵。他们另走上欧化一路"。同时又具体指出,"这说的欧化,是在文法上"①。

胡适和朱自清不约而同地注意到了周作人出手不凡的新诗试作所具有的诗歌语言变革的意义,即摆脱旧诗词的镣铐,借鉴外来语言形式,"给诗找一种新语言"的有益尝试。

不过,新诗写作毕竟是周作人的"副业",持续时间不长,主要集中于20世纪20年代前后;作品数量也不算多。1929年,他将他的绝大部分新诗三十余首结集,作为"苦雨斋小书"的一种出版,题为《过去的生命》——多少有些"金盆洗手"的意味。然而,他对自己的这一段"诗路历程"却是十分看重的。1933年,他在编选具有自选集性质的《知堂文集》时,选入了五首新诗,而全部入选的作品不过四十四篇。相对于他的积累已经相当丰厚的小品文和学术论文来说,新诗入选的比例是很高的;而在文集的序言和简短的"题解"性质的《知堂说》之后,入选作品实际上的开篇之作,又是因四年前出版的诗集而得名的新诗《过去的生命》。周作人的"新诗情结",于此可见一斑。

或许正是这挥之不去的"新诗情结",使得周作人不能忘情于新诗,时时关注着新诗的发展;然而毕竟又只是"情结"而非主业,使得他在很多时候与新诗保持着一定的距离,能够有所为有所不为。这样一种学术姿态,反倒使得他对新诗中的一些问题看得更清楚一些,所发表的意见也更客观一些。对于新诗的未来,新诗发生发展的必然性,他有着清醒的认识。他说过,"我想新诗总是要发达下去的。中国的诗向来模仿束缚得太过了,当然不免发生剧变"②。为此,他曾多次直言不

---

① 朱自清:《〈中国新文学大系〉诗集导言》,《朱自清全集》第4卷,江苏教育出版社1990年版,第368—369页。

② 周作人:《〈扬鞭集〉序》,周作人著,钟叔河编《知堂序跋》,岳麓书社1987年版,第297页。

讳地表示反对写旧诗。他说过:"我觉得旧诗是没有新生命的,它是已经长成了的东西,……旧诗里大有佳作,我也是承认的,我们可以赏识以至礼赞,却是不必想去班门弄斧。"①"我自己是不会做旧诗的,也反对别人的做旧诗;其理由是因为旧诗难做,不能自由的表现思想,又易于堕入窠臼","就实际上说来,做旧诗实在是能不能做的问题,并不是该不该的问题"②。"两年前我曾说过,'有才力能做旧诗的人,我以为也可以自由去做'",但"我的本意也并非奖励,实在是隐晦的阻止"。他认为,具有做旧诗才力的有如"降龙伏虎"的"英雄异人"③,是少之又少的——其实他自己算得上具有这种才力的"英雄异人",如有学者所说,他的《苦雨庵打油诗》第一首"燕山柳色太凄迷","就是放在唐人的集子里,大概也不会有人说是伪作"④;然而,他仍自认是"凡人没有这样的自信,不敢去冒这个险"。真正的"英雄异人"尚且自认"凡人",而那些才情学识与他的差距不可以道里计的真正的"凡人",自然更没有必要去"冒险"了。正因为如此,他对"中国的新诗人颇喜做些旧诗以及古文"很不以为然,读了一位也曾名噪一时的新诗人的一部旧诗集后,"没有觉得(其中有自己——引注)怎么喜欢的诗",而有些诗作"意思太陈旧了","觉得新诗人说这种旧话实在比做旧诗还要奇怪"⑤。

对于曾经为他赢来盛誉的《小河》等新诗作品,他的自评一直是十分审慎与低调的。《小河》发表之初,他即在"引言"中写道,"有人问我这诗是什么体,连自己也回答不出,……或者算不得诗,也未可知"⑥。以后,他在《苦茶庵打油诗》卷末提及《小河》,说这首诗"当时觉得有点

---

① 周作人:《论人境庐诗草》,转引自郑子瑜:《知堂杂诗抄·跋》,《知堂杂诗抄》,岳麓书社1987年版,第109—110页。
② 仲密(周作人):《做旧诗》,1922年3月26日《晨报副刊》。
③ 开明(周作人):《沟沿通信(二)》,1924年8月27日《晨报副刊》。
④ 张中行:《再谈苦雨斋并序》,萧南选编《在家和尚周作人》第56页,[成都]四川文艺出版社1995年版,第56页。
⑤ 开明(周作人):《沟沿通信(二)》,1924年8月27日《晨报副刊》。
⑥ 周作人:《小河·引言》,《新青年》第6卷第2号,1919年2月15日。

别致,颇引起好些注意。或者在形式上可以说,摆脱了诗词歌赋的规律,完全用语体散文来写,……至于内容那实在是很旧的,假如说明了的时候,简直可以说这是新诗人所大抵不屑为的,一句话就是那种古老的忧惧"①。他认为,《过去的生命》中所收录的"这些'诗'的文句都是散文的,内中的意思也很平凡,所以拿去当真正的诗看当然很失望,但如算他是别种的散文小品,我相信能够表出当时的情意"②。所以,他坚称自己所写的旧体诗只是"打油诗","表示不敢以旧诗自居,自然更不敢自称是诗人,同样地我看自己的白话诗也不算是新诗,只是别一种形式的文章"③。周作人始终一贯的自评似乎并不完全是自谦,他大约觉得自己的新诗——推而广之也可以包括"五四"以来大量的以散文化为尚的新诗——都还没有与散文"划清界限",因而也就难以取得独立的文体地位,难以成为"真正的诗"。旧诗不能再写,新诗又难以成为"真正的诗":这可能就是他在不断地写诗的同时,又一再声称自己"不懂诗""不是诗人"的缘由吧。

二

在周作人看来,"真正的诗"也即理想的新诗,首先需要"真正的"新诗语言,而新诗语言比起小说语言、散文语言,则需要"更多的改造"功夫。1942年,周作人在为《骆驼祥子》日译本所做的序言中,发出了这样的感慨:中国新文学"大抵在多少有传统的根基存在的地方,新的成就也比较的明显,例如散文作品、小说与随笔都还相当的发达,比起诗歌戏剧来,在量与质上似均较优。这里面当然有好些原因,但是语言问题恐怕是其中重要的一个"。他说:"文学中的事与理,即内容尽可能随时变更,只要有'诚'存在便好,可是表现的形式假如不称心,缺少

---

① 周作人:《知堂杂诗抄》,岳麓书社1987年版,第10页。
② 周作人:《过去的生命·序》,周作人著,钟叔河编《知堂序跋》,岳麓书社1987年版,第35页。
③ 周作人:《知堂杂诗抄》,岳麓书社1987年版,第3页。

了'达',那就不能令人领解其佳处了。小说与随笔之发达较快,并不在于内容上有传统可守,不,在这上边其实倒很有些变更了,它们的便宜乃是由于从前的文学语言可以应用,不像诗歌戏曲之须要更多的改造。"①周作人的议论可以看作是对七八年前朱自清关于"给诗找一种新语言,决非容易"②的见解的一个积极的、有深度的回应。对于当时的新诗和其后乃至当下新诗的艺术发展,他们的看法应当说都是深中肯綮的。

至于如何对诗歌语言进行"更多的改造",创造能够"令人领解其佳处"的"达"的诗歌语言形式,周作人似乎没有多少直接的、具体的理论阐释;但他关于改造"语体文""国语"的一些意见,似乎可以认为也涵盖了诗歌语言的创新问题。20世纪20年代初期他说过,"我觉得现在中国语体文的缺点在于词汇之太贫乏,而文法之不密还在其次,这个救济的方法当然有采用古文及外来语这两件事,但采用方言也是同样重要的事情"③。以后,他又提出,"我们所要的是一种国语,以白话(即口语)为基本,加入古文(词及成语,并不是成段的文章)方言及外来语,组织适宜,具有论理之精密与艺术之美"④。这里引进外来语暂且不论,在他的为数不算很多的诗论诗评文字中,涉及诗歌语言变革而又谈论较多的,大约也就是这样两个方面的内容:一是引入口语(包括方言),二是借鉴文言。周作人十分注重口语入诗,他曾说过,《新青年》时代"做新诗的人实在不少,但据我看来,只有两个人具有诗人的天分",其中一个是刘半农。"半农则十年来只做新诗,进境很是明了,这因为半农驾驭得住口语,所以有这样的成功。"⑤我们当然不一定要完

---

① 周作人:《〈骆驼祥子〉日译本序》,陈子善、张铁荣编《周作人集外文(1926—1948)》,海南国际新闻出版中心1995年版,第565页。
② 朱自清:《〈中国新文学大系〉诗集导言》,《朱自清全集》第4卷,江苏教育出版社1990年版,第368页。
③ 周作人:《歌谣与方言调查》,《歌谣周刊》第31号,1923年11月4日。
④ 周作人:《理想的国语》,《京报·国语周刊》第13期,1925年9月6日。
⑤ 周作人:《〈扬鞭集〉序》,周作人著,钟叔河编《知堂序跋》,岳麓书社1987年版,第296页。

全接受他对当时诗人的评骘（况且他也声明只是"据我看来"即个人私见），但却可以把他对刘半农驾驭口语以取得新诗成功的肯定，看作是他自己在新诗语言变革方面的艺术追求。

周作人对于这位注重口语入诗的诗人的关注一直持续到他的晚年。1950年，他还曾热心向读者推荐刘半农的民歌和拟民歌结集《瓦釜集》，并征引了刘半农在《瓦釜集》序文中所说的一段话："我们做文做诗，能够运用到最高等最真挚的一步的，便是我们抱在我们母亲膝上时所学的语言。"周作人认为，"这给想用口语做诗的人一个很好的参考"①。周作人自己也一直热心于民间歌谣的征集、整理、刊行、研究，他看到了民歌与新诗的密切关系，也以此作为学习、研究诗歌语言和口语的一个重要途径。他认为，民歌"可以供诗的变迁的研究，或做新诗创作的参考"。"民歌与新诗的关系，或者有人怀疑，其实是很自然的，因为民歌的最强烈最有价值的特色是他的真挚与诚信，这是艺术品的共通的精魂，于文艺趣味的养成极是有益的"，民歌中"有那一种感人的力"，"便是最足供新诗的汲取的"。他还引用并首肯了一位外国学者的看法，即"在中国民歌中可以寻到一点真正的诗"，"这些东西虽然都是不懂文言不学的人所作，却有一种诗的规律，……根于这些歌谣和人民的真的感情，新的一种国民的诗或者可以发生出来"②。而民歌往往是口耳相传，保存在精练的口语之中。他说自己收集整理绍兴儿歌，"大抵我的兴趣所在是这几方面，即一言语，二名物，三风俗"③。可见，对于口语化的民歌语言的研习，是他收集整理民歌的第一要务。

不过，周作人对于引入口语创造新诗语言的构想，并不同于胡适简单、笼统的"做诗如说话"的主张。尽管他认同"吟诗即说话，此语颇有致"，然而"但喜当诗读，所重在文字"。也就是说，能够当诗读的"说话"，应当是有分量的文字，入诗的口语应当经过艺术提炼，而不能等

---

① 周作人：《瓦釜集》（书评），周作人著，陈子善编《知堂集外文·〈亦报〉随笔》，岳麓书社1988年版，第530页。
② 周作人：《歌谣》，《自己的园地》，岳麓书社1987年版，第36页。
③ 周作人：《〈绍兴儿歌述略〉序》，《风雨谈》，岳麓书社1987年版，第167页。

同于自然主义的说话。"凡诗都非真实简练不可","所谓真实并不单是非虚伪,还须有切迫的情思才行,否则只是谈话而非诗歌了"①。周作人所仰慕的,正是经过"切迫的情思"所熔铸的口语化的诗歌语言,类似古代诗人寒山的那种"分明是说话,又道我吟诗"②的不见修炼的自然天成的境界。

对于古代文学遗产,周作人保持着"五四"新文学先驱们一致的批判精神。他曾毫不留情地批评收入《古文观止》中的古代散文大家的"坏文章",并且概括说,"音调铿锵,意思糊涂矛盾,这是古文的特色"③;但包括新诗在内的新文学创作实践对于古代文学的借鉴,他则认为是必要而且急需的,如一位学者所做的精辟概括:"他也只是躲一部分旧或大部分旧,不是躲一切旧。"④他反对写旧诗,但在批评诗人刘大白的诗集《旧梦》的时候,他又说:"他(刘大白——引注)竭力的摆脱旧诗词的情趣,倘若容我的异说,还似乎摆脱的太多,使诗味未免清淡一点,……大白先生富有旧诗词的蕴蓄,却不尽量的利用,也是可惜。"⑤他认为,对于传统应当全面分析,"超越善恶而又无可排除的传统,却也未必少,如因了汉字而生的种种修辞方法,在我们用了汉字写东西的时候总摆脱不掉的"⑥。这"摆脱不掉的",当然也就是需要继承,值得借鉴的。"我不喜欢乐府调词曲调的新诗,但是那些圆熟的字句在新诗正是必要,只须适当的运用就好,因为诗并不专重意义,而白话也终是汉语。"⑦这是周作人1923年所说的话,十二三年后朱自清关

---

① 周作人:《论小诗》,《自己的园地》,岳麓书社1987年版,第47页。
② 周作人:《儿童杂事诗·序》,《知堂杂诗抄》,岳麓书社1987年版,第57页。
③ 周作人:《坏文章(二)》,周作人著,陈子善编《知堂集外文·〈亦报〉随笔》,岳麓书社1988年版,第417页。
④ 张中行:《再谈苦雨斋并序》,萧南选编《在家和尚周作人》,四川文艺出版社1995年版,第56页。
⑤ 周作人:《〈旧梦〉序》,《自己的园地》,岳麓书社1987年版,第116页。
⑥ 周作人:《〈扬鞭集〉序》,周作人著,钟叔河编《知堂序跋》,岳麓书社1987年版,第296页。
⑦ 周作人:《〈旧梦〉序》,《自己的园地》,岳麓书社1987年版,第116—117页。

于新诗创作可以"活用"旧诗词①的主张,或许可以看作是对周作人这段话的应和。既然"诗并不专重意义",那么就需要注重诗歌语言的创新;"而白话也终是汉语",则需要注重诗歌语言的历史传承。因此,他反对"只在表示反对而非建立,因反抗国家主义遂并减少乡土色彩,因反抗古文遂并少用文言的字句"的绝对主义的、"非连着小孩一起便不能把盆水倒掉的情形"②。

到了20世纪三四十年代,周作人对于文言与白话关系的看法就更加灵活圆通,也更加透彻了。他曾在一篇文章中介绍了一位友人的十分"另类"的"文言观"。这位先生说:"天下有两样东西,是二而一,是一而二,此即语言与文字,一在口头说着,即是白话,一在纸上写出来,即是文章。语言变了文字,多少又有了点艺术性,便成了文言,凡文章都可以说是文言的,虽然它根本是语言,因为要把它写下来,要使它比白话说得更清楚更有力,自然与白话所用的字面或句法有点异同,故可称之曰文言,详言之即是文章的言语也。"所谓"文言"即文章之言,周作人认为,这番话"颇有道理"——或可认作是他的夫子自道吧:"照我的经验来说,自己明明以为是写白话文,无如蓝青官话既然说得不很好,又为得要求意思明白起见,往往古今中外的乱用一阵子,……总之是尽了我的能力去明了地表白所想说的意思了。在我一面自认是写了白话文,可是也有别的朋友怪我喜写文言,弄得我莫名其妙,现在归结起来,觉得到都不错,盖写的只是文章而已。"③这里的经验之谈,也许可以看作是对他20年代关于"理想国语"构想的实践体悟性回应吧。

三

从周作人关于"文言"的圆通看法,可以见出他的文学语言探索一

---

① 朱自清:《〈中国新文学大系〉诗集导言》,《朱自清全集》第4卷,江苏教育出版社1990年版,第368页。
② 周作人:《〈旧梦〉序》,《自己的园地》,岳麓书社1987年版,第118页。
③ 药堂(周作人)《古文谈》,《华光》第1卷第10期,1939年10月28日。

直在实践着、丰富着他此前关于"理想国语"的认识：他并不趋附于当时通行的"白话文"文体，当然也不会墨守文言文的成规，而是"古今中外的乱用一阵子"——换言之，就是注重融合各种语言元素基础上的创新。在诗歌语言方面的努力，就是如前所述的"文（文言，但主要是文言文的词及成语，并不是成段的文章）口（口语）融合"。而周作人关于"文口融合"的诗歌语言理论主张更集中、更专注也更具体的探索，则是他将所"身体"的理论认识，"力行"于具体的诗歌写作实践，这就是他在20世纪40年代后期系列"杂诗"的写作。这些"杂诗"，依通行的看法，当属旧体诗，但周作人不这样认为。他说，"杂诗"的"特色是杂，文字杂、思想杂。第一它不是旧诗，而略有字数韵脚的拘束，第二也并非白话诗，而仍有随意说话的自由"，"说到自由，自然无过于白话诗了，但是没有了韵脚的限制，这便与散文很容易相混至少也总相近，结果是形式说是诗而效力仍等于散文"。[①] 他似乎希望"杂诗"能够借助旧诗特殊的诗歌语言规定（韵脚等），来克服白话诗过于散文化的缺陷，同时也为口语入诗提供了路径："因为文字杂，用韵亦只照语音，上去亦不区分，用语也很随便，只要在篇中相称，什么俚语都不妨事，反正这不是传统的正宗旧诗，不能再用旧标准来加以批评。"[②] 例如曾经得到一些学者好评的一首杂诗，《往昔三十首》中的《五之四·炙糕担》[③]——

> 往昔幼小时，吾爱炙糕担。夕阳下长街，门外闻呼唤。竹笼架熬盘，瓦钵炽白炭。上炙黄米糕，一钱买一片。麻糍值四文，豆沙裹作馅。年糕如水晶，上有桂花糁。品物虽不多，大抵甜且暖。儿童围作圈，探囊竞买啖。亦有贫家儿，衔指倚门看。所缺一文钱，无奈英雄汉。

诗作有着自然、朴拙、亲切、平和的口语美，但显然经过了诗化处

---

① 周作人：《杂诗题记》，周作人《知堂杂诗抄》，岳麓书社1987年版，第101页。
② 同上。
③ 周作人：《知堂杂诗抄》，岳麓书社1987年版，第36页。

理,扬弃了自然主义口语的琐碎和啰唆;同时又保持着五言古体诗的语言形式,并不拒绝必要的、精炼的文言词语,创造出一种融合了口语的自然亲切、娓娓诉说和文言的言简意赅、一唱三叹的诗歌语言,把一段记忆中平常的,但也维系着人情物理、世态炎凉的童年生活情趣,抒写得饶有兴味。周作人也为此感到欣慰,他说:"正如杂文比较的容易写一样,我觉得这种杂诗比旧诗固然不必说,就是比白话诗也更为好写。有时候感到一种意思,想把它写下去,可是用散文不相宜,因为事情太简单,或者情意太显露,写在文章里便一览无余,直截少味,白话诗呢又写不好,如上文所说,末了大抵拿杂诗来应用。"①也就是说,周作人在想要抒写不宜用散文表达的情意时,首先想到的是新诗(白话诗)而非旧诗,只因为新诗"写不好",故以杂诗来替代——宽容地看,杂诗似乎可以看作是新诗的一种"变体"(当然也可以看作是旧诗的"变体")或一种过渡形式;那么,周作人通过杂诗所进行的"文口融合"的诗歌语言理论思考与艺术实践,也许可以看作是一种具有过渡意义的新诗语言创新试验了。

不过,周作人从一开始就预见到他的杂诗试验难以被普遍接受。他说,杂诗的写作"只出于个人的方便,本来不足为训","原无主张的意思"②。他的预见是准确的。和新诗史上很多次诗歌语言创新试验一样,周作人的杂诗也没有产生很大的影响。毕竟新诗的语言问题是一个太大的问题。如他自己所说,小说语言"由言文一致渐进而为纯净的语体","中国用白话写小说已有四五百年的历史"③。而到周作人热心于杂诗写作,进行"文口融合"的诗歌语言试验的时候,新诗诞生还仅只有二三十年,况且旧诗在几千年的中国文学史上,又一直处于难以动摇的主体地位。新诗的语言问题不是周作人那一代人,甚至也不是其后的几代人能够解决的。然而,时时思考而不回避这样一个棘手

---

① 周作人:《杂诗题记》,周作人《知堂杂诗抄》,岳麓书社1987年版,第102页。
② 同上。
③ 周作人:《〈骆驼祥子〉日译本序》,陈子善、张铁荣编《周作人集外文(1926—1948)》,海南国际新闻出版中心1995年版,第565页。

的难题,并且做出了积极、有深度和创新意义的艺术探讨——诸如周作人的"文口融合"的主张与实践,又是几代诗人与文学家,包括周作人这样在其他领域取得了很大成就但不以诗人名,却始终怀有新诗情结,念兹在兹的文学家们的很大贡献。

《在延安文艺座谈会上的讲话》与中国现代叙事诗的艺术发展

毛泽东的《在延安文艺座谈会上的讲话》(以下简称《讲话》)是一部划时代的马克思主义文艺理论著作,是马克思主义的普遍真理与中国现代文艺实践相结合的产物。《讲话》提出并阐释了中国现代文艺的工农兵方向、艺术与生活的源流关系、文学艺术普及与提高的关系、批判继承文学艺术遗产等一系列马克思主义文艺学和美学的理论与实践课题,给革命的、进步的文艺工作者以很大的启示与鼓舞,有力地推动了抗战后期和解放战争时期中国新文艺的历史发展进程。对于中国现代文学,《讲话》真正称得上是"五四"文学革命以来,一次具有"再解放""再革命"性质的重大理论建树。

《讲话》虽不是一部诗学著作,但它站在辩证唯物主义和历史唯物主义的高度,概括了诗学的精义,为诗歌创作标示了正确的发展方向与途径,提供了丰富的艺术方法。本文仅从叙事诗的艺术发展方面,谈谈《讲话》的影响。

一

中国现代诗歌的主体形式是抒情诗。早期的新诗,无论是创作实践还是理论倡导,其艺术着眼点主要都是抒情诗的美学建设。20年代一种较有影响的看法,是将"唠叨的叙事"视为诗的缺陷,而"只认抒情是诗的本分"①。中国现代叙事诗是30年代中期及其后才开始繁荣起来的。这种繁荣,是社会发展规律与艺术自身内部矛盾运动共同促成

---

① 周作人语。参见周作人:《〈扬鞭集〉序》,《语丝》第88期,1926年6月。

的。如同茅盾所说,当时叙事诗的繁荣,"是新诗人们和现实密切拥抱之必然的结果;主观的生活的体验和客观的社会的要求,都迫使新诗人们觉得抒情的短章不够适应时代的节奏,不能把新诗从'书房'和'客厅'扩展到十字街头和田野了"。"从抒情到叙事","从短到长","在底层的新的文化运动的意义上,这简直可以说是新诗的再解放和再革命"①。30年代的许多优秀诗人,尤其是那些"和现实密切拥抱",更关注"客观的社会的要求"的诗人,都不约而同地感应到了"新诗的再解放和再革命"的紧迫性。1934年,臧克家编定了他的第二部短诗集《罪恶的黑手》之后说,"我希望这个集子结束了我的短诗。老是这样写下去,自己不满意不必提,是会辜负多数希望着我的人们的。我已经下了最大的决心,最近的将来就要下功夫写长一点的叙事诗"②。次年,他便写出了被茅盾称许为"'长江万里图'似的大时代的手卷"③——自传体叙事长诗《自己的写照》。抗战爆发后,他又陆续写了《走向火线》(1939)、《他打仗去了》(1941)、《古树的花朵》(1942)、《感情的野马》(1943)等叙事诗作。蒲风的第一部诗集《茫茫夜》(1934),即由诗集中一首同题叙事诗而得名。1935年,他写出了正面反映土地革命时期农民武装斗争的千行叙事长诗《六月流火》。他说之所以要写这部作品,"决不是学时髦","也决不是我个人的癖性固执,向我们作品客观要求的是时代"④。抗战前夕,他又完成了两千余行的叙事长诗《可怜虫》的创作。曾经是"左联"青年诗人的田间,1936年出版了他的一千五百行的叙事诗《中国·农村底故事》。抗战爆发之后,他以那首兼有较重叙事意味的抒情长诗《给战斗者》震撼了诗坛,不久又写了叙事长诗《她也要杀人》(即《她底歌》)。艾青的名作《大堰河——我的保姆》,就有较多的叙事因素。而与他的"北方组诗"和"太阳组诗"一起雄踞抗战诗坛的,还有《吹号者》《他死在第二次》《火把》等叙事诗。1940年底,

---

① 茅盾:《叙事诗的前途》,《文学》第8卷第1期,1937年2月1日。
② 臧克家:《罪恶的黑手·序》,生活书店1934年版。
③ 茅盾:《叙事诗的前途》,《文学》第8卷第1期,1937年2月1日。
④ 蒲风:《关于〈六月流火〉——自序》,1936年1月11日《青岛时报·诗歌周刊》。

他又开始动笔写长篇叙事诗《溃灭》。这部长诗虽未完成,但从已发表的片断看,结构是十分宏大的。

在抗日战争期间,中国共产党领导下的延安成为当时中国人民心目中的革命圣地。一批又一批不同出身的知识青年长途跋涉,历尽艰险来到这里,真诚地接受共产党的领导,为国家和民族的未来做出了无私的奉献。这其中也包括相当一部分富有革命热情的诗人,如柯仲平、田间、何其芳、严辰、艾青、公木、天蓝、鲁藜等,阿垅和卞之琳也曾在延安停留和工作过一段时间。在这片民主自由的新天地里,诗人们的思想和作风都发生了深刻变化。健康的、热情的、相对明朗的现实主义诗风,已成为相当普遍的美学倾向;诗人们在继续抨击黑暗的旧制度、旧思想的同时,也真挚地歌颂他们所接触到的新事物、新风尚、新思想。诗的叙事因素明显增多。长于"画梦",以优美精致著称的"预言"诗人何其芳,白天紧张地工作,晚上在油灯下抒写充实而真诚的《夜歌》。曾用一支魔杖般的诗笔,精心雕镂着空灵神异的《白螺壳》和《圆宝盒》的卞之琳,此时的诗作《慰劳信集》中,也走动着脚踏实地的《修筑飞机场的工人》《西北的青年开荒者》以及《〈论持久战〉的作者》——当然,对于叙事因素的具体处理,仍保留着作者们艺术个性的印记。更多的诗人,则在写作抒情诗的同时,积极搜集素材创作叙事诗,以相对完整的故事情节与人物形象,对他们所感受的新的时代环境、新的思想情感,做出更深厚、更丰富的诗意概括。曾经是创造社成员,以长诗《海夜歌声》与诗剧《风火山》名噪一时的诗人柯仲平,在来到延安的第二年(1938年)先后写出了洋洋数千行的叙事长诗《边区自卫军》与《平汉路工人破坏大队的产生》。1938年春天来到延安的田间,在热情发起"街头诗运动"的同时,又首创了"小叙事诗"形式,写下了《一杆枪和一个张义》《"烧掉旧的,盖新的……"》《曲阳营》等题材新颖、篇幅相对短小的叙事诗作。艾青于1941年来到延安不久,也写了自传体叙事诗《我的父亲》和叙事诗《雪里钻》。其他如公木的《岢岚谣》、天蓝的《队长骑马去了》等,也都是有一定影响的叙事诗佳作。诗人们在以叙事诗形式表现党领导下的革命斗争方面,做了初步的尝试。从而为有力地推动了现代叙事诗艺术发展的解放区叙事诗运动,提供了直接的艺术准备。

延安的诗歌创作也像其他文艺作品一样,引起了中共中央领导人的热切关注。1938年夏天的一个文艺晚会上,毛泽东主席在兴致勃勃地听了诗人柯仲平朗诵的叙事长诗《边区自卫军》后,要去诗稿,破例发表在中共中央理论刊物《解放》周刊上。1942年5月,中共中央在延安召开了文艺座谈会,毛泽东发表了著名的"讲话"。毛泽东的《讲话》既有理论高度,又密切结合实际,对整个文学艺界产生了极为深远的影响。

30年代中期以后诗人们致力于叙事诗创作的辛勤劳作,的确带有一些艺术"解放"、艺术"革命"的意味。诗人们所创造的艺术成就,包括题材的多样化、艺术结构的丰富性、吸收转化民间文艺因素的成败尝试等等,都从一个相对独立的层面上丰富了新诗的美学积累,开创与丰富了中国现代叙事诗传统。但我们同时也应看到,无论是从整个诗坛还是诗人个人的创作面貌考察,似乎都还没有形成过叙事诗与抒情诗旗鼓相当、平分秋色的局面。抒情诗的主体地位,还没有遇到强有力的挑战。臧克家在抗战期间创作、刊发了叙事诗上万行,就数量而言,数倍于同期的抒情诗。但就其艺术影响的深度来说,似乎还不及他自己一本薄薄的抒情诗集《泥土的歌》。而人们欣赏《火把》《吹号者》的时候,似乎并不太注重它们和《雪落在中国的土地上》《北方》这类抒情诗作的文体差异。也就是说,并不太注重它们相对独立的美学品格——当然,这并不影响此类诗作自身的美学价值和历史价值。但从文学史、诗歌史的角度思考,却可以隐约感到,作为一种新兴文体的现代叙事诗,似乎还没有形成界定相对明晰的美学范畴和比较独特的艺术个性。按照茅盾的看法,叙事诗既不能成为"韵文写的小说"(Novel in verse),又不能没有"生活的图画";既不能缺少"壮阔的波澜和浩浩荡荡的气魄",又须防止"过犹不及"①。看来,这种带有"再解放"与"再革命"性

---

① 茅盾《叙事诗的前途》,《文学》第8卷第1期,1937年2月1日。

《在延安文艺座谈会上的讲话》与中国现代叙事诗的艺术发展

质的诗歌文体的美学建设,还需要进一步的深入探索。在积累与丰富中徘徊不前的现代叙事诗,在呼唤着一种新的、强有力的理论的指引与点拨。而具有"再解放""再革命"性质的《讲话》的出现,正起到了这个作用,它对于中国现代叙事诗的艺术发展,也像对于其他文艺体裁一样,是具有划时代意义的。

二

以延安为中心的抗日民主根据地的诗人们得天独厚,他们更早、更广泛也更直接地接受了《讲话》的指导,因此也就首先给现代叙事诗的艺术发展以更大推动。我们看到,延安文艺座谈会之后,诗人们不再只是为了收集素材、激发灵感,而是为了改造世界观,转变立场、思想感情而深入生活,主动、积极、踏踏实实地"到工农兵群众中去,到火热的斗争中去","观察、体验、研究、分析一切人,一切阶级,一切群众,一切生动的生活形式和斗争形式"[①],从中升华诗情,努力创作政治标准与艺术标准相统一的、工农兵读者喜闻乐见的文艺作品。1943年春,艾青来到延安南区的吴家枣园深入生活,结识了当时的陕甘宁边区劳动英雄吴满有,以他的事迹为素材,用通俗的语言形式创作了长篇叙事诗《吴满有》。同一年,担任陕甘宁边区文协副主任的田间离开延安,深入基层,一边做党的组织工作和群众工作,一边收集素材,熟悉与学习民间文艺,以民歌体形式先后创作了长篇叙事诗《戎冠秀》,和多部集叙事诗《赶车传》的第一部。在《讲话》精神的鼓舞下,一批在抗日民主根据地和解放区成长起来的青年诗人也积极行动起来,用自己的诗笔,以解放区人民所欢迎的形式,艺术地再现了中国人民,尤其是党领导下根据地和解放区军民可歌可泣的英勇斗争,改天换地的历史业绩。这些诗人与诗作中,李季的《王贵与李香香》影响最大,最为著名。这部

---

① 毛泽东:《在延安文艺座谈会上的讲话》,《毛泽东选集》第3卷,人民出版社1991年版,第861页。

叙事长诗的出现,标志着在《讲话》的指引下,中国现代叙事诗艺术已经走出了徘徊困惑,取得了突破性的进展。

李季是"抗大"培养出来的知识分子,曾担任过八路军的基层干部。1942年冬接受党组织的委派,到条件十分艰苦的陕北三边地区工作,当过小学教员、县政府秘书和地方石印小报的编辑。艰苦的环境同时也是独特的条件:他可以按照《讲话》指引的方向,就近深入生活,和工农兵群众打成一片,了解群众的情感世界与精神需求,充分吸取民间文学的营养。

民间文学中的叙事诗传统是源远流长的。《诗经》的"风"诗即民歌中,就保留了像《氓》那样的叙事诗杰作;乐府民歌中最有光彩的部分,也正是《孔雀东南飞》这一类优秀的叙事诗作品。这种传统哺育了历代文人的诗歌创作,产生了像《茅屋为秋风所破歌》《琵琶行》这样的绝唱。陕西是中华民族的摇篮,它的文化是很古老、很淳厚的。李季来到陕北三边之后,就被有"新诗经"之誉的民歌"顺天游"(又作"信天游")迷住了。几年下来,他从当地群众中收集了近三千首"顺天游"。在辑录整理这些民歌的同时,他的诗心也在这丰厚的艺术土壤中悄悄萌发了。1945年冬天,李季根据三边地区土地革命时期党领导的武装斗争与群众生活素材,以经过艺术改造的"顺天游"形式,创造了长篇叙事诗《王贵与李香香》。这部作品先是在三边的群众中广泛传唱,以后被赴三边的中央慰问团(当时三边打了一次胜仗)发现,才带回延安在《解放日报》上发表的。因此,它是先经过工农兵读者(听众)检验、认可,然后才引起诗坛关注的。作品在这些很难为新诗打动的读者中激起如此广泛深远的反响,或许可以说明它成功地创造了一种异于抒情诗特质的,具有相对独立美学品格的诗意。《王贵与李香香》的诞生,也许可以看作是中国现代叙事诗臻于成熟的标志。

《王贵与李香香》较好地融合了叙事诗的抒情因素与叙事因素。在作品中,两种诗歌因素互相制约又互相协调,努力寻求着最佳"融合度"。作为一首叙事诗,《王贵与李香香》确实"叙"了"事"——有相对完整的故事情节:土地革命时期,陕北三边死羊湾的农民群众在党的领导下,在红军游击队的支持配合下,历经曲折反复,终于斗倒恶霸地主崔二爷,翻身得解放。在苦难中相识相爱,在斗争中患难与共的王贵与李香香也终成眷属;也有相对完整的人物形象;男女主人公的身世、经历都有所交代,有性格刻画,有传神的肖像描写。然而,作为叙事诗,《王贵与李香香》更是"诗"的——有诗的形式,有诗的结构,其情节发展依附于情绪起伏的节奏,有茅盾所概括的那种"壮阔的波澜和浩浩荡荡的气魄"①;尤其重要的是,其抒情始终制约着叙事因素的发展,使得所叙之事根本有别于叙事文学,如小说。所以,尽管《王贵与李香香》有相对完整的故事情节,甚至不乏曲折惊险之处,但却无法用散文表现:如果那样,肯定要输于稍前或稍后出现的小说,如《李家庄的变迁》(赵树理)和《太阳照在桑干河上》(丁玲)。王贵与李香香性格的丰富也不同于铁锁与二妞(《李家庄的变迁》)、程仁与黑妮(《太阳照在桑干河上》)的性格的丰富。比较起来,《王贵与李香香》所凸现、强化的,主要还是性格诸元素中的情感、情绪部分。王贵固然有他的勇武与坚韧,但给人印象更深的,还是他对香香的挚爱,以及对崔二爷不共戴天的仇恨,而且后者更突出、更强烈;同样,香香固然有她的聪慧与泼辣,但更令人难忘的,还是她对崔二爷的恨,以及对王贵生死不渝的爱,也是后者更突出、更强烈。恨与爱合成一个辩证统一的情感世界。所以,叙事诗中人物形象的性格特征,相对说来仍是单一维度的,更接近(抒情)诗而不是小说。这里人物性格的丰富性主要表现为情感世界的丰富,情感的深度、广度、浓度的丰富,而不是像小说那样的性格层次的丰富。因此,叙事诗作品中所谓故事情节与人物形象的完整,都只能是诗的意义上的完整。

不过,这种艺术表现的局限同时也显示了它的优长之处:可以使作品同时具有鲜明的主观性特征与生动的客观性特征。叙事诗的人物形象不但生活在故事情节推进的内在逻辑之中,而且生活在诗人的介绍、

---

① 茅盾:《叙事诗的前途》,《文学》第 8 卷第 1 期,1937 年 2 月 1 日。

评论、感慨——或者可以说生活在诗人的主观情感活动之中。像"旧社会的庄户人不如牛马","香香人才长得好","王贵是个好后生"这类在小说的叙述语言中可能属败笔的诗句,在叙事诗中却往往是不可或缺的。《王贵与李香香》既深刻地揭示了历史进程的本质方面:在阶级社会中,阶级斗争是推动历史前进的主要动力,革命斗争的成败与被压迫人民的个人幸福有着深刻的内在联系;又充分显示了历史进程的精神特征:革命斗争总是集中体现了被压迫人民的恨与爱。借用一位学者所使用的术语,可以说这部作品既重建了社会生活的"新现实",又重建了感情心理的"新现实"①。

浓郁、淳朴的生活气息与地方色彩,是作者赢得读者、取得巨大成功的一个重要原因。除了对作品所表现的三边地区的地理、历史、人文、风情了如指掌之外,很大程度上得益于当地民歌的滋养与启发。李季以"顺天游"联唱的形式作为《王贵与李香香》的基本形式,大胆引进或略加改造地使用了许多"顺天游"的成句,吸收了"顺天游"简练、诙谐、善用比兴、以叙事包含抒情等艺术经验,创造了出色的叙事诗艺术语言(媒介)。但《王贵与李香香》并不是一首新民歌,而是一部成功的现代叙事诗。它不是民歌手的即兴创作、口耳相传,也不是取用民歌形式"旧瓶装新酒",李季说过,他是"先写了详细的故事梗概,然后根据故事梗概,再分部、分章"②写成的。这也正是茅盾所期望于叙事诗的那种"先布置好全篇的章法,一气呵成,然后再推敲字句"③的艺术方法。从"五四"时代刘半农热心搜集"船歌",创作"拟民歌",到"左联"关于"大众化"的倡导,到蒲风、穆木天对于歌谣、时调的推重,直至抗战时期关于"民族形式"的讨论,中国现代文学与新诗一直在试图从民间文艺中寻求启示与生机,尽管其主观愿望无可指责,然而结果往往都不尽如人意。《王贵与李香香》的出现,可以说为这种艺术寻求提供了

---

① 参见钱中文:《现实主义和现代主义》,人民文学出版社1987年版,第98页。
② 李季:《兰州诗话》,《李季文集》第4卷,上海文艺出版社1986年版,第453—454页。
③ 茅盾:《叙事诗的前途》,《文学》第8卷第1期,1937年2月1日。

一个比较成功的范式。民歌艺术为他热情、深厚的叙事诗增添了艺术魅力,而这古老艺术本身也通过这种特殊的形式,迸发出新异的光彩。在这里,一部作品的成熟同时也意味着一个诗人的成熟,一种艺术方法的成熟,一种美学探索有突破意义的进展。人们把《王贵与季香香》的诞生称为"人民翻身"和"文艺翻身"的"响亮的信号"①,称为"中国诗坛上一个划时期的大事件"②,也许并不过分。

三

40年代中期以后,一个以《王贵与季香香》为中心和前导的民歌体叙事诗运动,在解放区诗坛蓬勃兴起。除上述田间的《戎冠秀》和《赶车传》外,稍后出现的还有《赵巧儿》(方冰)、《死不着》《王九诉苦》《野女儿》(张志民)、《圈套》《漳河水》(阮章竞)等一大批优秀诗作。这些作品有着和《王贵与季香香》相同或相似的艺术追求,在贴近现实生活、吸收消化民间艺术、融合叙事因素与抒情因素诸方面,也都取得了较高成就。而在结构篇章、抒写情怀的具体艺术处理上,又体现了各自不尽相同的艺术特色:像田间诗作的简朴、平白与故事情节的富于广延性(《赶车传》建国后又续写了多部);张志民诗作的凄苦、悲愤与故事情节的曲折有致;阮章竞诗作的长于人物心理刻画,以及融合民歌与古典诗词艺术手法的努力,都给读者留下了较深的印象,体现了解放区叙事诗创作多姿多彩的丰富艺术面貌。在一个不太长的时期内,优秀的叙事诗作品如此集中地持续出现,而且像抒情诗一样,甚至比抒情诗更能够赢得广大读者的喜爱,这在现代诗歌史上还是第一次,可能也是唯一的一次。中国现代叙事诗第一次比较充分、清晰地显示了它作为一个相对独立的艺术"群落",所具有的美学特征与美学形态,以及它在整个中国现代文学"生态"中不可或缺的地位。而照耀着

---

① 郭沫若语。参见《王贵与李香香·序》,香港海洋书局1947年版。
② 周而复语。参见《王贵与李香香·后记》,香港海洋书局1947年版。

这个"群落",使其生机盎然、日益挺拔的"阳光",无疑是来自于《讲话》这个强大的艺术"光源"。今天,当我们回顾现代叙事诗的萌生、积累、徘徊到走向成熟的历程时,是不应当忽视《讲话》对其艺术发展的巨大推动作用的。

小说家的诗
——施蛰存诗四首诵读札记

几乎没有一位著名的现代小说家是与诗——这里主要是指现代诗歌即新诗——绝缘的。很多小说家都有两套或多套"笔墨"。鲁迅的白话小说处女作，就是与他的新诗处女作同时问世的。1918年5月出版的《新青年》第4卷第5号，刊载了中国现代短篇小说的奠基之作，鲁迅的第一篇白话小说《狂人日记》。在同一期《新青年》上发表的一组署名"唐俟"、风格独异的白话新诗——《梦》《爱之神》《桃花》，则是鲁迅的新诗试笔。尽管鲁迅自谦这只是"打打边鼓"，是因为"那时诗坛寂寞，所以凑些热闹"①，但却受到文学史家朱自清的激赏，许为"全然摆脱了旧镣铐"的力作②。

巴金新诗作品的问世则先于小说。严格说来，他的文学创作，是从新诗起步的。1922年7月，18岁的巴金就以"佩竿"的笔名发表新诗③，比通常认为是他的"处女作"的中篇小说《灭亡》的问世，要早近七年。

老舍在写下大量优秀的小说与剧作的同时，也写了很多新诗。诗人臧克家认为，如果老舍"不写小说，不写戏剧，单凭他的诗创作，也可以立足在诗的园林而且颇为挺秀"④。而以"乡下人"自况、以《边城》《长河》《湘行散记》等小说散文作品蜚声海内外的沈从文，也曾是一位热情的诗人。他有七首诗被选入1931年出版的、十分精美又十分严谨的《新月诗选》（陈梦家编），从数量上看，在十八位入选诗人中仅次于

---

① 鲁迅：《集外集·序言》，《鲁迅全集》第7卷，人民文学出版社1981年版，第5页。
② 朱自清：《中国新文学大系·诗集·导言》，上海良友图书公司1935年版，第3页。
③ 指《被虐者底哭声》，载《文学旬刊》（《时事新报》副刊）第44期，1922年7月21日。
④ 臧克家：《老舍先生的新诗》，《老舍新诗选》，花山文艺出版社1983年版。

徐志摩（八首）。像沈从文这样诗作鲜为人知的小说家,并不是个别的。丁玲、萧红、沙汀、艾芜、吴组缃等,都曾写过、发表过新诗①。也有些作家一身二任,诗歌与小说都达到了相当高的艺术水平,如郭沫若、冰心、王统照。有的小说家如茅盾、郁达夫虽然几乎没有新诗传世,但他们却十分关心新诗的艺术发展,发表过不少精深的诗论、诗评。而他们的许多优秀散文,是可以当作诗来读的。

文学作品尤其是叙事文学作品的"诗意",一直是作家们孜孜以求的一种高层次的审美意味。文艺理论家胡风晚年说过:"诗是文学里面历史最久的最重要的体裁。美学上的重要原则,许多是从这个体裁的实践中提升出来的。……也许不妨说,任何时代思潮的动向几乎总是首先从它开始的。"②在中国现代文学三十年中,就艺术体裁的创造、艺术风格的嬗变、艺术流派的分化组合等方面而言,新诗比之其他艺术部类,显然更积极、更活跃。所以,有那么多小说家以及剧作家、散文家写诗、读诗、谈诗,乐此不疲。对于诗的流连,实际上已经构成了他们整个创作活动的一个有机组成部分。

施蛰存是30年代著名小说家。1929至1936年间,曾接连出版了《上元灯》《梅雨之夕》《小珍集》等近十种小说集。然而,他的文学生涯却是从诗开始的。先是写旧体诗,以后接受了"五四"新文化运动的精神洗礼,受到胡适的《尝试集》和郭沫若的《女神》的启发与影响,转而致力于新诗创作。后来读到由茅盾接编、实施革新的《小说月报》所刊登的俄国翻译小说,才对小说产生兴趣,开始写小说。但对于小说的耽迷,并不意味着对诗的冷落。30年代初中期,施蛰存以《将军底头》《梅雨之夕》震动文坛,成为"心理分析小说"的代表作家。但即便在他小说创作的巅峰时期,仍不断有新诗作品问世。从1932年5月至1933年10月,大体上与小说集《将军底头》《梅雨之夕》出版同时,在他自己

---

① 如丁玲的《给我爱的》、萧红的《春曲》《苦杯》、沙汀的《英雄》、艾芜的《流星》《伊洛瓦底江边》、吴组缃的《嫩黄之忆》等。
② 胡风:《胡风评论集》(下),人民文学出版社1985年版,第392—393页。

编辑的、当时颇有影响的《现代》杂志的前三卷中,共刊载了十七位诗人的六十五首新诗作品,其中有他自己的九首,仅次于戴望舒(十五首),多于李金发(五首)与艾青(四首)。施蛰存写诗,并非一时兴之所至、附庸风雅,而是有着执著美学追求的自觉艺术活动。他不但写诗,而且留下了一些精到深刻的诗歌理论与诗歌批评。发表在《现代》第4卷第1期上的《又关于本刊的新诗》,涉及关于"现代的诗"的内容、形式、语言、韵律等一系列美学见解,常被后人视为现代诗派的理论宣言;以后的《海水立波》①,则从审美心理学的角度,探讨了读诗、"解诗"的要领。他的小说作品中那种深长的韵致、幽远的意境,那种曲隐又低徊的抒情意味以及简练精致的谋篇布局,显然得益于他的"诗笔",得益于他对诗的热情向往与深入把握。若是对他的诗一无所知,恐怕是难以全面、恰如其分地评价他的小说创作及其他文学活动的。对于上述其他著名小说家,这个判断大约也是适用的。

如果说,有些诗人如郭沫若因为"诗名"太大,在一定程度上掩盖了他小说的成就与光辉的话,那么,相对说来,也有些小说家如施蛰存,以及前述老舍、沈从文,则由于相似的原因,致使其诗作的光彩未能充分烁放出来。这里只谈几首笔者对施蛰存写于30年代的诗作的诵读心得,只言片语、浮光掠影,唯愿此影能引发读者追踪一个尚未受到充分关注的"星系"的兴味。

古老意象与现代诗意
——读《桥洞》

桥洞是神秘的。

河灌溉着文明,桥贯通了文明。河与桥交会于桥洞。文明是古老的。河是古老的。桥是古老的,桥洞也是古老的。

古老的常常是神秘的。虽然那神秘的命意,有时会隐藏在一片田

---

① 载《新诗》1937年第2卷第2期。

园诗的气象中——

> 我们看见殷红的乌桕子了,
> 我们看见白雪的芦花了,
> 我们看见绿玉的翠鸟了,
> 感谢天,我们底旅程,
> 是在同样平静的水道中。

然而,这平静的水道与令人赏心悦目的、"古风"般的自然生态,却如同一片"秋晨的薄雾",稍纵即逝。于是,古老导引出神秘。"幻异地在庞大起来的",古老所掩盖着的"一个新的神秘的桥洞显现了",于是,"我们又给忧郁病侵入了"。

从小桥洞到大桥洞,从有形的桥洞到无形的桥洞,从古风的桥洞到忧郁的桥洞,诗人在不停地交会着河与桥,荟萃着文明,荟萃着智慧的灵光,荟萃着审美的意味。诗人似乎要把整个人生的感悟,都幻化在这一段穿过桥洞的短短的水上行程中:冷冰冰的现实世界是个大桥洞,田园诗的憧憬是小桥洞;赏心悦目是旧日的桥洞,忧郁病是新桥洞;整个人生就是在一连串的桥洞中穿行,充满了欢快与忧郁、期待与失望、殷红与灰暗的交错。被诗人引为同调的现代诗派才子戴望舒有这样几行诗:

> 我是青春和衰老的集合体,
> 我有着健康的身体和病的心。
>
> 但在悒郁的时候,我是沉默的,
> 悒郁着,用我二十四岁的整个的心。(《望舒诗稿·秋的素描》)

从这里,我们不难发现连接《桥洞》的感情通道,那就是同样深沉的忧郁与同样渊默的神秘。神秘的忧郁与忧郁的神秘,成为这一派诗歌反复吟咏的典型情绪。或者通过《桥洞》,或者通过《静夜》《残花的泪》《秋天的梦》(见《望舒诗稿》)挥发出来,以古老的意象酿制出现代的诗意。

　　河与桥是传统诗歌中出现频率很高的抒情意象。而这里从古老的桥洞中所发出的丰厚诗意，却更多地体现了现代诗歌的新的艺术综合。比起"小桥流水人家"式的传统佳句，这既是真实的"桥洞"，又不仅仅只是砖石上的桥洞，更多的是一种诗化了的人生感悟的"幻异"。它需要读者调动自己的生活体验去全身心地感受，而不仅仅是，或者说主要并不是击节吟哦。

没有哀伤的"葬花词"
——读《桃色的云》

　　20年代，诗人郭沫若在资本主义工业化的日本，意气风发地写下了讴歌近代工业文明的诗篇《笔立山头展望》①，试图从大工业的伟力中，发掘20世纪的、反抗的时代精神，以呼应国内风起云涌、摧枯拉朽的"五四"新文化运动。其中有这样几行诗：

　　　　一枝枝的烟筒都开着了朵黑色的牡丹呀！
　　　　哦哦，二十世纪的名花！
　　　　近代工业文明的严母呀！

然而，当这一朵朵"黑色的牡丹"——"二十世纪的名花"，不是作为时代精神的象征，而是作为由于帝国主义的经济入侵畸形发展起来的、中国大都市的虚假繁荣的点缀时，它们就再也不能使人们感受到"生的鼓动"，感受到"万籁齐鸣的Symphony"②了，尽管看起来似乎仍然十分艳丽：

　　　　在夕暮的残霞里，
　　　　从烟囱林中升上来的

---

① 载《女神》，上海泰东图书局1921年版。
② 《笔立山头展望》，Symphony，交响乐。

> 大朵的桃色的云,
> 美丽哪,烟煤做的,
> 透明的,桃色的云。

然而这"透明的""桃色"的艳丽却不是健康的红润,而是由于"夕暮的残霞"的映照。这多少会使人联想到肺结核病人面颊上的潮红,以至垂危病人回光返照的容颜。随着诗人敏感、纤细的审美触觉的引导,我们紧接着读到了

> 但桃色的云是不长久的,
> 一会儿,落日就疲怠地/沉下大西路去了。

在这块多灾多难的国土上,工业文明还没有来得及发育,便开始衰落了,只留下那么一抹一闪即逝的、疲怠的"桃色的云"。如果说,这第一、第二节诗是以充满暗示意味的、纤毫毕现的感觉的笔触,相对集中、单纯地渲染了30年代中国都市大工业先天不足、后天失调的"病态美",那么,第三节亦即最后一节诗中那"疲怠的落日",实质上也就是这一节诗中"鹊噪鸦啼的女织工"的精神面貌的写照。她们创造了文明,创造了华美与温柔,自己却粘滞在愚昧、阴暗以至野蛮的"逼窄的铁门中"。女织工中自然不乏正值桃红柳绿年华者,然而当她们走出工厂的时候

> 美丽的桃色的云
> 就变做在夏季的山谷中
> 酿造狂气的暴雨的
> 沉重而可怕的乌云了。

过度的剥削压榨使她们失却了美丽的容颜;她们疲怠的青春短暂得好像根本不存在。工业文明没有振兴这个中落的文明古国,却无情地摧折了曾经点染过古国的纯朴的风韵与魅力。不过,当虚幻的桃色的云凝成了真实的沉重的乌云,一场洗刷大地、澄清玉宇的"狂气的暴雨"也在酿造之中。诗人冷静的诉说似乎是在企盼着雨过天晴之后,出现

真正的彩云与虹霞。

"20世纪的名花"曾在一个诗人的诗篇中怒放,也曾在一个诗人的诗篇中萎谢。这怒放与萎谢都传达了耐人寻味的美。怒放与萎谢都是一种生存方式,都是自然生态中一个不可或缺的环节。这是首有同情、有忧虑,但没有哀伤的"葬花词"。

心理分析与心理"美化"
——读《银鱼》

施蛰存曾把自己30年代所发表的一些诗作称为"意象抒情诗"①,《银鱼》大约可以称为"意象抒情诗"的典范之作。全诗以极精炼的诗句,凝结了微妙的瞬间感受,在并列了三个看似互不相关的意象之后戛然而止,没有任何说明、评论或前瞻后顾的联络。

首先是"土耳其风的女浴场"。浴女与银鱼都有着洁白柔嫩的肌肤与曲线柔美的形体。而这样的肌肤与形体又一直是人类艺术,尤其是造型艺术的传统表现对象。诗人提供的这一意象,很容易使人联想到法国新古典主义艺术大师安格尔的名作《土耳其浴室》。

其次是"柔白的床巾"。横陈的银鱼似乎是取侧卧的姿势的。对于疲惫的人们来说,舒适的睡眠,以及与睡眠相联系的洁白柔软的卧具,无疑是非常有诱惑力的。最后是"初恋的少女"。初恋的少女们不但有着银鱼般姣好的容貌与形体,而且像银鱼一样,洁白得近乎透明。她们的喜悦,她们的憧憬,她们的甜蜜的忧伤与忧伤的甜蜜,几乎全都写在脸上。像银鱼一样,她们的五脏六腑,她们的"心都要袒露出来了"。

施蛰存是30年代著名的"心理分析"小说家。弗洛伊德主义对于潜意识、无意识心理,对于与生俱来的"力比多"(Libido)或曰性本能的高度重视,不仅极大地影响了他在一段时间内的小说创作,而且对他

---

① 参见施蛰存《现代杂忆》(一),《新文学史料》1980年第1期。

的其他文学活动例如诗歌创作,也产生了一定的影响。这首《银鱼》便是一个很好的例证。诗人所提供的三个意象,可以说都是"力比多"的升华,都充满了关于性爱的或隐或显的象征与暗示。正是这样一些象征与暗示,打通了三个看似互不相关的意象之间的内在联系,那就是通过银鱼的幻化,充分展示了女性美的魅力——从形体容貌到心灵。由于精心的艺术处理,这种深刻的内在联系在文字表面近乎无迹可求。诗人真正做到了"使这来源于个人性欲的过度兴奋,得以释放而用于别的领域,以致从一种如此危险的素质,产生出大大提高了的精神能量"①。这种"大大提高了的精神能量",又是通过十分简洁的、意味深长的抒情意象扩散的。诗人在认真借鉴"心理分析"方法,烛照审美意象幽微的同时,显然也很好地继承了古典诗歌中那种重含蓄、少直露,调动多种艺术手段以"净化"与"美化"(审美化)性爱心理与性爱行为的民族美学传统。

失恋者的谐谑曲
——读《乌贼鱼的恋》

爱总是美的,即便是丑陋如乌贼鱼的爱。在拟人化的情境中,乌贼鱼显得热情得灼人,鲁莽得可爱。海藻是它的草坪,珊瑚是它的森林,温暖的海水是它的空气,波纹是它的笺纸,而轻盈敏捷的鱼群,则是它所追逐的"美丽的小姑娘"。然而,由于不是同类,"虽有十只手也无济于事",鱼们留下一串讪笑远去了,"闪避了他的鲁莽的牵曳"。乌贼鱼唯有"以自己的墨渖",写下自己"恋的悲哀"。

现代诗歌中出现过禽言诗如胡适的《老鸦》,出现过兽言诗如朱湘的《猫诰》,而施蛰存这首拟写水生动物"恋爱风波"的诗作,就其抒情情境构置的认真、严谨,拟人笔调的风趣、幽默,以及美学风格的朴实、

---

① 弗洛伊德语。转引自余凤高:《"心理分析"与中国现代小说》,中国社会科学出版社1987年版,第8页。

自然而言,都完全可以与上述诗作相媲美,可以看作是对他们的丰富。所不同的是,《乌贼鱼的恋》没有《老鸦》或《猫诰》的那种明显的教训意味,诗人的自我抒发也很难从表面文字上捕捉与把握——或者说,这两方面都隐藏得更深。《老鸦》与《猫诰》附着的羽翼或皮毛是很容易剥落的,它们不过是生活中某一类人,以及他们的人生理想、人生哲学、处世态度、价值取向的诗化——尽管是经过变形的、多少有些怪异的诗化。然而,《乌贼鱼的恋》却很难在现实生活中一一找到对应——诸如乌贼鱼何所指,十只颤抖的热情的手何所指,珊瑚的森林何所指,美丽的鱼们何所指,波纹上墨写的悲哀何所指,等等,似乎都是难以具体考索的。

  这里所流露的那种"哀而不伤"的、多少有点谐谑风趣的诗意,似乎只宜从整体上作神似的把握。尽管用了大量的比喻、象征,但其具体情境是符合乌贼鱼的生活习性与生物学特征的,可以认为作者写的是真正的"乌贼鱼的恋",而没有像胡适、朱湘那样,让老鸦和猫用人类的语言大发感慨,带着明显的托物言志的痕迹。但是,"无迹可求"的寄托也还是一种寄托,因为施蛰存写的毕竟不是科普小品或科学童话,而是诗。所以,他写的又不仅仅只是"乌贼鱼的恋"。我们可以从幽默、讥诮的审美愉悦中,约略感悟到一些诗里没有明白昭示的东西:爱情需要培植,需要心心相印的默契,但鲁莽的追求也并不就是罪恶;失恋的悲哀自有其审美价值,尽管应当尽快忘却:

    但在夕暮云生的时候,
    海上卷起了风暴,
    连他的悲哀的记录,
    也漂散得不留一点踪影。

失恋只是人生大潮中一段小小的波澜。对于海阔天空的大千世界,就更微乎其微了。

《嫩黄之忆》的意义
——关于吴组缃与新诗关系的断想

《嫩黄之忆》是吴组缃先生写于上世纪30年代初中期的抒情短诗，比较集中又高度精练地表现了先生的农村生活体验。从组诗的编号来看，先生似乎有创作多组这类诗作的意图。但现在所能看到的只有两组十首，篇幅不足百行。其中《正月》《灯》《井边》等三首以《嫩黄之忆（一）》为题，刊于1934年5月21日《华北日报·文艺周刊》第8期；《荒院》《病愈》《隐秘》《草墩上》《菜园》《窗外》《腊梅树》等七首以《嫩黄之忆》为题，刊于1934年7月《文学季刊》第1卷3期。为论述方便，本文将这两组十首诗统称为《嫩黄之忆》。

一

"嫩黄"大约是取"黄口"即雏鸟之喙的意思，似为一组怀想儿时往事的忆旧之作。诗作清新深挚，保持着先生一贯的惜墨如金的风格。这十首诗大致可以分为两种类型：一类是《灯》《病愈》《隐秘》等诗作，属意于童年时代情感思想经历的抒写；另外七首诗作则属于另一类型，着重于忆念中故土家园的诗意描摹。《灯》和《隐秘》展示了一个多愁善感、心细如发的乡村少年丰富而敏感的心灵世界。我们看到，在节日初上的华灯的光照中，抒情主人公所感受到的，却并不是喜庆与兴奋——

> 黑洞洞的四野
> 锣鼓喧天
> 花灯影子幢幢的
> 投在阳沟里

斑驳的墙壁
烛光如得意的小雀
跳跃于尖尖的鼻上
黑的眉毛热红的颊
湿漉漉的眼珠
一个怅惘的心如那烛火
在路旁瓦砾里(《灯》)

节日花灯留存在诗人记忆中的,不是那照人的华彩,而是那落寞的、甚至有些阴森的"幢幢"灯影,跳跃闪烁的、"如得意的小雀"般的烛火,以及在"黑洞洞的四野"和瓦砾堆中、渺茫如烛火的"怅惘的心"。如果节日的灯火只能给诗人带来阑珊意绪,那么在阴湿的天气里,诗人的心情就更可想而知了——

阴湿的天气
小雨滴着绿苔
那迷蒙的寂寞呵
一只小老鼠
在心里窜跳着
我要躲到荒园的拐角里去(《隐秘》)

在"小雨滴着绿苔"般的"迷蒙的寂寞"中,如小鼠挠心坐卧不宁的少年诗人要遁入荒园的角落,去独享那唯恐被人窥破的"隐秘"。这两首诗并没有直接宣示抒情主人公的"怅惘"和"寂寞",然而那接踵而至的清新繁密的诗歌意象,又使得这"怅惘"和"寂寞"似乎是可感可触的。诗人余光中说过,诗人不可"太直接",他要"找到一个恰当的比喻,使实者虚之,虚者实之"①。这两首诗好像正是如此:以"四野""锣鼓""灯影""阳沟""墙壁""烛火""小雀""眼鼻""面颊""瓦砾",以及"阴天""小雨""绿苔""小鼠""荒园""拐角",将"怅惘"和"寂寞"的情

---

① 余光中:《用艺术感受人生》,《光明日报》2008年5月15日第10·11版。

绪"实之";又以"怅惘"和"寂寞"贯注于那些"实者"之中以"虚之",曲隐地又是审美地抒写了一个乡村少年寄情乡土风物,欲说还休、欲休还说的幽幽愁情。

与《灯》和《隐秘》中的"怅惘"和"寂寞"不同,《病愈》的基调是欢快的。这是一首生发于乡野的质朴的"圣母颂"。抒情主人公病愈之后突然发现——

> 庭院中花草骤然发长了
> 一只苍蝇碰着玻璃
> 地板上躺着雪梨皮
> 冬瓜汤冒着腾腾的气
> 软绵绵的脚
> 蓝的心溶和着母亲的笑
> 飞在蓝的天空里(《病愈》)

大病初愈,腿脚还绵软无力,然而心情已经像蔚蓝的天空一样晴朗,像"庭院中花草"一样"骤然发长",跃跃欲飞:这一切,都是由于母爱光辉的沐浴!在我们现在所能看到的、已然老成的诗人四十余年后所写的一首诗,也是诗人的最后一首新诗中所留下的对于母亲的深情眷顾,也许可以看作是这首写于"嫩黄"时期的小诗的注释或"互文"——"我小时候常生病,/照应我的,是我母亲;/煎药、煨汤,出出进进,/闲来,含笑坐在床边,抚摩我,/那么关心,把我爱,把我疼"①。

《嫩黄之忆》中的多数诗作属于笔者所概括的第二种类型,即对忆念中故土家园的诗意描摹。与前述三首诗有所不同的是,抒情主人公往往不再是这些诗作的中心,而只是诗的情境、诗的画面的旁观者、纪录者、刻绘者,多数时候甚至从诗的文本中隐去——如《井边》《荒院》《草墩上》《菜园》《窗外》。隐去的抒情主人公则把那无尽的乡情乡思乡愁,浸润于一幅幅诗的画面。生于斯长于斯的皖南乡村,成为诗人挥

---

① 吴组缃:《颂——敬赠北京医院张红等七位护士同志》,1980年4月11日《人民日报》。

之不去的诗的记忆:在飘着稻花香、横着挽竿的《井边》,一群孩子脱下鞋子扔向空中与蝙蝠嬉戏;在蚱蜢翻飞、"红果子像抿着的嘴"的《草墩上》,一个小女孩用银绞丝手镯逗弄小羊;《菜园》则是孩子眼中生机盎然的童话世界:"南瓜藤懒懒地伸着手/穿黄背心的萤火虫/从旺丫头颈上飞走了/苋菜笑迷着两片荚/石榴花朵朵红",蔬菜和昆虫都是有生命、有灵性的,都是自己的伙伴,诗的结尾是两句童谣"哩啦哩呢啦/银姑娘满头绒花";而这"哩啦哩呢啦"的拟乐声,又似乎是下面一首《窗外》的第一行诗中的"麦秆锁哪(疑即'呐'——引注)"吹奏出来的——

  麦秆锁哪在后园里
  蝴蝶飞过墙头
  去远了
  阶沿上谁丢的
  那憔悴的栀子花
  ——一条蛇似的粗辫子
  漠漠月亮漠漠雨
  无端的眼泪

  这首诗不像前述几首诗作那样欢快和清晰,所抒写的似乎是一个少年村姑朦胧的、莫名的青春期躁动。麦秆锁呐(大约是像柳笛之类乡村孩子们就地取材的土制乐器)声和翻飞的蝴蝶都已经"去远了",阶沿上留下了发辫一样的憔悴的栀子花束,一个梳着粗辫子、像栀子花一样憔悴的村姑在对月伤怀——或许是成长中的无端伤怀,犹如"漠漠月亮漠漠雨",说不清道不明。明丽的田园景致与淡淡的感伤情致,融合为清隽淡远的诗意。而《荒院》中隐去的抒情主人公,则向我们展示了对于"荒院"多重视角的观察——

  门缝里的三燕坦
  扳着寂寞的脸
  红毛伯伯出去了

>   大蜘蛛当着家
>   白茅在墙头看四方
>   哭得脸都焦黄了
>   车前草里的栗团子
>   暗绿井栏旁
>   遗落一只红绣鞋
>   ——那丫头还在呜咽吗
>   白头发老人出来要馃吃了

诗的前两行显然是从紧闭的房门向外张望,看到的是"三燕坦"(大约是地名)荒芜、破败的样子;第三、四行是环顾室内,主人不在家,房屋里结满了蜘蛛网;第五、六行是走出房门放眼仰望,看到院墙头枯黄的茅草,说明主人外出很久了;第七、八、九、十行似为步出院门后的巡视,看到井栏边的一只红绣鞋,联想到丢鞋女孩的哭声;最后一行诗似乎是向稍远处的眺望,看到了一位白发老人在乞讨。多视角审美意象的组接与整合,全景式地展示了一所"荒院"的情境和作者的深长慨叹。

笔者对于《嫩黄之忆》的解读不一定很确切,诗无达诂,自古已然。然而,如吴组缃先生所说,有些未读懂的名作读者一样喜欢,因为"我国传统的包括一切艺术门类的理论,都讲究意蕴、含蓄,反对浅显和直露;作品的传诵、欣赏,也多持这个准则"[①]。在对这些质朴、深厚、若断若连、欢快与慨叹并陈的诗句的诵读品鉴中,透过那些我们熟悉或不熟悉、理解或不很理解的扑面而来的审美意象的交叉与组接,我们是能够感受到《嫩黄之忆》中那生发于皖南乡野青山绿水的悠长意蕴、那含蓄而深沉的乡土恋情的,并为之深深感动。

二

《嫩黄之忆》让我们看到了吴组缃先生文艺思想和文学创作活动

---

① 吴组缃:《关于现代派和现实主义》,《苑外集》,北京大学出版社1988年版,第104页。

的丰富,也多少透露出了先生的一些思想矛盾。通常我们把先生看作是与沙汀、艾芜、张天翼、丁玲等并立的左翼青年作家,《嫩黄之忆》的写作发表,大体上与先生在文坛产生很大影响的成名作《一千八百担》《天下太平》《樊家铺》等短篇小说同时。这些小说通常被认为是运用马克思主义科学理论分析中国社会特别是农村社会生活,以严格的现实主义方法写出的力作,其艺术上乘、人物鲜活,在当时和后世的文坛上均产生了很大影响。而产生于同一时期的《嫩黄之忆》所神往的,却似乎是远离尘嚣、远离社会经济活动的田园景色,尽管这田园也有几分荒疏、几分凄清、几分破败,但却有着自然质朴、生机盎然的美。那是一种刻骨铭心的记忆和向往,因为诗中田园乃是作者的生活甚至生命的一个部分。这些诗作的美学情趣似乎与同时期的《一千八百担》等社会分析小说距离稍远一些,其文学精神倒是更多地通向《菉竹山房》《卐字金银花》等早期作品。这种小说与诗歌创作的"不同步"现象,或许会使我们联想到鲁迅的《朝花夕拾》的写作。在完成《华盖集续编》和《而已集》的间隙,鲁迅说自己"常想在纷扰中寻出一点闲静来,然而委实不容易。目前是这么离奇,心里是这么芜杂"。于是便回忆往事,寻求"旧来的意味",从"记忆中抄出来"①一本《朝花夕拾》,以求得片刻的"闲静"。吴组缃先生写作《嫩黄之忆》时的心境,或许和写《朝花夕拾》时的鲁迅先生有一些相似吧。左翼青年作家的历史责任和使命,初步了解和掌握了马克思主义基本原理之后的深入艺术思考,以及丰富的生活积累共同推动他写出了《一千八百担》等力作,但他在紧张忙碌的学习和写作生活中,是否也像鲁迅一样,"常想在纷扰中寻出一点闲静来"?《嫩黄之忆》也许就是他对"闲静"心境的一种艺术寻求吧。1954年,先生在《〈吴组缃小说散文集〉前记》中,谈到了《菉竹山房》《卐字金银花》等早期作品,虽自谦这些作品"思想和艺术都不很成熟",但又说这些作品"倒显示出当时自己对现实的看法和艺术思想的

---

① 鲁迅:《朝花夕拾·小引》,《鲁迅全集》第2卷,人民文学出版社1981年版,第229、230页。

成长过程或发展的道路"①,换句话说,倒是这些作品更真切地体现了彼时彼地自己的美学与艺术追求。先生对于早期作品评价的精神,我以为对于和早期作品意蕴气质相通的《嫩黄之忆》,也是适用的。这些诗作同样是先生文学风格气质的根源所在。

吴组缃先生一直十分看重文学的积极入世精神。他说自己在写作之初,就试图突破自己的切身遭遇和熟悉的人事的局限,"努力想了解这些变化的实质,认识它的趋向,慢慢从自己的小天地探出头来,要看整个的时代与社会"②。《嫩黄之忆》似乎也概莫能外,尽管它是自然质朴、清隽淡远的,透发着乡情乡思、童趣欢歌,但同样不能忘情于世事。相对于深刻遒劲的《一千八百担》《天下太平》等社会分析小说而言,《嫩黄之忆》或许是具有一些"闲静"的品格的。然而,如同《菉竹山房》《卐字金银花》等早期作品在揭示旧中国农村的落后、破败方面与《一千八百担》等社会分析小说血脉相通一样,《嫩黄之忆》其实也同样具有贯彻于《一千八百担》《天下太平》之中的社会批判力量。吴组缃先生在谈到古典诗歌解读时曾表示,有人把陆游的《游山西村》归为与"爱国诗"对立的"闲适诗"是不对的,"其实若结合作者的生活背景看,我们可以会有完全相反的看法。先说此诗五六联:'萧鼓追随春社近,衣冠简朴古风存',以热烈的情怀赞美故乡人民的节日活动和衣冠装束。服装式样和节日的风习,来自悠久的民族传统,也寄寓着深厚的民族感情。这两句的言外,显然指着金国占领的大片土地——那里人民的这些传统风习,日见其消失无存了;这是当时百姓和出使人员竞相传告,为人们所熟知,也最为痛心难置的。再看三四联'山重水复''柳暗花明'的美词与激情,当然也不可抛开作者的国土沦亡、山河破碎之恨的"。因此,先生认为,"这首所谓闲适诗的爱国之情实比别的爱国之作更为深切和浓厚"③。笔者以为,先生这一高屋建瓴的精审见解,对

---

① 吴组缃:《吴组缃小说散文集》,人民文学出版社1954年版,第1页。
② 吴组缃:《〈吴组缃小说散文集〉前记》,《吴组缃小说散文集》,人民文学出版社1954年版,第1页。
③ 吴组缃:《关于三十年代的散文》,《苑外集》,北京大学出版社1988年版,第322—323页。

《嫩黄之忆》的意义

于我们深入解读和评价《嫩黄之忆》，是很有启发的。《嫩黄之忆》中作者对于皖南乡村的深情忆念，对于古朴的乡风民俗、优美的田园景色和烂漫的童心童趣的神往与陶醉，其言外之意，似乎也正是对于诗情画意的《草墩上》《菜园》《窗外》正在悄悄蜕变为萧索的、人去室空的《荒院》，蜕变为《一千八百担》《天下太平》《樊家铺》中的那破败凋敝、民不聊生的皖南乡镇的"痛心难置"。而如果我们把两组《嫩黄之忆》的十首诗看作是一个完整的篇章，那么其开篇和结尾都是很有意味的。第一首诗《正月》是这样写的——

纸锭挂在后门边
太阳脚在檐前
暖和的好天气
飘飘的草烬像小船
摇荡于晴空
落一支在我家天井吧
父亲点起红烛了
寡妇的哭声涂满屋脊

童年往事的忆念竟然是从祭祀的纸锭开始的，那么整个《嫩黄之忆》也就难以离弃沉重与悲凉。一元复始、万象更新的新正，春阳融融，红烛灼灼，空气中散发着无尽的春意，然而此时，寡妇的哭声却涂满了屋脊。屋脊！我们或许会联想到差不多写于同一时期的先生的小说《天下太平》，想到那个走投无路、铤而走险的可怜的失业朝奉王小福，不就是在妻子凄惨的哭声中攀上了神庙的屋脊，试图窃取庙顶的镇庙之宝"一瓶三戟"换钱度日，而失足摔死的吗？先生在回顾正月往事的时候，或许想到了刚刚杀青付梓的《天下太平》，想到了王小福们的遗孀——童年时期的记忆和青年时期的感受，似乎在诗中不经意地融合在一起了。于是，这涂满了屋脊的哭声，便成了先生这一时期文学活动挥之不去的、沉重而悲凉的"背景音乐"，那是他对他所生活的时代和故乡的深切感知——不仅弥散于字字如铁、笔笔如刀的《一千八百担》

《天下太平》等社会分析小说中,也同样弥散于寄情乡土、托意田园的《嫩黄之忆》:或高或低,或隐或显,或有声或无声,直至最后一首《腊梅树》——

> 墙脚上绿苔
> 拖着银灰的带
> 蝓蜒懒懒地睡着了
> 蟋蟀的琴声在草边
> ——在乱石里
> 铜丝罩子在脚背
> ——在手里
> 飕飕一阵风
> 黄叶打我的头
> 深巷中有拐杖声
> 腊梅树老迈了

  依旧是乡野景致:绿苔、虫唱、草丛、乱石,然而已分明带上了荒疏、萧索的意味;在这样的诗意氛围中,那冷风、黄叶、深巷、拐杖声所传达的信息,好像也就并不仅仅只是一株腊梅树老迈了,而是整个乡村、整个社会、整个时代都老迈了,都已失去了生气。从《正月》到《腊梅树》,从哭声到叹息,作者的童年忆念、故乡忆念,似乎在诗情画意的背后还有着十分沉重的思绪。此时再回过头去读那些相对轻快的《草墩上》《菜园》《窗外》,则难免会生出"以乐景写哀"而"一倍增其哀"(王夫之《姜斋诗话》)的感触来。

  其实,中国现代文学史上很多来自农村的有才情的作家都有过自己的"嫩黄之忆",而且这些早期生活记忆以后还往往成为他们最能体现其艺术个性的代表作。鲁迅曾关注过上世纪20年代初中期一度集中出现的这类作家作品,并引述、首肯了其中来自贵州山乡的青年作家蹇先艾在自己的小说集《朝雾》自序中的一段话:"童年的影子越发模糊消淡起来,像朝雾似的,袅袅的飘失,我所感到的只有空虚与寂寞。……所以现在决然把这个小说集付印了,……借以纪念从此阔别的可爱的童年。"鲁迅认为,这些作家的共同之处,就是对童年故土的念念不忘。因此,"凡在北京用笔写出他的胸臆来的人们,无论他自称用主观或客观,其实往往是乡土文学"①。如果我们对"乡土文学"做不限于小说、也不限于特殊历史时段的宽泛理解,那么也是写于北京的《嫩黄之忆》,则同属抒写童年故土"胸臆"的乡土文学。这"胸臆"有着深厚的文化意蕴和社会意蕴,造就了先生独特的审美触觉,往往能够在接触"乡土"、接触农村题材作品的时候"一触即发"。十年后,他在重庆读到七月派青年诗人杜谷的诗集《泥土的梦》,觉得"甚清新厚挚"②;以后得到了臧克家的诗集《十年诗选》,他反复读了多遍,其中有些诗篇"特别打动我的,我至少读了五次",所谓"特别打动我的",正是诗集中"那几篇怀念农村生活的作品"。先生认为,这些诗作表现了作者"真了解农村,您的情感真正渗透了他。您写得那么深刻,浓厚与亲切。您的笔带着饱满得快要滴下来的情绪,好象任便怎么落纸,都可以成为绝唱。您那种同情,哀怜与感伤的情愫,也是使我陶醉的东西。这自然因为我也是农村生长的,我们的生活背景有相同之处的缘故"③。除了批评眼光的敏锐精准之外(这两部诗集以后都成为新诗史上的名篇佳作了),其中似也流露出先生爱屋及乌、惺惺相惜之情。而先生对于《十年诗选》的激赏和的评,似乎也带着夫子自道的意味,也可以移用来作为对于《嫩黄之忆》的自评,或是作为对于凝聚在《嫩黄之忆》中自己的诗美追求的概括。

《嫩黄之忆》以及孕育了她的乡土"胸臆"似乎一直贯注于吴组缃先生的文学生活之中,他的一些艺术思考,以及一些触景伤怀的感叹,在笔者看来,似乎都与《嫩黄之忆》有着一定的内在联系。1945 年暮春

---

① 鲁迅:《且介亭杂文二集·〈中国新文学大系〉小说二集序》,《鲁迅全集》第 6 卷,人民文学出版社 1981 年版,第 246、247 页。
② 吴组缃:《吴组缃日记摘抄(1942—1946)》,1942 年 11 月 22 日,《新文学史料》2008 年第 1 期。
③ 吴组缃:《读〈十年诗选〉》,《文哨》第 1 卷第 1 期,1945 年 5 月 4 日。

时节,他在重庆乡间听到当地农民的秧歌声,大受感动,惊为天籁,遂在日记中留下这样的感触:"闻外间'耗'秧(疑为'薅秧',即将秧田中的秧苗拔起,捆扎,以备向大田移栽——引注)者歌唱,声如极细极长之丝,摇曳于晴空绿畴之间。一人领唱,多人应和,甚觉悲楚,盖亦苦闷之叫号也。……我闻秧歌,不胜感动,觉得这歌声为世间最美之音律。"秧歌之美,是否因为触发了先生的"嫩黄之忆",由此时"摇曳于晴空绿畴之间"的"悲楚"之声,联想到生发于故乡"晴空绿畴之间"的《嫩黄之忆》?也正是在这一天的日记中,先生发出了由衷的感慨:"诗是多么可贵啊!有诗的人是多么可敬可羡啊!此实我灵魂深处苦闷之叫号。"①不知先生此时的苦闷,与他一向敬重的前辈鲁迅先生曾经的苦闷,是否有相通之处?《野草》是鲁迅自己所钟爱的作品,但因为"就怕我未熟的果实偏偏毒死了偏爱我的果实的人"②,所以他又说,"后来,我不再作这样的东西了"③。冯雪峰认为,鲁迅这样说,"好象他为自己不能再写那样的作品而感到可惜","他有深刻的苦闷,并且,这显然由于他的艺术的天才在要求发展而又未能尽量发展的缘故"。④《嫩黄之忆》自然不能与《野草》相提并论,但吴组缃先生对于"晴空绿畴之间"的诗情诗意的钟爱与向往,他曾经写出《嫩黄之忆》这样清新凝练的诗作,而现在却"不再作"了——由于生计的压力而不能专心写作,由于抗战时期的颠沛迁徙以及救亡使命感引起的创作心境的变化——的怅惜与遗憾,他的向往诗歌的才情"在要求发展而又未能尽量发展"的压抑与痛苦,都使得他此时此地的感慨与鲁迅对于《野草》的深刻而复杂的"苦闷",似乎不无某些相通之处。

像中国现代很多有才情、有抱负,为中国现代文学发展做出了较大

---

① 吴组缃:《吴组缃日记摘抄(1942—1946)》,1945年5月31日,《新文学史料》2008年第1期。
② 鲁迅:《坟·写在〈坟〉后面》,《鲁迅全集》第1卷,人民文学出版社1981年版,第284页。
③ 鲁迅:《二心集·〈野草〉英文译本序》,《鲁迅全集》第4卷,人民文学出版社1981年版,第356页。
④ 冯雪峰:《回忆鲁迅》,《雪峰文集》第4卷,人民文学出版社1985年版,第144、162页。

贡献的作家一样,生于农村、长于农村,在农耕文化的氛围中接受了文学启蒙的吴组缃先生,终其一生,最能标示其艺术成就和美学个性的,也还是那些农村题材的作品。据曾经担任过先生的助手,对先生知之较深的方锡德老师说,吴组缃先生一直想写一部反映近现代中国南方社会生活变动,名为《绿野人家》的长篇小说或电影剧本,并且做了一些准备①。这部最终未能面世的作品,似可以看作是先生的一个终身相伴、挥之不去的文学梦——从物质形式上看,这个梦似乎是没有实现,但从精神层面看,先生一生的文学活动,正像是一部魂牵梦绕的《绿野人家》;而《嫩黄之忆》,则是先生念兹在兹的文学"绿野"最明快的颜色,是这部"大制作"的优美"插曲"抑或是"主题曲",有着"画梦录"般的美丽。没有对于《嫩黄之忆》的了解和把握,我们对先生的理解,恐怕就很难说是完整的。

三

吴组缃先生不以诗人名世,似乎也不以诗人自许。但他其实很早就开始了新诗写作,只是可能由于写得不算太多,他自己几乎从不提及。他对新诗的"低调"姿态使得他的新诗活动甚至让他最亲密的友人也浑然不觉②。然而,他是爱诗、懂诗,也是真心向诗的。先生把诗意看作是文学创作的很高境界。他盛赞屠格涅夫的《初恋》"将东俄罗斯自然风物与少年男女之生活糅合为一,以极诗意的笔介绍于读者之前,而写人物相当深刻入微,殊不易得"③。而谓自己比较满意的作品,

---

① 方锡德:《一段文学生活的回忆》,《新文学史料》2008年第1期。
② 20世纪30年代初,吴组缃和同在清华大学就读的前后同学季羡林、林庚、李长之因常常共同研习诗文写作,号称清华"四剑客"。然而"四剑客"之一的林庚在《悼念组缃兄》(1994年6月5日)一文中写道:"或者是由于我当时写诗的那种激情的缘故,羡林和长之在校时也都写过不少新诗,并且在刊物上发表过,长之还出了一本诗集《夜宴》,只有组缃是巍然不动。"《吴组缃先生纪念集》,北京大学出版社1995年版,第17页。
③ 吴组缃:《吴组缃日记摘抄(1942—1946)》,1942年10月8日,《新文学史料》2008年第1期。

也是"颇带诗意"①的。先生对新诗也有着独到而深刻的见解,而其中的很多地方似乎都有意无意地指向了《嫩黄之忆》——或者说是《嫩黄之忆》对于他的诗歌理论认识多有实践与印证。

在现在所能看到的公开发表的文字中,吴组缃先生谈论、研究新诗的文章不算太多,但他其实一直在关注着中国新诗的发展,而这关注似乎又与他的《嫩黄之忆》有着一些直接或间接的内在联系。他对他所钟情的诗作的评价,如前述对于《十年诗选》的评价,再如认为《射虎者及其家族》"甚质朴沉挚""用语质朴有力,风格庄肃厚重"②,《泥土的梦》"甚清新厚挚"③,如前所述,其实也都可以移用来作为《嫩黄之忆》的自评。而他对《十年诗选》的批评,认为其"语言过于洗炼,念不上口,此等处太旧诗化了","仍是中国诗传统多,接受西洋诗之处太少"④,似乎也可以看作他在写作《嫩黄之忆》时所竭力避免的诗艺偏颇。《嫩黄之忆》散发着浓郁的南国乡野情趣,流溢着中国传统的耕读诗意,但在艺术上又有着十分鲜明的注重诗人主体意识的批判精神,注重"思想知觉化",又强调暗示、亲切的现代派意味,显示了完全迥异于小说创作中严格的现实主义的另一套笔墨。

诗应是语言的最优化组合。吴先生十分注重新诗的语言锤炼。他对所激赏的臧克家的《十年诗选》中的炼句炼字功夫多有称许,如臧克家所写的《希望》:"你是一条走不完的天桥,/从昨天度到今天,/从今天又度到明朝",先生称赞道"多么爽朗明快";臧克家笔下的《失眠》如"一圈一圈黯淡的花朵,/向无边的远处开",先生认为"细微极了,而暗示的又极鲜明丰富";而《社戏》中的"孩子,/睡在大人的肩上,/板凳,/

---

① 吴组缃:《吴组缃日记摘抄(1942—1946)》,1945年10月14日,《新文学史料》2008年第1期。

② 吴组缃:《吴组缃日记摘抄(1942—1946)》,1945年10月16日,《新文学史料》2008年第1期。

③ 吴组缃:《吴组缃日记摘抄(1942—1946)》,1942年11月22日,《新文学史料》2008年第1期。

④ 吴组缃:《吴组缃日记摘抄(1942—1946)》,1945年1月21日,《新文学史料》2008年第1期。

睡在大人的肩上",先生则许为"这样单调的写出这样丰富活泼的情境,真是神来之笔",甚至说这些诗句"都是登峰造极的不朽名句","因其真朴,自然,含蕴丰富,本是天生的,被您的诗心触着,被您的诗手捡到,决不象您的匠心刻意经营出来的"。先生同时也批评了臧克家的一些诗句"未免用心太过,显出斧凿痕迹"①。在对臧诗的嘉许与批评之中,似乎有意无意地透露了先生自己的一些诗学主张:诗贵自然、真诚、质朴、浑然天成;同时又要细致入微、蕴涵丰富。而《嫩黄之忆》正是这些诗学主张的艺术体现:从诗题到内容,全都看似信手拈来、心触手捡,如行云流水,一气呵成。而且,由于《嫩黄之忆》的凝练含蓄,"登峰造极"的诗句更是俯拾即是——本文前两部分对此已多有论及,限于篇幅,这里不再赘述。

对于臧诗的用字,吴先生赞以"考究"二字,特别欣赏臧诗中"到处响着浑圆的和平""铺一面大地,盖一身太阳"等诗句的炼字功夫,赞叹"以'浑圆'二字形容和平,亏您想得出来";认为"'铺''盖'二字好,非用此二字,全句即无力量无精神"。与此同时,吴先生又以更多的篇幅,认真讨论臧诗遣词造句中的一些不足之处②。如果换一个角度看这些批评意见,则可以从中概括出先生关于新诗语言问题的精审见解:一是不可推敲太过,以免显得不自然或流于纤巧;二是弃用太艰涩、太冷僻、念不顺口、不易听懂的词汇;三是避免因趁(协)韵而致用词不顺适;四是要仔细辨析词义,以免误用;五是尽量不用太生僻的土语即方言,以免与读者形成语言上的隔阂。而《嫩黄之忆》正是对先生的新诗语言理论的认真实践——《嫩黄之忆》的用字,似乎更为"考究",如"寡妇的哭声涂满屋脊"(《正月》)中的"涂"字,俨然古典诗歌中的"诗眼";而以"路旁瓦砾里"闪烁的"烛火"来形容"怅惘的心"(《灯》),以"软绵绵的脚/蓝的心溶和着母亲的笑/飞在蓝的天空里"(《病愈》)来表现大病初愈的虚弱与欢快,更是神来之笔。而这种种关于诗歌语言

---

① 吴组缃:《读〈十年诗选〉》,《文哨》第1卷第1期,1945年5月4日。
② 吴组缃:《读〈十年诗选〉》,《文哨》第1卷第1期,1945年5月4日。

的努力却又丝毫不见雕琢的痕迹,如行云流水、浑然天成。比之小说创作,《嫩黄之忆》更加注重文学语言的锤炼和对词义的细致辨析。吴先生的小说中还保留了一些方言词汇,但《嫩黄之忆》中已几乎没有方言土语的痕迹了。这一组精致的短诗堪称他的诗歌文学主张,特别是诗歌语言理论见解的"示范之作"了。此外,还有像"井栏上横着挽竿的影子/丁——东——滴——"(《井边》)的用字追求声与义的统一,则显然是对古典诗歌和外国诗歌语言运用艺术经验的成功借鉴①。

  吴先生对于新诗还有很多独特的见解。他认为,"新诗当取叙事诗形式,否则不能反映客观现实,亦无法抒发主观感情"。"须溶主观于客观","诗歌非写人之思想意识,而贵乎写生活本身"。为此,他盛赞力扬的叙事诗《射虎者及其家族》"甚质朴沉挚,用语描词亦佳,为所见诗作之佼佼者"②。他自己虽然没有严格意义的叙事诗传世,然而《嫩黄之忆》却的确是"写生活本身"的,而且带着一些情节性。他的艺术关注不放过任何一处细枝末节,如诗的标题。他"认为诗题亦是作品的一部分,当求简赅,不可噜苏"。他以臧克家的《十年诗选》中的部分诗题为例,认为"《场园上的夏夜》,不如直用'场园'或'夏夜'二字",另两首诗题《呜咽的云烟》《神羊台上的宣传画》均嫌累赘"。而《嫩黄之忆》的诗题都是极"简赅"的,最长的三字,最短的仅一字,从而使得诗题和整首、整组诗作一样简练、精致。吴先生的这些见解虽然不一定能够为新诗人们普遍认同,但《嫩黄之忆》的艺术"示范"至少说明,这些理论认识的确是来自于成功艺术实践的经验之谈。

  新诗创作始终没有成为吴组缃先生文学活动的"主业"。这其中

---

  ① 吴组缃先生在《关于现代派和现实主义》一文中说,20世纪30年代他在清华大学读书听闻一多先生的课,闻先生讲诗,"有许多新的见解。他讲王维一首《观猎》,开头一句,'风劲角弓鸣。'说'劲''角''弓',是义,也是声:就是表达了打猎时风吹角弓的声音。这和英国浪漫主义名诗人柯力支的一首《忽必烈汗》诗的声调相同,也是在诗句里用声音作描写的。他举一诗进一步说明:'塔上钟声独自语,明日风帆当断渡。''当''断''渡',是义,也是声,就是塔上的铃声"。见《苑外集》,北京大学出版社1988年版,第113页。

  ② 吴组缃:《吴组缃日记摘抄(1942—1946)》,1942年9月25日,《新文学史料》2008年第1期。

有时代历史的原因,也与他的性情相关。他自谓"只是理想主义的现实主义者"①,又认为自己是"理胜于情","理胜于情"的自况或许是准确的——他的友人曹禺批评他"仿佛生怕自己的情感压倒了理智的安排,于是有些地方显得拘谨"②;友人杨晦也认为他"文字过于修炼,致全篇反而减色",他自己觉得"此语极中肯綮"③。然而"理胜于情"却又始终不能忘情,这就不能不为"无诗"的生活状态而"苦闷"。据此我们也可以想见,写作《嫩黄之忆》时的先生,该是何等欣喜舒畅。

也许钱锺书先生说得对:快乐总是短暂的。既然偏正结构的中心语是"现实主义者",吴先生还是以杰出的现实主义小说大家著称,以后又转向更注重"理"的学术研究工作。但早年成功的写作经验或许是刻骨铭心的,在先生的学术工作中,我们似乎依然可以看到包括《嫩黄之忆》的写作的诗歌活动、文学活动的投影。比如,他在研究古典小说时提出了一个重要的审美范畴,就是"孤愤"。他认为:"文学作品,包括小说,最要紧的是孤愤。司马迁写《史记》,完全发表他的孤愤,《聊斋志异》作者自称是'孤愤之书'。后来也有别的人讲,说《水浒》就是施耐庵的孤愤借水浒英雄表现出来。《红楼梦》的孤愤,拿儿女之情表现出来。《聊斋志异》的孤愤,拿狐鬼表达出来。古代成功的作品,名篇名著,都是有孤愤的。没有孤愤,写不好文学作品。"那么,"孤愤是什么东西呢?我的体会,孤,就是自己的,个人的,我自己的,我个人的。愤,应该说是一种激情,激动的感情。这一条我觉得很重要。搞文学同搞别的科学论文不一样。写文学作品,首先要有自己的激情"④。而《嫩黄之忆》所宣示的,不正是先生对于故乡"自己的,个人的""激动的感情",对于宗法制农村的"孤愤"吗?诚然,先生的小说

---

① 吴组缃:《吴组缃日记摘抄(1942—1946)》,1942年9月9日,《新文学史料》2008年第1期。
② 曹禺:《曹禺致吴组缃的三封信·一》,《新文学史料》2008年第1期。
③ 吴组缃:《吴组缃日记摘抄(1942—1946)》,1945年7月7日,《新文学史料》2008年第1期。
④ 吴组缃:《关于中国古代小说理论的几点体会》,《文艺理论研究》2002年第1期。

也都是抒写"孤愤"之作,但高度精炼的《嫩黄之忆》,则似乎是更集中、更直接、更劲捷、更强烈的"孤愤"的宣示。先生是否携带着保存在《嫩黄之忆》等文学作品中的那份"自己的激情",在古典文学的瀚海中与先哲们不期而遇,而生发出了这"心有灵犀一点通"的美学感悟?

自然,这是一个没有实证研究支持的设问,因而也是不会有答案的。先生一生孜孜矻矻、诲人不倦,却很少谈论自己,这为本论题的展开与深入,带来了一定的困难;本文中也不乏管窥蠡测乃至捕风捉影强作解人之处。笔者只是企图对这一组学界很少关注的诗作及其与吴组缃先生的新诗活动,乃至整个文学活动、学术活动的关系,做一些比较集中的思考(但本文的思考无疑是十分肤浅的),以追怀先贤,并就正于大方之家。

何其芳、李广田、卞之琳：动人的汉园交响曲

30年代初，三个爱诗的青年学子何其芳、李广田、卞之琳，分别从四川、山东、上海来到了北京大学，来到了中国现代诗歌的发祥地。他们以诗会友，在这幽深、静谧的汉园中边攻读边苦吟，互相切磋，留下了诗的柔韧与精炼。1934年，热心的卞之琳辑录了三位诗友的部分诗作，编定了《汉园集》（1936年3月商务印书馆出版）。这是中国新诗史上继文学研究会诗人群的《雪朝》、湖畔诗社四诗人的《湖畔》《春的歌集》以及新月诗派诗人的《新月诗选》之后，又一部引人注目的诗合集。诗集的艺术成就使三位刚刚问鼎诗坛的年轻人荣膺了"汉园诗人"的美名。

《汉园集》由三部分组成。《燕泥集》（何其芳）的纤丽奇谲、《行云集》（李广田）的深沉竣厚、《数行集》（卞之琳）的机敏幽深，都给人一种新异的感受——不同于《湖畔》《春的歌集》的那种大致相同的短小的爱的感兴，也不同于《新月诗选》的那种整饬的、几乎是异口同声的美的讴歌，也不同于《雪朝》：那是一部各抒己见、各抒己情的同人诗选。《汉园集》是一种异常丰富和谐的音乐，犹如不同音高、不同音色、不同声部在共同的旋律、节奏中和谐地奏鸣。他们的美学追求、情绪流向、艺术思索，全部那么相似又那么独异。他们带给诗坛的，不是独奏、齐奏、合奏，而是一部动人的交响曲。

第一乐章：美的梦幻曲

《汉园集》像一部"梦幻曲"。三位诗人有那么多作品不约而同地写到了梦："藕花悄睡在翠叶的梦间"（何其芳《夏夜》），"今宵准有银色的梦了"（何其芳《关山月》），"频浣洗于日光与风雨，／粉红的梦不

一样浅退吗？"（何其芳《休洗红》），"梦间这样迷离的／象此刻的秋云似——"（李广田《秋的味》），"做一个熟透的／八十春秋的酣醉梦"（李广田《生风尼》），"你不会迷失吗／在梦中的烟水？"（卞之琳《入梦》），"叫坐在远处的闲人梦想／古代传下来的神话里的英雄"（卞之琳《大车》）……梦境一时成了他们作品中的重要情境、意境。由梦而幻、由幻而美，梦境中充满了真实、自由和美——对梦境的顾恋以至讴歌，不能不说是对于现实的一种隐曲的，然而又是执著的否定。

　　1937年，二十五岁的青年诗人何其芳的《画梦录》，获得了《大公报》文艺奖的散文奖。这部与《汉园集》同年问世的散文集，与《燕泥集》中的诗作大体上同时，可以说是同一种思想情绪的不同艺术表现。因此，《燕泥集》可以说是一部诗的"画梦录"。梦在何其芳的笔下充满了亲切和温馨。在《燕泥集》的第一首诗《预言》中，他这样描绘对于"预言中的年轻的神"和对于美的陶醉："我将合眼睡在你如梦的歌声里，／那温暖我似乎记得，又似乎遗忘"，梦是美妙的歌声，是心灵的乐园，又是灵魂的慰藉："我饮着不幸的爱情给我的苦泪，／日夜等待熟悉的梦来彼着我睡。"（《慨叹》）在梦中，"我的灵魂将多么轻轻地举起，飞翔"（《季候病》），"如白鸽展开着沐浴的双翅，／如素莲在水影里坠下的花片"（《关山月》）。然而这支"梦幻曲"并不仅仅是为了吟唱对于美、对于明净、纯洁的向往，和那个时代许多正直的诗人一样，作者同样难以忘情于雾浓霜重、寒凝大地的社会现实，同样隐隐约约表现出"吟罢低眉无写处"的慨叹："梦纵如一只满帆顺风的船，／能驶到冻结的夜里去吗？"（《关山月》）梦常常是一杯苦酒：令人陶醉，但味道却是苦涩的。

　　不同于何其芳笔下"粉红""银色"的梦，李广田的梦常常是"苍白"的。他在《行云集》的第一首诗《秋灯》中即宣告了"一个温柔的最后的梦的开始"，"我可是一辆负重的车／满装了梦想而前进？"尽管"没有人知道这梦的货色"（《第一站》），然而诗人仍然愿意"沉入在苍白的梦里"，静听"哑了的音乐似／停息在荒凉的琴弦上，／象火光样睡眠／当火焰死时"。梦中的人生毕竟还有些微虚幻的光、热和音响，尚可以"于无声处听惊雷",而梦醒之后的现实却只有"一个寂寞的日子,/连落叶的声息也没有了"(《唢呐》)。像他的两位挚友一样,卞之琳的吟唱也是从梦开始的。在《数行集》的第一首诗《记录》中,他写道:"现在又到了灯亮的时候,/我喝了一口街上的朦胧,/倒象清醒了,伸一个懒腰,/挣脱了多么沉重的白日梦。"他的梦境更注重历史时空的调度。他写道,伏在友人留下的旧枕上,可以与友人交流旧梦,寻觅友人渺茫的行踪,甚至想到"仿佛往事在褪色的素笺上/正如历史的陈迹在灯下/老人面前昏黄的古书中……/你不会迷失吗/在梦中的烟水?"(《入梦》)梦就是人生,就是历史,人生如梦,历史如烟,这千年的浩叹被诗人的"梦幻曲"点化得既充实轻快,又深沉幽远。

大约由于梦幻过程更宜于非理性、非逻辑、非常态艺术想象的驰骋,因此,梦幻感似乎成了现代派文艺,尤其是现代派诗歌的主要审美特征。从波德莱尔的《恶之花》和《巴黎的忧郁》,直到 T.S.艾略特的《荒原》都是如此。对于"汉园"诗人们来说,西方现代派艺术经验只是他们的艺术"接穗",在他们自身"砧木"的导管里,还流着民族传统的汁液——从《洛神赋》(曹植)、《梦游天姥吟留别》(李白)、《江城子·记梦》(苏轼)直到《牡丹亭》(汤显祖)这些真正的"美梦"的艺术甘露。《汉园集》中的"梦幻曲",正是这种有胆略、有信心又有分寸的艺术"嫁接"后所结出的硕果。诗人们利用梦境剥离了现实的丑恶,吟唱着至性至情之美,或怨或慕,或泣或诉。从《汉园集》中,我们听到的是一支支优美的、轻柔深幽的梦幻曲,而不是梦呓或梦魇(当然艺术上的梦呓或梦魇同样具有美学价值)。

第二乐章:爱的随想曲

虽然由于时代、个人经历和艺术理想的制约,他们的一些作品中不可避免地覆着感伤、落寞甚至颓废的暗影,但这些并不妨碍他们作为"五四"运动的后来人,作为有着共同的民主主义思想基础的文学青年,向人民(往往首先是自己的恋人、友人、亲人)、向祖国(往往首先是自己的故乡或生活、学习的地方)、向艺术奉献自己真挚深沉的爱。何其芳笔下的爱是绚丽多彩的。《燕泥集》中的《罗衫怨》《关山月》《夏夜》,都是既缠绵悱恻、又不同凡响的爱情诗篇。"你柔柔的手臂如繁实的葡萄藤/围上我的颈,和着红熟的甜的私语。/你说你听见了我胸间的颤跳,/如树根在热的夏夜里展动泥土?""是的,一株新的奇树生长在我心里了,/且快在我的唇上开出红色的花。"(《夏夜》)这里主观与客观,听觉、视觉与触觉,比喻与象征,交叉浑融为一组乍看似散落无序,实则层层递进的意象群,把纯真的爱情既淋漓尽致、又奇幻迷离地艺术化了。

何其芳作品中的爱并不仅仅是炽热细腻的情感之花,同时还是一种高级形态的精神果实,有催人奋进的艺术力量。在一首未收入《汉园集》但写于这一时期的诗歌《爱情》中,他平静、认真地进行着爱的写生。在诗的画面上,既有柳岸晓风,又有金戈铁马,"南方的爱情是沉沉地睡着的,/它醒来的扑翅声也催人入睡"。"北方的爱情是惊醒着的,/而且有轻娇的残忍的脚步。""它是传说里王子的金冠,/它是田野间的少女的蓝布衫。/你呵,你有了爱情/而你又为它的寒冷哭泣!"爱情竟也有着不同的温度,不同的季节,不同的感觉触媒。作者诗化了这些平凡而又深刻的理解,他所言传给你的需要你通过意会去领略。

李广田所奉献的,则是一种带着北方农民的淳朴、宽厚的"博爱""大爱"。对于跑江湖的穷人(《唢呐》)、流浪的儿童(《笑的种子》)、不知姓名、国籍而客死中华的异邦人(《土耳其》),诗人无不寄予同情与厚爱,而最令人刻骨铭心的,还是作者对祖国大地母亲般的依恋。这种"高品位"的爱,集中蕴积在堪称李广田诗歌代表作的《地之子》中。这首被评论家李健吾称为"拙诗"①的作品中,那些扬弃了修饰、摒除了炫耀、以拙藏美的诗句,浸透了最浓烈、最醇厚的爱:"我对她有着作为人子的深情。""我在地上,/昂了首,望着天上。/……但我的脚却永踏

---

① 李健吾(刘西渭):《咀华集·画廊集》,文化生活出版社1936年版。

着土地,/我永嗅着人间的土的气息。/我无心于住在天国里,/因为住在天国时/便失掉了天国,/且失掉了我的母亲,这土地。"

卞之琳诗中的爱则常常经过巧妙的变形或转换而显得不动声色。隐蔽的情感是不易挥发的,所以需要仔细品鉴。他很爱他学习、生活于其中的故都,爱故都的市井风物和下层人民,但他的爱几乎全为那些平淡的笔墨吸附。从作者一丝不苟的刻绘中,我们可以体味到作者真诚的爱。他的《寄流水》,截取了一段极平庸的爱情故事:清道夫扫出一张题赠给恋人的少女的照片,诗人"用冷淡盖深挚"①,极平静地写道:"多少未发现的命运呢?/有人会忧愁。有人会说:/还是这样好——寄流水。"在卞之琳的诗歌世界里,"流水"好像有着两重含义:一是通常意义的"落花有意,流水无情",只有流水,只有时间是永恒的,让时间老人替我们保存这个美好的记忆和感觉吧。此外,卞之琳似乎还进行过这样的艺术思索:人类的情感是一个完整的、有机的、相对独立的世界,是人类在长期的历史发展过程中所积累的精神产品和精神资料。在《数行集》中一首诗的结尾,他这样写道:"古代人的情感象流水,/积下了层叠的悲哀。"这首诗题为《水成岩》。积淀着"悲哀"的"流水"可以"成岩",可以有力地影响创造世界的活动。所以,"寄流水"也还包孕了这样的含义:让这一束爱情融入人类感情的瀚海,去"成岩",去创造世界吧。在看似平淡的艺术处理中,隐藏着作者对于爱情极宽厚、极深情的礼赞。

《汉园集》中是读不到大喊大叫、激情外溢的作品的,然而作品中感情的深度和醇度并不完全取决于艺术处理的方式。仔细品鉴诗人们不动声色、不露雕琢痕迹、娓娓诉说的"随想曲",我们是可以从中体味到诗人们对于恋人、对于友人、对于乡土国土以及对于生活极深挚极宽厚的爱的。

---

① 卞之琳:《雕虫纪历·自序》,人民文学出版社1984年版。

第三乐章:思的回旋曲

从前面两个"乐章"中我们可以发现,三位诗人的作品不仅别致、新颖,而且比以前的很多新诗更耐咀嚼玩味,每首诗中都包含着一些关于人生、历史、哲理的深厚体验和感悟。深刻的思索、思辨,以一种闪烁着智慧光辉的艺术魅力,构成了汉园交响曲的第三个乐章:思的回旋曲。

忘情地咏唱着美与爱的何其芳,其诗中亦不乏睿智、深邃的艺术思索,这些思索同样出之以花荫月华、行云流水。在故乡,在"童年的阔大的王国"《柏林》里,行吟诗人在比较着成年与幼年的心态、理想、美学情趣,比较着成熟与天真、完善与稚拙,比较着此一时的人生与彼一时的人生……这些繁富的思考最后升华成为这样一些澄澈的诗句:"沙摸中行人以杯水为珍,/弄舟者愁怨着桨外的白浪。/我昔自以为有一片乐土,/藏之记忆里最幽晦的角隅,/从此始感到成人的寂寞,/更喜欢梦中道路的迷离。"追怀童年,憧憬未来,显然是为了思考成人的寂寞的现实岁月。

《花环》是一首秾丽、轻柔、流畅的十二行小诗,托情于一个早夭的女孩短暂的一生。作者工笔重彩,描述着"她"的音容笑貌、言行举止,甚至赞美她的早逝,"你有美丽得使你忧愁的日子,/你有更美丽的夭亡"。"夭亡"为什么"更美丽"?我们不能不从作者隐去的思考中索解。大约是因为"夭亡"可以避开现实社会的染指而永久地葆有自身的美丽吧!这是礼赞美丽,又是美丽的诅咒——用美来诅咒丑恶的现实。回过头来再读开头一个小节的诗句,我们就会感到批判的力度和哲理的分量了:"开落在幽谷里的花最香。/无人记忆的朝露最有光。/我说你是幸福的,小铃铃,/没有照过影子的小溪最清亮。"

李广田质朴的吟唱同样是意味深长的。《地之子》的耐人寻味,不仅因为它的作风的朴拙,同时也由于它的意蕴的深入——像"因为住在天国时/便失掉了天国"这样的诗句,多么平白又多么深奥。在《行云集》的最后一首诗《上天桥去》中,诗人沿着叩问天国的艺术思索,走得更远也更开阔了。这是一首百行长诗,描绘了父子两人逛天桥市场的情景。"天桥"这么个美丽而又让人想入非非的名字,不应当只是这么一个杂乱的所在:"黄脸,脏脸,死海上的泡沫/荡着,荡着,纵有风也不能荡出天桥。"全诗贯穿着作者的反复思索:天桥在哪儿呢?这是一种"天问"式的思考,在思考中升华理想,回味生活,批判现实。这是一种很有"现代"味儿的艺术思索。这里对于"天桥"的期望会使我们想起现代派文艺中很多貌离神合、"血缘"相通的意象:卡夫卡的《城堡》中的"城堡",T.S.艾略特的《荒原》中的"没有实体的城市",贝克特的《等待戈多》中的"戈多",不都是这样一座既实际又虚幻,既普通又神秘,既让人厌恶、恐惧又令人憧憬的"天桥"吗?

在三位诗友中,卞之琳似乎更勤于、精于也乐于思索而几近成癖。思索使得他更喜欢打磨、淘洗,精益求精到出神入化,似乎每首诗都有新异的命意。《影子》写由于夏天的江南之旅失落了一个"影子",导致整个秋天"更寂寞了";看到冬天的影子,也以为"这是你暗里打发来的"。这里写的似乎是由于"影子"的丢失——感情的失落而引起的苦苦思索:我究竟少了些什么?但只要思索,又会出现新的影子,"现在寒夜了,/炉边的墙上/有个影子陪着我发呆:/也沉默,也低头,到底是知己呵!"感情与思索,可以说是如影随形。而这里的"你",或许正可以指代思索本身。整个诗意为一种诗人所特有的由思索带来的迷茫又狡黠的愉快所浸染。

在另一首小诗《投》中,作者从一个小孩子投掷小石块的游戏中得到启示,思考着命运支配人生的奥秘:"说不定有人,/小孩儿,曾把你/(也不爱也不憎)/好玩的捡起,/ 象一块小石头,/向尘世一投。"人生会面临许多偶然;人生难免要受命运的戏弄,有些规律是无法抗拒的;没有什么上天的厚爱或轻贱……艺术思索的"穿透"激发了诗的活力,正像作者所自谦的那样:小处敏感,大处茫然[①]——如果我们把"茫然"

[①] 卞之琳:《雕虫纪历·自序》,人民文学出版社1984年版。

看作是"彻悟"之前的那种混沌的、然而是积极的思考过程的话。

《古镇的梦》继续着这种命运思索。"小镇上有两种声音/一样的寂寥:/白天是算命锣,/夜里是梆子。"算命锣"敲不破别人的梦",梆子"敲沉了别人的梦"。空洞的预言和刻板的报时丝毫没有改变古镇的命运,古镇还在沉睡,只有那个叫做毛儿的婴孩有时在三更天的梦里啼哭。"敲梆的过桥,/敲锣的又过桥,/不断的是桥下流水的声音。"除了时光的流逝,古镇没有任何改变。这首写于国难当头的 1933 年的"回旋曲",是否有意无意地通过"古镇的梦"来思考"中国的梦"?

国家的兴亡、民族的危难、历史的启迪、社会的期待……那个时代的青年学子的所思所虑,实在是太多了。作为大学外文系和哲学系的高材生,诗人们小心翼翼地避开了说理与雄辩,只是用深刻的思考反复锤打着笔下的字句,迸射出智慧的、哲理的思想火花,敲击出一支带着思辨美的"回旋曲",成为"汉园交响曲"中意蕴深厚的一个乐章。

作为在三四十年代诗坛上产生过较大影响的诗人,"汉园"三友无疑都有着鲜明突出的艺术个性:何其芳的秾丽、秀美、洞幽烛微和"甜蜜的忧伤";李广田的自然、醇厚、质朴无华和"地之子"的深情;卞之琳的善于在诗中隐蔽自己,自如地驱遣时空以及不断地追求艺术的"极值"——在最小的面积里收获最丰富的诗意。我笨拙地用三个乐章,实际上是从三个不同的审视角度,对《汉园集》做了一点"抽样分析"。

(本文所引《汉园集》中作品的篇名及内容,均以 1936 年商务印书馆版《汉园集》为准。)

他的名字并非写在水上
——解诗人朱湘自杀之谜

1933年12月5日晨6时许,上海开往南京的"吉和"轮正在长江上逆水疾驶。甲板上,一个清瘦憔悴的青年男子倚着船舷,一手抓着酒瓶,一手捧着诗集,一边喝酒,一边读诗。南京已经不远了,一些旅客从睡梦中醒来,三三两两地走上甲板,突然,那个男子越过船舷,纵身跳入滚滚长江。船上发现后急放救生艇捞救,然而水深流急,那人已无踪影。

这位举身赴清流的男子,就是被鲁迅称为"中国的济慈"[①],曾名噪一时的诗人朱湘。此时年仅二十九岁。

欲晓的天幕上,一颗刚刚升起的诗星悄然陨落了……

一

朱湘,字子沅,祖籍安徽太湖,1905年生于湖南沅陵的仕宦之家。父亲朱延熙是前清翰林,做过江西学台。他的官职虽不能算低,但为政清廉,卸任之后两袖清风,未给后代留下什么家业。朱湘兄弟姊妹很多,他有四个哥哥,七个姐妹。家庭关系不很和睦,哥哥们视他为路人,对他的不近情理的管束一直持续到他成年之后。甚至在朱湘结婚的当晚,由于他不肯依照旧制行跪拜礼,触怒了代父行使家长职权的三哥,这位蛮横的兄长竟为此大"闹"新房,打断喜烛,迫使朱湘离开他的家,搬到二嫂薛琪英家度过了洞房花烛夜。薛女士曾留学英国,翻译出版

[①] 参见《集外集拾遗·通讯(致向培良)》,《鲁迅全集》第7卷,人民文学出版社1981年版,第272页。

过儿童文学作品,二十多岁即开始守寡。这位贤淑的女性,是朱湘最亲近的亲人。他的学习费用,主要是靠着这位寡嫂的资助。

朱湘三岁时,母亲即不幸辞世。十一岁时父亲去世。幼年丧母,少年失怙,家道中落,兄弟不和,这"人之初"的磨难,在他的心灵深处留下了难以弥合的伤痕。及至成年之后,他的那种郁郁寡欢、落落寡合,那种极度自尊又十分自卑、恃才傲物又多愁善感的个性,以及最后以二十九岁的英年自寻绝路,与他童年时代所接受的不幸的"情感教育",似乎都不无联系。

朱湘自幼聪慧好学。六岁入私塾启蒙,七八岁时开始学作文。十一岁考入高小一年级读书时,就与同学商量,要写一部《彭公案》式的侠义小说。其后,受当时一种影响颇大的书刊——孙毓修节编的《童话》启发,写成了一篇小说,记一只鹦鹉在一个人家的见闻。1917年,十三岁的朱湘先后进入南京江苏省立第四师范附小和南京工业学校预科读书,同时在青年会学习英语。也是在这一年,朱湘开始阅读《新青年》,并因此对新文学取赞同支持态度。

1919年秋天,十五岁的朱湘以优异成绩考入清华大学的前身——清华学校。这是一所用美国退回的"庚子赔款"创办的留美预备学校。1921年,朱湘开始写新诗,并参加清华文学社活动。日后在诗坛、文坛崭露头角的闻一多、梁实秋、顾一樵等,当时与朱湘同为文学社成员。新诗试笔显示了他的天赋与才华,但也隐约流露了与之"伴生"的忧郁感伤情绪。1922年1月,朱湘在《小说月报》上发表了他的处女作新诗《废园》:"野花悄悄的发了,/野花悄悄的谢了,/悄悄外园里更没什么。""废园"与"野花"中,显然融入了诗人较多的身世感慨。其后半年中,《小说月报》又刊发了他的三首诗作,其中一首竟题为《死》:

> 隐约空堂,
> 惨淡灵床,
> 灯光一暗一亮,
> 想着辉煌的已往?

对于一位应当是风华正茂的十八岁青年来说,这种灰暗的情绪实在是太反常了。

不知在最后的时刻,他是否记起了这首诗——他的确是有"辉煌的已往"可供回想的,尽管那"以往"令人痛心地短暂。

二

1923年,朱湘在清华学校即将毕业时,忽然被学校开除了。其原因,是他只对文学感兴趣,不愿上那些自觉无味的必修课程,旷课时数逾章。加上为抵制学校斋务处的早餐点名制度,经常故意不到,结果记满三次大过,被开除学籍。以后,他在致友人的书信中说,之所以要离开清华,"可以简单回答一句,清华的生活是非人的"。这种向往自由真率、我行我素的狂狷耿介,构成了感伤忧郁之外的另一重性格侧面。其中固然不乏追求个性解放的"五四"时代精神之光,但同时也隐伏着难以见容于那个社会的生存危机。

离开清华后,朱湘在沪苏一带漂流了将近两年,1925年夏天又回到北京,在一所中学任教。他与清华同学孙大雨(子潜)、饶孟侃(子离)、杨世恩(子惠)住在一起——加上他(子沅),世称"清华四子"。四位青年诗人常常交流新作,切磋诗艺,过从甚密。但由于大都年轻气盛,也时常发生一些不愉快的事情。有次朱湘竟让厨房大师傅叫饶孟侃离开饭桌,好让他写作。1926年4月,"四子"与徐志摩、闻一多一起创办了著名的《晨报·诗镌》,为新诗格律化运动领潮引路。朱湘在《诗镌》上发表了他的名作《采莲曲》与诗评《评郭君沫若的诗》。但不久就与徐、闻闹翻,退出了《诗镌》的活动。闻一多在一封致友人的书信中写道:"朱湘目下和我们大翻脸,说瞧志摩那张尖嘴,就不象是作诗的人,说闻一多妒嫉他,作了七千字的大文章痛击我,声言偏要打倒饶、杨等人的上帝。这位先生的确有神经病……"[1]这位"四子"公认的

---

[1] 参见方仁念编:《闻一多在美国》,华东师范大学出版社1985年版,第140页。

"老大哥"的陈述,让我们看到了朱湘的心理与为人处世的缺陷。尽管他们两人不念旧恶,不久又言归于好,然而与之相处共事的,却不可能都是"老大哥"式的朋友。这就使得朱湘日后注定要吃苦头、跌跟头了。

1926年秋天,经过一些热心友人的奔走斡旋,朱湘得以回清华复学。在清华的最后一个学年中,朱湘显示出非凡的天分与罕见的勤奋。他在英文班上将自己的散文《咬菜根》当堂译成英文,得到外籍教师的激赏,给了他最优等的成绩,叫他不必听课,大考再交一篇作文就行了。"莎士比亚研究"的授课教师也叫他不要来上课,可以直接参加考试。他虽无过目不忘的神功,但看过的书大致记得,而且读外文书和翻译从不用字典。朱湘不仅天资聪颖,而且精力过人。他每天的学习时间都在十一小时以上,在以后致友人的书信中说,他这时"每天二十四点钟都想着写诗"。在连伙食费都常常交不出的情况下,他还挤出钱来自办了一份名为《新文》的刊物,由他自己一人写稿、编辑、校对、发行。由于手头拮据,虽然陆续编定了六期,但只印行了两期便终刊了。

清华学校前后八年的学习生活,是朱湘学业上的奠基时期,也是文学创作最活跃、最有成就的时期。他的处女作诗集《夏天》、代表作《草莽集》,都产生于这个时期。此时,朱湘刚刚二十出头,按说还只是才华初露。然而谁能想到,这初露的才华竟没有等到怒放的盛年,便悄然凋谢了。

三

1927年8月,朱湘从清华学校毕业后,与好友柳无忌结伴乘船赴美留学。9月初抵美后,先入威斯康星州劳伦斯大学,修西洋文学、古英文、拉丁语和高级班法语。在异国的土地上,朱湘为维护祖国和民族的尊严,不惜多次中断自己的学业,表现了一个中国现代知识分子的可贵气节。这年12月,由于法文教科书里把中国人称为"猴子",引起哄堂大笑。朱湘气愤地退出教室,并毅然放弃半年后即可得到的文凭与学位,离开劳伦斯转入芝加哥大学。在芝大学习之余,他努力从事翻译世界名诗的工作。这些译作后来编入他的译诗集《番石榴集》,为中国现代诗歌翻译事业做出了较大贡献。与此同时,他还将自己的诗作《摇篮曲》,以及辛弃疾、欧阳修的两首词译成英文在芝加哥大学的校刊上发表,受到读者的欢迎,并引来一位美国女同学做诗唱和。他以自己的聪慧与才华弘扬民族文化,倾倒了异国人民。然而,他在芝加哥大学也只待了一年多。1929年春天,因一位教授怀疑他借书未还,一位美国女生不肯与他同座,他又一次愤而离去,转入俄亥俄大学。这已是他留美的"最后一站"了。

在有些人看来是天堂乐土的美国,在朱湘眼中则不啻人间地狱。如同他在留美家书中所发出的哀叹:"只要在中国活得了命,我又何至于抛了妻子儿女来外国受这种活牢的罪呢?""一个人到外国念书,举目无亲,加上外国人向来对中国人是看不起的,你出去——不小心,就要受人欺负。"① 远离故土,远别亲人,加上金元帝国种族歧视的傲慢与偏见,使得性格乖戾内向的朱湘变得更加怪僻、更加孤独。除一两位挚友外,他几乎不与任何人交往,甚至不同认识的人打招呼,每日独往独来,行踪不定。"活牢"般的留学生活为他本来就不十分健康的精神世界带来了新的苦痛,造成了难以修补的心理"缺损"。

按照当时的规定,清华学校毕业生留美可享受五年官费。然而,对于生活在"活牢"中的朱湘来说,五年实在是太漫长了。而且,像他的清华"老大哥"闻一多一样,朱湘也是根本不把洋学位、洋文凭放在眼里的。1929年9月,时任武汉大学文学院院长兼外文系主任的闻一多向他发出邀请,他便立即启程回国。屈指算来,他在美国实际上只待了两年。抵上海后,又经朋友推荐,来到当时的安徽省会江城安庆,应聘担任安徽大学英文文学系主任。其后有过一小段他短暂的一生中仅有的优裕时光。当时他月薪三百元,不仅衣食无虞,而且有闲钱购买古玩、字画。他教学认真,很受学生欢迎。教书之余,仍勤奋从事新诗创

---

① 朱湘:《海外寄霓君》,上海北新书局1934年版,第6、100页。

作与诗文翻译,并热情支持学校文学社团"晓风社"的活动。然而好景不长,不久学校便开始累月积年地欠薪,主任、教授的高薪遂成画饼。他的一个孩子出世不久,便因为没有奶吃而活活饿死。这件事对他的刺激很大。与窘迫的经济状况联袂而至的,还有他家"后院"的频仍"战事"。

　　1925年3月,朱湘在南京与刘霓君女士结婚。刘父也是清代翰林,官至江西盐运使,与朱湘的父亲是朋友,这门亲事乃是指腹为婚。当时,霓君的父母也已亡故,也是随兄生活。经受了"五四"新文化运动精神洗礼的朱湘之所以慨然接受了这桩包办婚姻,大约主要是由于惺惺相惜、孤儿怜孤女的缘故吧。然而婚后不久,由于性格的差异,由于一封书信引起霓君的猜忌,他们的情感产生了裂痕。留美期间,朱湘给霓君写了许多书信,倾诉相思与乡思之苦。他对霓君的爱是深沉真挚的。但霓君毕竟是一位没有受过多少现代教育的旧式妇女,要她理解丈夫的事业与行止,又要接受丈夫的狷介怪僻,是十分困难的。朱湘归国之后,久别重逢的欢乐并没有维持多久,旧有的感情裂痕便又暴露出来,而且似乎在扩展、加深,他们时常口角、殴詈,甚至把家具、摆设砸碎,然而说不定很快又和好了,就再去买一套新的回来。家庭不睦,反复无常,缺少亲情的温馨,这些即使算不上悲惨末路的成因之一,恐怕也难以提供阻止他告别人生的情感力量。

四

　　在安徽大学任教期间,朱湘待人接物一如既往,只与一两位旧友过从,很少和同事们来往,更不懂也不屑于攀龙附凤、上下走动和左右斡旋。在人事关系十分复杂的学校里,他难以长久安身立命。1932年5月,他怀着办好学校的热忱,到上海邀约赵景深、戴望舒、方光焘同去安大任教,为学校当局拒绝。其后,校方又将朱湘拟定的系名"英文文学系"随意改为"英文学系"(这一个字的增减是很有讲究的:英文写作的文学比英国的文学要广阔、丰富得多)。朱湘一气之下向学校递交辞呈,开始了为期一年半的失业流浪生涯。

在生命的最后一段时光里,朱湘漂泊于长沙、武汉、北平、天津、上海、杭州等地,以卖文为生,不得已时便向旧友们求援、告贷。此时他罹患了脑充血病,加上失业、别家的精神折磨,文思已大不如前之敏锐精进。各报刊又大都须刊出文稿后才能付酬,往往是远水不解近渴、滴水难解久渴,有时竟闹到身无分文、受尽侮辱的地步。在武汉,他因付不出店钱困居一家下等客栈,只好写信向在武汉大学任教的旧日同事苏雪林女士求救;在上海,他穿着一件破棉袍,由轮船上的茶房"押解"着去找友人赵景深,因为无钱买船票,行李还被扣押在船上。这对于向来清高孤傲的诗人来说,该是何等沉重的打击。一次又一次无情的精神重创,悄悄地蚕食着他已经所剩无多的生活勇气。

生活的磨难终于动摇了他对于缪斯的虔诚崇奉,动摇了他曾倾注着"每天二十四个钟点"的心血与热情的人生理想。1933年6月,漂泊到北平的朱湘给挚友柳无忌写了一封短信,初次流露了这种消沉的心绪:"下学年也没有一定的计划。只不过有一层是决定了的,那便是,作文章已经是作得不感兴趣了。"① 同年10月,朱湘由平赴沪途中在天津下车,专程看望——实际上也是诀别——在南开大学执教的柳无忌。离津南下时,朱湘异常沉痛地说:做文章误了我一生!他请柳无忌给另外两位挚友罗念生、罗皑岚去信,劝他们不要专写文章。此时距他的生命终点,只有两个月了。他的最后一根,也是最重要的一根精神支柱,已经显示出摧折在即的危象。

像梁遇春那样,正当春秋鼎盛之时却洋洋洒洒地研究起《人死观》②,并且在几年后便以二十六岁的英年匆匆病逝的作家,在中国固属凤毛麟角,然而在朱湘的诗文、行止中,似乎也不无探讨"人死观"的蛛丝马迹。他的代表作、成名作《草莽集》的封面设计十分独特:没有文字,只有一幅圆形的剪纸风格的图案,那图案竟是一个浮在水面上

---

① 《朱湘书信集》,天津人生与文学社1936年版,第101页。
② 参见梁遇春:《春醪集》,上海北新书局1930年版。

的人体!他从海外寄给夫人的书信中,更有令后来读者怦然心动的语句:"晚上作梦,梦到我凫水,落到水里面去了,你跳进水里,把我救了出来……"①他在悲悼屈原的诗作《这条江虽然半涸了还叫汨罗》中,似乎已伏下了自杀的动机:"我更庆贺你能有所为而死亡";而他留给我们的那首《残诗》,则更近乎谶语:

> 虽然绿水同紫泥,
> 是我仅有的殓衣,
> 这样灭亡了也算好呀,
> 省得家人为我把泪流。

至于他最后去南京不乘火车,选择了速度慢得多的水上漂流,就更是大有深意的了。

不过,如果在失业的一年半中给他一条生路,上述蛛丝马迹、草蛇灰线或许会有另外一种完全不同的解释,或许会衍生为另一个完全不同的故事。然而奇迹没有出现,也不可能出现:在那个冷酷的社会里,为谋生糊口,朱湘曾多方托请多位友人代寻教职,均无结果。在1933年9月致柳无忌的书信中,他将巨大的悲愤凝结为绝望的冷静:"若是一条路也没有,那时候,也便可以问心无愧了。"②苦海无边回头也无岸,他对人生已无留恋。于是,他开始悄悄为"问心无愧"的"那时候"做准备了:在最后的时日里,他曾对夫人说:恐怕我要去在你的前面了!有时半夜醒来,他会忽然恳求夫人:你要为我抚养我们的小沅和小东(他的儿女的名字)啊!可惜夫人没有听出这些话的弦外之音——其实,就是听出来恐怕也是无可奈何;如同闻一多在唁函中所说的那样,"子沅的末路实在太惨,谁知道他若继续活着不比死去更痛苦呢!"

1933年12月4日下午,朱湘怀揣从寡嫂薛琪英处借来的二十元钱,提着一只小皮箱,悄然登上开往南京的"吉和"号江轮,最后告别了他曾多次流连和羁居的上海,并于次日清晨告别了苦难的人世。

---

① 朱湘:《海外寄霓君》,上海北新书局1934年版,第3页。
② 《朱湘书信集》,天津人生与文学社1936年版,第102页。

朱湘逝世四十余年后的1977年1月,他当年的畏友柳无忌在大洋彼岸的美国印第安纳,以诗一般的语言,为他写下了这样一段热情而深刻的话:

> 他的个性是倔强、坚韧的,他受不了任何方面对他的约束与压力,不论其来自社会或文坛。等到他被窘迫的经济、不良的健康,与白眼的人们所围困而遇着四面楚歌的时候,他不惜追踪二千年前的大诗人,以一死结束了人生的悲剧。但,这是一个美丽的悲剧,为诗歌所美化与纯化的悲剧。我确信着,他不至于白白的活着,白白的死去。他的身体虽被水所毁灭,他的名字并不是写在水上的。①

是的。尽管他最后托身江涛,而且他的名和字中都有"水",但他的名字并非写在水上,是不会随流水年华消逝的。他的诗,他的孤高正直的人品以及他的悲惨身世,将和他所崇敬,并以身"追随"的前辈诗人屈原、李白一样,为后人所传诵与铭记。

---

① 《二罗一柳忆朱湘》,三联书店1985年版,第58页。

寻求新诗史研究的突破与超越
——中国新诗史写作与《中国新诗流变论》

以我个人有限的阅读经验来看,我认为中国现代文学三十余年中,真正具有新诗史论意味的研究论著,似乎只有草川未雨(张秀中)的《中国新诗坛的昨日今日和明日》(北平海音书局1929年版)和蒲风的《现代中国诗坛》(诗歌出版社1938年版)。尽管蒲风是"中国诗歌会"的代表诗人,张秀中也出版过几部诗集,这两部论著,具有"诗人言诗"的性质,而且,两部论著还留有结构不够严谨、谐调,阐论不够严密、精细等诸多缺憾,并不能算是成熟之作,更算不上整个新诗史上最优秀的新诗研究成果,但它们毕竟对新诗从诞生至成熟年代的历史发展,作了比较系统的回顾与评述,保存了一些有价值的史料,体现了新诗研究最初的、试图超越一般的诗歌艺术鉴赏和诗歌现象的平面描述,进而对新诗的艺术发展走向做整体把握的努力,展示了穿越各自时代的宽广、深邃的审美视角。这两部论著主要是在研究理念、研究方法上,而不是在学术水平上,成为后来这一类新诗研究成果的先导。

新时期以来的新诗研究,也像其他学术研究一样十分繁盛。这二十余年间出现的新诗史论和新诗流派论的研究成果,已多得难以胜数。其中自然不乏佳篇佳构,其学术水平、研究的深度、广度和精细程度,恐怕早已超过那两部"先导"了。最近读到的龙泉明的《中国新诗流变论》,大约可以算是这"佳篇佳构"中的一部——一部兼有新诗史论和新诗流派论意义的新诗研究力作。

我一直认为,文学史论和文学流派论,可能要算是两种比较重要、比较经典的文学史研究方法了。这两种方法分别从纵横两个维度梳理文学史的发展线索,覆盖重要的文学现象,能够比较真切也比较深切地再现文学史的"主旋律"。《中国新诗流变论》就是以新诗史论为"纵坐标轴",以广义的新诗流派论(包括诗人群论和重要诗人专论)为"横坐标轴",以将近五十万字的篇幅,纵横交织地对三十余年间新诗的艺术流变,作了全景式的理论描述,较好地融合了切实严谨的史实考察与深入精细的理论思考,透发出一种与"大部头"篇幅相应的厚重。在这样的"纵横坐标轴"所构成与规划的学术"象限"中,你从任何一个坐标点——任何一个诗人、诗人群、诗歌流派、诗歌现象、诗歌思潮与诗歌运动的研究"断面",都能感受到一种整体的、历史的理论思考。

在本书的"纵坐标轴"——新诗史论的走向上,作者以史带论,阐发了一系列创见,但在具体的学术操作上,作者又是十分审慎的。如新诗史的分期问题。作者认为,1917—1949年新诗的艺术发展,可以分为四个时期。全书四章的标题以简赅的文字,勾勒了四个时期的主导诗潮和主要特征,即"新诗的草创:白话化运动";"新诗的奠基:自由化运动";"新诗的拓展:两大诗潮的并峙与交流";"新诗的普及与深化:历史大汇合趋势"。这些概括无疑是新颖而精当的。然而,就每个新诗时期的起止时间,就每章所规范的诗歌文学的时代"框架"而言,大体上还是对应了现代文学史通行的分期,即"'五四'时期的文学";"20年代(或第一次国内革命战争时期)的文学";"30年代(或第二次国内革命战争时期)的文学";"抗战与40年代(或抗日战争和解放战争时期)的文学"。不过,在"对应"与关注主要是由时代历史发展所决定的现代文学史分期的同时,作者又表现出了对于新诗内部艺术发展矛盾运动规律的充分尊重,对于不完全服从历史的规范、有着较大艺术"惯性"的新诗文体个性的充分尊重。这样就尽可能在论著中保存了一个诗歌流派、一种诗歌思潮或一种诗歌运动发生、发展、全盛以至衰落的全貌,不使其轻易为"时期"所分割。所以,对于主要是由闻一多、徐志摩倡导"新格律诗"所引领的新诗艺术形式的"规范化运动",以及主要是由"诗怪"李金发和后期创造社几位诗人所代表的新诗"象征主义运动",作者就不是按照通行的做法,把它们纳入"20年代文学"时期,而是放置在主要是由30年代的诗歌思潮和诗歌现象构成的本书的第三章,与普罗诗派、中国诗歌会这样一些通常被认为是崛起于30年代的诗歌流派和诗人群对举。从本书第三章的目录编排中,我们可以约略窥见作者为这一结构调整所进行的"可行性论证"。那就是作者认为,这两个诗歌运动与30年代"并峙与交流"的两大诗歌潮流之一现代主义诗歌运动,有着无法割裂的内在联系;而且,无论是新月诗派还是初期象征诗派,其主要诗人的创作和理论活动,其总体美学风格的发展流变及其作为流派、诗潮的艺术影响,也都迁延至30年代以后。因此,作者的这些"调整",我认为是对新诗艺术发展的轨迹作了认真细致的历史考察之后进行的,是有一定的艺术史实和理论史实支持的创见,并非故作惊人之举。也许正是有鉴于此,作者提出了一个文学史分期的新的设想,即将现代文学史的30年代的起点,提前到1925年。这一设想是否可行,当然还可以也需要讨论,还需要在对整个现代文学思潮的流变、对其他文体的创作与理论批评活动做进一步考察的基础上进行充分论证。

在本书的"横坐标轴"——广义的流派论层面,作者对三十余年间比较重要的诗歌流派、诗人群、诗歌思潮和诗歌运动,都作了比较精细、深入和相对全面的研究。这就使得史论的线索不但清晰可辨,而且显得丰富充实。作者不仅沿着史论的线索,从艺术流变的角度,重新审视了学术界谈论较多的那些诗歌流派、诗歌思潮和诗歌运动,阐发了新见,而且依据对新诗历史发展状况的再认识、再思考,提出了30年代的新诗坛上客观存在着"密云期"诗人群;40年代的新诗坛上客观存在着"延安诗派"的新说。作者在"密云期"诗人群代表诗人臧克家、田间、艾青的分论的基础上,进一步概括了他们作为一个诗人群所共同做出的提高了现实主义诗歌整体艺术水平的贡献。对于"延安诗派",作者指出,这是一个"以政治为纽带的诗歌团体",因此,这里的"延安",不是一个单纯的地域概念。这个诗歌流派,应是包括了此前一些研究者们所论及的"晋察冀诗派"在内的,"以延安为中心的抗日根据地,以及由此不断向四面推进的解放区的诗人,它是在中国共产党领导下的与工农密切结合的新型的诗歌群体"。"密云期"诗人群与"延安诗派"的提法能否为学术界普遍接受,可能还有待时日的检验,但作者在发掘、评价史料的基础上所进行的深入研究,以及其中所透发的敢于阐发新见的探求精神,我认为是值得称许的。

"纵横坐标轴"的交错,构成了新诗成立之后的"奠基""拓展""普及与深化"三个诗歌时代。作者认为,郭沫若、戴望舒、艾青,是这三个时代的代表诗人(用如今流行的说法,或可称为首席诗人、形象诗人)。他们的诗歌文学活动集一个诗歌时代之大成,他们以自己的诗歌创作和理论思考,对新诗进行了三次大的整合,促进了新诗艺术的自由与自觉,推动了新诗的双向竞争、互补与超越,以及诗与历史全方位的对话。诚然,这些论断都还只是一家之言,要读者接受或修正、补益这些结论,都还需要一些分析、思考的时间。但我相信不少本书的读者,都不能不为作者严谨、丰富、深入而富有激情的论述所折服。作为完整的学术活动,我想结论恐怕并不是唯一的节目,甚至也许还不是最重要的节目。

作为一部"全景式"的新诗研究论著,本书作者不但对1917—1949年的新诗作品和新诗批评、诗歌理论史料作了相对全面的、大规模的综合与集成,而且广泛阅读、参考了20世纪80年代中期以后的,严格说来也属于"历史本文"的新诗研究论著,使得作者有可能在一定程度上避免了一些"重复劳动",不仅是站在巨人,同时也站在了众人的肩上登高望远——其实,这也是学术研究的基本方法、基本要诀之一,只是作者用更清晰的形式,把这种方法、要诀明确化了,这就是用页下注的方式,一一注明那些在读者,尤其是本学科学术圈内的读者眼中似曾相识的看法、论述的具体出处。这种坦诚的学术品格是值得钦敬的。本书在为我们提供了一部厚重的学术专著的同时,实际上还为我们提供了一种同样具有"全景"意味的、近十五年间新诗研究的综述与引得。

不过,在作者提供给我们的、每个部分都显得严谨而曼妙的学术乐章中,我们仍然不难品鉴出其中的"华彩乐段"。那就是书中对40年代诗歌的研究,显然要比其他部分的论述更加流光溢彩。例如,作者认为,40年代新诗的"散文化运动",在一定程度上造成了当时新诗普遍的"非诗化"倾向;"延安诗派"的诗作由于更多的非诗因素,随着时间的推移,将逐渐从诗的范畴淡出,而更多地属于社会历史范畴;40年代诗歌表现出日益公众化、功利化趋向与坚守诗人的内心世界、经验世界的对立,以及诗歌日益意识形态化、非诗化与坚守、开拓诗歌自身生存空间的对立,而有成就的诗人的特点,正在于在这对立的两极之间保持平衡的张力;40年代诗歌有着比二三十年代诗歌更多的缺失和不足,但从总体上看,其成就并不让于此前新诗的任何一个历史时期,诗歌的群体实力与数量上的绝对优势,保证了诗歌质量一定程度的提高,等等。这些美学评价和历史评价,我以为都是中肯的,精当的,也是比较独到的。这可能与作者曾在一段时间内,比较集中地研究过40年代诗歌,尤其是发掘、整理、编纂过40年代新诗批评、新诗理论史料不无联系。我们可以悬想当年作者在尘封的、发黄发脆的故纸堆中发现所需史料时的惊喜与兴奋;在翻阅史料的载体——旧报刊时,由当时的时代环境信息所产生的联想;还有这样的心情和这样的联想所激发的学术灵感和顿悟。而面对别人整理好的史料,恐怕是难有这番情景的。或许正是当年的一些灵感与顿悟,经过长时间的孕育,才凝结为本书中的一部分文字珠玑。

　　当然,即便是华彩乐段,也还不可能字字珠玑。有些论断似乎还值得进一步推敲。例如,在本书的"结语"中,从"开放性、多元性、先锋性、民族性、创造性"等五个维度概括新诗的现代性特征,是否准确?尤其是"民族性"和"创造性",是不是新诗现代性的特征?在我看来,至少很难说是显性特征。而且在不少时候,我们更习惯于将"现代性"与"民族性"对举。还有,作者在论述新诗对传统的承传与变异时不乏精深的见解,但有些说法似乎也还不够周全。比如,"中国新诗的最高审美追求"是否完全"由'意境'转向了'意象'"?古典诗歌与现代诗歌构思方式的不同,是否一定会造成前者"能使人在形而下的沉浸中获得美的欢愉与净化",而后者"则更注重形而上的指向"这样大的审美的以至哲学的落差?这些,好像都还可以进一步讨论。

　　不过,指出这些并不意味着对这些论断的简单否定。相反,对于其中蕴含的作者的不倦探求、独抒己见的胆识和精神,我是充满敬意的。况且,这些论断即便稍有片面性,那也是一种"深刻的片面"。对于学术研究而言,"深刻的片面"也许比"平庸的全面"更有意义。

总之,这是一本值得认真研读、难能可贵的新诗研究论著。在学术风气像世风一样不甚踏实,学术研究也开始日渐媒体化的今日,作者愿意耗费大量的时日、精力乃至心血,青灯黄卷,孜孜矻矻,完成了这样一部很难引发新闻效应、轰动效应的"大部头"学术论著;人民文学出版社愿意耗费不菲的人力、物力,出版这样一部很难畅销,很难被炒作,因而也很难带来很大经济效益的书,都是难能可贵的。

新时期鲁迅诗歌研究述略

与其他体裁的鲁迅著作研究一样,鲁迅诗歌研究也在新时期得到了长足的发展。鲁迅诗歌研究的肇端,可以上溯到1925年孙伏园的《京副一周年》①。从那时起至"文化大革命"爆发前的四十年间,几代学人在鲁迅诗歌的笺注、考释、钩稽、鉴赏诸方面做了很多工作。然而,由于历史条件的局限,时代环境对于学术活动的制约,也由于任何一项重大学术研究都必然要经历较长的发展、成长过程才能臻于成熟,这四十年的鲁迅诗歌研究的总体水平,还不是很高。能够比较集中地体现一项学术研究的状况、规模与学术水准的成果——研究专著,大约只出现了三部②。而从1977至1987年,仅据《全国新书目》所提供的资料和纪维周等编著《鲁迅研究书录》③著录,这十年间出版的鲁迅研究专著即达近三十种(包括少量大专院校、学术机构内部印行的专著),十倍于前四十年的学术积累,总体学术水平较前四十年也有了较大幅度的提高:在进一步深入细致地做好鲁迅诗歌笺评、考辨、文本解读这样一些基础研究工作的同时,不少研究者更加注重鲁迅诗歌总体美学面貌的考察与描绘;在客观、充分地评述时代历史背景、思想发展的制约作用的同时,较多地关注鲁迅诗歌创作艺术过程与他的身世经历、个性

---

① 载《京报》1925年12月5日。孙文述及他由于代理总编辑从排定的版面上无端抽去鲁迅的诗作《我的失恋》,愤而辞去《晨报副刊》编辑职务的经过,并谈到他对《我的失恋》一诗的理解。这是笔者所见最早的鲁迅诗歌专题研究。

② 这三部专著系指郑子瑜的《鲁迅诗话》,香港大公书局1952年版;张向天的《鲁迅旧诗笺注》,广东人民出版社1959年版;周振甫的《鲁迅诗歌注》,浙江人民出版社1962年版。出现较早的司空无忌的《鲁迅旧诗新诠》(1947年11月重庆文光书店版)由于学术界普遍认为其文多曲解、讹误,故不列为专著。对此书的评论,可参见倪墨炎《鲁迅与书·鲁迅旧诗新诠》,袁良骏《鲁迅研究史》(上),阜阳师范学院中文系编《鲁迅诗歌研究》等。

③ 1987年7月书目文献出版社版。

气质、文化心理的有机联系;注重从鲁迅诗歌与外国诗歌、中国古典诗歌的比较研究,鲁迅诗歌与他的战斗生涯,与他的其他体裁著作的综合研究等不同的角度与层面,做出更全面、更系统、更精细、更确切的美学评价与历史评价。学术水平的大幅度提高与学术积累的日益丰厚,呼唤着对这项相对独立的学术研究自身发展的回顾与展望。笔者不揣浅陋,试图从新时期鲁迅诗歌研究的概貌与总体发展走向、旧体诗研究、新诗研究几个方面,对新时期的鲁迅诗歌研究作一个粗略的评述。

一

粉碎"四人帮",迎来了学术研究的春天。随着一大批研究成果的破土而出,初具规模的新时期鲁迅诗歌研究,便开始了拓宽视野,开阔思路,完整把握、深入了解研究对象,以求做出符合历史本来面貌的科学评价的新的学术追求。最先比较集中全面地体现了这一追求的,是王瑶的《爱的大纛和憎的丰碑——英译本〈鲁迅诗选〉序言》①一文。

与同时期出现的多数研究成果相比,王文更多关注的是鲁迅的整个诗歌创作活动,而不仅止于具体诗作的评析。王文认为,鲁迅诗歌在他的全部著作中虽然只占很小的部分,但却"有着特殊的重要意义"。它们与鲁迅一生的革命实践密切相关,比其他作品更强烈、更深刻地表现了鲁迅的内心世界。王文认为,"鲁迅的重要诗篇都是抒情诗,揭露和讽刺并不是诗的主要内容"。在鲁迅所留下的七十多首诗作中,写于辞世前五六年间的四十余首旧体诗,是他诗歌创作的主要部分。这些诗作"运用了近体诗的严格的规式来表现新的内容","从而形成了一种富有时代精神的深沉激越的风格特色"。这些出于 70 年代后期的精深学术见解,经过十多年研究活动的反复验证与丰富,已经成为新时期鲁迅诗歌研究最重要的认识成果的一部分,为学术界普遍接受。王文还对某些有相当理论深度、学术视野较为开阔的重大课题——如

---

① 《社会科学战线》1979 年第 1 期。

鲁迅诗歌创作与新文学运动的关系,与传统诗歌尤其是唐近体诗和楚辞的关系,作了一些概略的、又是高屋建瓴的规划与说明。这同样体现了作者厚积薄发的远见卓识。

　　王文所开创的注重鲁迅诗歌的文体特殊性,注重诗歌创作的总体评价与文本解读相结合,引入多种"参照系"进行综合研究的范式,对整个新时期鲁迅诗歌研究产生了较大的影响,或者说得到了新时期鲁迅诗歌研究活动的普遍认同。一篇篇论题新颖、视野开阔、论证切实的研究专文相继出现,不断体现着这种"影响"或"认同"的持续与深入;一些研究专著,包括一些以笺评形式出现的专著,也注意到了宏观审视与微观考察、诗歌创作的总体美学评价、历史评价与具体篇章字句的笺释考索的相得益彰。刘扬烈、刘健芬合著的《鲁迅诗歌简论》①,从鲁迅的"诗歌观"、鲁迅诗歌的思想内容、鲁迅诗歌的艺术成就、鲁迅诗歌在文学史上的地位等四个方面,比较全面地评价了鲁迅的整个诗歌创作活动,并辅以鲁迅诗论、鲁迅旧体诗的简注与今译。王林、郭临渝合著的《读鲁迅的诗与诗论》②,似可以看作是一部简略的鲁迅诗歌活动史。它从三个时期的不同特点,即"东渡前诗歌的艺术风格""'五四'时期对新体诗的探索"与"后期诗歌对传统诗风的继承和发扬",概述了鲁迅诗歌如何作为"自身思想发展的艺术纪录"而永载诗史。张紫晨的《鲁迅诗解》③,不仅对鲁迅七十五首诗作做了详尽平实的通解,还"结合鲁迅的生平和思想发展,把每首诗都放在当时的历史阶段来品评,通过诗歌分析,反映出鲁迅的思想脉络和战斗历程"④。同属诗歌解评性质的郑心伶的《鲁迅诗浅析》⑤,逐题、逐首、逐句笺释、评析了目前所能见到的鲁迅诗歌六十二题、七十九首,所下工夫十分深细。与此同时,作者又以三篇概述鲁迅诗歌总体思想艺术面貌的长文——《从鲁迅诗

---

① 重庆出版社 1983 年版。
② 天津人民出版社 1987 年版。
③ 中国社会科学出版社 1982 年版。
④ 张紫晨:《鲁迅诗解·引言》。
⑤ 花山文艺出版社 1982 年版。

看他的思想发展》《试论鲁迅诗的艺术风格》和《鲁迅诗比兴及其他》作为"附录",与诠字释句的笺析并举,"立体"地展示了鲁迅诗歌的美学风貌。这些专著分别以不同的结构方式,试图通过切实而又开阔的研究工作,对鲁迅的诗歌创作有一个本质、全面的把握。如同《鲁迅诗解》的作者所概括的那样,"要深知鲁迅的心和诗人之笔","不仅要从头至尾,按历史顺序,一首一首,仔细阅读和细心品味,而且要'顾及全篇,并且顾及作者的全人,以及他所处的的社会状态'。只有这样,在理解上才能'较为确凿'"①。这或许是作者们比较一致的看法。

精细的微观考察与开阔的宏观审视认识成果的积累,推动了新时期鲁迅诗歌研究不断地提出并思考、探讨、论辩一些较重要的理论课题。陈涌在《鲁迅与现实主义和浪漫主义问题》②中,较早地提出了鲁迅诗歌创作的主导倾向问题。陈涌认为,鲁迅的诗歌,"主要是浪漫主义的,在艺术方法上,和他的小说有着完全不同的特点"。"鲁迅的诗歌有小部分是写实的,是现实主义或者倾向现实主义的,但多数不是写实的,不是现实主义的,而是暗示、象征、写意的,是浪漫主义的。"也有人提出不同看法。胡炳光在《鲁迅诗歌"主要是浪漫主义的"吗?》③中,通过对鲁迅诗歌分门别类的"定量分析",认为多数是现实主义或倾向现实主义的,还有一些属现实主义和浪漫主义相结合的诗篇,真正采用浪漫主义方法创作的,只占少数。吴战垒的《论鲁迅诗歌》④展开了关于鲁迅诗歌创作分期问题的讨论。吴文认为,《〈而已集〉题辞》是鲁迅诗歌前期向后期转变的标志,"鲁迅前期诗歌大体上是由旧体到新诗,后期则由新诗复归为旧体,在诗歌形式上经历了'否定之否定'的过程"。而洪桥则认为"这论断怕也未必妥当",因为这个"过程"并不存在,鲁迅晚年仍写过属于新诗范畴的"大众化诗歌"⑤。臧恩钰的

---

① 张紫晨:《鲁迅诗解·引言》。
② 《人民文学》1981 年 11 月号。
③ 《天津师范大学学报》1984 年第 4 期。
④ 上海《文艺论丛》第 11 辑。
⑤ 参见洪桥:《论鲁迅的大众化诗歌》,《鲁迅研究》1984 年第 3 期。

《鲁迅的前期诗歌与其思想发展》①,涉及鲁迅诗歌研究的具体学术方法问题,臧文认为,鲁迅诗歌不但是本世纪前三四十年中国历史进程的艺术概括和伟大史诗,同时也是鲁迅自身思想发展的艺术呈现。因此,鲁迅诗歌研究宜与其思想发展研究互为"参照系"。同样具有方法论意义的论文,还有胡今虚的《鲁迅诗〈吊卢骚〉——借刀杀人、借头示众、借题揭露》②。胡文通过对《吊卢骚》一诗的分析,具体演示、倡导了以杂文解诗的研究方法。作者认为,《吊卢骚》应该与其作为结尾所附着的杂文《头》的全文,以及实际上是《头》的续篇,写于同一天的《铲共大观》(均收在《三闲集》中)"互文见义",才能得到比较全面、深入的理解。"杂文解诗"之法的运用,当然并非自胡文始但作为自觉的方法论的概括,此前似乎尚未见到过。还有些文章涉及鲁迅诗歌总体美学风格的探讨。如刘正强的《鲁迅诗歌风格浅探》③,通过大量的史料评价,把鲁迅的诗歌美学风格概括为鲜明的时代精神、浓厚的抒情气质和强烈的讽刺色彩三个方面。这些探索论辩标示了新时期鲁迅诗歌研究多层面、多向度的理论"进击"——尽管这"进击"还只能算是刚刚发起,亟待向理论开阔地作进一步的延伸。

作为学术活动的基础工程,新时期鲁迅诗歌研究的史料建设,也取得了一定的成就。谷兴云编辑的《鲁迅诗歌研究》④,是一部出现较早、容量较大、相对完备的鲁迅诗歌研究资料汇集。所收资料以新稿、未刊稿为主,适量选录"文革"前、建国前较有影响的旧刊论文资料。除各种考察角度的研究论文六十余篇外,尚收有追怀鲁迅的悼诗、挽诗,郭沫若、许广平论鲁迅诗,鲁迅诗编年及考略,1926—1977年鲁迅诗歌研究资料索引,已出版的鲁迅诗歌专集简介,并对鲁迅旧体诗的今译作了

---

① 《社会科学辑刊》1983年第3期。
② 《鲁迅研究动态》1988年第2期。
③ 《昆明师范学院学报》1980年第3期。
④ 上册1977年6月,下册1979年6月。中共阜阳市委宣传部鲁迅作品学习小组,阜阳师范学院中文系内部印行。

集中的、专门的探讨。此外,张恩和编著的《鲁迅旧诗集解》[①],王永培、吴岫光编著的《鲁迅旧诗汇释》[②],则以鲁迅旧体诗的笺注为线索,广泛辑录了相关研究资料。另一类具有史料建设意义的学术工作,是关于鲁迅诗歌"研究的研究"。如单演义的《茅盾论鲁迅旧诗的述评》[③],从学术史的角度系统回顾了茅盾关于鲁迅旧诗的论述,认为茅盾的一个突出贡献在于不断匡正鲁迅诗歌研究中的各种误解,力求"吻合本意,妙达诗情"。从文章体现的作者所做准备(例如为进行比较所广泛征引的其他研究者的论述)看,作者似乎有意就鲁迅诗歌研究的历史发展,从研究者学术个性的角度进行专题系统考察,以形成一部有特色的鲁迅诗歌研究史论专著。

新时期鲁迅诗歌研究以其在新的时代历史条件下形成的,与思想解放、改革开放的社会思潮相适应的务实、求新、视野开阔、思考深入等特点,以其异彩纷呈、种类繁多的学术论著,充分显示了自身的学术实力与研究者们的劳绩。无论是就总体学术水平还是就研究成果的积累而言,这近二十年间的鲁迅诗歌研究都是此前任何一个历史年代,甚至也是这些年代的总和所无法比拟的。

二

旧体诗是鲁迅诗歌的主要部分,对于鲁迅旧体诗的研究,是新时期鲁迅诗歌研究中得到比较充分发展的部分。新时期所出现的近三十部鲁迅诗歌研究专著中,专门研究旧体诗的约占四分之一,在学术论文中则占了大部分。新时期鲁迅旧体诗研究的空前繁荣,是有其深刻而独特的时代历史原因的。如张恩和所说,"这一方面是因为许多从事文学研究和教学工作的同志,在十年动乱期间,不愿跟着'四人帮'的指

---

① 天津人民出版社 1981 年版。
② 天津人民出版社 1985 年版。
③ 《鲁迅研究动态》1987 年第 9 期。

挥棒转,去写为帮所用的宣传文字,只得把注意力转向当时尚可作为学术研究对象的鲁迅的旧体诗","另一方面也因为过去对鲁迅旧体诗注意不够,在这一领域内确给研究工作留下了较大余地"。① 多年潜心研究的丰厚积累,在新时期良好的学术"生态环境"中进一步生长发展,不仅全面覆盖了此前研究工作的"余地",而且在其中进行了更深入、更开阔的探讨。

　　作为旧体诗研究的基本工作,鲁迅旧体诗的笺注、考释在新时期受到了研究者们的高度重视。本时期所出现的研究专著,大多是以逐题、逐首、逐章乃至逐句、逐字的笺释与通解为主的。这些注本凝聚了研究者们多年的研习心得,深思熟虑,厚积薄发,引起了学术界以及整个社会的普遍关注。有的注本,如倪墨炎的《鲁迅旧诗浅说》,就曾多次再版②。从另一重意义上说,某些注本的再版和多种注本的相继出现,又展示了鲁迅旧体诗笺释工作中百家争鸣的繁荣局面。几乎每一首旧体诗都存在着笺注与理解的歧异。一些诗作的本事、命意、写作时间、写作过程的考订,乃至一些具体字句,如《自题小像》中的"灵台""神矢",《自嘲》中"千夫"的出典等,一直在进行着热烈、持续的争鸣,并且出现了以对成说的"辨异""补诠""新考""新解""质疑"为特征的王尔龄的《读鲁迅旧诗小札》③,以"争鸣"为主,只收录可能引起争鸣和正在与别人争鸣的文章的吴奔星的《鲁迅旧诗新探》④这样的研究专著。前述《鲁迅旧诗集解》《鲁迅旧诗汇释》,实际上也是各家笺评争鸣的集汇。争鸣推动了鲁迅诗歌研究,进一步端正了学风,排除了庸俗社会学以及"四人帮"的"阴谋文艺""影射史学"的干扰,正本清源,回到学术研究——文艺学学术研究的正路上来。丁景唐在《关于鲁迅〈阻郁达

---

　　① 张恩和:《鲁迅旧诗集解·写在前面》。
　　② 据笔者所见,此书至少有三种版本:1977年9月上海人民出版社第1版;1980年10月上海教育出版社新1版;1987年6月上海教育出版社新2版。
　　③ 天津人民出版社1979年版。
　　④ 江苏人民出版社1981年版。

夫移家杭州〉诗的一些史实》①中,通过对相关史实的严密稽考,指出有的论者把此诗的命意说成是鲁迅以此诗规劝郁达夫"举家"到延安去,到解放区去,到"大革命风暴策源地"去,这既违背历史事实,且不符鲁迅的本意。高信的《鲁迅诗〈赠蓬子〉作意辨正》②,以翔实严密的史料考订,纠正了粉碎"四人帮"之初所出现的一些关于此诗的误解。作者认为,此诗只是"一篇即兴纪事之作",并无"辛辣地讽刺"诗成两年后变节投敌的"反动作家"姚蓬子的"作意"。作者指出,"过去,特别是在'四人帮'肆虐时期,我们——包括笔者自己在以鲁迅'为政治服务'方面实在走得太远。我们愧对鲁迅"。今后,则不应再对鲁迅诗歌强作"任意拔高,牵强附会,强词夺理"的诠释。

另一方面,各抒己见的,又是严谨切实的学术争鸣,使得研究者们有可能共享新近发掘、钩稽的有关史料,互相切磋思考方式、研究方法,互相交流、补正学术见解。通过争鸣,不少研究者欣然放弃或修正了自己原来的看法③,以使自己的见解能符合诗作者(鲁迅)的本意,更接近科学认识。一些一直有争议的具体学术问题,例如《自题小像》的写作时间,也在争鸣中形成了相对一致的看法④。

扎实精细、积累丰厚的笺评考释工作推动了鲁迅旧体诗宏观研究的深入开展。一些重要的理论课题,如鲁迅旧体诗创作与中国古典诗歌,尤其是楚辞的关系,已由前四十年中零星的鉴赏式评点,转为科学的、严谨的专题学术研究。本文述及的王瑶文实际上已为这一课题作了"开题报告",指出了屈原是鲁迅最喜欢的古代诗人,鲁迅诗中许多

---

① 《安徽师范大学学报》1978年第4期。
② 《学习与探索》1980年第1期。
③ 例如,倪墨炎在《鲁迅旧诗浅说》1980年新1版《后记》中谈到该书较初版的修改情况时说,"又关于郁达夫迁杭的确切日期,姜德明同志、丁景唐同志都作了正确的论述,我据以作了修改,并注明了出处"。楼适夷在《一封旧信》(《鲁迅研究动态》1987年第10期)中承认旧作《鲁迅诗四首》中对《亥年残秋偶作》的理解有主观臆测倾向,"此诗调子是沉痛的,悲凉的",鲁迅当时不可能知道红军消息,因此,"我把这首诗与长征胜利连结在一起确实是牵强附会,犯了'时代错误'"。
④ 参见叶淑穗、杨燕丽:《〈自题小像〉的又一幅新手迹》,《鲁迅研究动态》1988年第7期。

词句来自楚辞。但辞句典章的借鉴并不是楚辞影响的全部,更主要的还在于他"运用《楚辞》所引起的想象和构思,可以含蓄而深刻地写出他的感受",他的"极为关心又难于直接抒写的内容","易于引起读者的联想和共鸣"。这是关于鲁迅旧体诗创作与楚辞关系的一个确切赅博的说明。其后,王维樑的《屈赋与鲁迅诗歌》①,着重讨论了鲁迅诗歌接受楚辞影响的分期,以及鲁迅诗歌对楚辞艺术的借鉴与创新问题。作者认为,"大体上以一九〇三年的《自题小像》为界,划分鲁迅学屈的两个阶段"。前一阶段接受楚辞的影响主要表现在"情""辞"方面对于屈赋的承传以至模仿;而后一阶段所接受的影响,则表现在其诗作"融合屈赋神髓和时代精神,自铸'伟美之声',浑然天成,有所承传,又有自家当行本色"。分期往往是学术研究中的必要假定,这篇文章大约是鲁迅诗歌研究中第一次关于艺术影响分期(或分段)问题的集中探讨。尽管不同时期(或阶段)的界限尚可以讨论,如是否应当参照鲁迅的整个诗歌文学活动确定分期的具体标志,但作者这种积极认真的学术探索,还是应当予以肯定的。关于鲁迅对楚辞艺术借鉴与创新的特色,作者认为主要在于他能"挥洒自如,娴熟地借用屈赋中的语言、形象、典故,自造新境,别立新意,以曲折而含蓄地表达他对现实的感受和评价"。这似乎正与前述王瑶文的主要见解相合。以后又有一些文章,如周奇文的《摄取遗产融合新机——鲁迅旧体诗在艺术上受屈赋的影响举隅》②,从比兴手法的运用、浪漫主义的色彩、骚体形式的仿效等几个方面进行了分析,王文龙《略论鲁迅旧体诗中的〈楚辞〉典故》③,则从用典的角度,具体探讨了鲁迅诗歌创作与楚辞艺术的关系。

此外,还有一些文章涉及鲁迅的诗歌创作与其他诗人诗作的关系,

---

① 《福建师范大学学报》1984 年第 2 期。
② 《鲁迅研究》(双月刊)1984 年第 3 期。
③ 《盐城师专学报》1984 年第 2 期。

如陈铭的《鲁迅诗与龚自珍诗》①,任访秋的《鲁迅与龚自珍》②,梁超然的《鲁迅旧体诗与李商隐诗艺术特色之比较——兼与周振甫先生商讨》③等等。这些着眼于鲁迅诗歌与楚辞、与古典诗歌本质联系的研究工作,对于更深入、更准确、更全面地把握、评价鲁迅诗歌创作的基本审美特征与文学史、文化史地位,是很有助益的。

鲁迅旧体诗的总体美学风格也引起了研究者们的较多关注。马莹伯、钱璱之的《论鲁迅旧体诗的沉郁风格》④,把鲁迅旧体诗的独特风格概括为"沉郁",认为这种风格的主要特色是"忧愤的深广、思想的深刻和表现的含蓄、凝练"。唐弢在《关于旧体诗——〈鲁迅诗歌散论〉序》⑤一文中,比较了几位新文学家的旧体诗的不同风格:"郁达夫潇洒,郭沫若豪放,田汉流畅,而鲁迅则是凝练。在他笔下,从思想内容到艺术形式,没有一点不达到高度的集中,就诗论诗,在新文学家所写的旧体诗中,除了郁达夫外,恐怕很少有人足以和他匹敌了。"同样取比较研究的角度,马宏伯的《"问余何所爱,二子皆孤标"——鲁迅、郭沫若旧体诗比较》⑥,分别从时代性、抒情内容、意境格调等几个方面的比较入手,对鲁迅和郭沫若旧体诗的总体风格做了比较集中和深入细致的考察。马文认为,"鲁迅旧诗意境深邃,含蓄蕴藉,又时有幽默诙谐,体现出沉郁顿挫亦庄亦谐的风格。郭沫若旧诗意境雄放明快,直率自然而又时有冲淡飘逸,体现出雄放与冲淡结合的风格"。"参照系"的引入能够更鲜明地凸现鲁迅旧体诗的艺术个性,更清晰地勾勒出其美学风格的不同侧面。各家的见解显然有着某些相通之处,但又有着不尽相同的美学发现。这表明鲁迅旧体诗的美学风格是可以把握的,但其内涵又是极其丰富的。因此,比较全面的了解与评价还有待于进一

---

① 浙江鲁迅研究学会编:《鲁迅研究论文集》,浙江文艺出版社1983年版。
② 《河南大学学报》1988年第2期。
③ 《鲁迅研究》(双月刊)1983年第6期。
④ 《扬州师院学报》1980年第3期。
⑤ 《诗刊》1983年第9期。
⑥ 《广西师范大学学报》1980年第3期。

步深入、细致的研究探索。

鲁迅的旧体诗,如唐弢所说,是为抒写"一个时期的积愦,不大便于用白话表达,趁机会借旧体诗的形式宣泄出来,含义深远,精妙绝伦"①。新时期鲁迅旧体诗研究者们为了比较确切地说明包容在旧体诗形式中的"积愦",做了大量的工作,不仅提供了前几十年的研究无法比拟的丰硕成果,而且积累了很多针对具体研究对象的学术工作经验:诸如引入传统诗学、考据学方法以充实、补益辩证唯物主义、历史唯物主义指导下的美学评价与历史评价;纵向(与中国古典诗歌)横向(与同时代其他新文学家的旧体诗)比较研究的相得益彰;扎实的笺释考证与开阔的宏观审视的辩证统一,等等。对于以后的鲁迅诗歌研究和其他学术研究来说,这些属方法论范畴的启示或许比研究成果的积累更有意义。

鲁迅的旧体诗是一种特殊的艺术杰作,是以变革传统文化为己任的文化巨人鲁迅的思想、胸襟、抱负、情致与旧体诗形式——吸收了我们民族精神内涵的传统文化形式的完美融合。这种看似"二律背反"的文化现象为学术研究带来了一定难度,但同时也显示了极其开阔的理论纵深:研究鲁迅的旧体诗,是有着在更深的层次上洞幽烛微地了解鲁迅的精神世界、情感世界,深入认识某些传统文化的特殊美学价值和意义的。唯其如此,新时期的鲁迅旧体诗研究才呈现出这样一派万头攒动、硕果累累,但又需要进一步深化理论思考、拓展研究视野的局面。

三

鲁迅新诗的数量比旧体诗少得多。写于1924年的《我的失恋》和写于30年代的《好东西歌》《公民科歌》《南京民谣》《"言词争执"歌》

---

① 唐弢:《关于旧体诗——〈鲁迅诗歌散论〉序》。

究竟属新属旧(体诗),学术界还一直有不同看法①。这样,没有"争议"的鲁迅的新诗,除了写于1926年的《〈而已集〉题辞》之外,就只有1918—1919年间问世的《梦》《爱之神》《桃花》《他们的花园》《人与时》《他》等六首作品了。对于这六首新诗的分析评价,也就成了新时期鲁迅新诗研究的一个重要方面:除周振甫、郑心伶、张紫晨的专著对这些诗作所做的扎实、详尽的笺注、考索、通解之外,尚有如邓国伟的《略论鲁迅的六首新诗》②、方敬的《鲁迅先生的六首新诗》③这样论题相对集中的研究论文。邓文从个别考察入手,将六首新诗分为两组:一组是《梦》《桃花》《他们的花园》《人与时》四首,可以看作是诗化的杂感,着重于针砭时弊,批判旧社会;另一组是《爱之神》与《他》,在内容与形式上都更臻完美,堪称鲁迅新诗的代表作,并且分别留有鲁迅所敬重的外国诗人裴多菲和古代诗人屈原艺术影响的痕迹。作者认为,鲁迅这六首新诗所表现的"高昂的热情、深刻的思想、健朗的格调"以及可贵的艺术探索精神,"是高出于同时期的诗作者之上的"。方文取散论形式,通过对六首新诗的评赏,论述鲁迅如何运用艺术形象,以诗的形式表达"五四"新思潮兴起时自己的"新声"。方文认为,应当注重对

---

① 认为这些诗作属旧体诗的有:张恩和、唐弢、倪墨炎、曹礼吾等。张恩和认为,这些诗作"虽用白话,然属旧体"(《鲁迅旧诗集解·写在前面》);唐弢认为,目前所能见到的鲁迅旧体诗,都是"由别人保存或者传抄下来的,不过七十余首"(《关于旧体诗——〈鲁迅诗歌散论〉序》)。一般认为鲁迅的存世诗作为七十八或七十九首,除去没有"争议"的新诗七首,可知唐弢所说"七十余首"是包括《我的失恋》《好东西歌》等诗作的。倪墨炎的《鲁迅旧体诗浅说》、曹礼吾的《鲁迅旧体诗臆说》(1981年12月湖南人民出版社版)都收录有这些诗作的笺释评说,可见他们是把这些诗作当作旧体诗对待的。认为这些诗作属新诗或不属于旧体诗的,除本文以下述及的刘扬烈、楼沪光、洪桥外,还有胡炳光(参见《"打打边鼓"与"洗手不作"——谈鲁迅和新诗的关系》,《河北师范大学学报》1985年第1期)、克仁、穆石(参见《论鲁迅的民歌体诗》,《绍兴师专学报》1985年第3期)、周振甫(认为《我的失恋》属旧体诗,而《好东西歌》等四首为"民歌体诗"。参见《鲁迅诗歌注》),王永培、吴岫光所编《鲁迅旧诗汇释》未收录这六首诗的"汇释"。该书《前言》中说,"鲁迅先生的诗歌,计有六十一题七十八首,其中旧体诗有四十八题六十五首"。也就是说,新诗或"非旧体诗"为十五首:大约包括这五首诗、没有"争议"的七首新诗以及钩稽自《故事新编·铸剑》中的《哈哈爱兮》歌三首。

② 《中山大学学报》1980年第2期。

③ 《艺丛》1982年第5期。

鲁迅新诗的研究,"了解他与新诗的产生和发展的关系,知道他不但是'五四'前夕最早的新小说开创者,而且也是'五四'前夕少数最早的新诗人之一,新诗的开拓者之一"。两文所关注的中心问题是一致的,这就是前述王瑶文所论及、所规划的理论课题之一:鲁迅诗歌创作与新诗、新文学运动的关系。其他鲁迅新诗研究论文似乎也有着同样的"关注中心"。如鲁歌的《鲁迅的新诗〈他〉——兼与周振甫等同志商榷》①,以万字长文评析一首十余行的短诗《他》。作者以深入精细的美学评价佐证了这样的认识:鲁迅写于"五四"前夕的六首新诗之一的《他》,"实在是中国新诗史上的一首珍宝般的佳作","在'五四'运动以前所发表的中国新诗中,只有鲁迅的新诗写的最好,水平最高(郭沫若写过一些很好的新诗,都发表在'五四'以后),因而在中国新诗史上应该给鲁迅的新诗以高度的评价和应有的地位"。黄海祥的《鲁迅与中国新诗的建设》②,文题本身即已标示了文章的重心所在。文章具体论及鲁迅的六首新诗,"在艺术上较当时其他新诗开拓者所作的诗歌,更彻底地冲破了旧诗的束缚",他"以独树一帜的创作实践,为新诗的发展探索着途径"。

对于鲁迅新诗文学史评价的"集中关注"倾向的形成,大约主要是由于鲁迅其他体裁的作品——小说、杂文、散文、散文诗乃至旧体诗太光辉灿烂,在一定程度上掩蔽了数量较少但同样熠熠照人的新诗的纷呈异彩,使得新诗史、现代文学史研究在一个较长的时期内,忽略了对于这些诗作历史地位的认识与确定。从这个意义上说,新时期的鲁迅新诗研究是有着拾遗补缺、探幽发微、填补学术研究空白意义的。

对于"有争议"的新诗的研究,在新时期也有了较大的进展。研究者们一般不引入"新旧"的讨论,而以"新体讽刺诗""歌谣体诗"或"大众化诗歌",为《我的失恋》《好东西歌》等诗作"定性"或"正名"——这其实只是新诗范畴内的再分类。因此,研究者们实际上是以确认这些

---

① 《西北大学学报》1984 年第 2 期。
② 《上海师范大学学报》1988 年第 2 期。

诗作的新诗"属性"为论述前提的。刘扬烈的《试论鲁迅的讽刺诗》①，把《我的失恋》以及写于30年代初的《好东西歌》等四首讽刺诗称为"十分大众化的、独具民族特色的新体诗"，认为这几首"新体诗"的艺术成就表明，鲁迅"是充分吸取了民歌和古典诗歌的优点，来创造自己的诗歌新形式的"，这种创造活动给以后新诗的艺术发展以很大的启发。楼沪光在《鲁迅和民歌》②中，将《好东西歌》等四首诗称为"歌谣体诗歌"，认为这些诗作"是他的诗歌创作思想的一个具体实践"，"政治上有强烈的战斗性"，"在艺术上又是极出色、精美的，对于新诗的发展有积极意义"。洪桥的《论鲁迅的大众化诗歌》③则提出，这四首诗属"大众化的通俗歌谣"，"应该说是新体而不属于旧体"。通过对四首诗的具体评价，洪文概括出自己的见解："这些通俗歌谣真正表达了人民大众的心声，而丝毫没有文人作诗的气味。'五四'以来，诗由表现自我到表现人民，经历了一段艰难的路程，达到这样一个成就是颇不容易的。应当说，这是无产阶级革命诗歌最初的一批成果之一，跟白莽的《孩儿塔》一样，它们是'属于别一世界'。"作者还认为，这批"最初的成果"已开了以后"中国诗歌会"倡导的"大众化诗歌"的先声。这里的某些具体看法或许还需进一步推敲：比如"人民大众的心声"是否与"文人作诗"水火不相容；"表现自我"是否一定与"表现人民"截然对立——但作者为说明这些诗作与左翼革命诗歌运动的本质联系所作的探索与思考，却是值得注意的。

综上所述可以见出，对于这类新诗研究的"兴奋点"，似乎仍然是在鲁迅诗歌的文学史评价方面。这种特定的、不约而同的审视角度与研究思路，构成了作为一项学术研究分支的新时期鲁迅新诗研究的一个重要特点。这一特点的形成，大约主要是由于研究对象和学术研究史背景方面与旧体诗的差异。鲁迅新诗研究的特定学术方法与经验，

---

① 《西南师范学院学报》1979年第1期。
② 《河北文艺》1980年第6期。
③ 《鲁迅研究》(双月刊)1953年第3期。

以及由此产生的特定认识成果,分别从不同侧面丰富了新时期鲁迅诗歌研究的总体面貌。

然而这特点之中也包含着弱点。比起同时期鲁迅旧体诗研究的丰富、深入,鲁迅新诗研究相对说来是比较单薄的。这单薄不仅是由于研究对象数量较少而限制了研究力量的投入,也不仅是由于研究方法、角度、思路的相对单一,恐怕也是研究视野还不够开阔、学术思考还不够深入以及艺术分析还不够精细所致。相对说来,鲁迅似乎更看重自己的新诗:他的旧体诗往往不愿示人,"并不存稿"①,而他的新诗——包括"有争议"的新诗——都是公开发表的。"五四"时期是鲁迅小说振聋发聩的时期;20年代中期是鲁迅的散文诗和散文大放异彩的时期;30年代是鲁迅的后期杂文炉火纯青的时期。然而同时期创作和发表的《梦》等六首诗作,《我的失恋》和《〈而已集〉题辞》,以及《好东西歌》等四首诗作,无论是当时或后世的读者还是学术界,对它们的理解和研究都无法与对《狂人日记》《野草》《朝花夕拾》或后期杂文的理解和研究相提并论。面对这道理论难题,简单地将鲁迅的新诗创作评骘为"最不成功""一望而知是在轻率的冲动下产生的打油体"②,恐怕无助于正确"解题";但仅执著于不很开阔也不很扎实的、很大程度上是就诗论诗的评论,似乎也难以得出令人信服的答案。恐怕需要引入更多的"参照系",不仅从文艺学、社会学、历史学,还要从哲学、思想史、语言学、心理学、民族学、民俗学等多重视角,进行更开阔、更深入的综合考察,才能比较全面地发现,比较确切地把握这些诗作的美学价值和历史价值。当然,这种综合考察同样也是鲁迅旧体诗研究的进一步发展所需要的。

历史常常苛求伟人。如许成就或许已足以使一个常人雄踞诗坛,但却似乎还不能使鲁迅以诗人名。然而杰作毕竟是杰作,绝唱毕竟是绝唱,其成就毕竟是作者其他方面的业绩所无法取代、包容、蕴含的。

---

① 鲁迅:《鲁迅全集》第12卷,人民文学出版社1981年版,第534页。
② 参见李欧梵:《在传统和现代之上——鲁迅散文诗和古诗之创造性的探索》,《鲁迅研究动态》1987年第10期。

经过几十年岁月的淘洗,这些艺术明珠益发晶莹璀璨。从这个意义上说,有时显得有些苛刻的历史也还是公正的。比起小说和卷帙浩繁的杂文、译述、学术论著,鲁迅传世的诗作——即便包括散文诗集《野草》在内——为数并不多,但却是鲁迅的诗心,鲁迅的诗人气质相对集中的艺术体现。越来越多的学者日益注重对鲁迅的诗人气质的研究,注重从鲁迅其他体裁的文学作品中探寻、发现和"升华"诗意,以深化对于鲁迅作品、鲁迅思想艺术以及相关文学、文化课题的理解与认识。因此,鲁迅诗歌研究不仅有着精确地评价自身研究对象的一般意义,而且有着开阔与深化整体的鲁迅研究,以及现代文学史、文化史学术研究的特殊意义。新时期鲁迅诗歌研究空前繁荣的成因之一,或许就是由于这两重意义的合力推动。

然而,新时期鲁迅诗歌研究的意义与成就,似乎并没有得到学术界普遍的热情关注与确当评价。中国社会科学院文学研究所鲁迅研究室编选的《1913—1983鲁迅研究学术论著资料汇编》[①]第6卷(1949—1983),洋洋一百八十三万言,却未收录一篇新时期鲁迅诗歌研究论文;1981年以来几乎是逐年为每一年度的鲁迅研究撰写述评的一位学者,在他两万字的《一九八〇年——一九八五年鲁迅研究述评》中[②],涉及这一时期诗歌研究的内容,不足一百字。而这一时期仅鲁迅诗歌研究专著,就出版有至少十三种之多[③]。这种可能是无意的忽略不利于总结成绩、积累经验,而且也不利于发现与纠正研究中存在的一些缺憾,大而言之,则又不利于整体的鲁迅研究乃至文学史、文化史研究的进一步发展。正确的认识和评价只能源于对整个研究历史与现状的全面了解。因此,系统的、科学的鲁迅诗歌"研究之研究",或许是对"学术生态"的一种必要调节——当然,本文的粗浅考略是无力承担此重任的,充其量也只能是一块引玉之砖。

---

① 中国文联出版公司1989年版。
② 载《中国现代文学研究:历史与现状》,中国社会科学出版社1989年版,第62—68页。
③ 参见《鲁迅研究书录》。

试论中国新诗的色彩美

新诗的色彩美,是新诗艺术美的重要组成部分,也是新诗绘画美中得到了比较充分、比较深入发展的部分。"绘画美"是新诗从"草创"时期即已开始的一种艺术追求,尽管作为美学命题,1926年才由闻一多正式提出。这是一段新诗研究者们经常引用的话:

> 诗的实力不独包括音乐的美(音节),绘画的美(词藻),并且还有建筑的美(节的匀称和句的均齐)。①

在"绘画美"的各种审美感受中,词藻所能直接体现的,主要是色彩美感。本文拟通过"五四"时代文学艺术变革的某些特点,以及几位对新诗发展有过较大影响的诗人的有关理论实践的简略评述,对新诗色彩美做一点浮光掠影的考察,以就教于这方面的专家和师友们。

从"诗中有画"到新诗绘画美

诗歌与绘画是关系十分密切的姊妹艺术。在人类文化艺术长时期的历史发展进程中,诗与画互相渗透,互相吸收,促进了诗画艺术的共同繁荣,使得它们各自的艺术表现手法不断得到丰富,审美范畴不断得到拓展。中国古典诗歌与绘画的"诗中有画,画中有诗"②美学传统的形成与发展,就是一个十分突出的例证。这一美学传统及其他多方面的艺术营养哺育的中国古典诗歌,在漫长的封建时代发展到了十分成熟、完美的程度。其中的精品如同马克思所赞赏的希腊艺术和史诗一样,至今"仍然能够给我们以艺术享受,并且就某方面说还是一种规范

---

① 《诗的格律》,《闻一多全集》第3卷,上海开明书店1948年版。
② 苏轼:《苏东坡题跋·书摩诘蓝田烟雨图》。

和高不可及的范本"①。这些珍贵的遗产,包括"诗中有画"的美学传统,都逐步为后来的新诗咀嚼、消化和吸收。但是作为20世纪的文学现象,作为一个已经发生了重大历史变革的时代的美学追求,新诗所需要的"绘画美",并不就是"诗中有画"。新诗的开路人之一闻一多认为,"诗中有画"只是一首好诗的"起码条件"②。换言之,新诗应当以传统为"起跑线",在发展运动中逐步形成自己新的、更高级的美学追求。闻一多认为,"二十世纪是个动的世纪","是个反抗的世纪",是科学与艺术"携手进行"的世纪。③ 时代精神发生了根本变革,美学意境、审美观念当然也要随之改变。郭沫若也说过,"二十世纪是文艺再生的时代;是文艺再解放的时代"④。他从"再解放的时代"精神出发,重新考辨"诗中有画,画中有诗"的传统,认为"诗中无画,还不十分要紧",但"如果画中无诗,那就不成其为真的艺术了"。所谓"画中有诗","乃是指画中含有诗意。这诗意便是'气韵生动'。凡是'气韵生动'的画,才是一张真的画,因为艺术要有动的精神"。⑤ 要创造属于新时代的艺术美,就必须使作品具有"动的精神",而"动的精神便是西洋近代艺术的精神"⑥。这就使得新诗人们注意到,应当把继承民族美学传统与借鉴"西洋近代艺术的精神"结合起来,以整个时代和作为一种意识形态的总体艺术作为自己创作的"参照系",并从这个新的角度来理解和表现诗画联系。这些认识活动和实践活动的重要内容,就是一批新诗人自觉地把西方近现代绘画理论,尤其是绘画色彩学理论引进新诗领域,用以指导新诗创作。而现代诗人和画家之间的交往与切磋,以及诗人们自身的艺术素养,促进了这种引进和创造的成功。

---

① [德]马克思:《〈经济学手稿〉导言》,《马克思恩格斯全集》第46卷上册,人民出版社2003年版,第49页。
② 闻一多:《先拉飞主义》,《闻一多全集》第3卷。
③ 闻一多:《女神之时代精神》,《闻一多全集》第3卷。
④ 郭沫若:《文艺论集·自然与艺术》,1925年上海光华书局版。
⑤ 郭沫若:《文艺论集·生活的艺术化》。
⑥ 同上。

近代以来,由于帝国主义的武装入侵和末代封建统治阶级的腐败无能,中国的经济、政治、文化无不江河日下。曾集中体现中华民族光辉灿烂的古老文明的传统诗画艺术,已经濒临绝境。到了"五四"之前,旧体诗词已入充斥着"赝鼎"的"假诗世界"①,而国画也是"明清以来,渐就衰落画人皆为前人所蔽,少有新创"②。一批不甘沉沦、锐意革新的青年文学家、艺术家高举"五四"科学民主大旗,为创立中国新文学、新艺术,开创"合中西而为艺学之新纪元"③大呼猛进。共同的目标使得诗人和画家互相支持,戮力进取。曾被法国舆论界许为"中国文艺复兴大师"④的画家、美术教育家刘海粟,一直关注着新诗的成长,曾与好几位对新诗发展有过重大影响的诗人保持着亲密的友谊。1923年至1925年间,郭沫若曾三次去刘海粟创办和主持的上海美术专门学校讲学,并曾以"艺术叛徒胆量大,别开蹊径作奇画"的题画诗,热情赞颂刘海粟的艺术创新精神。⑤ 徐志摩曾为刘海粟的绘画作品集写序,在他逝世前的一周里,曾两次拜访刘海粟。⑥ 徐志摩逝世后,刘海粟痛失知音,他对别人说,徐志摩最了解他,最了解他的画。⑦ 稍后的诗人、诗歌理论家梁宗岱,也是刘海粟的一位挚友。梁宗岱注意到了刘海粟的绘画与郭沫若的诗歌内在精神上的相通之处,在一次通信中他对刘海粟说,"你底画就是力底化身","关于这层,新诗人中的郭沫若多少是和你共具的,一般观众把你底画来比他底诗亦正意中事"。⑧ 时代精神和共同的审美理想、艺术追求,缔造和深化了诗人画家的友谊,友谊进一步密切了新兴诗画之间的联系。

艺术视野的开拓促进了新诗的成长,成长的新诗也不断地把那些

---

① 刘半农:《诗与小说精神上之革新》,《中国新文学大系》第 2 集。
② 刘海粟:《欧游随笔》,上海中华书局 1935 年版。
③ 同上。
④ 同上。
⑤ 郁风:《"能师大众者 敢作万夫雄"》,《美术》1978 年第 4 期。
⑥ 陈从周:《徐志摩年谱》,1949 年自印本。
⑦ 参见何家槐:《记刘海粟》,1933 年 2 月《新时代月刊》第 4 卷第 1 期。
⑧ 梁宗岱:《诗与真》,上海商务印书馆 1936 年版。

艺术素养深厚,或同时作为艺术家的诗人推向新诗运动的前沿。朱自清所概括的新诗第一个十年的三大诗派——自由诗派、格律诗派、象征诗派①的领袖人物,都与造型艺术有着不解之缘。郭沫若曾悉心研究过西方美术史,编译过专著《西洋美术史提要》②。风靡诗坛十年的新月诗派的理论家闻一多,本人就是画家。他在清华学校读书时,即开始接受绘画的基本训练,以后留学美国,专攻绘画,曾有作品参加一年一度的纽约画展,并曾发愿要做美术批评家。新月诗派的另一领袖徐志摩,有着很高的美术鉴赏水平和丰富的美术史知识,从他的手稿中可以看出,他还具有一定的绘画基础③。中国象征派诗歌的开山诗人李金发,早年留学法国学习绘画、雕塑,归国后又从事美术教育多年,蔡元培称许他"文学纵横乃如此,金石刻画臣能为"④。30年代以后,把新诗引向广阔天地,并把新诗的艺术水平提高到一个崭新阶段的诗人艾青,少年时代就醉心于美术,中学毕业后考入国立西湖艺专,以后又留学法国攻读绘画。学成归国后加入了左翼美术家联盟,由于从事进步美术活动时遭国民党当局迫害监禁,失去了作画条件,遂由画到诗。从此中国多了一位诗人,少了一位画家。

  在中国新诗史上,像这样一身二任的画家诗人,还可以举出一些来。中国第一个在欧洲获得美术史博士学位的滕固,以及在西画方面很有建树的倪贻德、许幸之,都曾为创造社诗歌的繁荣发展做出过贡献。以《射虎者及其家族》闻名抗战诗坛的力扬,以《撷星草》《复活的土地》为40年代诗歌增色的杭约赫(曹辛之),以及写过《水晶座》的钱君匋,同时也都是画家。曾以《流云》领导小诗运动的宗白华,同时又是美学家和美术史家。这些星罗棋布的"坐标",标志着新诗领域里诗画艺术间频繁、密集的交会。现代绘画理论的艺术营养通过这些"交

---

① 朱自清:《中国新文学大系·诗集导言》。
② 上海商务印书馆1926年版。
③ 参见《沙扬娜拉》手稿,稿纸上有自绘的莲花。见《徐志摩诗集》插页,四川人民出版社1981年版。
④ 蔡元培给李金发的题词,见《美育》1928年第2期。

会"渗入新诗,与诗的语言形象化合,形成了一种新的审美感受——诗的绘画美。

色彩学理论与新诗色彩美

作为本文的论述背景,从"诗中有画"到新诗绘画美的历史考察给我们的启示,就是必须从色彩学理论对新诗创作的影响研究入手,才能全面、正确地认识和评价新诗的色彩美。

我国传统的绘画色彩研究是相对贫弱的。中国画论的基石——南北朝时谢赫创立的"六法"论中,只有一条"随类傅彩"涉及色彩,远不如对线条、笔法、构图研究的深细,其前其后的画论也基本如此,贯彻了一种重墨轻色的传统见解。这种见解也影响到古典诗歌语言形象的色彩研究。南宋时曾有过"颜色字"的提法,但却被归结为"语气"的需要[1]。把诗歌语言形象的色彩与诗歌美学意境的开掘直接联系起来,创造和发展诗歌的"色彩美",主要得益于新诗对西方绘画色彩学理论的成功借鉴。

西方近现代飞速发展的科学技术对艺术领域的渗透,使物理学、心理学理论得以进入色彩学研究。色彩的性质、构成、表情意义,色彩引起的心理反应,都逐步得到了科学的说明。19世纪下半叶印象派、后期印象派和新印象派的崛起,更以大量的绘画实践检验和推动了色彩学理论研究,把注重视觉反映的光学分析与强调色彩的暗示力量,色彩对自然现象的说明与对画家主观情感的象征逐步统一了起来。诸印象派画家的艺术成就及对美术史的贡献,受到了"五四"时代中国新兴美术界的普遍重视。与中国新诗的美学发展有着直接间接联系的画家刘海粟、倪贻德,都曾著文评骘印象派画家们艺术上的得失[2]。

---

[1] 参见《丛书集成初编·对床夜语及其他一种》。

[2] 参见刘海粟《欧游随笔》第十二、十七章及倪贻德《艺术漫谈·印象派的理论》,上海光华书局1928年版。

20年代是新诗迅速成长的年代,也是现代绘画色彩学理论进入中国新诗的年代。由于有那么多重要的诗人都曾接近过西方美术,作为西方绘画艺术重要理论基础的色彩学理论,便自然而然地受到新诗的注意。20年代初,闻一多在一篇讨论刊物封面设计的文章中,就注意到色彩搭配的美学问题①。1922年以后,他在美国留学期间,对重视色彩表现的印象派画风很感兴趣,并曾在艺术实践中身体力行②,还打算写一篇介绍印象派画家塞尚(P. Cezanne)的文章③。他常常徜徉于色彩的绘画与色彩的诗篇之间,自谓被意象派诗人唤醒了"色彩的感觉",称自己的诗作为"色彩的研究"④。20年代末,艾青赴法国学习绘画,也曾倾心于莫奈(Monnet)、马奈(Mannet)等印象派画家。1932年归国后,还写过介绍法国现代绘画的文章。⑤ 他把自己的色彩感受带入新诗的艺术探索,要求诗人"给声音以颜色,给颜色以声音","以准确而调和的色彩描写生活",诗人"必须有鉴别语言的能力……一如画家之鉴别唤起各种不同的反应的色彩一样"。⑥ 色彩学方面的准备,是诗人们笔下五光十色、丰富多彩的语言形象的一个重要成因。

色彩学原理为新诗创作成功"引进"的例证是相当多的。闻一多有一首小诗《稚松》:

> 他在夕阳底红纱灯笼下站着,
> 他扭着颈子望着你,
> 他散开了藏着金色圆眼的
> 海绿色的花翎——一层层的花翎。
> 他象是金谷园里

---

① 参见闻一多:《出版物的封面》,《清华周刊》1920年5月7日第187期。
② 参见梁实秋:《谈闻一多》,台北传记文学出版社1967年版。
③ 参见《闻一多全集》第3卷所载《书信》。
④ 参见《闻一多书信选辑·六十三》,《新文学史料》1984年第2期。
⑤ 参见艾青:《母鸡为什么下鸭蛋》,《人物》1980年第3期。
⑥ 艾青:《诗论》,写于1938—1939年,人民文学出版社1980年版。

一只开屏的孔雀罢?

在晚霞的辉映下,劲松的青翠变成了金色、海绿色。诗人以诗的画面,表现了对一条色彩学基本原理——绘画应表现物象的"条件色"(即对比中的颜色)而不是"固有色"的原理的理解与信服。"条件色"的处理使得这幅诗画显得更为真切,并使得身居异国的诗人对金谷园——即对故国的思念也染上了动人的色彩。

郭沫若的《春之胎动》中,也以"玉蓝色的天空"下的远远一带海水"呈着雌虹般的彩色,/俄而带紫,俄而深蓝,俄而嫩绿"来预示早春的到来。不是"蔚蓝"而是"玉蓝"的天空,更见早春时节天空的晶莹澄澈。大海是天空与大陆的镜子,正是天地间万象更新的勃勃生气给蓝色的海洋带来了五光十色。全诗充满了欢快、跃动的色调,这不只是刻画了自然界的"春之胎动",同时也表现了我们这个文明古国的春天——以"五四"运动为先导的一个伟大新时代不可遏止的剧烈"胎动"。

象征派诗歌也不拒绝色彩学理论的营养。李金发的《里昂车中》[①]的开头便是"细弱的灯光凄清地照遍一切,/使其粉红的小臂,变成灰白"。这里不仅"画"出了物象的"条件色",而且以行家的眼光,从"光源色"的特点观察到了"固有色"的变化。这个色彩变化过程的描述,寄寓了作者对一个日益衰落、麻木以至毫无生气的社会的失望、凄婉之感。

色彩学理论对新诗创作的影响,并不仅限于著名诗人的创作实践,在一些今天已鲜为人知、甚至也鲜为研究者们所论及的诗人的作品中,同样涂抹着浓重的诗意所凝结的色彩。40年代青年诗人李抟程写过一首短诗《血》[②],描绘了一幅年迈的父亲扶犁、患痨病的儿子拉犁至活活累死的惨景。诗中写道,当儿子累得大口咯血,"鲜红的血渗进黄土里,/黑得发亮的犁头/倒在脚底"的时候,"天上的晚霞变成了紫金

---

① 载《微雨》,北新书局1925年版。
② 李抟程:《婴儿的诞生》,上海星群出版公司1947年版。

色",这显然是作者经过艺术想象压缩了空间,以大面积的血的鲜红直接对比晚霞所得到的"条件色"。无言的色彩凝结着诗人愤怒的呐喊:这"紫金色"的晚霞,"更是生灵血染成"!

再如,色彩学的研究表明,补色的对比可以使两色达到最高强度。闻一多的《春之末章》中的"一气的酽绿里忽露出/一角汉纹式的小红桥/真红得快叫出来了!"与冯乃超的《榴火》①中的"君不看墙头的榴火红斑驳/浓绿的忧郁吐着如火的寂寞",都是借鉴了这一色彩学原理,以红与绿两补色的对比来渲染极强烈的情绪。

上述例证表明,作品中的色彩运用,总是与诗人一定的感情趋向相一致的。别林斯基说得好:"感情是诗情天性的最主要的动力之一;没有感情,就没有诗人,也就没有诗歌。"②诗歌色彩与感情的"化合",强化、凸现了诗情,使诗人的感情表达更充分、更鲜明生动。这种艺术实践的不断深入,充分说明新诗的艺术借鉴抓住了色彩学理论的核心部分。色彩学理论认为:从一定的意义上说,色彩是有生气的,是属于感情方面(相对于线条属于理性方面而言),可以寄托、表达感情的,不同的色彩可以引起不同的心理反应。20年代初,我国近现代著名思想家、美学家、教育家蔡元培,就曾躬亲过这一色彩学原理的普及。他在湖南的一次讲演中说:

> 色彩的不同在光学上,也不过光线颤动迟速的分别。但是用美术的感情试验起来,红黄等色,叫人兴奋;蓝绿等色,叫人宁静。又把各种饱和或不饱和的颜色配置起来,竟可以唤起种种美的感情。③

以后,倪贻德曾探索过色彩与民族心理、民族精神的联系。他认为,"色彩心理上的效果,是有很强的力量"的④。色彩融合的感情的成分

---

① 载《红纱灯》,创造社1928年版。
② 载《古典文艺理论译丛》第11辑,人民文学出版社1966年版。
③ 蔡元培:《美术与科学的关系》,1921年2月23日,《北京大学日刊》。
④ 倪贻德:《艺术断片感想》,《洪水》1927年4月15日,第3卷第31期。

和层次的不断增富,融合程度的日益精细,这种融合与诗人色彩喜好的统一,以及这种统一对于诗人艺术个性的形成和丰富的推动——这些都在新诗色彩美的发展中不断得到印证。

色彩情趣与艺术个性

初期白话诗阶段对于诗歌色彩表现用力最著的,是康白情。他的诗集《草儿》中的《暮登泰山西望》《江南》《鸭绿江以东》,都表现了丰富的色彩,在当时的新诗中是十分突出的。《植树节杂诗八首》之六所描绘的颐和园的景致,更是色彩明丽:

> 风弹着一湖鲛绡纹翡翠的明波,
> 松柏丛里衬出黄玻璃瓦的房子,
> 楼台亭阁把一座富丽的万寿山都穿戴得满了。

这是我第一次读到中国式的西洋画。昆明湖依旧,万寿山依旧,之所以能在这湖光山色中读到"中国式的西洋画",是由于改变了的时代和审美观念,启迪了诗人对"色彩美"的"发现"。这是一首彩色的纪游诗,在初期白话诗中是不多见的。但其色彩运用还只是原原本本的自然写生,缺乏感情寄寓,缺乏艺术想象的意匠经营,加上诗歌形式的散漫无节制,难以形成比较丰润、集中、感人的"色彩美"。有力地推动了新诗色彩美的发展,扩大了诗歌色彩的感情容量,并促进了色彩表现与诗人艺术个性的有机融合的,是从《女神》开始的浪漫主义新诗的崛起。

带着乐观激昂的情绪走上诗坛的郭沫若,在找到了与自己奔涌的诗情相适应的艺术形式的同时,也把自己的色彩追求带入了新诗创作。他曾间接谈道,他比较喜欢明快、丰润的色彩[1],而"明快的色彩,是能给我们清新喜悦之情"[2]。郭沫若《女神》中的作品,大都表现了明快的

---

[1] 参见郭沫若:《文艺论集续集·"眼中钉"》,上海光华书局1931年版。
[2] 倪贻德:《艺术断片感想》。

色彩。其中出现频率最高、感情蕴蓄最丰富的,是白色和红色。白色反射了最多的光,不掩瑕疵,不容污秽,象征着诗人坦诚开阔的胸襟。当白色作为主导色调出现的时候,常伴随着诗人的沉思遐想,常用的抒情形象有月、云、大海等。这些作品传达了一种纯净、恬淡的"色彩美"感,表现了清新、质朴、本色的审美情趣,以及"五四"时代特有的那种对自由、民主、爱情的神往和歌颂:

> 月光一样的朝暾
> 照透了这翁郁着的森林,
> 银白色的沙中交横的迷离的疏影。
>
> 松林外海水清澄,
> 远远的海中岛影昏昏,好象是,还在恋着他昨宵的梦境。①

红色则吸收了最多的光和热,凝结了炽热的情感,象征着诗人激情似火的心怀。当红色作为主导色调出现的时候,常常伴随着诗人对于动的、反抗的时代精神的强烈感应而心潮起伏、热血沸腾,常出现的抒情形象有太阳、云层、火。这些作品传达了一种热烈、辉煌的"色彩美"感受,表现了"五四"时代青年对于未来火热生活的憧憬和对光明的向往:

> 哦哦,环天都是火云!
> 好象是赤的游龙,赤的狮子,
> 赤的鲸鱼,赤的象,赤的犀。
> 你们可都是亚波罗的前驱?②

红色与白色的"交响",则构成了一种强烈激昂而又明净率真的情绪,传达了一种具有冲击力量的、激动人心的"色彩美"感:

> 雪的波涛!

---

① 《女神·晨兴》。
② 《女神·日出》。

> 一个银的宇宙！
> 我全身心好象要化为了光明流去，
> open—Secret 哟！
>
> 楼头的檐霤……那可不是我全身的血液？
> 我全身的血液点滴出律吕的幽音，
> 同那海涛相和,松涛相和,雪涛相和。①

接受过严格绘画训练的闻一多,则更多地把自己对于色彩的切身感受带入诗歌创作。比起别的诗人,他更注重诗中画面的色彩选择和配置,以及色彩比较确定的感情象征意义。他的名篇,如《秋色》《忆菊》《口供》等作品,都以丰厚的色彩浸润着思乡爱国深情。像《忆菊》,即是以繁富和谐的"金底黄,玉底白,春酿底绿,秋山底紫"的菊花为色彩,晕染对于"如花的祖国"的赞美和思念。他以画家的敏感,诗人的热情,理论家的严密去探索、界定色彩的表情意义,在一首迳题为《色彩》的诗中,他写道:

> 生命是张没有价值的白纸,
> 自从绿给了我发展,
> 红给了我情热,
> 黄教我以忠义,
> 蓝教我以高洁,
> 粉红赐我以希望,
> 灰白赠我以悲哀,
> 再完成这帧彩图,
> 黑还要加我以死。
> 从此以后,
> 我便溺爱于我的生命,
> 因为我爱他的色彩。

---

① 《女神·雪涛》。

色彩是生命的体现,丰富了艺术,丰富了人类的感情生活。这使我们联想起印象派大师塞尚的一段名言,"色彩是生物学的,我想说,只有它,使万物生气勃勃"①。这首诗是色彩学理论的诗化,也是闻一多为自己制订的一部色彩"法典"。依据这部"法典",我们会从他的诗歌色彩的精心选配中得到更深刻的审美感受,从而更全面、更确切地理解这些作品。《死水》中有一首题名《罪过》的短诗,开头和结尾反复着一行诗,"满地是白杏儿红樱桃"。这里除了要表达对诗中写到的老果农的同情之外,显然还有合于"法典"的更深一层的含义:白色与红色委之于地,象征着纯洁和热情任人践踏,这才是那个社会的真正"罪过"。

据闻一多的学生和朋友回忆,他生平最喜欢黑、红两种颜色②,这与他热情而又愤世嫉俗的性格,庄重、深沉而又热烈的诗风是一致的。他从"五四"的时代浪潮中汲取了积极的进取精神,从优秀文化遗产中继承了忧国忧民的传统,但由于未能进一步接受更先进的思想,未与人民革命运动相结合,常常四面碰壁。因此他的红色的情热常常伴生着,或是被黑色的忧郁包裹着。他写《死水》,写黑夜,但他在黑暗面前不退缩,不绝望,因为他有取自"五四"精神之火的红光烛照。他坚信黑夜尽头是黎明,多次以诗篇表达"死而后生"的信念。在《红豆·二七》中,他这样剖白自己——

> 请你只当我灶上的烟囱:
> 口里虽勃勃地吐着黑灰,
> 心里依旧是红热的。

这是以浑厚热烈的色彩表现的诚挚恋歌,他希望自己"红与黑"的色彩情趣,能为"爱人"所理解。他在前期新诗创作的"封笔作"《奇迹》中,再一次坦诚地剖白了自己的精神世界,也包括自己的色彩喜好,含蓄地

---

① [德]瓦尔特·赫斯:《欧洲现代画派画论选》,宗白华译,人民美术出版社1980年版。

② 参见陈梦家:《艺术家的闻一多先生》,1956年11月17日《文汇报》。

表达了其中所寄寓的感情和理想：

> 我要的本不是火齐的红,或半夜里
> 楼花潭水的黑,也不是琵琶的幽怨,
> ……
> 我要的本不是这些,而是这些的结晶,
> 比这一切更神奇得万倍的一个奇迹。

作为"中国布尔乔亚'开山'的同时也是'末代'的诗人"①,徐志摩的色彩追求也像他的诗歌创作本身一样充满了矛盾。"五四"时代精神的影响使他写下了不少同情劳动人民疾苦的诗篇,在那首纪念"三·一八"的《梅雪争春》中,他以白色与红色的对比表达了对烈士的悼念和崇敬,对反动军阀政府血腥暴行的抗议：

> 白的还是那冷翻翻的飞雪,
> 但梅花是十三龄童的热血!

作为一个有着深厚艺术素养和一定程度的民主思想,坚持新诗创作十多年,对中国新诗美学发展起过重要推动作用的诗人,我们同样能够从他的很多作品中感受到丰富的"色彩美",以及其中寄寓的感情：对社会的不满,对青春、爱情的渴求以及对人世坎坷的慨叹等等。他在《灰色的人生》中写道：

> 我一把抓住西北风,向他要落叶的颜色,
> 我一把抓住东南风,向他要嫩芽的光泽
> 我蹲身在大海的边旁,倾听他的伟大的酣睡的声浪,
> 我捉住了落日的彩霞,远山的露霭,秋月的明辉,
> 散放在我的发上,胸前,袖里,脚底……

这里色彩的不确定(比如不是"枯黄的落叶"而是"落叶的颜色"),使得其感情的象征意义也相应地不确定,从而引导读者与诗人一起,从色

---

① 茅盾：《徐志摩论》,《现代》1933年2月第2卷第4期。

彩的辨析走向感情的捕捉,再走向人生意义的思索。

徐志摩也写过少量为世所诟病的诗作,其中包括那两首敌视马克思主义和人民革命的作品:《秋虫》与《西窗》,这些作品的色彩情趣,也像它们所流露的思想情绪一样反常,这是由于根深蒂固的英美式资产阶级政治理想的极端发展,使他产生了迥异于前的厌恶红色、害怕阳光的阴暗心理。可见色彩情趣与艺术个性一样,也是要受诗人思想矛盾影响的。

相近的创作倾向也会产生相近的"色彩美"的追求。后期创造社诗人穆木天、冯乃超、王独清,在一段时间内都曾不同程度地接受过象征派诗歌的影响。他们的作品很注重色彩的象征、暗示意义的细微辨析,常出以一些十分奇特的色彩,如"灰紫(的小花)"①"浓绿(的忧愁)"②"水绿(的信封)"③等等。他们还有比较一致的色彩趋向,比如

<u>苍白</u>*的 钟声 衰腐的 朦胧
疏散的 玲珑 荒凉的 濛濛的 谷中

(穆木天:《苍白的钟声》)

祈祷的热情惨淡了
金风<u>苍白</u>地叹息

(冯乃超:《短音阶的秋情·其二》)

你唱出的颜色
好象是美人额间的<u>苍白</u>

(王独清:《你唱……》)

这种"苍白"的色彩趋向,不仅折射了"世纪末"的美学崇尚,还反映了他们长期羁留国外,很少承受祖国人民革命的阳光的特殊精神状态。他们对黑暗的社会现实充满敌意,但又总是在一个相对狭小、相对锁闭的艺

---

① 穆木天:《雨后的井之头》,创造社1927年版。
② 冯乃超:《榴火》,《红纱灯》创造社1928年版。
③ 王独清:《花信》,《王独清诗歌代表作》,亚东图书馆1935年版。
* 下划线"<u>苍白</u>"为引者所加,以下同。

术空间里进行寻求光明、不甘屈服的挣扎。贫血的、忧郁的、洁身自好的苍白,由于失去了郭沫若诗中的白色所具有的强烈的光和热,就难免带着一些虚弱和颓废。即使作为一种"底色",有时能把其他色彩反衬得更艳丽,但在整体的诗歌绘画美中,还是留下了一些"病态美"的暗影。

新诗的色彩表现也像整个新诗的艺术面貌一样丰富多样。诗人们不同的思想倾向和不同的艺术个性,决定了他们各自不同的色彩情趣,而创作中不同的色彩追求,又使得他们各自的艺术个性更加鲜明突出。色彩情趣与艺术个性的辩证统一,表明诗人们已经充分消化了外来的色彩学理论并已把这一丰富的艺术化成了自己的血肉之躯。

新诗希望的田野

30年代初,艾青带着"'我的'颜色与线条以及构图"(《诗论》)走上诗坛。他是农民和土地的儿子,泥土的颜色——最单纯也是最繁富的颜色,是他诗中的基本色彩。泥土可以滋养万物,可以孕育花果,可以是单色的,也可以是五光十色乃至万紫千红的。他的很多优秀诗篇写的都是土地,土地渗透了他的深厚感情:

> 为什么我的眼里常含泪水?
> 因为我对这土地爱得深沉……

从最初"大堰河"流过的土地,到抗战前夕《复活的土地》,再到《雪落在中国的土地上》和《北方》的土地,直到太阳照耀、黎明通知的土地——沉郁和明朗、冷峻和温暖的色彩变化,反映了他的思想感情的巨大起伏。诗人在土地上辛勤耕耘,收获了丰饶的色彩和诗意,垦殖了广阔的诗的田野。

《大堰河——我的保姆》,是诗人用真挚的思亲之情灌溉的一片土地。他思念的不是故家"红漆雕花的家具"和"睡床上金色的花纹",而是贫穷的保姆那"泥黑的温柔的脸颜"。这里表现的色彩喜好,显然包含着他的爱憎。他要把自己的赞美诗呈给"黄土下紫色的灵魂"——

黄土的色彩是实在的,而灵魂的色彩则是象征的:鞭打后的伤痕是紫色的,紫色同时也象征着庄严。写实与象征手法的结合,使得诗的色彩和画面能够引发更丰富、更广阔的艺术联想。这种色彩处理,饱含着作者对于土地,对于生活在这土地上的被侮辱与被损害的劳动人民的庄严、崇敬的感情。

土地和人民的命运牵引着他的情思,感情的起伏带来了相应的色彩变化。他曾在《复活的土地》上撷取"繁花与茂草"和"金色的颗粒",来点染自己的欢欣与希望。当战争的阴雾弥天,《雪落在中国的土地上》时,他也披上了《北方》的"土色的忧郁":

> 从塞外吹来的
> 沙漠风,
> 已卷去北方的生命的绿色
> 与时日的光辉
> ——一片暗淡的灰黄
> 蒙上一层揭不开的沙雾;
> ……村庄呀,山坡呀,河岸呀
> 颓垣与荒塚呀
> 都披上了土色的忧郁……

色彩的写实和象征在这里得到了进一步的结合。"土色的忧郁"既有写实意味——那覆盖了"生命的绿色",蒙蔽了北方大地的"揭不开的沙雾";但更是象征的——"忧郁"本身是没有颜色的,"土色"使得忧郁显得浓重、沉滞,暗示着这种忧郁与土地相连,带着忧国忧民的情绪属性。同时,整个诗的情调,也就是这么一种"土色的忧郁",可以说"土色"是整个诗的画面的"底色"。

然而诗人是坚强的,他没有被沉重的忧郁压倒。他在忧郁中思索,在思索中振作,他"挣扎了好久/才支撑着上升/睁开眼睛/向天边寻觅……"(《向太阳》)他终于看到了太阳!那是一个色彩绚丽、无比璀璨的太阳,是"比处女""比含露的花朵""比白雪""比蓝的海水"更美丽的太阳,那一轮"金红色"的、"扩大着"的"太阳的眩目的光芒/把我们从绝望的睡眠中刺醒了/也从那遮掩着无限痛苦的迷雾里/刺醒了我们的田野,河流和山峦",体现四亿中国人民庄严意志的民族解放的阳光,终于拨开了自然界也是诗人心头"阴暗而低沉的天幕","没有太阳的原野"这才真正成为"复活的土地"。在这"复活的土地"上,奔走着"举着白袖子的手的警察"与"挑着满箩绿色的菜贩","穿着红色背心的清道夫"和"棕色皮肤的年轻的主妇"。富丽明快的色彩消弭了"土色的忧郁",表现了诗人"从未有过的宽怀与热爱"。

这种"宽怀与热爱"的色彩表现是多种多样的。他曾怀着深沉的爱,描绘了一个普通的《刈草的孩子》:

> 夕阳把草原燃成通红了。
> 刈草的孩子无声地刈草,
> 低着头,弯曲着身子,忙乱着手,
> 从这一边慢慢地移到那一边……
>
> 草已遮没他小小的身子了——
> 在草丛里我们只看见:
> 一只盛草的竹篓,几堆草,
> 和在夕阳里闪着金光的镰刀……

读了这首诗,我们会联想到法国19世纪著名画家米勒的名画《拾穗者》。《刈草的孩子》所提供的,正是像《拾穗者》那样淳朴、真诚、没有丝毫矫揉造作、却又那么激动人心的完整画面。融会着热烈和希望的、金色的、通红的光彩,辉映着一个辛勤劳作的中国孩子。诗人手中握着一支真正的"彩笔":既是在书写又是在涂绘着辉煌的诗篇。给你一首诗的同时又给你一幅画——通过草原、孩子、劳动工具的轮廓位置及色彩的对比变化,表现了开阔的自然美,农民孩子坚韧、辛劳的身姿神态以及作者的挚爱等等。如果没有对于相邻门类艺术理论和表现手法的借鉴、融合,恐怕很难以一首八行的短诗传达如此丰富的艺术感受。

试论中国新诗的色彩美

　　艾青在法国留学时,曾读过象征派诗人兰波和阿波利奈尔的作品,以后还翻译过比利时象征派诗人维尔哈伦的诗篇。象征派诗歌对于他的创作的影响自不待言。但他始终是作为一个开阔而又坚定的、杰出的现实主义诗人,而不是作为象征派诗人奔走在新诗的广袤绚烂的田野上的。他所生活的时代和他的经历,他的理想以及他的美学倾向,都使得他不可能像象征派诗人那样,去孜孜探求他们认为是虚幻的现实世界之外的另一个世界,并力图用自己迷离恍惚的诗歌色彩与音响唤起神秘的联想,形成"象征的树林"①,穿过树林走向方外世界。李金发的《夜之歌》,就是这位中国的象征派巨子漫步"树林"的行吟调。这首诗的头两节是:

　　　　我们散步在死草上,
　　　　悲愤纠缠在膝下。
　　　　粉红之记忆,
　　　　如道旁之朽兽,发出奇臭。

作者所要表达的意念是:现实世界中没有美、没有快乐、没有生气,连稍有点"亮色"的记忆也是"奇臭"的。作者"烦厌诸生物之汗气",欲在"枯老之池沼里""得一休息之藏所"。诗的情绪固然过于消极、颓废,但技巧如色彩运用,却还不无可取之处,这首诗抽去了所有的中介,直接把"粉红"色着在"记忆"上。作为心理功能的记忆是没有颜色的,但又可以与很多种颜色相连属,因为现实生活是多彩多姿的,记忆则是生活图景在人的心理上的沉积。把生活图景的沉积浓缩为色彩的沉积,这是强调暗示、隐晦和高度凝练的象征派手法在处理诗歌色彩方面的体现。粉红象征着欢悦和希望,但也暗示着衰朽——刚开始腐烂的肉体也呈粉红色。看似反常的色彩处理大大扩充了诗句的容量,只是由于作者有意无意地企图切断诗与现实世界的联系,色彩运用也有较强的主观随意性。由于缺乏与抒情形象的必要联系,就带来了过分的晦

---

　　① 波德莱尔语。见《〈恶之花〉掇英·应和》,《戴望舒译诗集》,湖南人民出版社1983年版。

涩和神秘。艾青借鉴了象征派诗歌"高容量"的色彩表现手法,扬弃了其主观神秘意味,促进了现实主义诗歌对象征派艺术经验的吸收。这种借鉴是以对现实生活的准确表现和描绘为基础的。无论是"紫色的灵魂"还是"土色的忧郁",都处于与大地形象的密切联系之中——"紫色的灵魂"是在这"黄土"上生息劳作的灵魂,"土色的忧郁"是"一片暗淡的昏黄"笼罩下的悲哀的国土的忧郁。因此这些高容量"色彩美",是可以自然、充分地被感受和理解的,不像"粉红之记忆"那样突如其来,上不着天,下不着地,需要经过反复的思索、猜测和感觉兑换去领略。艾青诗中的这种色彩表现,已不是象征派诗歌中孤立的色点或色块,而是凭借对感情与思想的有力概括,通过与诗歌抒情形象的坚实联系,晕染了诗的整体构思,增富了诗的艺术美感,强化了诗的现实主义力量。

诗歌语言形象的感情容量和美学内涵的丰富与拓展,显然得益于艾青注重色彩处理的现实主义与象征主义手法的结合。比起新诗草创时期和20年代的前辈们,艾青有着更宽广的艺术视野、更开阔的艺术心胸。他注重诗歌画面的完整与色彩的谐调,注重色彩与诗歌内在节奏、语言形象特征的一致与融合,使得色彩运用"浓妆淡抹总相宜"。若要以画作比,《刈草的孩子》就像一幅色彩浓重的油画写生,而《树》则像一帧色彩淡雅的水彩风景;《乞丐》像是入木三分的白描人物肖像,而《雪落在中国的土地上》和《北方》,则像是色彩沉郁、线条冷峻的木刻组画——常常是一节诗提供一幅画面。作为画家的艾青,虽然没有在画廊里留下什么杰作,但却在中国新诗的史册上留下这么多灿烂的画页,他是现代中国最杰出的诗画家之一。

艾青坚实朴素的诗风和丰富开阔的色彩追求,给40年代的新诗带来了一片春光。立足于表现中国人民的现实斗争生活,把包括"色彩美"的诗歌美学追求与对人民的苦难、祖国的前途的观察和思考联系起来,是40年代许多进步诗人的共同艺术方向。诗人吴越写过一组简短深刻的贫民窟速写,其中的《小弄堂》之四①这样写道:

---

① 吴越:《最后的星》,上海星群出版公司1947年版。

> 没有色彩,没有阳光,
> 春天也看不起小弄堂。
> 除非女人们打小菜场,
> 肘弯子挎来点鲜绿嫩黄。

艾青曾以阳光下的"满箩绿色"来渲染春回大地的喜悦,而这里的"鲜绿嫩黄"却恰恰是为了反衬小弄堂的阴暗与灰颓,为了"鸟鸣山更幽"的艺术效果。色彩在这里表现了很大的概括力,它凝聚了这小弄堂里,也是小弄堂外千千万万劳动人民的呐喊:把色彩、阳光和春天还给我们!

在九叶诗派——当年活跃在 40 年代国统区诗坛上,有着相近的美学追求的九位青年诗人的作品中,我们同样可以看到丰富绮丽的色彩表现。九叶诗人写了不少题画诗,而更多的则是以画面来体现诗的构思。在女诗人郑敏的《诗集 1942—1947》中,不少诗页正是用吴越所呼唤的绿色、阳光和春天装点的。"深受德国诗人里尔克的影响,和西方音乐、绘画熏陶的郑敏,善于从客观事物引起深思,通过生动丰富的形象,展开浮想联翩的画幅,把读者引入深沉的境界。"① 她写过一首融诗于画、融画于诗的十四行《濯足(一幅画)》:

> 深林自她的胸中捧出小径
> 小径引向,呵——这里古树绕着池潭
> 池潭映着面影,面影流着微笑——
> 象不动的花给出万动的生命。
> 向那里望去,绿色自嫩叶里泛出
> 又溶入淡绿的日光,浸着双足
> 你化入树林的幽冷与宁静,朦胧里
> 呵少女你在快乐地等待那另一半的自己。

这里的"(一幅画)"不是副标题,而是一种说明或暗示。它也许是一首题画诗,也许不是,但这其实无关紧要——它反正不是画的附庸。这幅

---

① 袁可嘉:《九叶集·序》,《九叶集》,江苏人民出版社 1981 年版。

优美的诗的画幅,是由转化成为色彩的,诗人丰富、细腻、幽深的感受所涂绘的,因此,单纯的,或者说是绝对意义的诗或画,都无法独立完成这样一幅"诗画",像"绿色自嫩叶里泛出""又溶入淡绿的日光"这样的诗句,也只有既懂诗又懂画的诗人才能写得出。诗人用这种融合着挚爱、不会消褪的绿色,忘情地描绘着自己的《春天》:"它好象一幅展开的轴画,/从泥土、树梢,才到天上……","它将柔和的景色展开,为了/有些无端被认为愚笨的人,/他们的泥泞的赤足,疲倦的肩,/憔悴的面容和被漠视的寂寞的心"。绿色的春天正举着欢欣和希望的旗帜,涌出40年代广阔的地平线,走向列队迎接它的人民:

> 更象解冻的河流的是那久久闭锁着的欢欣,
> 开始缓缓的流了,当他们看见
> 树梢上,每一个夜晚添多几面
> 绿色的希望的旗帜。

诗人吴越的呼唤,得到了有力的应答,色彩、阳光和春天,正和讴歌它们的诗篇一起,向人民回归。这里的绿色,是诗人心中那一片乐观、自信、生气勃勃的土地孕育出来的。

从礼赞《女神》到诅咒《死水》,从垦殖《北方》到呼唤春天,丰富绚丽的"色彩美",加强了新诗的艺术实力,装点了新诗希望的田野。"色彩的感觉是一般美感中最大众化的形式"①,马克思的科学概括揭示了近现代审美活动的一个重要特征,同时也为现代社会文学艺术的发展提示了一个值得注意的方向。如果从这个意义上评价新诗色彩美的艺术追求,那么也许可以说,这是引导诗歌从"贵族文学"走向"人民文学"的一个有益尝试。

"五四"时代是一个科学民主精神空前高涨的解放时代。诞生于这个时代的新诗,也是以空前恢宏的气度,重新评价中西文化艺术遗产,为我所用,自创新路。这种精神作为新的传统,为以后的新诗所继

---

① [德]马克思:《政治经济学批判》,《马克思恩格斯全集》第13卷,人民出版社1998年版,第145页。

承。这样,新诗所提供的审美感受,也必然是丰富的和开阔的,其中很多会是前所未有的。我们应当以"五四"精神研究"五四"新文学,全面准确地认识和评定新诗的美学价值与历史价值——这是我在结束本文的粗浅考察时得到的一点启示。

试论闻一多关于新诗绘画美的理论和实践

新诗的绘画美,是新诗艺术美的一个重要问题,在这方面,闻一多的理论和实践在新诗美学发展中具有开创的意义和价值,对此,本文拟从以下三方面进行一些探讨。

一

1926年5月,在《诗的格律》这篇重要的新诗论文中,闻一多第一次使用了新诗绘画美这个概念。他把绘画美作为和音乐美、建筑美同等重要的诗歌美学要求提出来,他说:

> ……诗的实力不独包括音乐的美(音节),绘画的美(词藻),并且还有建筑的美(节的匀称和句的均齐)。①

这种认识,这种提法,在中国现代诗歌史上是前所未见的。

不过,《诗的格律》一文的论述重点是建筑美。对于绘画美,只肯定了它在三足鼎立的新诗美学中的独立地位,而没有能进一步展开。新诗的这个重要美学课题,主要是由他的其他新诗批评论文中相关的论述和大量的创作实践来阐明与印证的。因此,必须全面、系统地考察他的诗歌理论著作和新诗作品,才能对他所开创的新诗绘画美这一理论问题做出比较准确的概括。

闻一多关于新诗绘画美的主要内涵,我以为大体可以概括成以下四个方面:

第一,新诗的绘画美是丰富的想象在诗的形象上的凝聚。

---

① 见闻一多《诗的格律》。

试论闻一多关于新诗绘画美的理论和实践

1922年,闻一多写了一组新诗批评的论文,从各个方面阐述了对草创时期新诗的看法。正是在这些精到评价中,闻一多初步提出了他关于新诗绘画美要求的一些主张。

俞平伯的《冬夜》是中国现代诗歌史上较早出现的新诗集之一。这是一部瑕瑜互见的作品。新文化的血液和旧时代的胎记并存在这个早产儿的身上。闻一多撰写的蜚声一时的《冬夜评论》,肯定了作者在诗的音节方面的成就。同时他又指出,"诗的真精神其实不在音节上",因为"音节究属外在的质素","幻想"和"情感"才是"诗的其余的两个重要的质素"①,而这两个因素,却正是《冬夜》所缺乏的。闻一多又进一步谈道,幻想即想象力的缺乏,更是很多新诗人"极沉痼的通病"②。

在这篇论文中,闻一多肯定和赞许了他们所征引的《冬夜》中的一些诗句,"径直是一截活动影片""惟妙惟肖""写得历历如画",认为那些缺乏幻想和具情实感的浅露、破碎、啰唆、粗俗之处,使得《冬夜》"拉得太长了","拉长了,纵有极热的情感,也要冷下去了"。况且所拉长的地方,或"其直如矢,其平如砥",或"言之无物",或"都是些带哲学气味的教训"③。他反对诗的"其直如矢,其平如砥"的浅露叙述,而肯定"写得历历如画"的"惟妙惟肖"的形象片断。两相对照,可以体味到他所推崇和追求的诗歌艺术标准与审美情趣。所谓的"历历如画",即依靠丰富的想象力创造和凝聚的诗歌可感的形象性,也即是新诗艺术的绘画美。由此可见,他这时已经是在以绘画美的标准来品评初期新诗作品的艺术价值了。

据此,闻一多还进一步分析了新诗缺乏绘画美的根源在于缺乏想象力。他说,《冬夜》的弱点即是源于作者把作诗看得太容易、太随便。他引用麦克西姆的话来说明自己的态度:"作诗永远是一个创造庄严

---

① 见闻一多《冬夜评论》。
② 同上。
③ 同上。

底动作。"①以后,他又强调"自然的不都是美的,美不是现成的"②。不能既不断地写诗却又"根本上无意作诗"③,随随便便,粗制滥造。因此,他劝《冬夜》的作者,"跨在幻想的狂姿的翅膀上遨游,然后引嗓高歌"④,这样才能创造出美的新诗来。

我们知道,19 世纪初,西方浪漫主义运动兴起,遂由文艺复兴时期的崇尚感觉,转为推重想象。浪漫主义诗歌十分强调作家想象在抒情叙事中的创造作用。英国浪漫主义诗人雪莱说过,"在通常的意义下,诗可以界说为'想象的表现'"⑤。闻一多接受了这种浪漫主义诗歌美学理论的影响,他强调想象的作用,正是欲借西方近现代文艺思潮之石,攻中国新诗之玉。在闻一多看来,诗的素材,只有经过丰富想象的加工,才能创造出"浓丽繁密而且具体的意象"⑥,才能创造出新诗的绘画美。

第二,绘画美的两个基本要素——色彩和廓线。

闻一多强调诗人应当具备多方面的艺术造诣,具备追求多种艺术美的能力。在《泰果尔批评》中,他认为泰果尔(今译泰戈尔)"只是诗人而不是艺术家,所以他的诗不但没有形式,而且可说是没有廓线。因为这样,所以单调成了它的特性。我们试读他的全部诗集,从头到尾,都仿佛不成形体,没有色彩的 amoeba 式的东西"⑦。闻一多在《诗的格律》中,把绘画美简略地归结为"词藻"问题,色彩和廓线,正是对词藻,对诗歌语言形象的具体要求。

色彩和廓线,闻一多在其他地方还曾多次提到,成为他论述新诗绘画美的两个要素。他说《冬夜》的一些诗中虽有画,但"他所遗的印象

---

① 见闻一多《冬夜评论》。
② 见闻一多《女神之地方色彩》。
③ 见闻一多《冬夜评论》。
④ 同上。
⑤ 见雪莱《诗辩》,《西方文论选》下册。
⑥ 见闻一多《冬夜评论》。
⑦ 见闻一多《泰果尔批评》,amoeba 意为"变形虫"。

是没有廓线的",或虽有廓线却又满纸"悠悠""渺渺"①地游移不定,而新的时代、新的艺术需要"浓丽繁密而具体的意象",这就要求我们"以色彩连属于韵语",把"这些字变成了梦幻,梦幻又变成图画"②。

关于色彩和廓线的一些具体要求,主要源于西方绘画理论对他的影响。大自然的本身是浑然一体、没有界线的,而艺术家为了在有限的艺术天地里表现它,就要通过想象赋予它轮廓,画如此,诗亦然,于是有了"廓线"的提法。另外,闻一多十分注意色彩的搭配。他在一封致友人的信中说,"其实 design 之美在其 proportion 而不在其花样"③。在这封信中,他还引了一首他"加圈"的小诗《画是》:

　　　画是失路的鸦儿/徬徨于灰色的黄昏。

认为此诗"颇有意致,薄有意致"。意致即在于短短两行诗中色彩的丰富,在于色彩的运用含有暗示、象征意义。象征悲哀的灰色与失路的心情是十分谐调的。当然,这意致还只是"薄有",在闻一多自己的诗作里,我们可以看到更丰富、更深刻也更自觉的绘画美的"意致"。

第三,绘画美是美丑辩证关系的艺术体现。

在现代心理学研究和现代美学研究的推动下,西方一些进步的艺术家把美丑辩证关系引入艺术领域指导创作,产生了像罗丹的《欧米哀》那样杰出的作品,开拓了艺术表现的新的美学天地,使人类的审美视野更加开阔了。根据这个成功的艺术经验,闻一多把美丑辩证关系引进新诗美学领域。他认为,在现代,丑是可以表现的,但表现丑是为了揭露它、鞭挞它,是为了从反面得出审美快感。他说:

　　　"丑"在艺术上固有相当的地位,但艺术的神技应能使"恐怖"穿上"美"底一切的精致,同时又不失其要质④。

----

① 见闻一多《冬夜评论》。
② 见闻一多《莪默伽亚谟之绝句》。
③ 见闻一多《致梁实秋》,1922 年 12 月 27 日(农历十一月廿六)。文中 design 意为"图案",proportion 意为"谐调"。
④ 见闻一多《冬夜评论》。

也就是说,可以以美写丑,但丑终究还是丑,把丑写得越美,对丑批判的力量也越大。

这种美丑辩证关系的运用,与色情文学、自然主义文学中对丑恶的露骨描写是根本不同的。闻一多在《论〈悔与回〉》中强调语言的暗示性,强调"明彻则可,赤裸却要不得",赤裸地、淋漓尽致地表现丑恶,"不是表现怨毒愤嫉时必需的字句"①。他甚至议论到了中国几千年来文人们讳莫如深的"诲淫"问题:"淫不是不可诲的,淫不是必待诲而后有的。作诗是作诗,没有诗而只有淫,自然是批评家所不许的。"②他的意思很清楚,不管怎样表现丑,诗人都应当用诗的力量、艺术的力量抨击它,都要表现以丑为丑的艺术评价,从而引起人们对丑的憎恶和对美的向往。

第四,绘画美还应是时代精神与地方色彩的交织。

关于新诗绘画美,闻一多除了强调想象的凝聚,廓线和色彩的结构与组织,以及美丑辩证关系的应用之外,又进一步指出,"我以为诗同一切的艺术应是时代的经线,同地方纬线所编织的一疋锦"③。这就是说,新诗所传达的绘画美,还应当是时代精神与地方色彩的交织。

人类的审美理想和审美趣味是随着时代前进的。郭沫若的《女神》之所以美,就是因为"不独艺术上他的作品与旧诗词相去最远,最要紧的是他的精神完全是时代的精神——二十世纪底时代的精神"④这种精神被具体化为充满画意的诗句,"在我们的诗人底眼里,轮船的烟筒开着了黑色的牡丹是'近代文明底严母',太阳是亚波罗坐的摩托车前的明灯;……"⑤,这种精神是旧诗词所无法容纳的。而作为反面的例子,则是其后他所批评的英国的先拉飞派(今译"拉斐尔前派"),

---

① 见闻一多《论〈悔与回〉》。
② 见闻一多《致梁实秋》,1922 年 12 月 27 日(农历十一月廿六)。design 意为"图案",proportion 意为"谐调"。
③ 见闻一多《女神之地方色彩》。
④ 见闻一多《女神之时代精神》。
⑤ 同上。

他们无视时代精神,生当 19 世纪却做着中世纪的梦,艺术、生活、宗教都一味模仿中世纪的古人,"他们的灵感的来源既不真,他们的作品当然是空洞的,没有红血轮的"①。所以,尽管他们的"诗中有画"但并不美。

同时,审美心理也因不同的民族而异,这就是闻一多所强调的"地方色彩"。他批评了《女神》艺术上精神上过于欧化的倾向,要求对传统文化做出正确估价,要求在新诗中能看到"我们四千年的华胄""我们的大江、黄河、昆仑、泰山、洞庭、西子"②,能感受到我们民族所易于接受、为之激动的绘画美,提高新诗的审美价值。

闻一多作为被五四运动唤起的一代,在中国现代文学刚刚诞生不久就开始了新诗的创作和研究。他抓住了新诗作为文学艺术的核心问题——审美体验,明确地说,"读诗底目的在求得审美的快感"③,并公开宣布自己是"主张以美为艺术之核心者"④,但他并未陷入唯美主义的泥淖,他还引用过济慈的"美即是真"⑤的诗句来强调美与真理、与事物自身客观规律的密不可分;他的《文艺与爱国——纪念三月十八》的论题,实际上论述的是美和善的关系。他以火辣辣的语言要求作家"爱自由、爱正义、爱理想的热血",要"流在笔尖,流在纸上"⑥。他的美学主张是进步的,是真善美统一的。他正是在这种统一中理解和追求美——作为文学艺术区别于其他意识形态的独有特征。

为了提高新诗的审美价值,丰富新诗的艺术表现力和艺术感染力,他从自己所受的绘画训练中得到启示,把视觉方面的美学追求带进了"占时间又占空间"但主要是听觉艺术的新诗领域,大胆地进行了沟通视觉印象和听觉印象的尝试,提出了与音乐美、建筑美并举,具有独立

---

① 见闻一多《先拉飞主义》。
② 见闻一多《女神之地方色彩》。
③ 见闻一多《莪默伽亚谟之绝句》。
④ 见闻一多《致梁实秋》,1922 年 12 月 27 日(农历十一月廿六)。
⑤ 见闻一多《红烛·艺术底忠臣》。
⑥ 见闻一多《文艺与爱国——纪念三月十八》。

意义的绘画美问题。在进步的美学观点指导下,他把新诗放在时代、历史、社会,放在文化传统和作为整体的文学艺术等多种环境中考察、分析、综合,提出了上述一系列关于绘画美的精到见解。这些见解,集中到一点,就是要求新诗应当努力做到形式和内容的完美结合,增强新诗的形象性、含蓄性,注意听觉,同时也注重视觉美感的传达。为此,除了批判地继承我国古典诗歌的美学传统之外,还要凭借新诗内容和形式方面的新特点,借鉴外国诗歌,并充分利用、化用其他艺术形式如绘画的理论和经验,充分调动诗人的艺术想象,使新诗真正成为全新的——新于中国古代、新于外国又新于传统的诗歌审美感受的新诗。

二

> 我不骗你,我不是什么诗人,
> 纵然我爱的是白石的坚贞,
> 青松和大海,鸦背驮着夕阳,
> 黄昏里织满了蝙蝠的翅膀。
> 你知道我爱英雄,还爱高山,
> 我爱一幅国旗在风中招展,
> 自从鹅黄到古铜色的菊花。
> 记着我的粮食是一壶苦茶!
>
> 可是还有一个我你怕不怕——
> 苍蝇似的思想,垃圾桶里爬。

这首题为《口供》的诗,可以看作闻一多人生观和艺术思想的自白,同时也是他的新诗绘画美理论的艺术体现。从他的诗作里我们所能领略、感受的绘画美,比起之前的理论阐述,更为丰富、形象和生动。

作为一个具有强烈爱国思想和正义感的民主主义者,他崇尚坚贞、挺拔、雄放;作为一个有理想、有作为的艺术家,他热爱开阔、和谐、繁富。当这样丰富充实的内心世界外化为诗的时候,经过了想象的意匠经营,组织成轮廓分明、构图精巧、色彩鲜明的诗的画面——这是他性格的艺术化,也是艺术的性格化。

他把热爱祖国和艺术的深情融化在美丽的自然景色,融化在品茗赏菊里。其中三、四两句对于古典诗歌的化用,既暗示了诗人对民族文化的深情,又增强了画意的直觉:黄昏和蝙蝠,用一个"织"字连起,让我们联想起作画的线条,青松、大海、鸦背、夕阳,又是那么五色斑斓,交映生辉。均衡谐调的构图,丰富充实的空间感,表现了清晰的廓线。"从鹅黄到古铜的菊花",像一道光谱,折射出诗人心头的无限尘机,而坚贞的白石,又有人生本色的独特象征意义。诗人所展现的精神世界,多么丰饶开阔,又多么纯洁。正因为如此,诗人才敢于坦诚地说,自己也有"苍蝇似的思想",但用了一个"可是",用了一个"怕不怕",表达了自己的批判和否定,以对比、突出所刻画和颂扬的美。诗中的审美意象富有具体的形态感和鲜明的色彩感,给我们的视觉带来了强烈的感受,仿佛面对甚至走进了一幅有声有色、美不胜收的巨幅绘画,在祖国的山河、田园,诗人内心世界的叠现、交错和对照中流连忘返。

这种感受,我想就是新诗绘画美的感受。就是很多人都曾经验过、却很少有人给以确切命名的审美快感的一种。

诗人几乎是"涉笔成画",准确地勾勒出很多难以捕捉的诗的形象。

他把声音写成了画面。

在《春光》一诗中,他以极细腻的笔触,刻画了"静得象入定了的一般""从一张张的绿叶上爬过的"春光,而当"我"在这春光中如痴如醉的时候——

> 忽然深巷里里进出了一声清籁:
> "可怜可怜我这瞎子,老爷太太!"

于是,那色彩鲜丽的天竹、碧桃,那神态优雅的麻雀以及恍如仙境的幻觉,一下子全都黯然失色了。这一声"清籁",成为这幅春光中不可或缺的关键笔触和主导色彩,有了这一声"清籁",这"春光"才属于人间而不属于伊甸园。静和动,明亮与灰暗,丰富与单调,欢快与忧伤的强烈对比,为我们展现了一幅20世纪20年代中国的真实"春光"——融入了劳动人民悲苦的命运、使诗人由沉醉到觉醒的春光。

他把情感写成了画面。

《发现》写的是最炽烈的情感。

> 我来了,我喊一声,迸着血泪,
> 这不是我的中华,不对!不对!

这个激愤的、口号式的"发现",是诗的主题和底色。紧接着,诗人便铺开了雄壮的构图来丰富画面,而没有使这个"发现"成为说教的滥觞。

> 我来了,因为我听见你叫我,
> 鞭着时间的罡风,擎一把火。

然而,诗人满目是"恶梦挂着悬崖",那里有如花似锦的中华!憧憬变成了失望,失望又变成了愤怒——

> 我追问青天,逼迫八面的风,
> 我问,(拳头擂着大地的赤胸),
> 总问不出消息;我哭着叫你,
> 呕出一颗心来,——在我心里!

这段排山倒海的怒吼,使我们想起郭沫若笔下的话剧《屈原》中的《雷电颂》一节。而《发现》所呈现于我们眼前的,不正是一幅声情并茂的新时代爱国诗人的《狂啸图》吗?

他甚至能把"观念"写成画面。

这是《一个观念》:

> 你隽永的神秘,你美丽的谎,
> 你倔强的质问,你一道金光。
> 一点儿亲密的意义,一股火,
> 一缕缥缈的呼声,你是什么?

"隽永的神秘"和"亲密的意义"本来就是很抽象的。但诗人巧妙地把它们与"金光""火"连用,去形容、表现更为抽象的"观念",这不仅使"观念"得以显形,披着绚丽、热烈的光彩,而且连"神秘""意义"似乎也带了热量和光芒,变得可触可见了。观念,原本是一种没有感情色彩的抽象思维形式,但它与我们的祖国、民族、悠久历史和古老的精神文明联系在一起的时候,却被诗人用深沉的爱点染得如此美、如此神秘而又具体可感:

> 啊,横暴的威灵,你降伏了我
> 你降伏了我!你绚缦的长虹——
> 五千多年的记忆,你不要动,
> 如今我只问怎样抱得紧你……
> 你是那样的横蛮,那样美丽!

诗人不仅"状难写之景",而且状难写之声、状难写之情、状难写之念"如在目前"。

闻一多能够把诗的激情与绘画美的艺术表现如此紧密地结合起来,这与他在绘画方面的高深造诣是分不开的。闻一多还在清华学校读书期间,就曾担任过《清华学报》的美术副编辑,并与同学发起成立美术社,他和一些同学的美术作品曾被送到巴拿马国际博览会上展览。1922年7月渡洋赴美,先后入芝加哥美术学院、科罗拉多大学美术系以及纽约美术学生联合会学习绘画,十分努力刻苦,深受教员赞赏、同学钦敬,曾有作品参加一年一度的纽约画展并获奖。他在大量接触、实践西方绘画艺术的同时,继续坚持诗歌创作。他大胆地吸收西方绘画理论的艺术营养,用以哺育贫血的中国新诗,创立新诗的绘画美理论。其中有关色彩美方面的一系列创见,大概要算是他化用西方绘画理论、指导诗歌创作实践的最突出例证了。

马克思说过:"色彩的感觉是一般美感中最大众化的形式。"①西方

---

① [德]马克思:《政治经济学批判》,《马克思恩格斯全集》第13卷,人民出版社1998年版,第145页。

近现代绘画理论十分重视色彩的作用,把色彩当作人类和大自然生命的体现。塞尚说:"一幅画首先是、也应该是表现颜色。""色彩是生物学的,我想说,只有它,使万物生气勃勃。"① 在闻一多的诗作里,常常也可以看到浸染着五颜六色的词汇所表现的跃动着的诗的生命。

请看他笔下的《黄鸟》:

> 黑缎底头帕,
> 蜜黄的羽衣,
> 镶着赤铜底缘喙爪——
> 啊!一支鲜明的火镞,
> 那样癫狂地射放,
> 射翻了肃静的天宇哦!

这是绘画的色彩搭配,是色彩在动、静中的变化在诗的意境里的体现。静止的黄鸟表现了几种色彩的谐调搭配,而当它飞腾起来的时候,就变成了一支"火镞",几种颜色化合成这一种火一样鲜明的色彩——这是黄鸟本质的色彩,也是诗的激情的色彩:诗人要用心底的烈火,去烧炙那"肃静的天宇"。

再如这一首《稚松》:

> 他在夕阳的红纱灯笼下站着,
> 他扭着颈子望着你,
> 他散开了藏着金色圆眼的,
> 海绿色的花翎——一层层的花翎。
> 他象是金谷园里的
> 一只开屏的孔雀吧?

自然界似乎没有什么"金色""海绿色"的松树。这种写法同样是对西方绘画色彩理论的借重。18 世纪以来的西方画家,几乎无一例外地都主张在绘画中不画物体的"固有色"而要画对比中的色彩,这样的

---

① 见[德]瓦尔特·赫斯:《欧洲现代画派画论选》,宗白华译。

绘画更接近真实,更美。从视觉经验出发"看"这首诗,在红纱灯般的夕阳的对比下,除了直接受光的叶尖——"金色圆眼"之外,青翠的枝叶的确会稍稍发蓝而趋于"海绿色"。这种逼真的色彩使得我们不但看到,甚至似乎已经摸到了那些可爱的小松树。这种感受是一唱三叹的传统抒情手法所无法提供的。

同时,诗人写的虽是异国的树木,诗的根系却深扎在家乡的土地。他把稚松写得这样美,却是为了表现、衬托、讴歌祖国的文化,由稚松想到孔雀,又由孔雀想到金谷园。色彩和深刻的思想感情、高尚的情趣、丰富的想象交融在一起,就能够经久而不剥落、黯淡。

在素有"色彩的研究"之称的《秋色》里,我们可以更深一层地看到色彩和感情、想象的化合。芝加哥洁阁森公园里阳光下的白杨和绿杨斑驳的色彩,幻化成诗人一片染色的情思——

> 哦,这些树不是树了,
> 是紫禁城里的宫阙——
> 黄的琉璃瓦,
> 绿的琉璃瓦,
> 楼上起楼,阁外架阁……
> 小鸟唱着银声的歌儿,
> 是殿角的风铃底共鸣。
> 哦!这些树不是树了,
> 是金碧辉煌的帝京。

刹那间,时间和空间都消失了,只留下诗——像画一样美、甚至比画更美的诗:金碧辉煌的宫阙里漾着"银声的歌"——用了"银"的声又用了"银"的色。试想,如果把"银声的歌"改成"响亮的歌"或"清脆的歌",就势必要破坏黄、绿、金、银的色彩和谐,势必要破坏诗人苦心构想的绘画美。

注意色彩、画面的暗示意义和象征意义,是西方绘画理论的又一重要特征。这一点,在《秋色》里也得到体现。

> 是黄浦江上林立的帆樯？
> 这数不清的削瘦的白杨，
> 只竖在石青的天空里发呆。

这不但是自然景致的形象描绘，而且是诗人去国怀乡，满腹惆怅神情的写照。而"倜傥的绿杨象位豪贵的公子，/裹着件平金的绣蟒"，则不但写出了绿杨的姿态神韵，而且通过"平金的绣蟒"暗示了笼罩画面的阳光。假如实写了阳光如何灿烂，那么这位"豪贵的公子"就难免要黯然失色了。

在《色彩》这首诗里，闻一多则径直用诗笔来论述色彩的象征意义：

> 生命是张没有价值的白纸，
> 自从绿给了我发展，
> 红给了我情热，黄教我以忠义，
> 蓝教我以高洁，
> 粉红赐我以希望
> 灰白赠我以悲哀，
> 再完成这帧彩图，
> 黑还要加我以死。
> 从此以后，
> 我便溺爱于我的生命，
> 因为我爱他的色彩。

这俨然是对前面所引的塞尚的话的展开和阐释。其中"黑还要加我以死"的"死"，应当理解为《剑匣》中那种昏死在艺术的剑匣前的对艺术、对美的折服和陶醉，应当理解为郭沫若《凤凰涅槃》中的凤凰集香木自焚，再从死灰中更生。据陈梦家先生回忆，闻一多生平最喜欢黑、红两种颜色①。《死水》的封面是黑色的，他的寓所的墙壁、沙发套

---

① 见陈梦家《艺术家的闻一多先生》，《文汇报》1956年11月17日第三版。

也是黑色的。在《红豆》(二七)中,他自己这样表白:

> 请你只当我灶上的烟囱:
> 口里虽勃勃地吐着黑灰,
> 心里依旧是红热的。

红与黑是他性格的色彩,也是他的庄重、热烈而深沉的诗风的色彩。

注意到了色彩的暗示和象征,会有助于我们更全面、更确切地理解他的作品。例如描写一个卖水果的贫苦老人不幸遭遇的《罪过》,开头是这样两句诗:

> 老头儿和担子摔一交,
> 满地是白杏儿红樱桃。

结尾处再次重复了"满地是白杏儿红樱桃"这句诗。这样处理的用意除了要表达对劳动人民疾苦的深切同情外,显然还包含着更深一层的色彩方面的美学追求。《色彩》中说,红色能给人以情热,而白色是生命的本色,是与纯洁、忠贞连在一起的:

> 纵然我爱的是白石的坚贞。(《口供》)
> 要好的茶杯贞女一般的洁白。(《静夜》)

"满地是白杏儿红樱桃"的画面,象征着纯洁和热情横遭凌辱,任人践踏,这是那个颠倒黑白的社会的真正"罪过"!

色彩的暗示和象征在处理美丑辩证关系方面的作用,《死水》是一个突出的例子。

> 也许铜的要绿成翡翠,
> 铁罐上锈出几瓣桃花,
> 再让油腻积一层罗绮,
> 霉菌给他蒸出些云霞。

铜锈和翡翠、铁锈和桃花、油腻和罗绮、霉菌和云霞,极端的丑和极端的美这样不谐调地连在一起,但这种不谐调、这种对比本身却形成了一个完整的、富有暗示性的画面：

> 这是一沟绝望的死水，
> 这里断不是美的所在，

这是一个美丑不分的社会。作者由此得出激愤的结论——

> 不如让给丑恶来开垦，
> 看他造出个什么世界。

这个结论有烂透了再解决、"死而后生"的意思。《红烛》中有一首小诗《烂果》：

> 索性让烂的越加烂了，
> 只等烂穿了我的核甲，
> 烂破了我的监牢，
> 我的幽闭灵魂
> 便穿着豆绿的背心，
> 笑迷迷地要跳出来了！

腐烂的污秽里同时也在孕育着生命的新绿。没有这个意义上的理解，恐怕是很难较深刻地认识《死水》的审美价值的。铜锈和翡翠，美的物体和丑的物体色彩的接近，象征着丑的本身也包含着美的因素。雨果说过，丑恶滑稽是近代艺术"极高度的美的一种"，它本身就是艺术美①。——当然，这是就成功的艺术作品而言，要在像《巴黎圣母院》《欧米哀》以及《死水》那样的作品中才能得到体现。给予我们审美快感的当然不是这一沟丑恶污浊的死水本身，而是由这个画面所激起的对于丑恶社会的憎恶和美好未来的憧憬。

  综上所述，闻一多在诗歌创作中对于绘画美的追求是多方面的。他成功地化用西方绘画理论，力图在文学描写中提供视觉的审美感觉，真正为新诗的艺术美打开"眼界"。他在诗歌创作方面的探索和追求，

---

① 转引自潘翠菁：《丑恶滑稽和典雅高尚相结合的美学原则》，《文艺论丛》第 9 辑。

不仅是对他所创立的新诗绘画美的理论的具体实践,而且大大丰富和发展了这些理论,进一步提高了新诗的美学价值。在新诗的第一个十年所出版的八十二部诗集里,他的《红烛》和《死水》能经久不衰,至今赞誉之声不绝,与他关于新诗绘画美的辛勤探索和追求是分不开的。

三

列宁说过,"判断历史的功绩,不是根据历史活动家没有提供现代所要求的东西,而是根据他们比他们的前辈提供了新的东西"[①]。闻一多关于新诗绘画美的理论和实践意义,正在于它为新诗开创了一种前所未有的美学追求。

艺术,作为一种意识形态,有它的总体性。中国是个历史悠久的文明古国,各门类的艺术都有着光辉灿烂的成就。在漫长的历史进程中,各种艺术形式的发展互相影响,互相促进,互相借鉴,"诗中有画"正是在这种综合发展中所逐渐形成的古典诗歌的一种艺术表现手法。它强调诗歌的画面感、色彩感,形象地刻画客观事物和诗人的情绪感受。在中国古典诗歌,尤其在古典诗歌发展的极盛时期——唐代诗歌中,这样的例子俯拾皆是:

> 明月松间照,清泉石上流。(王维《山居秋暝》)
> 两个黄鹂鸣翠柳,一行白鹭上青天。(杜甫《绝句》)
> 日出江花红胜火,春来江水绿如蓝。(白居易《忆江南》)

在这个光辉顶峰几百年后的北宋,苏轼做出了"诗中有画"[②]的概括,从此这一特征成为古典诗歌艺术评价的一个重要标准。

闻一多出生在一个世代书香门第,从小就读于家塾,古典文学素养十分深厚。1920年以前,曾在《清华学报》《清华周刊》上发表过旧体

---

① 见列宁:《评经济浪漫主义》,《列宁全集》第2卷,人民出版社1995年版,第150页。
② 见苏轼:《书摩诘蓝田烟雨图》,《中国历代论文选》,郭绍虞编,上海古籍出版社2001年版。

诗赋多首。以后,他投身"五四"新文学运动,致力于新诗的创作研究,虽然很少再写旧体诗了,但一直保持着对古典诗歌的浓厚兴趣①。因此,他创立新诗的"三美"理论,与他对中国古代文化尤其是中国古典诗歌艺术的深入了解和深刻认识是分不开的。其中关于绘画美的探讨,与古典诗歌"诗中有画"的艺术传统的继承关系,以及在这种继承基础上的进一步创新,是十分明显的。

继《诗的格律》之后,写于1928年5月的《先拉飞主义》,比较集中地反映了闻一多对于"诗中有画"艺术传统的认识。他具体分析了19世纪中叶英国的诗人兼画家集团"先拉飞派",注意到他们由于在诗画艺术手法之间的"不分彼此的挪借"所造成的特殊艺术风格,十分接近我国古典诗歌和山水画的"诗中有画""画中有诗"的传统而又有所区别。但此派完全无视诗歌艺术美的独立性,以诗作画,从而导致艺术型类的混乱,成为"末流的滥觞""艺术的自杀政策"。在这篇论文的结尾,他有一段高屋建瓴的总结:

> 从来那一首好诗里没有画,那一幅好画里没有诗?恭维王摩诘的人,在那八个字里,不过承认他符合了两个起码的条件。

这不仅仅是对"诗中有画""画中有诗"艺术传统的历史的、客观的评价,而且充满了对于提高新诗审美价值的信心和勇气,言犹未尽地隐含着新诗绘画美的高标准——必须跨越这个"起码的条件",形成更新、更高、更自觉的美学追求。如果说,"诗中有画"是古典诗歌诗情画意的极致即终点,那么,就应当成为新诗追求绘画美的起点。从古典诗歌的"自然"走向新诗的"自为",这是历史的必然。

闻一多之前以及与闻一多同时代的其他诗人,在绘画美方面,基本上都还是在"诗中有画"这个起点周围徘徊。新诗从一开始就注意到

---

① 如在他新诗创作盛期的1922—1923年留美期间,曾在给友人的信中说:"现已作就陆游、韩愈两家底研究蝇头细字叠纸盈寸矣。""下午四时回来。饭后我们还是要上华盛顿公园去谈杜甫、李白、苏轼、陆游去。"转引自刘烜:《闻一多的手稿》(下),《读书》1979年第9期。

尽量避免抽象的议论和说教。新诗的"尝试"者胡适,提倡"抽象的题目用具体的写法"①,他的部分新诗作品,如《一颗星儿》《湖上》《鸽子》《老鸦》等,也写出了一些画面,但都还只是一种自然流露,是致力于所谓"文体解放"的副产品,即便"诗中有画",画面也是直露、狭窄和单调的。

胡适以后,沈尹默、康白情、俞平伯的部分诗作,也写出了一些自然、质朴的图画,如沈尹默的《三弦》,康白情的《送客黄浦》《江南》,俞平伯的曾受到闻一多称赞的《冬夜》中的《绍兴西郭门头的半夜》《在路上的恐怖》等。但由于新诗尚处于草创时期这一历史条件的限制,他们和当时很多新诗人一样,尚未摆脱旧诗词意境、音节的束缚②,因此也就很难超出"诗中有画"的水准。"诗中有画"并不等于"诗中有美",即使有美,也并不等于就有绘画美。他们以色彩、画面来刻绘自然和自己的心境,并不包含追求新诗中绘画美的自觉意识,只是他们所熟悉的古典诗歌传统之使然。

以后,随着郭沫若《女神》的诞生和以冰心的《繁星》《春水》为代表的小诗运动的兴起,沉寂的诗坛为之激荡。《女神》以气势磅礴的时代精神,以火山喷发式的抒情为特征,力求打破旧体诗词的束缚,形成自己独特的、解放的自由诗体,使得新诗的各种体式都能够站得住脚。他的诗,像《蜜桑索罗普之夜歌》《弄月》《天上的市街》中也有很美的画面,但他强调的是"自然流露"③而不是自觉追求。冰心的小诗里也有些轻柔、沉静,甚至是深邃的画面、画意,这主要得力于她对自然、人生的深刻观察与感受以及深厚的古典文学素养,她的诗给读者带来的社会人生的哲学思索更多于诗的审美快感。对于这一点,她自己也有

---

① 见胡适:《谈新诗》,《中国新文学大系》第1集。
② 胡适在《谈新诗》中又说:"我所知道的'新诗人',除了会稽周氏兄弟之外,大都是从旧式诗、词、曲里脱胎出来的。沈尹默君初作的新诗是从古乐府化出来的。""此外新潮社的几个新诗人——傅斯年、俞平伯、康白情——也都是从词曲里变化出来的,故他们初做的新诗都带着词或曲的意味音节。"
③ 见郭沫若《论诗通信》(二):"只是我自己对于诗的直感,总觉得以'自然流露'的为上乘",《中国新文学大系》第1集。

所觉察。《繁星》《春水》出版后,她曾在一篇论文中这样说过:

> 为做这篇论文,又取出《繁星》和《春水》来,看了一遍,觉得里面格言式的句子太多,无聊的更是不少,可称为诗的,几乎没有!①

这其中固然不无诗人严于律己的谦词,但冰心也确实看到了自己作品中的瑕疵。这种可贵的自省,其精神实质与闻一多对于曾给冰心以巨大影响的泰戈尔的批评是一致的(对泰戈尔的评价是需要专门探讨的,不属本文讨论范围。这里只用闻一多批评泰戈尔的精神来说明一些问题)。他曾这样评价泰戈尔的《吉檀迦利》和《采果》中的部分作品:

> 谁能把这些哲言看懂了,他所得的不过是猜中了灯谜底胜利的欢乐,决非审美的愉快。

而闻一多自己,正是以"审美的愉快"为出发点,努力开掘和确立新诗本身的美学内容,充分注意到视觉上语言形象的色彩、构图,综合了视觉方面和听觉方面的审美要求,在中国新诗史上第一次提出了包括独立的绘画美在内的新诗"三美"理论,把一种前所未有的、自觉的美学追求带入新诗领域。这一艺术创举,凝结着生当"五四"革命时代的闻一多的可贵进取精神以及无畏的艺术胆量。他以色彩浓重的西方油画的笔触,在自己的诗中画出一幅幅有着鲜明民族特色的画面:

> 檐前,阶下,篱畔,圃心底菊花:
> 霭霭的淡烟笼着的菊花、
> 丝丝的疏雨洗着的菊花,——
> 金底黄,玉底白,春酿底绿,秋山底紫。(《忆菊》)

诗人在写诗,又是在作画,而字里行间所提供的审美感受,又不是一般的诗或画所能代替的——这就是绘画美的艺术力量。诗人以饱浸色彩的诗句,调动人们的视觉想象,引领人们观赏这"自然美的总收

---

① 谢婉莹:《中国新诗的将来》,《燕大周刊》第 1 期,1923 年 2 月 26 日。

成"。这里不掺杂任何哲理的追求,也没有丝毫旧诗词的痕迹,只是在自觉地描绘着"祖国之秋底杰作",描绘着中华民族向上的精神和坚贞的性格。这样开阔的意境不但古典诗词无法容纳,而且也是"自然流露"、随意点染的诗篇所不可企及的。

这种绘画美的理论,是对多种艺术经验的沟通、吸收、综合之后的创造,而不是外国诗歌理论的平行移植。属于象征派的后期创造社成员穆木天、王独清,从法国浪漫派、象征派诗歌理论中得到启示,曾论及新诗的视觉美感问题。穆木天取法象征派诗人拉佛格(J. L-aforgue),强调对于诗"我要求立体的、运动的、在空间的音乐的曲线"①。王独清则综合了拉马丁(Lamatine)等四个诗人的艺术表现特长,概括出一个所谓"最完美的'诗'"的公式:

$$(情+力)+(音+色)=诗$$

这里"空间的"或"色"的要求,很大程度上还只是一种音乐的附庸,没有体现出"绘画美"的独立美学价值。这些移植的理论只不过是别人艺术经验的介绍,而不是自己系统的理论建设,还没有像闻一多那样,给新诗带来一种全新的美学追求。

从创作实践上看,闻一多在新诗语言的色彩运用方面,有着突出的成就。诗语着色,古已有之。像"江碧鸟逾白,山青花欲燃"(杜甫《绝句》),"红了樱桃,绿了芭蕉"(蒋捷《一剪梅》)以至李贺整首色彩斑斓的七古《燕门太守行》,从直观上引起读者对于色彩的美感和联想,成为"诗中有画"的艺术传统的重要组成部分。然而也同这个传统本身一样,这种艺术处理同样是不自觉的,只是作为一种千锤百炼的古典诗歌格律形式之内的自然流露而被认识。南宋的范晞文就曾注意到杜甫诗中的"颜色字",但他却认为:

老杜多欲以颜色字置第一,却引实字来,如"红入桃花嫩,春

---

① 穆木天:《谭诗》,《创造月刊》第1卷第1期,1926年3月16日。

归柳叶新"是也。不如此,则语既弱而气亦馁。①

这种看法显然没有把诗中的色彩直接与诗的意境开掘联系起来,而只着眼于"语气",着眼于诗的听觉方面。这种把诗的视觉形象归附于听觉形象、归附于诗的音乐性的认识,必然会限制对于诗歌视觉方面审美感受的独立探讨,限制对于诗歌语言色彩运用的深入研究。

如前所述,闻一多之前或同时,大部分新诗仍处于"诗中有画"的自然状态。在色彩运用方面,也往往同样是不自觉的。在众多的新诗中,虽然有胡适式的"白羽衬青天"(《鸽子》),却不过是旧诗词传统意境的抄袭;虽然有郭沫若的"青沉沉的大海",却只是礼赞革命太阳的背景(《太阳礼赞》);虽然有冰心的"嫩绿的芽儿""淡白的花儿""绿红的果儿",却都是"发展你自己""贡献你自己""牺牲你自己"(《繁星》[一〇])这些哲言的外化。在这些作品里,还看不到色彩自身所包含、所结构的美。即使是像刘大白的《秋晚的江上》那样色彩明丽的写景小诗,也只是在捕捉了瞬间感受的基础上,对于宁静优美景色无比欣悦心情的自然流露,而没有像闻一多那样注重色彩的选择、搭配,注重色彩的暗示、象征作用,利用诗歌语言色彩自身构成视觉方面的审美感受。他曾经成功地应用绘画理论中"补色的对比可使两色达到最高强度"的色彩学原理,用红绿对比来渲染极为热烈的情绪:

　　一气的酣绿里忽露出
　　一角汉纹式的小红桥
　　真红得快叫出来了!(《春之末章》)

应当说,这种自觉的经过精心选配的色彩运用,在当时的中国新诗坛几乎是独树一帜的。

作为完整丰富的新诗绘画美的另一重要艺术体现——美丑辩证法的应用,闻一多的理论和实践创造在新诗发展中则更是绝无仅有的。这方面的例子,除了前面论及的《死水》,值得一提的还有《荒村》。

---

① 见范晞文《丛书集成初编·对床夜语及其他一种》。

这是一首深切同情劳动人民疾苦、抨击弊政的力作。自新诗诞生以来，或者说自胡适的《人力车夫》以来，新诗中这类题材的作品并不少见。影响较大的如刘半农的《相隔一层纸》，以一幅活生生的社会生活画面极生动、极形象地表现了严重的阶级对立，从艺术上看，的确是"诗中有画"。然而，由于过分局限于客观现实的摹写，只是"感于哀乐，缘事而发"的乐府式的白描，所提供的也还只是生活画面对比的视觉感受。而在闻一多的《荒村》里，我们则可以体察到在那些诗的画面里所包含的更深一层的美学追求。《荒村》写的是人民为避反动军队烧杀抢掠，背井离乡，遂成处处"荒村"的惨景。在这些"荒村"里，"门框里嵌棺材，窗棂里镶石块"，而这些房舍的周围却有着美不胜收的自然景色：

　　玫瑰开不完，荷叶长成了伞；
　　秧针这样尖，湖水这样绿，
　　天这样青，鸟声象露珠样圆。

大自然——经过世代劳动人民改造过的大自然，是这样的美，而创造美、作为审美主体的人，却无法在美的自然里存身。诗人以美写荒凉，以象征生命的绿色，以象征美好希望的玫瑰来写荒凉，却令人更觉得荒凉。人们在美的画面中更深刻地认识了荒凉，认识了丑。这种特殊的审美体验，这种由美丑辩证法组织起来的新诗绘画美，是当时其他诗人的新诗作品中所没有的。

　　闻一多所开创的新诗绘画美的课题，得到了同代及后世的诗人、评论家的重视，并且引出了一些具有远见卓识的同调。艾青就曾在《诗论》中发表了和闻一多大致相同的见解：

　　　　诗人应该有和镜子一样迅速而确定的感觉能力，——而且更
　　　应该有如画家一样的渗合着自己情感的构图。[①]

他的诗作，例如《树》《割草的孩子》，像米勒笔下的《拾穗者》那幅名画，尽管取材于极普通的日常闻见，但却不是大自然的再现。它经过想

[①] 见艾青《诗论》。

象的廓线的界定和情感的色彩晕染,"把没有关联的东西紧紧地纠结在一起"①,启示我们想得更多,想得更远。同时,他在形式问题上形成了自己的看法,注重内在节奏、内在韵律,在散文化形式的基础上实践绘画美的主张,为新诗绘画美的研究探讨开拓了更广阔的前景。

---

① 见艾青《诗论》。

试论"创造诗派"的新诗绘画美

1918年1月,《新青年》第4卷第1号刊载了胡适等人的《诗九首》,标志着中国新诗的正式诞生。与此同时,在我们的东邻日本,一批中国留学生也已经开始了新文学活动。他们积极筹办新文学组织,准备出版文学刊物。次年,五四运动"引爆"了他们长期以来"个人的郁积,民族的郁积",这批文学青年中的郭沫若首当其冲,以"差不多是狂了"①的创作激情,写出了大量火山喷发式的气势磅礴、热情奔放的诗篇,引出一支突起于当时诗坛的"异军"。1921年6月,创造社由郭沫若、成仿吾、郁达夫等发起成立;8月,中国新诗的奠基作——郭沫若的《女神》问世;1922年5月,《创造季刊》创刊;其后,创造社又先后创办了《创造周报》《创造日》《洪水》《创造月刊》《文化批判》《流沙》等刊物十余种,发表了大量的新诗作品。《女神》开路,一呼百应,突起的异军遂附庸为蔚然大国。以郭沫若为首的创造社和以创造社刊物为主要活动阵地的诗人群,以他们辛勤的创作实践,不倦的艺术追求,形成了风靡诗坛达十年之久的"创造诗派"。

"创造诗派"是中国新诗史上最重要的诗歌流派之一。他们的创作,从内容到形式都彻底挣脱了旧诗词的束缚,为新诗带来了多方面的、全新的美学追求,使得新诗的艺术"实力"在20年代得到了较大的扩充和发展。按照闻一多的概括,新诗的"实力"包括音乐美、绘画美、建筑美三部分②。本文拟从"创造诗派"新诗创作中对"画意"的分析入手,粗略地考察一下这个诗派对于绘画美这一新诗美学传统的创建与丰富。

---

① 见郭沫若《沸羹集·序我的诗》。
② 见闻一多《诗的格律》。

上　篇

　　"创造诗派"的骨干队伍是在日本形成,在国内一系列"创造"阵地上发展壮大起来的。19、20世纪之交的日本,为加速资本主义化、军国主义化而向西方敞开门户,使得包括各种文艺思潮在内的形形色色的西方近现代思想,随着现代工业文明一起远涉重洋,来到日本。胸怀富国强兵的壮志,正在日本学习的"创造诗派"的青年诗人们充分利用这一有利条件,大量接触西方先进思想和进步文艺思潮,从中寻求启迪民智、激励民心、振兴中华的艺术力量。他们在主要研究介绍那些"同我们的时代很接近"[①]的西方浪漫主义诗人及其作品的同时,注意到把不同门类的西方文化艺术作为整体来把握分析。对于文学以外的绘画、音乐、戏剧,他们都十分重视,尤其是其中作为诗歌的"姊妹艺术"的绘画。他们在刊物上介绍西方名画,发表国内学习西画的新晋画家刘海粟、关良等的作品,他们的不少刊物都很注重装帧、设计。郭沫若在《三叶集》中讨论艺术理论问题时,曾十分娴熟地提到文艺复兴以来西方著名美术家米开朗基罗、米勒、罗丹的名字,他对一些西方名画如米勒的《晚钟》的分析[②],以及以诗评画、亦诗亦画的新诗作品《观画——Millet 的〈牧羊少女〉》和《赞象——Beethoven(贝多芬)的肖象》[③],都表明他深悉绘画的"个中三昧"。成仿吾评价美术作品的"内行"眼光,显示了他对国画、西画、油画、水彩画及色彩学的精到见地[④],他还翻译介绍过外国诗人的咏画诗,如 Edwin Markham 看了米勒的《倚锄的人》所写的同题诗[⑤]。他们开阔的艺术情趣引出了一批更年轻的同调。郭、成之后,"创造诗派"中涌现出一批"两栖"的青年诗人如滕固、倪贻德、

---

① 见郭沫若等《三叶集》。
② 见郭沫若《文艺论集·论节奏》。
③ 见郭沫若《女神·电火光中》。
④ 成仿吾:《东方艺术展览会印象记》,载《创造周报》第 8 号,1923 年 6 月 30 日。
⑤ 《流沙》第 3 期,1928 年 4 月 1 日。

叶灵凤、许幸之等——既能写诗,又能作画。他们的诗作,既有画家的工于描摹,长于设色,又有诗人的敏感和深沉。他们在介绍西方文学艺术,总结创作感受以至观赏自然风光时,都常自觉不自觉地把诗和画联系在一起。滕固曾著专文介绍英国19世纪的拉斐尔前派的"诗画家"罗瑟蒂(D. Rossetti),认为他的晚期作品"以华丽的语言,鲜明的色彩相为经纬,织成美妙的诗毡"[1];倪贻德游览南京玄武湖,面对着"几片残荷一堤疏柳"的萧瑟画境,感受到的却是"一种颓废的诗美"[2];而叶灵凤在作画的时候,则深感以线条和色彩"所作的画,几乎完全不是我心中所想画的境地",他放下画笔拿起诗笔,以文字"绘"出了心中浮现的画境[3]。开阔的艺术胸襟,多方面的艺术实践,使得"创造诗派"的诗人们的学习借鉴有了宽广的文化背景,使得他们能以多元的复合艺术营养哺育尚在襁褓的中国新诗。

中国是一个历史悠久的诗国,古典诗歌历来有着"诗中有画"的艺术传统。曾不同程度地受到这种艺术传统熏陶的"创造诗派"的诗人们,就是在他们的艺术探求中触类旁通,开始注重诗画关系的研究,以图沟通不同门类的现代艺术间的联系的。以郭沫若为例,他生于四川乐山的一个书香门第,牙牙学语时母亲就教他口诵唐诗,以后受业家塾,读的也多是《诗经》《唐诗三百首》《千家诗》之类。青年时代东渡日本,在大量接触西方近现代文学艺术,开始了新文学活动生涯,写出了一大批作为旧诗的对立面的新诗的时候,也仍然能对古典诗歌采取较为冷静的分析态度。就在他新诗创作最旺盛的1920年初,他还曾重读李白的诗集,力图从中找到新诗与古典诗歌的传承关系。他把李白的《日出入行》分行排列,加上标点,认为"这诗颇含些科学的精神","简直是一首绝妙的新体诗"[4]。这首诗打破了"天圆地方"的唯心见解,艺术想象接近正确的天体认识,而且"诗中有画":

---

[1] 滕固:《诗画家 D．G．Rossetti》,《创造周报》第29号,1923年11月25日。
[2] 倪贻德:《玄武湖之秋》,《创造周报》第31号,1923年12月9日。
[3] 叶灵凤:《偷生——白叶杂记之八》,《洪水》第2卷第17期,1925年11月16日。
[4] 见郭沫若等《三叶集》。

> 日出东方隈，
> 似从地底来，
> 历天又复入西海；
> 六龙所舍安在哉？

在创作《女神》的同时，郭沫若还写过一些文言诗，以经过改造的旧体诗词形式传达出一些清新的画意：

> 博多湾水碧琉璃，
> 银帆片片随风飞。
> 愿作舟中人，
> 载酒醉明晖。①

以后，他还曾借历史剧剧中人之口，辨析《楚辞》中的画意：

> 便是这首《东君》，这不是一幅好画吗？你看这太阳神的"东君"穿着金色的云衣，白色的霓裳，乘在马车上，手里拿着长箭，弯着长弓，射逐那黑暗中跳梁着的狼犬……②

对于"诗中有画"传统的重视，也影响到了郭沫若对外国进步文学，尤其是浪漫主义诗歌作品的翻译介绍。他曾以流畅的文言诗体翻译了很多歌德、海涅、雪莱的作品，这些翻译实际上是带有译者自己美学追求的再创造。我们在郭译雪莱的《百灵鸟曲》("Ode to a sky Lark")的第三节中，可以看到——

> 旭日犹东升，灿云罩东曙。
> 金色光辉中，汝已浮驰着。
> 宛如乐初生，无影复无踪。

这种既有"诗中有画"的中国古典诗词的开阔幽远意境，又有欧洲激情洋溢的浪漫主义时代的热烈的画意的诗中之画。两种不同特质、不同

---

① 见郭沫若《沸羹集·追怀博多》。
② 见郭沫若《王昭君》。

方向、不同风格气派的艺术传统在这里不期而遇,为中国新诗壮阔的、丰富多彩的浪漫主义画卷,打下了一层厚厚的底色。

下　篇

"五四"时代是一个除旧布新、大胆开放的时代。初生的中国新诗、中国现代文学由于能够毫不犹豫地"拿来"、吸收各种文化的思想艺术营养,迅速地成长起来。虽然由于饥不择食、狼吞虎咽,有些学习借鉴过于粗糙而需要"反刍",但大都还是经过了新文学自身的有机消化。因此,"创造诗派"所进行的新诗绘画美的探讨,并不是对西方相关艺术理论的搬用、套用、演绎、模仿,也不是古典诗歌传统的"诗中有画"的重复和改头换面。诗是情绪的升华。"情绪的吕律,情绪的色彩便是诗"①。"创造诗派"的"情绪的色彩",已不再是那些"挥弦送鸿"的单色的离情别绪,而是"五四"青年对于时代、历史、人生、艺术的丰富多彩的认识感受。这是旧诗词形式无法容纳的,也是产生于不同文化历史背景的西方文学艺术形式所无法确切、充分表现的。

由于西方近现代社会思潮、文艺思潮的启蒙,由于"五四"时代强烈的"个性解放"呼声的召唤,也由于"创造诗派"主要成员长期身居异国,"读的是西洋书,受的是东洋气"②的特殊的个人生活经历,使他们的诗歌创作带着较强的主观色彩和反抗精神。这个诗派的领袖人物郭沫若,曾反复强调诗应当表现"自我":

> 诗底主要成分总要算是"自我表现"了。③ 文学的本质是主观的,表现的,而不是没我的,摹仿的。④ 诗是人格创造的表现,是人格创造冲动的表现。……个性最彻底的文艺便是最有普遍性的

---

① 见郭沫若等《三叶集》。
② 同上。
③ 同上。
④ 见郭沫若《文艺论集·文学的本质》。

文艺,民众的文艺。诗歌的功利似乎要从这样来衡量。①

这个诗派的另一个重要诗人成仿吾,也强调新文学必须"以内心的要求为文学上活动之原动力"②;作为这个诗派理论家之一的郑伯奇也说过,"诗是自我最直接的表现"③。这些论述,是对当时已入穷途末路的,在"桐城谬种""选学妖孽"的阴魂笼罩下的,充斥着"赝鼎",充斥着"怀旧""送别"的"假诗世界"④,也是对几千年来陈陈相因的"代圣贤立言"的"温柔敦厚"的"诗教"的彻底反动。与"自我表现"的艺术主张相一致的,是他们对于"自然流露"的艺术表现方法的推崇:

> 只是我自己对于诗的直感,总觉得以"自然流露"的为上乘……⑤

> 我想我们的诗只要是我们心中的诗意诗境之纯真的表现,生命源流中流出来的 strain(旋律——引者注),心琴上弹出来的 Melody(曲调——引者注),生之颤动,灵的喊叫,那便是真诗,好诗……⑥

于是,这些"生命泉中流出来的 Strain",便十分自然地涌起"绘画美"的追求:

> 然于自然流露之中,也自有他自然的谐乐、自然的画意存在,因为情绪自身本是具有音乐与绘画之二作用故。⑦

"自然的画意"是"创造诗派"追求绘画美的起点。他们首先面向大自然,因为大自然直接应和了"自然流露"的艺术表现呼声——

> 天然界的现象,大而如寥无人迹的森林,细而如路旁道畔的花草,动而如巨海洪涛,寂而如山泉流露,怒而如雷电交加,喜而如星

---

① 见郭沫若《文艺论集·论诗三札》。
② 见成仿吾《使命·新文学之使命》。
③ 郑伯奇:《A 与 B"对话"》,《创造日汇刊》。
④ 刘半农:《诗与小说精神上之革新》,载《中国新文学大系》第 2 集。
⑤ 见郭沫若《文艺论集·论诗三札》。
⑥ 同上。
⑦ 见郭沫若等《三叶集》。

月皎洁,没一件不是自然流露的东西……①

1919、1920年发表在《时事新报·学灯副刊》上,以后收入《女神》的郭沫若的作品,代表着这个诗派最初的实绩。其中有很多清新、壮阔的自然写生,如"在空中画了一个椭圆"翩翩飞来的《鹭鸶》,"环天都是火云"的《日出》,与大海、旭光、白云、丝雨亲切地互道着的《晨安》,在"海已安眠了"的时候《夜步十里松原》,沐浴着"无限的大自然"的《光海》,浸洗着"海上的森林"的《霁月》,以及在"吐露着清淡的天香"的《梅花树下醉歌》等。以后,他还吟咏过《星空》《南风》《白云》《新月》《春潮》《新芽》,歌唱过《峨嵋山上的白雪》《巫峡的回忆》等等②。成仿吾也曾以诗笔描绘过大自然的姿容:覆盖着"深湛的青天"的《白云》;"活泼泼地正在风前跳舞着"的《春树》;"美的末路""善的残骸"的《残雪》,以及"和霭的阳光充满着"的《早春》③。穆木天有"织进了远远的林梢"的《雨丝》以及"掩住了鲜苔、幽径、石块、沉沙"的《落花》④。王独清有"在海面上画出了银色的装饰一条"的《月光》⑤。其他青年诗人也不乏此种佳作,如邓均吾的《半淞园》⑥、王以仁的《林中早行》⑦、裘柱常的《长虹》⑧、卢冀野的《霞海》、倪懋芬的《清晨》、倪贻德的《湖上》、叶宗泰的《日出之晨》⑨等等。忠于自己艺术感受的青年诗人们带来了像大自然本身一样丰富多彩、千姿百态的画意。通过下面这一组以"夜"为题材的诗的画面的观赏,我们可以从不同的角度、不同的层次领略静夜的亲切、静谧、忧郁、神秘:

海已安眠了。

---

① 见郭沫若《文艺论集·论诗三札》。
② 见郭沫若诗文集《星空》及诗集《恢复》。
③ 见成仿吾诗文集《流浪》。
④ 见穆木天诗集《旅心》。
⑤ 见《王独清诗歌代表作》。
⑥ 见《辛夷集》。
⑦ 载《创造周报》第46号,1924年3月28日。
⑧ 载《洪水》第2卷第14期,1926年4月1日。
⑨ 《创造日汇刊》。

远望去,只看见白茫茫的一片幽光,
听不出丝毫的涛声波语。
……
哦!太空!怎么那样地高超,自由,雄浑,清寥!
无数的明星正圆睁着他们的眼儿,
在眺望这美丽的夜景。

(郭沫若:《女神·夜步十里松原》)

死一般的静夜!
我好象在空中浮起,
渺渺茫茫的。

(成仿吾:《流浪·静夜》)

黄昏的残光的印象还未消
夕阳凄怆地逡巡在西空
告诉它底苍黄的浑融的临终

(冯乃超:《夜》)

只有我们两个并卧在茸茸的青草地上
瞅着流荡出一根一根的月亮的光芒

(穆木天:《旅心·北山坡上》)

高标的树阴,
矮弱的竹林;
参差的影子,
贴在斑剥的墙上。

(洪为法:《静夜》[①])

---

① 载《创造季刊》第 1 卷第 3 期,1922 年 1 月 15 日。

> 迷茫的穹庐下尚有微光淡淡,
> 只我胸间的乌云呀永不消散。
>
> （袁家骅:《静晚》①）

> 玉梳一样的月痕,
> 水晶一样的星星,
> 安排出的
> 是什么奇字?
>
> （邓均吾:《辛夷集·夜》）

同样是对静夜的描绘,不同的画面传达出各自不同的感受。这些感受是青年诗人们从自己的生活经历出发,综合了对于夜景的观察和时代的思索的"自然流露",而绝非"为赋新词强说愁"的无病呻吟。他们寄情于静夜,诅咒夜的死寂或赞美夜的"高超,自由,雄浑",都是愤愤于现实社会的污浊、阴暗、狭隘的艺术表现。在青年诗人们提供的诗的画面里,我们看到,他们中有的人觉得在大自然中可以舒展一下被压抑的精神:

> 我来这庄严而古雅的小小的庭园里;
> 觉得一花一木都表现着大自然的酣笑,
> 一点一滴的亮晶晶的甘露,
> 都是使我沉闷的心灵得着无上的安慰,
> 憔悴的人生得着无上的滋润。②

而那些在大自然中寻求时代感召的笔触,则显得更为酣畅遒劲:

> 十里松原中无数的古松,
> 都高擎着他们的手儿沉默着在赞美天宇。

---

① 载《洪水》第 1 卷第 11、12 期合刊,1926 年 2 月 5 日。
② 倪懋芬:《清晨》,《创造日汇刊》。

>　　他们一枝枝的手儿在空中战栗，
>　　我的一枝枝的神经纤维在身中战栗。①

这片无声的松涛奔涌着一种新的律动——"二十世纪的动的和反抗的精神"②。这种强烈的时代精神，不仅旧诗中"绝无"，此前及当时的新诗中也是"仅有"。诗人的神经纤维和大自然的枝枝叶叶以同一"振幅（Rhythm）"感应着时代精神。郭沫若就从《日出》中，看到了20世纪穿云破雾的雄光：

>　　哦哦，明与暗，同是一样的浮云。
>　　我守看着那一切的暗云……
>　　被亚坡罗的雄光驱除干净！

这是对摧枯拉朽、大呼猛进的"五四"时代精神的热情礼赞。他《站在笔立山头展望》，所看到的是——

>　　黑沉沉的海湾，停泊着的轮船，进行着的轮船，数不尽的轮船，
>　　一枝枝的烟筒都开着了朵黑色的牡丹呀！
>　　哦哦，二十世纪的名花！

这样一幅现代工业文明的写生。他在《光海》中攀上一座灯塔，领略的是一个活生生的、跃动不息的时代的写照：

>　　哦，山在那儿燃烧，
>　　银在波中舞蹈，
>　　一只只的帆船，
>　　好象是在镜中跑，
>　　哦，白云也在镜中跑，
>　　这不是个呀，生命底写照！

而《立在地球边上放号》则是形象地诠释"文学是反抗精神的象征"的

---

① 见郭沫若《女神·夜步十里松原》。
② 见朱自清《中国新文学大系·诗集导言》。

大幅写意画——

  无数的白云正在空中怒涌,

  啊啊！好幅壮丽的北冰洋的情景哟！

  无限的太平洋提起他全身的力量来要把地球推倒。

  如果说郭沫若的《女神》大多是以奔放、热烈的笔触,渲染山呼海啸、五光十色的时代风貌,那么,成仿吾的早期诗作除了常常以激愤和忧郁的不同色调对比,来表现深刻的时代思索外,还曾以深刻坚忍的声音,欢呼"自我"的复活。诗人清楚地意识到,"我们是时代激流中的一泡,我们所创造出来的东西,自然免不了要有它的时代的彩色"[①]。他眼中的《早春》,即是"自我"苏醒的时代,尽管祖国及个人的前途都还很渺茫——

  忏悔的冬裳已将退尽,

  Persephones 在地底欠伸;（原注:希腊神话中阴间女神）

  只我个凄切的游魂哟,

  何年才有更生的荣幸？

但他在早春中已感觉到,连枯树都已经"充满了更新的生力",所以,当春风——当"五四"的时代精神吹绿了这一棵《春树》的时候——

  我一见你新鲜的枝叶

  我如梦初醒,

  我全身的热血,

  忽忽的奔腾。

  啊,生命的火,

  你到底还是燃着了！

"我"——"五四"青年的"生命之火",在时代的撞击中迸发出倔强的光彩。不管黑暗如何浓重,不管个人的光热如何微弱,也要

[①] 见成仿吾《使命·新文学之使命》。

> 曳着瞬刻的微明,
> 抱着惨痛的凄情,
> 我还要不住地奋进而遥往。①

横穿天际的这点点微光的轨迹,勾画出了"五四"时代青年锲而不舍的进取精神。

倾向象征主义的后期创造社的几个青年诗人,不仅试图以诗体的形式变化呼应现代社会的生活节奏,他们的作品如冯乃超的《岁暮的Andante(行板——引者注)》、穆木天的《烟雨中》、王独清的《长安》等所描绘的那些象征的画面,也都闪烁着时代精神的折光。限于篇幅,这里就不一一引证了。

对于表现时代精神的强调,与"创造"诗派的其他艺术主张是一致的。郭沫若曾以一幅壮阔的画面描绘"自我"的丰富内涵,同时把时代精神与"自我表现""自然流露"联系了起来:

> 黄河与扬子江系是自然暗示于我们的两篇伟大的杰作。承受天来的雨露,摄取地上的流泉,融化一切外来之物于自我之中,使为自我之血液,滚滚而流,流出全部之自我。
> 有崖石的抵抗则破坏!有不合理的堤防则破坏!提起全部的血力,提起全部的精神,向永恒的平和之海滔滔流进!②

从"创造诗派"的创作实践中也可以看出,所谓"自我",很大程度上代表着个性化的、激情洋溢、意气风发,以天下为己任的"五四"一代革命青年。他们循着传达上升时期资产阶级"个性解放"呼声的19世纪欧洲浪漫主义思潮寻求艺术出路,又以"20世纪动的和反抗的精神",以"五四"时代中国社会变革的历史要求加以校正,遂形成他们这个诗派有着特定内涵的、属于中国新文学的"自我表现"的艺术方向,而没有步西方资产阶级的后尘,遁入个人主义、感伤主义、唯美主义的末路。

---

① 见成仿吾《流浪·序诗》。
② 郭沫若:《我们的文学新运动》,《创造周报》第3号,1923年5月2日。

这种艺术方向、美学主张一扫"假诗世界"装腔作势的恶习,畅所欲言,畅所欲歌,充分发掘自己多方面的艺术蕴蓄,以求更丰富、更完整地表达一代青年的心声。绘画是"创造诗派"的诗人们除诗歌外最接近的艺术门类,加上"诗中有画"的民族艺术传统的影响,"绘画美"便成为他们的一项共同的、重要的美学追求。他们以自己激情充沛的、敏锐的艺术感受,描绘着一幅幅诗的画面,描绘着改变了的世界——从社会生活的一砖一石到自然界的一草一木。由于构图、设色各各不同,这些画幅带着鲜明的艺术个性,又都感应着共同的时代精神。他们忠于自己的艺术感受,崇尚"自然流露"的艺术表现方法,实质上就是强调抒写真情实感,这里面包含着朴素的求"真"的思想。他们虽然"对于艺术上的功利主义的动机说,是有所抵触的",但"不反对艺术的功利性"[①]。他们要"创造艺术的氛围气以濡含一切,以陶冶社会,以作育天才"[②]。时代精神与"自我"艺术感受相融合,通过"自然流露"在诗篇中凝聚,"创造诗派"新诗创作的这种"绘画美",是一种进步的、真善美统一的美学追求,是中国新诗美学传统的一个重要组成部分。这一点是应当充分肯定的。

---

① 见郭沫若《文艺论集·评国内的评坛及我对于创作上的态度》。
② 见郭沫若《文艺论集·一个宣言》。

试论"创造诗派"的新诗绘画美(续一)

关于绘画美的探索,"创造诗派"用力最著、成绩也较突出的,大约是在诗歌语言形象的色彩表现方面。对于诗歌作品色彩表现的注重,反映了他们对于当时沉滞郁闷的社会现实的不满和反抗,以及艺术上的创新要求。本文拟在前文的基础上,对"创造诗派"新诗绘画美的色彩追求,以及色彩美、时代精神、艺术个性的关系,作一点相对集中的考察。

一

"创造诗派"对于新诗"色彩美"的重视,是比较普遍也比较深入的。这种重视不仅形之于艺术实践,也见诸理论思考。在他们看来,色彩观念、色彩表现是有着深刻的历史文化背景的。创造社青年诗人、画家倪贻德即认为,"色彩心理上的效果,是有很强的力量"的,而"色彩观念的强弱,可以看出民族文化的高低"。

他慨叹:

> 我们的民族对于色彩观念是这样薄弱,所以民族精神只是死气沉沉,丝毫没有一点生动活跃的气象。我们的艺术家应当努力于色彩的美丽,明快,使民族间对于色彩的感情增强,这是一个极重要的问题。①

"创造诗派"的诗人们以自己的艺术实践,回答了这个在他们看来关涉到提高整个民族文化水准的重要艺术问题。他们首先面向大自然,致力于"发现"大自然对这个春回大地、五光十色的新时代的"色彩

---

① 倪贻德:《艺术断片感想》,载《洪水》1927年第3卷第31期。

感应":

> 嫩绿,娇黄,
> 轻红,浅碧,
> 一丛不知名的花树——
> 小鸟的乐园!/金虫的香国!(邓均吾:《半淞园》)①

> 黄白相间的彩云,
> 铺满了深蓝色的天际。
> 云外半轮皎月,
> 青光映入我的屋里;
> 我便想到我同她将要分别的时候。(王怡庵:《想》)②

而在郭沫若的《女神》中,我们则可以看到一幅幅更绚丽多彩、更激动人心的诗的画面:

> 远远一带海水呈着雌虹般的彩色,
> 俄而带紫,俄而深蓝,俄而嫩绿。
> 暗影与明辉在黄色的草原头交互浮动,
> 如象有探海灯在转换着的一般。
> 天空最高处作玉蓝色,有几朵白云飞驰;
> 白色的缘边色如乳靡,叫人微微眩目。
> 楼下一只白雄鸡,戴着鲜红的柔冠,
> 长长的声音叫得已有几分倦意了。

这首题为《春之胎动》的诗作,以繁富多变的色彩描绘出"一元复始,万象更新"的勃勃生气。大海、草原、天空的光色变化,刻画得十分细致真切,色彩搭配也很和谐。天空不作"蔚蓝"而作"玉蓝"色,令人想起云烟氤氲的早春气息;草原上的暗影和明辉正与天空中的云层和阳光相对应。大海是天空与大陆的镜子,"俄而带紫,俄而深蓝,俄而嫩绿"

---

① 郭沫若等:《辛夷集》,泰东书局1923年版。
② 《创造日》1923年第17期。

的海水反射着整个世界的五光十色,也晕染了一个时代躁动不安的情绪。这不仅是自然界的"春之胎动",同时也是我们这个文明古国的春天——一个伟大的新时代的不可遏止的剧烈"胎动"。

二

创造社是一个倡导"艺术为艺术",注重自我表现、主观抒写、个性张扬的文学社团。在新诗绘画美的色彩追求方面,"创造诗派"的诗人们同样坚持了时代精神与自我表现、个性张扬的统一。凝聚着真情实感的主观化、个性化的色彩,能够更丰富、更真切地体现时代精神。郭沫若在评论鲁迅小说的时候,曾间接地谈到他自己比较喜欢明快、丰润的色彩①,而"明快的色彩,是能给我们清新喜悦之情"[1]的。郭沫若的诗作中就有几种经常出现的明快色彩,这些色彩所引发的心理反应一般说来比较强烈,暗示、象征意义的内涵较大,并能体现对于繁富色彩的概括与提炼。如前所述,那令人振奋的《春之胎动》,最终是由红冠白雄鸡"长长的声音",由两种明快的色彩——红色和白色的交响"唱"出来的。红色和白色集中表达了这首诗中"紫""黄""嫩绿""深蓝"等其他色彩所包含、象征的意义和情绪。红色和白色是郭沫若的新诗,尤其是《女神》中出现频率最高、感情蕴蓄最丰富的色彩。白色反射了所接受的最多的光线,不掩瑕疵,不容污秽,象征着诗人坦诚开阔的胸襟,以及对于自由恬淡生活的向往;红色吸收了最多的光和热,凝聚了炽烈的感情,象征着诗人对祖国、对人民、对时代的挚爱,以及对未来生活的渴望与激情:

  那天上的晚红
  不是我焦沸着的心血吗?

---

 ① 参见《文艺论集续集·"眼中钉"》。郭沫若肯定了鲁迅的《头发的故事》的成就之后谈道,"但同时也觉得他(指鲁迅——引注)的感触太枯燥,色彩太暗淡,总有点和自己趣味相反驳"。

当白色作为主导色调出现的时候,常伴随着诗人的沉思、追忆、静静观赏,常用的抒情物象有月、云、大海等。这些诗作传达了一种纯净、恬淡的绘画美,表现了清新、质朴、本色的审美情趣,"五四"时代特有的那种对自由、民主、爱情的神往讴歌,以及对光明的执著追求:

> 月光一样的朝暾
> 照透了这蓊郁着的森林,
> 银白色的沙中交横着迷离的疏影。(《女神·晨兴》)

> 啊,我与其学做个泪珠的鲛人,
> 返向沉黑的海底流泪偷生,
> 宁在这缥缈的银辉之中,
> 就好象那个坠落了的星辰,
> 曳着带幻灭的美光,
> 向着"无穷"长殒!
> 前进!……前进!
> 莫辜负了前面的那轮月明!(《女神·蜜桑索罗普之夜歌》)

> 一只白色的海鸥飞来了。
> 污浊了的我的灵魂!
> 你乘着它的翅儿飞去吧!(《星空·仰望》)

此外,像《女神》中的《光海》《夜步十里松原》《鹭鸶》《雾月》《晴朝》《星空》中的《星空》《洪水时代》《月下的司芬克司》《静夜》《偶成》《雨后》等,也都以白色色调,抒写了较为深幽、开阔、沉静的感受。

当红色作为主导色调出现的时候,常常伴随着诗人对于动的、反抗的时代精神的强烈感应而心潮起伏、热血沸腾,常出现的抒情物象主要是太阳和火:

> 哦哦,环天都是火云!
> 好象是赤的游龙,赤的狮子,
> 赤的鲸鱼,赤的象,赤的犀。

你们可都是亚坡罗的前驱?(《女神·日出》)

夹竹桃底花,
石榴树底花,
鲜红的火呀!
思想底花,
可要几时才能开放呀?(《女神·无烟煤》)

太阳当顶了!
无限的太平洋鼓奏着男性的音调!
万象森罗,一个圆形舞蹈!
我在这舞蹈场中戏弄波涛!
我的血和海浪同潮,
我的心和日火同烧,
我有生以来的尘垢秕糠,
早已被全盘洗掉!(《女神·浴海》)

此外,如爱国主义名篇《炉中煤》中堪称绝唱的佳句"我为我心爱的人儿/燃到了这般模样",更是炽热如火的色彩,因为"要我这黑奴的胸中/才有火一样的心肠"。

红色与白色的"交响",则构成了一种强烈激昂而又明净率真的情绪,渲染了一种强大的、激动人心的精神力量——

雪的波涛!
一个银白的宇宙!
我全身心好象要化为了光明流去!
Open—secret 哟!① 楼头的檐霤……… 那可不是我全身的血液?
我全身的血液点滴出律吕的幽音,
同那海涛相和,松涛相和,雪涛相和。(《女神·雪涛》)

---

① 原注:公开的秘密。

在白与红两种色彩中,郭沫若也许更喜欢白色。1923年,他选编了一本篇幅短小的诗文合集《辛夷集》,这也许是中国现代文学史上的第一朵"白色花"。他自己的入选作品,是清一色的白色色调:《鹭鸶》《蜜桑索罗普之夜歌》《雾月》《夜步十里松原》。其他作家诗人的入选作品,色调也都十分淡雅。这本小书的《小序》,是郭沫若的一首散文诗,以诗的语言,诠释了书中蕴含的色彩追求的意义:

> 有一天清早,太阳从东海出来,照在一湾平如明镜的海水上,照在一座青如螺黛的海岛上。
> 岛滨砂岸,经过晚潮的冲刷,好象面前一张白绢的一般。
> ……
> 一个穿白色的唐时装束的少女走了出来。她头上顶着一幅素罗,手中拿着一支百合,两脚是精赤裸裸的。她一面走,一面唱歌。她的脚印,印在雪白的砂岸上,就好象一瓣一瓣的辛夷。

这便是小书书名"辛夷"的由来。以后据作者回忆,这篇小序原是作者用英文写的,献给爱人的圣诞礼物①。这样的文字,也许可以更真切地表现作者的色彩情趣。诗人以镜海、砂岸、白绢、白衣、素罗、百合、辛夷这样一片白色,以这样一幅"高调"摄影般的诗画,表达了对爱人,也是对文艺女神的真诚纯净的爱。考察郭沫若的诗歌创作历程,如果从诗歌主导色调的变幻着眼,我们可以看到,从《女神》到《星空》,再到《瓶》《前茅》《恢复》,白色色调显得越来越浓重。诗人绿原说过:

> 如果同意颜色的政治属性不过是人为的,那么从科学的意义上说,白色正是把照在自己身上的阳光全部反射出来的一种颜色。②

白色是一种强烈的色彩。"白热"——白色的热情是更内在也更炽烈的热情。从狂飙突进时代火山喷发般的呐喊到狂潮退后平静深沉的歌

---

① 参见《我的作诗的经过》,《质文》月刊第2卷第2期,1936年11月。郭沫若说:"《辛夷集》的序也是民五的圣诞节我用英文写来献给她(指女友安娜——引注)的一篇散文诗,后来把它改成了那样的序的形式。"

② 绿原:《白色花·序》,人民文学出版社1981年版。

吟,从对时代人生、自然的"光谱分析"到"色彩内敛",郭沫若与属于另一浪漫主义诗歌流派的"领衔"诗人,那位从色彩绚烂的《红烛》走向朴素淡雅的《死水》的闻一多,有着相似的艺术追求历程。这就使得我们对于"创造诗派"新诗创作的色彩研究,带有了探索新诗艺术发展的某些普遍规律的意义。

三

由于美学情趣的相似或接近,郭沫若的这种色彩喜好在"创造诗派"中得到了比较普遍的呼应。成仿吾、倪贻德、楼建南、袁家骅、闻钧天等"创造"诗人,也都曾以白色和红色写海、写月、写雪、写太阳。但"创造诗派"普遍的对于艺术个性,对于自我表现的注重,又使得他们并不会"唯郭是摹"。我们看到,这些在《女神》中常常出现的抒情意象,其红色和白色所凝结着的就是他们各自的主观情绪,与郭沫若笔下同样的色彩蕴蓄并不完全相同。如袁家骅的《雪融》:

  温暖的阳光把冰结的雪涛融化去了。
  我的精神,也雪一样地融化去了,
  从深溪中流到自然的心泉里去。
  啊,一片寂白的雪宇
  一片幽静的诗渚……
  融化着了……融化着了……

这是又一片雪涛——溶解了对于沉寂幽静的大自然的陶醉的雪涛,比起郭沫若的《雪朝》中那种执著地追逐光明,扑面而来、令人目眩的"雪的波涛",显然要轻柔、舒缓得多。再如闻钧天的一首关于日落的《印象》:

  泼遍了鲜血的天涯,
  一湾抛物的红日,
  锦绣一般的天心,
  玳瑁似的纤云,

试论"创造诗派"的新诗绘画美(续一)

> 珊瑚色的红树,
> 都带着倦意的痕迹,
> 向人无语的黄昏,
> ——倚槛无力。

这种"带着倦意的"、微醉的甚至有些恐怖意味("泼遍了鲜血的天涯")的红色,当然也不会像郭沫若的《日出》《浴海》那样令人激动和振奋。

关于时代精神与新诗绘画美色彩追求的主观化、个性化的一致,"创造诗派"另一位重要诗人和理论家成仿吾的创作实践,也提供了很好的例证。

成仿吾对色彩问题十分敏感,对绘画色彩学也有研究。他曾批评一篇小说的作者对色彩的描绘不够准确①,要求艺术家在描绘"一个情景"的时候,要准确地表现"特别把他象征出来的物象与特别把他活现出来的色彩"②。他主张文学作品表现的色彩要经过选择加工,反对那种"观察不出乎表面的色彩"的"原色写生"。③ 他不喜欢太鲜艳的色彩,也是以白色作为他诗歌的主导色调。他写过《残雪》,写过《白云》,但他的白色不像郭沫若作品里的白色那么明亮,好像总带着一些郁积。这种色彩的"叠加",堆积成了一种他所惯用的,有些朦胧、神秘意味的厚实的白色——乳白。在他的诗文集《流浪》中:

> 虽然是乳浊的天空,/却已有和霭的阳光充满着。(《早春》)
> 乳白色的低空里,/有微弱的光芒闪着。(《春》)
> 半角天空如乳,/冥濛的雨中,/斜烟在凝盯。(《雨》)
> 在我窗子的上半部横着一片长方形的天空,浊得象牛乳一样;只右边的一角,露出一个好象无底的澄碧的深井。(《春游》[散文])④

---

① 成仿吾:《〈命命鸟〉的批评》,《创造》季刊1923年第2卷第1期。
② 成仿吾:《东方艺术展览会印象记》,载《创造周报》1923年第8号。
③ 成仿吾:《写实主义与庸俗主义》,载《创造周报》1923年第5号。
④ 着重号为引者所加。

这种朦胧的、混沌的白色,似乎是诗人充满惆怅的希望,带着困惑的信心,浸着迷惘的欣悦种种矛盾复杂感情的聚合。在那个时代的青年中,这种情绪是有代表性的。从这里,我们还可以看到诗人的艺术修养与文化背景,看到他的绘画理论对诗歌创作实践的影响。成仿吾在品评美术作品时,曾仔细研究过如何表现"带湿的色彩":"既不是强烈的阳光,也不是袭人的暗恒,全体是带湿的微光的波动。"①而他诗中的"乳白",似乎就是一种有着丰富蕴蓄的"带湿的色彩"。

综上所述,可以见出"创造诗派"新诗绘画美的艺术成就,在他们的诗歌色彩追求方面,表现得比较集中、突出与精细。诗歌语言形象色彩的丰富多样;时代精神与主观化、个性化的色彩整合;主导色调的提炼;诗歌色彩的象征、暗示意义的不断丰富和深化——在这些方面,他们的贡献是十分突出和独特的。与他们对于诗歌色彩的专注和精细相对应的是,相对而言,他们不太重视诗歌中抒情形象的形体描绘,也就是缺少闻一多所说的"廓线"。② 除了由于他们的绘画美的美学追求尚处于不十分自觉的状态外,也与他们的美术观以及艺术实践中对感情的处理不无关系。和他们的文学创作一样,这个诗派中几位既从事文学活动,又从事美术活动的"两栖"诗人们的美术作品,也带有与他们的诗歌作品相似的美学倾向。倪贻德、叶灵凤的画很少用线,大多是条条块块的色彩或黑白对比,他们美术作品中的物体尤其是人的形体,大都经过夸张变形。比之闻一多绘画中体现的扎实的素描工夫,以及对于物体的位置、比例、透视、明暗的正确表现,正可以见出他们在美术实践中对于感情—放纵—收束的不同态度。奔放的感情往往更注重色彩表现。创造社成员朱镜我曾译介过一篇论文,题为《绘画底马克思主义的考察》③,其中有这样一段话:

    线是向理性方面的,而色彩则不然。要想知觉那色彩的平面,

---

① 成仿吾:《东方艺术展览会印象记》,载《创造周报》1923 年第 8 号。
② 闻一多:《〈冬夜〉评论》,《闻一多全集》第 3 卷,三联书店 1982 年版,第 317 页。
③ 载《创造》月刊 1938 年第 2 卷第 5 期。

色彩的斑点及色彩的大气,只要被动地知觉就是了;色彩是向感情方面的。

注重自我表现、注重主观抒写的"创造"诗人们,当然会偏向"感情方面",偏向"色彩"表现——这段话和这篇文章,似乎可以看作是"创造诗派"对他们的艺术实践的一种理论照应。

"创造诗派"的艺术探索,经时代潮流的推动和艺术实践的磨砺,充分发展了不同的艺术个性;通过色彩的主观化、个性化,使得同一色调能分辨出更细的层次,能蕴涵更丰富的象征意义,从而显现出更绚丽、更繁富的色彩美,为新诗"绘画美"开拓了一个新的艺术纵深。

试论"创造诗派"的新诗绘画美(续二)

"五四"时代是一个开放的时代。外国近现代一两百年间几乎所有的重要文艺思潮,通过各种媒介,在几年时间内一下子涌入了我们这个长期处于封闭状态的古老国度。这就决定了中国现代文学、中国新诗的发展要同时受到产生于不同时代的多种外国文艺思潮的冲击。这样,基本上属于浪漫主义诗歌流派的"创造诗派",从一开始就同时带有一些现代主义倾向,也就成为很自然的事情了。他们在主要接受泰戈尔、歌德、海涅、拜伦、雪莱、雨果、惠特曼等人的浪漫主义诗歌影响的同时,也兼及翻译介绍过象征派的魏尔伦①、未来派的玛利奈蒂、立体派的威勃②的作品。《女神》中《新生》一诗的结构和音律,都留着明显的立体派的痕迹。在创造社的刊物上,也曾出现过一些"恶之花"式的作品,如《腐尸的赞美》《饮器》(《洪水》,1925,第1卷第6期)、《破影》(《洪水》,1926,第1卷第8期)等。这些作品虽然只是零星存在,未成"气候",但已显示了这个诗歌流派对以波德莱尔为先驱的象征主义诗风的关注与效法。从整个"创造诗派"的艺术发展走向来看,越到后期,其现代主义倾向似乎越明显。而现代主义艺术注重纤细独特的心灵感受,注重不同门类艺术间的交流与借鉴的美学追求,也在一定程度上丰富了"创造诗派"整体的新诗绘画美的艺术风貌。本文拟在前两篇文章的基础上,对具有比较明显的现代主义倾向的后期创造社青年诗人的新诗绘画美的艺术追求,作一点相对集中的考察论析。

---

① 成仿吾:《论译诗》,载《创造周报》1923年第18期。
② 田汉等:《三叶集》,泰东书局1920年版,第140—141页。

一

带着比较明显的现代主义倾向,并在艺术上取得了一定成就的,是后期创造社的青年诗人王独清、穆木天和冯乃超。他们在师承拜伦、雨果等浪漫主义大师的同时,亦倾心于法国象征派的美学主张和艺术表现方法,在某些方面推进了"创造诗派"一贯的绘画美的追求。这些青年诗人更强调诗歌的主观色彩,把自我表现引向更深的层次。穆木天在一篇几千字的论文中,五次提到诗的"先验"性,认为"诗的世界是潜在意识的世界","诗是要暗示人的内生命的深秘"①;他们认为,"一个诗人总应该有一种异于常人的 Gout(趣味——引者注)"②。他们重视诗歌的形式建设,进行了多种尝试,要求"诗要兼造型与音乐之美",并从对音节、音律的讲究走向要求视觉与听觉的浑融,要求诗成为"立体的、运动的、在空间的运动的音乐的曲线"③,进而总结出"最完美的'诗'"的公式:(情+力)+(音+色)=诗④。这样,在他们的作品中就出现了《苍白的钟声》(穆木天),出现了

> 你唱出的颜色
> 好像是美人额间的苍白……(王独清:《你唱……》)

> 祈祷的热情惨淡了
> 金风苍白地叹息(冯乃超:《短音阶的热情·其二》)

以及苍白的钟声、歌声、叹息声所形成的"'色''音'感觉的交错,在心理学上就叫作'色的听觉'(Chromatic audition);在艺术方面,即是所谓'音画'(Klang Malerai)。我们应该努力要求这类最高的艺术"⑤。

---

① 穆木天:《谭诗》,载《创造》月刊 1926 年第 1 期。
② 王独清:《再谭诗》,载《创造》月刊 1926 年第 1 期。
③ 穆木天:《谭诗》,载《创造》月刊 1926 年第 1 期。
④ 王独清:《再谭诗》,载《创造》月刊 1926 年第 1 期。
⑤ 同上。

这种"色的听觉"或"音画",古已有之。但试图对这种艺术现象进行科学的分析和说明,却是在近现代美学、心理学得到较大发展以后。郭沫若这方面的研究开始得很早。他在论述诗歌"内在韵律"时,引述过泰戈尔的一句诗:"我的心能够听,不是我的两耳"①。他又引证德国诗人赛德尔(H. Seidel)的作品,要求"有根器的艺术家要在无声之中听出声来,无形之中看出形来",要能"以耳视,以目听"②。他还曾运用现代心理学理论,从《西厢记》中"钩沉"出关于"色听"的史料:

> 你看他叙莺莺听琴说出"其声幽,似落花流水溶溶",落花的颜色,流水的绿色,和两种动态都听出来了。这分明是种"色听"。③

他在自己的诗作中,也曾以"韵和音雅"来形容白云④

王独清、穆木天、冯乃超继承发展了郭沫若的研究成果。除"通感"外,他们更多地强调的是诗歌的音节、韵律的音乐性与色彩的交织,他们的作品大多在较严整的形式音律中显现出丰富的色彩,他们的主张的积极方面,是丰富扩展了新诗的艺术表现力,增强了新诗形式音律的美学张力,使诗歌情绪表达也随之由求真走向求细,从单纯走向繁复,从平面走向立体;消极方面是由于他们对于音乐性和音色"交织"的过分强调,就难免会导致忽视绘画美相对独立的美学意义,使得他们对这一美学课题的研究探讨,常常处于一种不自觉的状态。

二

不过,不自觉的状态,只是有可能导致理论上的失范和创作上的无

---

① 郭沫若:《论诗三札》,《郭沫若论创作》,上海文艺出版社1983年版,第234页。
② 郭沫若:《论节奏》,《文艺论集》,人民文学出版社1979年版,第230页。
③ 郭沫若:《〈西厢记〉艺术上的批判与其作者的性格》,《文艺论集》,人民文学出版社1979年版,第193页。
④ 郭沫若:《星空·白云》,《郭沫若全集(文学编)》,人民文学出版社1982年版,第191页。

序,并不会使这些强调音画交织的诗人放弃绘画美的追求——尽管可能不是刻意为之。相反,对于"先验"性的强调,使得他们的诗歌色彩带着更鲜明的个性特征。王独清的出身和生活经历孕育了他的两个主要的感情方向:"流浪者底悲哀同时又有吊古的情怀"①和对爱情的沉迷。前者的色彩较沉郁/黯然。穆木天曾论及王独清的诗作《最后的礼拜日》,认为"他确是表出来岁暮的凄凉颜色来了",而《我从 café 中出来》也"是给人以深刻的彩色的印象的"②。诗人漂泊在异国街头,所见到的是:

> 这一条条的石桥,都在横压着河水,
> 河水是满满地泛着暗绿;
> 桥上的喧声,是正伴着昼夜底晚辉,
> 疲倦地向水上散落,荡浮。(王独清:《我漂泊在巴黎街头》)

这是诗人压抑的、黯淡的感情的外化。对故国故都的乡愁,又时时给他的思绪染上深幽神秘的色彩。透过尼罗河的"金色波光",透过雅典蔚蓝的天空和忧郁的海风,透过环绕着罗马的蒂白河的"近代悲哀的沉默",他看到故乡长安"悠久的、沉重的光芒":

> 黑云下冷静的新月吐着古铜的淡光,
> 神秘的奇迹便隐约地浮出在四方:
> 风吹动或大或小的朦胧暗影,
> 都是前代底、前代底不朽的幽灵。(《长安》)

王独清同时又是"创造诗派"中继郭沫若之后,又一个较多、较集中地写爱情诗的诗人。他的作品里所表达的,是一种陶醉中沉浮着哀愁和怅惘,痴迷中混合着抑郁和空虚,以至迹近病态的爱情:

> 你,我对你并没有甚么爱和不爱,
> 我只是喜欢你底脸儿上的这点病态。(《威尼市》)

---

① 穆木天:《王独清及其诗歌(代序)》,《王独清诗歌代表作》,亚东图书馆 1935 年版。
② 同上。

如此复杂的感情也就需要同样复杂的,含有丰富的暗示、象征意义的色彩与它相对应。于是,在王独清的这类诗作的五颜六色中,我们常常可以发现一种异乎寻常的中性色彩——水绿色:

> 在这水绿色的灯下,我痴看着她,
> 我痴看着她淡黄的头发
> 她深蓝的眼睛,她苍白的面颊,
> 啊,这迷人的水绿色的灯下!①
>
> 妹妹哟,你寄给我白梅几朵,
> 用粉红的柔纸作成了包裹,
> 简在了个水绿色的信封之中,
> ——啊,这是怎样地在刺着我底感觉!(《花信·其一》)

绿色象征生气蓬勃的生命和爱情,而流水落花自古以来就有着忧郁感伤的寓意。大约诗人就是想以"水绿色"来统一这两种矛盾的情绪。他的诗画合璧的爱情诗集《威尼市》是用水绿色的纸张精印的;在他的散文《三年之后》中,笼罩着男女主人公朦胧的、亦悲亦喜的爱情的,也是接近水绿色的"浅绿"色的灯光。

三

如果说王独清的作品还"似乎豪胜于勇,显胜于晦",那么穆木天则"托情于幽微远渺之中,音节也颇求整齐,却不致力于表现色彩"②。除了共同的象征主义倾向外,如果说王独清主要师法雨果和拜伦,那么穆木天的诗风则更接近他所推崇的法国浪漫主义诗人维尼(A. Vigny)和维勒得拉克(Ch. Vildrac)。他认为:"维尼不像 Hugo, Lamartine(雨果,拉马丁——引者注)那样流露奔放。他不是一泻千里的作家。他

---

① 王独清:《再谭诗》,载《创造》月刊1926年第1期。
② 朱自清:《〈中国新文学大系〉诗集导言》,《朱自清全集》第4卷,江苏教育出版社1990年版,第375页。

有最高的情感,但他的情感不是怎样的丰富。"①他激赏维勒得拉克的"最淡的人间生活,最浓的人间滋味,无技巧的,无粉饰的,表现出来"②的特长。这样,他就把自己的情趣引向了——

> 在人们神经上振动的可见而不可见的可感而不可感的波,浓雾中若听见若听不见的声音,夕暮里若飘动若不动的淡淡光线,若讲出若讲不出的情肠……③

他虽然"不致力于表现色彩",但音色合一的美学主张,仍使他的作品带着一种淡远的、独特的色彩感——"旋律的波"和"淡淡光线"。他喜欢"用烟丝、用铜丝织的诗"④,他以

> 一缕一缕的心思
> 织进了纤纤的条条的雨丝/织进了淅淅的朦胧
> 织进了微动微动线线的烟丝(《雨丝》)

然后在这雨丝、烟丝中,仔细观察捕捉那些朦胧的物象和色彩:

> 我愿透着寂静的朦胧薄淡的浮纱
> 细听着淅淅的细雨寂寂的在檐上激打
> 遥对着远远吹来的空虚中的嘘叹的声音
> 意识着一片一片的坠下的轻轻的白色的落花(《落花》)

> 雾腾腾的水边杨柳
> 战战的震荡着衰废的高楼
> 灰色的天空交映着黄色的河流
> 呜咽的汽笛应和着新梦的泊舟(《烟雨中》)

在穆木天的作品中,总是蒙着一层散不开的烟雾,即便偶尔有一些鲜亮的色彩,如"翠绿的野草""鹅黄的稻波"(《雨后》),"撑着绿伞"

---

① 穆木天:《Alfred de Vigny 及其诗歌》,载《创造》月刊1926年第5期。
② 穆木天:《维勒德拉克》,载《创造》月刊1928年第10期。
③ 穆木天:《谭诗》,载《创造》月刊1926年第1期。
④ 田汉等:《三叶集》,泰东书局1920年版。

的"红裙的少女"(《不忍池上》),"蓝玉玉的海岸线""青绿的大海"(《水飘》),也被那漫天"渺渺""蒙蒙""若聚若散""乳滴滴凝散"的朦胧的"雨丝""烟丝"所蒙蔽、浸洗、稀释了。在后期创造社的几位青年诗人中,穆木天作品的色彩是比较平淡的,但他似乎最重"色听",也最重音色的交织,在那首三十行的《雨丝》中,一口气排比了十九个"织进"。他设色不见用力的痕迹,似乎只是在整齐音律中的"自然流露"。

四

冯乃超也像穆木天一样重视诗的音乐性,并像重视音乐性一样重视诗的色彩。他善于发现不同门类艺术间的联系,善于运用这种联系进行艺术构思。他的重要作品如《消沉的古伽蓝》,就是受了德彪西(Debussy)的一首乐曲的启示创作的,并形成了受到穆木天击节赞赏的、三部曲式的"印象音调"①。印象与音调的统一,丰富的色彩与铿锵的音节的统一,构成了冯乃超诗歌色彩美的主要特征。如《消沉的古伽蓝》的第一节:

> 树林的幽语
> 嗡嗡——
> 暮霭的氛氲
> 朦胧——
> 远寺的古塔
> 峙空——
> 沉潜的残照
> 暗红——
> 飘零的游心
> 哀痛——
> 片片的乡愁

---

① 穆木天:《谭诗》,载《创造》月刊1926年第1期。

晚钟——

严整的韵律错落有致地回旋,使这一节诗成为一个浑圆的整体,诗的色彩通过六个破折号,慢慢地浸染了每一个音节:那朦胧的暮霭笼罩了峙空的古塔,也浸润了嗡嗡幽语;那残照的暗红透视了哀痛游子心,也映照着唤起乡愁的晚钟。比起王独清和穆木天,冯乃超的感觉似乎更纤细,感情似乎也更丰富、更隐晦。他的诗歌色彩,则是这些感觉和感情的折射与抽象。色彩感的丰富,我认为可以有两重含义:一是字面设色的多样,二是色彩所包孕的情绪的复杂纷繁,如:

黯淡的欢乐若夏夜的天鹅绒
馨香缭绕着蔷薇底 Carnation(肉色——引者注)底艳妒与媚容
浓紫的轻绡掩护古传奇的美梦
烦闷的淡烟熏着陶醉的苍红(《阴影之花》)

说明这首诗,似乎要引进并扩展摄影艺术的"全息"概念才行。诗人不仅合成了不同角度的观察,而且综合了各个感觉系统的反应。这样就不但要用视觉、听觉,而且似乎要把嗅觉、触觉、温度觉也调动起来,才能全方位地感受诗中丰富而又微妙的色彩。但也许正是由于色彩太繁复、太浓重了吧,诗人所要表达的那种复杂晦涩的情绪,反而显得更模糊了。

与音节的铿锵、节奏的起伏相适应的,是色彩的多重对比。冯乃超常用黑白对比来描绘他所钟爱的那些"颓废、阴影、梦幻、仙乡"[①]:

——天仙的玉手为你抚着月琴的银弦
黑夜的胸怀为你展铺感觉的绒毡(《悲哀》)

惨白的水花披覆着沉默的黝衣凋残
荏弱的灵魂高飞在黑月底层叠的关山(《冬夜》)

[①] 朱自清:《〈中国新文学大系〉诗集导言》,《朱自清全集》第4卷,江苏教育出版社1990年版,第375页。

> 深夜岑寂地忧郁之时
> 黑暗颤着苍白的言词(《没有睡眠的夜》)

这种手法带来了类似版画的艺术效果,把那种低回孤寂的情绪表现得入木三分,了了分明。红色与黑色的对比则带着较多的荒寂、古奥、神秘的气氛:

> 森严的黑暗的深奥的深奥的殿堂之中央
> 红纱的古灯微明地玲珑地点在午夜之心(《红纱灯》)

而两补色——红色与绿色的对比,则渲染了强烈的感情波澜——

> 君不见墙头的榴头红斑驳
> 浓绿的忧愁吐着如火的寂寞(《榴火》)

由于生活经历和艺术情趣的差别,由于接受外国文学影响各有不同的侧重,后期创造社的三位青年诗人的诗歌色彩表现,遂呈现如此纷繁的局面。但他们毕竟都带着比较明显的象征主义倾向(虽然程度不等),有着相近、相似的美学追求,所以在这扑朔迷离的五光十色中,仍然可以辨析出他们共同的"底色"——苍白。这种色彩在他们的作品中随处可见。在本文引证的诗句中,就先后出现过《苍白的钟声》,"额间的苍白""苍白地叹息""苍白的面颊""苍白的言词"等。这种"苍白"的色彩趋向,是由于黑暗社会现实的阴霾重重、云遮雾障,而他们又总是在一个相对狭小、锁闭的艺术空间里进行寻求光明、不甘屈服的挣扎,以及长期羁留海外,很少承受祖国的阳光所致。这忧郁、贫血的苍白,由于失去了郭沫若的那种明朗的白色色调所具有的光和热,就难免带着一些虚弱和颓废。即便这个"底色"有时可能会把其他色彩反衬得更奇丽,但在他们整体的诗歌艺术美中,还是留下了一些"病态美"的暗影。

五

基本上与后期创造社几位青年诗人的上述活动同时,1926 年 5

月,20 世纪 20 年代诗坛另一个重要的浪漫主义诗歌流派——新月诗派的理论家闻一多,提出了新诗"三美"即音乐美、绘画美、建筑美的美学命题①。闻一多是自觉地进行新诗美学理论建设的第一人。他在开始创作新诗不久,即同时开始新诗批评和新诗理论研究,其研究对象,当然包括 20 年代影响最大的新诗流派"创造诗派"。尤其是它的领袖人物郭沫若,闻一多除了在书信中多次称许其成就之外,还写了两篇关于《女神》的专题论文。正是这两篇论文的核心思想,形成了闻一多关于新诗"绘画美"的一些主要观点②。

"创造诗派"的创作实践推动了新诗绘画美理论的形成和提出。他们的理论探索,虽然为数不多且零散,但其中也有与闻一多不谋而合或互相接近之处。例如对于艺术想象力的强调。需要诉诸视觉联想的绘画美是离不开想象的,闻一多和成仿吾都曾批评过初期白话诗缺乏想象③;闻一多把绘画美的显现归结为"词藻"④,成仿吾也认为,在诗歌中应看到"一种语言的最丰富的表现"⑤;闻一多曾认真研究过英国的诗人画家集团"先拉飞派"⑥,滕固则介绍过这个流派的代表人物罗瑟蒂⑦,他们都很注重考察外国近现代文艺思潮中的诗画联系。其他诸如对色彩搭配的讲究,对色彩象征意义的理解,他们也都有些一致之处。但总的说来,"创造诗派"缺少自觉的、完整的绘画美的理论倡导,他们似乎更重视音乐美而容易忽视绘画美,甚至将二者对立起来。郭沫若强调节奏的重要,认为"诗中无画,还不十分要紧"⑧;穆木天则把

---

① 闻一多:《诗的格律》,《闻一多全集》第 3 卷,三联书店 1982 年版,第 415 页。
② 江锡铨:《试论闻一多关于新诗绘画美的理论和实践》,载《北京大学学报》1983 年第 2 期。
③ 闻一多:《冬夜评论》,《闻一多全集》第 3 卷,三联书店 1982 年版;成仿吾:《诗之防御战》,载《创造周报》1923 年第 1 期。
④ 闻一多:《诗的格律》,《闻一多全集》第 3 卷,三联书店 1982 年版,第 415 页。
⑤ 成仿吾:《论译诗》,载《创造周报》1923 年第 18 期。
⑥ 闻一多:《先拉飞主义》,《闻一多全集》第 3 卷,三联书店 1982 年版。
⑦ 滕固:《诗画家 Dante G. Rossetti》,载《创造周报》1923 年第 29 期。
⑧ 郭沫若:《生活的艺术化》,《文艺论集》,人民文学出版社 1979 年版,第 94 页。

"画"与"美"对立,"我们要表现的是美的,不是画的"①。他们作品中的绘画美,很大程度上形成于不同门类艺术间的互相渗透,对于艺术想象的推重,对于完整的音律节奏及丰富的感情色调的强调等多种因素的交叉作用。若对比一下他们对于诗歌音乐性的重视程度,甚至可以说,他们笔下的绘画美,只是音乐美的附庸。

"创造诗派"对于绘画美和音乐美畸轻畸重的不同态度,与他们对待外来艺术营养的态度是有一定联系的。虽然总的说来,"创造诗派"是以比较开阔的胸襟对待外国文化艺术的,在学习借鉴外国艺术理论指导创作实践方面,为中国新诗的艺术发展提供了很多成功的经验。但与这些经验相伴生的,还有一种应当予以针砭的"食洋不化"的通病。闻一多批评过《女神》过于"欧化"的倾向,到了后期创造社的几个青年诗人则愈演愈烈,不仅"诗中夹用可以不用的西洋文字"②已见怪不怪,像王独清甚至发展到在中文诗中夹上一节法文诗,并为其"正名"曰"诗篇中加外国文字也是一种艺术……更可以使诗中有变化及与人刺激诸趣味"③,或者干脆用外文作中文诗的标题。如果说是"趣味",恐怕也只能算是一种形式主义加"洋径浜"的恶趣。前述"最完美的'诗'"的公式等号前的四个"项素",也是他们分别从四个法国诗人那里"切割"来的。这种种艺术操作使得他们很难深入体味"诗中有画"的中国诗学传统,以及在外来诗歌理论、绘画理论、色彩学理论的共同激发下,对传统的变革、超越和创新。须知文学创作并不像拼七巧板那么简单,艺术领域的"移植"和"嫁接"也完全不同于生物学的实验操作。闻一多正是在否定了实用主义的"借鉴"的基础上,认真研究对比中西文化传统,按照民族化的要求分解化合外国艺术营养,才完成了中国新诗绘画美的理论创建的。

---

① 穆木天:《谭诗》,载《创造》月刊1926年第1期。
② 闻一多:《女神之地方色彩》,载《创造周报》1923年第5期。
③ 王独清:《再谭诗》,载《创造》月刊1926年第1期。

六

后期创造社的几位青年诗人的创作实践,体现了"创造诗派"艰难曲折的前进与徘徊。在本论题范围内,应当肯定的是他们对于诗歌色彩表现精心、深细的探索,但那低沉萎顿的情绪,"世纪末的感伤"①却大大减弱了他们诗歌色彩的审美价值。促使这个诗歌流派重整旗鼓,在绘画美的探讨中产生新的转机的,是 1926 年前后开始的革命文学倡导。这个诗派的主要成员,或迟或早都转向了革命诗歌创作。郭沫若写出了崭新的《诗的宣言》:

> 我是诗,这便是我的宣言,
> 我的阶级属于无产;
> 不过我觉得还软弱了一点,
> 我应该要经过爆烈一番。②

表达了投身革命运动,把自己改造为无产阶级文化战士的决心。而当我们看到

> 我们有我们的悲哀、愤怒,和对于人类的理想,
> 他们的皇帝,总统,独裁官不外是矗立的铜像,
> 看吧,滔滔流去的永恒不息的黑色的流水,
> 历史的潮流终竟要冲破他们压迫的防障。③

从这里我们可以感受到一种笔触豪放、浓墨重彩的画意。我们很难想象,这首诗是出自两三年前还提着微明的《红纱灯》徘徊在《消沉的古伽蓝》,低吟着《凋残的蔷薇恼病了我》④的象征派诗人冯乃超之手。穆木天在祖国的北方沉默几年后,终于坚定地走向现实主义,成为"左

---

① 穆木天:《王独清及其诗歌(代序)》,《王独清诗歌代表作》,亚东图书馆 1935 年版。
② 郭沫若《恢复》,《郭沫若全集(文学编)》第 1 卷,人民文学出版社 1982 年版,第 374 页。
③ 冯乃超:《外白渡桥》,载《创造》月刊 1928 年第 1 期。
④ 冯乃超:《红纱灯》,创造社出版部 1928 年版。

联"领导下的中国诗歌会的发起人之一,到"黄河北岸",到"珠江口",到"卷着怒潮"的"黄浦江"上,到"正在咆哮"的"关东原野"[1],去寻找属于新时代的诗歌绘画美。就是王独清也曾说过,"现在个人的文艺已失了它底权威,我们所要求的是民众的文艺家,是置身于'蒲虏莱大利亚'(proletaire,即无产阶级——引者注)中的文艺家"[2]。在他成为"托派"之前,也写过类似殷夫的《别了,哥哥》那样的"算作是向一个阶级的告别词"(《别了,哥哥》一诗的副标题)的作品:《我再也不能平静了》《你们说……》以及悼念革命烈士的《伟大之死》。革命文学倡导不仅意味着思想内容的转变,同时也是一种艺术创新——它把"创造诗派"包括绘画美在内的美学追求引向一个新的开阔天地,要求诗人保持发扬以自己的作品感应时代气息的一贯精神,注重反映社会现实斗争生活,并根据内容需要确定相应的艺术表现方法,通过接近与融合现实主义创作原则获得新的、长久的艺术生命。这同时也是整个诗坛的中兴之路。与"创造诗派"同时及其后的很多诗派、诗人,都直接间接地接受了他们成功的经验和失误的教训,注重保持"五四"文学革命的优良传统,注重使自己的艺术实践和艺术理论探索接近、融合人民大众反帝反封建的战斗生活。现代派诗人戴望舒走进民族解放战争的炮火,身陷囹圄而大义凛然,为新诗画廊留下了如《我用残损的手掌》和《元日祝福》那样笔力遒劲的、浮雕般的诗作;七月诗派透过战场的枪林弹雨和敌后的愁云惨雾摄取光与色,在20世纪三四十年代的中国大地上,绘制着开阔壮丽的中国新诗现实主义长卷;而艾青,也一步步坚定地从画室走向诗坛,从现代主义走向现实主义,以他的《诗论》和大量的创作实践,把中国新诗绘画美的艺术追求推向一个新的阶段。

---

[1] 穆木天:《我们要作真实的诗歌记录者》,《新的旅途》,文座出版社1942年版。
[2] 王独清:《致法国友人摩南书》,载《洪水》1927年第31期。

"唯一"：闻一多爱国诗篇的深度评价

在闻一多的传世诗作中，为数相当多，也是最引人注目的，是他的爱国诗篇。而对闻一多诗作的这一突出艺术特色给予热情而持续的关注，给予激赏和的评的，则是他多年的同事与挚友朱自清。这位一向以严谨与周密著称的文学史家，却多次以排他的、不留余地的凿凿之言，称许闻一多是抗战以前"唯一的爱国诗人"——1935年，在《〈中国新文学大系〉诗集导言》中，说闻一多"几乎可以说是唯一的爱国诗人"[①]；1943年，在《新诗杂话·爱国诗》中又强调，"抗战以前，他差不多是唯一有意大声歌咏爱国的诗人"[②]；1946年，在《标准与尺度·中国学术界的大损失》中再次重申，"在抗战以前他也许是唯一的爱国新诗人"[③]；1947年，又在《闻一多先生与中国新诗》中回顾说，"我曾经说过，闻先生是当时新诗作家中唯一的爱国诗人"[④]，而这一评价也得到了闻一多本人的首肯[⑤]。朱自清的这一多少有些不同寻常的评骘，恐怕不仅是为闻一多诗作中所表现的强烈的爱国情愫、忧国忧民的良知所感动，更多的可能还是从敏感而冷静的文学史家视角，对闻一多诗作中的爱国主义内容的独特之处，所做的洞幽烛微的体察。

"唯一的爱国诗人"——这无疑是对闻一多其人其诗的十分深刻的认识，无疑是全面把握、精确理解闻一多爱国诗篇的一把钥匙，也可以说是对闻一多爱国诗篇的"深度评价"。但从理论上说，这又是一个

---

① 朱自清：《朱自清全集》，江苏教育出版社1990年版，第374页。
② 同上书，第357页。
③ 同上书，第119页。
④ 同上书，第466页。
⑤ 参见拙作《〈渔阳曲〉悬解——从一首诗看一位诗人的文化心态》，《贵州社会科学》1997年第1期。

需要经过充分论证才能确立和被普遍接受的认识与评价。朱自清虽然多次申说这一认识,但对其具体内涵,尤其是在何种背景下,在哪一个层面上使用"唯一"这个限定,他似乎并没有做过直接的、正面的阐释;而研究者们在论及闻一多的爱国诗篇时,尽管可能会提及朱自清的这一评价,但却同样缺少对其内涵所做的具体解读。笔者囿于理论认识水平和思维能力,加之本文又是一篇篇幅有限的短文,自然不可能对这一历久弥新,又多少有些横空出世的高论,做出全面、精细、令人信服的解说;只是想从"文化"与"理想"两个视角,谈一点个人的浅见。

上篇:文化篇

新诗是"五四"新文化运动催生,又在"五四"爱国运动的直接影响下成长起来的新文学形式,爱国主义诗篇一直是新诗最重要的组成部分。特别是新诗史上具有里程碑意义的,郭沫若的诗集《女神》的出现,更是以其中《凤凰涅槃》《炉中煤》《晨安》等激动了数代读者的爱国主义诗作,充分彰显了"五四"新诗的诗歌精神。而作为"唯一的爱国诗人",闻一多的"唯一",又似乎正在于他与那位同样以爱国诗篇风靡诗坛的诗人,在各自的诗作中所表现的不同质的爱国主义内容。郭沫若是闻一多所敬重的新诗人。1923年春天,闻一多曾接连写下了两篇很有分量的关于《女神》的诗评,盛赞郭沫若的诗是真正配称"新"的新诗,"《女神》真不愧为时代底一个肖子"[①],并且肯定了"爱国的情绪见于《女神》中的次数极多"[②]。但与此同时,闻一多又十分郑重地指出:

> 我个人同《女神》底作者底态度不同之处是在:我爱中国故因他是我的祖国,而尤因他是有他那种可敬爱的文化的国家;《女神》之作者爱中国,只因他是他的祖国,因为是他的祖国,便有那

---

① 闻一多:《女神之时代精神》,《闻一多全集》,三联书店1982年版,第351页。
② 同上书,第365页。

"唯一":闻一多爱国诗篇的深度评价

种不能引他敬爱的文化,他还是爱他。爱祖国是情绪底事,爱文化是理智底事。一般所提倡的爱国专有情绪的爱就够了;所以没有理智的爱并不足以诟病一个爱国之士。但是我们现在讨论的另是一个问题,是理智上爱国之文化底问题。(或精辨之,这种不当称爱慕而当称鉴赏。)①

在爱国情感中置重于对祖国悠久历史文化的敬重;在以抒情言志为特征的诗歌文学中强调理智的爱和具有理性精神的鉴赏意味——这种奇崛深远的、包含着艺术悖论的诗思,在当时的诗人中似乎是仅见的。作为爱国诗人的独特美学追求,好像的确具有"唯一"的品格。

这"唯一"的品格普遍见于他的爱国诗篇。1922年渡洋赴美留学至1925年归国后的一两年间,是闻一多新诗创作的高潮期,也是他的爱国诗篇集中涌现的时期。在远离故土与亲友,又时时能感受到种族歧视重压的异国他乡,这位感情丰富且有着很强的民族自尊心的青年诗人最初的感受,就是自己如同一只"不幸的失群的""流落到这水国底绝塞"的孤雁(《孤雁》),如同一个"年壮力强的""被逐出幸福之宫的流囚"(《我是一个流囚》),在流离的惶乱中寻找着返回故国——返回精神家园的路径。他想到了太阳,因为这"楼角新升的太阳","是刚从我们东方来的",爱屋及乌的诗情便油然而生:"太阳啊,也是我家乡底太阳!/此刻我回不了我往日的家乡,/便认你为家乡也还得失相偿"。而闻一多的"太阳"又绝不同于他所盛赞的郭沫若的"太阳"——他的"太阳"不是来自西方的"亚坡罗的雄光"(《女神·日出》),而是古老的中华文化所养育的"神速的金乌""六龙骖驾的太阳"。抒情主人公——"冷泪盈眶""九曲回肠"的"游子",萦系于心怀,叩问于来自故乡的太阳的,是"北京城里的宫柳裹上一身秋了吧?/唉!我也憔悴得同深秋一样!"(《太阳吟》)深秋般的憔悴——熟悉中国古代诗词的读者,恐怕会很自然地联想起"人比黄花瘦"的诗意。这里抒情主人公的形象,和诗中的意象、情境以及思乡爱国的深情,无不沐浴着中华文

---

① 闻一多:《女神之地方色彩》,《闻一多全集》,三联书店1982年版,第364—365页。

化的光辉。

在大洋彼岸的第一个重阳节前夕,诗人想起了菊黄蟹肥的祖国的九月,遂以《忆菊》为题,作了一次诗意的故国神游。诗人的想象力是惊人的,但正是诗中那看似信手拈来的种种忆念,让我们看到了他念兹在兹,似乎是与生俱来的中国文化情结。诗的开头,便是一幅带有中国文人画意味的诗意水墨写生:

> 插在长颈的虾青瓷的瓶里,
> 六方的水晶瓶里的菊花,
> 攒在紫藤仙姑篮里的菊花;
> 守着酒壶的菊花,
> 陪着螯盏的菊花;
> 未放,将放,半放,盛放的菊花。

菊花作为所谓"四君子"之一,是中华文化的象征。面对着美不胜收、神采各异的菊花,诗人陶醉了。然而醉翁之意并不在菊花本身,而在菊花的深厚文化蕴蓄——这"自然美底总收成",是"我们祖国之秋底杰作",是"四千年华胄底名花呀";这"东方底花","有高超的历史","有雅逸的风俗",是"骚人逸士底花呀":"那东方底诗魂陶元亮/不是你灵魂的化身吧?/那祖国底登高饮酒的重九/不又是你诞生底吉辰吗?"一花一世界,诗人的忆念在悠久的历史文化流连中完成了自然的升华——"我要赞美我祖国底花!/我要赞美我如花的祖国!"

祖国如花——那是历史文明的璀璨与馥郁。如果我们承认,爱国主义文学也可以有种种不同类型的话,那么,《忆菊》这样的爱国诗篇,或许可以称之为文化的爱国主义文学和鉴赏的爱国主义文学:爱国主义的激情涌动与开阔胸襟、陶冶性情的审美活动相得益彰。诗人对祖国的挚爱是忘情的、虔诚的,但这爱又处处指向祖国的"可敬爱的文化",因而他的抒情过程,也就成了中华文化的鉴赏和弘扬的过程——这在当时的爱国新诗人中,大约可以算是"唯一"的吧。

鉴赏和弘扬一种文化,不仅需要对于这种文化的热爱和了解,还需

"唯一"：闻一多爱国诗篇的深度评价

要对于这种文化的坚定的信念和信心——这或许近似于闻一多所说的"理智"的爱吧。而闻一多对于中华文化的"理智"的爱，可以说是源远流长的。在闻一多的家乡，湖北浠水闻氏家族有着十分值得骄傲的谱系渊源。据家谱记载，他们是南宋抗元民族英雄、爱国诗人文天祥的后裔，文天祥兵败后，闻氏始祖文良辅逃来浠水，为避战祸而"改文为闻"。这一记载近年已经被一些学者考证，是真实可信的①。闻一多从青少年时期便了解了这一家世渊源，在他清华求学时期所写的读书札记《二月庐漫记》的开篇，就有"余祖信国公文天祥"这样自豪的言说，有关于文天祥"军溃"后种种佚事的记载和考辨②。对于身为民族英雄和爱国诗人的远祖的铭念追怀，似乎是这位青年诗人着意于继承和发扬先辈的伟大精神文化的最初的努力。这也使得日后他的那些诗篇中的爱国主义情愫，多少带有一些好像是"先天"的，源自历史深处的深远意味。

这"先天"的诗意，这"理智"的爱当然并不仅仅来自于他的远祖，更来自他从开蒙以来就孜孜诵读的厚重的文化典籍，来自他所景仰的古代诗人屈原、李白、杜甫、陆游，甚至也来自于他在异国他乡遭遇到歧视和侮辱时候的强烈的情绪反应。我们看到，当他徜徉在浓墨重彩、风景如画的芝加哥森林公园之中时，首先想起的，是陆游的诗句（《秋色》）；而眼前这层林尽染、五颜六色的异域林木，一时间竟幻化成为富有中华文化意味的建筑：

> 哦，这些树不是树了，
> 是紫禁城里的宫阙——
> 黄的琉璃瓦，
> 绿的琉璃瓦；

---

① 龚成俊、朱兴中、王润：《关于改"文"为"闻"的考证》，《闻一多国际学术研讨会论文选》，武汉大学出版社2002年版，第290—298页。

② 闻一多：《二月庐漫记》，《闻一多青少年时代诗文集》，云南人民出版社1983年版，第7页。

> 楼上起楼,阁外架阁……
> 小鸟唱着银色的歌儿,
> 是殿角的风铃底共鸣。
> 哦!这些树不是树了,
> 是金碧辉煌的帝京。

这美轮美奂的意象令我们想起了托马斯·曼。这位长期旅居国外,却坚持用德文写作的德国作家曾宣称:我在哪里,德国就在哪里。而闻一多的诗篇则唤起了我们相似的感应:闻一多在哪里,中国就在哪里,中国文化就在那里。中国文化给了热爱它的诗人以魂萦梦回的牵引,也给了他特别的力量和睿智。当他直面对于弱国子民的歧视和挑衅的时候,当他以诗篇抒写愤懑,奋起还击的时候,他的武器,往往就是他的文化。他在科罗拉多大学留学期间,校刊上曾刊出一首题为《支那人》的匿名诗,作者用半认真半开玩笑的口吻问道,中国学生像假面具般的面孔后面究竟藏着什么,他们的思想是狡猾的,抑或是不道德的,抑或是聪明的,他们是否愿意用东方的锦缎,来换取苏格兰粗呢。闻一多和他的同学梁实秋各写了一首英文答诗以回击这一挑战。闻一多在诗行里编织进讽刺,他暗示自己的国家和文化的伟大,是远远超出一个称他为"支那人"的美国人的理解能力的①。在他离开美国前夕所写的长诗《渔阳曲》中,在他以诗的语言"复述"汉魏名士祢衡击鼓骂曹"本事"的字里行间,似乎也隐含着以灿烂的文化展示和特有的文化睿智,嘲讽种族主义者的意味②。

写作《渔阳曲》的归国前夕,也是闻一多爱国诗篇集中涌现的一个高潮。《长城下之哀歌》《我是中国人》《爱国的心》《洗衣曲》《醒呀!》《七子之歌》等,均写于这一时期。这些诗篇中同样流贯着中华文化的

---

① 许芥昱:《闻一多》,《闻一多在美国》,方仁念译,华东师范大学出版社1985年版,第51—53页。

② 参见拙作《〈渔阳曲〉悬解——从一首诗看一位诗人的文化心态》,《贵州社会科学》1997年第1期。

精神气韵,在国内的刊物上发表后,引起了较大的反响。如《七子之歌》,诗题即取意于《诗经·邶风·凯风》,将帝国主义列强霸占的澳门、香港、台湾、威海卫、广州湾、九龙、旅顺大连等七个地方,比作离开母亲怀抱,饱受异族统治者欺凌虐待的七个儿女,以歌当哭,抒写了他们"孤苦亡告,眷怀祖国之哀忱"。这首诗问世后引起了比较广泛的关注。有读者将其与闻一多的另外两首爱国诗篇《洗衣曲》《醒呀!》并论,称"闻一多君这三首诗表现了中华民族争自由求独立的迫切呼号的精神","愿我们大家——全中国的爱中国的中国人——都来把这几首诗畅读一回,深深印入记忆之膜里"①。而另一位署名"吴嚷"的青年读者在激赏的同时,将《七子之歌》与诸葛亮的《出师表》、李密的《陈情表》等历史名文相提并论:"读《出师表》不感动者,不忠;读《陈情表》不下泪者,不孝;古人言之屡矣。余读《七子之歌》,信口悲鸣一阕复一阕,不知清泪之盈眶,读《出师》《陈情》时,固未有如是之感动也。今录出之聊使读者一沥同情之泪,毋忘七子之哀呼而已。"②这位读者诵读《七子之歌》所引发的,与诵读文学史上的经典名作相同甚至更为强烈的美学感应,形象地揭示了闻一多爱国诗篇超常的艺术感染力,很大程度上是源于诗作的深厚的文化底蕴的。1999年澳门回归祖国前夕,中央电视台摄制的大型电视专题片《澳门岁月》,选用了《七子之歌》中的《澳门》一节作为主题歌歌词,在海内外引起了强烈反响,更昭示了这首爱国诗的文化亲和力和持久的艺术生命力。

　　文化爱国主义的艺术指向赋予了闻一多诗作中的爱国情愫以特有的深厚与凝重。经过历史岁月的淘洗,这深厚与凝重更显示出与博大精深的、恒久而璀璨的中华文化"同质"的美学力量。这种审美感受——确切地说,或者当称之为审美震撼,是我们在阅读同时代其他诗人的诗作时所无法得到的。立于历史文化的深处,我们似乎能够更深

---

① 民治(李一氓):《三首爱国诗》,载《长虹》月刊1925年第2期,闻黎明、侯菊坤:《闻一多年谱长编》,湖北人民出版社1994年版,第275页。

② 吴嚷:《〈七子之歌〉附识》,《清华周刊》1925年第11—12期,闻黎明、侯菊坤:《闻一多年谱长编》,湖北人民出版社1994年版,第270页。

切地体会到闻一多爱国诗篇"唯一"的意义。

下篇:理想篇

理想犹如诗歌的翅膀。不会飞翔而徒有一身美丽羽毛的诗歌,是缺少审美冲击力的,难以长久地感动人心。因而,诗人大多是理想主义者。而理想的不同置重,则会形成不同的艺术风格。闻一多诗作中的理想求索,显然是以祖国和民族的未来为中心的。

1928年出版问世的闻一多的新诗代表作诗集《死水》,是他多年来呕心沥血的理论探索与创作实践的艺术结晶。这部有着"近年来一本标准诗歌"[①]盛誉的诗集,同样以爱国诗篇作为"主打"作品,也同样凸显了对于祖国历史文化的挚爱,而且,艺术上更加严整、简约、内敛。回到国内,进一步接触了社会现实的诗人,其思想认识的不断深化,势必会对他的爱国主义诗情及其艺术呈现,产生深刻的影响。他不再满足于仅仅在诗作里描绘绚烂的文化图景以赞美"如花的祖国",或是依托丰厚的文化资源以抒写爱国情怀,维护祖国与民族的尊严。他似乎更着意于通过艺术思索,对历史文化资源进行"深度开发",以从中寻求救国的方略;更着意于追寻理想与现实相融合的,具有形而上意味的爱国主义诗意。这就使得《死水》中的爱国诗篇更富于理性精神和理想光彩,深幽的爱国情怀往往寄寓于诗意的思考与求索之中。《一个观念》就是一首富有思考与求索,乃至"论证"意味的诗作。这首十二行的短诗在开头的四行诗里,连用了七个比喻推出论题:"你隽永的神秘,你美丽的谎,/你倔强的质问,你一道金光,/一点儿亲密的意义,一股火,/一缕缥缈的呼声,你是什么?"你是什么——被对象化了的"一个观念"是什么? 就是一连串奇特瑰丽、充满暗示意味的比喻,引导读者到诗情的海阔天空中去求索追寻。这样,论题也就成了论证过程:中

---

① 沈从文:《沫沫集·论闻一多的〈死水〉》,《沈从文文集》,花城出版社;三联书店香港分店1984年版,第148页。

华文化的"观念",就像"一道金光""一股火""一缕缥缈的呼声",若隐若现,稍纵即逝。然而大象无形,这"观念"又无处不在,像"横暴的威灵""降伏了我",而"我"如同"浪花"忠实于"海洋","节奏"忠实于"歌"一样,忠实于"五千年的记忆",心悦诚服地向五千年的文化精神幻化成的"绚缦的长虹"——经过高度抽象又重新具象化的,理想的文化的象征,献上自己的忠诚、热爱与敬畏:"如今我只问怎样抱得紧你……/你是那样的横蛮,那样美丽!"这是一种得意忘言的淋漓尽致:愿与中华文化的"观念"融为一体。这一抽象的诗题,被艺术地"论证"成了极为深沉的爱国诗情。而这爱国诗情还在向其他诗篇延伸。在《祈祷》的开头,我们读到了相似的诗句:"请告诉我谁是中国人,/启示我,如何把记忆抱紧;/请告诉我这民族的伟大,/轻轻的告诉我,不要喧哗!"在意犹未尽的激动与陶醉中,诗人又唯恐惊扰了"五千年的记忆"的静谧与沉思。这是从茫茫尘境,从芸芸众生的心灵深处升华出来的,神秘而久远的理想诗境。

在另一首题为《一句话》的诗作中,诗人似乎在继续着这种诗意的思考与"论证"。"别看五千年没有说破,/你猜得透火山的缄默?"五千年的文化已经积蓄了足够的能量,诗人在期待着改天换地的爆发——"等到青天里一个霹雳/爆一声:/'咱们的中国!'"尽管这种诗意的"论证"还不可能清晰地勾勒出未来的图景,然而"五千年"给了他信心和胆识,给了他理想和勇力。对于"咱们的中国"的憧憬,又曲隐地传达了他变革现实的强烈要求:他的诗意"论证"中,已经注入了历史批判精神。他的代表诗作《死水》,以"一沟绝望的死水"来象征性地状写当时中国的社会现状,虽然同样是多姿多彩、五色斑斓,然而诗人已不再仅仅沉迷于其中而忘情歌赞,他清醒地看到了迷目五色所掩映的腐朽与污秽——"也许铜的要绿成翡翠,/铁罐上锈出几瓣桃花;/再让油腻织一层罗绮,/霉菌给他蒸出些云霞"。在诗的结尾,诗人不无激愤地断言:"这里断不是美的所在,/不如让给丑恶来开垦,/看他造出个什么世界。"这是以轻蔑的冷嘲压抑着热烈的挚爱。比起《忆菊》和《秋色》时代,诗人此时的爱国主义情愫要丰富得多、深刻得多,同时也复杂得多。

那是既恨又爱,既积极又低沉,既自信又迷惘的复杂的爱国之情。朱自清正是从这首诗中看到了闻一多"真是一团火",看到这"不是'恶之花'的赞颂,而是索性让'丑恶'早些'恶贯满盈','绝望'里才有希望"①。希望在"绝望"中——"绝望"的诗意也因此更令人刻骨铭心。《发现》的开头,也是一阵近于绝望的呐喊:"我来了,我喊一声,迸着血泪,/'这不是我的中华,不对,不对!'"此时的中华大地,有着太多的苦难——《荒村》的苦难、《飞毛腿》的苦难、《静夜》里四墙之外的苦难、乃至《春光》中深巷里进出的苦难……这显然不是诗人理想的中华。于是,诗人上天入地地追寻,却总也得不到答案,只能回到开头那泣血的呻唤:"我追问青天,逼迫八面的风,/我问,(拳头擂着大地的赤胸,)/总问不出消息;我哭着叫你,/呕出一颗心来,——在我心里!"——中华在我心中,只在我悲痛欲绝的心中,这是何等坚执,又是何等绝望的诗意!然而正是在这"绝望"的诗意中,我们感悟到了新的希望:诗人的心中,有一幅绝不同于"死水"般现实的理想中国的图景。虽然这图景当时可能还比较朦胧,但诗人坚执而虔诚地相信,这一天一定会到来。为此,诗人愿意像等待铁树开花,等待火山爆发那样,等待着这一天的到来,等待着天翻地覆而万众欢腾的《一句话》:"咱们的中国"——这亿万人心中共同的、神圣的"一句话"。诗人以他深切的爱国之情和高超的诗艺,将这句话写成了一首字字劲捷、句句沉重、隆隆雷霆中融会着理想憧憬的诗篇。

朱自清说过,《一个观念》《一句话》这样一些爱国诗篇里所表现的"国家的观念或意念是近代的;他爱的是一个理想的完整的中国,也是一个理想的完美的中国。"正是在这个意义上,朱自清再次称许闻一多"抗战以前,他差不多是唯一有意大声歌咏爱国的诗人"。因为,其他诗人的爱国诗"都以具体的事件为歌咏的对象,理想的中国在诗里似乎还没有看见";然而"诗人是时代的前驱,他有义务先创造一个新中

---

① 朱自清:《论雅俗共赏·闻一多先生怎样走着中国文学的道路——〈闻一多全集〉序》,《朱自清全集》,江苏教育出版社1988年版,第321页。

国在他的诗里。"①诗人以对祖国文化的敬重与鉴赏为主要特征的爱国情愫,在《死水》中似乎更加理智化、理性化了,他要以诗意的思考更积极地鉴赏、解析中华文化,去创造"理想的新中国"。正是由于有了理想之光的照射,在他的代表作诗集《死水》中,爱国主义诗情的"唯一"品格,得到了进一步的强化。

一位在西南联大时期受业的学生曾经这样评价他的恩师:"闻一多虽然经过好几次的转变,他一生中有两方面是绝对没有变过的,一个就是理想的美的美丽,另一个就是中国文化传统中的美。"②知师莫若生,这两个"绝对",这两种美的共同指向,成就了一位"唯一的爱国诗人"。

《死水》之前,闻一多写过一首两节八行的短诗,题为《爱国的心》,诗的第二节这样写道:"这心腹里海棠叶形,/是中华版图底缩本;/谁能偷去伊的版图?/谁能偷去我的心?"这是一首朴素的诗,主要的艺术手法也是诗歌最常用的,甚至可以说是最原始的手法:比喻。当时中国地图的轮廓,恰似一片海棠花的叶片,也像是人的心脏的剖面图。然而,这原始的诗歌艺术所传达的诗意,却是令人刻骨铭心的:我心即中华,中华即我心!爱祖国如同爱自己的心脏——心脏只有一个,祖国只有一个,而像闻一多这样以爱为天赋,以爱国为天赋、为宗教、为生命的诗人,似乎也只有一个。以爱国情愫为审美活动的中心,为理想求索的中心,为物质生活和精神生活,乃至生命活动的中心——从爱国主义诗情的强度、烈度乃至"纯度"考察,我们也似乎能够更深切地体会到闻一多爱国诗篇"唯一"的意义,体会到先哲的"唯一的爱国诗人"的深度评价,的确有着深远的历史睿智和深中肯綮的美学认识。

---

① 朱自清:《新诗杂话·爱国诗》,《朱自清全集》,江苏教育出版社1990年版,第357—359页。

② 许芥昱:《新诗的开路人——闻一多》,卓以玉译,香港波文书局1982年版,第197页。

闻一多与新诗的"标准化"

《死水》出版问世两年后的1930年,沈从文发表了他的文学批评力作《论闻一多的〈死水〉》[①]。这篇文章对诗集《死水》进行了细致入微的美学分析,注意到诗人以浪漫诗情兼容现实的理智的思考才力,认为诗人对于这一艺术悖论的成功处理,使得诗作的抒情方式更加出神入化,无迹可求了:"因为作者在诗上那种冷静的注意,使诗中情感也消灭到组织中。"沈从文认为:"《死水》一集,在文字和组织上所达到的纯粹,……而另外重新为中国建立一种新诗完整风格的成就,实较之国内任何诗人皆多。"为此,沈从文给了《死水》极高的评价和赞誉,称《死水》是"近年来一本标准诗歌!在体裁方面,在文字方面,《死水》的影响,不是读者,当是作者"。"标准"似乎主要是对诗歌的"生产者"而言的,所以沈从文说,《死水》在体裁和文字方面,也即诗歌形式和诗歌观念方面,更多的影响,是在新诗的作者们。新诗人们的"标准"意识、"标准"观念乃至于"标准化"的艺术操作,正是《死水》的作者孜孜以求的。

新诗观念:高度的文体自觉

这"一本标准诗歌",是闻一多近十年辛勤探索的艺术结晶。而这十年的艺术探索,也正是他追求新诗"标准化"的过程。首先是诗歌观念上高度的文体自觉。在他刚刚开始新诗创作不久的1921年,就在一篇散文中"诚诚恳恳地奉劝那些落伍的诗家",那些整日沉溺于"平平

---

① 沈从文:《沫沫集·论闻一多的〈死水〉》,《沈从文文集》,花城出版社;三联书店香港分店1984年版,第148页。

厌厌"的"斗方派"诗人们,"若真要做诗,只有新诗这条道走,赶快醒来,急起直追,还不算晚呢"①。两年后,他又通过评介郭沫若的《女神》,进一步表达了新诗必须求新,求异于旧诗,必须富于时代精神的观念:"若讲新诗,郭沫若君的诗才配称新呢,不独艺术上他的作品与旧诗词相去最远,最要紧的是他的精神完全是时代的精神——二十世纪底时代的精神。""郭沫若底这种特质使他根本上异于我国往古之诗人。"②"郭沫若的特质"应当就是新诗的基本特质,因为"我们的旧诗大体上看来太没有时代精神的变化了,从唐朝起,我们的诗发育到成年时期了,以后便似乎不大肯长了,直到这回革命(指辛亥革命——引注)以前,诗底形式同精神还差不多是当初那个老模样。(词曲同诗相去实不甚远,现行的新诗却大不同了。)"③他自己身体力行,自开始新诗创作之后就几乎不再写与"现行的新诗""大不同"的旧体诗了,即便技痒偶一为之,也是藏之于书信、手稿,从不拿出去发表。他不仅很少写旧体诗,甚至对旧体诗词的一些程式化的习用技巧,也保持着高度的警觉,希望自己的新诗在艺术上也最好能与之"划清界线"。比如,他曾以苦吟的精神和功夫修改自己的诗作《洗衣歌》,但听到有人赞赏其中的两行诗"年来年去一滴思乡的泪,/半夜三更一盏洗衣的灯"时,却又叹息道:美则美矣,可惜太工整了。大约他并非刻意求工,只是旧诗词的素养使他在字句的推敲琢磨中妙手偶得,但他仍然担心会不自觉地落入旧诗的窠臼。虽美但缺少"大不同"的新意的艺术操作,在他看来也许是不足为法的。在这一点上,他的看法与"五四"文学革命的先驱们如钱玄同的认识,是比较一致的,那就是做白话诗文,"宁可失之于俗,不要失之于文"④。

这种自觉的新诗文体意识,闻一多一直保持着。1941年八九月

---

① 闻一多:《敬告落伍的诗家》,载《清华周刊》1921年第211期。
② 闻一多:《女神之时代精神》,《闻一多全集》,三联书店1982年版,第351—352页。
③ 同上书,第362页。
④ 钱玄同:《〈尝试集〉序》,《中国新文学大系·建设理论集》,上海良友图书公司1935年版,第106页。

间,作家老舍应时任西南联大中文系主任的罗常培(莘田)之邀,来昆明西南联大讲学。老、罗两人是知交,老舍来昆明后,与罗常培多有旧体诗唱和。这本是那一时代文人的雅兴,但闻一多在主持老舍讲演会的致辞中,却明确地表示了不赞成的意思①。1943年,已多年不写新诗的他在谈到新诗的前景时,仍然满怀激情,同时也满怀忧虑。他认为,"在这新时代的文学动向中,最值得揣摩的,是新诗的前途"。新诗要获得新生,"除非它真能放弃传统意识,完全洗心革面,重新做起。但那差不多等于说,要把诗做得不像诗了"②。这里所谓要让新诗"不像诗",从逻辑上推断,所指的只能是"不像"旧诗。

这种可贵的文体自觉,是他创建"标准"的原动力。他自开始新诗创作以来的理论思考和艺术实践探索的中心问题之一,就是论证、实验和创立"不像诗"即不同于旧体诗的,但同样具有听觉和视觉冲击力,同样能撼人心魄的诗歌形式。他的新诗形式理论思考和探索,是与新诗创作几乎同时起步的。在通常被认为是他的新诗处女作《西岸》的问世前后,他也同时开始向"西岸"寻求诗歌文体、诗歌形式的启示。在《西岸》刊发于《清华周刊》九个月后的1921年6月,他在《评本学年〈周刊〉里的新诗》③一文中,已经注意到了所评介的一首诗作的"行数、音节、韵脚完全是一首十四行诗(sonnet)",并说自己的一首诗作《爱的风波》也试图用这种体式来写,但不成功。十四行诗(sonnet)是流行于欧美国家的一种历史悠久,相对凝练、成熟的格律诗体,闻一多说,"介绍这种诗体,恐怕一般新诗家纵不反对,也要怀疑"。但"我个[人]的意见是在赞成一边"。他的"赞成",正是他的新诗文体自觉走向了具体艺术形式构建探索的标志。他似乎已隐约意识到,新诗也像其他文学文体一样,它的创立,同样是无法白手起家的。这样,他的眼光,便很自然地注视到所接触的外国诗歌。如他的好友梁实秋所说,

---

① 王瑶:《念闻一多先生》,载《中国现代文学研究丛刊》1987年第1期。
② 闻一多:《文学的历史动向》,《闻一多全集》,三联书店1982年第1期,第205页。
③ 载《清华周刊》1921年第7次增刊。

"新诗是一个突然生出的东西,无依无靠,没有轨迹可循,外国诗正是一个最好的借镜。无论在取材上,在辞藻上,在格调上,或其他有关方面,外国诗都极有参考价值"①。闻一多认识到,相对独立的、新异的诗歌文体的成立,是离不开同样相对独立的、有着自己的具体美学规定的诗歌艺术形式所提供的"技术支持"的。为寻求"技术支持",闻一多开始从诗歌形式的基础研究做起。这一年年底,他在清华文学社作了一次关于诗歌艺术形式的研究报告,继续并深化了半年前开始的艺术探索。研究报告只留下一份英文提纲,题为"A Study of Rhythm in Poetry",自注汉译《诗底音节的研究》②。对照汉英题名可以见出,闻一多所使用的"音节"这一概念,源自通常译为节奏、韵律的"rhythm",而非语言学意义上的"syllable"——以后,闻一多似乎也一直是在音韵节奏的意义上使用"音节"这一概念的。从提纲的文本看,闻一多为这份研究报告作了比较充分的准备。提纲不仅十分精细地论述了诗歌音节的分类、作用、特性,诗韵的韵位、韵式,以及诗歌韵律的最大单位——诗节,而且对音节这一研究的元范畴,不仅从文学,而且从生理学、社会学、艺术学,甚至文化人类学等不同层面,做了比较深入和开阔的理论溯源。且提纲所列参考书目,亦有二十三种之多。这就为他创建中国新诗"标准"的工作,奠定了十分坚实的基础。

新诗形式:"充实的内容"和"天然的整齐的轮廓"的有机统一

这种坚实的基础性工作,闻一多在新诗创作的同时,一直在进行着。1922年3月,他完成了诗歌理论论著《律诗底研究》。这部论著从一定的意义上可以看作是《诗底音节的研究》的理论思考的延伸和进一步丰富,文稿中也留存有两者联系的痕迹。在"五四"新文化运动刚

---

① 梁实秋:《舟子的悲歌(书评)》,《"自由中国"》(台北)1952年第8期。
② 武汉大学闻一多研究室编:《闻一多论新诗》,武汉大学出版社1985年版,第17—23页。

刚开始"退潮"之时,如此专注地研究中国古典诗歌主体形式之一的律诗,是耐人寻味的。从表面上看,他此时极言律诗之美,甚至说"盖最圆满之诗体莫律诗若"①,似乎是与他一贯的新诗文体自觉,与他一年前正言厉色地《敬告落伍的诗家》,是相矛盾的;但实际上,这更宜视为不同层面美学思考不断丰富与不断完善的标志,更宜视为他的新诗文体自觉,他的新诗形式意识的进一步强化。他发现新诗在接受了外来影响,冲破了旧诗的束缚,解放了诗体之后,似乎又在向另一个极端滑动,就是"体格气味日西"②的倾向。他在盛赞《女神》表现了 20 世纪的时代精神的同时,又敏锐地觉察到,将《女神》"认为正式的新体中国诗,则未敢附和。盖郭君特西人而中语耳。不知者或将疑其作为译品"③。如何救正这种倾向?闻一多认为,在"参借西法以改革诗体"的同时,还必须辩证地对待被改革的诗体——中国传统诗歌形式,其"当改者则改之","其当存之中国艺术之特质则不可没"④。研究律诗,正是为了发掘诗歌形式理论的"中国艺术之特质",以确立拟创建的中国新诗"标准"的本土文化背景。

《律诗底研究》之后,闻一多的新诗创作有一个明显的变化,就是开始注意诗歌节奏、音韵格律的相对均齐、严整,这显然是在试图实践自己的一些理论见解。其中最初的比较自觉、比较集中的格律形式探讨,体现于 1923 年初《园内》的写作。这首三百余行的长诗,是当时身在美国的闻一多为追忆清华园内学生生活而写的。他说这部长诗的结构是"一首律诗的放大",其中"第三四节晨曦夕阳为一联,第五六节凉夜深更为一联;再加上前后的四节共为八节,正合律诗的八句"⑤。这首诗的形式结构试图实践《律诗底研究》的理论探索,把律诗的"句结构"扩展为新诗的"节(段)结构",很好地体现了律诗形式的"紧凑"

---

① 闻一多:《律诗底研究》,《闻一多研究四十年》,清华大学出版社 1988 年版,第 56 页。
② 同上书,第 58 页。
③ 同上。
④ 同上书,第 54、52 页。
⑤ 闻一多:《闻一多书信选辑(七十)》,载《新文学史料》1984 年第 2 期。

"整齐""精严"等审美特征。《园内》之后,闻一多的新诗创作逐渐步入《死水》时期,开始了更开阔也更严谨的新诗形式试验。

经过一段时间的理论探讨和艺术实践的积累,到了1926年春天,闻一多联合徐志摩、朱湘、饶孟侃等一批艺术上的同道,利用北京的《晨报副镌》,创办了共十一期《诗镌》,进行了一次中国新诗"标准化"——格律化的"可行性论证"。《诗镌》第七期刊发了闻一多的论文《诗的格律》,把新诗格律形式理论引向更开阔也更具体的范畴。在这篇堪称新诗"创格"理论宣言的文章中,闻一多提出了他的著名的"三美"理论,即诗的艺术实力包括"音乐的美(音节),绘画的美(词藻),并且还有建筑的美(节的匀称和句的均齐)",为新诗的格律形式作了具体的、也是切实可行的美学设计。这一精深的美学构想,是他多年来关于新诗艺术形式思索的结晶。其艺术思考的脉络连通着他的整个新诗形式探索活动。我们看到,《诗的格律》沿用了《律诗底研究》的比拟,即以"舞蹈家的脚镣"类比诗的格律,而且也同样征引了英国文艺理论家布里斯·佩瑞(Bliss Perry)的一段妙文"差不多没有诗人承认他们真正给格律束缚住了。他们乐意戴着脚镣跳舞,而且要戴别个诗人的脚镣"。这种深刻得有些偏执的艺术见解,对闻一多的触动很大。从《律诗底研究》到《诗的格律》,闻一多一直在寻求、锻造这种"别个诗人的"——也就是"标准"的、通行的、能为诗人们普遍接受的、在约定俗成的束缚中充分发挥艺术表现自由的"艺术脚镣"。在《诗的格律》中,闻一多提出了一种关于"脚镣"的相对完善的"工艺设计"并加以论证,这就是"三美"理论。其核心内容,即所谓"节的匀称和句的均齐",亦孕育于《律诗底研究》。他从律诗的形式中感悟到,"均齐是中国的哲学、伦理、艺术底天然的色彩",是"中国式的美"[1]。因此,均齐之美可以构成中国诗歌的一个重要审美特征。但闻一多的理论思考是缜密而严谨的,他对于律诗形式美的推重与借重,并不会影响和动摇,反而进一步强化了他的新诗文体自觉。闻一多认为,新诗的均齐之美并不

---

[1] 闻一多:《律诗底研究》,《闻一多研究四十年》,清华大学出版社1988年版,第54、52页。

等同于律诗的均齐,他在《诗的格律》中,列举了它们的三点相异之处:

  1. 律诗永远只有一个格式,而新诗的格式是层出不穷的;

  2. 律诗的格律与内容不发生关系,即不论表达何种思想情绪,其格律的具体规定,如押韵、平仄、粘对等都不可通融;而"新诗的格式是根据内容的精神制造成的","新诗的格式是相体裁衣";

  3. "律诗的格式是别人替我们定的,新诗的格式可以用我们自己的意匠来随时构造"。

  比较诗学的研究方法,使得闻一多在《律诗底研究》中悟出格律形式对于诗歌文学繁荣兴盛的不可或缺。但闻一多从律诗的研究中所获得的,更多的还是一种"观念的启示"。至于新诗格律的具体美学设计,却完全摆脱了他曾经激赏的律诗的那种程式化了的形式羁绊,更多地取法于外国诗歌,尤其是比较接近所处时代的英美近现代诗歌的格律形式,创造了"三美"理论,创造了基于新诗艺术实践的,完全不同于律诗等旧体诗形式的"节的匀称和句的均齐"。这种"匀称"和"均齐"的获得,很大程度上得力于 foot 即"音尺"(或译作音步、音组、顿)这一英诗格律元素的"引进",以及结合现代汉语特点所进行的"中国化"的改造。音尺(foot)是英语语言学中用于测定诗歌语言结构重音(stress)模式的单位,一行诗可以划分为若干音尺。由于重读音节与非重读音节的交错,尽管每个音尺的音节数不尽一致,但发音所占的时间却大体相当。闻一多根据汉字的单音节,和现代汉语以双音节、多音节(尤其是三音节)词汇为主的特点,创造性地把音尺与字数联系了起来。他引证了别人的诗作,也从自己的代表作《死水》的音尺分析入手,进一步说明以现代汉语为艺术媒介的新诗中通常出现的"音尺",大多是由两个或三个汉字构成的"二字尺"或"三字尺"。通过每个诗行"音尺"总数相同的"二字尺"与"三字尺"有规律的排比,就有可能获得"调和的音节",获得"节的匀称"和"句的均齐"。这种"匀称""均齐"不同于律诗的千诗一面,不是"死气板脸的硬嵌上去的一个整齐的框子",而是"充实的内容产生出来的天然的整齐的轮廓"①。

诗集《死水》正是以"充实的内容"和"天然的整齐的轮廓"的有机统一,实践或者说是展示了闻一多所构想的新诗艺术"标准"。《死水》艺术形式所呈现的丰富面貌,是闻一多新诗格律理论建树的更形象也更全面的阐释。《死水》的格式很讲究,具体的分节形式多种多样,二十八首诗至少可以排比出八种不同的分节方式。以四行节为主,也有五行节、六行节、八行节;还有五行节与四行节相间,八行节与二行节缀合;另有三首诗试用了英文格律诗体十四行(sonnet)及其变体形式。《死水》向我们展示了闻一多创立的新诗"标准"是严谨的,但又是丰富的。

新诗"标准":"最先进的考虑"

李泽厚曾经这样解说李白和杜甫的美学差异:"李白与杜甫都称盛唐,但两种美完全不同。"他认为,李白所代表的"盛唐","是对旧的社会规范和美学标准的冲决与突破,其艺术特征是内容溢出形式,不受形式的任何束缚拘限,是一种还没有确定形式、无可仿效的天才抒发";而杜甫所代表的"盛唐",则"恰恰是对新的艺术规范、美学标准的确定和建立,其特征是讲求形式,要求形式与内容的严格结合和统一,以树立可供学习和仿效的格式和范本"。这样一来,"美的整个风貌就大不一样了。那种神龙见首不见尾的不可捉摸,那种超群轶伦、高华雅逸的贵族气派,让位于更为平易近人,更为通俗易懂,更为工整规矩的世俗风度。它确乎更大众化,更易普遍接受,更受广泛欢迎。人人都可以在他们所开创建立的规矩方圆之中去寻求美、开拓美和创造美"②。李泽厚的见解,对我们深入认识闻一多为新诗"创格"以推动新诗"标准化"的历史意义和美学意义,很有启示。新诗的真正"成立",新诗第

---

① 闻一多:《诗的格律》,《闻一多全集》,三联书店1982年版,第418页。
② 李泽厚:《美的历程》,中国社会科学出版社1984年版,第172、175页。

一次产生"轰动效应",是以郭沫若的那种"内容溢出形式,不受形式的任何束缚拘限",充满时代精神的狂飙突进的诗风为标志的——这也是闻一多自己的看法;然而,那毕竟是一种"超群轶伦"的,一种"还没有确定形式、无可仿效的天才抒发",新诗要进一步发展,要让新的诗歌美感深入人心,就要有更多的人写诗、读诗,就需要把时代精神、诗情诗意纳入规范,使得那"可能而不可习,可至而不可学的天才美","成为人人可学而至,可习而能的人工美"。这就需要"树立可供学习和仿效的格式和范本",需要"更为工整规矩的世俗风度",以使"人人都可以在他们所开创建立的规矩方圆之中去寻求美、开拓美和创造美"①。从一定的意义上也许可以说,闻一多为新诗所做的,正是类似于杜甫的工作。

如同杜甫之后,"学杜几乎成为诗人们必经之途"②一样,朱自清也曾用一句话来概括闻一多创立与实践的新诗格律形式的广泛影响:那时候大家都做格律诗③。这就是"标准"的力量。事实也的确如此。与他一起创办《晨报诗镌》的徐志摩在1931年说过,"(闻)一多不仅是诗人,他也是最有兴味探讨诗的理论和艺术的一个人。我想这五六年来我们几个写诗的朋友多少都受到《死水》的作者的影响。我的笔本来是最不受羁勒的一匹野马,看到了一多的谨严的作品,我方才憬悟到我自己的野性"④。其实,不只是史称新月诗派的同仁如此,就是以后成为现代派诗人的戴望舒、卞之琳、何其芳等,也都有过各自的倾向格律诗的时期,而卞之琳则一直在试图寻求现代诗风与格律形式美的某种契合。上世纪30年代中期,北大、清华两校的新诗爱好者们,在北平成立了一个"读诗会"。参与者们的兴致,集中于论证新诗的吟诵有无可能,也就是着力从听觉方面来探讨新诗格律。抗战"孤岛"时期的上

---

① 李泽厚:《美的历程》,中国社会科学出版社1984年版,第174页。
② 同上书,第177页。
③ 朱自清:《〈中国新文学大系〉诗集导言》,《朱自清全集》,江苏教育出版社1990年版,第372页。
④ 徐志摩:《猛虎集》,新月书店1931年版,第4页。

海,还有人创办过两期《新诗刊》,切磋音节,俨然《晨报诗镌》的赓续。抗战后期,朱自清再次论及《晨报诗镌》的功绩,充分肯定闻一多的格律理论建树,认为众多热心新诗格律建设的诗人们二十年来所进行的种种形式试验,所遵循的原则其实也还是闻一多所倡导的"节的匀称"和"句的均齐"。朱自清认为,以闻一多的格律理论为旗帜的新诗"格律运动实在已经留下了不灭的影响。只看抗战以来的诗,一面虽然趋向散文化,一面却也注意'匀称'和'均齐'","艾青和臧克家两位先生的诗都可作例:前者似乎多注意在'匀称'上,后者却兼注意在'均齐'上。而去年(1942年——引注)出版的卞之琳先生的《十年诗草》,更使我们知道这些年里诗的格律一直有人在试验着"①。新中国成立之初,林庚关于"五四体"的"九言格律诗"的倡导与实践,何其芳关于建立每行顿(即音尺)数相同,末顿一般为双音节词的"现代格律诗"的建议与探讨,以及上世纪60年代臧克家关于以"精练、大体整齐、押韵"为新格律诗基本条件的设想,显然也都程度不等地受到了闻一多的诗歌格律理论的影响,或者说是对闻一多理论的呼应、丰富与发展。而闻一多在《死水》中进行过反复试验,在《诗的格律》中进行过理论概括的那种诗体——四行一节,诗行大体整齐,每行或间行押韵,则在很长时间里一直是新诗中出现频率最高的诗体。不止一位优秀诗人,如臧克家、闻捷、李瑛等,都以这种诗体作为自己诗作的主要体式。一位海外学者认为,闻一多的新诗格律形式建树"会继续影响中国将来的诗人。就在'文化大革命'以后,很多的新诗都还继续的反映闻一多那种节奏的敏觉,也都向闻一多所预料到的方向发展。……闻一多的《太阳吟》,一韵到底,可算是为很多更年青的成功诗人而作的示范"。这位学者说,"文革"时代的一位"工厂诗人",就"公开承认他从闻一多的诗里学了不少东西"。这位诗人"写诗喜欢一韵到底。他一九七三年发表的《英雄颂》就是用这个形式。一九七六年复刊的《诗刊》差不多每

---

① 朱自清:《新诗杂话·诗的形式》,江苏教育出版社1990年版,第398页。

页都能看到这类闻一多的痕迹"①。在一定的意义上也许可以说,这"痕迹"其实也是文学史、新诗史的"痕迹",记录了半个世纪以来中国新诗形式美学探索行程的"痕迹"。而作为开路人的闻一多的历史功绩,必将为文学史和新诗史所铭记。

沈从文的"标准说"经受了历史的检验。事隔近五十年后,上世纪70年代末,诗人卞之琳又提出了与沈从文相似的见解。他列举了新诗史上十部有影响的诗集或长诗,除《死水》外,还包括《女神》《志摩的诗》《望舒草》、臧克家的《烙印》、艾青的《大堰河》、何其芳的《预言》(或《夜歌》)、田间的《给战斗者》、冯至的《十四行集》、李季的《王贵与李香香》等,认为这些诗作"作为单行诗集,它们既是独辟了蹊径,也是独放了异彩。而《死水》,就本身的完整而论,尤为突出"。这里的"完整",意思或近于沈从文所说的"标准"。卞之琳认为:"由说话(或念白)的基本规律而来的新诗格律的基本单位'音尺'或'音组'或'顿'之间的配置关系上,闻(一多——引注)先生实验和提出过的每行用一定数目的'二字尺'(即二字'顿')'三字尺'(即三字'顿')如何适当安排的问题,我认为直到现在还是最先进的考虑。"②由"一本标准诗歌"——或者说是凝聚在一本诗集中的那坚执而深入的理论求索与艺术实践所建立的诗歌"标准"的影响所及如此深远,在中国新诗史上恐怕是绝无仅有的,在世界诗歌史上可能也是罕见的。

半个多世纪以前的1947年,朱自清曾对"标准"做了有深度的阐释:"我们说'标准',有两个意思。一是不自觉的,一是自觉的。不自觉的是我们接受的传统的种种标准。我们运用这些衡量种种事物种种人,但是对这些标准本身并不怀疑,并不衡量,只照样接受下来,作为生活的方便。自觉的是我们修正了的传统的种种标准,以及采用的外来

---

① 许芥昱:《新诗的开路人——闻一多》,卓以玉译,波文书局1982年版,第193页。
② 卞之琳:《完成与开端:纪念诗人闻一多八十生辰》,《闻一多纪念文集》,三联书店1980年版,第214—215页。

的种种标准。这种种自觉的标准,在开始出现的时候大概多少经过我们的衡量;而这种衡量是配合着生活的需要的。"①在朱自清看来,只有"不自觉"的标准,才是严格意义的标准。闻一多"另外重新为中国建立一种新诗完整风格的成就",显然都是在修正传统,借鉴外来"标准",适应现代文化生活需要,自出新诗机杼,是一种创建"自觉"的艺术标准的不懈努力;但其目的,又显然是为了"以身作则",希冀通过更多诗人的共同努力,逐步形成"人人可学而至,可习而能"的,"不自觉"的,不被"怀疑"和"衡量",而可以用来衡量诗作和诗人的新诗艺术标准。有没有与能不能建立和形成这种艺术标准,很可能是事关新诗前途的大问题。最近,老诗人郑敏在一次研讨会上,就不无忧虑地指出:"中国新诗在上个世纪诞生并走过了青少年时代,有着多元的追求和尝试,取得了一些成绩,但一直没有达到世界性的高度。诗歌的语言问题没有解决,现在的写作反映不出新诗的深刻。比如,自由诗怎么传达出汉语的音乐性?新诗是否应突破口语化问题?新诗能否建立起古体诗那样的创作路数?……"②

英雄所见略同。郑敏的忧虑与六十年前闻一多的忧虑,着眼点虽不尽一致,但可以说他们所思虑的重点,可能主要都还是新诗的"标准化"问题。有了相对统一的艺术标准,这种新兴文体才有可能形成足以震撼一个时代的艺术"合力"。

---

① 朱自清:《文学的标准与尺度》,江苏教育出版社1988年版,第130页。
② 韩小蕙:《新诗面临的挑战是走上世界》,《光明日报》2004年5月19日A2版。

闻一多：一座连接古今中西的"诗桥"

1946年7月18日，也就是闻一多遇难之后的第三天，延安《解放日报》刊出了乔木的悼念文章《哀一多先生之死》，文章中有这样一段话："我相信他（指闻一多——引注）是对于现代中国诗的开展，已有并将有最大贡献的少数大匠之一。要在中国现代的诗人中，找出能像他这样联结着中国古代诗、西洋诗和中国现代各派诗的人，并不是很容易的。"无独有偶，在不到两年前的1944年10月，澳大利亚作家、名记者庄士敦（George Johnston）经友人介绍采访了闻一多之后，曾写过一篇向世界报道的英文文章，题为《东方的萧伯纳连系中国的过去、现在和未来》[①]。在这位"东方的萧伯纳"、中国新诗"大匠"闻一多的诗歌文学活动中，我们的确能够看到诗贯古今、诗贯中西的开阔而壮丽的文学景观。

一

这一文学景观，萌生于闻一多的少年时代。1912年末，闻一多十三岁时，带着比大多数同龄人丰富得多的传统文化的家学渊源，考入清华学校，置身于得天独厚的中西文化大汇流的时代机遇之中。清华学校是一所用美国"退回"的庚子赔款创办的，八年制的留美预备学校。学校既以留美为目的，对于英语和"西学"课程的重视，自然是不言而喻的。经过数年带有强制性的严格训练，闻一多在青少年时代就熟练地掌握了英语。最迟至1917年，他已经可以十分娴熟、十分流畅地翻译英文诗歌了。他在1919年初的日记中写道，自己"决志学诗"，为了

---

① 薛诚之：《闻一多和外国诗歌》，载《外国文学研究》1979年第3期。

"学诗",他博览群书,交替着研读中外文学典籍,记入日记的,就有《史记》《文选》《清诗别裁》,以及《英文名家诗类编》《圣经故事》和 *Julius Caesar*(莎士比亚的剧作《裘理斯·恺撒》——引注)①。这种自觉不自觉的比较文学、比较诗学的文化心态,给了他以后的新文学和新诗活动以很大影响。他的第一首白话新诗题为《西岸》,表达了一种渴望了解"西岸"奥秘、沟通中西文化的朦胧的艺术躁动。这首诗以后经整理收入他的第一部诗集《红烛》,在诗的开头征引了英国诗人济慈(John Keats)的诗句作为题记,开创了一种"中西合璧"的新颖诗风。从济慈这位英年早逝的英国诗人那里,他领悟了"美即是真,真即美"(《红烛·艺术底忠臣》)的诗学真谛。其后陆续写下的,收入《红烛》的一些诗作,不仅延续了征引外国诗歌、或是化用用外来文化典故的艺术手法,而且从遣词造句到意象营构、谋篇布局,也大都保持着这种"中西合璧"的艺术风貌。他的长诗《剑匣》,开篇就征引了英国诗人丁尼生(Alfred Tennyson)的长诗《艺术的宫殿》中的十行诗句作为题记,前两行诗"I built my soul a lordly pleasure-house, / Wherein at ease for aye to dwell"(我为我的灵魂筑起一座巍峨的别馆,/好让它在里面优游岁月直到永远")似乎也就是《剑匣》这部长诗的命意,但制作、雕镂这只《剑匣》的材料、史料,却完全取自中国的历史文化。曾有学者著文对这两首结构宏大的诗作做了比较研究。这位学者认为,《剑匣》与《艺术的宫殿》大意基本一致,虽然《剑匣》的内涵和韵味也许不及《艺术的宫殿》那么丰富和深远,但也有自己的特色,尤其是"诗中浓丽的色彩不仅超过丁尼生,而且远追义山,直逼济慈"②。丁尼生、李商隐(义山)和济慈,这三位相隔好几个世纪的时间和好几千公里地域的大诗人,通过《西岸》,通过《剑匣》,通过《红烛》走到了一起。正是这种跨越时空的古今中西诗风的熏染,使得《红烛》中的诗篇虽不乏源于深厚悠久的中华文化的诗歌意象,但抒发情感的炽烈、坦诚,艺术想象的奇幻、大胆,

---

① 闻一多:《仪老日记》,《闻一多研究四十年》,清华大学出版社1988年版,第5—24页。
② 范东兴:《闻一多与丁尼生》,载《外国文学研究》1985年第4期。

以及所化用的英诗诗意所共同凝聚而成的美学力量,却不是中国传统诗歌,也不是此前的新诗所固有的。

为期三年的美国留学生活,更使他与英美文化、英美诗歌有了近距离的接触。他在美国的大学里选修了英美诗歌研究课程,结识了好几位美国意象派诗人,对于英美诗歌,有了更全面、更深入的了解。来到美国之后,他很快接触到了产生于美国本土,属于风靡欧美诗坛的象征派诗歌潮流的意象派诗歌。在芝加哥美术学院学习期间,他见到了美国意象派诗歌的重镇桑德堡(Carl Sandburg)和女诗人罗威尔(Amy Lowell),他特别欣赏意象派诗人佛来琪(John Gould Fletcher)的诗风,当他读到佛来琪的一首题为《在蛮夷的中国诗人》("Chinese Poet among Barbarians")的诗作的时候,竟然有"快乐烧焦了我的心脏"之感,并立即致书友人与其分享。他称佛来琪"是 Imagist School(意象派——引注)中一个健将",他"唤醒了我色彩的感觉","我崇拜他极了"①。欧美意象派、象征派注重刻画个人独特的审美感受,强调运用有物质感的形象与意象抒情写意的手法,通过艺术的"唤醒",传输给了这位来自东方的年轻诗人。

二

《红烛》之后的诗作所接受的欧美诗歌影响,是更为大量和更为深入的。在诗集《红烛》编定并在国内付梓之后,闻一多来到位于美国西部的科罗拉多大学学习美术,并与清华同学梁实秋一起,选修了"丁尼生与勃朗宁研究"和"现代英美诗"两门课。这些课程给了闻一多很多启示,给了他更加开阔的英美诗歌的艺术视野。他开始比较全面、比较集中地关注19世纪以来的英美诗歌,以及对这一时期英美诗歌艺术发展产生了较大影响的诗人——除了拜伦(George G. Byron)、雪莱(Percy B. Shelley)、济慈(John Keats)、华兹华斯(William Wordsworth)这样

---

① 闻一多:《闻一多书信选辑(六十三)》,载《新文学史料》1984年第2期。

一些活跃于19世纪上半叶的著名诗人外,还包括与他生活的时代比较接近的一些英国诗人,如他在课程中所研读的,1850年荣膺"桂冠诗人"称号的丁尼生(Alfred Tennyson),和大器晚成、与丁尼生的地位及影响堪称伯仲的诗人勃朗宁(Robert Browning),以及曾获1907年诺贝尔文学奖的诗人、小说家吉卜林(Joseph R. Kipling),学者诗人豪斯曼(Alfred E. Housman)、史文朋(Agernon C. Swinburne),还有晚年以写抒情诗为主的小说家哈代(Thomas Hardy)等几十位英国诗人。这势必会使他的诗歌创作发生一些变化。前述那位曾将《剑匣》与丁尼生的长诗《艺术的宫殿》相提并论的学者,还以精细深入的比较研究,一一考索说明了闻一多的收入诗集《死水》中的诗作《什么梦?》与丁尼生的抒情诗《母亲的慰藉》("Mother's Consolation")、《你莫怨我》与丁尼生的抒情歌谣集《公主》中的一首诗的诸多相似之处[①]。梁实秋也认为,丁尼生的细腻写法,和勃朗宁之偏重丑陋的手法,以及豪斯曼之简练整洁的形式,吉卜林之雄壮铿锵的节奏,都对闻一多留美时期的诗作产生了很大的影响[②]。他在这一时期所写的诗作,如《大暑》和以后经修改收入诗集《死水》的《泪雨》,曾寄回国内发表。他当年的诗友朱湘认为,"《大暑》一诗与白朗宁(即勃朗宁——引注)的《异域乡思》一诗异曲同工",《泪雨》则与济慈的"The Human Seasons"(《人的四季》)"不约而同"[③]。而他的代表作《死水》,亦体现了上述几位诗人艺术风格的印痕。而且,据梁实秋回忆,闻一多在写这首诗的时候,正是他们在科罗拉多大学一同读勃朗宁的长诗《指环与书》的时候[④]——《指环与书》是勃朗宁的代表作,是一部取材于17世纪罗马社会生活,由十二组戏剧独白组成的两万行长诗。勃朗宁的诗作结构宏大,有时喜欢用复杂隐晦的诗句表达深入的艺术思考,这对《死水》的写作似乎是有一定影响的。《死水》有着与勃朗宁的诗作近似的艺术追求,如朱自清所

---

① 范东兴:《闻一多与丁尼生》,载《外国文学研究》1985年第4期。
② 梁实秋:《谈闻一多》,《闻一多在美国》,华东师范大学出版社1985年版,第117页。
③ 朱湘:《〈泪雨〉附识》,载《京报·副刊》1925年4月2日。
④ 梁实秋:《谈闻一多》,《闻一多在美国》,华东师范大学出版社1985年版,第118页。

说,"《死水》转向幽玄,更为严谨;他作诗有点像李贺的雕镂而出,是靠理智的控制比情感的驱遣多些"①。勃朗宁的复杂隐晦与李贺的幽玄雕镂是那么相似又那么不同,而闻一多却把它们神奇地整合成为《死水》中波澜不兴的神秘光彩。

《死水》对于英美诗歌艺术营养的吸收和借鉴是自觉的、多方面的。首先是创作的总体构想即立意,他在给友人的书信中说,"现拟作一个 series of sketches（短篇作品系列,组诗——引注）,描写中国人在此邦受气的故事。体裁用自由诗或如 Henley 底'In Hospital（《在医院中》——引注）'"②。这个 series of sketches,可能就是拟想中的诗集《死水》的雏形。英国 19 世纪诗人威廉·亨莱（William E. Henley）的《在医院中》是由二十八首自由体诗组成的,而诗集《死水》恰好也收录了二十八首诗,不同的是《死水》用的是格律诗形式。作为闻一多新诗创作活动的"标志性建筑",《死水》的形成和编集经过了严格的汰选和反复推敲,就我们现在所看到的《死水》的面貌而言,"描写中国人在此邦受气的故事"的写作初衷,在诗集的创作和形成过程中似乎已经逐渐升华为抒情主人公强烈的爱国情绪、历史使命感和社会责任感,只有少数诗作如《洗衣歌》,保留了一些当初的意念。而在诗作的结构、音节、字句的处理等方面,《死水》中英美诗歌的影响就更显而易见了。就是在这首《洗衣歌》中,我们可以看到好几位英国诗人的身影——一位海外学者认为,《洗衣歌》的"主题跟形式都很像英国诗人汤玛斯虎德（Thomas Hood）的《缝衣曲》,闻氏那首诗中亦可以看出吉伯龄（Kipling）的响亮节奏,与史文朋（Swinburne）式音节的重复使用"③。上世纪 40 年代,闻一多还曾谈到,自己在美国留学的时候,很喜欢美国现代女诗人狄丝黛尔（Sara Tesdale）的诗,并说《死水》中那首悼念亡女的诗作《忘掉她》,就是受了狄丝黛尔的"Let It Be Forgotten"（《让它被忘

---

① 朱自清：《〈中国新文学大系〉诗集导言》,《朱自清全集》,江苏教育出版社 1990 年版,第 373—374 页。

② 闻一多：《闻一多书信选辑（七十五）》,载《新文学史料》1984 年第 2 期。

③ 许芥昱：《新诗的开路人——闻一多》,卓以玉译,波文书局 1982 年版,第 81 页。

掉》——引注)的影响而写的。时隔多年,闻一多还能背诵其中的几句"Time is a kind friend,he will make us old"——"时间是位仁慈的朋友,他会使我们变老"。① 而《忘掉她》中也有意思相近的两行诗:"年华那朋友真好,/他明天就叫你老";"Let It Be Forgotten"开头的一行诗"让它被忘掉,像一朵花被忘掉",则被闻一多艺术地"改造"成为《忘掉她》的"主旋律"诗句:"忘掉她,像一朵忘掉的花",在每一节诗的首尾复沓出现,很好地渲染了全诗凄美、悠远的诗意。

当然,作为这座"诗桥"的一块基石,《死水》也并"不是'恶之花'的赞颂"②,其中也同样熔铸着来自历史深处的中国诗歌元素。对此,本文将在下文论及。

三

1935年,朱自清在回顾新诗第一个十年(1918—1927)的艺术发展历程时,将这十年的诗歌潮流分为三派:自由诗派、格律诗派和象征诗派。其中格律诗派"深受英国的影响,不但在试验英国诗体,艺术上也大半模仿近代英国诗",而在格律诗派中,"闻一多氏影响最大"③。也就是说,闻一多的理论建树与艺术实践,最集中地体现了英美诗歌对中国新诗的积极影响,引领与造就了中国新诗史上一个重要的艺术流派。

闻一多的诗歌艺术成就不仅得益于横向的开阔外国诗歌文学背景,同时也得益于纵向的传统诗歌艺术精华的撷取与承传。如前所述,闻一多出身于书香门第,幼年在私塾中接受过传统文化的熏陶,进入清华学校这样一所西方文化氛围十分浓重,近于"全盘西化"的学校之后,仍坚持利用业余时间研习传统文化典籍,特别是每年暑假回湖北老

---

① 薛诚之:《闻一多和外国诗歌》,载《外国文学研究》1979年第3期。
② 朱自清:《论雅俗共赏·闻一多先生怎样走着中国文学的道路——〈闻一多全集〉序》,《朱自清全集》,江苏教育出版社1988年版,第321页。
③ 朱自清:《〈中国新文学大系〉诗集导言》,《朱自清全集》,江苏教育出版社1990年版,第373—374页。

家,必定苦读文史诗书两个月,把老家的书房命名为"二月庐"。从1916年起,即有《二月庐漫记》等十六则文言散文多篇,和《拟李陵与苏武诗三首》等旧体诗多首发表。1919年他于"枕上读《清诗别裁》"之时而"决志学诗",并制定了读诗计划:"读诗,自清明以上溯魏汉先秦。读《别裁》毕,读《明诗综》,次《元诗选》,次《宋诗钞》,次《全唐诗》,次《八代诗选》,期于二年内读毕。"[①]腹有诗书,则笔端亦自有源头活水。他的诗集《红烛》,即取意于唐代诗人李商隐的名句"蜡炬成灰泪始干",《红烛》除序诗外共分为五辑,每辑分别征引李白、黄庭坚、陆游、杜甫、王维的诗句作为题记,第一辑诗即名之为《李白篇》,《李白篇》的第一首诗,也是整个诗集序诗之后的开篇之作《李白之死》,取意于诗人李白"捉月骑鲸而终"的传说,"藉以描画诗人底人格"[②]。源远流长的古典诗歌传统,通过各辑的题记,通过开篇之作所建立的诗歌文化"渠道",源源流入了新诗集《红烛》。

在美国留学的三年中,异域的文化氛围更强化了这位爱国诗人的中国心。这就是他在致友人的书信中所反复说的,"不出国不知道想家的滋味"[③],对于家国的思念使得他更加钟情于家国文化精华的载体之一——中国古代诗歌。他在课余读了杜甫、韩愈、陆游等诗人的大量诗作,认真地做了笔记,还打算进行唐代六大诗人研究,写一篇李商隐与济慈的比较研究论文[④]。写于留美前期,收入《红烛》后两辑《孤雁篇》中的许多诗作,如前文所述及的《孤雁》《我是一个流囚》《太阳吟》《秋色》《忆菊》等诗,和《红豆篇》中的诗作,都蕴蓄着更浓郁、更深沉的中国文化意味。阅读其以后陆续写下的,特别是收入诗集《死水》的那些精致的、"标准"的诗篇,我们在叹赏诗人"重新为中国建立一种新

---

① 闻一多:《仪老日记》,《闻一多研究四十年》,清华大学出版社1988年版,第16页。
② 闻一多:《〈李白之死〉题记》,《闻一多全集》,三联书店1982年版,第206页。
③ 闻一多:《闻一多书信选辑(五十五)》,载《新文学史料》1984年第1期。
④ 闻一多:《闻一多书信选辑(六十八)(六十二)》,载《新文学史料》1984年第2期。

诗完整风格的成就"①的同时,更可以品鉴出古典诗歌的悠长意蕴:"白石的坚贞","鸦背驮着夕阳","黄昏里织满了蝙蝠的翅膀"(《口供》)这样一些古典诗歌中常见的意象;"中年的泪定似秋雨淅沥,/梧桐叶上敲着永夜的悲歌"(《泪雨》)这样的比兴手法;"最好是让这口里塞满了沙泥,/如其它只会唱着个人的休戚"(《静夜》)这样忧国忧民以至痛心疾首的中国诗歌魂魄,等等。《死水》对于古典诗歌传统艺术精华的融会与吸收,达到了出神入化、无迹可求的程度。

闻一多新诗创作贯通古今中西的艺术风貌,同时也体现在诗歌格律形式的建设方面。如前所述,他很早就开始关注流行于许多欧美国家的格律诗体十四行诗(sonnet),以后还写过研究十四行诗的专文《谈商籁体》,成为现代中国"第一个使人注意'商籁'的人"②——根据十四行诗的原文sonnet的读音将其音译为"商籁",是闻一多的首创,这充满诗意的译名,本身就是两种诗歌文化交融沟通的象征。在这篇文章中,闻一多谈到,"一首理想的商籁体,应该是个三百六十度的圆形",这一思考恰与他十年前对律诗的认识相合:"律诗于质则为一天然的单位,于数为'百分之百'(hundred per cent),于形则为三百六十度之圆形"③。闻一多从比较诗学的角度,找到了中西诗歌形式的普遍审美追求——圆满。他的新诗格律理论的核心内容,如新诗的"三美",如"节的匀称和句的均齐",从一定的意义上说,都是这种"圆满"艺术精神的体现,都是集中外诗歌形式美之大成之后的理论创新。他在开始新诗创作不久的1921年,即试做汉语"商籁"——十四行诗,题为《爱的风波》(收入诗集《红烛》后改题为《风波》)。诗集《死水》的二十八首中,《收回》《"你指着太阳起誓"》《静夜》等三首诗,也是用十四行诗及其变体写成的。而他在新诗艺术形式探索过程中,对于中国古典诗歌形式美学因素自觉不自觉的频频顾盼与汲取,更是显而易见的:

---

① 沈从文:《沫沫集·论闻一多的〈死水〉》,《沈从文文集》,花城出版社;三联书店香港分店1984年版,第147页。
② 朱自清:《新诗杂话·诗的形式》,《朱自清全集》,江苏教育出版社1988年版,第397页。
③ 闻一多:《律诗底研究》,《闻一多研究四十年》,清华大学出版社1988年版,第56页。

他在美国留学期间写过一首追忆清华学生生活的长诗《园内》,全诗八节,自谓从诗的布局结构"可以看出是一首律诗的放大。第三四节晨曦夕阳为一联,第五六节凉夜深更为一联;再加上前后的四节共为八节,正合律诗的八句"。他还说,从这首诗中,"也可以看出我的复古的倾向日甚一日了"①——所谓"复古的倾向",其实是对"五四"新文学发难者们曾经否定并主张弃却的传统诗歌形式的重新审视、解析和化用。而爱国诗篇《七子之歌》,姑且不论其悲愤哀婉的抒情内容,仅从外在的诗歌形式上,即可以感受到一种浓郁的中国文化气息——《七子之歌》由七首(节)诗组成,每首(节)诗又是七行,从而与汉代文学家枚乘的《七发》所开创的、铺张扬厉的辞赋"七体",以及曹植、阮瑀、王粲等汉魏诗人反复吟咏的《七哀诗》,形成了多重对应,使得熟悉中国文学传统的读者能够从这些"七"中,直接感受到一种古今相通的,激越、悲愤、哀怨的文学意味。

1928年,在《死水》出版之后的几个月,闻一多发表了论文《杜甫》,其中有这样一段话:

> 我们的生活如今真是太放纵了,太夸妄了,太杳小了,太龌龊了。因此我们不能忘记杜甫,有个时期,华茨华斯也不能忘记弥尔顿,他喊——
>
> "Milton! thou shouldst be living at this hour:
> England hath need of thee: she is a fen
> Of stagnant waters: alter, sword, and pen,
> Fireside, the heroic wealth of hall and bower,
> ……………………"②

这里的"a fen of stagnant waters",可以译为"一沟死水"——又见"死水",又见《死水》式的诗句。20世纪的中国与19世纪的英国,中国诗人杜甫和英国诗人华兹华斯、弥尔顿,在《死水》中不期而遇了。他们

---

① 闻一多:《闻一多书信选辑(七十)》,载《新文学史料》1984年第2期。
② 闻一多:《杜甫》,《闻一多全集》,三联书店1982年版,第144页。

是那么相异(在时代、社会、民族和历史层面上)又那么相似(在诗学层面上),闻一多以他们的相似整合了他们的相异,那就是他们共同的对腐朽社会制度的深恶与对伟大祖国的挚爱,对黑暗现实的激愤与对美好未来的向往,对生活的失望与对诗歌的执著,等等。这一艺术整合"个案"所体现的,正是闻一多广泛汲取古今中外诗歌艺术营养的胸襟和洞幽烛微的探求精神。《死水》所代表的闻一多诗歌的深厚、凝重、严整、冷峻又炽热、低沉又高亢的丰富而开阔的诗风,从一定意义上说,可能正是得益于他的连接古今中外诗歌潮流的,"桥梁"般的诗歌艺术实践。

闻一多：照亮新诗坛和故纸堆的红烛

中国现代史的开端——"五四"时代，是中国几千年文明史上的一个空前伟大的时代。如同恩格斯所热情讴歌的欧洲文艺复兴时代一样，这"是一个需要巨人而且产生巨人——在思维能力、热情和性格方面，在多才多艺和学识渊博方面的巨人的时代"①。站在"五四"新文学运动前列的旗手和骁将们，从鲁迅、郭沫若、茅盾，到朱自清、闻一多，正是以巨人的步幅，在五千年的历史纵深里，在八万里的大洲大洋间踏出了一条通衢大道，使得中国文学迅速完成了自身的"现代化"，奋起直追世界近现代文学。他们披荆斩棘的历史功业，深深地镌刻在了中国现代文学的丰碑上。

作为一代"巨人"，作为中国现代文学的开路人之一的闻一多，不仅以他的诗集《红烛》《死水》和众多的新诗批评、新诗理论论文，在新诗发展史上留下了具有开创意义的实绩，而且在中国古典文学研究、外国诗歌译介以及绘画、篆刻、书法、戏剧等方面，也都显示了高深的造诣。其中尤为突出的是古典文学研究的累累硕果——在四卷本、一百多万字的《闻一多全集》中，有四分之三的内容是关于古典文学学术研究的。"他那眼光的犀利，考索的赅博，立说的新颖而翔实，不仅是前无古人，恐怕还要后无来者的。"②现存的闻一多的八九千页未刊手稿，绝大多数也都是这方面的文字。标识出闻一多的新文学活动与古典文学学术研究之间的"桥"和"路"，科学地说明和评价这二者之间的联系，是闻一多研究，也是中国现代文学研究的一项重要课题。本文拟围

---

① ［德］恩格斯：《自然辩证法》，《马克思恩格斯全集》第29卷，人民出版社1971年版，第361页。

② 郭沫若：《闻一多全集·序》，《闻一多全集》，三联书店1982年版。

绕这一课题略陈管见,以抛砖引玉,就教于海内外的师友们。

"尚进取"的"新君子"

和"五四"新文学运动的许多先锋战士一样,作为新诗人的闻一多,也是从旧诗的营垒中冲杀出来的。生于19世纪末一个书香门第的闻一多,和那个时代这种出身的大多数中国少年一样,在私塾里接受了中国传统文化的启蒙教育。据他的一位亲属回忆,他"十二岁时就能够写出象样的时论文章,能做旧体诗"①了。带着比这个年纪一般的孩子们要扎实、丰富得多的古典文学方面的准备,闻一多十三岁时进入清华学校学习。他抵制了这所留美预备学校重英文课、轻中文课的不良风气,进校不久就发起成立了"课余补习会",组织同学利用课余时间自修中国古代文学,他被选为会长。他在一封家信中谈到课余阅读的书籍,就有《汉书》《史记》《左传》及两种选本的《古文辞类纂》等多种②。他还利用每年暑假返乡探亲的时间,在湖北浠水老家集中攻读古代文学典籍两个月,用浅近的文言文写下了大量的读书札记。这些札记的一部分,以《二月庐漫记》为题,从1916年4月起,先后在《清华周刊》上陆续发表了十六则。这些《漫记》,出入于经史子集,驰骋于诗书礼易,旁征博引,涉笔成趣,既有缜密的考订、辨正,也有新奇的阐发、推导,显示了十六七岁的青少年中罕见的深厚素养和深刻思想。以后随着年龄的增长,阅历的丰富,他逐渐把横向的博览群书与纵向的系统攻读结合了起来。在1916年2月的一篇日记中,他写道:"近决志学诗。读诗自清、明以上,溯魏、汉、先秦。读别裁毕,读明诗综,次元诗选,宋诗钞,次全唐诗,次八代诗选,期于二年内读毕。"③在言明"决志学诗"前后,自1916年至1919年,闻一多曾发表过旧体诗多首,表现了

---

① 闻振如:《忆多兄二三事》,《湖北日报》1979年11月25日。
② 闻一多:《闻一多书信选辑》(一),载《新文学史料》1983年第3期。
③ 闻一多:《仪老日记》(手稿),转引自刘恒《闻一多评传》。

一定的古典诗词的造诣和功力。

然而,在近代中国,尤其是20世纪初的中国,古老的传统文化,正面临着一场前所未有的严峻挑战。屈辱的"门户开放"政策,结束了几千年闭关锁国的状态,西方先进的意识形态,伴随着帝国主义的军事侵略、经济侵略,源源涌入这片广袤、神秘的大陆。在这样的环境下成长起来的一代中国知识分子,就很难再像他们的先辈那样,"一心只读圣贤书"了。

闻一多的父亲早年参加过一些维新变革活动,是一位较早接受新思潮影响的前清秀才。他很重视对于子弟的教育,率先建立了"诗云子曰"的旧学与新的文化科学知识并重的"改良家塾"。闻一多的一位启蒙塾师,就曾以当时城里学校的课本,如国文、历史、博物、修身,以及梁启超的浅近文章作为教材的一部分,并注重训练学生运用文字的能力。1910年,十一岁的闻一多考入两湖师范学校附属小学,学校所在地武昌,正是当时的"洋务派"张之洞试行"实业救国"的基地。近代工业文明和形形色色"为用"的"西学",正在改变着古老的武汉三镇的面貌。少年闻一多是在这样的环境里,开始接受系统的、现代意义的学校教育的,同时也开始接触近代中国的一些新的社会思潮——如梁启超所代表的"维新派"的思想和政治主张,这就使得闻一多很早就具有了比较开阔的视野,能够联系一个新时代的政治文化背景进行学术研究。

进入清华学校之后,闻一多在组织"课余补习会"的同时,还利用学校优越的学习条件、丰富的藏书,阅读了很多西方的文学、历史、哲学、艺术以至宗教方面的著作,进一步打开了眼界,从中汲取了西方近代思想的积极进取精神。从《二月庐漫记》中,我们可以看到,闻一多对于中国古典文学的学习研究,不仅注意严密稽考,广泛征引,而且能独辟蹊径,敢于发前人之所未发,不囿于任何传统见解。他论咏梅诗词,辑录了自南北朝至清代八位诗人的作品,受到他激赏的,是其中那些有独创精神,"有举头天外之慨,脱尽咏梅恒径""奇崛可惊"[①]的佳

---

① 闻一多:《二月庐漫记》(续五),载《清华周刊》第78期,1916年5月24日。

句,他诠释故典,注意吸收新的研究成果,如在介绍"风马牛不相及"一语的出处后,又说到"近有解者,牛走逆风,马走顺风,故不相及",认为"此说亦新"①。他深恶人云亦云、随声附和的不良学风,敢于同苏轼、白居易、朱熹等历史上的权威商兑,敢于向已经成为定论的传统看法挑战,他认为,"庄周妻亡,鼓盆而歌,世以为达,此殆不然。未能忘情,故以歌遣之耳,情若能忘,又何必歌?"②

由于论题、篇幅的限制以及笔者水平的关系,本文不涉及对这类"翻案文章"的具体评价。但这种不拘成法,认真思索,独抒己见的探索精神,显然是与"五四"时期破除迷信、解放思想、解放个性、重新认识过去一切的时代要求相一致的。这与他数年后发愿要领袖一种新的艺术潮流的气概,以及他在新诗艺术实践和新诗美学理论建设中所表现的开创精神,也都是有历史联系的。

《二月庐漫记》是一部研究、考据具体历史材料,有感而发的读书札记,与《二月庐漫记》同时及稍后,闻一多还发表了一些其他体裁的文言文,这些文章大多是从宏观的角度,结合新的社会思潮,考察探讨中国古代文化中的一些重大问题。从一些文章的题目即可以看出这种倾向:《论振兴国学》《新君子广义》《辩质》③《陈涉亡秦论》《生于忧患死于安乐论》④等等。这些文章表达了闻一多对于古典文化遗产的新颖、深刻的再认识,表达了对于时代精神的感应。他要"振兴国学",并非"发思古之幽情"。他引证了古希腊、古罗马和中国的历史材料,把文学的发展与国家的兴衰联系了起来。他为振兴"国势"而倡导"振兴国学",认真处理好"新学"与"旧学"的辩证关系。他对"生于忧患死于安乐"的古训提出不同看法,认为应当辩证地看待环境与人的关系。由于"天不生无用之物,亦不造无用之境",那么"忧患安乐,皆所以益

---

① 闻一多:《二月庐漫记》(续六),载《清华周刊》第80期,1916年9月27日。
② 闻一多:《二月庐漫记》(续七),载《清华周刊》第81期,1916年10月4日。
③ 分别见《清华周刊》第77期(1916年5月17日)、第92期(1916年12月21日)、第101期(1917年3月22日)。
④ 见《辛酉镜》,1917年6月15日。

我者",也就是说既可以生于忧患也可以生于安乐——这里显然是在强调人本思想。他又把那些"无思也""无为也""寂然不动"的"我国人所称为'君子'者",斥为"旧君子",一针见血地指出:"旧君子之旨主静,静则尚保守",而"新君子之旨主动,动则尚进取",闻一多本人正是这样一位"尚进取"的"新君子"。他饱览了这个古老的"君子之国"的典籍,又以积极的进取精神——20世纪"动的""反抗的"①时代精神重新认识和评价这些文化遗产,为他日后的新文学活动打下了坚实的基础。

中西艺术的宁馨儿

"五四"运动前夕,由胡适的"八不"和陈独秀的"三大主义"所发动的文学革命,已形成了较强的"冲击波",猛烈地摇撼着旧文学营垒。"主动""尚进取"的闻一多,也迅速起来推波助澜,他在"决志学诗"后不久,即在他担任编辑的《清华学报》编辑会议上,举手赞成学报改用白话文。以后,他在日记中写道,"学报用白话文颇望成功,余不愿随流俗以来讥毁"②。1920年7月,他的第一首白话新诗《西岸》问世之后,他再没有发表过旧体诗词,并把坚持写旧体诗的人讥为"落伍的诗家"。奉劝他们"若要真做诗,只有新诗这条路走",因为"诗体底解放早已成了历史的事实"。③

从旧诗到新诗,闻一多在创作上的转变是坚决的、义无反顾的,但他对古典文学的学习研究并没有因此中断,相反,新文学活动大大扩展了他的认识活动范围,为他的古典文学研究开拓了新的纵深。他在写出了几十首新诗、"缮毕《红烛》"的同时,又在"赓续《风叶丛谭》(后更名《松尘谈玄阁笔记》,研究古典文学的札记)""校订增广《律诗底研

---

① 闻一多:《女神之时代精神》,《闻一多全集》第3卷,三联书店1982年版。
② 闻一多:《仪老日记》(手稿),转引自刘恒《闻一多评传》。
③ 闻一多:《敬告落伍的诗家》,载《清华周刊》第211期,1912年3月1日。

究》,作《义山诗目提要》,又研究放翁,得笔记少许",他认为,"'惟我独尊'是诗人普通态度,而放翁尤甚",因为他"襟怀开旷,操守正大,自信不移"①。从这里,我们可以看到"五四"时期尊重个性、解放思想的时代精神在闻一多早期学术研究上的光辉投影。

比起创作,中国新诗批评和新诗理论建设是相对贫弱的。闻一多很早就注意到了这个问题,他可以说是自觉地、积极地坚持新诗美学理论建设的第一人。在他的第一首新诗问世八九个月后,他的第一篇新诗批评《评本学年〈周刊〉里的新诗》②发表了。这篇万字长文开宗明义,即再次"警告落伍的诗家","旧诗既不应作,作了更不应发表,发表了,更不应批评"。不唯自己不再写旧体诗,而且对别人的旧诗也不屑一顾——足见他倡导新诗是不遗余力、旗帜鲜明的。但他同时也清醒地看到了刚刚诞生不久的新诗的一些弱点。他认为,"现在一般作诗文底一个通病便是动笔太容易",不注重诗的"幻想、情感"及"声与色的原素",缺乏"龙文百斛鼎,笔力可独扛"的艺术力量。他的评述阐发详尽,征引弘富,从所评的较好作品中,他看到了克慈(Keats,通译济慈)的名句与庄子的神髓的重合,李益的佳句与鲁瑟提(Rossetti,通译罗瑟蒂)的至理名言的一致。他中肯地指出,不应轻率地否定"古来全体的诗家",那样"便太武断了"。在此基础上,他提出要想写好新诗,一方面要大胆"拿来"外国诗歌,从思想理论、创作方法、艺术技巧到艺术形式,包括"恐怕一般新诗家纵不反对,也要怀疑"的十四行诗(Sonnet)体的"引进",他的意见也"是在赞成一边";另一方面,则要正确评价和继承民族文学遗产,"其实没有进旧诗库里去见过世面的人决不配谈诗。旧诗里可取材的多得很,只要我们会选择"。但这两方面的学习借鉴都必须经过新诗自身的充分消化,例如音节,总应当"藉内部词句的组织而发生"。以后,闻一多在一封信中,结合自己的创作实

---

① 《闻一多书信选辑》(三),载《新文学史料》1984 年第 1 期。
② 《清华周刊》第 7 次增刊,1921 年 6 月。

践,提出"我近主张新诗中用旧典",但"骨不换固不足言诗也"①。在闻一多这一时期的新诗作品中,根据多种典籍的记载和历史传说写成的长诗《李白之死》,脱化于周敦颐的《爱莲说》的《红荷之魂》,都为当时的新诗增添了新异的色彩,而另一首长诗《剑匣》,则别开生面地引用了一段英国诗人丁尼孙(Tennyson)的英文诗作为小引,诗中综合了大量的历史典故——梁山伯、祝英台与维纳司并存,大舜皇帝的江山与波希米亚的世界同在。尽管这些作品在艺术上还不十分成熟,但它们毕竟是实践闻一多新诗美学主张的起步,表现了当时新诗中的一种新鲜的、有生气的艺术追求,是通向以后的《死水》中那些成功地化用历史典故的精品的必由之路。作为一种历史过程,这些艰难的艺术求索还是有重要意义的。

《评本学年〈周刊〉里的新诗》之后的《冬夜评论》,是闻一多篇幅最长的一篇新诗评论。这是一篇很重要的文章,闻一多说过,"我们的意见差不多都包括在此"②了。《冬夜评论》所评的是中国新诗史上的第三本诗集《冬夜》。在《冬夜评论》中,闻一多把新诗与古典诗歌传统的关系探讨进一步引向深入。《冬夜》的作者有着较深厚的古典文学素养,这使《冬夜》在新诗艺术发展方面独具特色,对此,闻一多予以充分肯定:

《冬夜》给我最深刻的印象是他的音节。关于这点,当代诸作家,没有能同俞君比的。这也是俞君对新诗的一个贡献。凝练,绵密,婉细是他的音节特色。这种艺术本是从旧诗和词曲里蜕化出来的。

但闻一多同时也看到了,"象《冬夜》里词曲音节的成分这样多,是他的优点,也是他的劣点。优点是他音节上的赢胜,劣点是他意境上的亏损",因为"词曲的音节之两大条件"之一的"中国式的意象",已"不敷新文学的用"。充分摄取古典文学的艺术营养是必要的,但这种摄取

---

① 《闻一多书信选辑》(三),载《新文学史料》1984年第1期。
② 《闻一多书信选辑》(二),载《新文学史料》1983年第4期。

必须经过新诗自身反复的咀嚼消化,而且,如果只摄取单一的营养,是难以满足幼年新诗发育的需要的。因此,闻一多认为,"作者若能摆脱词曲的记忆,跨在幻想的狂恣的翅膀上遨游。然后大着胆引嗓高歌,他一定能拈得更加开扩的艺术"。然而,"幻象在中国文学里素来似乎很薄弱",这就需要及时从外国文学中"引进"。闻一多在这方面做了很多工作。在《冬夜评论》中,他结合对于《冬夜》及其他初期白话诗作品的考察剖析,大量引证了欧洲近现代诗人的有关论述,希望新诗中能出现更多"意象奇警""思想隽远耐人咀嚼"的佳作,他十分诚恳地指出,《冬夜》的作者"不是没有学力,也不是没有天才,虽于西洋文学似少精深的研究",所以带来了上述的弱点。这里所提出的对西洋文学进行精深研究的要求,是对《评本学年〈周刊〉里的新诗》中所表达的要敢于进旧诗库里见世面的见解的很好补充。这里"评的是《冬夜》,实亦可三隅反"。为促进新诗的发展壮大,新诗人必须认真进行上述两方面的充分准备——这个倡导是有普遍意义的。

《冬夜评论》之后的两篇相反相成的新诗批评——《女神之时代精神》和《女神之地方色彩》,是闻一多早期文学批评的代表作。在这两篇论文中,闻一多升华了三四年来学习、研究、创作方面的思索,提出了一系列关于新诗的深刻、新颖的理论创见。郭沫若是闻一多最崇敬的诗人,《女神》是闻一多最爱读的诗集,但作为一个严格的学者,闻一多是从新诗的发展前途出发,对《女神》进行科学分析的。对《女神》的成就,闻一多给予了热情洋溢的肯定,对它的缺点,则给以了尖锐坦率的针砭。在《女神之时代精神》中,闻一多指出了新诗与旧诗之间的根本区别,他认为:

> 若讲新诗,郭沫若君的诗才配称新诗呢,不独艺术上他的作品与旧诗词相去最远,最要紧的是他的精神完全是时代的精神——二十世纪底时代的精神。……《女神》真不愧为时代底一个肖子。

这种"动的""反抗的""科学的"时代精神——也就是"主动的""尚进取的""新君子"精神,"根本上异于我国往古之诗人","一则极端之动,一则极端之静"。但"时代精神"并不是新诗美学内容的全部,《女神》在艺术上"与旧诗词相去最远",固然使它从另一极接近了以社会主义思潮和近现代民主思潮为代表的时代精神,但也因此导致了它在艺术上的欧化倾向,带来了一个大时代的早产儿的"先天不足"。在《女神之地方色彩》中,闻一多系统、全面地阐述了这一看法,把新诗置于中西文化体系的对比中进行了认真考察。他进一步引申了《女神之时代精神》中所表达的关于新诗与旧诗根本区别的论点,充分肯定了新诗的历史变革。他认为:"我们的旧诗大体上看来太没有时代精神的变化了,从唐朝起,我们的诗发育到成年时期了,以后便似乎不大肯长了,直到这回革命以前,诗底形式同精神还差不多是当初那个老模样。……新思潮底波动便是我们需求时代精神的觉悟。"但接着,他又指出,由于"一变而矫枉过正,到了如今,一味的时髦是鹜,似乎又把'此地'两字忘到踪影不见了"。这一批评,对于当时新诗中"欧化的狂癖",可谓一语中的。闻一多接着问道:

> 现在的新诗中有的是"德谟克拉西",有的是泰果尔、亚坡罗,有的是"心弦""洗礼"等洋名词,但是,我们的中国在那里?我们四千年的华胄在那里?那里是我们的长江、黄河、昆仑、泰山、洞庭、西子?又那里是我们的三百篇、楚骚、李、杜、苏、陆?

而这些,正应当是中国新诗的根基所在。"因为我们不能开天辟地(事实与理论上是万不可能的),我们只能够并且应当在旧的基础上建设新的房屋。"闻一多对于新诗与旧诗之间又排斥又统一、有扬弃有继承的复杂关系,保持着清醒的、辩证的认识,这在当时是十分可贵的。从这一思想出发,闻一多确立了关于新诗的一个基本观点:

> 我总以为新诗迳直是"新"的,不但新于中国固有的诗,而且新于西方固有的诗,换言之,它不要做纯粹的本地诗,但还要保存本地的色彩,它不要做纯粹的外洋诗,但又尽量的吸收外洋诗的长处,它要做中西艺术结婚后产生的宁馨儿。

这一基本观点的形成,标志着闻一多的新诗美学思想正在走向成熟,同时也标志着他的古典文学研究已与新文学活动融会贯通。为了这个"宁馨儿"的降生,他曾为"撮合"中西艺术做了大量的工作,他在读中国古代诗论时,常常会联系到西方近代文艺理论的对应部分,而对新诗理论探讨中那些从西方"引进"的概念,诸如幻象等,则力图从中国古代诗学中找到倒影。这种自觉的比较研究,推动了"中西艺术的宁馨儿"思想的萌发和成熟。在两篇关于《女神》的评论问世之前的一份手稿中,我们可以看到这一思想的萌芽:

> 夫文学诚当因时代以变体,且处此二十世纪,文学尤当含有世界底气味,故今之参借西法以改革诗体者,吾不得不许为卓见。但改来改去,你总是改革,不是摈弃中诗而代以西诗。所以,当改者则改之,其当存之中国艺术之特质则不可没。①

为使新诗得以存"不可没"之"中国艺术之特质",他在一片否定旧诗词的声浪中,敢于旗帜鲜明地肯定古典诗词的音乐美,"我们若根本不承认带词曲气味的音节为美,我们只有两条路可走。甘心作坏诗——没有音节的诗,或用别国的文字作诗"②,甚至公开大声疾呼"当恢复我们对于旧文学底信仰"③。在当时,这样做是需要有相当的勇气和胆识的。然而也只有具备充分勇气与胆识的文学家和诗人,才有可能提出具有推动文学史前进意义的创见——例如关于新诗应是"中西艺术的宁馨儿"的思想——这已为历史发展反复证明。

神州不乏他山石

1928年7月,闻一多赴美攻读绘画,但他的"诗兴总比画意浓",留美三年,成了他一生中新诗创作的丰收期。在大洋彼岸,他为"中西艺术的宁馨儿"的成长,大量接受西方近现代文艺思潮的营养,认真研究

---

① 闻一多:《律诗底研究》(手稿),转引自刘烜《闻一多评传》。
② 闻一多:《冬夜评论》,《闻一多全集》第3卷,三联书店1982年版。
③ 闻一多:《女神之地方色彩》,《闻一多全集》第3卷,三联书店1982年版。

欧美浪漫派、意象派、象征派诗歌,与此同时,爱国思乡情绪、金元帝国对于有色人种的压迫歧视,又使得他在西方文化的重重包围中,更加亲近中国传统文学艺术。留美时期对于他的古典文学研究来说,也同样是一个"好年成"。

他的双脚刚刚踏上美洲大陆,即开始重新细读陆游、韩愈的诗文,"得笔记累楮盈寸,以为异日归国躬耕砚田之资本耳"①。他向国内亲人索要的书籍,有杜甫、陆游的诗集,以及《义山诗评》《屈原评传》等。在芝加哥学习时,他常和同住的朋友一起,晚饭后去公园读一小时左右的《十八家诗钞》等中国古诗。他曾制定过宏大的写作计划"唐代六大诗人研究",在书信中提到,已完成其中之一《昌黎诗论》,另一篇《义山研究》则"已牵延两年之久","迄未脱稿"②。他用英文写过剧本《杨贵妃》,并与朋友合作,把《琵琶记》搬上舞台。在这种特殊的环境里所进行的古典文学研究产生了强大的"向心力",使得他在每天说英语、画西画、读英诗的时候,"时时刻刻想着我是个中国人,我要做新诗,但是中国的新诗,我并不要做个西洋人说中国话,也不要人们误会我的作品是翻译的西文诗"③。他这一时期的诗风日趋严谨,"地方色彩"更加浓郁,他自己也觉察到"情思大变"④,"近来的作风有些变更"⑤。这些"变",当然包括西方浪漫派、意象派诗歌的直接影响,但与他的古典文学研究亦不无联系。他的爱国思乡的诗篇《太阳吟》,吟的是"逼走了游子底一出还乡梦",与中国神话传说相联系的"六龙骖驾的太阳";《忆菊》所怀念的是"有高超的历史""有逸雅的风俗"的"四千年的华夏底名花",是"东方底诗魂陶元亮";《秋色》则通以陆游的诗句为题记,六行的小诗《稚松》,也被他用艺术想象"移植"入故国的"金谷园"里。留美期间,他还写出了他所有的作品中最长的一首诗《园内》,寄

---

① 《闻一多书信选辑》(三),载《新文学史料》1984 年第 1 期。
② 《闻一多书信选辑》(二),载《新文学史料》1983 年第 4 期。
③ 闻一多:《女神之地方色彩》,《闻一多全集》第 3 卷,三联书店 1982 年版。
④ 闻一多:《书信》,《闻一多全集》第 3 卷,三联书店 1982 年版。
⑤ 《闻一多书信选辑》(二),载《新文学史料》1983 年第 4 期。

托了对母校"展开那四千年文化底历史/警醒万人,启示万人"的殷切希望。他对朋友说,从这首"诗中故典同喻词中,也可以看出我的复古的倾向日甚一日了"①——实际上不独"故典同喻词",《园内》在其他方面例如艺术形式的安排上,也体现了值得注意的"复古的倾向"。闻一多试图在"输入"、改造"中国独有之体裁"②律诗体式的基础上,对新诗的形式结构进行一些前所未有的尝试和探索。《园内》共分八节,他对诗友们说,"这首诗的局势你们可以看出是一首律诗的放大。第三四节晨曦夕阳为一联,第五六节凉夜深更为一联,再加上前后的四节共为八节,正合律诗的八句"。他认为,美"在其各部分间和睦之关系,而不单在其每一部分底充实"③。从古典文学与新诗创作的联系中能够提炼出如此深刻的认识,表明闻一多在这两方面都已进入了很高的境地。

闻一多远涉重洋,本欲来"他山"寻求挽救家国、振兴中华文化的"攻玉之石",但是同那个时代的很多爱国知识分子一样,他"越研究西方文化,越感到中国文化之美"④。世界进入近代以来,西方发达资本主义国家对于半殖民地、半封建的中国来说,既是老师,又是敌人。这种复杂、微妙的关系,使得相当多的进步的中国知识分子在向西方寻求思想武器的时候,始终保持着高度的警觉,并逐渐形成了对于民族文化的正确认识。闻一多就是以西方先进思想不断校正对于民族文学传统的再认识,同时又以本民族的古老文明不断还击经济和文化的侵略者。这样,他就能充分认识中国古典文学艺术的历史价值和美学价值,正确理解新旧文学、中西文学之间的辩证关系。闻一多到美国不久,即提出"我们更应瞭解我们东方底文化。东方的文化是绝对美的,是韵雅的"⑤这样的观点,在他对西画有了相当的了解和一定的实践之后,他

---

① 《闻一多书信选辑》(四),载《新文学史料》1984年第2期。
② 闻一多:《律诗底研究》(手稿),转引自刘烜《闻一多评传》。
③ 《闻一多书信选辑》(四),载《新文学史料》1984年第2期。
④ 见傅雷《傅雷家书》。
⑤ 闻一多:《女神之地方色彩》,《闻一多全集》第3卷,三联书店1982年版。

觉得"西洋画实没有中国画高",并发愿"决意归国后研究中国画,并提倡恢复国画以推尊我国文化"①。西画中画孰高孰低,留给专家们讨论去吧,笔者这里想予以肯定的,是上述认识所体现的重新认识评价中国古典文学艺术的精神。正是本着这种精神,闻一多在归国前夕,在"唐贤读破三千纸"之后,终于悟出:"神州不乏他山石,李杜光芒万丈长。"②

怀着对于民族文化的坚定信念,闻一多于1925年5月回到中国,在神州大地上继续着艰辛的开掘工作。这一时期,他严谨的诗风渐趋成熟,对于古典文学研究的兴趣也益加深厚。在1926年冬天的一封书信里,他说自己"诗思淤塞,倍于昔时","惟于中国文学史,则颇有述作"③。1928年1月,他的第二本诗集,中国新诗发展史上具有里程碑意义的诗集《死水》问世。稍后,他又发表了充满独异的艺术感受、风格别致的论文《杜甫》和《庄子》,形成了新诗创作与学术研究的"珠联璧合"——《死水》以艺术实践的形式,融合了不少浓缩在《杜甫》《庄子》中的古典文学研究心得;而《杜甫》和《庄子》在一定的意义上,则可以看作是对以《死水》为代表的新诗创作历程的自觉不自觉的回顾和总结。

作为一个成功的诗歌抒情形象,"死水"活动在闻一多20年代艺术思索的始终。他的第一首新诗,1920年9月发表的《西岸》④中,就出现了"恶雾瞪着死水,一切的于是又同从前一样"的诗句。以后,他进一步充实和引申了这一艺术构思,写出了以《死水》为题的中国新诗史上的名篇,于1926年4月在《晨报诗镌》上发表;直至他将精选的二十八首新诗结集出版,又以《死水》命名。在诗集《死水》出版半年后发表的论文《杜甫》中,我们还可以听见闻一多在《死水》中那激愤的呐喊的强大回声:

---

① 闻一多:《书信》,《闻一多全集》第3卷,三联书店1982年版。
② 同上。
③ 《闻一多书信选辑》(五),载《新文学史料》1984年第3期。
④ 《清华周刊》第191期,1920年9月24日。

我们的生活如今真是太放纵了,太夸妄了,太杳小了,太龌龊了。因此我不能忘记杜甫,有个时期,华茨华斯也不能忘记弥尔敦,他喊——

"Milton! Thou shouldst be living at this hour:
England hath need of thee: she is a fen
Of stagnant waters;……
O raise us up, return to us again;
And give us manners, virtue, freedom, power."

闻一多呼唤杜甫,和华兹华斯呼唤弥尔顿一样,都是出于改变黑暗社会现实的强烈愿望,都是因为诗人自己生活的社会"She is a fen of stagnant waters"——"她是一潭死水"!他希望"诗圣",希望悠久的历史文化能"raise us up"——能振兴衰颓的国家,哺育健康的文学艺术,给人们以"manners, virtue, freedom, power"——"法度、美德、自由和力量"。去改造这"死水"般的社会。尽管这是一张并不灵验的药方,但毕竟或多或少地透露了作者的真意——写《死水》不光是为了诅咒,同时是为了希望,深藏在绝望中的希望。

他向杜甫倾诉了自己的心愿之后,又怀着极大的热情钻进《庄子》去寻求"他山石"。他钻透了庄子冷漠的地壳,释放出了炽热的熔岩。他发前人之所未发,惊世骇俗地提出"庄子是开辟以来最古怪最伟大的一个情种","庄子的著述,与其说是哲学,毋宁说是客中思家的哀呼;他运用思想,与其说是寻求真理,毋宁说是眺望故乡,咀嚼旧梦……他这思念故乡的病意,根本是一种浪漫的态度,诗的情趣",而这"浪漫的态度中又充满了不可逼视的庄严"。"思乡的病意"说,是矗立在高深莫测的《庄子》以及迷津般的《死水》前的一座路标。虽然这未必就是闻一多的"夫子自道",但总像是一种"心有灵犀一点通"的感慨。《死水》的冷嘲热讽、《一句话》的热烈深沉、《祈祷》的真挚神秘、《一个观念》的隽永幽远、《发现》的狂放巨恸——这些既有优美的言词,又有狂语、反语、谜语以至谵语的诗句,不正表达了闻一多热烈、庄严、又有些迹近病态的爱国主义深情吗?我们读《死水》,感到激动和陶醉,如同闻一多对《庄子》的分析,"正因为那里充满了和煦的、郁蒸的、焚灼的各种温度的情绪"。

《死水》中充满了丰富、奇特的艺术想象。《口供》应当是语言的,却被想象组织成美不胜收的画面;《一个观念》本来是抽象的,却被想象点化得可见、可感、可触;《春光》中有天使与人间苦难的往还;《静夜》里有"钟摆摇来的一片闲适"与"寡妇孤儿抖颤的身影"的交织……闻一多对《庄子》的归纳,简直可以看作是对《死水》艺术想象特色的理论概括:"最要紧的例如他的谐趣,他的想象,而想象中,又有怪诞的,幽渺的,新奇的,秾丽的各种方向。有所谓'建设的想象',有幻想。"为医治缺乏想象力这个新诗人们"极沉痼的通病"①,闻一多曾在西方诗人的诗作和论著中广为搜寻,而当他确信"神州不乏他山石",重新深入中国古代典籍中时,很快就在自己根系近旁的土壤里,"分离"出了这种养分,而且并不仅仅如此——其他如庄子的"以丑为美的兴趣"②与西方近现代艺术中的美丑辩证法,庄子谐趣与西方近现代文学中的幽默、讽刺,也都不无相通之处。这两种艺术特质,前者在《死水》《荒村》,后者在《闻一多先生的书桌》③中都有具体的艺术体现。

比起《红烛》时代,闻一多这一时期的新诗创作和古典文学研究都有了长足的前进。《死水》已大大提高了对古典文学艺术营养的"利用效率",把这方面的吸收借鉴引向更高的层次,而不仅仅限于"新诗用旧典"——尽管《死水》在这方面,同样有着很高的成就。《庄子》与《死水》的内在联系,不仅"透视"了《死水》深厚、广阔的民族文化背景,而且显示了闻一多的新文学活动对于古典文学学术研究的有力推动——也许可以说,是《死水》这样的奇诗,唤出了《庄子》(闻一多的论文)这样的奇文,而雕镂这奇诗奇文的"攻玉之石",他山固然有,神州亦不乏。中国古典文学是一个尚未被完全认识的巨大宝库。向外开拓

---

① 闻一多:《冬夜评论》,《闻一多全集》第3卷,三联书店1982年版。
② 见闻一多《庄子》。
③ 见闻一多《死水》。

与向内发展的结合,是中国新诗、中国现代文学的成功之路,闻一多正是一位辛勤采掘石料的铺路人。

千古文章未尽才

1929年秋,闻一多任教于武汉大学,开始系统地研究中国古典文学。1930年冬,他完成了前期新诗的"封笔作"《奇迹》之后,曾有十几年时间没有再写过新诗。但他仍然关心着新诗的发展,继续和朋友、学生们讨论新诗,动手为他们修改作品,为他们的诗集作序,设计封面。他结合正在从事的学术研究,继续总结、思索着自己新文学活动的经验得失,并谆谆告诫青年,要成为一个真正的诗人、作家,"要的是对本国历史与文化的普遍而深刻的认识,与这种认识而生的一种热烈的追怀"。他又说:

> 谈到文学艺术,则无论新到什么程度,总不能没有一个民族的本位精神存在于其中。可惜在目前这西化的狂热中,大家正为着摹仿某国或某派的作风而忙得不可开交,文艺作家似乎还没有对这问题深切的注意过。即令注意到了,恐怕因为素养的限制一时也无从解决它。①

在这里,闻一多把诗人作家的民族文学素养与文学艺术的前途联系了起来,这是他对新旧文学关系理论认识的进一步深化。

闻一多的"转向"是由多方面因素促成的。到浩瀚的文学遗产中去勘探、开掘和提炼"民族的本位精神",进一步增厚素养以促进新诗的迅速发展,恐怕是其中的一个重要因素。闻一多告别新诗坛,并不是十分情愿的。写完了《奇迹》之后,他仍然在企盼着新的"奇迹",期待着自己的"第二个'叫春'的时期"的到来,因为他觉得"这点灵机虽荒了许久没有运用,但还没有生锈。写完了这首诗,不用说,还想写"②。

---

① 闻一多:《悼玮德》,《晨报》1935年6月11日。
② 闻一多:《书信》,《闻一多全集》第3卷,三联书店1982年版。

尽管终于没有再写,但如上所述,他一直不能忘情于新诗,而在深入古典文学的茫茫烟海之中时,又深深留恋于这里的天地广阔。1943年,他曾与一位朋友、学生谈到,他的"封笔",是由于"我只觉得自己是座没有爆发的火山,火烧得我痛,却始终没有能力(就是技巧)炸开那禁锢我的地壳,放射出光和热来"①。"他觉得作诗究竟'窄狭',于是是乎转向历史,中国文学史"②,他认为,"有比历史更伟力的诗篇吗?我不能想象一个人不能在历史(现在也在内,因为它是历史的延长)里看出诗来,而还能懂诗"③。无论是前期还是后期,闻一多的学术研究都是与他的新文学活动相通的。不联系新文学活动的实绩,不结合新文学活动赋予他的先进思想和精神动力,恐怕是很难按照历史的本来面目,准确认识和评价他的学术成就的。

在后十几年的学者生涯中,闻一多以"何妨一下楼主人"的惊人毅力,潜心阅读了大量的古代文学典籍,留下了大量的著作和手稿。"他本是个诗人,从诗到诗是很近便的路"④。他从唐诗研究入手,以后逐步扩展到《诗经》《楚辞》,再跨到《周易》和《庄子》,一直上溯到上古神话。郭沫若用"千古文章未尽才"的诗句,表达了"在惊叹他的成绩的卓越之余,仍不能不为中国的人民,不能不为人民本位的中国文化的批判工作,怀着无穷的隐痛"⑤的心情。而作为中国现代文学研究工作者,我们也不能不为中国新诗的建设发展,感到同样的隐痛。闻一多学术研究的鼎盛时期,也正是他在新的思想高度上试图"回归"新诗的时期。作为一个爱国知识分子,他关注着时局的发展,也关注着自己曾涉身其中的新文学,尤其是其中直接反映时代情绪、在抗战中方兴未艾的现实主义诗歌运动。他认为,"在这新时代的文学动向中,最值得揣摩

---

① 《闻一多书信选辑》(五),载《新文学史料》1984年第3期。
② 朱自清:《闻一多全集·序》,《闻一多全集》,三联书店1982年版。
③ 闻一多:《书信》,《闻一多全集》第3卷,三联书店1982年版。
④ 朱自清:《闻一多全集·序》,《闻一多全集》,三联书店1982年版。
⑤ 郭沫若:《闻一多全集·序》,《闻一多全集》,三联书店1982年版。

的,是新诗的前途"①。于是他开始编选新诗,翻译艾青和其他诗人的作品,在唐诗的课堂上讲田间的诗,在晚会上朗诵艾青的《大堰河》,发表关于《艾青和田间》的讲演,还担任了西南联大新诗社的导师。他把田间誉为"时代的鼓手",从鼓点式的诗行,从"鼓的声律"中,感应到了"鼓的情绪",听到了"鞌之战中晋解张用他那流着鲜血的手,抢过主帅手中的槌来擂出的鼓声"以及"祢衡那喷着怒火的'渔阳掺挝'"②。历史联系的贯通,使得这些民族解放的歌唱显得更加深沉。而且在这一时期,闻一多已重新开始写新诗③。如果不遭暗害,他很可能再次"由诗到诗","将古代跟现代打成一片"④,以多年古典文学研究所凝聚的乳汁,继续哺育新诗。

闻一多的古典文学素养和学术成就滋养了他的新诗创作、新诗批评和新诗理论建设,同时,他的新文学活动也有力地推动了他的学术研究。闻一多的古典文学学术研究有两个十分突出的特点。首先是他对传统文学遗产始终保持着一定的警觉,在充分肯定、热情赞颂遗产的历史价值和美学价值的同时,仍然带着批判的眼光。他对他的一位学生说:"你想不到我比任何人还恨这故纸堆,正因为恨它,更不能不弄个明白。"他不是蛀书的蠹鱼,而是"杀蠹的芸香"⑤。用郭沫若的话来说,闻一多"虽然在古代文献里游泳,但他不是作为鱼而游泳,而是作为鱼雷而游泳的。他是为了要批判历史而研究历史,为了要扬弃古代而钻进古代里去刳它的肠肚"⑥。闻一多不止一次地指出一些古代诗人的作品中有"毒",但为了建设一种新文学、新社会,他认为"哪怕是毒药,我们更该吃,只要它能增加我们的抵抗力"⑦。这种冷静、科学的认识,这种气概和胆识,显然与他通过新文学活动的中介所大量接受的"五

---

① 闻一多:《文学的历史动向》,《闻一多全集》第1卷,三联书店1982年版。
② 闻一多:《时代的鼓手》,《闻一多全集》第1卷,三联书店1982年版。
③ 闻一多:《教授颂》《政治学家》,载《诗联丛刊》1948年6月11日。
④ 朱自清:《闻一多全集·序》,《闻一多全集》,三联书店1982年版。
⑤ 闻一多:《书信》,《闻一多全集》第3卷,三联书店1982年版。
⑥ 郭沫若:《闻一多全集·序》,《闻一多全集》,三联书店1982年版。
⑦ 闻一多:《书信》,《闻一多全集》第3卷,三联书店1982年版。

四"先进思想影响是分不开的。

其次,闻一多的古典文学研究有着横向和纵向的充分联系及延伸,而不是在一个封闭的体系里穷经究典。他很注意中西诗人的比较研究,留美期间,他就注意到了英国诗人济慈与李商隐类似的美学倾向,曾表示"那一天得着感兴了,定要替两位诗人作篇比较的论文"[①]。他曾计划创办一份杂志,所拟定的三期目录反映了中西合璧、古今兼容的研究意图。在他后期的学术研究有了一定的积累之后,又开始宏观地考察《文学的历史动向》这样的大课题。他认为,要使自己的文化"免于没落的劫运",一定要处理好"予"与"受"的关系,"仅仅不怯于'受'是不够的,要真正勇于'受'"[②]——也就是要更主动、更自觉、更广泛地进行文化交流。勇于吸收外国文学的营养,也就是要保持和发扬"五四"文学传统。如果"诗人们只忙于复古,没有理会时代,无疑那将被未来的时代忘掉"[③]。从一定的意义上说,闻一多后期长期、刻苦的学术研究,可以看作是"五四"时代精神的一种"向内发展"。新文学活动开阔了他的艺术视野,他以洞幽烛微的现代思想照耀故纸堆,折射出绚丽奇异的色彩。他为新诗拓宽了发展道路,同时也就把中国文学的系统研究与世界近现代文艺思潮联系了起来。

从研究方法上考察,闻一多"是承继了清代朴学大师们的考据方法,而益之以近代人的科学的致密","用科学的方法来治理文献或文字,其实也就是科学"[④]。他注重传统的"诠释词义"和"校正文字",更重视"说明背景","所以他终于要研究起唯物史观来了,要在这基础上建筑起中国文学史来"[⑤]。这就使得他从根本上有别于古往今来的经学大师们。这种科学方法的形成与他写作、评论新诗而接触先进思想,关注国势兴衰、民生疾苦显然也不无联系。中国现代治古典文学的大

---

① 闻一多:《书信》,《闻一多全集》第3卷,三联书店1982年版。
② 闻一多:《文学的历史动向》,《闻一多全集》第1卷,三联书店1982年版。
③ 同上。
④ 郭沫若:《闻一多全集·序》,《闻一多全集》,三联书店1982年版。
⑤ 朱自清:《闻一多全集·序》,《闻一多全集》,三联书店1982年版。

师们,如鲁迅、郭沫若、郑振铎、朱自清、闻一多,几乎无一例外地都曾是中国现代文学的先锋战士,有的还是现代文学的旗手和巨匠。这些闪亮的"坐标",不仅标志着中国现代文学与古典文学的历史联系,而且体现、汇集了这两方面的巨大"数值"。

闻一多,这支"莫问收获,但问耕耘"的红烛,为了中华民族的解放事业,也为了中华民族的文化事业,将自己的脂膏,"不息地流向人间"。他生命的红烛虽然熄灭了,但在他用生命之火烛照的新诗坛和"故纸堆"中,他用心血"培出慰藉底花儿,结成快乐的果子"①,却永远为后人提供着色彩、芬芳和养分。

---

① 见闻一多《红烛·序诗》。

闻一多的新诗格律理论与英美诗歌的影响

闻一多关于新诗格律理论的创建与实践,是这位学者诗人对中国现代文学的独特贡献。这项早期新诗美学理论建设"工程"的设计和实施,与闻一多所接受的英美诗歌的影响启示之间,是有着深刻的内在联系的。1935年,文学史家朱自清在回顾新诗第一个十年(1918—1927)的艺术发展历程时,将这十年来的诗坛分为三派:自由诗派、格律诗派和象征诗派。其中格律诗派"深受英国的影响,不但在试验英国诗体,艺术上也大半模仿近代英国诗"。在格律诗派中,"闻一多氏影响最大"[①]。也就是说,闻一多的理论建树与艺术实践,最集中地体现了格律诗派"深受英国的影响","试验英国诗体"以推动中国新诗格律化的流派特色。本文拟从闻一多20年代前后文学活动的评介入手,对他的新诗格律理论与英美诗歌的影响之间的有机联系,做一点粗浅的考略。

清华学校:从"决志学诗"到立意"创格"

1912年冬,十三岁的湖北少年闻一多考入了北京的清华学校。这是一所用美国"退回"的庚子赔款创办的八年制、略高于中学程度的留美预备学校。学校既以留美为目的,对于英语及"西学"课程的重视,自然是不言而喻的。经过数年带有强制性的严格训练,闻一多熟练地掌握了英语。最迟至1917年,他已可以翻译英文诗歌;最迟至1919年初,他已可以相当娴熟地运用英文听、说、读、写了。1919年2月,他在日记中写道,自己"决志学诗"。为了"学诗",他交替着研读中外典籍,

---

[①] 朱自清:《中国新文学大系·诗集·导论》,上海良友图书印刷公司1935年版。

记入日记的,就有《史记》《文选》《清诗别裁》与《英文名家诗类编》、《圣经故事》、*Julius Caesar*(莎士比亚的剧本《裘理斯·恺撒》)等。① 这种自觉不自觉的比较文学、比较诗学的文化心态,给了他以后的新文学活动以很大影响。他的第一首新诗题为《西岸》,表达了一种渴求了解"西岸"奥秘、沟通中西文化的朦胧躁动。其后所陆续写下并收入《红烛》诗集的作品,从遣词造句到意象营构、谋篇布局,也大都呈现出一种"中西合璧"的风貌:诗中虽不乏香草美人、良辰美景,但抒发情感的炽烈、坦诚,艺术想象的奇幻、大胆,以及化用的英诗诗意,却不是中国传统诗歌或此前的新诗所固有的。

　　这种文化心态也制约着他的新诗批评活动。《西岸》之后不到一年,闻一多的第一篇新诗评论、也是现代文学批评史上较早出现的新诗批评《评本学年〈周刊〉里的新诗》②问世了。如果对比较文学作相对宽泛的理解,那么这篇文章可以说是一篇较早出现的、运用新诗文本所进行的中英诗歌比较研究。在文章中,闻一多先后征引了蒲扑(Pope)、克慈(Keats,通译济慈)、鲁瑟提(Rossetti,通译罗瑟蒂)、吴次沃(Wordsworth,通译华兹华斯)、科雷矶(Coleridge,通译柯勒律治)等多位英国诗人的诗作作为"参照系",评价1920—1921学年间《清华周刊》上所刊载的十首新诗。值得注意的是,就是在这篇新诗评论的"处女作"中,闻一多表现了对于诗歌格律形式问题的相对集中的关注。他在评析《给玳姨娜》一诗时,除肯定了诗作"清光夺目,纤尘不染"的审美风格之外,又特别指出,"这里的行数、音节、韵脚完全是一首十四行诗(Sonnet)。介绍这种诗体,恐怕一般新诗家纵不反对,也要怀疑。我个[人]的意见是在赞成一边"。闻一多的"赞成",表现了对于"引进"西洋诗歌中历史悠久的,相对凝练、成熟的格律形式十四行诗,以及对于这种诗体"中国化"的满怀信心。以后新诗史的发展,朱湘、孙

---

① 闻一多:《仪老日记》,《闻一多研究四十年》,清华大学出版社1988年版,第5—26页。
② 《清华周刊》第220期,1921年5月20日。

大雨、冯至、唐湜、屠岸等诗人关于汉语十四行诗的艺术成就,验证了他的预见。其实,在写作这篇诗评之前,他自己也曾试用十四行诗体写过一首《爱的风波》,但觉得这次试验"是个失败。恐怕一半因为我的力量不够,一半因为我的诗里的意思较为复杂"①。这里关于形式试验的评价与体味,表明闻一多的新诗创作尽管是从自由诗体,甚至是从极端散文化的自由诗体②起步的,但在试笔不久,即萌生了追求格律形式美的自觉意识。只是在以自由解放为主旨的"五四"时代,在当时世界性的诗歌文学非格律化的潮流面前,这种意识显得有些不合时宜,似乎受到了不自觉的抑制,因而在创作上没有很快得到十分集中和突出的体现。由此可见,闻一多新文学活动所接受的西方文化——尤其是英美诗歌的影响,从一开始就是十分开阔的:既包括开放的、新颖的、奇幻的艺术精神的渗透,也包括具体的艺术技巧与艺术形式的启迪。而后一方面的影响又随着他的创作积累的增富与理论探索的深入不断得到强化,逐渐成为这种美学影响的主导方面。

闻一多在《评本学年〈周刊〉里的新诗》中论及十四行诗体时说过,"这个问题太重大太复杂,不能在这里讨论"。之所以"太重大太复杂",是由于关于这种诗体"引进"的讨论,势必会涉及新诗形式美学建设的一系列重要理论问题,需要进一步的准备。大约半年之后,闻一多在清华文学社作了一次关于诗歌形式艺术的研究报告,部分地回答了这个问题。报告的英文提纲题为"A Study of Rhythm in Poet",自注汉译为《诗底音节的研究》。对照汉英题名可以见出,闻一多所运用的"音节"这个概念,来自通常译为节奏、韵律的"rhythm",而不是语言学意义上的,由一个元音和一个或几个辅音音素组成的语音结构最小单位"Syllable"。闻一多似乎一直是在"音韵节奏"的意义上使用"音节"这一概念的。

---

① 《清华周刊》第 220 期,1921 年 5 月 20 日。
② 《西岸》最初在《清华周刊》上发表时是一首散文诗。以后收入诗集《红烛》,才整理成自由体诗。

《诗底音节的研究》可以看作是新诗幼年时期一次相对集中、相对深入的音韵节奏理论探讨。既是针对当时新诗的现状,尤其是一些比较普遍的弊病的有感而发,又是一项构想恢宏的新诗形式美学建设"基础工程"。而这一设计构想显然受到了西方诗学理论的启发。这份提纲所附的二十余种参考书目,除胡适的《尝试集》与《谈新诗》之外,皆为英文工具书及文艺理论论著,包括西蒙斯的《英国诗歌的浪漫主义运动》(Symons, *The Romantic Movement in English Poetry*),奥登的《诗歌引论》(Alden, *An Introduction to Poetry*),乔治·桑塔耶纳的《美感》(Geoge Santayana, *The Sense of Beauty*),艾森韦恩和罗伯茨的《诗歌格律的艺术》(Esenwein and Roberts, *The Art Of Versification*),魏雷的《一百七十首中国诗》(Waley, *A Hundred and Seventy Chineses Poems*),丹尼尔的《为诗韵辩护》(Danial, *The Defence Of Rhyme*)等。闻一多对于英国诗歌的兴味,已逐渐由作品延伸到了理论。也正是由于理论的启迪,引发了他关于新诗形式问题更开阔、更深入、更严密的艺术思索。

　　如此充分的准备当然不能只是为了一次文学社的活动,其"厚积"必然继续引出一系列的"薄发"。《诗底音节的研究》之后不久,闻一多便陆续写出了清华时期诗歌理论与诗歌批评的力作:《律诗底研究》和《冬夜评论》。在这两本论著中,闻一多结合中国诗歌文学传统的考辨与新诗创作实际,进一步展开了关于新诗形式理论建设的艺术思考。而西方诗学的理论积累,仍时时在为他的艺术活动提供必要的"参照系"。《律诗底研究》是一部未定稿,闻一多生前一直未发表。其初稿完成于1922年3月,同年6月做过增订。一位日本学者认为,《律诗底研究》与《诗底音节的研究》堪称"姐妹篇"[①],这是有道理的。它们的完成时间前后相继,探讨的问题属同一范畴——新诗格律形式理论建设,并且互相贯通:在《律诗底研究》第四章第一节末,第五章第三节开头的论述中,分别注以"参阅《诗底音节的研究》"。在接受西方——主

---

① [日]楠原俊代:《关于闻一多的〈律诗底研究〉》注[1],《闻一多研究四十年》,清华大学出版社1988年版,第518页。

要是英国诗歌文学影响启示方面,《律诗底研究》所开列的参考书目中的许多种论著,都在《律诗底研究》中再次被提及并做展开阐释。例如第四章第一节中,引证了魏来(Arthur Walay 即魏雷)关于中英诗歌平仄与浮切(Stress)的比较研究,指出魏来的中诗平仄与英诗浮切的"对等说"是不确切的。他认为,"平仄出于声,而浮切属于音。声与音判若昼夜。是以魏来之说,牵强甚矣"。尽管闻一多从西方文化精神、从英国诗歌中汲取了大量的艺术养分,但他对于具体的外来文化成果,却是采取极其严格、极其审慎的分析批判态度的,绝不唯洋是从。而且他的批评研究,并不停留于学究式的考辨。他更感兴趣的,似乎是要为更深入地了解中国文化、中国诗学的奥秘,寻找"攻玉之石"。他从奥登的《诗歌引论》中转引华兹活士(Wordsworth,通译华兹华斯)关于整齐的节奏具有"调剂与节制情感"功效的看法,以佐证他所概括的律诗的第三个审美特征——"整齐"的作用;他引用奥登、韩惕(Holman Hunt)与艾谋生(Emerson)关于诗的节奏与"圆形之美""Perfection(圆满)"观念相连属的见解,来说明、阐发他所归纳的律诗艺术特质之一——"圆满"的美学内涵、外延及其重要意义:"圆满底感觉是美底必要的条件。圆满则觉稳固,稳固则生永久底感觉,然后安心生而快感起矣。"①在仔细辨析中西文化、中英诗歌的美学差异的同时,闻一多又在认真寻找二者之间的相似、相同、相通之处,寻找诗歌文学,寻找人类认识活动、艺术活动的一些普遍美学规律。

这种寻求似乎并不只是为了,或者说主要不是为了发掘遗产。在轰轰烈烈的"五四"新文化运动刚刚开始"退潮"之时,如此认真地研究古典诗歌主体形式之一的律诗,是耐人寻味的。在《律诗底研究》初稿完成的一年前,他曾正言厉色地《敬告落伍的诗家》②,"有要真做诗,只有新诗这条道走",希望沉溺于"平平仄仄"的"斗方派"落伍诗家"赶

---

① 闻一多:《律诗底研究》,《闻一多研究四十年》,清华大学出版社 1988 年版,第 27—60 页。
② 《清华周刊》第 211 期,1921 年 3 月 11 日。

快醒来,急起直追"。一年后,他又极言作为旧体诗的律诗之美,甚至说"盖最圆满之诗体莫律诗若"。这看似前后矛盾的见解似乎并不意味着艺术思想的大起大落,而更宜视为不同层面美学思考不断丰富与完善的标志。如果说,一年前的1921年初,中国诗歌的新旧抗争尚未完全结束,"五四"前后初期白话诗人所发起的"诗体解放"运动尚需要进一步的创作实践与理论批评推波助澜、巩固发展的话,那么,到了一年后的1922年初,新诗创作中的另一种倾向,即闻一多所说的"新诗体格气味日西"的倾向,作为"诗体解放"的极端发展已初见端倪了。这不能不引起一些关心新诗前途命运的有识之士如闻一多的关注。读了《女神》,作为诗人的闻一多的确为其豪放博大的艺术精神所折服,自谓"吾诚当见之五体投地";但作为学者的闻一多,同时又觉察到,将《女神》"认为正式的新体中国诗,则未敢附和。盖郭君特西人而中语耳。不知者或将疑其作为译品"。如何救正这种倾向?闻一多认为,在"参借西法以改革诗体"的同时,还须正确对待被改革的"诗体"——中国传统诗歌,其"当改者则改之","其当存之中国艺术之特质则不可没"①。研究律诗,正是为了发掘"中国艺术之特质",以校正对于"西法"的"参借"。这是一种那个时代很难得的,比较全面的理论见解。

  清华学校时期是闻一多新文学活动的起步阶段。应当说,他是从一个较高的起点开始他的诗路跋涉的。从"决志学诗"到立意创格,不过一两年时间,便很快找到了新诗幼年时期的"症结",以"化洋""化古"相结合的方法"辨证施治",试图从音节格律的完善入手,切实地搞好新诗的基本建设工程。如果说,胡适主要接受了美国意象派诗歌的启迪,高张起"八不"主义、诗体解放的旗帜;郭沫若主要从歌德与惠特曼的诗中找到了"喷火口",不断喷涌出诗化的"五四"时代精神的岩浆;那么,闻一多则是在从容地勘测、采掘英国诗歌的矿脉,精心选汰,熔于一炉,铸炼出一块块相对说来是"固态"的,可触可见的新诗大厦

---

① 本段引文均见《律诗底研究》,《闻一多研究四十年》,清华大学出版社1988年版,第27—60页。

的基石。清华学校时期也许只是铸炼工作的初级阶段,但原料已经大体备齐,炉火已经熊熊燃起,而且依稀可见"铸模"的形状——关于音节格律的一些具体构想。至于"毛坯"的精益求精的"打磨",尚有待日后锲而不舍的努力。

留学美国:为新诗复兴苦吟

1922年7月,闻一多渡洋赴美,开始了为时三年的留学生活。他在美国主修绘画,但"诗兴总比画意浓些"[①]。在完成绘画学业的同时,他在不到三年的时间内,写下了上百首诗,发表了多篇诗歌批评、诗歌理论文章,选修了现代英美诗歌研究课程,结识了好几位美国意象派诗人,对于英美诗歌有了更全面深入的了解。闻一多留美期间,正值中国新诗的"中衰"时期[②]前后。由于新诗的先行者如胡适、郭沫若、冰心等诗人的渐渐"转向",而新的"梯队"没有及时"补位";也由于"五四"退潮后普遍的社会情绪,尤其是创作主体——青年知识分子普遍的苦闷、彷徨,致使兴盛于"五四"时期,以热情激昂为主要审美特征的新诗潮渐趋沉寂。但这"沉寂"或"中衰"并不意味着新诗总体艺术水平的"滑坡",而是一种艺术规律内部调整所必然经历的中间状态。由于诗坛的新旧之争已告一段落,新诗初战告捷,开始入主诗坛,因而必须以更丰富、更切实的美学风貌显示新诗的艺术实力,显示新诗的前进足迹,而不能继续沿着初期白话诗、小诗乃至《女神》式的不拘形迹的自由诗风作惯性滑行。具体切实的诗歌文体美学建设已经成为当务之急。从一定的意义上说,诗坛这一时期的沉寂,实际上是一种辨识、寻求新出路的沉思。"中衰"其实也就是"中兴"的序曲。新诗内部艺术规律的矛盾运动在酝酿着新的导向:尽快创建并逐步完善新诗的格律形式。

---

① 闻一多:《闻一多全集》第3卷,三联书店1982年版。
② 参见朱自清《中国新文学大系·诗集·导论》:"《流云》(1923年出版——引注)出后,小诗渐渐完事,新诗跟着中衰"。

闻一多几年来的艺术活动恰恰适应了这一客观要求。这样,新诗的"中衰"期反而成了他新诗创作空前绝后的繁荣期。这些诗作比之在国内的新诗试笔,节奏、音韵格律相对均齐、严整,显然是试图实践自己的一些理论见解。其中比较自觉、比较集中的格律形式探讨,体现于1923年初《园内》的写作。这首三百余行的长诗,是为追忆清华园内学生生活而写的。他说这部长诗的结构是"一首律诗的放大",其中"第三四节晨曦夕阳为一联,第五六节凉夜深更为一联;再加上前后的四节共为八节,正合律诗的八句"。甚至连每节的色彩都作了精心安排:晨曦是黄,夕阳是赤,凉夜是蓝,深更是黑。"我觉得布局 design 是文艺之要素,而在长诗中尤为必需"①。这里关于长诗格律形式的试验,不仅移用了《律诗底研究》的理论成果,成功地把律诗的"句结构"扩展为新诗的"节(段)结构",很好地体现了律诗式的"紧凑""整齐""精严"等审美特征,而且接受了美国意象派诗人的启示。此前,他读到了被他称为"Imagist School(意象派)中的一个健将"佛来琪的诗作,激动异常,说"佛来琪唤醒了我的色彩的感觉",于是动手写一首长诗,"一篇色彩的研究"②。如果说,当时闻一多诗中所体现的"色彩的感觉",主要偏重于自然色彩的感觉和词汇色彩的配置的话,那么,到了写作《园内》的时候,这种"感觉"已与格律试验自觉结合,成了诗体结构——"布局"的不可或缺的要素。"有了布局,长篇便成一个多部分之总体 a composite whole",而不是"许多不相关属的短诗堆积"③。从《晴朝》到《园内》,从短诗到长诗,从"句的均齐"到"节的匀称",创作积累的丰富与理论思考的深入,以及英美诗歌更广泛的艺术影响,共同促成了闻一多赴美之后在新诗音节格律方面更开阔、更全面、更系统的探索与研

---

① 《闻一多书信选辑(七十)》,载《新文学史科》1984年第2期。原信写于1923年3月。
② 《闻一多书信选辑(六十三)》,载《新文学史科》1984年第2期。原信写于1922年12月。
③ 《闻一多书信选辑(七十)》,载《新文学史科》1984年第2期。原信写于1923年3月。

究。《园内》也许可以看作这种探索与研究的一个新起点。

《园内》之后,闻一多的新诗创作实际上已进入《死水》时期。以后收入诗集《死水》的一些诗作,即写于这一时期。这些诗歌的创作,是与研读英美诗歌同步进行的,自然所受启示良多。一些专家学者注意到这种情况,并作了一些具体分析比较:《洗衣歌》一诗,有人认为脱化于英国诗人威廉·亨利(William E. Henley)的《在医院中》("In Hospital")与英国诗人胡德(Thomas Hood)的《衬衫之歌》("The Song of the Shirt");在音节韵律方面,又有英国诗人吉卜林(Rudyard Kipling)、史文朋(Algernon C. Swinburne)影响的痕迹①。新诗史上的名篇《死水》,据他的友人梁实秋说,写于科罗拉多大学学习期间,从中可以看到好几位英国诗人的身影,"整齐的形式,有规律的节奏,是霍斯曼的作风的影响。那丑恶的描写,是伯朗宁的味道,那细腻的刻画,是丁尼孙的手段"②。由此可见,闻一多这一时期的诗歌创作,不仅有着明显的"参借"英美诗歌的印痕,而且"参借"的范围亦十分开阔。《洗衣歌》与《死水》的艺术形式,以后成为格律试验中很有代表性的格律类型。这说明闻一多对于英美诗歌的学习"参借",是包括了对于这些诗歌的节奏、音韵、格律等形式因素的感知、体味与移用的。这种多层次、多方位的"参借",在当时即引起一些有识之士的关注。1925 年 4 月 1 日和 2 日,《京报副刊》发表了闻一多的两首新诗《大暑》和《泪雨》。《泪雨》以后经修改收入《死水》。这两首诗是从美国寄给国内的诗友朱湘的。朱湘在发表《泪雨》的《附识》中说,根据这两首诗以及《渔阳曲》《也许》等近作看来,"他近来的进步实在可惊,他的这些进步,较之从前的'红烛'诗汇('小溪'除外)在音节上和谐得多,在想象上稳锐了不少,在艺术上也到了火候,尤其是辞藻"。在朱湘看来,这可惊的进步很大程度上得益于对英诗艺术营养的吸取,他指出,《泪雨》与济慈的一首

---

① 参见许芥昱:《闻一多》第 3 章。转引自方仁念编:《闻一多在美国》,华东师范大学出版社 1985 年版,第 59—60 页。

② 参见梁实秋《谈闻一多》,转引自方仁念编:《闻一多在美国》,华东师范大学出版社 1985 年版,第 118 页。

十四行诗"不约而同","用韵极为艺术";而《大暑》则与白朗宁的《异域相思》异曲同工。朱湘说,"一多是英诗的嫡系,英诗是诗神的嫡系",希望闻一多的诗能"提起了国人对于英诗的兴趣,而会(在)荒漠的中国多出了一个漠中草原来"。朱湘的持论也许未必十分确当,但他看到了闻诗与英诗的某种契合,看到了闻一多的新诗形式探索的成就与"参借"英诗的关系,看到了闻一多的新诗创作的某种"中介"——中国新诗与英诗之间——的作用:这些,都不能不说是这位不幸早夭的、天分很高的诗人洞幽烛微的重要发现。

闻一多在留美期间仍继续进行新诗美学理论研究,撰写了一些诗论、诗评文章。发表于1923年6月的《女神之时代精神》与《女神之地方色彩》①,延伸与展开了《律诗底研究》中关于"《女神》现象",关于"参借西法改革诗体"与保存"中国艺术之特质"辩证关系的理论思考。在这两篇高屋建瓴地指点《女神》、俯瞰新诗的宏文中,我们看到了闻一多是如何在中西文化交流撞击的大背景下,纵论《女神》的得与失的。这种批评的视野是十分开阔的,但其基本着眼点仍在新诗的文体建设方面。比如,他极力推崇《女神》所表现的激越的20世纪时代精神,同时盛赞"唱出"这精神的"海涛底音调,雷霆底声响"②;他针对《女神》所集中体现的当时新诗中那种"欧化的狂癖",坚决反对"把新诗作成完全的西文诗",而应成为"中西艺术结婚后产生的宁馨儿",成为一种新的诗体。他反对"中英合璧"——反对为迁就音节夹用英文单词,以至于破坏整体的美感与韵味。他重申去国前在《冬夜评论》中所强调的"查验拣择"的重要意义:"选择是创造艺术的程序中最紧要的一层手续,自然的不都是美的,美不是现成的。"③这是对于新诗"创格"所不可或缺的艺术选择、艺术加工的更高层次的倡导。

留学美国的三年是闻一多更深入、更广泛地接触西方文化的三年。

---

① 分别载《创造周报》第4号(1923年6月3日)和第5号(1923年6月10日)。
② 闻一多:《女神之时代精神》,《闻一多全集》第3卷,三联书店1982年版。
③ 闻一多:《女神之地方色彩》,《闻一多全集》第3卷,三联书店1982年版。

清华学校时期所确立的"参借"西法为新诗"创格"的美学追求,由于特殊的地理环境与文化氛围而得到了长足的发展。日后成为"中衰"新诗复兴标志的20年代新诗格律化运动的兴起与开展,在一定程度上是得益于闻一多在异域的三年深思、三年苦吟的。

《晨报诗镌》:新诗格律化的"可行性论证"

1925年5月,闻一多结束了三年的留学生活,离美回国。去国三年,他的关于新诗格律音节的探索已经引起了国内诗坛,尤其是当时活跃于北方诗坛的一班青年诗友的关注。朱湘在《泪雨·附识》之前半年,即以"天用"的笔名,著文批评《红烛》中的一些诗篇①。此后,他的新诗创作开始注重音韵格律的严整。这一时期的诗歌结集《草莽集》中,大多数是新格律诗,显示了与两年前问世的第一部诗集《夏天》不同的艺术风格。饶孟侃则更早些,1923年6月即著文评介《园内》②,而且主要着眼于这部长诗的艺术形式特点。刘梦苇此时所写的《宝剑的悲歌》的音节形式,引起了闻一多与朱湘的注意,朱湘甚至称他为"新诗形式运动的总先锋",认为他综合了胡适在音韵方面、陆志韦在诗行方面、郭沫若在诗章方面关于新诗形式的探索③。此外,以后成为《晨报诗镌》的主办人,新诗格律化运动的积极倡导者与推动者徐志摩,于1925年8月印行了自己的第一部诗集《志摩的诗》,其中不少作品写得整齐、流畅、节奏分明,显示了某些与闻一多不谋而合的,相通或相近的美学追求。这些诗人注重节奏、音韵,注重诗歌外部形式相对整齐的共同艺术倾向,一定程度上救正了此前新诗的散漫随意,为一度"中衰"的新诗带来新的生机。经过一段时间的考察,大约到了1925年底,闻一多很有信心地说:中国诗似乎已经上了正轨④。

---

① 参见《桌话》,载《文学周报》第144期,1924年10月20日。
② 参见《评一多的〈园内〉》,载《清华周刊》第284期,1923年6月1日。
③ 参见朱湘《中书集·刘梦苇与新诗的形式运动》,上海北新书局1934年版。
④ 刘梦苇:《中国诗底昨今明》,载《晨报副刊》第1409期,1925年12月12日。

创作与理论探索相对丰厚的积累在呼唤着一次集中的讨论,呼唤着一次格律化新诗的"可行性论证"。1926年初,闻一多与徐志摩、朱湘、饶孟侃等利用北京的《晨报副镌》,创办了十一期《诗镌》,以响应新诗内部日甚一日的呼声。《诗镌》第7期刊发了闻一多的论文《诗的格律》,把新诗格律形式理论的讨论引向更开阔也更具体的范畴。在这篇堪称新诗"创格"理论宣言的文章中。闻一多提出了他著名的"三美"理论,即诗的艺术实力包括"音乐的美(音节),绘画的美(词藻),建筑的美(节的匀称和句的均齐)",为新诗格律形式作了具体的,也是切实可行的美学设计。这一精深的美学构想,是他多年来关于新诗形式艺术思索的结晶。而这些年来他的艺术活动对英美诗歌的借鉴参照,也同样在这篇理论宣言中留下了鲜明的印痕。首先,作为整个理论探讨的"元范畴"——诗的"格律"的语义学意义的界定,便引入了英文的词汇。闻一多在文章的开头即加以说明,"格律在这里是 form 的意思",form 之意,近于形式、节奏。作为"格律"的含义,他在一年前与友人论诗时已使用过①。循着文章的思路上溯,可以追寻到清华学校时期,追寻到《律诗底研究》。那个时候接受的英国诗歌影响,似乎一直萦回于心,并且使闻一多终于找到了与中国新诗的契合之处。我们看到,《律诗底研究》与《诗的格律》中都以"舞蹈家的脚镣"来类比诗的格律,而且都征引了英国文艺理论家布里斯·佩瑞(Bliss Perry)的一段妙文,"差不多没有诗人承认他们真正给格律束缚住了。他们乐意戴着脚镣跳舞,而且要戴别个诗人的脚镣。"这种深刻得有些偏执的艺术见解对闻一多触动很大。四五年来,他一直在寻求、锻造这种"别个诗人的"——也就是一般通行的、能为诗人们普遍接受的"艺术脚镣"。《诗的格律》提出了一种相对完善的"工艺设计"并加以论证,这就是"三美"理论。其核心内容,即所谓"节的匀称和句的均齐"说,亦孕育于《律诗底研究》。他从律诗的形式中感悟到,"均齐是中国的哲学、伦理、艺术底天然的色彩",是"中国式的美",因此,均齐之美可以构成中

---

① 《闻一多书信选辑(六十一)》,载《新文学史料》1984年第2期。

国新诗的一个重要审美特征。但新诗的均齐之美并不等同于律诗的均齐,闻一多在《诗的格律》中列出了它们的三点相异之处:

  1. 律诗永远只有一个格式即四联八句,而新诗的格式是层出不穷的;

  2. 律诗的格律与内容不发生关系,即不论表达何种思想情绪,其格律的具体规定,如押韵、平仄、粘对等都不可通融;而"新诗的格式是根据内容的精神制造成的","新诗的格式是相体裁衣";

  3. "律诗的格式是别人替我们定的,新诗的格式可以同我们自己的意匠来随时构造"。

正是这样三点相异之处,决定了新诗格律的设计是创新、进化,而非复古、退化。比较诗学的研究方法,曾使得闻一多在《律诗底研究》中悟出格律形式对于诗歌文学繁荣兴盛的不可或缺,但闻一多从律诗本身所接受的,只是一种"观念的启示",至于新诗格律的具体美学设计,却完全摆脱了他所激赏的律诗那种程式化了的形式羁绊,更多地取法于西洋诗歌,主要是英美诗歌的格律形式,创造了如上所述,不同于律诗的"节的匀称和句的均齐"。这种"匀称"与"均齐"的获得,很大程度上得力于 foot 即"音尺"(或作音步、音组)这一英诗格律因素的"引进",以及结合现代汉语特点所进行的"中国化"的改造。音尺(foot)是用以测定诗歌语言结构重音(stress)模式的单位,一行诗可以划分为若干音尺。由于重读音节与非重读音节的交错,尽管每个音尺的音节数不尽相同,但发音的时间大体相当。闻一多根据汉字单音节及现代汉语以双音节、三音节词汇为主的特点,创造性地把音尺与字数联系了起来。他引证了别人的诗句,也从自己的代表作《死水》的音尺分析入手,进一步说明以现代汉语为艺术媒介的新诗中通常出现的"音尺",是由两个或三个字构成的"二字尺"与"三字尺"。通过每行"音尺"总数相等的"二字尺"与"三字尺"有规律的排比,就有可能获得"调和的音节",获得"节的匀称"与"句的均齐"。这种"匀称""均齐"不同于律诗的千诗一面、万诗一面,它是"充实的内容产生出来的天然的整齐的轮廓",而不是"死气板脸的硬嵌上去的一个整齐的框子"。五十多年以后的1979年,闻一多当年的学生、诗人卞之琳仍念念不忘他的老师的这一成功的"诗艺引进":"由说话(或念白)的基本规律而来的新诗格律的基本单位'音尺'或'音组'或'顿'之间相互配置关系上,闻先生实验和提出过的每行用一定数目的'二字尺'(即二字'顿')'三字尺'(即三字'顿')如何适当安排的问题,我认为直到现在还是最先进的考虑。"①的确,《晨报诗镌》所发起的这场关于新诗格律的"可行性论证"中,引入"音尺"概念,提出"三美"理论等一系列创见的《诗的格律》一文,应当说是其中最有价值、最有深度,也是最充分、最成功地消化吸取了外来艺术养分的重要理论建树。

被当时的诗评推许为"近年来一本标准诗歌"②的诗集《死水》,其基本轮廓在《晨报诗镌》时期已比较清晰了。而《死水》最后编定之时,正值闻一多在南京第四中山大学(以后更名中央大学)讲授"现代英美诗"之际。从《死水》的艺术形式所呈现的丰富面貌来看闻一多的新诗格律理论建树,同样可以清楚地见出英美诗歌艺术的影响。英文格律诗行的长度大致是单音尺至五音尺,《死水》中的诗行一般也不超过五音尺,大多是三音尺与四音尺。可以说闻一多的格律诗建行原则,既参考了英诗的艺术经验,又结合了现代汉语尤其口语的特点。诗的分节排列亦属"泊来",中国古典诗歌是没有"分节"一说的。即便五十韵的排律、上百"行"的古体诗,也是一气到底、一以贯之的。《死水》的格式很讲究,具体的分节形式多种多样,其中也留有英诗影响的印痕。英文格律诗以二行组、三行组、四行组为其最基本的诗节形式,并可以使这些基本诗节像"积木"一样搭成各种更长的诗节。《死水》中四行的诗节最多,间有二行节出现。其他如五行节可以是三行节与二行节的堆积(《洗衣歌》),八行节往往是两个四行节的堆积(《口供》《春光》)。

---

① 卞之琳:《完成与开端:纪念诗人闻一多八十生辰》,《闻一多纪念文集》,三联书店1980年版,第218—219页。
② 参见沈从文:《论闻一多的〈死水〉》,载《新月》第3卷第2期,1930年4月10日。

在二十八首入集诗作中,有三首试用了英诗经典的格律形式——十四行诗(《收回》《你指着太阳起誓》《静夜》)。我们看到,无论是"节的匀称"还是"句的均齐",在为新诗"创格"的实践活动中,闻一多多年潜心研究英诗的深厚积累,是发挥了相当重要的"催化"或"激发"作用的。

　　以《晨报诗镌》的新诗"创格"实验为中心的20年代中期新诗格律化运动,其影响是深远的。文学史家朱自清曾用一句话概括当时诗坛的反响:那时候大家都做格律诗①。事实的确如此。不仅新月诗派同仁是这样,就是以后成为现代派诗人的戴望舒、卞之琳、何其芳等,也都有过各自的倾向格律诗的时期,而卞之琳则一直在试图寻求现代诗风与格律形式美的某种契合。新月诗派瓦解之后,30年代中期,还在北平成立了北大、清华两校新诗爱好者为主体的"读诗会"。会员们的兴致集中于论证新诗的吟诵有无成功的可能,也就是着力从听觉美感方面来探讨新诗的格律;抗战"孤岛"时期的上海,还有人创办过两期《新诗刊》,切磋音节,俨然《晨报诗镌》的赓续;抗战后期,朱自清再次论及《晨报诗镌》的功绩,充分肯定闻一多的新诗格律理论建树,认为众多热心新诗格律建设的诗人们20年来所进行的种种格律形式试验,"所谓原则也还不外乎'段的匀称'与'行的均齐'"——也就是"节的匀称"与"句的均齐"。朱自清认为,以闻一多的格律理论为旗帜的新诗"格律运动实在已经留下了不灭的影响。只看抗战以来的诗,一面虽然趋向散文化,一面却也注意'匀称'和'均齐'","艾青和臧克家两位先生的诗都可作例;前者似乎多注意在'匀称'上,后者却兼注意在'均齐'上。而去年(1942年——引注)出版的卞之琳的《十年诗草》,更使我们知道这些年里诗的格律一直有人在试验着"②。建国后,50年代初林庚关于"五四体"的"九言格律诗"的倡导与实践,何其芳关于建立每行顿(即"音尺")数相同,末顿一般为双音词的"现代格律诗"的建议与探讨,60年代初臧克家关于以"精练、大体整齐、押韵"为新格律诗基

---

① 朱自清:《中国新文学大系·诗集·导论》,上海良友图书印刷公司1935年版。
② 朱自清:《新诗杂话·诗的形式》,上海作家书屋1947年版。

本条件的设想,显然也都程度不等地受到了闻一多诗歌格律理论的影响,或者说是对闻一多理论的呼应、丰富与发展。而闻一多在《死水》中进行过反复试验,在《诗的格律》中进行过理论概括的那种诗体:四行一节,诗行大体整齐,每行或间行押韵,则在很长时间内一直是新诗中出现频率最高的诗体。不止一位优秀诗人,如臧克家、闻捷、李瑛等,都以这种诗体作为自己创作的主要体式。

20 年代末,诗人闻一多开始了向古典文学学者闻一多的"转向",但他"参借西法"创造与完善中国新诗格律形式的艺术思索仍在延伸。1930 年,他发表了学术通信《谈商籁体》①,系统地评介了十年来多次论及的,重要的英诗格律诗体——十四行诗。他根据十四行诗的英文原名 sonnet,将其音译为"商籁",成为现代中国"第一个使人注意'商籁'的人"②。在这篇文章中,闻一多谈到"一首理想的商籁体,应该是个三百六十度的圆形",这一思想恰与他十年前对律诗的认识相合——"律诗于质则为一天然的单位,于数为'百分之百'(hundred per cent),于形则为三百六十度之圆形"③。闻一多从比较诗学的角度,找到了中西诗歌形式的普遍审美追求——圆满。所谓"三美",所谓"节的匀称与句的均齐",闻一多的新诗格律理论的核心,从一定意义上说,都是这种"圆满"艺术精神的体现。

1943 年 12 月,闻一多在他那篇高屋建瓴、气度非凡的论文《文学的历史动向》中,发了一通启人深思的议论。闻一多说,中国、印度、以色列、希腊四大古文代"同时出发,三个文化都转了手,有的转给近亲,有的转给外人,主人自己却都没落了,那许是因为他们都是勇于'予'而怯于'受'"。"中国是勇于'予'而不太怯于'受'的,所以还是自己文化的主人,然而也只仅免于没落的劫运而已。为文化的主人自己打算,'取'不比'予'还重要吗?所以仅仅不怯于'受'是不够的,要真正

---

① 载《新月》第 3 卷第 5、6 期合刊,1930 年 4 月 10 日。
② 朱自清:《新诗杂话·诗的形式》,上海作家书屋 1947 年版。
③ 闻一多:《律诗底研究》,《闻一多研究四十年》,清华大学出版社 1988 年版,第 27—60 页。

勇于'受。'""勇于'受'"与"不怯于'受'"的区别,也许就在于前者所取的是一种主动受取的态势。闻一多创建新诗格律的理论与实践活动,正是取这样一种"受""取"态势。他的学习、参借、"引进"外国诗歌,始终贯穿着振兴、弘扬民族文化的自觉意识。最后,我想将这篇宏论的结尾移作本文的结束语:

  过去记录里有未来的风色。历史已给我们指示了方向——"受"的方向,如今要的只是勇气,更多的勇气啊![①]

---

① 闻一多:《闻一多全集》第1卷,三联书店1982年版,第368页。

闻一多的《死水》与《庄子》研究

20年代后半期,是闻一多一生中的一个重要时期。他的不同凡响的新诗创作在这个时期日臻成熟,他的独辟蹊径的古典文学研究也从这个时期发轫。被誉为"近年来一本标准诗歌"①的《死水》以及稍后出现的、"用诗一样的文字"写下的"风格别致的论文"②《庄子》,堪称这一时期的双璧。新诗创作与学术研究的这种"珠联璧合",沟通了闻一多前期文学活动的内部联系,显示了闻一多多方面深厚的艺术修养,对于研究他的"转向",他的新诗创作对古典文学传统的批判继承,是一个很好的启示。

与其他意识形态一样,文学创作也是不能"白手起家"的。任何一种新文学都是对旧文学的扬弃,但同时又是对旧文学的继承。伟大作家、诗人的高明之处,就在于他们能够最大限度地提炼旧文学中的艺术营养以哺育新文学,创造出强大的、健壮的、臻善臻美的新文学,反过来再去战胜旧文学。当然,这是很不容易做到的。新旧文学之间的"异体排斥性",拒绝任何形式的移植和嫁接。旧文学的营养,只有经新思想的"酶"的催化分解后,才能为新文学消化吸收。闻一多是中国新诗史上大胆、果敢、广泛地吸取、借鉴古今中外成功的艺术经验以促进新诗创作和理论建设,集大成的少数大家之一,《死水》与《庄子》研究之间的内在联系,正体现了上述复杂的分解合成过程。考察这种过程,说明这种联系,也许会有助于我们更准确、更全面地了解闻一多的美学思想发展,以及中国新诗、中国现代文学与古典文学传统的关系。

---

① 沈从文:《论闻一多的〈死水〉》,载《新月》第3卷第2号。
② 见王康《闻一多传》第6章。

"思乡的病意"与"不可逼视的庄严"

"死水"概括了闻一多对于黑暗沉寂的旧中国社会的深刻认识。作为一个艺术形象,它活动于闻一多 20 年代艺术思索的始终。从 20 年代初,标志着他走上新诗坛的第一首新诗作品《西岸》:"太阳也没兴,卷起了金练,让雾帘重往下放:恶雾瞪着死水,一切的,于是又同从前一样。"(着重号为引者所加,以下同)到 20 年代后期,《死水》出版当年稍晚些时候的论文《杜甫》:"我们的生活如今真是太放纵了,太夸妄了,太杳小了,太龌龊了。因此我们不能忘记杜甫,有个时期,华茨华斯也不能忘记弥尔顿,他喊——'Milton! Thou shouldst be living at this hour: England hath need of thee: she is a fen of stagnant waters: alter, sword, and pen. Fireside, the heroic wealth of hall and bower'",这里的"a fen of stagnant waters",意为"一潭死水"或"死水的沼泽"。将近一个年代的艺术思索凝聚成了这样一部精美的诗集。在《死水》里,闻一多的这种形象认识得到了进一步的深化、精炼、完整、变形。对腐朽社会的深恶与对伟大祖国的挚爱,对黑暗现实的激愤与对美好未来的向往,对封建礼教的痛恨与对古老文明的沉迷,对生活的失望与对艺术的执著,这些又朦胧又真切、又低沉又高亢、又矛盾又统一的情绪,经过精细的艺术处理,外化为这样一些既冷隽又炽热的诗句,名为《死水》而实为"死火"——那种"全体冰结""完全青白"但一遇人的体温却可使"指头焦灼"①——的诗句。

与这种特异的诗风相适应的,是闻一多对于《庄子》的独到见解。古往今来研究《庄子》的学者,恐怕还没有谁像闻一多这样,以诗人特有的敏感,从那狂放、奇丽的言辞中,体察到庄子"思念故乡的病意",并指出这"思乡的病意""根本是一种浪漫的态度,诗的情趣",其中"充满了不可逼视的庄严"。这是矗立在迷津般的《死水》前的一座路标。

---

① 见鲁迅《野草·死火》。

循着《发现》《一句话》《祈祷》《一个观念》走去,我们看到,当诗人紧抱着"五千多年的记忆","拳头擂着大地的赤胸",呼唤着"咱们的中国"却"总问不出消息"的时候,他那如泣如诉、如怨如慕、如痴如狂,迹近病态的爱国主义激情,终于酿出"一沟绝望的死水":"这是一沟绝望的死水,这里断不是美的所在,不如让给丑恶来开垦,看它造出个什么世界。""这不是'恶之花'的赞颂",而是诗人积思成疾、积爱成疾、积恨成疾的深厚凝重的爱国主义情绪的凝结,是要"'丑恶'早些'恶贯满盈','绝望'里才有希望"①。而"希望"在哪里,"希望"是什么样子,如何走向"希望",当时的诗人还看不清楚。他为庄子的"万物生于有,有生于无"所作的注脚,似乎也是对"希望"、对"美丽的谎"一般的祖国观念,以及对这种观念的"神秘的怅惘"和"圣睿的憧憬"的诠释:"庄子仿佛说:那'无'处便是我们真正的故乡。他苦的是不能忘情于他的故乡。"

在"五四"运动的感召下确立了改造社会、文化救国志向的青年诗人闻一多,在《死水》之前,走过了一段艰难曲折的道路。面对死水般的社会现实,他空怀壮志,报国无门,却又不能忘情于自己的祖国,他唱给祖国的一往情深的恋歌,遂由"婴儿哭着要捉月亮似的天真",走向沉郁、愤懑、痛切。理想与现实的撞击,爱与恨的撞击,在诗人的心底留下了火种,沉寂的《死水》下面是一座休眠的火山。"别看五千年没有说破,你猜得透火山的缄默?"(《一句话》)没有找到喷火口的炽烈的、沸腾的爱国主义激情,在《死水》下面冷凝了,以那些隐语、反语甚至谵语一样的诗句,为中国新诗增添了一片"不可逼视的庄严"的奇异色彩。

作为一个特定的艺术形象,经过七八年创作实践的砥砺,加上外国文艺思潮影响和本国文学传统的"点化","死水"在《死水》时代有了一个较清楚的轮廓和较丰富的蕴蓄。它概括了诗人对社会现实的形象认识,也象征着诗人的思想矛盾:诗人挚爱着自己的祖国,坚信绝望中会有希望,但又想暂时离开"死水",向"无"处寻求新的、真正的出路。

---

① 朱自清:《闻一多全集·序》,《闻一多全集》,三联书店1982年版。

论文《庄子》正是这种心迹的表露。从某种意义上说,《死水》的余绪幻化出了论文《庄子》,而《庄子》同时也是对《死水》创作过程自觉不自觉的回顾。他发前人所未发的"思乡的病意"说,虽然并不就是诗人的"夫子自道",但总像是一种"心有灵犀一点通"的感慨。他竭力从诡谲迷离的《庄子》中辨析出一缕真情,他要在历史的空谷里谛听自己高歌的回声。正是这种一以贯之、不断深化的爱国主义激情,使得他在怀抱火山、艰难求索十几年后,终于用自己的生命炸开了禁锢自己的地壳,迸出了时代的最强音:"说不定是突然着了魔,突然青天里一个霹雳,爆一声:'咱们的中国!'"(《一句话》)

"奇肆的想象"和"写生的妙手"

《死水》时代,是闻一多的新诗美学理论趋于成熟的时期。此前他的一系列新诗批评论文,无情地针砭了当时新诗思想上、艺术上的弱点,正面提出了自己的美学主张。《死水》正是对这些美学主张示范性、创造性的实践。那些严谨的诗篇为新诗带来了全新的美学追求,那些浪漫主义的笔触中包容了更多的现实生活的形象生动的刻绘。当时的评论认为,《死水》在"重新为中国建立一种新诗完整风格的成就处,实较之国内任何诗人皆多"①。集大成者才能真正创新。诗人深厚的古典文学素养,是创立"新诗完整风格"的重要因素。《死水》之后的《庄子》,为这种联系提供了进行考察的线索。

闻一多走上诗坛的时候,中国新诗还处于草创时期,浅露直白、缺乏想象的作品不在少数。闻一多及时地针砭了这种"极沉痼的通病",号召诗人们"摆脱各种形式的束缚","跨在幻想的狂恣的翅膀上遨游,然后大着胆引嗓高歌"②。如果说在《冬夜评论》中诗人推重想象,主要是借助西方文艺理论给相对贫弱的中国新诗注入这种滋补的质素,那

---

① 沈从文:《论闻一多的〈死水〉》,载《新月》第3卷第2期,1930年4月10日。
② 闻一多:《冬夜评论》,《闻一多全集》第3卷,三联书店1982年版。

么到了《庄子》,诗人则是试图在自己根系的近旁,在本国文学传统的土壤里,分离出了成分相似的营养(他的创作实际上早已不自觉地吸收了这种营养)。闻一多惊喜地发现,在《庄子》中,充满了"在中国文学中""凤毛麟角似的珍贵"的"奇肆的想象",而且其中"有怪诞的、幽渺的、新奇的、浓丽的各种方向,有所谓'建设的想象',有幻想"。这种细致、精到的概括和分门别类,除了全面研究《庄子》、认真分析史料之外,显然调动了他的新诗创作的艺术积累。在《死水》中,我们可以看到这各种方向想象的争妍斗艳,层出不穷。

对于由渴望不得而怨、由怨而恨的思乡之情,他以反向的想象增大感情上的"落差",以渲染这种"乡思"的巨大精神力量:"朋友,乡愁最是个无情的恶魔,他能教你眼前的春光变成沙漠。呵,不要探望你的家乡,朋友们,家乡是个贼,他能偷去你的心!"(《你看》)追怀亲人的哀思,则被奇幻的想象点化得异常纯净、澹远、飘逸:"忘掉她,像一朵忘掉的花,——那朝霞在花瓣上,那花心的一缕香——忘掉她,像一朵忘掉的花!忘掉她,像一朵忘掉的花!像春风里一出梦,像梦里的一声钟,忘掉她,像一朵忘掉的花!"(《忘掉她》)这样美的思念之花、这样凄绝缠绵的深情是难以忘却的。在这部哀婉的幻想曲中,作为主题音乐的"忘掉她"的复沓,比起"记住她"更让人刻骨铭心。

他用想象把人生与自然界的四季连接了起来。于是,童年、青年、中年、老年的眼泪,就分别成为"舒生解冻的甘霖"、"浇熟了酸苦的黄梅"的"滂沛夏雨"、"敲着永夜的悲歌"的淅沥秋雨,凝结了"悲哀的总和"①的残冬的雪花。有时则倒过来,通过想象赋予自然现象以动的生命。在他的笔下,春光是:"静得像入定了的一般,那天竹,那天竹上密叶遮不住的珊瑚;那碧桃;在朝曦里运气的麻雀。春光从一张张的绿叶上爬过;"(《春光》)而黄昏:"黄昏是一头神秘的黑牛,不知他是哪一界的神仙——天天月亮要送他到城里,一早太阳又牵上了西山。"(《黄昏》)在《死水》中,经过想象所施的"魔法",不仅动词仿佛有"灵魂附

---

① 见《死水·泪雨》。

体":"半溪白齿琮琮的漱着涟漪,细草又织就了釉釉的绿意。"(《你看》)"不许阳光拨你的眼帘,不许清风刷上你的眉。"(《也许》)"露水在笕筒里哽咽着,芭蕉的绿舌头舐着玻璃窗。"(《末日》)就是不为人注意的量词,也被想象改造得栩栩如生,由于异乎寻常的搭配而大大扩展了诗句的容量:"一掬温存,几朵吻,留心那几炷笑。"(《收回》)诗人就是这样,让种种不同方向的想象"驰骋于一切事物上,由各种不相关的事物,以韵作为联结的绳索,使诗成为发光的锦绮"①。既为"锦绮",当然少不了细针密线的编织,这就是《死水》中所显示的诗人传神的、细致的刻绘功力。这就使我们联想到闻一多在《庄子》中的另一个重要发现,他认为庄子同时还是一位"写生的妙手"。"奇肆的想象"加上"写生的妙手",创造出了《死水》绚丽多彩的画卷。

在《庄子》中,闻一多引证了《庄子·齐物论》中的一段文字,介绍这位"写生的妙手"如何令"不容易描写的"风,活灵活现地飞扬纸上。而在《死水》中,我们可以看到诗人怎样以神来之笔,着意描摹着更"不容易描写"的《静夜》:"这灯光,这灯光漂白了的四壁;这贤良的桌椅,朋友似的亲密;这古书的纸香一阵阵的袭来;要好的茶杯贞女一般的洁白;"可贵的是诗人没有像庄子那样陶醉于自己的工笔素描:"静夜!我不能,不能受你的贿赂。谁希罕你这墙内尺方的和平!我的世界还有更辽阔的边境。"于是,他毫不犹豫地放下未完成的室内写生,迅速地勾勒出墙外惨不忍睹的画面——"寡妇孤儿抖颤的身影",以及"战壕里的痉挛,疯人咬着病榻,和各种惨剧在生活的磨子下"。在这不平静的《静夜》里,这位"写生的妙手"把他的取镜框对准了水深火热的社会生活。在《荒村》《天安门》《飞毛腿》中,也都充满了这类不同内容、不同侧面、不同笔法的"社会写生",就是《死水》中"让死水酵成一沟绿酒,飘满了珍珠似的白沫;小珠们笑声变成大珠,又被偷酒的花蚊咬破",也是经过想象加工、变形的"社会写生"。细致的、诡谲的、揶揄的笔触,惟妙惟肖地刻画了那个社会的腐朽污浊和自鸣得意。

---

① 沈从文:《论闻一多的〈死水〉》,载《新月》第3卷第2期,1930年4月10日。

从"奇肆的想象"到"写生的妙手",《死水》在艺术手法上有很多方面得力于《庄子》,但其思想内容的基本倾向——积极、入世、热爱祖国、同情人民疾苦,与消极、避世、虚无意味相当浓重的《庄子》是背道而驰、格格不入的。闻一多忧国忧民的"社会写生"与庄子孤芳自赏的雕镂,分别属于两种根本对立的意识形态。利用《庄子》的艺术手法否定《庄子》的没落思想,吸取了文学传统的艺术营养后毫不客气地扬弃传统的消极因素,闻一多实际上正是按照这种艺术辩证法对待《庄子》和创作《死水》的,尽管他当时也许并未意识到这种辩证法对他的支配作用。

"以丑为美"与"精神的健全"

在当时的新诗作品中,《死水》不独思想深刻,艺术上也有很多超卓之处。除上述"想象"与"写生"的妙用之外,还有一个重要方面,就是在诗歌创作中大胆引进"丑"、刻画"丑",在丑恶中挖掘美,通过对丑恶的批判、否定推动对美的向往和追求,从而大大扩展了新诗的抒情意象范畴,丰富了新诗的审美感受。新诗美学发展历程中的这一创举,是闻一多在综合、引进西方近现代美学、心理学研究成果以指导自己的创作实践完成的。但《死水》绝不是那种"西洋人说中国话",也不是"翻译的西文诗",而是道道地地的"中国的新诗"①。它离不开"今时"——时代精神、现代思想的启蒙,同时也离不开"此地"——中国风土人情和文化传统的哺育。闻一多从来没有全盘否定或远离过民族文化传统。他在美国留学,大量接触西方文学艺术之日,也是开始系统地研究中国文学史之时。这期间,他还和美国友人一起鉴赏中国的古画、瓷器、乐器,积极参与中国戏剧改革活动,与友人一起排演中国传统戏剧。值得注意的是,他在此时已开始进行中西文化传统的比较研究。从他拟定的一份杂志编目中可以看出,他在介绍中国文化遗产的同时,

---

① 闻一多:《女神之地方色彩》,《闻一多全集》第3卷,三联书店1982年版。

也兼及介绍外国文艺作品,论述中西文化交流情况。结合这个背景读《庄子》,我们就有理由认为,闻一多在接近西方近现代文艺思潮的时候,很可能是在受到自身古典文学素养的某些直接间接的启示后,才把包含着巨大艺术能量的、与我们文化传统中某些部分相对应的"美丑辩证法"引入中国新诗创作领域的。在《庄子》中,他充分肯定了那种"代表中国艺术中极高古、极纯粹的境界"的"以丑为美的兴趣",但同时他又指出,"庄子也有健全的时候",而且这种"健全"仍然决定着"我们现在对于最高超也是最健全的美的观念"。这种肯定和赞扬表现了他自己的美学见解,那就是:艺术作品可以以"丑"作为表现对象,但它只能作为"健全"的美的对立面而存在,必须在"以丑为美"的同时保持"精神的健全",表现"丑"的时候应以艺术手段显示正确的审美评价。

《死水》中充满了丰姿多采的"健全"的美,为新诗提供了不同侧面、不同层次的艺术美的典范。同为表现爱国主义激情,《口供》恬淡舒缓,《发现》《一句话》则昂扬刚烈;同是抒写人生感慨,《大鼓师》回肠荡气,《泪雨》则直抒胸臆;同是刻画春景,《春光》由"一声清籁"而急转直下,《你看》则从轻快而渐入沉思……就是那些"以丑为美"的描绘,也是在与"健全"的美的对比中得到了正确的评价,确定了各自的美学地位的。

《荒村》的形象无疑是丑陋的:"虾蟆蹲在甑上,木瓢里开白莲;桌椅板凳在田里堰里飘着;蜘蛛的绳桥从东屋往西屋牵?门框里嵌棺材,窗棂里镶石块!这景象是多么古怪多么惨!"但"健全"的美——自然美也就近在咫尺:"玫瑰开不完,荷叶长成了伞;秧针这样尖,湖水这样绿,天这样青,鸟声像露珠样圆。"然而,这样美丽的景致却是荒村的一角!再美的荒村也还是荒村,这一角明丽的色彩,把整个画面阴暗的底色反衬得更加浓重。"这秧是怎样绿的,花儿谁叫红的?"只因没有了万物之灵的人,美的自然、美的家园才变成了丑的荒村。以美写荒村,使荒村"穿上了'美'的一切精致",不但不"失其要质",反而更见出荒村的死寂、荒凉、可怖。同样,在《死水》中,作者通过美和丑的比并,完成了"以丑为美"的艺术改造,以及对丑的抨击和否定:"也许铜的要绿成翡翠,铁罐上锈出几瓣桃花;再让油腻织一层罗绮,霉菌给他蒸出些云霞。"铜绿与翡翠,铁锈与桃花,阳光下的油腻与罗绮,发酵的霉菌与云霞,极端的丑与极端的美:这是多么不协调的排比!然而它们的外观色彩却又这样接近。"那么一沟绝望的死水,也就夸得上几分鲜明。"可见"鲜明"并不一定就是美,有时竟是腐败的回光返照!这样大的"反差"造成了宛如"高调"摄影作品一样强烈的艺术效果,使得黑白、明暗、美丑更加格格不入,了了分明。读者对于"死水"的认识,也就更加深刻、清晰。

美与丑是两个对立但不孤立的美学范畴。它们互相排斥又互相依存。历史上一些敏感的文学家、哲学家如庄子,很早就对美丑间的联系有所察觉,而现代科学的发展越来越清楚、越来越确切地认识、说明着这种联系。结合《死水》的创作实绩考察闻一多对于《庄子》中"以丑为美"思想的发掘,可以看到在他的新文学活动中,西方近现代文艺理论与中国古典文学传统两种影响的互相吸引和融合。不是机械移植、模拟,而是从时代需要出发,结合新思想、新文化进行分离、提炼——这是闻一多对待《庄子》,也是对待整个文学传统的基本态度。

从庄子礼赞到屈原颂扬

《庄子》在中国文学史上具有举足轻重的地位。郭沫若曾经说过:"秦汉以来的一部中国文学史差不多大半是在他(庄子——引注)的影响下发展。"[①]生于书香门第、"十二岁时就能够写出像样的时论文章,能做旧体诗和画得一手相当真切的山水人物画"[②]的闻一多,很早就开始接触、研究《庄子》了。1916年,在他还不满十七周岁的时候,就针对庄子的"情",提出了与众不同的见解:"庄周妻亡,鼓盆而歌,世以为

---

① 见郭沫若《鲁迅与庄子》。
② 闻振如:《忆多兄二三事》,《湖北日报》1979年11月26日。

达。此殆不然。未能忘情,故以歌遣之耳,情若能忘,又何必歌?"①这是十三年后论文《庄子》中关于"庄子是开辟以来最古怪最伟大的一个情种"这一思想的萌芽。对闻一多爱国主义诗篇的创作有很大启示作用的"思乡的病意"说,就是从这一思想引申而来的。其后,他在整个20年代的新文学活动中,一直未终止对于包括《庄子》在内的古典文学遗产的整理研究。他曾用诗作披露自己的心迹:"早起的少年对着新生的太阳如同对着他的严师,背诵庄周屈子底鸿文,背诵沙翁弥氏底巨制。"(《园内》)"我们的历史是一阵狂笑,庄周、淳于髡、东方朔的笑。"(《峨是中国人》)如果说,《死水》之前的闻一多,主要是从《庄子》中直接袭用现成的思想、典故来充实、丰富新诗的艺术表现力:"我来自虚无,还向虚无归去,这堕落的假中华不是我的家。"(《长城下的哀歌》)"我们是饕餮的鸱鸮剥啄着腐鼠,你是高洁的鹓鶵从我们头上飞过。"(《哺海之神》)那么到了《死水》,闻一多则更注重着眼于整体艺术风格,变"袭用"为"化用"了。这就大大提高了对于《庄子》的"利用效率"。本文以上所论及的,只是个人几点较深的感受,这方面还有相当开阔的纵深值得进一步探讨。例如,闻一多十分推崇《庄子》的"谐趣",把"隽永的谐趣"与"奇肆的想象"并提,并认为这两种"质素"使得《庄子》中"十九"(占十分之九篇幅)的寓言,具有独特的艺术个性而有别于其他寓言。《死水》中的最后一首诗《闻一多先生的书桌》,显然是受《庄子》的寓言影响,把"谐趣和想象打成一片"创作出的,中国新诗中一首十分少见的、成功的咏物寓言诗。再如闻一多所称许的《庄子》的"那思想与文字、外型与本质的极端的调和,那种不可捉摸的浑圆的机体",其实也是闻一多本人的诗歌创作的美学追求。《死水》正是以它致力于这种"调和"所取得的巨大成就,荣膺了"标准诗歌"的"金奖"。

　　《死水》之后的《庄子》,是一篇迥异于古往今来《庄子》研究的论文。他那越轨的笔触、独特的研究方法和研究角度,以及惊世骇俗的结

---

① 闻一多:《二月庐漫记(续七)》,载《清华周刊》第81期。

论,显然综合了他自己多年新文学活动的实践经验和心得感受。他对庄子种种"神技"的艳羡,预示着他在新诗创作中所陷入的那种苦闷——由于找不到能力(技巧)进行艺术上的突破以释放心中之"火"的苦闷——正在酝酿着一个大的转折(当然,当时他还无法认识到,他的这种苦闷,并不是一种新的技巧,至少不仅仅是一种技巧能够解除的)。作为具有"五四"时代开创雄心、破立胆略的文学青年,他不能忍耐"窄狭",要求自己不断开拓新的艺术纵深。于是,他开始更多地关注文学史、文化史,要"在历史里吟味诗","从历史里创造'诗的史'或'史的诗'"①。他终于带着"精神的健全"的追求,走向了一个新的领域。十年惨淡经营,一朝坚决"转向",对此,他自己在一年后《诗刊》创刊号上发表的《奇迹》——前期新诗的"封笔作"中,作了形象的总结说明:

> 我要的本不是火齐的红,或半夜里桃花潭水的黑,也不是琵琶的幽怨,蔷薇的香,我不曾真心爱过文豹的矜严,我要的婉娈也不是任何白鸽所有的。我要的本不是这些,而是这些的结晶,比这一切更神奇得万倍的一个奇迹!
>
> ……
>
> 我也不再去鞭挞着"丑",逼他要那分背面的意义;实在我早厌恶了这些勾当,这附会也委实是太费解了。我只要一个明白的字,舍利子似的闪着宝光,我要的是整个的,正面的美。

这种美学理想造就了《死水》严谨、深沉的艺术风格,又使他不满足于已取得的成就,同时也使他在思想感情上与《庄子》接近了——"精神的健全"所追求的,不正是"整个的、正面的美"吗?最早看到这种联系的是郭沫若。1947年8月,他在《闻一多全集》的序言中征引了闻一多在《庄子》中的有关论述,指出"这和《死水》中所表现的思想有一脉相通的地方",并认为这篇论文"可以说是对于庄子的最高礼赞",作者

---

① 朱自清:《闻一多全集·序》,《闻一多全集》,三联书店1982年版。

"不仅陶醉于庄子的汪洋恣肆的文章,而且还同情于他的思想"。毋庸置疑,闻一多思想发展中的确受到过庄子的消极影响。但从前几部分的分析中可以看出,大胆学习、借鉴《庄子》的艺术技巧以增强新诗的艺术表现力,是闻一多与《庄子》的联系的主要方面。而且,文学创作是一种十分复杂的、受多种因素制约的社会实践活动,并不完全为作家、诗人的思想发展所左右。闻一多的新诗,尤其是《死水》中的作品,能正视社会现实,同情人民疾苦,憎恶黑暗势力,为祖国、为进步的理想歌唱,实际上已在一定程度上否定了庄子思想中最消极、最阴暗的部分。从30年代起,闻一多即全面转入古代文化的学术研究。随着研究深度、广度的推进,随着头脑中辩证唯物主义和历史唯物主义思想因素的不断增加,他开始系统地研究、冷静地分析、评骘《庄子》了。1943年,他完成了重要学术著作《〈庄子〉内篇校释》,在校正文字、诠释词义方面下了很大的工夫,做了充分的史料准备。以后,他终于认清了《庄子》思想的本来面目,把庄子所代表的道家斥为"骗子":"讲起穷凶极恶的程度来,土匪不如偷儿,偷儿不如骗子,那便是说墨不如儒,儒不如道。"①与此同时,他从根本上改变了早年在《庄子》中所表述的屈原不及庄子伟大的看法。在《人民诗人——屈原》一文中,他从四个方面进行了周密的考察,论证了"屈原是中国历史上唯一有充分条件称为人民诗人的人"。从庄子礼赞到屈原颂扬——人民诗人颂扬、人民颂扬,这就形成了闻一多思想转变的"学术标志","而他自己也就由绝端个人主义的玄学思想蜕变出来,确切地获得了人民意识。这人民意识的获得也就保证了'新月'诗人的闻一多成为人民诗人的闻一多"②。

从不自觉地"迷恋"《庄子》到自觉地扬弃和批判《庄子》,这是闻一多所走过的曲折道路。值得注意的是,中国现代文学史上不止一位伟大作家有过类似经历。鲁迅从青年时代起就十分熟悉《庄子》,在他的作品中,无论是早期诗词、论著,还是光辉的后期杂文,随处可见信手

---

① 见闻一多《关于儒·道·土匪》。
② 郭沫若:《闻一多全集·序》,《闻一多全集》,三联书店1982年版。

拈来的《庄子》中的成句或庄子所独创的语汇。他十分欣赏《庄子》的文风,研究过庄子的生平及著述情况。然而,鲁迅毕竟是一代伟大的革命家、思想家,他勇于探索,锐意革新,很早就开始在西方近现代思想中寻找精神武器,对于包含了相当多的封建糟粕的中国古代文化遗产,始终保持着警觉和批判的态度。他从主张进取、主张变革的进化论起步,逐步接近、接受了马克思主义,也在革命斗争实践中逐步摒除了包括庄子思想在内的种种非无产阶级思想意识的影响。1926年底,他在完成世界观转变的前夕,彻底清算了庄子思想的余毒,把它们埋葬在《坟》里。在新思想的催化作用下,提取《庄子》中的艺术养分并分解它的思想毒素,然后合成新的营养以哺育幼年的中国现代文学——鲁迅与闻一多的努力方向是一致的。所不同的是鲁迅的行动很早就是自觉的了。

郭沫若也为我们留下了类似的思想轨迹。他在《闻一多全集》的序言中坦率地承认,他"自己在年轻的时候也就是极端崇拜庄子的一个人"。《女神》受《庄子》的影响十分明显,除《匪徒颂》的小引直接以庄子的话开宗明义、说明题旨外,其他大部分作品也无不充满"奇肆的想象",像"天狗"这样"至大"的抒情形象的塑造,显然受到了《庄子·逍遥游》中鲲鹏形象的启示。此外,闻一多还看出了庄子的泛神论与《女神》所体现的"西方的精神"有一脉相通之处。闻一多和郭沫若分别从不同的侧面、不同的层次学习、借鉴《庄子》,又一同为中国新诗创造了两部里程碑式的作品。

生于中国历史发生根本变革时代的中国现代文学,与历史上生于乱世、生于忧患的庄子,通过鲁迅、郭沫若、闻一多这些引人注目的"坐标",在20世纪的中国文坛上狭路相逢了。经过有排斥也有融合、有对抗也有吸收的交锋,充分显示了中国现代文学——代表新兴阶级力量、代表一种崭新的经济基础的积极进取的新文学的气势和力量。以一种特殊方式、特殊角度反映正在衰朽的没落阶级的意识,曾长期颐指气使中国文学发展的《庄子》,在这个朝气蓬勃的新对手面前,遭到了史无前例的惨败——也是不可挽回的必然的失败。同时,作为一种文学传统,《庄子》也是第一次得到了科学的分离:中国现代文学的巨匠们蒸馏了它的艺术精华,扬弃了剩下的思想杂质。历史的辩证法是公正的,也是无情的。在这个意义上,我愿引用恩格斯的一段话作为本文的结束语:

> 传统是一种巨大的阻力,是历史的 Visinertiae[惰性力],但是由于它只是消极的,所以一定要被摧毁;……这些观念终究抵抗不住因这种经济关系完全改变而产生的影响。①

---

① 见《〈社会主义从空想到科学的发展〉英文版导言》,《马克思恩格斯全集》第 22 卷,第 364 页。

《渔阳曲》悬解
——从一首诗窥测一位诗人的文化心态

《渔阳曲》是闻一多的一首未入集长诗,大约作于1924年下半年。诗作借用汉魏名士祢衡以一阕鼓曲《渔阳掺挝》击鼓骂曹(操)的历史故事,抒写了诗人自己的一腔愤懑。这是一首刊发后作者几乎没有再提及,后来的学者们也很少关注的诗作。分析评介这首诗的专文似未见,提及、论及这首诗的文章,自20年代以来,亦不过寥寥数篇[①]。

冷落当然并不是没有缘由的。如果从诗歌艺术美的角度着眼,这首多少显得有些冗长与沉滞的诗作,或许难以列入以严谨、精炼,讲求音乐美、绘画美、建筑美的闻一多新诗代表作之中——虽然在闻一多的格律诗艺术发展历程中,这首诗自然有其独特的地位(这一问题若展开分析需较多篇幅,兹不详述);但如果变换一个角度,从了解一位活跃于"五四"时期和20年代的著名诗人心灵奥秘着眼,那么,《渔阳曲》却是一首十分重要的诗作。对于这首诗作历史价值与美学价值的再发现与再认识,可能会为我们进一步了解闻一多,以及与他有着相似阅历的同时代诗人作家的文化心态,提供一个独异的视角。

---

① 据笔者所见,在闻一多研究论著中,似乎只有朱湘的《评闻君一多的诗》(1926年5月10日《小说月报》第17卷第5期)、陆耀东的《关于闻一多的佚诗》(1978年《武汉大学学报》第1期)、梁锡华的《介绍闻一多佚诗》(写于1979年10月14日,收入香港文学研究社版《闻一多诸作家遗佚诗文集》)等少数几篇论文提及《渔阳曲》,略加评点。对《渔阳曲》比较集中的评介,好像只有刘烜的《闻一多评传》中一段数百字的记述(北京大学出版社1983年版,第119—120页)。

一

《渔阳曲》最初发表于 1925 年 3 月《小说月报》第 16 卷第 3 号,其时闻一多还在美国留学。这首诗的具体写作时间虽难以确考,但根据闻一多留美期间的学习著述行状,以及在《渔阳曲》稍后发表的《大暑》一诗篇末所注写作时间推测,这首诗很可能写于 1924 年六七月间,也就是闻一多在美国科罗拉多大学的学习刚刚结束的时候。①

1923 年暑假后,闻一多离开芝加哥美术学院,转赴科罗拉多大学,成为艺术系唯一的中国留学生。他在这里苦练油画基本功,研读西方绘画理论和美术史,选修了有关现代英美诗歌和英美著名诗人研究的课程。他的勤奋与天分使他的各门功课均获优异成绩,深得美国教授的赏识。

然而,几乎是从踏上美国国土以来就一直笼罩在他心头的阴影,此时却并未消弭,反而愈益浓重——那就是他时常真切、痛切地感受到的,对于有色人种的种族歧视。在刚刚登上大洋彼岸的 1922 年 8 月的一封家信中,闻一多就异常沉痛地描述了当时美国社会中的这一恶劣风习:"彼之人民怵我特甚(彼称黄、黑、红种人为杂色人,狗

---

① 根据是:1.《大暑》刊发于 1925 年 4 月 1 日《京报》副刊第 106 号,篇末自注写于"十三年夏美国坷泉"。诗共 4 节,每节均以"今天是大暑节,我要回家了"开头。十三年即民国十三年亦即 1924 年,这一年的"大暑"是 7 月 23 日。2.闻一多 1922 年 7 月赴美留学,先入芝加哥美术学院,1923 年暑假后转赴坷泉(Colorado Springs)科罗拉多大学美术系学习。闻一多在芝加哥所写的诗,绝大多数已收入诗集《红烛》,或刊于他母校的《清华周刊》。在坷泉的一年中,闻一多忙于学业,很少写诗,如他在 1924 年 1 月 8 日致闻家骦的信中所说,(到坷泉后)"文学之创作反甚少。在功课上成绩颇佳,甚为教员重视"(《新文学史料》1983 年第 4 期,第 185 页)。3.据现存闻一多书信资料,1924 年六七月大考结束,暑假开始,使他有暇写诗。现已知写于 1924 年暑假中的诗作,除《大暑》外,还有《泪雨》。后者刊于 1925 年 4 月 2 日《京报》副刊第 107 号。这两首诗是闻一多从美国一起寄给当时在北京的清华学友朱湘的。1924 年暑假后,闻一多离坷泉赴纽约就学,除继续学习绘画外,又迷上了演戏。当年 9 月,他在致梁实秋的信中说,"诗兴偶有,苦在没有工夫执笔"(《新文学史料》1984 年第 2 期,第 181 页)。因此,将《渔阳曲》这样一首需要多费些时间精力创作,其诗情又与本文以下所提及的英文"答诗"相通的长诗的写作时间推定为 1924 年暑假的六七月间,似较为适宜。

巇也)。"①虽然他也曾遇到一些真心诚意与中国人友好相处的美国朋友,结交了一批热情的美国诗人、学者,然而,这难得的友情,却无法抵消弥漫于整个金元帝国的种族歧视对一个有强烈民族自尊心的弱国子民的伤害。对于几乎随时随处都可能遇到的白眼与鄙夷,闻一多是难以忘却的。1923年初,他在另一封家信中说,"美利加非我能久留之地也。……总之,彼之贱视吾国人者一言难尽"②。半年后发生的另一件事更令他愤慨。当时,美国的大学有选派优秀学生赴欧洲观光游学的规定,闻一多就读的芝加哥美术学院亦有此成例。闻一多赴美入学后发愤学习,努力进取,各门功课成绩均佳,荣获学院"最优等名誉奖",但与此同时又被告知,选派游学欧洲的优秀学生,仅限于美国人。闻一多十分愤慨,认为虽然"此等名誉奖乃不值钱的臭东西","然于此更见美人排外观念之深,寄居是邦者,真何以堪此"③。这是他在1923年7月20日所写的一封家信中所发的感慨。大约两个月后,他便离开芝加哥,前往科罗拉多大学。这是一所地处偏僻,规模很小的学校,学习条件与生活条件均不及他原先就读的芝加哥美术学院。闻一多之所以要离开繁华的大都会毅然西行,一年来遭受的种族歧视所造成的心理压抑,恐怕是促使他出走的重要原因之一。他在写于芝加哥的诗篇中自称"流囚"④,认为自己的学习生活是"拘守芝城"⑤。因此,他的这次远行或许多少是带有一些精神情感上的"越狱"性质的。

然而他的"越狱"似乎并未成功。种族歧视是一种国家的、民族的而非地区的政治文化偏见,换言之,对于这个有着强烈爱国主义情感的黄皮肤"流囚",整个美国就是一所没有围墙的精神牢狱。来到珂泉(科罗拉多大学所在地)两个月,在最初的新鲜感消失之后,他又回复到了难耐的精神重压之中。在1923年11月的一封家信中,他慨叹进

---

① 《闻一多书信选辑〔二十一〕》,载《新文学史料》1983年第4期,第167页。
② 《闻一多书信选辑〔三十〕》,载《新文学史料》1983年第4期,第174页。
③ 《闻一多书信选辑〔四十〕》,载《新文学史料》1983年第4期,第180页。
④ 参见闻一多《红烛·我是一个流囚》。
⑤ 《闻一多书信选辑〔四十二〕》,载《新文学史料》1983年第4期,第182页。

入科罗拉多大学之后,"生活仍如旧","留学苦非过来人孰知之?作中国人之苦非留学者孰知之?"①在坷泉,同样时时有种族歧视的事件在他的身边发生:一名中国留学生去理发馆理发遭拒绝,并被告知"我们不侍候中国人";六名中国男学生在科罗拉多大学毕业典礼上处境尴尬,因为没有美国女生愿意与他们配合排队领取毕业文凭——按照美国大学的惯例,毕业生须一男一女排成一双一双地纵队走向讲台领取文凭。学校当局只好让这六个黄皮肤的中国人自行排成三对走在队列里。这些事情对闻一多的刺激很大。他的同学梁实秋曾这样写道,当时"我们心里的滋味当然不好受,但在暗中愤慨的是一多。虽然他不在毕业之列,但是他看到了这个难堪的场面,他的受了伤的心又加上一处创伤。诗人的感受是特别灵敏的,他受不得一点委曲。零星的刺激终有一天会使他爆发起来"②。其后发生在科大校园的一场"诗战",或许可以看作是一次这样的"爆发"。

1924年3月,科大学生刊物上发表了一首出于美国学生之手的匿名诗《支那人》,诗中写道:中国人的面孔像狮身人面怪物斯芬克斯(Sphinx)一样毫无表情又神秘莫测,不知道他们整天在想什么,是不是在静静地想如何设下圈套引人入彀,或者在琢磨人生的智慧。不知他们是否愿意用东方的锦缎,来换取苏格兰粗毛呢。这首诗带有调侃的意味,或许浸染了美国式的幽默,但也不乏白种人居高临下的优越感。闻一多被激怒了,他与梁实秋各写了一首英文答诗,发表在下一期的同一刊物上。闻一多在答诗中历数中国灿烂的古代文明,并暗示中国文化的高深,是美国人难以理解的。他写道,他很想与提问者一起坐下来,喝一口茶讨论问题,然而——

> 你们不会浮想,
> 你们是如此的忙碌、急躁,

---

① 《闻一多书信选辑〔四十五〕》,载《新文学史料》1983年第4期,第183—184页。
② 梁实秋:《谈闻一多》,方仁念编:《闻一多在美国》,华东师范大学出版社1985年版,第125、115页。

《渔阳曲》悬解

决不会明白我的心思。①

　　了解上述背景再来读可能是稍后写于同一校园的《渔阳曲》,我们会十分惊奇地发现,两首诗中,尤其是情绪语气方面,有着不少相通、相似的地方。下面是《渔阳曲》的第二节:

　　银盏玉碟——尝不遍燕脯龙肝,
　　鸬鹚杓子泻着美酒如泉……
　　杯盘的交响闹成铿锵一片,
　　笑容堆皱在主人底满脸——
　　啊!笑容堆皱了主人底满脸。
　　　丁东,丁东,
　　　这鼓声与众不同——
　　　　他清如鹤唳,
　　　　他细似吟蚕;
　　　这鼓声与众不同。
　　　丁东,丁东,
　　听!你可听得懂?
　　听!你可听得懂?

喧闹的宴饮中突然插入"与众不同"的清隽鼓乐。那鼓声"清如鹤唳","细似吟蚕",显然出自高人雅士之手。然而,那粗俗的主人与宾客却未必能品鉴欣赏。"听!你可听得懂",这带有明显嘲讽意味的诗句,使我们不能不联想到他的那首英文答诗,想起诗中相似的感慨与讥讽:东方文明古国的悠久历史、灿烂文化,是很难为这些"不会浮想","忙碌、急躁"的美国人所理解、所接受的。在这首诗中,"听!你可听得懂?"如同乐曲中的音乐主题乐句反复出现,有四节诗是以这复沓的诗句结尾的。

---

① "Wen I-do", by Kai-yu Hsu, Boston Twayne Publishers, 1980. 译文转引自《闻一多在美国》,华东师范大学出版社1985年版,第52页。

诗言志,诗缘情。有的论者将这首诗的寓意指为揭露批判了当时封建军阀的黑暗统治,虽不无道理,但似乎不太准确。作为一个"五四"时代精神唤醒的知识青年,一位杰出的爱国主义诗人,闻一多对民国以来祸国殃民的封建军阀是深恶痛绝的,也确曾多次在诗中以艺术形象的力量予以揭示抨击。但这种用力方向似乎更集中地体现在以后收入诗集《死水》,主要写于回国之后的《静夜》《荒村》《天安门》等名篇之中——或许是由于在故国的土地上,他对封建军阀制造战祸、烧杀抢掠的倒行逆施,感触更为深切。而在写作《渔阳曲》的彼时彼地,更令他义愤填膺乃至痛心疾首的,恐怕还不是国内的纷乱战局,而是如前所述,几乎无时、无处不在困扰着他的种族歧视。我们看到,在现存的八十封闻一多留美时期的书信中,极少表露对国内战乱、兵灾的关切,这与连篇累牍地倾诉饱受种族歧视的悲愤恰成鲜明对照。用一句通行的话来说,在彼时彼地闻一多的心灵世界中,是民族矛盾压倒了阶级矛盾。对于一位诗人来说,这种痛苦与愤懑的情感体验,这种"情志"是不能不发而为诗的。事实上在闻一多留美时期的诗作中,确也不乏这类篇章。只是人们谈论较多的,似乎还限于那些含泪泣血、直接抨击金元帝国欺凌有色人种的诗篇如《孤雁》《洗衣歌》等。然而,对于这种情绪的曲隐流露,这种"情志"的深层次潜藏,研究者们的关注好像还很不够。而《渔阳曲》似乎还可以归为这样一首借古喻今的抒愤之作:以历史故事的"陈述",蕴含嘲讽、蔑视世俗种族偏见的潜隐诗意。诗中那高深莫测的鼓乐,充满轻蔑的发问("听!你可听得懂"),更主要的恐怕不是向中国的封建军阀,而是向美国的白人种族主义分子的挑战。因此,尽管诗中出现了"惩斥了国贼""庭辱了枭雄"这类诗句,似乎也应理解为艺术需要,理解为欲使"本事"完整与符合历史真实,而不宜简单坐实为具有"国贼""枭雄"性质的封建军阀。

二

上述关于《渔阳曲》所抒所言"情志"的分析与认定,或许可以由以下将要论及的《渔阳曲》的艺术形式特点,进一步得到印证。闻一多是中国新诗史上极为重视诗歌形式美学的少数几位诗人之一,并以自己的艺术实践进行实验和示范。20年代中期,他与徐志摩等人共同发起了新诗的格律化运动。他的代表作,起手于美国,完成于回国之后,1928年出版的诗集《死水》,则被推许为"近年来一本标准诗歌"①。《渔阳曲》写于《死水》创作成集期间,体现了《死水》集中普遍存在的形式实验探求意识,并已具备了《死水》中的一些诗作——如《也许》《忘掉她》——所表现的那种格律形式的雏形。除了可以进一步印证本文所推断的《渔阳曲》的写作时间外,这一事实还说明了闻一多在写作这首诗的时候,是很注重诗歌形式问题的。而与本论题密切相关的这首诗的形式特点,只是一个显而易见的简单数学问题:《渔阳曲》全诗共十三节(段),每节诗十三行(句)。

这是一种十分罕见的诗形构造:不仅在闻一多的全部诗作中除此诗之外"绝无",恐怕在整个中国新诗史上也是"仅有"的。这一奇特的形式特点似乎不会与诗的内容,与诗人的"情志"毫无关联。因此,我们需要把这首诗的形式特点,与写作这首诗的背景和环境联系起来思考。首先应当想到的,恐怕应是"13"这个数字可能具有的特殊文化内涵,也就是在基督教文化长期影响下的欧美国家对这个数字的忌讳。

数字忌讳是一种带有迷信色彩的社会文化现象,因民族、国家而异。例如,"3"在东西方很多国家都被看作是一个幸运的数字,但在非洲的贝宁却被视为不吉。当地人认为"3"和"7"表示巫术,会给人带来灾异。日本人则忌讳"4"和"9",因其在日语读音与"死""苦"相近。而在欧美国家,则普遍流行着对于"13"的忌讳。据说这种忌讳最初起源于北欧斯堪的纳维亚神话。相传在一次十二位神灵相聚的宴会上,未被邀请的争斗与邪恶之神洛克依(LOKI)硬闯了进去,十三位宾客同坐一席,结果光明之神保尔德(BALDER)被杀死了。在基督教国家,这一传说则为耶稣和他的十二个门徒共进"最后的晚餐"的故事所代替,

---

① 沈从文:《论闻一多的诗》,载《新月》月刊第3卷第2号,1930年4月10日。

最后入座的第十三人即为出卖耶稣的犹大。因此"13"在欧美国家被认为是一个不吉利的数字,这些国家的很多人在社会活动、日常言行中,乃至楼层、房间数序排列这些细枝末节方面,都尽可能小心翼翼地避开"13"这个数字。一些作家,如 18 世纪英国散文家阿狄生(J. Addison)就曾以这种忌讳为题材写过讽刺小品①。在实行美式教育体制的清华学校读书十载,又在美国生活了一年的闻一多,对于这种欧美国家家喻户晓、妇孺皆知的忌讳,想来一定是有所了解的。

那么,这首 13×13 的诗作,会不会是闻一多无意中妙手偶得,不自觉地"冲犯"了美国人的忌讳呢?似乎不会。闻一多是一位对诗歌形式有着高度自觉,而且对数字十分敏感的诗人。在赴美前四个月,他写完了长篇论文《律诗底研究》,把自己多年来潜心研究中国古典诗歌,尤其是律诗的心得加以系统整理阐发。在这篇论文中,闻一多很注重律诗"章句"的研究。他认为,中国的律诗,"犹之英诗之'十四行诗'(Sonnet)不短不长实为最佳之诗体",而"律诗八句为一章,取数之八,又非无谓。盖均齐为中国艺术之特质,八之为数,最均齐之数也"②。闻一多所论及的律诗的"章",相当于新诗的节(段),"句"则相当于新诗的行;这里提到的"均齐",以后成为闻一多界定新诗"建筑美"的重要审美特征。在他看来,八行一节(段)的诗是最能体现"均齐"之美,最具赏心悦目的形式美感的。的确,闻一多 1922 年以后的诗作,尤其是他的代表作《死水》中,八行一节或四(八的均分)行一节是一种占主导地位的诗歌形式,这就使得很多诗作扣合或包含了"八"这个"均齐"之数。而有些处理成奇数节的诗作,很大程度上似乎是为了诗情和诗形更完美地整合。例如著名的爱国主义诗篇《七子之歌》,借用《诗经》中的典故,将澳门、香港、台湾等七处"失养于祖国,受虐于异类"的地方喻为"七子",以"七子"向祖国母亲倾诉孤苦哀忧的形式,抒写了诗

---

① 参见王凌云、木青主编:《生活警言警事—忌讳大全》,中国经济出版社 1990 年版,第 490 页;"BREWER'S Dictionary of Phrase and Fable" PP1075, Butler and Tanner Ltd, Frome and London, 1975.

② 《闻一多研究四十年》,清华大学出版社 1988 年版,第 39 页。着重号为引者所加。

人维护祖国统一、反对帝国主义侵略的爱国情怀。这首诗所采用的 7×7（每节诗七行，全诗七节）的排列形式，显然是为了更好地扣合诗题，强化"七"给读者的印象——在中国文学史上，由枚乘的《七发》所开创的辞赋"七体"，以及其后的《七谏》《七哀》等诗题，都使得"七"这个数字多少带有一些感伤、哀怨的意味；而诗人希望读者念念不忘的失地，又恰恰是七处。

  闻一多对于数字的敏感，以后还曾以不同形式出现于他的文化活动之中。40 年代以后，闻一多已很少写诗了，但在教学与学术研究中，仍时常表现出对于数字问题的极大兴味和精审态度。1942 年，在他参与编辑的《国文月刊》上发表了意在"发动形式数字研究"①的论文《释三五九》，以后又应读者要求，撰写了专题论文《七十二》，旁征博引，详论了"七十二"这个数字之所以流行的原因及其意义，并由此引发了一些关于数字问题的深刻思考："文字的偶然记载，总归是在实际生活中流行了之后"，"这个数字之值得注意，正因为它是一种思想—— 一种文化运动态的表征"。

  综上所述，可见这样一位诗人对于自己诗作的形式安排，具体地说就是一首诗的节数与每节诗的行数的确定，是不可能无意为之的。《渔阳曲》的这种 13×13 的独特"诗形语言"，大约也是"一种文化运动态的表征"——或许就是本文第一部分所分析与认定的那种批驳、蔑视种族歧视的"情志"的"表征"：以诗歌形式上对于美国人数字忌讳的反复冲犯，将诗歌抒情内容从中国历史故事"本事"的诉说，巧妙地引向对趾高气扬的种族主义者隐隐的轻蔑与嘲弄："听！你可听得懂"——你们不但不了解东方古国的悠久历史、灿烂文明，甚至也觉察不到讲述这一切的"诗形语言"中，隐含着你们所忌讳的"13"！这样，汉魏时代疾恶如仇的鼓师祢衡的酒杯，便浇在了 20 世纪 20 年代蔑视强权的诗人闻一多的一腔愤懑之上。从这个意义上，可以说《渔阳曲》

---

  ① 闻一多语，见《七十二》文前作者附识。《七十二》刊于 1943 年《国文月刊》第 22 期，后收入《闻一多全集》第 1 卷，三联书店 1982 年版。

正是那首英文答诗的余绪,更隐蔽也更深挚地抒写了一个身居异域的现代中国诗人不屈不移的情怀,充满自信与正义感,也充满睿智与机锋的情怀。

三

留美三年是闻一多一生中的一个重要时期。在这一时期,他接受了系统的现代美术教育,广泛涉猎了欧美文学艺术与思想文化理论,创作了《太阳吟》《忆菊》《死水》①《园内》等新诗代表作,并提出了一系列关于新文学、关于新诗的精深创见:新诗应当兼具"时代精神"与"地方色彩";为救正新文学的欧化"狂癖","当恢复我们对于旧文学底信仰"②;新诗形式问题应当得到高度重视,因为抒情诗"万万不能""离形体而独立"存在③;新诗宜用韵,因为"中国韵极宽;用韵不是难事,并不足以妨害词意","用韵能帮助音节,完成艺术;不用正同藏金于室而自甘冻饿"④,等等。这些成就与阅历,确立了闻一多在新文学史尤其是新诗史上的地位,并为他以后开创性的中国古典文学学术研究提供了必要的理论准备和文化积累。

然而,这些为研究者们普遍关注的内容所标识的,恐怕还只是闻一多留美时期思想文化活动的一个方面——尽管是一个主要方面。如果稍深入一些考察闻一多留美时期的学习生活行状,则不难发现他这一时期思想文化活动的另一个方面,那就是像他丰富的艺术成就一样丰富,像他深刻的美学思考一样深刻的思想矛盾,尤其是对待东西文化的矛盾心态。这种思想矛盾,这种文化心态对于他的事业人生,同样产生过深远的影响。

---

① 《死水》写作时间从梁实秋说。参见《闻一多在美国》,华东师范大学出版社1985年版,第118页。
② 闻一多:《女神之地方色彩》,载《创造周报》第5号,1923年6月10日。
③ 闻一多:《泰戈尔批评》,《时事新报·文学》副刊,1923年12月3日。
④ 《闻一多书信选辑〔五十四〕》,载《史料》1984年第1期,第201页。

作为"五四"新文化运动唤起的青年知识分子,闻一多也像他的许多同时代人一样,曾对传统文化持激烈的否定态度①,而对"西岸"文化满怀希望②。这种积极进取的,但显然又有些矫枉过正的文化态度,也正是"五四"时代激进知识分子们的普遍文化心态。闻一多的这种文化心态一直保持到他远涉重洋、负笈新大陆之初。刚到美国不久,他曾明确表示过对于欧美文化的推崇和对中国传统文化的失望。他认为,"美国人审美的程度是比我们高多了",美国的"机械与艺术""同时发达"到很高的水平,甚至说,"我们东方人这几千年来机械没有弄好,艺术也没有弄好"③。然而,时隔数月,他的态度却急转直下,激赏起此前认为东方人几千年间"没有弄好"的"艺术":"我很惭愧我不能画我们本国的画,反而乞怜于不如己的邻人","我现在着实怀疑我为什么要学西洋画,西洋画实没有中国画高"④;进而又说,"东方底文化是绝对的美的,是韵雅的。东方的文化而且又是人类所有的最彻底的文化","我们不要被叫嚣犷野的西人吓倒了!"⑤

文化态度的大起大落似乎很难在闻一多这一时期的具体文化活动中找到直接原因。在这大半年中,他日复一日地往来于学校和寓所之间,业余时间除完成作业外,就是一如既往地,如痴如醉地写诗、读诗。似乎没有迹象可以表明,他曾在这一时期对中西文化的优劣进行过比较集中、比较严密的思考与研究:他没有时间,没有精力从事这项大规模的研究工作,也缺少充分的理论准备。闻一多这方面的思想成果,恐怕要到40年代才臻于成熟与完美:以名文《文学的历史动向》为标志。

---

① 比如,他为反对旧诗回潮,曾不无偏激地把《兵车行》《将进酒》《琵琶行》等唐诗精品斥之为"陈猫古老鼠"。参见1921年3月11日《清华周刊》第211期。
② 参见《西岸》,1920年9月24日《清华周刊》第191期。在《西岸》中,闻一多以诗的语言表达了对"西岸"的向往;"这东岸的黑暗恰好是那西岸的光明的影子",他要造一道桥通过东西岸间"深无底宽无边的大河"。
③ 《闻一多书信选辑〔五十三〕》,载《新文学史料》1984年第1期,第198页。原信写于1922年8月24日。
④ 《闻一多书信选辑〔三十一〕〔三十二〕》,载《新文学史料》1983年第4期,第174—175页。原信写于1923年2月10日。
⑤ 闻一多:《女神之地方色彩》,《闻一多全集》第3卷,三联书店1982年版。

既然如此,那么这种并非建立在科学研究基础之上的文化评价,就不能不带有较大的主观意气。而这一时期深入闻一多的内心世界,能够对闻一多文化态度的起落转移产生较大影响的"意气"即情绪心理因素,恐怕主要是本文前两部分所述及的,那种对于种族歧视至痛至深的愤懑。证之以闻一多本时期的思想行状,确也大体如此。我们看到,闻一多文化态度的大起大落,他对东方(或中国)文化的爱慕与对西方(或欧美)文化的鄙薄,常常是与对种族歧视的激愤之情相伴生的。就在他写完《女神之地方色彩》,独尊东方文化不久,即在一封家书中发出痛心疾首的慨叹:"一个有思想之中国青年留居美国之滋味,非笔墨所能形容。俟后年年底我归家度岁时当与家人围炉絮谈,痛哭流涕,以泄余之积愤。我乃有国之民,我有五千年之历史与文化,我有何不若彼美人者?将谓吾人不能制杀人之枪炮遂不若彼之光明磊落乎?"从这里我们不难看到,那"非笔墨所能形容"的"积愤"对他的文化态度的直接影响:再不见美国发达的"机械"(物质文化),而斥之为"制杀人之枪炮"的野蛮行径;"五千年之历史与文化"的自矜,则取代了对于美国"艺术"(精神文化)的倾心。这种情绪与他在《女神之地方色彩》中盛赞东方文化的"绝对美",指斥西方文化的"喧嚣犷野"的评价,显然有着相似的走向。在这封信的末尾,闻一多不无偏激地提出,"吾宁提倡中日之亲善以抗彼美人,不言中美亲善以御日也"①,更见冲动的情绪溢于言表。其后,他又在书信中慨叹,"作中国人之苦非留学者孰知之",因此,"我在美多居一年即恶西洋文明更深百倍"②。他甚至反对侄儿用钢笔墨水写信,其原因之一,是由于这样做"近于洋习气也"③。似乎正是这种嫉洋(西)如仇的情绪的累积,造成了他的文化心态的倾斜,形成了一种"憎屋及乌"的心理效应。那首"答诗"和《渔阳曲》,与闻一多的这种心态,这种"效应"之间,显然有着某种隐蔽的但又是深

---

① 《闻一多书信选辑〔三十〕》,载《新文学史料》1983 年第 4 期,第 174 页。
② 《闻一多书信选辑〔四十五〕》,载《新文学史料》1983 年第 4 期,第 183—184 页。
③ 《闻一多书信选辑〔四十九〕》,载《新文学史料》1983 年第 4 期,第 186 页。

刻的内在联系。这种联系将为我们更深入地理解或者说悬测《渔阳曲》的文化内涵,提供更开阔的背景。

应当说,在一种特定的地域,特定的人文环境、心理环境中,不被西方文化同化而能认真地重新审视中国传统文化,发现传统文化的博大、精美及可资借鉴之处,在一定程度上救正了"五四"时期全盘否定传统文化的偏颇,这是闻一多思想认识的深刻之处;然而,也正由于这种思想认识形成于特定的地域、人文环境,尤其是特定的心理环境之中,所以它同时又伴生着深刻的思想矛盾,受制于情绪、情感波动的文化心态的失衡与起落,便是这种思想矛盾的突出表现。而闻一多对于西方文化"言"与"行"的反差,也十分清楚地说明了他的文化心态的矛盾状态。我们看到,对于他所鄙薄、所反抗的"叫嚣犷野的西人"的,"不如己的邻人"的文化艺术,诸如欧美诗歌与绘画,实际上他又是非常注重的。学习接受时真正达到了废寝忘食的地步,用他的友人梁实秋的话说,就是"不眠不食如中疯魔"。或许可以说,在主观情感上,他以诗人的意气抨击西方文化;而在客观行为中,他又是以学子的勤勉学习西方文化的。

这种矛盾的、二元对立的文化心态,可能会引发我们更深的思考。我们知道,近代中国的国门被帝国主义列强的炮舰炸开之后,统治阶级中一些较早接受西方文化影响的成员,遂提出了"师夷长技以制夷"的对策——一种维持了文化"上邦"虚荣心的实用主义对策。作为一种政治文化战略,它通过"洋务活动",通过种种手段输送给其他社会成员,尤其是敏感的知识分子。随着近代史的展开,"制夷"的梦想逐渐破灭,而那"师夷"又"鄙夷""仇夷"的文化心理,却作为一种"集体无意识"世代传承了下来。

这种社会文化心理积淀在出身于近代封建旧家的闻一多身上有所反映,那是不奇怪的。尽管"五四"新文化运动打开了闻一多那一代知识分子的文化视野,使得他们有可能面向世界,把当时处于高位状态的西方文化作为一个完整的文化体系来认知(闻一多初到美国时对西方文化的赞誉,想来亦确为由衷之言),然而,当他置身于一种特殊的地域与人文环境之中——对于自己的祖国和民族,这个国家既是老师又是敌人,更由于种族歧视的激发,他的文化心态便难免陷入"师夷"又"鄙夷"的怪圈。而在精神上要有所依傍以与西方文化抗衡,当时的闻一多也只能,或者说是必然要不加分析地赞扬、标举东方文化。了解了这一点再来读《渔阳曲》,那么在诗作抨击强权与偏见的激愤、独特"诗形语言"的睿智之外,我们似乎还可以体察到一种出之以具体形象的特定文化心理:诗人更看重那"清如鹤唳""细似吟蚕"的鼓乐,而对"银盏玉碟""燕脯龙肝"的豪奢则不屑一顾。联系彼时彼地诗人的思想情绪,若是将这些诗句"还原"成明确的理性语言,"还原"成今日通行的话来说,也许就是:东方精神文明远胜于西方物质文明;韵雅的东方文化与粗鄙的西方文化绝不可同日而语。

如果本文对《渔阳曲》的"悬解"能够被接受,那么我们可以说,《渔阳曲》中的爱国主义情愫是显而易见的,但作者特定时期的文化心态,包含着深刻的思想矛盾与思想局限的文化心态,却也是隐约可见的。如果认为本文的"悬解"难以成立,那么,笔者也希望本文能引起学术界对闻一多留美时期文化心态的关注与研究,并希望能为这一工作提供某些资料与认识的准备。由于笔者对于闻一多留美时期文化心态的兴趣是由《渔阳曲》触发的,而且在研读过程中又常常若有所见,若有所悟,故以《渔阳曲》的"悬解"作为文化心态分析的前导。笔者以为,对于这样一首形式怪异、取材于历史上的怪事怪人,情绪流向又与那首英文"答诗"惊人相似的"怪诗",还是应当有一个比较全面、令人信服的"说法"的。尤其是这首诗与闻一多留美时期文化心态的联系——作家、诗人的文化心态固然可以脱离作品独立存在,但作为抒情言志的诗作,尤其是具有上述特色、篇幅较长的诗作,却是一定会留有作者特定文化心态的印记的。

七十四年前的呼唤

——读闻一多的《七子之歌·澳门》

> 你可知"妈港"不是我的真名姓？
> 我离开你的襁褓太久了，母亲！
> 但是他们掳去的是我的肉体，
> 你依然保管着我内心的灵魂。
> 三百年来梦寐不忘的生母啊！
> 请叫儿的乳名，叫我一声"澳门"！
> 母亲！我要回来，母亲！

这首题为《澳门》的诗歌，是诗人闻一多的组诗《七子之歌》的第一首，写于1925年3月。其时闻一多还是一个二十六岁的青年学生，正在美国纽约留学。作为一名才华横溢、又有着很强的民族自尊心的中国青年，几乎从踏上大洋彼岸的土地开始，闻一多便强烈地感受到一个飘零海外的弱国子民难耐的孤独和屈辱。他曾多次在致友人、亲人的书信中慨叹："不出国不知道想家的滋味"——当然这不是狭义的"家"，"我所想的是中国的山川，中国的草木，中国的鸟兽，中国的屋宇——中国的人"。"留学苦非过来人孰知之？作中国人之苦非留学者孰知之？"①他把自己的愤懑、哀怨，把自己对多灾多难祖国的怀念，和对侵略、抢掠、摧残祖国的帝国主义强盗的仇恨，写成了一首首激昂的爱国主义诗篇：《太阳吟》《忆菊》《南海之神》《醒呀》《渔阳曲》《洗衣歌》……这些诗作的一个明显特点，就是无一例外地都有着中国传统文化的依托：或以中国的神话传说、中国的历史文明结构诗篇，或以中国的山岳河川、中国的草木花鸟寄寓诗思。《七子之歌》是这些诗篇

---

① 闻一多：《闻一多选集》第2卷，四川文艺出版社1987年版，第642页。

中十分典型也很有艺术个性的一部组诗。《七子之歌》由七首七行的短诗组成。诗前的一段文言小序,说明了这首诗的写作背景:

> 邶有七子之母不安其室。七子自怨自艾,冀以回其母心。诗人作《凯风》以慰之。吾国自尼布楚条约迄旅大之租让,先后丧失之土地,失养于祖国,受虐于异类,臆其悲哀之情,盖有甚于《凯风》之七子,因择其与中华关系最亲切者七地,为作歌各一章,以抒其孤苦亡告,眷怀祖国之哀忱,亦以励国人之奋兴云尔。

这里提到的《凯风》,出自《诗经·邶风》,通常被认为是一首以孝子的口吻赞母责己的诗篇。"凯风自南,吹彼棘心。棘心夭夭,母氏劬劳";"睍睆黄鸟,载好其音。有子七人,莫慰母心"。以和煦的南风即"凯风"比喻母亲的温情,以苗壮成长却难以成材的酸枣树自喻,表达了七个儿子对母亲养育之恩的颂赞感激之情,以及未能体谅抚慰母亲苦心的深深自责。有学者认为,这首诗与后世的一些吟咏慈母的诗篇,如孟郊的《游子吟》、钱载的《到家作》等,其精神实质、艺术手法是相通的①。闻一多受《凯风》,以及《凯风》所体现的文化精神的启示,将帝国主义列强霸占的澳门、香港、台湾、威海卫、广州湾、九龙、旅顺大连等七个地方,比作离开母亲的怀抱,饱受异族统治者欺凌虐待的七个儿女。以歌当哭,抒发他们"孤苦亡(无)告,眷怀祖国之哀忱"。他们要求挣脱强盗的束缚,回到母亲的身边。这七篇字字血、声声泪的泣诉与呻唤,构成了组诗《七子之歌》。

16 世纪以来,尤其是 19 世纪中后期,英国、法国、德国、俄国、日本、葡萄牙等帝国主义国家,使用武力胁迫,利用各种不平等条约,以"租借""割让"等强盗方式,占领了多处中国领土和海域。闻一多列为"七子"的,正是其中为国人所熟知的,"与中国关系最亲切者七地",而澳门又是这"七地"中最先"失养于祖国,受虐于异类"的地方,所以列为组诗的第一首。澳门位于我国南海之滨,珠江口西侧,与香港隔珠江

---

① 程俊英、蒋见元:《诗经注析》上册,中华书局 1991 年版,第 81 页。

口相望,由澳门半岛和凼仔岛、路环岛两个小岛组成。明朝嘉靖年间的1553年,葡萄牙殖民者以晾晒被水浸湿的货物为借口,强行上岸租占澳门半岛,鸦片战争后又相继侵占了两个小岛。1887年,当时的葡萄牙政府迫使清政府签订了中葡北京条约,攫取了澳门的永驻和管理权。

澳门自古以来就是中国领土。这里原是一个渔村,在这里劳作生息的,世世代代都是中国居民。相传宋代一名福建莆田籍的青年妇女在一次海难中遇难后羽化飞升,成为当地渔民们的守护神,常在惊涛骇浪中拯救遇险渔民,被他们尊称为"妈祖天后",并建有多座庙宇供奉,其中最古老的一座建于五百多年前,被称为"妈阁"。据说16世纪葡萄牙人登岸后,指着"妈阁"庙的方向问当地居民,他们到了什么地方。居民以为问这是什么庙宇,顺口答曰"妈阁"。于是,葡萄牙人便根据"妈阁"的发音,称澳门为Macau,也就是闻一多笔下的"妈港"。所以,"妈港"是侵略者对澳门的"误读",是他们强加给澳门的称呼,而不是他的"真名姓"。从葡萄牙殖民者最初强占澳门半岛的1553年,到闻一多写作《七子之歌》的1925年,已经过去了三百七十多年。而这个离开祖国怀抱已很久的儿子,三百年来却一直梦寐不忘自己的生母——中国。他的"肉体"——土地虽然已被殖民者的铁蹄践踏,但他的胸中——澳门人民的思想感情和文化意识中,仍然跳动着一颗中国心。澳门,这个最早失散的儿子,急切地期待着早日回到祖国母亲的身边,听母亲亲切地呼唤自己的乳名,共享国土完整、民族团圆的"天伦之乐"。

1925年6月1日,闻一多结束了为期三年的留学生活回到国内。7月,《七子之歌》刊发于《现代评论》第2卷第30期,发表后引起了不少读者的共鸣。时任中华基督教青年会全国协会教育总干事,以后担任上海沪江大学首任中国籍校长的刘湛恩,将此诗收入他编的《公民诗歌》。更有一位署名"吴嚷"的青年读后激动不已,心潮难平。他将此诗与诸葛亮的《出师表》、李密的《陈情表》等历史名文相提并论,甚至认为,就撼人心魄的艺术力量而言,比起这些历史名文,《七子之歌》有过之无不及。他介绍《清华周刊》转载了《七子之歌》,并在附识中说,"读《出师表》不感动者,不忠;读《陈情表》不下泪者,不孝;古人言之屡矣。余读《七子之歌》，信口悲鸣一阕复一阕，不知清泪之盈眶，读《出师》《陈情》时，固未有如是之感动也。今录出之聊使读者一沥同情之泪，毋忘七子之哀呼而已"①。这种令读者"信口悲鸣""清泪盈眶"的艺术力量，既源于诗篇悲怆激越的情感内容，也与诗篇所特有的，蕴含着悠久的传统文化精神，很容易和中国读者心灵契合的艺术形式有关。组诗题为《七子之歌》，又由七首（节）诗组成，每首（节）诗又是七行，对应了汉代文学家枚乘的《七发》所开创的、铺张扬厉的辞赋"七体"，以及曹植、阮瑀、王粲等汉魏诗人反复吟咏的《七哀诗》，使得熟悉中国文学传统的读者能够从这些"七"中直接感受到一种古今相通的，激越、悲愤、哀怨的文学意味。《澳门》这首诗的前六行由六个整齐的、带有辞赋特征的十二字长句组成，韵脚绵密，音调低沉，节奏舒缓，很好地应和了诗作那种幽幽倾诉、悲愤难抑的情绪。第七行则以节奏短促、口气坚定的"母亲！我要回来，母亲！"作结，体现了由泣诉、呻唤到大声疾呼的变化。而且，全部七首诗均在此句上复沓（仅最后一首诗《旅顺，大连》改"我要回来"为"我们要回来"），有一种仰天长啸、念念不忘、义无反顾的力量。

"毋忘七子之哀呼"，这是当时所有爱国人士的共同心声。七十四年过去了，当年诗人所系念的七处失地，大部分都已回到祖国母亲的怀抱。而最早为帝国主义者强占的澳门，也将于今年12月20日彻底结束殖民统治，回归祖国。而稍早些时候，今年（1999年）的11月24日，又恰好是闻一多诞生一百周年纪念日。为迎接澳门回归，中央电视台摄制了大型电视专题片《澳门岁月》，由江泽民总书记亲笔题写片名，专题片选用了闻一多的这首《澳门》诗作为主题歌歌词。这已经发生和即将发生的一切，都是对闻一多七十四年前发出的深情呼唤的最好回答，也是对这位爱国主义诗人百年诞辰的最好纪念。

---

① 闻黎明、侯菊坤：《闻一多年谱长编》，湖北人民出版社1994年版，第270页。

闻一多研究：为爱国主义诗人再塑雕像

闻一多投身新文学运动很早，但又有很长一段时间"转向"，而潜心于古典文学研究；他思想上曾发生过义无反顾的转变：否定了自己过去的道路，在新的思想高度上开始了后期热情的社会政治活动和短暂的新文学活动。对他的认识、理解和研究，也有着一个丰富、曲折的历史发展过程。

依据闻一多的上述历史活动的特点以及社会历史变动对学术研究的制约，可以将闻一多研究分为建国前与建国后两大时期来把握。建国前的闻一多研究又可以分为前后两个阶段：前一阶段以《死水》出版前后的研究为中心，时间从20年代初到30年代中期；后一阶段研究集中于闻一多逝世后的追悼纪念活动，及《闻一多全集》出版前后，时间是在40年代后期。建国后的闻一多研究也可以分为前后两个阶段：建国后十七年的闻一多研究和新时期闻一多研究。本文拟分四个部分，对建国前后四个阶段的闻一多研究作一点粗略的介绍。

一

闻一多是以新诗创作开始他的新文学活动的。他的新诗创作始于1920年，留美之初的1922年8月到11月，是他早期新诗创作的一个高潮：短短三四个月时间内，写了新诗六十余首。这些作品中的一部分陆续寄回国内，发表在母校《清华周刊》的《文艺增刊》第1—3期上，这就是以后收入《红烛》的《太阳吟》《寄怀实秋》《玄思》《忆菊》《火柴》《晴朝》。这六首诗不但标志着他新诗创作的长足进步，而且给当时的诗坛带来了耳目一新的感受。尽管最早的闻一多研究，大约可以追溯到

1922年底①,但紧接着上述六首诗揭载之后,1923年2月《清华周刊》第269期发表的梁实秋的《评一多的诗六首》,才应算是最早的研究闻一多的专文。

梁文称道上述作品的想象丰富奇特,"在《玄思》《火柴》两首里,作者表现的想象力","简直深刻得可怕了"。同时,梁文肯定了作品中和谐的韵脚与自然的诗意的统一,并注意到了《忆菊》和《太阳吟》中所表现的对祖国的眷恋。不过,梁文中也有令人难以苟同之处,那就是他把诗中对祖国的眷恋解释为"在科学的文明里悬想着静的和美的东方文化",进而认为《晴朝》中所出现的"汽车""地球",虽然是"富有时代性""不宜入诗"的"丑的字句","但因艺术的修饰减去了丑性不少"。这种分析完全逆转了作者的本意(参见闻一多《〈女神〉之时代精神》),很大程度上是为抒写他自己的"诗料只有美丑可辨,并无新旧可分"的偏执见解作张本。

其后,1923年6月,又有饶孟侃的《评一多的〈园内〉》②,高度评价了闻一多自谓"花了四个月的气力"③创作的长诗《园内》,认为"可算是一篇成功的长诗","是十二年(清华)园内缕缕诗思的大成了"。值得注意的是,饶文十分重视闻一多在新诗形式问题上对旧诗的批判继承。他引述了闻一多关于新旧文艺关系的认识,具体分析了《园内》的结构,认为闻一多是"试将律诗的模形,用作《园内》的布局。换过来说:《园内》是一首变形的、放大的律诗"。在整个闻一多研究中,像这样集中、认真地研究他在新诗形式结构方面创见的论文,是不多见的。

1923年9月,闻一多的第一部诗集《红烛》在上海泰东书局印行。1924年10月、11月间,在当时影响很大的《文学周报》和《时事新报》副刊《学灯》上,分别刊出了署名天用(即朱湘)的《桌话》和为法(即洪

---

① 景:《读〈冬夜草儿评论〉》,载《清华周刊》第264期,1922年12月22日。
② 载《清华周刊》第284期,1923年6月1日。
③ 据《闻一多先生年谱》所记,1923年3月6日,闻一多致梁实秋信中谈《园内》创作情况,"两个多月没有作诗,两个多月的力气都卖出来了,恐怕还预支了两个月底力气"。见季镇淮:《闻朱年谱》,清华大学出版社1986年版,第14页。

为法)的《〈红烛〉批评》,两文的作者分别属于当时两个最大的文学社团——文学研究会和创造社。这说明《红烛》在当时已引起了文坛的注意。这两篇评论也受到了其时远在大洋彼岸的闻一多本人的关注。①

这两篇评论都注意到闻一多在诗歌创作中对于想象力的推重,这与稍前闻一多自己在《冬夜评论》中大声疾呼的倡导是一致的。《桌话》还以《红烛》中的一首小诗《小溪》为例,进一步分析了闻一多的新诗在情绪表现方面的创新,认为这是对旧诗传统抒情程式的有力冲击。关于《红烛》的不足之处,《桌话》以为在于"自身缺乏音韵"。其后,朱湘又在《评闻君一多的诗》②里,把这一批评系统地展开,从用韵、用字、音节等方面,直率地指出《红烛》中一些作品的缺陷,其中有些针砭,尤其是通过严格、细致的分析,指出作者由于土音协韵和盲从古韵而造成诗句用韵"不对、不妥、不顺",是很有道理的。这对于以后《死水》严谨风格的形成,无疑是有助益的。但还有一些批评,却正如他在此文开头所标榜的那样,"宁可失之酷,不可失之过誉",的确过于严酷了,严酷而近于固执、褊狭,吹求过甚,以至于把闻一多新诗创作中一些创新的努力也轻易否定了,没有把新诗的艺术风格、审美领域理解得更宽泛一些。这一点他自己以后似也有所察觉,在写于1933年的《闻一多与〈死水〉》③中,他实际上已纠正了《桌话》中的某些偏颇。

然而,朱湘毕竟是一个感悟力很强的诗人,他的某种偏颇之风并不能完全淹没他超卓的见地。1925年4月,他在介绍闻一多的两首新诗《大暑》《泪雨》(《泪雨》以后收入诗集《死水》)时所写的一段《附识》④,成为这一阶段闻一多研究中很值得注意的评论。朱湘认为,通

---

① 《书信·致梁实秋……诸先生(六)》云:"贵处如有《时事新报》,请查《学灯》十一月十七八日(实为22日——引注)为法所作《〈红烛〉批评》,将其内容大意告我。又闻十一月间(实为10月20日《文学》周刊——引注)又有天用者评新时代新诗以及《红烛》,《红烛》似渐有人注意也。"《闻一多全集》第3卷,三联书店1982年版,第618页。
② 载《小说月报》第17卷第5号,1926年5月10日。
③ 载《文艺复兴》第3卷第5期,1947年。
④ 载《京报副刊》第107号,1925年4月2日。

过这两首近作以及稍前的《也许》(以后也收入《死水》)等诗篇,可以见出:

> 他近来的进步实在可惊,……他的第二本诗汇在今夏回国时即将印行。这个第二本诗汇,就上述的诸诗看来,问世之后,一定要在新诗坛上放一异彩:是可断言的。

两年多以后,这"第二本诗汇"即《死水》出版,印证了朱湘的预言。这篇附识第一次试图把《红烛》和《死水》联系起来评估,在这一阶段的闻一多研究中,起到了承前启后的作用。

1928年1月,诗集《死水》出版,受到当时文坛的重视。1930年4月发表的沈从文的《论闻一多的〈死水〉》[①],可以说是整个建国前闻一多研究中有奠基意义的一篇论文。沈文第一次对闻一多的作品进行了细致入微的美学分析,一变此前的孤立评点,把构成诗歌的各种内在、外在因素加以综合,考察它们之间的联系,特别注意到闻一多驾驭情感和想象的能力,以及内容的提炼、形式的配合默契。沈文认为,闻一多在"重新为中国建立一种新诗完整风格的成就处,实较之国内任何诗人皆多",并称道《死水》"是近年来一本标准诗歌!在体裁方面,在文学方面,《死水》的影响,不是读者,当是作者"。沈文第一次明确地把闻一多与整个新诗史、整个现代文学史联系了起来,使得闻一多研究具有了研究现代文学一般规律的意义,开阔了研究视野,增强了研究的科学性。其后的1934年1月,又有苏雪林的《论闻一多的诗》[②],阐发了与沈文大体相同的观点。比之沈文,苏文虽嫌芜杂、滞重,但某些方面较沈文又有所前进。如果说,沈文主要着眼于《死水》,那么苏文则同时顾及了闻一多诗作的总体状况;如果说沈文侧重于美学分析,那么苏文则更多地兼顾了文学史的评价:既有横向的联系——与同时代的其他诗人;又有纵向的比较——从《红烛》到《死水》到《奇迹》。这就使得闻一多作为一个新文学的"坐标点",其位置与价值都更加清晰、明

---

① 载《新月》第3卷第2期。
② 载《现代》第4卷第3期。

确。她还认为闻一多是"文学革命的过渡时代","使读者改变以前轻视新诗的态度,并且指导了新诗正当的规范的诗人"。这一看法,大体上是符合中国新诗的历史发展实际的。

这段时间值得注意的研究论文,还有与沈文同名的邵冠华的《论闻一多的〈死水〉》①。邵文比较集中地论述了闻一多的作品与外国诗歌的联系。尽管这些评价还只是一些孤立的、寻章摘句式的比附,但都是把闻一多的新诗创作与欧洲近现代文艺思潮联系起来进行考察的开始。这对于研究闻一多新诗创作风格的形成发展,是很有意义的。关于《死水》的不足之处,邵文认为主要有两点:"呆旧的字太多"和"诗行太整齐"。其后,罗念生在《〈死水〉的枯涸》②中,谈到了与邵文大致相同的看法:"《死水》虽是没有词的气息,可是旧诗的味儿却带得很浓重。"类似的观点还可以上溯到前面提到过的朱湘的《评闻君一多的诗》。姑不论这些认识本身是否确当,有无偏颇,但其中有一点却是值得肯定的,那就是这些论者都不同程度地注意到了闻一多的古典文学素养,与他的新诗创作的自觉不自觉的联系,从而揭示了他创作风格形成发展的另一个重要原因。

这一阶段的闻一多研究,在《死水》出版之后逐渐趋于成熟。从《红烛》到《死水》所显示的作者思想艺术上的长足进步,促使了高质量研究论文的出现,这些论文比较全面地评价了闻一多诗歌的美学特征,评价了他为新诗的振兴所做出的具有开创性、示范性的贡献,确认了他在新诗史、现代文学史中的地位。1935 年,朱自清在《中国新文学大系·诗集·导言》中,对于闻一多新诗创作的评价,似可以看作是对这一阶段闻一多研究的总结:

> 《死水》前还有《红烛》,讲究用比喻,又喜欢用别的新诗人用不到的中国典故,最繁丽,真教人有艺术至上之感。《死水》转向幽玄,更为严谨;他作诗有点像李贺的雕镂而出,是靠理智的控制

---

① 载《现代文学评论》1931 年第 1 卷第 2 期。
② 载《文艺杂志》1931 年第 1 卷第 2 期。

比情感的驱遣多些。但他的诗不失其为情诗。另一方面他又是个爱国诗人,而且几乎可以说是唯一的爱国诗人。

朱自清的概括是精当的。这一概括不仅对闻一多的新诗创作做出了极为中肯、准确的评价,而且启发我们注意到了这一阶段闻一多研究中一个很明显的缺憾,那就是,包括上述很有见地的论文在内的研究成果,都过分偏重于,或者可以说是局限于艺术分析,对作品的思想内容缺乏研究,没有把《红烛》中的热情,《死水》里的火焰,《园内》的激昂情绪,《奇迹》中的人生哲理,以及闻一多新诗作品中对祖国前途的忧虑、对民族命运的思索、对人民苦难的深切同情,从那些华美、整齐、铿锵的诗行里升华出来,没有把诗人的思想及思想的艺术表现——作品与整个社会思潮、时代风云联系起来,这就于无形中影响了对这些作品的美学价值和历史地位的正确评价。

二

1931年1月,长诗《奇迹》问世后,闻一多的新诗创作即告"封笔",全面转向古典文学研究与教学。30年代后半期至逝世前,闻一多研究由于研究对象离开热闹的诗坛走向冷寂的书斋,基本上处于"休止"状态。1946年7月,闻一多遇刺身亡,8月,由郭沫若主持,李(公朴)闻二烈士纪念委员会出版了二十余万字的纪念文集《人民英烈》,成为这一阶段闻一多研究的新开端。《人民英烈》是一部当时报载追悼文电的选编本,它的意义在于其中那些追忆烈士生平活动文章的史料价值。1948年8月,一百五十万字的《闻一多全集》由开明书店出版,为闻一多研究提供了一套比较全面、系统的材料。而且,《闻一多全集》编辑工作本身,也是后期闻一多研究的重要组成部分。全集的编辑工作始于1946年11月,完成于1947年7月。写于1947年8月的《闻一多全集》的《郭沫若先生序》和《朱自清先生序》,是这一阶段闻一多研究的两篇力作。

郭序从闻一多古典文学学术研究的巨大成就入手,评述他的思想发展历程,第一次把闻一多的新诗创作、学术研究和思想发展紧密联系了起来,这对于我们全面理解闻一多的美学思想,正确评价他的新文学活动,以及其后的"转向",都有很大的启发。郭序十分细致、深入地评述了闻一多的庄子研究和屈原研究,看出了闻一多早期对庄子的推崇,和"《死水》中所表现的思想有一脉相通的地方"。由此,郭沫若揭示了《死水》中难以察觉的作者的美学见解,以及作者在写作《死水》时期便已隐伏着的向古典文学研究"转向"的契机。和中国现代文学史上一些研究过、喜爱过庄子的伟大作家一样,当闻一多接近了马克思主义,接近了人民,就很快看清了庄子的本来面目。郭序指出,"鲁迅从庄子思想中蜕变了出来,闻一多也同样把庄子思想扬弃了"。这不仅是对闻一多思想转变的高度评价,而且触及了中国现代文学史上某些有普遍意义的规律。接着,郭序评述了闻一多的屈原研究——由早期"仁人志士"的认识,到后期"人民诗人"的讴歌,进而找到了闻一多思想转变的"学术标志",那就是"由庄子礼赞而变为屈原颂扬,而他自己也就由绝端个人主义的玄学思想蜕变出来,确切地获得了人民意识。这人民意识的获得,也就保证了'新月'诗人的闻一多成为了人民诗人的闻一多"。在闻一多研究中,像郭序这样在唯物史观具体指导下的深刻的思想分析,应当说是前所未有的。

郭序中的可贵见解,在朱序中得到了进一步展开和深化。朱序从具体分析《死水》中的作品开始,高度评价了这些作品的思想意义和社会作用,接着又指出他的"转向",是为了"在历史里吟味诗",试图为自己的思想找一个新的喷火口。到了抗战胜利前后,当他看到了革命现实主义诗歌的战斗作用,立即著文热情赞颂,并身体力行,在晚会上朗诵艾青的诗篇,着手编选新诗,积极向新文学运动回归。当然,这种回归是在更高的思想层次上,作为人民诗人、革命诗人对新诗的再认识。对于郭序中所论及的闻一多思想转变的"学术标志",朱序从另一侧面进行了更深一层的理论分析。朱序认为,闻一多以斗士的姿态,把"五四"科学民主精神引入古典文学研究领域。他不满足于仅仅综合整理前人的研究成果,对过去的一切,他都要重新认识。他研究了各种工具学说,"他不但研究文化人类学,还研究佛罗依德的心理分析学来照明原始社会这个对象。从集体到人民,从男女到饮食,只要再跨上一步;所以他终于要研究起唯物史观来了,要在这基础上建筑起中国文学史。从他后来关于文学的几回演讲,可以看出他已经是在跨着这一步"。和现代文学史上许多经过艰难求索而终于走向马克思主义的伟大作家相比,闻一多的道路是那么相似又那么独特。郭序和朱序正是尝试说明这种相似与独特的开始。

为纪念闻一多逝世一周年,1947年7月间,不少报刊发表了有关纪念文章。朱湘的《闻一多与〈死水〉》①和臧克家的《海——一多先生回忆录》②从不同的侧面丰富了后期闻一多研究。朱文写于1933年,但与这一阶段闻一多研究的某些观点和方法却都有相通的地方。朱文也是把《死水》的成就与闻一多的古典文学学术研究结合起来考察,从《死水》的"整体性"论及"作者的整个大我","也是一篇整体的诗"。这与《闻一多全集》的朱序中关于闻一多"始终不失为一个诗人","其实他自己的一生也就是具体而微的一篇'诗的史'或'史的诗'"的概括,可以说是不谋而合。这表明建国前两个阶段的闻一多研究是有其自身一贯性的。臧文则以叙事散文的形式,在一个时代的革命运动、文学运动的广阔背景下,十分中肯地评述了闻一多思想转变的艰难痛苦的过程,全面、系统地评述了闻一多的整个新文学活动。这两篇文章,在一定程度上弥补了这一阶段闻一多研究在美学评价方面的某些不足。

传记研究专著的出现,常常是一个作家研究进入全面、深入阶段的标志。这一阶段闻一多研究的一项重要收获,就是在很短的时间内出现了一批闻一多传记研究著作,如《闻一多全集》所刊载的季镇淮编写的《年谱》③、《联大八年》所刊载的《闻一多先生事略》、《人民英烈》所

---

① 载《文艺复兴》第3卷第5期。
② 同上。
③ 1984年,作者校订增补了闻一多年谱。以后与作者编著的朱自清年谱一起,1986年8月由清华大学出版社合并出版,题为《闻朱年谱》。

刊载的吴晗的《闻一多先生传》。独立成书的传记著作,则有史靖的《闻一多的道路》①、陈凝的《闻一多传》②、勉之的《闻一多》③等。

《年谱》记述全面,稽考严密,至今仍在为闻一多研究,尤其是年谱和传记研究工作提供指导和依据。在几部传记著作中,《闻一多的道路》资料翔实,内容丰富,容量较大。全书共分为十六章,从闻一多的童年一直写到壮烈牺牲。可能由于时间仓促,资料缺乏,个别史实讹误未及校改④,但瑕不掩瑜,这本书仍不失为闻一多研究中第一部具有一定规模,较全面记述闻一多的生平、思想发展和艺术成就的传记。吴晗为这本书所写的序言,实际上也是这一阶段闻一多研究中的一篇重要论文。吴晗在序言中肯定了这本书的价值,尤其是史料价值。也还是在史料方面,吴晗作了一些重要补充。作为闻一多最亲密的朋友之一,吴晗以明确的语言,阐述了这样一个历史事实:闻一多晚年接近马克思列宁主义,转变思想,是与他重新认识"五四"新文学的历史成就,"回归"新文学活动同时进行的,新文学活动伴随着这位革命民主主义战士一生的始终。在"五四"新文学运动与中国新民主主义革命,与马克思列宁主义在中国传播的密切关系这个大课题中,这一时期的闻一多研究提供了一个光辉的例证。吴晗的这篇序言,以及前文述及的《闻一多全集》的郭沫若、朱自清序,可以说同为这个例证中的"点睛之笔"。

时代的前进推动了学术研究的前进。如果说,前一阶段的研究还仅止于对他的诗歌作品和理论文字的品鉴,很少由诗及人,由人及世;那么,这一阶段研究已开始纠正上述偏颇,代之以对闻一多的思想发展、艺术创作、学术研究和民主活动的综合考察,把他对新文学的贡献

---

① 上海生活书店1947年版。
② 民享出版社1947年版。
③ 三联书店上海发行所1949年版。
④ 如该书第3章"海外"中说,"闻先生和他的朋友们在美洲大陆上分手,先在科罗拉多州研究文学,然后又走进新兴的芝加哥大学",误。闻一多1922年8月抵美后,先入芝加哥美术学院,一年后才转学科罗拉多大学。

与他对整个"五四"新文化运动、整个新民主主义革命事业的贡献,以及作为一个革命民主主义战士的成长联系起来进行评价和认识。这样,对于作为新诗人的闻一多,对于他的新诗的美学特征,他的创作与社会思潮、历史条件、生活道路以至个性气质等方面的关系,就可以看得更清楚。我们今天对闻一多的普遍认识,很大程度上是基于这一阶段闻一多研究成果的。

　　回顾建国前两个阶段的闻一多研究,会使我们得到很多有益的启发。从总体学术水平看来,现在的研究较建国前的研究,已有了显著的提高;但在某些具体问题上,却尚有不及之处。例如,闻一多在1926年提出了既是一个有机整体,又具有相对独立意义的"音乐美""绘画美""建筑美"的新诗"三美"理论①,其前其后又以大量的理论阐述和自觉的创作实践加以丰富和具体化。建国以来的闻一多研究,对于这一理论创见的关注,应当说是很不够的,尤其是对于其中比较抽象的"绘画美"。然而,这又是一个不容忽视的重要美学问题。在中国新诗史上,有一个现象很值得注意,那就是不止一位伟大的,或影响较大的诗人,曾有过美术家的生涯。除闻一多外,象征主义诗人李金发,就曾是一位颇有名气的雕塑家;现实主义诗人艾青,也是从画室走向诗坛的,而且曾以明确的语言,论述过新诗的"绘画美"②。这样,"绘画美"的问题就不只限于闻一多研究本身,同时还具有了解整个新诗发展史的意义。

　　回顾一下建国前两个阶段的闻一多研究,我们可以发现,从一开始,就有不少论文触及到了闻一多新诗创作中的"绘画美"问题,尽管不一定明确地使用过这个概念:

　　　　却又因为他是一个带着东方色彩的美术家,所以他的诗无一节不是含着许多美丽的画景。③

---

① 见闻一多《诗的格律》,"诗的实力不独包括音乐的美(音节)、绘画的美(词藻),并且还有建筑的美(节的匀称和句的均齐)"。见《闻一多全集》第3卷。
② 艾青:《诗论》,人民文学出版社1980年版。
③ 饶孟侃:《评一多的〈园内〉》,载《清华周刊》第284期,1923年6月1日。

《红烛》最惹人注目的地方是它的色彩应用。作者想将他美术上的成功移来诗上……①

作者是画家,使《死水》集中具备刚劲的线条朴素的美丽。同样在画中,必需的色和错综的美,《死水》诗中也不缺少。作者是用一个画家的观察,去注意一切事物的外表,又用一个画家的手腕,在那些俨然是不同颜色的文字上,使诗的生命充溢着。②

作者是个画家,对色彩有敏锐的感觉和深切的爱好。……《红烛》全部的作品都反映着绚烂的色彩,而《死水》却是朴素的,淡雅的,不着一毫色相。读了《红烛》,又读《死水》,好象卷起大李将军金碧辉煌的山水,展开黄子久倪云林淡墨小品,神思为之洒然。③

就是对《死水》持否定看法的罗念生,也注意到"《死水》的诗的成分尽有,但多半是属于图画的"这一点。④ 自然,新诗的"绘画美"是一个复杂的美学问题,以上摘引的论述,也许不尽准确,也未必符合闻一多的原意。但唯其如此,这些最初的探索才显得难能可贵。

前文曾谈到,第二阶段闻一多研究由于历史条件的限制,不可能太精细、太从容。但如果我们今天能比较精细、比较从容地进一步考察这一阶段的研究成果,就会发现,有不少那个时代已意识到但无法展开研究的课题,以十分精炼的概括储存在文学史的框架里,这是值得我们注意的。这里想引胡乔木《哀一多先生之死》⑤里的一段话:

我相信他是对于现代中国诗的开展,已有并将有最大贡献的少数大匠之一。要在中国现代诗人中,找出能象他这样联结着中国古代诗、西洋诗和中国现代各派诗的人,并不是很容易的。

---

① 朱湘(天用):《桌话——四〇〈红烛〉》,载《文学》周报第144期,1924年10月20日。
② 沈从文:《论闻一多的〈死水〉》,载《新月》1930年第3卷第2期。
③ 苏雪林:《论闻一多的诗》,载《现代》1934年第4卷第3期。
④ 罗念生:《〈死水〉的枯涸》,载《文艺杂志》1931年第1卷第2期。
⑤ 载《解放日报》1946年7月18日。

这可以说是对闻一多的整个文学活动和学术活动的十分精到的概括。现在,我们所面临的是历史与时代的进一步要求:全面地、科学地说明这种"联结"。

再如关于闻一多新诗的爱国主义思想内容问题。值得注意的是,朱自清自 1935 年提出闻一多在当时"几乎可以说是唯一的爱国诗人"①之后,一直坚持这个"唯一"的看法。1943 年,他在《爱国诗》②中又强调,"抗战以前,他差不多是唯一有意大声歌咏爱国的诗人"。1946 年,他再次重申,"在抗战以前,他也许是唯一的爱国诗人"③。作为一个开阔而严谨的文学史家和文学批评家,朱自清当然不会无视其他诗人的爱国主义诗篇,这里的"唯一"在思想和艺术上显然都别有所指,都有特定的内涵。如何全面、准确地评价闻一多有关新诗在爱国主义内容的抒情形象、表现形式等方面的开拓,这又是一个有待深入研究的课题。

三

解放战争期间,对闻一多的研究活动,主要集中于国统区。但这并不意味着解放区的理论工作者对闻一多研究无所作为,事实上他们也同样给予了深切的关注。除前文所介绍的,当时解放区文化理论工作者和领导人之一胡乔木的精深见解之外,诗人、文艺理论家何其芳,在闻一多逝世之后,也写了《悼闻一多先生》《鞭笙》④等文,以志悼念追思。1948 年 7 月,闻一多逝世两周年之际,正在冀中解放区工作的诗人艾青写出了论文《爱国诗人闻一多》的草稿,评析了闻一多的文学活动和思想认识的转变,认为"他绕的圈子最大,因而信仰也最坚决","闻一多的道路,是一个出身教养都优越的,有良心的艺术家的道路。

---

① 见《中国新文学大系·诗集·导言》。
② 朱自清:《新诗杂话·诗的形式》,上海作家书屋 1947 年版。
③ 《中国学术的大损失》,载《文艺复兴》1946 年第 2 卷第 1 期。
④ 分别载《人民英烈》与《星火集续编》,上海群益出版社 1949 年版。

他是一个真正的爱国诗人"。这篇文章建国后经修改,发表在1950年7月30日的《人民日报》上。此时距中华人民共和国成立刚刚10个月,可以说是这篇跨越了两个历史时期的比较有分量的研究论文,开启了新的历史时期闻一多研究的门扉,同时也确立了这一阶段即建国至"文化大革命"爆发前闻一多研究的学术基调:集中于思想发展研究,尤其是其中的爱国主义思想因素的发掘。

1951年7月,《闻一多选集》作为"新文学选集"的一种,由以茅盾为主编的新文学选集编选委员会编辑出版。这是建国后出版的第一种闻一多著作集。李广田在为选集撰写的序文中说:"闻先生是诗人,是学者,是战士。……从这样一个选本中,虽然不能看到闻先生的全部成就,但从此也可以看出闻先生的转变过程和发展方向。在文选中,较多地选取了后期的杂文,因为这些文字是富有战斗性的,是闻先生的一种斗争武器,是闻先生道路的终点,也就是最高点。没有这些文字,就不足以认识闻先生之为闻先生了。""闻先生的道路是曲折的,是充满了矛盾,又终于克服了种种矛盾而向前迈进的。……也正因为如此,才见得伟大而有力。"李广田的这种意在突出闻一多思想转变、思想发展,试图以艺术成就、学术成就来说明、烘托思想发展的研究思路,在这一阶段的闻一多研究中是很有代表性的。五六十年代的一些有影响的研究论文,如谭之仁的《藏在〈死水〉里的火焰》[①]、臧克家的《闻一多的诗》[②]、潘旭澜的《谈闻一多的爱国主义诗篇》[③]、陆耀东的《读闻一多的诗》[④]等,大体上都是按照上述研究模式进行探讨的。

1951年,建国后的第一部中国现代文学史著作,王瑶的《中国新文学史稿》(上册)由开明书店出版。本书是作者根据自己1949年以来在清华大学中文系讲授"中国新文学史"课程时的讲稿整理编写的。也就是说,在本书正式出版前,其中的一些重要观点已经以口耳相承的

[①] 载《光明日报》1951年7月14日。
[②] 载《人民文学》1956年7月号。
[③] 载《文汇报》1961年7月15日。
[④] 载《湖北日报》1961年7月16日。

传播方式,产生了一定的影响。本书的第二章"觉醒的歌声"之第四节"形式的追求",用了三千多字的篇幅,论述闻一多关于格律诗的倡导和诗歌的爱国主义思想内容,指出他的成就与不足。这大约是闻一多研究正式进入大学课堂的标志。王瑶认为,闻一多的"《死水》是继《女神》之后在新文学上发生过较大影响的一本诗集",这一看法现在已成为中国现代文学研究的基本观点之一。王瑶充分肯定了闻一多诗歌的爱国主义特色,认为"就是这种爱国主义精神培养了他一个伟大的诗人的灵魂"。王瑶还高度评价了闻一多关于新诗形式问题的探讨,他认为,格律诗的提倡在当时是有积极意义的,因为这种提倡可以"使大家认为诗并不是那么容易作,对创作会抱有一种严肃的态度,就这种意义讲,闻氏正是一位忠于诗与艺术,引导新诗入了正当规范的人,而形式的追求也就有了它的正面的意义"。《中国新文学史稿》所做的工作是有开创意义的。其后出版的各种现代文学史著作,无一例外地都以相当的篇幅论及了闻一多的新文学活动。

在普遍重视思想发展研究,注重爱国主义思想因素阐发的背景下,这一时期也出现了一些比较有特色,比较有个性的研究论文。如刘绶松的《论闻一多的诗》①、陈梦家的《艺术家的闻一多先生》②、董楚平的《从闻一多的〈死水〉谈到新诗格律问题》③、何若的《闻一多的两首讽刺诗》④等。刘文比较深入地分析了闻一多的一些重要作品,尤其是很少为论者关注的《红烛》中的两首长诗《李白之死》和《剑匣》,并且不为尊者讳,直言这两首诗"充分显示了闻一多作为一个唯美主义诗人的追求幻美的特色"。刘文十分精细地辨析了这两首作品所表现的唯美主义思想的不同程度,认为《李白之死》讴歌那种以生命作"美"的追求的诗人,"正表明了他对于'丑恶'的不可调和的憎恶。在这一点上,它有着一定程度的积极意义",而"《剑匣》更是闻一多的唯美主义思想

---

① 载《诗刊》1958 年 1 月号。
② 载《文汇报》1956 年 11 月 17 日。
③ 载《文学评论》1961 年第 2 期。
④ 载《文汇报》1961 年 3 月 23 日。

的最坦率的告白"。刘文的观点当然是可以讨论的,但这种比较集中的艺术分析评骘,在那一时期的闻一多研究中却是不多见的。

　　董文着重介绍了闻一多的新诗格律理论要点,并结合新诗形式问题的讨论进行了评价论证。董文指出了这种理论的缺陷,即没有完全摆脱"限字说"的局限,结果带来了实践与理论的背离,就是为迁就限字不得不"制法自犯",忽略节奏、顿数等其他形式美的因素。但同时,董文仍充分肯定了这种"限字"的艺术处理,"目的是为了追求艺术的完美","在《死水》里,追求字数的整齐并没有拿词意的亏损作代价"。董文的见解,在当时及其后都有一定程度的代表性。

　　陈梦家曾是闻一多的学生与同事,相处十几年,可谓知之颇深。在《艺术家的闻一多先生》这篇随笔式的文章中,他将闻一多的艺术活动、志趣爱好以至生活习惯娓娓道来,试图从中透视闻一多那独异的"艺术家气质"对其文学活动、学术活动及思想发展的激发作用。陈文认为闻一多是爱严谨的格律的,但同时也爱好粗野、不平凡与不受束缚的力量,其性格是一个极端矛盾的统一:这就是所谓"艺术家的气质"。如此明确地强调"艺术家的气质"亦即性格力量的作用,这在闻一多研究中大约是前所未有的。

　　何文介绍了新发现的两首闻一多佚诗——《教授颂》和《政治学家》。这是两首各种闻一多作品集均未收录的政治讽刺诗,可能作于闻一多遇害前不久。这两首佚诗的发现,订正了此前通行的,以为1931年发表的《奇迹》是闻一多新诗创作"封笔作"的说法。作者认为,这两首诗不仅表现了闻一多"作为一个诗人的讽刺才能",而且表明他尽管倡导新诗格律,但"并未将这些主张和实践绝对化",因为这两首诗所采用的就不是《红烛》《死水》通行的形式,而是一种无韵的,近乎"楼梯式"的自由体。

　　1958年6月,湖北人民出版社出版了史靖的《闻一多》一书,这是本时期唯一一部闻一多研究专著,是作者根据旧作《闻一多的道路》改写的。改写后压缩了篇幅,不分章,略去了标题,用了四分之三以上的篇幅写闻一多1944年以后的思想转变和最后的英勇牺牲。这样处理之后，作为一部革命历史、革命传统教育教材的作用，也许是更突出了；但对于学术研究来说，却失之于单薄。

从建国到"文化大革命"爆发这段时间的闻一多研究，在某些方面，例如思想发展研究方面，是有所丰富、有所发展、有所前进的。但从总体上看，仍存在着一些缺憾，存在着一种深入与滞后的矛盾：在综合研究中，思想发展、思想转变的研究深入了，其他方面的研究相对滞后；在新诗创作研究中，思想内容方面的研究深入了，艺术特色的研究相对滞后；在诗歌作品思想内容的研究中，爱国主义思想因素的研究深入了。其他方面，如诗歌作品所反映的深刻思想矛盾的研究则相对滞后。之所以会形成这种深入与滞后的矛盾局面，主要是由于建国后接连不断的以政治批判取代学术论争、阶级斗争扩大化这样一些众所周知的原因，使学者们难以畅所欲言。因此，也许可以把这种突出爱国主义思想因素的做法，看作是一种"适应性"的研究方式：在无力改变"大气候"的情况下，努力以这种方式把闻一多研究保存和继续下去。

四

十年浩劫期间，闻一多研究也和其他学术研究一样中断了。此时，海外却出现了一些研究成果。1967年1月，台北传记文学出版社出版了梁实秋的《谈闻一多》。全书十二章，其中第三至六章写闻一多在美国，第九章写闻一多在青岛的生活，有相当一部分史料是此前的闻一多研究未曾涉及的。作者还订正了一些不确切的成说，例如闻一多入清华学校应是1912年而不是一般认为的1913年，时因英文未通过考试留了一级，故闻一多在清华读书应是十年而不是通常认为的九年。这一史实，以后由大陆学者郭道晖、孙敦恒结合新发现的史料进一步予以确证①。

---

① 参见郭道晖、孙敦恒：《关于闻一多少年时代的自传——〈闻一多〉》，载《社会科学战线》1979年第2期。

1974年，香港九龙新源出版社出版了林曼叔的《闻一多研究》一书，涉及到闻一多各方面的情况，收集了不少资料，是一部比较系统地论述闻一多生平历史活动的研究专著。这两本书出版于"文化大革命"期间，但在大陆学术界产生一定影响，却是在粉碎"四人帮"之后。

1978年以来，像其他学术领域一样，闻一多研究也进入了一个空前开阔、空前深入的阶段，其拓展与深入集中体现在以下几个方面。

1. 《闻一多纪念文集》的出版

1979年，很多报刊纷纷发表文章，纪念闻一多诞辰八十周年。同年9月，三联书店约请两位闻一多研究者，也是闻一多当年的学生王子光、王康编辑《闻一多纪念文集》，并于次年(1980)由该书店出版，形成了新时期闻一多研究的第一个潮头。《文集》收集了1946年以来有关的追悼文电、社论、报道、纪念诗文、生平事略等六十五篇，是继《人民英烈》之后的又一部纪念碑式的文集，是建国以来第一次系统地整理、汇编闻一多的生平史料，其中近四十篇诗文是为纪念闻一多八十生辰撰写的专稿。文集编者及文稿作者大多是闻一多的亲朋故旧，因此，这些纪念诗文都有较高的史料价值，其中的有些文章还有较强的学术性，如卞之琳的《完成与开端:纪念诗人闻一多八十生辰》。

2. 佚著的发掘整理

本时期这方面成绩斐然。经过学者们的辛勤搜求，大量的佚诗、佚文、佚著、未刊书信等相继"出土"面世。自1978年起，陆耀东、陈丙莹、孙玉石、陈漱渝、孙党伯等曾分别撰文，介绍、刊发闻一多的集外佚诗。接着，郭道晖、孙敦恒搜集整理出版了《闻一多青少年时代诗文集》[①]，收录了闻一多在清华学校学习期间及留美初期发表在《清华周刊》《清华学报》及其他校内刊物上的诗文八十八篇(首)，除其中的二十三首新诗收入《红烛》外，其余六十五篇(首)诗文此前均未结集出

---

① 云南人民出版社1983年版。

版,也未收入全集,属建国后首次公开发表。1984年周良沛所编的《闻一多诗集》①,实际上做了这一时期佚诗收集整理的收束性工作。诗集所设专集"《真我集》及其他"部分,收录了自全集出版后三十余年中所发现的几乎全部闻一多集外佚诗。可惜的是由于有些佚诗系根据手稿转抄,可能由于年代久远,有些字迹难以确认;加上编校较粗疏,使得这部搜罗较全的诗集,舛误颇多。

1979年后,《北京大学学报》《黄石师院学报》等也陆续发表了一些闻一多的未刊遗稿,《读书》等刊物接连刊发了介绍和研究闻一多未刊手稿的专文②。由季镇淮、何善周、范宁等组成的《闻一多全集》整理编辑工作组,自1979年起开始进行整理、刊印闻一多手稿的工作。1982年起,先后出版了《天问疏证》③《离骚解诂》《九歌解诂 九章解诂》④等学术研究论集。

1983年,闻一多夫人高真在女儿闻铭和闻一多胞弟闻家驷的协助下,整理并陆续发表了《闻一多书信选辑》,收录闻一多1916年至1944年间书信一百五十五封,大部分是第一次公开发表。这些书信对于了解研究闻一多近三十年间的思想发展、文风流变、艺术见解、生活行状等,是很有助益的。1986年10月,这些书信由人民文学出版社出版,更名为《闻一多书信选集》。

闻一多佚著发掘整理工作的"集大成"的工程,是新版《闻一多全集》的整理、编辑、出版。1948年开明书店出版的四卷本《闻一多全集》,实际上只辑录了闻一多的大量著述的一部分。建国后,闻一多家属把他的全部遗稿,包括论文、手稿、笔记、授课提纲等约五百万字,赠给北京图书馆保存。然而,在很长一段时间里,由于种种原因,旧版《闻一多全集》一直未能得到修订、增补。1982年8月,三联书店重印

---

① 四川人民出版社1984年版。
② 如刘烜的《闻一多的手稿》,载《读书》1979年第6—7期;沈祥源的《闻一多先生未刊稿说明》,载《武汉大学学报》1985年第1期。
③ 三联书店1982年版,上海古籍出版社1985年版。
④ 上海古籍出版社1985年版。

了1948年开明书店版的四卷本《闻一多全集》,以应学术研究之急需。1983年9月,根据中央领导同志的指示,中共中央宣传部召开了两次会议,研究重新编辑出版《闻一多全集》的工作,并于1984年3月6日发出《关于整理出版闻一多著作的通知》。《通知》要求武汉大学成立闻一多研究室,具体负责新编《闻一多全集》的资料收集与整理工作。《通知》还指出,此项工作应纳入国家哲学社会科学研究规划,并在物力财力上给予资助。经武汉大学闻一多研究室十年惨淡经营,十二卷本新编《闻一多全集》于1994年由湖北人民出版社出版。比起旧版全集,新版全集的篇幅增加了两倍以上。新版全集大体采用分类编年的方法。各卷均有新增加的内容,最多的如第十二卷收入书信二百一十五封,旧版全集仅收三十七封,日记则是旧版全集未收录的。为了帮助读者了解旧版全集的编辑情况,新版全集又将旧版全集的郭沫若序、朱自清序和编后记、吴晗跋附于第十二卷卷末。尽管新版全集中个别新增人的文章,有的学者尚存疑问,以为尚有待进一步确证;但绝大多数新增文稿均经过严密考订,是真实可信的。

3. 全国与国际闻一多研究学术研讨活动的开展

1983年10月,在靠近闻一多家乡浠水的湖北省黄石市召开了首届全国闻一多研究学术讨论会。这是自20年代出现闻一多研究以来,六十余年间闻一多研究学者们的第一次盛会。其后,1985年5月,1986年10月和1988年11月,分别在武汉、北京和昆明召开了第二、三、四届全国闻一多研究学术讨论会;1994年12月,又在北京召开了闻一多研究国际学术讨论会。在这一系列学术研讨活动中,国内外闻一多研究学者不仅向会议提交了较有影响的书面研究成果,而且常常针对具体研究中一些谈论较多,又容易产生分歧的问题展开热烈的讨论。例如:闻一多的爱国主义思想与"国家主义"思想影响问题;闻一多的美学思想、文艺思想的丰富性、深刻性和矛盾性;新诗格律理论的积极意义和不足方面;闻一多中国古代文化研究的学术评价;一些具体作品的深入解读等等。有几次讨论会还汇集、选编、出版了与会者提交的论文,形成了一些较高质量的学术论文集。如第三届、第四届全国学术讨论会后,由会议组织者编选出版的《闻一多研究四十年》①和《闻一多研究文集》②。

4. 一大批研究专著的出现

这是新时期闻一多研究较建国前和建国后十七年的研究有了长足进步的显著标志。这些专著虽然是在70年代末80年代和90年代问世的,但其中不少著作的选题、构思、资料准备以至撰写,却早在70年代、60年代、50年代甚至40年代就开始了。下面简要介绍一下其中的几部。

王康(史靖)的《闻一多传》③

这是作者的第四部闻一多传记著作④,也是闻一多研究五十余年来第一部比较完整、准确、全面反映闻一多的生活、学习、著述、思想发展与艺术追求等多方面生平事迹的传记。全书共十八章,三十六万字,初稿完成于1964年,经十多年的"冷藏"后方经修改出版。作者系统地阐发了自己多年的研究心得,对闻一多的一生,对于他的新文学活动、学术成就以及晚年的民主活动,都有比较详尽的记述和比较全面的评价。本书每章均以闻一多的诗句作为题记,层层深入地揭示了闻一多的艺术个性与诗人气质在他的战斗生涯中的发展变化,认真地、努力地又是艺术地试图再现中国现代史和现代文学史上的这位杰出人物。

刘烜的《闻一多评传》⑤

这部三十二万字的《评传》也是一部厚积薄发之作:从着手准备到

---

① 季镇淮主编,清华大学出版社1988年版。
② 余嘉华、熊朝隽主编,云南教育出版社1990年版。
③ 湖北人民出版社1979年版。
④ 作者的闻一多传记著作,除前述及《闻一多的道路》《闻一多》外,尚有《闻一多》的修订重版本《闻一多颂》,湖北人民出版社1978年版。
⑤ 北京大学出版社1983年版。

写作、出版,前后共历时二十余年。与《闻一多传》相比,《评传》更注重论评性、研究性、学术性,亦史亦论,亦传亦评,评从传出,从充分占有的史料考辨中引出科学的评述。《评传》的中心线索是:集诗人、学者、民主斗士于一身的伟大爱国主义者闻一多的一生,爱国主义思想犹如一根红线,贯穿闻一多生活道路各个阶段和历史活动的各个领域,并随着时代前进,显示出不同内容、不同成就和不同高度。作者的努力可以看作是对整个闻一多研究中最"热门"、最核心的课题的展开、丰富与深化,同时也可以看作是以这个核心课题来统摄、梳理各个分支的研究。作者掌握了大量的第一手资料,包括一些细节研究所需要的背景材料,不仅为精确、严密的学术论证,同时也为完整、真切地再现历史人物的风貌打下了坚实的基础。在具体论述中,作者也多发前人之所未发,例如对闻一多多次改诗的全面、细致的考察分析,以及对于闻一多古典文学研究学术特点的精到概括,即"把'真善美'作为标准用到古典文学的研究中来"。

郑临川述评的《闻一多论古典文学》[①]

这是一部风格独异的研究论著。作者在西南联大学习期间师从闻一多有年,精心保存了一份完整的听课笔记,这本书就是作者根据课堂笔记整理编著的。全书分为"论古代文学""论《楚辞》""说唐诗"三辑,每辑又分为若干小节,辑后附有作者的附注,介绍这一辑内容的材料来源,评述闻一多的治学方法和学术成就,以及学术观点的发展变化。书后附有作者的专题论文《闻一多先生与唐诗研究》。书中的史料(整理的听课笔记)与观点阐发(附注与论文)形式上看起来是分离的,但读完全书,却会有一种整体感。

俞兆平的《闻一多美学思想论稿》[②]

---

① 重庆出版社 1984 年版。
② 上海文艺出版社 1988 年版。

这是迄今为止第一部,可能也是唯一一部研究闻一多美学思想的专著。这部二十六万字的专著分为七章,涵盖了以新诗美学理论建设为中心的闻一多美学思想的不同层面与不同侧面。俞著从美的本质特征、美的理想、美感分析、审美鉴赏等多种视角,透视、剖析了闻一多的美学主张,作了追根溯源的探讨与分析,并且在十分开阔的美学视野中,比较分析了闻一多美学思想与康德、王尔德、济慈、贝尔、布洛、兰费尔德等人的美学思想的联系与区别。尤为可贵的是,作者对于闻一多美学见解与美学实践活动中所凸显的深刻思想矛盾,例如闻一多诗作中大量的爱国诗和感时忧国、批判现实的篇章与宣扬艺术至上,为艺术殉情的《剑匣》等作品的并存;一方面主张新文学运动与爱国运动,主张文艺与爱国的结合,另一方面又积极倡导"纯形的艺术",主张做"艺术的忠臣"等"棘手"的难题,也都作了认真的、细致的、多方位的实事求是的评价,没有仅仅作一个简单的、非此即彼的判断。

闻黎明、侯菊坤的《闻一多年谱长编》①和闻黎明的《闻一多传》②

在新时期的闻一多研究中,闻一多的亲属们构成了一支特殊的研究队伍。闻一多的夫人高真(孝贞)、胞弟闻家驷;子女韦英(闻立雕)、闻立鹏、闻铭、王克私;孙辈中的王瑾瑾等,都积极参与了闻一多研究活动。他们提供、发掘、搜求史料,撰写回忆文章与学术论文,翻译国外研究论著,为闻一多研究做出了很大的贡献。而在这方面最专注、最执着、最勤奋的,当数闻一多的嫡孙,韦英(闻立雕)之子闻黎明。从1986年至1990年,闻黎明与夫人侯菊坤历时五载,编写了八十四万字的《闻一多年谱长编》。比之季镇淮编撰的第一部《闻一多年谱》③,《长编》的篇幅增加了十多倍,从谱主出生至逝世,逐年、逐月,有些部分是逐日地记述谱主的著述行状。对于年谱所涉及到的历史人物、历史事件、历

---

① 湖北人民出版社1994年版。
② 人民出版社1992年版。
③ 作于1948年3月,原附于1948年开明书店版《闻一多全集》卷首。

史沿革,也多引用确切的材料加以说明,以帮助读者加深对谱主的了解。例如《长编》述及1927年8月中旬闻一多被聘为南京第四中山大学外国文学系副教授,同时比较详尽地说明了原南京东南大学与第四中山大学的沿革关系,说明了副教授在当时该校的地位。这些背景文字对于比较真切地把握闻一多的学术水平,以及当时的学术界、教育界对他的评价,很有帮助。《长编》还设有《谱前》《谱后》两章,分别介绍闻一多的家世渊源及身后哀荣。书中收入大量首次揭载的资料,包括未刊文稿、讲课提纲、调查访问笔录以及珍贵档案材料。对于一些重要事件,不仅征引谱主的言论著述,同时还有当时的文献及多位当事人回忆的佐证,充分显示了作者作为史学工作者严谨、求实的学风。

出版于《长编》之前而完成于《长编》之后的《闻一多传》,是闻黎明在《长编》所汇集的史实的基础上,写成的新的传记。由于有《长编》所提供的厚实的史料基础,而关于闻一多言行细节的新资料又尤其多,所以传记全面介绍闻一多的家世求学、文化思考、学术研究、社会活动、人生探索,乃至友朋交谊、个人情操的记述,就显得从容、丰富而生动。更为可贵的是,作为传主之后,作者不为尊者、贤者讳。对于此前的传记著作中未曾提及或语焉不详的闻一多的一些经历,如闻一多早年对于共产主义的敌视,以及由此产生的一些激烈的言行;在"西安事变"爆发时对事变性质的误解以及对蒋介石政权的信赖推崇;一首诗作的复杂的情感纠葛的背景等等,作者都据实作了比较详尽的记述与分析。应当说,这部《闻一多传》是到目前为止已出版的,一部比较完整、生动、真切地再现了爱国主义知识分子闻一多光辉而曲折的人生历程的传记。

此外,这一时期所出版的余嘉华的《闻一多在昆明的故事》[①]、鲁非、凡尼的《闻一多作品欣赏》[②]、方仁念编著的《闻一多在美国》[③]等,

---

① 云南人民出版社1981年版。
② 广西人民出版社1982年版。
③ 华东师范大学出版社1985年版。

也都是各具特色的研究专著。时萌的《闻一多朱自清论》作为"中国现代文学研究丛书"之一种为上海文艺出版社推出,也是闻一多研究史上值得一书的事情。本书篇幅不大,且为合论,却具有丰富的史料性与深刻的理论分析相结合的学术特性,是70年代末80年代初"闻一多论"的翘楚。

5. 研究论文的大量涌现

新时期出现的研究论文是大量的,估计总量当在五百篇以上。就笔者所见,其中影响较大的,可能是这样一些:陈丙莹的《论闻一多的思想发展》[1]、时萌的《闻一多论》[2]、陆耀东的《论闻一多的诗》[3]、陈山的《闻一多诗学理论的结构与体系》[4]、薛诚之的《闻一多和外国诗歌》[5]、季镇淮的《闻一多先生与中国传统文学研究》[6]、费振刚的《闻一多先生的诗经研究》[7]、《闻一多先生的〈楚辞〉研究》[8]、袁謇正的《闻一多〈楚辞〉研究的基本层面》[9]、张劲的《闻一多杂文试论》[10]、蓝棣之的《论闻一多的创造性思维》[11]、王瑶的《念闻一多先生》[12]等。

6. 国外的闻一多研究

国外文化学术界对于闻一多的关注研究,大约可以追溯到40年代中期。1944年10月,澳大利亚名记者、作家庄士敦(George Johnston)

---

[1] 载《文学评论丛刊》1979年第2辑。
[2] 载《文学评论丛刊》1980年第6辑。
[3] 载《中国现代文学研究丛刊》1981年第1辑。
[4] 《闻一多研究四十年》,清华大学出版社1988年版。
[5] 载《外国文学研究》1979年第3期。
[6] 《闻一多研究四十年》,清华大学出版社1988年版。
[7] 同上。
[8] 同上。
[9] 同上。
[10] 同上。
[11] 载《北京大学学报》1979年第5期。
[12] 载《中国现代文学研究丛刊》1987年第1辑。

通过王佐良介绍,访问了闻一多,写了一篇题为《东方的萧伯纳连系中国的过去、现在和未来》的文章,很有分量。这可能是国外闻一多研究中最早的一篇文章。可惜的是,由于海天阻隔,这篇文章究竟何时发表在何种报刊,已难以查考;而当时留在国内的一份打字复本亦已佚失①。

现在所能见到的出版较早的国外闻一多研究著作,是前苏联学者苏霍鲁科夫的《闻一多的生平和创作》②。作者为前苏联科学院东方研究所语文学候补博士,60年代初曾在北京大学学习。全书分为三章。第一章"生活道路",介绍诗人生活中的重大事件,其中有三个方面的探讨很值得注意。一是尽可能客观地分析评价闻一多曾信奉国家主义的问题;二是从闻一多曾是新月派成员的角度评述新月派的历史功过;三是把闻一多从新诗创作向学术研究"转向"与文化史上过渡时代的普遍特点联系起来考察,认为在这样的时代,每个文学家都需要同时扮演破坏者、建设者和维护者的角色。

第二章"诗歌评析",篇幅约占全书的一半。这一章对《红烛》《死水》及部分集外佚诗进行了分类评析。对于《红烛》,作者比较欣赏其中的写景诗,如《红豆》第十四首,以及《回顾》《时间的教训》等一组"对生活苦乐的沉思"之作等。作者认为,《死水》是"向纯抒情诗的回归",是闻一多诗歌创作的总结。作者将集中的《春光》《荒村》等划为一组"生活速写",认为这是闻一多视为艺术真源的"伟大的同情心"的具体体现。而《也许》《忘掉她》等悼亡诗则是闻一多最大的艺术成就之一,"它们既证明经历了生平最痛苦的考验的诗人具有极强的感受力,又证明他达到鼎盛时期的才华已完全成熟"。作者最后指出,爱国诗是闻一多对20年代诗坛的最大贡献,他是艾青、田间出现之前中国新文坛上最大的爱国诗人。

---

① 薛诚之:《闻一多和外国诗歌》,载《外国文学研究》1979年第3期。
② 莫斯科科学出版社1968年版。本文对这本书的评价,主要参考理然的译介(《文学研究动态》1983年第6期)。

第三章"诗风特色"着重进行了三方面的探讨。首先是对于闻一多提倡的新格律诗,作者认为是切实可行的,《死水》的成功就是一个明证。但就成熟程度而言,新格律诗较旧诗和欧洲音节重音诗还有差距,不足之处主要在于节奏的零乱、呆板、单调。第二是关于闻一多诗歌创作的修辞特色。作者认为,闻一多的写景诗爱用明晰的线条和艳丽的色彩,而描写较复杂的抽象事物时则多用暗示和双关,后一方面不太成功的时候居多。第三是闻一多诗中的民族传统和西方影响。闻一多既强调地方色彩,又主张拿出最大的勇气向他人(外国)学习,他自己就具有这种勇气。在他的作品里,自己的与他人的、本国的与外国的,东方的与西方的、传统的与现代的,紧紧地交织在一起,形成了一个浑然的整体。作者还观察到,闻一多在诗歌上所走的道路,也大体上是徐悲鸿在绘画上所走过的道路。这本书的一些基本观点与新时期国内学术界的普遍看法很接近,但作为一部研究专著,其成书、出版却比国内同类著作要早得多。

美籍华人学者许芥昱的《闻一多》①,也是一部很有分量的论著。作者原为西南联大外文系学生,以后赴美,生前执教于美国旧金山加州大学,长期致力于中国现代、当代文学研究,除本书外,尚著有《中国现当代文学掠影》②,译编有《20 世纪中国诗歌》③等。《闻一多》一书实际上是一部评传,全书共八章,详尽地评述了闻一多一生的生活、学习、工作。作者广泛收集有关资料,遍访在美国的闻一多生前故旧和有关人士,掌握了许多此前鲜为人知的第一手材料。当然,本书的意义并不仅限于史料价值,那些言简意赅的论评,也许更值得重视,尽管我们可能并不完全同意作者的看法。比如,作者曾专门考察了闻一多作品中蛇的形象,认为这个形象在作品中出现较多,可能是受英国浪漫主义诗人柯勒律治的影响。"他诗里的蛇不是一个可怕形象,而是使人联想

---

① 中译本名《新诗的开路人——闻一多》,卓以玉译,香港波文书局 1982 年版。本文中的有关引文,均见卓译中文本。

② *The Chinese Literary Scene*,Randon House Inc.,New York ,1975.

③ *Twentieth-Century Chinese Poetry*,1970.

起中国书法里龙蛇飞舞的笔锋。"作者还注意到,闻一多诗中所使用的"灵魂"二字,是综合了中国和西方的灵魂观念,是指人的高尚的智慧,道德的觉醒,不宜作思想指代的简单理解。作者对"红烛"形象寓意的理解也很独特。他认为,闻一多是"利用红烛这个比喻来解释灵与欲中永远不能调和的矛盾"。闻一多把与肉体相联系的欲望、顾虑、迷惘看成是灵魂的监狱,诗人自我献身的光焰,可以穿透监狱的墙壁,把幽囚在里面的灵魂解放出来,让灵魂在"美"中找到归宿。作者的意思是:《红烛》所讴歌的献身精神,实际上是为"美"的牺牲。

再如,作者在谈到闻一多与马克思主义思想影响时这样说:"闻晚年被经济决定论说服后,宣称要重新去研究中国历史跟中国文学史,利用辩证法的唯物论做工具。但他对马克思主义的了解相当肤浅……他接受了马克思主义仅仅是为了找一个行动的方案来急救中国当时的困难。他似乎相信一到了国泰民安,人类就应该放弃唯物史观了。"这一见解可能与国内学术界的普遍看法有较大差距,而且"他似乎相信"的推测似乎也缺乏依据,恐怕不能简单地以历史上处盛世服膺儒家学说、处乱世皈依法家理论的不同做法,来概括闻一多当时的思想。但作者是以认定闻一多晚年信奉马克思主义为论述基础的,这一点与国内学者的普遍认识又是一致的。而且,作者对问题的分析采取的是一种认真严肃的研究态度,至于学术上的不同见解,自然可以讨论商榷,见仁见智。

日本也有一些学者撰写过研究闻一多的论著,如横山永照、目田加诚、今村与志雄等。80年代以来,比较专注于闻一多研究的日本学者,有楠原俊代、铃木义昭等。楠原著有《闻一多〈死水〉试论》①《关于闻一多的〈律诗底研究〉》②等论文。前文着重研究诗集《死水》中的《口供》《大鼓师》《静夜》《洗衣歌》《发现》《一个观念》等六首诗,旁征博

---

① [日]《同志社外国文学研究》第29号、31号、37、38合刊号连载,1981年3月至1984年3月。

② [日]《日本中国学会报》1986年10月第38集。有卢永璘中译本,见《闻一多研究四十年》。

引,考察分析了这些作品的情绪、格调、艺术渊源、格律特点等等。后文则着重介绍评析了闻一多早期重要著作,当时尚处于手稿状态的《律诗底研究》,并通过这一介绍评析透视了闻一多深刻的思想矛盾,以及他如何在矛盾中前进,如何在矛盾中"步入了诗人、学者和斗士的生涯。这部未定稿的《律诗底研究》,的确可以说是闻一多这种生涯的出发点"。楠原的这篇论文较早地涉及到了闻一多的这样一部重要的论著,而且是到目前为止,笔者所仅见的一篇资料翔实、稽考严密、有一定深度的研究《律诗底研究》的专文。

新时期的闻一多研究是整个闻一多研究中最开阔、最丰富、最活跃的时期,整个研究活动呈现出一种"多元化"的发展趋势——研究内容的多元化、研究方法的多元化以及研究目的的多元化、研究角度的多元化。多元化的发展趋势显然会推动研究工作的迅速前进,引导整个研究从开阔走向更开阔,从高水平冲击更高水平。

新诗鉴赏浅议

新诗是中国现代文学中最早诞生的文学形式。七十余年来,在艺术体裁的创制、艺术风格的嬗变、艺术流派的分化组合等方面,新诗始终是走在其他文学形式的前面的。中国现代文学的大师们几乎无一例外地都对新诗的艺术发展倾注了极大的热情。鲁迅在创作他的第一篇白话小说《狂人日记》的同时,还写出了一组风格独异的新诗《梦》《爱之神》等,与《狂人日记》同时问世;郭沫若是人所共知的、中国现代文学史上具有"开山"地位的大诗人;茅盾始终热心关注新诗的成长,留下了很多见解精到的新诗理论与新诗批评文字;老舍的新诗作品,则是他累累文学硕果中十分鲜美的一枝;而巴金和曹禺,虽以小说家、戏剧家闻名,但他们的文学生涯,却是从新诗创作开始的。也许可以说,不了解新诗,就无法深入了解中国文学。作为一个文学青年,学会研究新诗,鉴赏新诗,无疑是十分重要的。

作为一种文学审美活动的新诗鉴赏,除了需满足一般文学鉴赏的普遍要求之外,还有其自身的一些独特性。这些独特的方面,就是我们需要在这里着重探讨的。

一

诗歌是一种语言艺术。比之其他艺术门类如音乐、美术,诗歌的艺术语言(或艺术媒介)要更接近人的生活语言。新诗尤其如此。一般说来,阅读新诗不会有什么语言障碍。这种"接近"既为诗歌鉴赏活动带来了相当多的便利,同时也带来了一定的困难。由于其接近人的生活语言,所以我们的审美活动一般说来无须经过艺术语言"转换"或"翻译"的中介;但也正由于这种艺术语言接近生活语言,反而更容易引起审美活动的"错位"或误解。"接近"并不是等同,同一个词汇,同一种语序,用同一种语法形态或同一种逻辑联系,在诗中与生活中的意义可能是相似的,也可能是相异的甚至是相反韵。对于前人所说的"白话入诗""平白如话"以及"话怎么说,诗就怎么写",切忌做简单的、片面的理解,否则,就有可能把鉴赏活动引入歧路。

在文学领域的各种语言艺术中,诗歌语言是最精严、最凝练、"密度"最大的,它犹如文学中的"大规模集成电路",信息通道最丰富、最密集,携带的信息量也最大。所以,诗被称为"文学中的文学"。优秀的诗歌作品,应当具有用其他任何语言都无法表达的美学意蕴。因此,我们阅读、鉴赏诗歌,就不能不比阅读其他样式的文学作品更加全神贯注。

诗人顾城有两行很有名的诗:

> 黑夜给了我黑色的眼睛,
> 我却用它寻找光明。(《一代人》)

这是对于中国经历了十年"文革"漫漫长夜,却没有为黑暗吞噬,执著地追求光明的"一代人"形象的极其精炼的概括。"黑色的眼睛"是中华民族的重要体征,而诗人巧妙又谨严的艺术处理,却隐约传达出这样一个美学信息:这一代"炎黄子孙"的黑眼睛,似乎并不仅仅,甚至主要并不来源于生理遗传,更多的是由于时序颠倒,由于历史上不应出现而出现的"黑夜"的浸染。但是,任何力量都无法改变人类的天性与本能,无法改变人类社会的历史进程。所以,被"染黑"的瞳仁仍在黑暗中"寻找光明"。作为一个美学意象,"黑暗的眼睛"凝聚了这一代人的经历、一代人的思考、一代人的追求、一代人的誓言,同时也赋予了中华民族的特殊体征以新的含义,不动声色又是异常激烈地抨击与嘲讽了倒行逆施的"黑夜"。大约只有出以诗的艺术语言,又是在诗的氛围中,这五个字才有可能包含如此厚重的美学意蕴与历史意蕴。

由此看来,诗的鉴赏往往需要在仔细阅读、品味作品的基础上,经多次的"出入"往返才能完成。所谓"出",就是要能走出作品,不要就诗论诗,就诗解诗,应当对作品产生的历史环境以至诗人的身世经历有所了解,并据此"溶解"或"稀释"诗的美学意象,使之充分释放所蕴蓄的光和热;所谓"入",就是还要回到作品,可以浮想联翩但又不能漫无边际,应当及时将丰富的美学理解通过艺术的"结晶"或"升华","还原"在诗的美学意象之上。这样,才有可能较充分地品鉴"密度"很大的诗美意蕴。

20年代中期,诗人闻一多写过一首著名的诗,叫做《死水》:

> 这是一沟绝望的死水,
> 清风吹不起半点漪沦。
> 不如多扔些破铜烂铁,
> 爽性泼你的剩菜残羹。

这首诗的写作时间是有不同说法的。有人认为,这首诗写于闻一多留美期间;有人则认为写于闻一多归国之后,而当时在他的北京住所附近,又恰恰有一个臭水坑。不过,这些不同的说法似乎并不影响我们对于这首诗的理解与鉴赏。只要了解20年代中期的中国北方正值军阀混战、内乱频仍、民不聊生的多事之秋;只要了解诗人闻一多和许多"五四"唤醒的青年知识分子,空怀一腔爱国热情,前行无路、报国无门的至极悲愤;只要仔细、深入地"出入"作品,我们就会感到,《死水》究竟是不是以闻一多北京住所近旁的那个臭水坑为"原型",其实并不重要,重要的是闻一多显然是以"死水"这个意象来概括当时的中国社会,状写种种腐朽、窳败、似美实丑的社会现象,并由此生发出激愤的议论:

> 这是一沟绝望的死水,
> 这里断不是美的所在,
> 不如让给丑恶来开垦,
> 看他造出个什么世界。

没有一句话不是在鞭挞那个罪恶的社会,然而又没有一个字直接、明确地指陈社会罪恶——这就是诗。诗篇只是在诅咒"死水",是"死水"又不只是那一沟有形的,可见、可触、可嗅的"死水"。艺术语言的暗示、象征意味,极大地增富了这一抒情意象的美学容量。看来我们对这首诗的鉴赏,也是既要走出《死水》,又要回到"死水",然后再走出,再走入,几经往复,使我们的鉴赏思路,有可能与诗人的创作思路相遇或重合。

二

　　对于具有数千年传统的古典诗歌来说,新诗是一种发生了"革命"性变化的文体。这种变化首先表现为诗歌观念的更新。20年代,胡适提出"做诗如说话"的艺术主张;30年代,朱自清呼吁把诗的意义确定得宽泛一些;40年代,闻一多则提出,可以把诗写得"不像诗";到了80年代,卞之琳在回顾自己创作历程的时候,也谈到自己写诗,倾向于"小说化""典型化""非个人化"——实际上即"非诗化"。诗歌观念的更新势必会带来诗歌艺术语言的革新,势必会规划出一些新的美学范畴,例如闻一多所倡导的新诗的"三美":绘画美、音乐美和建筑美。

　　新诗诞生于、成长于开放的现代社会,各种封闭的系统正在逐步被打破,不同门类艺术间的互相影响、互相渗透、互相促进,已经成为历史发展的必然趋势。新诗已不可能只在"诗"中求发展,它势必要接受与吸收相邻艺术门类的营养,不断创造新的艺术语言。因此,新诗鉴赏活动也就不能只局限于文学范畴,有时还需要以更广泛、更深厚的文化素养作为参照系。

　　新诗的"绘丽美"就是一种"边缘"化的、新的审美特质。"绘画美"不同于古典诗歌与绘画的"诗中有画""画中有诗"的美学传统,它所强调的,主要并不是"如画"的形象的、具体的描摹,而是对于现代绘画理论,例如透视学、色彩学理论的吸收、转化与应用。闻一多的《死水》中有一节诗这样写道:

　　　　也许铜的要绿成翡翠,
　　　　铁罐上锈出几瓣桃花。

> 再让油腻织一层罗绮,
> 霉菌给他蒸出些云霞。

翡翠、桃花、罗绮、云霞,可谓五彩纷缤。然而这艳丽的云彩却附着在腐臭的垃圾堆上,象征着虚假的繁荣之下百孔千疮的社会现实,以美写丑,更丑得穷形极相。这里的色彩配置是经过精心安排的。以铜锈对铁锈,以翡翠对桃花,以绿对红,不但形象、真实,而且十分醒目,借以渲染了一种强烈的激愤。红与绿互为"补色",而补色的对比是可以强化所要表现的情调的——曾经是芝加哥美术学院和科罗拉多大学美术系高材生的闻一多,当然是熟悉这一色彩学原理的。艺术的交错将一些新的美学意蕴,注入了他的诗歌语言。

另一位从画室走向诗坛的诗人艾青,也十分注重自己诗作中色彩的象征意义。他在不止一首诗作中,使用过"土色的忧郁"这个语汇,以色彩与"通感"的结合,极形象地写出了这个农民之子、多难的大地之子感时忧国的诗情。在他的名篇《大堰河——我的保姆》中,有这样的诗行:

> 大堰河,今天,你的乳儿是在狱里。
> 写着一首呈给你的赞美诗,
> 呈给你黄土下紫色的灵魂,

紫色象征着崇高与庄严,也象征着苦痛:淤血的伤痕是紫色的。黄土下埋葬的,是一个高尚而带着创伤的灵魂——然而只有"紫色的灵魂"才是诗的语言,这里色彩所"吸附"的美的意味,是散文的语言难以确切描述的。

在漫长的封建社会里,古典诗歌"音乐美"已发展到了臻善臻美的峰巅。"抑扬顿挫""一唱三叹""声韵铿锵""珠圆玉润"这些成说,非常精到地概括了古典诗歌"音乐美"的审美特征。但这些审美特征连同古典诗歌本身,毕竟属于过去的时代,以现代汉语抒写现代中国人思想情绪的中国新诗,从一开始就以背离既定的、僵化的平仄韵律,"刊落声华",创造新的诗歌形式为出发点。因此,新诗与古典诗歌的"音乐美",是有很大的不同的。相对说来,新诗更多地接受了现代音乐的影响;如果说古典诗歌比较重视韵律与平仄的话,那么新诗则更重视音节、节奏,更重视整体的和谐。

倡导与创制格律新诗的闻一多、徐志摩、朱湘等人,以现代汉语甚至现代口语熔铸的诗歌语言,创造了丝毫不逊色于旧诗的,或铿锵或和婉的新诗的音节,在这方面取得了很高的成就。然而,这并不是新诗音乐美的全部,也许还不是主要部分。自由体或半自由体新诗,似乎拥有更多的诗人与读者。这些作品的"音乐美",往往呈现更开阔、更丰富的面貌。艾青的诗,看似不拘形迹,信手写来,但实际上,他的每首诗——不论是否使用脚韵,不论排列形式是相对整齐的还是参差错落的——都严格地服从某种相对统一的美学规定,有着十分丰富、十分紧凑、十分和谐的节奏感。他的一些篇幅较长的作品,如《向太阳》《黎明的通知》《光的赞歌》都有着丰富的"和声"效果,有着很容易体察到的多声部合唱的音乐感。他在诗论中反复强调诗歌的"内在节奏",主张主要以诗情的起伏而不是文字表面的音韵,更内在地体现诗的音乐美。他的诗,可以说正是闻一多所概括的从"韵律的诗"到"旋律的诗"的典范之作。

另一位自由诗大家郭沫若的诗作,尤其是"五四"时期的《女神》,则更鲜明地体现了他的诗歌创作所接受的现代音乐的启示。因此,在鉴赏《女神》的时候,除了认真阅读作品,了解"五四"狂飙突进的时代精神及其对青年诗人的有力感召之外,有时还需要调动欣赏音乐的经验以参与审美活动。比如著名的《凤凰涅槃》,全诗就像一部诗的交响乐,可以从中区分出不同的乐章和调性,以及每个乐章中不同音乐主题的丰富、发展、对抗与统一。在诗的最后一章《凤凰更生歌》中,曾在十五节诗的"凤凰合鸣",反复咏唱:

火便是你!
火便是我!
火便是"他"!
火便是火!

翱翔！翱翔！
欢唱！欢唱！

这里就是借鉴了音乐表观技巧,不断强化对于火焰一样的"五四"时代精神忘情的、由衷的礼赞。这些赏鉴并不是牵强附会。郭沫若曾十分明确地说过,这首诗的创作,受到了德国音乐的影响,这里"诗歌的定型反复",正是为了"诗歌的音乐化"。新的诗歌艺术语言开创了新的天地,熟悉了、理解了这些艺术语言,我们就可以通过鉴赏活动,充分领略这片新天地的奇光异彩。

新诗的积累是丰富的,作为开采这些积累的鉴赏,其途径、方法当然也是多种多样的,远非以上的议论所能概括。但是,我们从上面的分析中可以看出,新诗鉴赏固然可以陶冶情趣,开启思路,可以获得丰富的审美愉悦,但同时也必须付出艰辛的劳动。如果审美感受可以度量的话,那么也许可以说,它的获取量当与你所付出的劳动,以及你的学识、阅历、修养成正比。诗歌鉴赏本质上是一种审美再创造活动,是不可能十分轻易地完成的。

一部气势磅礴的新诗交响乐
——郭沫若《凤凰涅槃》音乐美赏析

无论古今中外,诗歌都是与音乐最接近的文学形式。诗的音乐美,是诗歌所独具的一种持久的艺术魅力。如同诗人朱湘所说,"诗无音乐,那简直是与花无香气,美人无眼珠相等"(《评闻君一多的诗》)。作为光辉灿烂的古老文明的重要组成部分,我国古典诗歌的各种美学特征都在历史的长河里得到了充分的发展。所谓"声韵铿锵",所谓"琅琅上口",所谓"珠圆玉润",所谓"一唱三叹",都是对诗歌音乐美审美感受的精炼概括。这些精神文化遗产,无疑会为后来的新诗所继承,但作为一个政治、经济、文化诸方面都发生了根本变革的时代的文学现象及其美学特征,新诗音乐美更多地表现为艺术上的创新,这就是为什么我们在朗诵新诗时,会得到迥异于旧诗的听觉美感。为创建新诗的音乐美,前辈诗人们付出了辛勤的劳动。他们或从表达新时代思想内容的需要出发,努力用"自然的音节"即现代汉语口语的音节取代旧诗词的程式化音节;或积极"引进"和改造外来诗歌形式,进行种种新诗格律的实验;或直接以近代音乐艺术精华哺育新诗,把异域——不同地域和不同艺术领域——的营养转化为新诗的血肉。这后一方面的艺术尝试虽很少为研究者们所论及,但其对于新诗音乐美的形成和丰富的重要作用,都是不应忽视的。郭沫若就是这方面艺术尝试的开路人,《女神》中的《凤凰涅槃》,在一定的意义上,可以看作是这种艺术实践的辉煌成果。

构思宏大、激情喷薄的《凤凰涅槃》,为中国诗坛带来了前所未有的雄放歌声。它像是一个新时代所激发的新的"天问",表现了"五四"青年冲决束缚、解放思想、重估一切的勇气和魄力。与这种情绪表现相适应的,是诗人不同寻常的艺术处理。我们读《凤凰涅槃》,不仅会为其中对于韵脚、字句和诗行的精心选炼所折服,更为那新颖、奔放、层层推进的整体音乐感所震撼。这里充分显示了诗人"拿来"异域营养,为我所用的胆识和功力。《凤歌》与《凰歌》,像是一部交响乐的两个曲式不同的乐章,《凤歌》高昂、激愤、急促,《凰歌》则低回、悲凉、舒缓。《凤歌》以对"冷酷如铁""黑暗如漆""腥秽如血"的旧世界的诅咒开篇,第二节即进入倾泻式的"天问"——

> 宇宙呀,宇宙,
> 你为什么存在?
> 你自从哪儿来?
> 你坐在哪儿在?
> 你是个有限大的空球?
> 你是个无限大的整块?
> 你若是有限大的空球,
> 那拥抱着你的空间/他从哪儿来?
> 你的外边还有些什么存在?
> 你若是无限大的整块,
> 这被你拥抱着的空间
> 他从哪儿来?
> 你的当中为什么又有生命存在?
> 你到底还是个有生命的交流?
> 你到底还是个无生命的机械?

从六字句增长到九字句,又从整齐的排列过渡到参差错落再凝聚成一组十一字的整齐长句,诗的形式变化,很好地应和了情绪的生成、发展、高涨和反复。就这三种整齐句式所蕴涵的诗意而言,十一字句可以说是对九字句的丰富和发展,而九字句又是对六字句的发展与丰富,这很像是音乐主题在一个乐章运动中的反复出现和发展。

在这一大段奔泻而下的"天问"之后,是六行过渡性的、"散板"式的沉吟:问天,问地,问海,紧接着又是更激烈、更亢奋、更密集的对于旧世界的诅咒：

> 啊啊！
> 生在这样个阴秽的世界当中，
> 便是把金刚石的宝刀也会生锈！
> 宇宙呀，宇宙，
> 我要努力把你诅咒：
> 你脓血污秽着的屠场呀！你悲哀充塞着的囚牢呀！
> 你群鬼叫号着的坟墓呀！
> 你群魔跳梁着的地狱呀！
> 你到底为什么存在？

从错落的散句演变为整齐、对称的排比，显示了类似音乐上的渐强趋势。紧接着的最后一段，则以稍缓和一些的诗句，以"变调"来反复和深化激烈的音乐主题。至此，这一乐章的第一主题——"天问"主题和第二主题——"诅咒"主题的矛盾运动渐趋统一：

> 我们飞向西方，
> 西方同是一座屠场。
> 我们飞向东方，
> 东方同是一座囚牢。
> 我们飞向南方，
> 南方同是一座坟墓。
> 我们飞向北方，
> 北方同是一座地狱。
> 我们生在这样个世界当中，
> 只好学着海洋哀哭。

整个《凤歌》，传达了一种令人回肠荡气、心潮难平的感受。

《凤歌》的结尾，已完成了整个诗情由激昂向悲愤的过渡。相对舒缓的《凰歌》，以较短的、相对整齐的句子为主干，描绘了神州大地的"悲哀、烦恼、寂寥、衰败"，宣泄了诗人的焦虑与浩叹。为了强化听觉印象，诗人大量使用了同义反复或近义反复来渲染悲愤的情绪,像开头的一节中"五百年来的眼泪倾泻如瀑,/五百年来的眼泪淋漓如烛。/流不尽的眼泪,/洗不尽的污浊,/浇不熄的情炎,/荡不去的羞辱,/……"。

第二节中有"左也是漭漫,/右也是漭漫,/前不见灯台,/后不见海岸"这种艺术处理,很像交响音乐中一个音节主题的反复出现和发展变化。第三节的艺术处理更为精细,十行诗的同义反复表现了明显的节奏变化:

> 前也是睡眠,
> 后也是睡眠,
> 来得如飘风,
> 去得如轻烟,
> 来如风,
> 去如烟,
> 眠在后,
> 睡在前,
> 我们只是这睡眠当中的
> 一刹那的风烟。

前后来去都是睡眠,都是风烟,终于,睡眠与风烟融合了。而轻柔缥缈的反复咏唱,却仍萦回在我们的耳边。

最后一节的四个问句,以整齐对称的排比,应和了前面整齐的同义反复,同时又以相对散漫的长句子,显示了不同于作为这一"乐章"主干部分的简短、紧凑诗句的节奏和力度:

> 我们年青时候的新鲜哪儿去了?
> 我们年青时候的甘美哪儿去了?
> 我们年青时候的光华哪儿去了?
> 我们年青时候的欢爱哪儿去了?

整齐中而又富于变化的反复,以深沉有力的音乐美感,浸润着扑面而来的诗情。

《凤凰涅槃》的最后一部分《凤凰更生歌》，是诗人壮阔理想的诗化和音乐化。其热烈、欢快、流畅的音乐感，令人想起贝多芬的第九合唱交响乐的最后乐章《欢乐颂》。这一新乐章的十五节（1928年再版时改削为五节）"凤凰和鸣"，用整齐的句式，反复咏唱凤凰更生所带来的热诚、欢乐、和谐、自由等等，这热诚、欢乐、和谐、自由渗透了天地万物，长留在人世间。诗人用火——光明、热烈、无畏的火，统摄了反复咏唱的内容，每节诗的最后六行，都是这样一段"主旋律"——

　　　　火便是你！
　　　　火便是我！
　　　　火便是"他"！
　　　　火便是火！
　　　　翱翔！翱翔！
　　　　欢唱！欢唱！①

　　三个"乐章"的形式发展，是从起伏趋向严整。从整体结构看是如此，三个"乐章"中多数诗节、诗句的比较，也体现了这种发展趋向。这种趋向表现了激愤与悲凉的情绪起伏最终为更生的欢快所统一，从而完成了情绪的、也是诗歌音乐性的正—反—合的艺术过程。如果我们把未及论述的《群鸟歌》也看作一个乐章（其"曲式"类似交响乐所采用的"谐谑曲"曲式）的话，那么整个《凤凰涅槃》就像是一部致密、完整、激情洋溢又充满哲理的"诗歌交响乐"作品——这是我自己所杜撰的一个不伦不类的名称。我不愿使用"交响诗"这个概念，因为它在音乐上有特定含义。《凤凰更生歌》的结尾，同时也就是《凤凰涅槃》的结尾部分，

　　　　只有欢唱！
　　　　只有欢唱！
　　　　欢唱！

---

① 此处引文依《女神》1921年初版本。

欢唱！

欢唱！

这种渐强的节奏和力度变化，很像古典主义时代和浪漫主义时代交响乐的典型结尾的艺术处理。

如上所述，这篇宏伟雄壮的《凤凰涅槃》的构思和写作，显然需要一些近代音乐的自觉意识的指导。事实上也正是这样。在《凤凰涅槃》问世十六年后的1936年，郭沫若在谈到这首诗的创作过程时说过，这首诗的一些具体艺术处理，受到了德国著名浪漫主义音乐家瓦格纳（R. Wagner）的作品的影响，其目的"是在企图诗歌的音乐化"（《我的作诗的经过》）。郭沫若是喜欢音乐、懂音乐的，并且很早就注意到音乐与其他艺术门类的联系，音乐对包括诗歌在内的其他门类艺术发展的影响。在写作《凤凰涅槃》稍后，他在《论诗三札》中评介过瓦格纳的歌剧，并曾"照着西洋歌剧的形式改窜了一部《西厢》"（《创造十年》）。以后又在一次讲演中，引了英国文艺理论家斐德（W. Pater）的一句名言，"一切艺术都是趋向于音乐的"（《生活的艺术化》）——这一重要的艺术思想，也许是由郭沫若首先正式介绍到中国来的。在《凤凰涅槃》问世之前，郭沫若还以诗的形式，表达了对音乐的美学感受和理解。在以后收入《女神》的《赞像——Beethoven的肖像》中，他的诗思飞越遥远的时空，向乐圣贝多芬倾诉衷曲，他从贝多芬的肖像中听到了贝多芬的音乐，从这音乐中得到了慰藉、宽怀和振奋。这种"于无声处听惊雷"的艺术感受，需要相当深厚的艺术素养的根基。在另一首收入《女神》的《演奏会上》，郭沫若用诗笔写出了对两位德国浪漫主义音乐大师门德尔松（F. Mendelssohn）和勃拉姆斯（J. Brahms）的作品的深刻理解和如痴如醉、得意忘言的审美感受。这首诗的最后几行是：

她那Soprano的高音[①]，

唱得我全身的神经战栗。

[①] Soprano，女高音。

> 一千多听众的灵魂都已合体了,
> 啊,沈雄的和雍,神秘的渊默,浩荡的爱海哟!
> 狂涛似的掌声把这灵魂的合欢惊破了,
> 啊,灵魂解体的悲哀哟!

如果以这几行诗来形象地概括我们读《凤凰涅槃》的音乐美感受,我以为大体上是合适的。

如歌的行板
——读闻一多的《一个观念》

  翻开闻一多先生的诗集《死水》,在充满了幽深的画意、充满了激愤的自誓、回旋曲一般的《静夜》之后,便是这么一个抽象的、甚至有些干涩的诗题——《一个观念》。然而,只要你读完第一行诗,你就一定会被它那奇异的色彩所吸引,一口气读下去,然后掩卷长思,梳理着、辨析着心头一下子涌起的那么多的遐想——又朦胧又清晰、又繁复又单纯、又轻快又深沉的遐想。好像回到了童年时代,在刚刚听完老祖父讲述一段古老的传说,或是刚刚读完一篇美丽的童话故事之后……

  《一个观念》——一个关于祖国古老文明、一个关于五千年历史文化的观念。可以是一万排尘封蚁蚀的书架,可以是一千座巍峨庄严的博物馆。然而,在诗人这里,只有十二行诗。就是这一百多个字,活灵活现地勾勒出这个神秘的、热情的、"横暴的威灵",我们所有的人对于它,都只能低首奉献出热爱与敬畏。这首诗一开头,诗人便使用了七个比喻:

   你隽永的神秘,你美丽的谎,
   你倔强的质问,你一道金光,
   一点儿亲密的意义,一股火,
   一缕缥缈的呼声,你是什么?

  "神秘""质问""意义"这些词汇本身的含义也是相当抽象、难以捉摸的,但在一连串的比喻中它们只是处于中介的地位,而与"美丽的谎""金光""火"紧相连属,这些抽象的词汇便首先获得了比较确定的意象,然后进一步丰富、幻化出这样一个形象可感的、雄阔的"观念"。诗人如同一位泼墨山水的高手,构图奇绝,墨分五彩,浓淡相宜,虚实相生,不尽的画外音、画外意,尽在神奇的笔触——诗行中 。

像《红烛》和《死水》(尤其是《死水》)中收入了那么多的爱国主义诗篇,这在当时的新诗坛上是不多见的,但也并非绝无仅有——郭沫若的新诗作品里,亦不乏爱国主义内容。然而,我们读《死水》,尤其是其中的《一个观念》及其后的几首短诗,总有一种特异的、更为深沉、幽远、回肠荡气的感受。其原因何在? 闻一多自己在《女神之地方色彩》一文中,曾具体地谈过这个问题:

> 我个人要同《女神》底作者底态度不同之处是在:我爱中国固因他是我的祖国,而尤因他是有那种可敬爱的文化的国家;《女神》之作者爱中国,只因他是他的祖国⋯⋯爱祖国是情绪底事,爱文化是理智底事。

《一个观念》正是诗人实践自己理论主张的很好的例子。对于新诗表现爱国主义内容更深入、更全面的理解和探索,使得诗人不满足于"我为我心爱的人儿,/燃到了这般模样!"①这样炽烈的、然而却显得浅露的抒情,也不满足于"平和之乡哟!/我的父母之邦!/岸草那么青翠!/流水这般嫩黄!"②这样亲切然而却嫌直白的观赏。他理智地、自觉地转向我们祖国、我们民族最值得骄傲的、最深厚的精神蕴蓄——五千多年的历史、文化,把爱国主义诗篇引向更深的艺术思索。面对着这个伟大的"观念",情绪的爱与理智的爱紧紧交织在一起,诗人歌唱着,忘情地歌唱着——忘了一切,忘了诗,也忘了自己:他自己已成为这个"观念"的一部分:

> 我不疑,这姻缘一点也不假,
> 我知道海洋不骗他的浪花。
> 既然是节奏,就不该抱怨歌。

像浪花忠于海洋,像节奏忠于歌,他真诚地、甚至是虔诚地歌唱着,倾诉着自己喜不自禁的激动和骄傲:

---

① 见郭沫若《女神·炉中煤》。
② 见郭沫若《女神·黄浦江口》。

>   啊，横暴的威灵，你降伏了我，
>   你降伏了我！你绚缦的长虹——
>   五千多年的记忆，你不要动，
>   如今我只问怎样抱得紧你……
>   你是那样横蛮，那样美丽！

也许只有这种"隽永的神秘"，才能带来不倦的追求；也许只有这样"横蛮的美丽"，才会引出庄严的敬畏；也许只有这样似乎是无可奈何、词穷意尽地被"横暴的威灵""攫夺"了全部诗情的方式，才能在一首短诗内，把一腔爱国主义挚情表现得如此淋漓尽致、无以复加！

从《一个观念》诞生到现在，五千多年的百分之一——五十多年过去了。中华民族所创造的新文化——包括《一个观念》、包括《死水》《红烛》中的不朽诗篇在内的新文化，映射出又一道"绚缦的长虹"。时至今日，这首十二行的"诗的史"或"史的诗"①，仍然保持着震撼人心的艺术力量。闻一多先生以他辉煌的创作实绩，确立了自己在中国新诗史上的地位。正如30年代一位文学批评家所指出的那样，他是"在文学革命的过渡时代""使读者改变以前轻视新诗的态度，并且指导了新诗正当规范的诗人"②。《死水》中的每一首作品，都凝聚着深厚的艺术功力。《一个观念》在这方面最突出的地方，在于通过比喻的成功运用，大大提高了新诗的表现能力。闻一多曾经批评"新诗的比喻太平凡"③，他意识到了充分表现现代社会复杂的现实生活和人们内心世界的客观要求，觉察到了这种要求与平庸的艺术手法之间的矛盾，自觉地身体力行。他强调"做诗"，强调既注意情绪上、也注意理智上的开拓，从而在《一个观念》中创造出那么些似乎是不连贯、不明确、不和谐的

---

① 见《闻一多全集》第3卷（三联书店1982年版）所载1943年11月25日致臧克家的信："……我有了把握，看清了我们这民族，这文化的病症，我敢于开方了。单方的形式是什么——一部文学史（诗的史，）或一首诗（史的诗），我不知道，也许什么都不是。"

② 苏雪林：《论闻一多的诗》，载《现代》第4卷第3期，1934年1月。

③ 转引自朱自清：《新诗杂话·论新诗的发展》，《朱自清全集》，江苏教育出版社1990年版。

比喻，又恰恰在这些比喻中找到了统一、确切和谐调。他没有昭示或明喻这"一个观念"是什么或像什么，而是以一连串奇特瑰丽、目不暇接、富有暗示意味的比喻，引导读者自己到艺术的海阔天空中去求索追寻。它，既确定又不确定，既可见又不可见——它"神秘""缥缈"，但又有"金光""火""长虹"……"五千多年的记忆"自然是一首短诗所无法容纳的，但我们读了《一个观念》，却会强烈地感到：我们已经看到，甚至触摸到了祖国灿烂的历史文化，我们为此而欣慰、激动、自豪。一首十二行的诗包含了如此巨大的思想容量和如此丰富的审美感受，这在当时的新诗作品中是不多见的。

　　这首诗在艺术形式上，除了《死水》一贯的整齐、严谨的风格外，还有一些匠心独运的处理和安排。全诗十二行，不分节，一气呵成，顺应了一发而不可收的感情的激流，便于把众多的、分散的意象连缀成统一的整体；大部分诗行分为前后两段，语气连贯而见顿挫，同时又突出了虚实相间的排比，韵脚严密又富于变化，应和着不同层次比喻的错落和整个诗情的起伏跌宕。对形式问题的一丝不苟，表现了诗人的"苦吟"精神无所不在。

　　《死水》中几乎所有的作品都是值得精读的。紧接着《一个观念》的，是另外三首爱国主义诗篇：《发现》《祈祷》《一句话》。它们与《一个观念》是那么相似——同样质朴无华的诗题，同样惊心动魄的爱国主义内容，然而又是那么不同——《发现》的呼唤像岩浆一样炽热，《祈祷》的沉默里孕育猛醒的激愤，《一句话》提炼了这几首诗，或者说是整个《死水》诗集的掷地有声的警句，而《一个观念》，则宛如一曲新时代的屈子行吟歌。这样自觉、集中、专诚地致力于爱国主义诗篇的创作，并形成了自己的独特风格，无怪乎以谨严和宽宏著称的文学史家和文学批评家朱自清先生，一再强调他的抗战前"唯一的爱国诗人"[①]的历

[①] 朱自清1935年在《中国新文学大系·诗集导言》中谈道，闻一多"几乎可以说是唯一的爱国诗人"，1943年，在《爱国诗》（收入《新诗杂话》）中又强调，"抗战以前，他差不多是唯一有意大声歌咏爱国的诗人"；1946年，在《中国学术的大损失》（载《文艺复兴》第2卷第1期）中再次重申，"在抗战以前，他也许是唯一的爱国诗人"。

史地位。我以为这四首诗——《一个观念》《发现》《祈祷》《一句话》，可以看作《死水》中，同时也是20世纪20年代新诗以至整个中国新诗史中一部弥足珍贵的、蕴蓄深邃的爱国主义交响乐。如果把这四首诗比附为四个乐章的话，那么，《一个观念》便是一曲饱含着隽永神秘深情的"如歌的行板"。

寂寞的空白与美丽的忧伤
——戴望舒诗二首赏析

1938年5月,诗人戴望舒来到香港,主持《星岛日报·星座》副刊的编辑工作。半年后的1939年元旦,他在这里写下了他的第一篇抗战诗作《元日祝福》:"新的年岁带给我们新的希望。/祝福!我们的土地,/血染的土地,焦裂的土地,/更坚强的生命将从而滋长"。这是身在海外的诗人献给苦难祖国和人民的一片激昂心声。中国的抗战诗坛欣喜地听到了忧郁的现代派诗人乐观热情的歌唱,期待着诗人与"坚强的生命"同步"滋长"的诗篇。

一

"新的年岁"很快过去了。接踵而至的1940年,却成为戴望舒生活经历中"灾难的岁月"的肇始。这一年春天,他的内兄、"新感觉派"小说家穆时英在上海遇刺身亡,他的妻子穆丽娟携长女咏素离港返沪奔丧,却从此一去不回,并向他提出离异的要求。对妻女一往情深的戴望舒匆匆赶往上海,却吃了妻子的闭门羹。大汉奸李士群乘机放风说,只要诗人答应参加汪伪工作,就可以设法让穆丽娟回到他的身边。民族气节与亲情考验的孰重孰轻是很容易掂量的。戴望舒严词峻拒了汉奸的诱降,只身回到香港。毁家之痛使得他一度心灰意冷,痛不欲生。经历了一次未遂自杀之后,他又重握诗笔,写下了这首《白蝴蝶》。

这是一首寂寞的咏叹调:"翻开的书页:/寂寞;/合上的书页:/寂寞。"连书页里也充满了寂寞,可见这寂寞之深广。读书曾是他的无上乐趣,"你问我的欢乐何在?/——窗头明月枕边书"(《古意答客问》)。然而现在连"枕边书"也变成了迷惘的白蝴蝶,它所留给诗人的,只有一片寂寞的空白。

　　当然,这是一种"主观空白",是诗人胸中脑际的空白的"外射"。将密密麻麻的书页看成一片空白,如同《狂人日记》中的狂人从史书的字缝中看出"吃人"两个大字一样,既荒诞不经,又发人深省。狂人是以迫害妄想症的狂乱,从无字处读出字来,却于无意中揭示了中国封建社会制度、封建礼教的本质特征;而在这首诗中,抒情主人公却是以万念俱灰的清醒,将有字处读为无字的空白,将那一种难言的寂寞忧愁渲染到了极致:以书解愁愁更愁。诗人曾借以安身立命的书本,已无法为他提供些许解除寂寞的"智慧"了。

　　这是一首比较典型的象征抒情诗。诗人截取了能够凸显情绪的最精彩的片断,仅以一本书及其衍生的意象,十分精致地表现了一种强烈的内心感受。诗人删夷了所有的关联,只剩下一些看似孤立的意象,从而"迫使"读者用自己的审美联想把这些意象串合起来,从看似无联系处读出丰富的内在联系:"翻开了空白之页;/合上了空白之页"构成了《白蝴蝶》的形象,同时又是抒情主人公那种机械地翻动书页的下意识的神情举措的诗意写照;而那种下意识的翻书动作,又恰是心头无法驱遣的寂寞使之然。这种强烈的情绪体验,似乎已经映写在翻开与合上的书页里了。

　　至于诗作所选取的中心意象——白蝴蝶,则富有更深层的象征意蕴。首先,它很容易让我们联想到"庄生梦蝶"的传说,联想到诗人三年前所写的一首四行小诗《我思想》:"我思想,故我是蝴蝶……/万年后小花的轻呼,/透过无梦无醒的云雾,/来振撼我斑斓的彩翼。"而此时,诗人的思想似乎已停滞,只能乞灵于书本,希冀这"小小的白蝴蝶"能给自己以"智慧",来重新启动思想;其次,这翻飞的白蝴蝶又会令人联想起古典诗歌中用以指代寂寞忧愁的意象:"飘飘何所似,天地一沙鸥","拍手笑沙鸥,一身都是愁"。这里的"白蝴蝶",似乎也像那白色的鸥鸟一样,是那无尽的忧思,那"缘愁似个长"的早生华发的象征。

　　在这首八行、四十余字的小诗中,诗人戴望舒以他自己独特的经历、独特的方式和独特的才情,对于生离死别之后的寂寞这种古今中外诗人们反复吟咏过的情感体验,进行了新的审美"开发"。当我们了解了其中的特定内涵以后,或许更能咀嚼出这寂寞的品味:它生成于个人情感的巨创,是一段痛定思痛的心理空白。然而,这空白并非一片茫然,它是一张白纸,一张素净的稿笺。正是它的洁白(或者也可以说是惨白),使我们能够更强烈地感受《狱中题壁》《我用残损的手掌》这样的壮歌的凛然大义,能够更深切地体味《示长女》这样的低吟的美丽忧伤。

二

1941年底,太平洋战争爆发后不久,香港即告沦陷。作为文化界知名爱国人士,戴望舒于1942年春锒铛入狱,受尽酷刑的折磨。在狱中,戴望舒显示了一个刚烈正直的中国现代知识分子崇高的民族气节。在阴湿的地牢里,他以必胜的信念和视死如归的气概,留下了具有遗嘱性质的壮歌《狱中题壁》。1942年5月经友人营救出狱,原来体格健壮的他变得十分虚弱。此后有一年多的时间,他不得不在日本侵略者管制的文化机关供职,如他自己所说的,是"像牲口一样活"(《我用残损的手掌》)。其心情之悲愤郁结,如同置身于一座更大的牢狱。其间他又经历了一次并不美满的婚姻,并与他一直爱着的前妻穆丽娟正式离异。对于戴望舒来说,这三四年时间真正是他一生中几乎没有一丝光亮、没有一缕温馨的,水深火热的"灾难的岁月"。据友人回忆,此时他"常常站在窗口向外望,对着遥远的云天打发他不能告人的抑郁"[①]。这"不能告人的抑郁"后来终于发而为诗,这就是写于1944年的《示长女》。诗中第五节的最后两行诗"从此我对着那迢遥的天涯,/松树下常常徘徊到暮霭",正是诗人上述行状的真实写照。

无疑这是一首忧伤的诗——别妻失女是不可能快乐的。不过这忧伤带给我们的并不是悲叹和哭泣,而是美——尽管是有些凄凉的美。

---

① 参见侣伦:《"雨巷诗人"戴望舒》,载香港《大公报》,1980年12月26日。

诗作以绚丽、动听的诗句,追怀着逝去的幸福与温柔;将一个小女孩天真烂漫的倩影和一位慈父刻骨铭心的思念,编织成一个美丽的童话:"我们曾有一个临海的园子,/它给我们滋养的蕃茄和金笋,/你爸爸读倦了书去垦地,/你妈妈在太阳阴里缝纫,/你呢,你在草地上追彩蝶,/然后在温柔的怀里寻温柔的梦境"。

　　这是一个美丽的中国童话,是透发着《思旧赋》(向秀)、《归田原居》(陶渊明)、《四时田园杂兴》(范成大)诗意的中国童话:那一脉悠悠情思托情于临海的宅院,虽说是坐落在英国殖民地的花园洋房,然而其间所留驻的,却是中国世代相传的"男耕女织"的美景。而那个萦绕父母膝前,在草地上追逐彩蝶的小女孩,也只能是那些虽"未解躬耕织"却"也傍桑荫学种瓜"的农家小儿女的同胞。读了这童话般的诗句,我们仿佛触摸到了游走于白山黑水间的民族精神,也隐隐约约体会到了为什么精神与肉体的双重炼狱不但没有摧折诗人的意志,反使他更加坚毅、深沉,也更加柔肠百转、细致入微。所以,不管他的法语多么流利,也不论他多么喜爱波德莱尔、魏尔伦,多么崇拜耶麦、果尔蒙和洛尔伽,他在骨子里仍是一个彻头彻尾的中国诗人。也正因为如此,他的阳光明媚的童话世界,就不能不带上丝丝缕缕一个中国诗人几乎是与生俱来的忧郁与沉重,尤其是当时还在进行的那场侵略战争的阴影。

　　人们常常把战争(例如两次世界大战)看作是现代派文学的温床,以为战争所带来的灾难、恐惧、痛苦和心灵扭曲、心理变态,与艰深晦涩、光怪陆离以至荒诞不经的现代主义诗风文风,总有着某种内在联系。然而,一直醉心于法国后期象征派,在战争中留下了累累身心创伤的诗人戴望舒,其诗风似乎变得更平静、更宽厚、更温情脉脉、更多愁善感了:在他的诗里,逝去的一切都是那么美好,就连离他而去的妻子,也仍是"温柔又美丽"的。这种与许多西方现代派作家迥异的心理发展轨迹,体现了诗人戴望舒从青年时期便开始接受的进步思想影响,更体现了中华民族传统文化积极方面所赋予的人格力量——在他生于斯长于斯的,《诗经》《楚辞》以来的诗歌长河中所流淌的那种自强不屈的进取精神,以天下为己任的历史使命感,"嘉孺子哀妇人"的美学风范,以及己饥己溺的道义责任,慈父的情怀同时也是赤子的情怀。正是由于融入了宽广的时代历史内容,诗人的一己亲情,他的"美丽的忧伤"才能感人至深。如同贝多芬的乐曲,这首诗也是诗人用自己的痛苦为世人铸造的美与欢乐。

  这首诗艺术上保持和发展了早期诗作《我的记忆》所开创的那种以"诉说调性"为主,强调自然流露的诗风;但又在一定程度上修正了其早年所坚持的,要在诗中"去了音乐的成分"的偏见,因而体现了注重音律美的《雨巷》风格与《我的记忆》风格的有机浑融。《雨巷》式的绵密悠长的音韵和《我的记忆》式的舒卷自如的倾诉,回响交织在诗中;而《雨巷》的那种复沓咏叹,《我的记忆》的那种以故作放达的平静诉说掩饰满纸清泪的手法,也在诗中相得益彰。诗作保留了现代派诗歌的那种以最平白的字句藏寓最丰富、最深邃的命意的深层象征意蕴,那种自然、亲切、朴素、新异的作风,但却扬弃了现代派诗歌中常见的晦暗与艰涩,似乎不太"像"现代派诗歌。不过,这好像也不必以为可惜——也许,这正是一种成熟的、中国式的现代诗风?

郑敏诗三首赏析

无言的心灵际会
——读《晚会》

这是一首似乎不很像"诗"的诗。如同前辈诗人戴望舒所推许的法国后期象征派诗人耶麦(Franlis Jarnmes)那样,作者"抛弃了一切虚夸的华丽、精致、娇美",用极其平淡朴实的字句,写出了这样一首"没有词藻的诗"[①]——其实不唯"没有词藻",而且没有音乐:没有尾韵,更不讲平仄、对仗,甚至连新诗所惯常使用的那种宽泛的复沓、对应等可能引发外在音乐性联想的手法,都小心翼翼地避开了。作者在抛弃了"虚夸的华丽"的同时,也抛弃了"矫饰的绝响",抛弃了几乎所有能为好诗增光添彩、丰富其美学内涵,但也能为劣诗涂脂抹粉、掩盖其贫乏诗意的外在形式因素。这样,便只剩下了浓缩的、近乎裸呈的诗意。这些平淡的字句支撑着一个密度很大的精神情感世界。

诗作的内容并不复杂,也不算新奇:一个永恒的主题;一段含蓄深挚的恋情;一次心心相印的约会——这里的"晚会"大约是指"晚间的会面"(evening gathering)而非"晚上的娱乐集会"(night party)。问题并不在于内容本身而在于内容的表现方式,在于如何通过独特的情感抒写过程,充分开发内容所包孕的特殊美学内涵。这样,与之相对应的我们的审美理解,也就必须是小心地解字析句与探幽发微。

出现在我们面前的抒情主人公是一位沉静、睿智的女性。前来赴约的她静静地伫立在友人的门前,不愿举手敲门:不是由于腼腆,而是

[①] 戴望舒:《戴望舒译诗集》,湖南人民出版社1983年版,第54页。

"怕那声音太不温和"——对于期待中的宁静心灵,任何声音恐怕都会显得嘈杂,即便是优雅的叩击声。之后便突然插入关于一只乘海风归来的小船的描述。这看似飞来之笔实则正是神来之笔:那只不击桨、不划楫,无声无息地等待着晚风吹送、潮汐助推的小船,和它一样默默无言的大海,都是在更开阔的视野中,渲染着静默中人与人、人与自然的情绪感应。这种感应是那样微妙又是那样敏锐,敏锐到可以听见门外友人"宁静的呼吸"。接着又是"无声地推开大门",在自始至终默默无言的静谧中完成了两颗心灵、两颗充满着企盼与思念的心灵的际会。

　　此时无声胜有声。无言的心灵际会或许是更真诚、更热切、蕴蓄更深厚的情感交流。"得意忘言""妙不可言"等成语,似乎都可以成为这种心灵际会的注脚。既然连轻轻的叩门声都不愿让沉静的友人听到,足见心细如发、体贴入微;既然从无声的呼吸中即可以感知友人的足音,更见全神贯注,心有灵犀一点通。对于这样深挚的情感、这样葱笼的诗意,华丽动听的词藻似乎是多余的,而平白淡雅的文学"底色"也许更能反衬出情意的浓郁与深沉。当然,"平淡"本身也可以是一种很有余味的美感,尤其是当它吸附、融会了丰厚的诗意之后。因此,这些平淡的字句看似信手拈来,其实都是经过精心选择的——为了使文字形式与诗情诗意有一个最合适的"反差",为了使拆开来的每一行诗都像是普通得不能再普通了的口语,而合在一起却又可以酝酿出异常馥郁的诗意。

　　一首诗往往同时又是一篇诗人的美学见解的宣言,至少是这种见解的一个部分,或一个侧面的艺术阐释——如果这个命题能够成立,那么这首诗的意义,就不仅止于一次无言的心灵际会的出色抒写,似乎更多地是要通过这种际会,通过这种"有意味的形式",隐约表达对于一种高层次的艺术精神——"宁静"精神的向往。沟通两颗心灵的唯一媒介,是"宁静的呼吸";能够把诗思从纯真的友情引向人生航程的,又是一只宁静的、不击桨的小船。宁静可以包含淳朴、真挚,可以包含坚实、浑厚、严肃、崇高,可以藏寓深沉、强烈的美感。从诗人的这种"向往"中,我们能够看到诗人所醉心的西方文化艺术的精华,例如希腊绘画雕刻艺术所特有的那种"静穆的伟大"[1]精神的折光,也能够看到诗人所使用的古老象形文字中所沉积的悠久文化传统的余晖:比如"无言独化"的境界;"悠然心会,妙处难与君说"的心曲;"众里寻他千百度,蓦然回首,那人却在灯火阑珊处"的慨叹。

苦涩的幸福
——读《雷诺阿的〈少女画像〉》

奥古斯特·雷诺阿(1841—1919)是19世纪法国印象派的重要画家。他擅长画人物,尤其是妇女儿童。一般认为,他的人物画、肖像画以细腻、活泼、生动、贴近生活为主要特征,画面上洋溢着欢乐的气氛。苏联文艺理论家卢那察尔斯基称他是"表现幸福的画家"[2],一位法国作家米拉布也说过,"雷诺阿可能是唯一从未画过悲伤作品的画家"[3]。

然而,有一千个观众,就有一千个哈姆雷特——这一形象化的审美规律,大约对于各种艺术的鉴赏活动都是普遍适用的。所以,当诗人郑敏面对这幅雷诺阿的名作,凝视良久之后,便有了一个属于她自己的"少女":一个不但有着秀美的容颜,而且有着深邃的心灵世界的艺术形象。首先引起诗人关注的,是"少女"的一双眼睛。眼睛——雷诺阿像所有高明的画家一样,极其重视这两扇"灵魂的窗户"。他说过,"两个眼睛即使生在最美丽的脸上,也总会有小小的差别"[4],足见观察与艺术表现之精细。诗人郑敏则是一个同样精细的鉴赏者:她一下子就抓住了"这一双"流盼美目的个性特征——这是一双虽睁犹闭的眼睛。"少女"的嘴唇、长发与肤色,也都透发着同样深沉丰富,也同样处于封闭状态的美,像是一株含苞待放的玫瑰,一颗略带青涩的果实。在诗人看来,这大约正是画家的过人之处:以巧夺天工的神秘笔触,以画面的

---

[1] 温克尔曼语。参见《宗白华美学文学译文选》,北京大学出版社1982年版,第2页。
[2] [苏]阿尔巴托夫等:《美术史文选》,人民美术出版社1982年版,第421页。
[3] 迟轲:《西方美术史话》,中国青年出版社1983年版,第284页。
[4] 同上书,第283—284页。

光色与气韵,喻示着艺术形象的心灵世界:那里正处于"吐放前的紧闭,成熟前的苦涩","为了就将向一片充满了取予的爱的天地走去",而先"紧紧地把自己闭锁","苦苦地默思和聚炼自己"。灵府的风姿也许比形体的花容月貌更令人铭心刻骨,尤其是当心灵的悸动隐隐约约见诸容颜的时候。

　　诗人是一位酷爱西方音乐、绘画、雕塑和古典哲学的睿智学者。西方艺术文化给了她很多创作灵感,很多艺术表现方法的启示。在大学攻读西方文学与哲学,其后又游学欧美的经历,又为她接近、体味、理解西方艺术与哲学提供了种种便利。这不仅使得她能够比较从容、比较纯熟地提取相邻门类艺术的养分,以滋育自己的诗心,构筑很有美学个性的艺术表现方式;而且使得她有可能以一个相对完整的西方文化体系为依托,通过诗歌创作评价西方艺术,并且把自己的诗情诗意不动声色地融入这种美学评价之中:每一行诗都是在鉴赏艺术作品,每一行诗也都是在书写自己的心迹。这两方面,尤其是后一方面的成就,在当时及其后的中国新诗中,都是不多见的。这首《雷诺阿的〈少女画像〉》,也像诗人的《濯足(一幅画)》《献给贝多芬》等诗作一样,表现了对于艺术大师及其名作的深刻理解——包括前述对于自己的"哈姆雷特"即"少女"的独特美学发现,也包括对于画家的总体艺术风格,对于前人普遍认识的深入探讨与更高层次的认同。"幸福"应当是一种十分开阔的精神境界与情感体验,包含着极丰富的层面,并不能与一些具体的感受诸如欢欣、愉快、满意、富足画等号。作为"表现幸福的画家"的一幅名作,所描绘的当然也应是一位幸福的少女。但这"幸福"并非平庸的喜形于色,而是如同蒙娜丽莎的微笑一样的内涵丰富、难以揣度的"幸福"。诗人凭借自己的智慧、学养与审美直觉,精细地"勘测"了这道"情绪流",发前人之所未发,以简赅的诗歌语言确定了这种"幸福"的程度与品格:一种内在的、冷暖自知的幸福;一种"暗澹的早春"式的,旺盛的生命力悄悄萌动于"草色遥看近却无"中的幸福;一种为了怒放而紧闭,为了展开而沉默的苦涩的幸福——这是一种丰厚、深沉的幸福,是人生中"甘来"之前"苦"将尽的难忘瞬间。画家的传神笔触状写、"定格"了这一微妙的瞬间,诗人的咏叹则以激情与思辨"浸润"了这一瞬间,以焕发这种"幸福"特有的光彩与诗意。

精深独到的、诗化的艺术见解并不是这首短诗美学价值的全部。藏寓在这些美学评价之中的诗人的心曲,那些对于历史、时代和诗人自己的艺术思考,或许更值得注意。这不是一首题画诗或释画诗,因此,"苦涩的幸福"也就并不只是对于画意的概括。苦涩也是一种美。我们的祖先把"苦"与酸、甜、辣、咸并举,将此"五味调和"看作是一种很高的美学境界。苦涩或许要比甘甜更有余味。对于40年代后期的祖国与民族,对于正值豆蔻年华,成长中的诗人自己来说,生活中所多的与其说是苦难,不如说是苦涩——星河即将复明,玫瑰即将绽开,果实就要成熟了。而"一片充满了取予的爱的天地",已经隐约出现在东方的地平线上。在这样的时候,诗人面对雷诺阿的《少女画像》,是不难从那精描细绘的容貌中,发现其与祖国和民族的"甘来苦将尽"的"瞬间",与自己的情感世界息息相通的"苦涩的幸福"的。

无知的纯洁与智慧的痛楚
——读《小漆匠》

他与画家同样生活在辉煌的色彩中,然而他的色彩是没有生气、没有激情的。他没有创作冲动,没有成功的喜悦,也没有失败的苦恼,色彩只是他艰辛谋生的足迹。

然而这色彩毕竟是大自然的钟灵毓秀,毕竟是人类创造性劳动的智慧结晶。它们装点着林林总总的大千世界,为灰暗的社会生活带来些许温暖与亮光。

这就是"小漆匠",也是那个时代多数劳动者的普遍生存状况:他们创造、丰富了人类文明,但对人类文明却不甚了了;他们"为了幸福的人们"辛勤劳作,但自己却与"幸福"无缘——无论是物质的"幸福"还是精神的"幸福"。

深沉的诗意、深长的慨叹是现实生活的深刻矛盾在诗人精神世界中的郁结与沉积。这种郁积经过诗人独特的艺术处理,得到了审美化的阐发。首先矗立在我们眼前的,是诗人的作品中惯常出现的,具有很强的形体感的雕塑般的审美意象:工作中的小漆匠,尤其是他的头和手。他的手"宁静而勤谨"地涂抹着辉煌的色彩,他的头微微向手倾斜,心无旁骛,目不斜视,专注地面对着他的"作品"。这大师一样、巨匠一般的身姿,这庄严肃穆的气氛深深感动了诗人,使她"记起一双永恒的手"——"造物主"亦即大自然的"手","随类傅彩"而使"气韵生动"的天工神笔。然而,这近乎神圣的拟想非但没有成为赞美和颂扬的"酵母",反倒"催化"了忧郁与伤感的浩叹。因为勤谨地涂抹着色彩,创造辉煌,创造美的"雕塑"的自身,却没有阳光,没有温暖,没有欢喜也没有忧伤。他的眼睛——他的心灵"只像一片无知的淡漠的绿野,/点缀了稀疏的几颗希望的露珠"。神圣与无知,辉煌与淡漠间离得这样近又那样远,这就不能不激发出诗人的惊愕与痛惜,以及低抑的又是更强烈的愤懑与抨击。

这愤懑与抨击并不是对于无知和淡漠的声讨,而是对制造无知和淡漠的社会制度曲隐而又坚执的否定与批判。无知与淡漠并不是罪过,令人痛心的是被非法侵占了创造性劳动的所有权,被非法剥夺了接受教育,包括审美教育权利所形成的蒙昧心态。文明与蒙昧就是这样极不协调地被那个社会制度强行撮合在一起,并试图将这种状态长期维持下去。这实在是对追求自由、平等、和谐的人类良知的亵渎。这幅"诗画"越是流光溢彩,熠熠生辉,对于"异化"人性的社会制度的批判与否定就越是深刻有力,入木三分。可以说,对于这个审美意象的每一处精雕细镂,同时也都是对于制造无知与淡漠的社会势力的无情抨击。

这是一种不见刀光剑影,不闻呐喊呼号的审美批判,然而却是同样令人铭心刻骨的。诗人不是从劳动者的成果被掠夺、血汗被榨取的角度,字字血、声声泪地揭示旧制度的腐朽与凶残,而是从生活重压所造成的感受愚钝、心灵缺损,从精神伤残的层面,极冷静又极深入地披露了旧社会戕害人性的深重罪孽。曲婉幽深中透发着刚直遒劲的诗意,实际上已为我们塑出了另一座雕像,那就是诗人自己,就是如同罗丹的

《思想者》那样的苦苦思索的抒情主人公的雕像。那是一种忧心如焚的思索,一种痛楚的思索。但这痛楚是智慧的痛楚,是先知先觉者的痛楚,是前行者情意化了的历史责任感。小漆匠们蒙昧得那么浑然不自知,无知得那么纯洁,使人不忍指责但又不愿让他们继续"纯洁"下去。因此,那稀疏的"希望的露珠"、零星的"圣洁的光",非但不能为诗人带来些许欣慰,反倒增添了诗人的痛楚。

智慧的痛楚并不只有悲哀与感伤,更不是绝望与颓唐。它是情绪的郁结,也是智慧的郁结、力量的郁结。唯其如此,我们从诗中所读到的,就不仅只是一种深长的感慨,或许还有一些深刻的暗示:生活在蒙昧的暗夜中的小漆匠并没有"近墨者黑",他依然是"灰色天空的一片亮光";那"无知的漠然"也并非沙碛而是一片"绿野",一场春雨就能带给它无限生机。

期待中的第一场春雨没有多久就降临了。但这是历史学家的物理时间概念。对于那两座雕像——诗人与小漆匠——和他们所代表的人们度日如年的心理时间来说,这种期待是焦灼的、痛楚的。然而好诗似乎又常常产生于痛楚的期待之中。

贝多芬与中国新诗
——读郑敏的《献给贝多芬》

1827年3月26日,维也纳郊外一个阴郁的暴风雪之夜,在一声崩天裂地的响雷中,乐圣贝多芬与世长辞了。他孑然一身,身后十分萧条。仅有的一点家具、书籍,以及二百多件珍贵的手稿很快被拍卖掉了,价钱低得令人难以置信。然而,他的音乐,那些令世人魂飞魄荡、铭心刻骨的,通过钢琴、小提琴、管弦乐队与合唱队世代相传的音乐,那些无形、无影、无价的精神财富,却是谁也无法拍卖的。它们像阳光与空气一样,为整个人类所共有。一百多年来,贝多芬的音乐哺育了一代又一代杰出的音乐家,而且滋养了其他门类的天才:像18世纪德国文学"狂飙突进"运动的领袖人物歌德,像20世纪现代物理学的两大支柱——相对论与量子理论的创始人爱因斯坦、玻尔和普朗克,都曾从贝多芬的音乐,从贝多芬的音乐所包含的哲理与热情中,获得过直接间接的力量与启示。马克思主义的经典作家也对这位大师怀着深深的敬意。恩格斯和列宁都是贝多芬真正的知音。贝多芬一直是恩格斯最喜爱的音乐家。"他能以永不疲倦的热情去倾听贝多芬的奏鸣曲和交响乐——特别是第二交响乐和第五交响乐。他对贝多芬的音乐简直是着了迷。"[1]1841年3月,青年恩格斯在写给妹妹的一封信中,曾经这样评价贝多芬的第五交响乐(即《命运交响乐》):"如果你没有听过这部宏伟壮丽的作品,那么你一生就根本没有听过任何音乐。"[2]列宁更喜欢贝多芬的《热情奏鸣曲》和《悲怆奏鸣曲》,他说过,"我不知道还有比《热情奏鸣曲》更好的东西,我愿每天都听一听。这是绝妙的、超越人力的音

---

① [德]海因里希·格姆科夫等:《恩格斯传》,易廷镇等译,三联书店1980年版,第19页。
② 《马克思恩格斯全集》第41卷,人民出版社1982年版,第595页。

乐。我总带着也许是幼稚的夸耀想,人能够创造怎样的奇迹啊!"①

  列宁把贝多芬所创造的奇迹般的音乐当作全人类的荣耀。是的,这个伟大奇迹的璀璨光彩,通过音乐艺术的直射与文学、社会科学、自然科学的折射,的确使得我们这颗蔚蓝色的星球更加容光焕发、神丰气足。也许可以这样说:不了解贝多芬,就不可能真正了解19世纪和20世纪的人类历史文化。贝多芬逝世九十周年之后,中国发生了"五四"新文化运动,标志着这个东方文明古国进入了一个伟大的历史转折时期。诞生于这一历史时期的中国新诗,如同19世纪、20世纪众多的社会文化现象一样,从一开始就承受了贝多芬的阳光雨露的滋润。在中国新诗史上第一部里程碑式的作品《女神》中,我们似乎可以感受到贝多芬的音乐所独具的那种炙人的热情与雷霆般的力量;在《女神》最灿烂的篇章《凤凰涅槃》里,我们似乎可以听到第五交响乐式的欢快有力的结尾,以及第九交响乐中《欢乐颂》式的壮丽辉煌的合唱。而且,在《女神》中,我们还可以读到中国诗人郭沫若对这位异国音乐大师由衷的、虔诚的礼赞,这就是组诗《电火光中》的第三首,题为《赞像——Beethoven 的肖像》:

  哦,贝多芬!贝多芬!
  你解除了我无名的愁苦!
  你蓬蓬的乱发如象奔流的海涛,
  你高张的白领如象戴雪的山椒。
  你如狮的额,如虎的眼,
  你这如象"大宇宙意志"自身的头脑!
  你右手持着铅笔,左手持着原稿,
  你那笔尖头上正在倾泻着怒潮。
  贝多芬哟!你可在倾听什么?
  我好象听着你的 Symphony 了!

---

① 《列宁论文学与艺术》,人民文学出版社1983年版,第418页。

这一段火山喷发般的、典型的《女神》式的诗句,会使我们联想起本世纪另一位伟大的诗人、法国作家罗曼·罗兰,在他的名著《贝多芬传》的序言中所说的一段话。那是一首美妙动人的散文诗:

> 我正经历着一个骚乱不宁的时期,充满着兼有毁灭与更新的雷雨。我逃出巴黎,来到我童年的伴侣,曾经在人生的战场上屡次撑持我的贝多芬那边……我跪着,由他用强有力的手挽扶起来,给我的新生儿约翰·克利斯朵夫行了洗礼,在他的祝福下,我重又踏上巴黎的归路,得到了鼓励,和人生重新缔了约,一路向神明唱着病愈者的感谢曲。那感谢曲便是这本小册子。①

贝多芬的音乐,沟通了这两位未曾谋面的东西方文学巨匠的心灵。解除了"无名的愁苦"的病愈者郭沫若的"感谢曲"也是一本小册子,那就是《女神》——也许可以说是中国新诗的第一支"感谢曲"吧,但却不是唯一的一支。承受过贝多芬的恩泽的,不只是一位,也不只是一代诗人。让我们来听听另外一支"感谢曲"吧,那就是在《女神》问世二十余年之后出现的女诗人郑敏的《献给贝多芬》,以及收入了这首作品的诗人的《诗集 1942—1947》②。

1939 年,十九岁的郑敏考入昆明国立西南联合大学外文系,以后又转入哲学系学习。1943 年从西南联大毕业,之后又赴美留学。在大后方与大洋彼岸清苦的学生生活中,与年轻的诗人朝夕相伴的,除了蓬牖竹椽、青灯古卷,还有她所钟爱的西方音乐和绘画。于是,从开始写诗的时候起,她就和她的前辈一样,从贝多芬的音乐中触摸到一双强壮的手臂。在伟人的扶持下,她的诗常常透发出一种这个年纪的女性作家鲜有的力度与深度。

40 年代是中国历史上的又一个严峻时刻。十年中几乎每一个时日,都落着一层战争——民族解放战争和民主革命战争的炮火烟尘。战乱、空袭、饥荒、瘟疫、丧师失地、腐败政治以及颓靡世风,使得近代以

---

① [法]罗曼·罗兰:《贝多芬传》,《傅译传记五种》,三联书店 1983 年版,第 117 页。
② 上海文化生活出版社 1948 年版。

来饱受欺凌、苦难深重的中华民族,再度陷入深重的苦难。痛苦成为一种时代感情,而清醒的诗人更痛苦。

愤怒出诗人,痛苦炼诗人。正是一个时代、一个国家、一个民族、一代先进知识分子蜕旧变新的痛苦体验,淬发出光彩夺目的《女神》,也正是贝多芬的音乐消融了这种"无名的愁苦",才使得诗人郭沫若心驰神往,刻意追求乐圣的音符所幻化出的境界。生活在 40 年代的大后方,生活在国统区的进步知识界——受到中国共产党很大影响的、被誉为"民主运动的堡垒"的西南联大中的年轻诗人郑敏,同样是在国家的、民族的、阶级的生死存亡巨大痛苦的"炼狱"中,完成了她的《献给贝多芬》和《诗集 1942—1947》的创作。她像她的前辈一样,从贝多芬的音乐,那襁解痛苦、升华痛苦的音乐中,感悟到一种深沉的诗意——因为这位大师"对于一般受苦而奋斗的人,他是最大而最好的朋友","他用他的苦难来铸成欢乐"①。

《诗集 1942—1947》正是一部苦难与欢乐的交响乐,而《献给贝多芬》则是这部交响乐的主旋律。在这首深沉的赞美诗中,浸润着诗人深刻的艺术思考:

> 人们在苦痛里哀诉,
> 唯有你在苦痛里生长,
> 从一切的冲突矛盾中从不忘
> 将充满希望的主题灿烂导出。

对深重的苦难视而不见,如果不是粉饰现实,至少也是麻木不仁;而在苦难面前只知呻吟或沉沦,即便不是悲观厌世,至少也是懦弱卑怯。能够在"苦痛里生长",才是真正的英雄——诗人从贝多芬那恢宏、严密、复杂的乐音运动中,思辨出、抽象出诗意的历史启示。我们看到,她自己也正是按照这一神圣启示的引领,从 1942—1947 年间的如磐夜气中,导出了灿烂的、"充满希望的主题"。

---

① [法]罗曼·罗兰:《贝多芬传》,《傅译传记五种》,三联书店 1983 年版,第 164、165 页;第 189 页;第 147 页。

这是诗人笔下的《春天》：

> 它好象一幅展开的轴画，
> 从泥土，树梢，才到了天上……
> 又象一个乐曲，在开始时用
> 沉重的声音宣布它的希望，
> 这上升，上升终成了，
> 无数急促欢欣的声响。

这是一曲用诗的文字谱写的《春之歌》，诗人从"沉重的声音"中"导出"了希望的、"急促欢欣的声响"——冰河解冻的声响、昆虫出蛰的声响、嫩绿萌动、"草色遥看近却无"的声响。这是我们民族在严冬中孕育的早春的旋律，凝重、沉郁而又激越。

这是诗人笔下的《树》：

> 我从来没有真正听见声音，
> 象我听见树的声音，
> 当它悲伤，当它忧郁，
> 当它鼓舞，当它多情
> 时的一切声音。

只有与树——与亿万坚忍的、沉默的人民站在一起，才能真正听到他们灵魂的音乐，听到他们幽闭在心灵深处痛苦的又是昂扬的呼声——

> 即使在黑暗的冬夜里，
> 你走过它，也应当象
> 走过一个失去民族自由的人民，
> 你听不见那封锁在血里的声音吗？
> 当春天来到时，
> 它的每一只强壮的手臂里
> 埋藏着千百个啼扰的婴儿。

这回荡在"封锁在血里的声音"中的坚定、自信的旋律，使我们联想到贝多芬的第三交响乐(《英雄交响乐》)的启迪。在这部作品的第二乐章里,音乐形象中的英雄倒下了,但悲壮的葬礼进行曲却昭示我们:英雄的气息弥散在送葬者的行列中。

灿烂主题的展开、呈示,构成了《献给贝多芬》第二小节的深情礼赞。这是一组《女神》式澎湃的、辉煌的诗句:

> 你的热情象天边滚来的雷响,
> 你的声音象海底喷出的巨浪,
> 你的心在黑暗里也看得见善良,
> 在苦痛的洪流里永不迷失方向。

的确,正是一颗向善的心,一腔不懈追求的生之热情,支持着贝多芬"在苦痛里生长",不断把"苦痛的洪流"点化成为音乐的怒涛。贝多芬说过,"音乐是比一切智慧一切哲学更高的启示……谁能参透我音乐的意义,便能超脱寻常人无以振拔的苦难"①。接下去的第三小节和第四小节,就是对于那种超越了常人"无以振拔的苦难",进入了神圣的精神极境的讴歌与向往:

> 随着躯体的聋黯,你乃象
> 一座幽闭在硬壳里的火山,
> 在不可见的深处热流旋转。
>
> 于是来自辽远的朦胧,降临
> 你心中:人的宏亮的言语,
> 刹那间千万声音合唱圣曲。

诗人对于贝多芬的艺术理解,是当得起"参透"二字的。诗人所真诚仰慕的,正是贝多芬超越痛苦的自强不息——这是40年代的中国最可贵的,也是最需要的意志品质。在超越了躯体疾患的痛苦之后,贝多芬用音乐

---

① [法]罗曼·罗兰:《贝多芬传》,《傅译传记五种》,三联书店1983年版,第164、165页;第189页;第147页。

思维开拓了新的心灵纵深。用心灵体验而不是听觉感受写出的乐章,只能是来自理想天国"辽远的朦胧"的启示。读到这里,我们会和诗人一样,于无声处听到亿万"人的宏亮言语"的"圣曲",听到《欢乐颂》那真正令人热血沸腾的雄壮合唱,那超越痛苦、走向永久欢乐的灵府之声。

《献给贝多芬》的审美效应是多重的。它不仅有助于我们理解贝多芬,而且有助于我们理解诗人自己,理解40年代的中国新诗以及中国社会现实。那座伟岸的、聋黯的火山,既是乐圣贝多芬的塑像,其实也是40年代中国社会的缩影。这首热烈遒劲的贝多芬颂,同时也是中国颂、中国人民颂和中国革命颂。诗人在另一首诗中这样写道:

> 沉默,沉默,沉默,
> 象树木无言地把茂绿舍弃,
> 在地壳下忍受黑暗和压挤,
> 只有当痛苦深深浸透了身体,
> 灵魂才能燃烧,吐出光和力。
>
> (《生的美:痛苦·斗争·忍受》)

这是诗人在"辽远的朦胧"启示下,在一个新的社会制度娩出之前旧的母体剧烈的阵痛中,所感悟到的时代的铮铮誓言。也许可以说,《诗集 1942—1947》是诗人郑敏从40年代中国社会的苦痛与矛盾冲突中导出的"充满希望的主题",而《献给贝多芬》则是《诗集 1942—1947》的主题,一首"主题的主题"。它像贝多芬所有的音乐主题一样,那么单纯又是那么丰富。

贝多芬离开这个世界,已经一百六十多年了。然而,贝多芬又似乎无处不在。他对于我们这个世界的奉献,实在是太多了。这位大师生前说过:"我是替人类酿制醇醪的酒神。是我给人以精神上至高的热狂。"读了《献给贝多芬》,读了《诗集 1942—1947》,你会对此更确信不疑。

悲壮的行旅
——读《求知》

  当人类经过艰辛的长途跋涉,最终走出动物界的泥淖之后,便踏上了这条路。凭借着一代又一代人强烈的求知欲,人类一点一点地了解宇宙,了解自然,了解社会和人类自身。这种没有穷尽、不会止息的认识活动,引领着人类摆脱了野蛮与蒙昧,不断登临文明的新台阶。可以说,这条求知之路也就是人类的生存之路、自由之路和文明之路。

  文明之路一望无际,但并非荡荡坦途。求知不仅要披荆斩棘、自甘冻馁,而且难免皮肉之苦乃至杀身之祸。有时需要几代人乃至几十代人的艰难求索,才能穿越浓密险恶的谬误与偏见,带着遍体鳞伤发现或接近那单纯朴素得令人难以置信的真理。就是这朴素真理的获取与认识,被人类视为最高的幸福。不断发现与接近真理的求知欲,也就成为人类近乎本能的可贵精神品格。作为智慧生物的人类,就是沿着这条道路不断从谬误走向真理,从必然走向自由,从火刑柱走向太空,走向航天科学,从结绳记事走向电子时代、信息时代。这惊心动魄的文明进化过程,恐怕是离不开这种精神品格的强大内驱作用的。

  这是一个道道地地的"重大题材",其中的诗意蕴蓄,无疑是异常丰厚的。郑敏不是第一位,想来也不会是最后一位抒写"求知"的诗人。但她近五十年前所写下的这两首十四行诗,虽然既非"开卷"亦非"压卷"之作,却不能不说是其中不可多得的精品。诗人升华了思辨的玄想,留下了莹澈幽深的诗的意境、诗的氛围。诗作的开头,便向我们展示了一条漫长的、没有尽头的"求知"之路,以及默默地、前仆后继地行进在这条道路上的悲壮行旅。他们以毕生的精力永不止息地跋涉着,只为了看一眼这个世界云遮雾障的真实容貌。他们不停地掀去一层又一层怀疑的云雾,然而所能看到的,往往不过是眼前闪过的一丝微笑:蒙娜丽莎式的、神秘的、永恒的微笑,那样美,那样安详,那样光辉灿烂,似乎是那样容易理解而又确乎是那样难以琢磨。"渺茫却又真实"的微笑似乎在隐约昭示着人类:求知是幸福的,但又是异常艰辛的。人类所面对的时空如此浩瀚,任何一个小小的角落,都需要一代人乃至几代人的辛勤踏勘。多少人在远离驿站或界碑的地方倒下了,多少人心力交瘁,为绝望、颓丧的洪流吞没。然而"求知"的大军从来没有溃散也永远不会溃散,从来没有也永远不会止步不前。这支行旅是悲壮的。

这"悲壮的行旅"不仅是人类求知活动历史特征的审美体现,同时也是求知活动的主体——人类自身的心理历程。诗人在第二首十四行诗中,以同样莹澈幽深的诗意,刻画了这一内在过程的美学轨迹。诗人写道,求知本是人类的良知,人生的真谛——但只有当你自觉地汇入这悲壮的行旅,并且甘愿在远离目的地的行进中默默耗尽一生心力之后,才能获得这种彻悟:得到"最后的钥匙"。用这把"钥匙"开启人类的心扉,你会发现,那淡泊功利目的,只事耕耘不问收获的求知欲,乃是这个世界文明与进步的宝藏,是深埋于人类胸中的"最可贵的种子"。人类的社会实践活动应当能够将这"种子"培育成为"一株茂盛的树",那扶疏的枝叶,那挺拔的树干,那连成一片的遮天蔽日的林荫——那"求知"活动自身,也就是那无论前瞻抑或后顾都没有尽头的"悲壮的行旅"自身,才是人类世界乃至整个宇宙间最美的景致。世界是一个无边无际、取之不尽的果园,但人类的求知活动不应当只是为了摘取,更是为了给予,为了丰富、完成这个世界。即便毕生只是为了一个美好的幻想辛勤地"剥着宇宙的果壳"而看不到"最后的果实",也不失其壮美与崇高:这孜孜不倦的求知行为本身已经为这个世界增添了一片树荫,为摘取不尽的果园增添了一抹生命的新绿。这种深刻的内省,进一步丰富与深化了"悲壮的行旅"的美学意味。

像她的前辈鲁迅和郭沫若一样,郑敏也是一登上文坛就已十分成熟了。在她的早期作品结集《诗集 1942—1947》中,我们所能感受到的,是与她的年龄极不相称的深邃、沉静、寓热于冷的诗意。也许是高级知识分子的家庭教养和所接受的良好教育赋予了她超常的思维力量,也许是兵荒马乱的流徙生活促成了她的早熟——她的诗作中隐隐透发着的,更多的是一个阅世颇深的哲人对于历史、时代、社会和人生独具慧眼的深入思考,而不是一个青春少女沉浸于情感世界的烂漫天真;这些诗篇中更多地充盈着的,是带有那个灾难的岁月特有印记的、饱经沧桑的深沉忧郁和痛苦,而不是那种徐志摩式的、女性味十足的甜蜜的忧愁。我们看到,她在《献给贝多芬》中,以品鉴痛苦开篇,引导出埋藏在痛苦之中的"希望的主题":"人们在苦痛里哀诉,/唯有你在苦痛里生长,/从一切的冲突矛盾中从不忘/将希望的主题灿烂导出";在《生的美:痛苦·斗争·忍受》中,她用形象的语言诠释"生的美",再一次把痛苦引入人生评价:"沉默,沉默,沉默,/像树木无言地把茂绿舍弃,/在地壳下忍受黑暗和压挤,/只有当痛苦深深浸透了身体,/灵魂才能燃烧,吐出光和力";而在《时代与死》中,她是那样惊世骇俗,那样深刻又是那样平静地谈论着生与死的辩证法:"在长长的行列里,/'生'和'死'不能分割,/每一个,回顾到后者的艰难,/把自己的肢体散开,/铺成一座引渡的桥梁,/每一个,为了带给后者以一些光芒,/让自己的眼睛永远闭上。"即便是对平常事物的观照,也显示了她的具有历史感和哲学意味的敏锐感觉。在她的眼里,《金黄的稻束》是极为壮观的,因为它们"肩荷着那伟大的疲倦","在这伸向远方的一片/秋天的田里低首沉思,/静默。静默。历史也不过是/脚下一条流去的小河,/而你们,站在那儿,/将成为人类的一个思想";而面对同样静默的《树》,她却能于无声处,"听见树的声音","当它悲伤,当它忧郁,/当它鼓舞,当它多情/时的一切声音。/即使在黑暗的冬夜里,/你走过它,也应当像/走过一个失去民族自由的人民,/你听不见那封锁在血里的声音吗"——的确,听了这些写于"失去民族自由"的时候,"封锁在血里的"诗句再反观《求知》,当我们惊异于《求知》的宏大、深厚与严密的时候,便不难读出这首诗与《诗集 1942—1947》之间深刻的内在联系了:生的痛苦、"生的美"与求知的艰难、求知的幸福;前仆后继的生与死的行列与"望不见尽头"的求知的行旅;还有反复出现的、内涵极其丰富的"树"的意象……《求知》的发人深省,除了对这一"重大题材"成功地艺术处理之外,或许正源于它凝聚、抽象了那么多深刻、睿智的诗作的精萃。从某种意义上也许可以说,《求知》是诗人郑敏整个40年代前期和中期繁富而致密的诗歌思绪的"后期制作"。

在郑敏步入诗坛的1942年,前辈诗人冯至结集出版了诗集《十四行集》,标志着从本世纪初开始"引进"、试验、探索的中国十四行诗"已经渐渐圆熟"。次年,文学史家朱自清在《诗与哲理》一文中,高度评价了这部"从敏锐的感觉出发,在日常的境界里体味出精微的哲理"的诗作。在《诗与哲理》的结尾,朱自清指出,"闻一多先生说我们的新诗好像尽是些青年,也得有一些中年才好",而冯至的《十四行集》"大概可以算是中年了"。虽然直至《求知》刊发问世,郑敏仍只是一位二十八岁的青年,然而她的诗的境界,如上所述,却早已进入朱自清所说的"中年"了。朱自清对冯至的《十四行集》的评价,似乎也同样适用于郑敏的诗作。敏锐的感觉、精微的哲理、采撷于日常生活的意象、富于历史深度与思辨光彩的诗意,构成了《求知》和郑敏这一时期其他一些诗作的主要艺术特色。这些诗作是完全可以进入中国新诗的"中年"时期即成熟时期的"标志产品"之列的。

为了更好地蕴涵与规范严谨致密的美学思考,郑敏为《求知》选择了同样严谨致密的格律形式——十四行诗体:又一次与前辈诗人冯至不谋而合。十四行诗是一种流行于欧美国家的格律诗体,起源于意大利,依照分节和韵式的不同,又分为"英体"和"意体"两种体式。"五四"文学革命后,一些中国诗人开始用汉语试作十四行诗,闻一多、朱湘、卞之琳、梁宗岱、冯至等诗人,都为"引进"、移植这种外来诗体做出过贡献。冯至说过,十四行诗的长处是"结构大都是有起有落,有张有弛,有期待有回答,有前题有后果,有穿梭般的韵脚,有一定数目的音步,它便于作者把主观的生活体验升华为客观的理性,而理性里蕴蓄着深厚的感情"①。这些特点显然是有利于表现《求知》弘深曲幽的思想内容的。《求知》属意体十四行,郑敏严守意体十四行的分节原则,通

---

① 见冯至《我和十四行诗的因缘》。

过跨行、跨节的诗句以适应格律要求,凸现重要的审美意象。用韵则取相对宽泛的变体,每行的音步更是相对自由。这种形式安排较好地协调与适应了严密而又丰富的诗意的要求:既令人目不暇接,又显得井然有序。较早尝试十四行诗写作和理论探讨的前辈诗人闻一多说过,"一首理想的商籁体(即十四行诗,据其原文 Sonnet 音译——引注),应该是个三百六十度的圆形;最忌的是一条直线"[①]。我们看到,构成《求知》的这两首十四行诗似乎正像两个"同心圆":第一首诗着重"求知"的外部描述,从求知者在望不见尽头的求知之路上疲倦地倒下,回顾了他们毕生的辛劳与艰难,最后回到了对夭逝者的痛惜;第二首诗则着重"求知"的内在评价,从"心灵的天空"中所掠过的"怀疑的暗影",写到拂去暗影的天空下由挺拔的"人之树"构成的壮美世界,在广阔的心理时空中努力开发求知自身的美与欢娱。而且,从某种意义上说,这两首十四行诗又是同一个"三百六十度的圆形":从树到"树"。从第一首诗开头对于"长眠在路边的松树下"的夭逝者的怀念,到第二首诗结尾对于"为了完成世界"的"人的树"的赞颂。通过"树"的延伸,再一次显示了《求知》与诗人40年代前中期诗歌艺术思考的深刻内在联系。也许可以说,郑敏运用十四行诗体,似乎更着重于诗歌内在精神的格律化、严密化、审美化。作为诗意"圆周运动"标志的审美意象"树"的反复出现,更强化了"悲壮的行旅"的"悲壮"意味。也许就是"树"的枝叶与根系,沟通了求知的"行旅"与源远流长的悲壮美的历史联系;也许我们会想到诗人歌德恢宏的美学命题——"生命之树常绿";会想到《山海经》中逐日夸父的壮烈结局——他的手杖,也就是他的躯体的延长部分,在他的身后"化为邓林"。

---

① 见闻一多《谈商籁体》。

为了忘却的纪念
——吕亮耕诗三首赏析

　　对于今天的青年读者,吕亮耕可能已经是一个十分陌生的名字了。然而,半个世纪之前,他却是一位意气风发、才华横溢的青年诗人。其人其诗虽不能说是家喻户晓,但在抗战前的上海和抗战期间的川、桂、湘后方诗坛上,还是有相当高的知名度的。1914年11月29日,吕亮耕生于湖南益阳。这是一个对中国现代思想文化做出很大贡献的县份。19世纪末到20世纪初,三位周姓文化名人——周谷城、周扬和周立波,先后出生在这里,史称"益阳三周"。也许是益阳的山川风物、文化氛围特别能启人心智、增人抱负,1934年,二十岁的吕亮耕也紧步几位周姓同乡的后尘,离开家乡远走上海,像那个时代的许多文学青年一样,带着"作家梦"住进亭子间,刻苦学习写作。他一边勤奋地读书、练笔,一边虚心向前辈作家和文友们求教。他与当时的著名作家、诗人巴金、靳以、戴望舒等都有交往,并曾多次得到戴望舒热情、具体的指导。天道酬勤,吕亮耕的孜孜追求不久便获得了可喜的收获。在三四十年代的许多著名期刊、报纸,如《新诗》《星岛日报》《救亡日报》《中国诗艺》《文艺阵地》《枫林文艺》《大公报》《诗创造》等报刊上,吕亮耕发表了很多诗作,并于1940年出版了诗集《金筑集》。

　　在三四十年代的诗人中,吕亮耕也许算不上特别高产的一位。但他执著的、呕心沥血的艺术追求,却为诗坛提供了一种独特的色调。吕亮耕当年的诗友,著名作家、诗人徐迟认为,"亮耕的诗是有独特风格、他自己的个性的,很光亮,很开朗,形象特别地鲜明"。徐迟激赏吕亮耕的抗战诗篇,认为这些作品是"满溢的激情喷涌而出",但"决不作干嚷"。徐迟称这些作品为"不朽的诗篇",并说"因为写过这些诗,他是永生的诗人"①。吕亮耕的另一位挚友,抗战初期曾与他一起发起组织"中国诗艺社",编印《诗歌战线》《中国诗艺》的著名学者孙望教授,也十分欣赏吕亮耕抗战前后的诗作,又尤其喜爱其中的《低头见》《欲渡之前》《浅草》《影答形》等小诗,称之为"精致的艺术品",认为"这些篇章笔意清新,或寓哲理于抒情,或情景交融,予人以晶莹澄澈之感"②。这些写于中华民族危难时期的小诗,是诗人以挚爱与苦吟,从如焚忧心,从满溢激情中升华出来的独特笔致与深藏文韵。星移斗转,时过境迁,然而那"晶莹澄澈"的诗意,却依然为一代又一代后来的诗人读者们所缅怀、所品鉴,它们是不会"过"与"迁"的。

诗如其人,人如其诗。"晶莹澄澈"四个字,同样也可以作为这位热情、正直的诗人一生言行的考语。建国前夜,他在一首题为《写给自己》的诗中,曾这样评说自己三分之一世纪的生命行程:"用白眼去观察这个畸形世界;/用青眼去寻觅理想的情人。/半条生命做诗,半条生命造爱!/但没有更高的爱更甚于爱真理。/没有更深的恨更甚于憎恨敌人。"他的一生是光明磊落、清白坦诚的,他在旧中国的三十五年,都是不停息地追求真理、抨击邪恶的三十五年。为了这一朴素而又崇高的人生信条,抗日战争期间,他为赴国难颠沛流离,以笔为枪,以苦为乐。解放战争期间,他横眉冷对反动派的法西斯统治,刚正不阿,疾恶如仇。他曾两次因拒绝加入国民党而遭迫害,愤而辞去报纸总编辑职务,并且置个人安危于不顾,矢志不渝地以诗文抨击反动暴政。新中国成立以后,诗人以极大的热情参加了革命工作,在文教战线辛勤耕耘。对于自己为之奋斗的理想的实现,诗人无比欣慰。他的诗中涌流着前所未有的激越与欢快:

> 我要告诉远远近近的朋友
> 我快乐。生命如春花开放在春天,
> 阳光在泛滥,哗哗的波浪在呼唤。

---

① 见徐迟《沉舟已经升出水面——〈吕亮耕诗选〉序》。
② 见孙望《〈吕亮耕诗选〉前记》。

> 原因很简单:我生活在新中国。(《快乐》)

然而,诗人由衷的快乐并没有持续很久。1957年11月,他被错划为"右派",1964年又被"清除"出教师队伍。诗人是坚强的,突如其来的巨大精神打击,并没有摧折他的意志与信仰。尽管此时他已失去了发表作品的权利,但仍然继续以诗笔讴歌社会主义祖国——世上哪有这样忠心耿耿的"右派"！在那艰难的时日里,诗人依然保持着坚贞正直的高风亮节。在一首书赠友人的旧体诗中,他以诗句表达了自己的志向,"愿从劲节求知己,岂向柔枝托至情"(《梅菊吟——赠云虹》)。不久,十年浩劫开始,刚正、耿直的"劲节"自然首当其冲。"文革"期间,诗人再次饱受凌辱,惨遭磨难,1974年9月30日,在贫病中含恨辞世。第二天,便是他曾热切期待、忘情讴歌的中华人民共和国建国二十五周年纪念日。

此时,诗人还不满六十周岁。虽然说不上英年早逝,但还是留给人世太多的遗憾:他是带着满腹诗稿离去的。

1979年,诗人的"错划"问题得到了彻底改正。80年代以来,诗人的一些作品得以见诸报刊,一些旧作得以入选各种诗选、文学作品选,一些辞书也收录了诗人的小传。1989年,湖南文艺出版社出版了《吕亮耕诗选》,选刊了诗人30年代至60年代的诗作一百二十余首,比较全面地反映了诗人吕亮耕各个时期的创作风貌。其中抗战前和抗战期间的作品为数最多,约占入选诗作总量的80%。本文所选析的三首诗作,都出于这一时期,并如前述,都曾受到诗坛前辈的击节赞叹。这些作品很能体现诗人晶莹澄澈、含蓄隽永的诗风。笔者谨以此小文为心香一瓣,并妄借鲁迅先生悼念"左联"烈士的宏文篇名,遥祭这位热情、正直、执著的诗人。笔者以为,曾经被极不公正地冷落了的吕亮耕其人其诗,是应当,而且也能够为爱诗的读者们重新熟悉与喜爱的。

天涯并不遥远
——读《欲渡之前》

去天涯的人们拥集在江边
都安一个希望在眼睛里
然而晚潮尚未至之前
江心的渡船咫尺若天涯了
嚣然的晚乐在群众的唇边
彼此互投着好意的问答
江上的西天散一抹红云
出门人的眼睛凝视江中水

初读这首小诗,似乎面对一幅意境幽远、雅致含蓄的"淡出"写意画:归帆点点,人影幢幢,云天高远,夕阳明灭。一江涟漪漾起无限遐思,确确乎"妙处难与君说"。然而,如果我们知道作者当时是一位积极致力于抗日救亡文化活动的青年诗人,如果我们知道这首诗写于正值民族生死存亡关头的1937年,如果我们知道其后不久,作者便接连写出了《望金陵》《宝刀行》《不死的记忆》等仰天长啸、壮怀激烈的抗战诗篇,那么,我们恐怕就比较容易发现,这幅以诗心绘制的"写意画",并非为了寄意山水、冶情养性,而实在是一首"用冷淡盖深挚"[①],一首在水天云光,在平静的涟漪下藏寓着汹涌激越的情感"潜流"的诗作。

作为一种情感"潜流"的艺术表现,诗人回避了直抒胸臆的热情呐喊与驰骋想象的精神梦游,采用了"远取譬"[②]的手法,以"欲渡之前"的场面与情绪氛围作为抒情的"客观对应物",加以刻画与渲染。这刻画与渲染是细致真切的,同时也是充满暗示意味的。诗的开头就带着

---

① 卞之琳语,见《雕虫纪历》增订版,人民文学出版社1984年版,第4页。
② 朱自清语,见《新诗杂话》,三联书店1984年版,第8页。

一种神秘色彩:拥集在江边"欲渡"的人们是准备"去天涯"的,而且是那么急切地企盼着尽快启程。然而一只渡船何以能送人至天涯?再往下读,我们便渐渐悟出:由于此处接近入海口,晚潮未至之前,江流狭窄,河床裸呈,江心的渡船无法驶至江边,看似近实则远,的确是"咫尺若天涯了"。似乎"去天涯"就是登渡船,渡船就是天涯;天涯并不遥远,但一时又难以企及……诗人的智慧与深思,化解在不动声色的形象描述之中。

等待"天涯"——是否如西方"荒诞派"戏剧名作《等待戈多》式的"等待"?不完全是:晚潮有信而且守时,渡船很快可以驶近、泊定,"天涯"不久即可登临。这是满怀信心的等待,因而也是饶有兴致的等待:"欲渡"的人们哼着小曲或吹着口哨,互相亲切致意、交谈,欣赏着水天之间的秀美景色,追忆流水年华,悬想未来岁月。而在"拥集""凝视"中,又隐隐约约透露出一些"等待"所固有的心理期待的信息。《等待戈多》中那种出以呆滞、木然以至莫名其妙形式的焦灼与无奈,显然是难以为中国诗歌,也是难以为当时中国的普遍审美心理所接受的(当然,那种怪诞的情绪也自有其独特的美学价值)。

不过,《欲渡之前》的"等待"与《等待戈多》的"等待",也还是有着某些相通之处的。那"天涯""渡船""晚潮"等审美意象,也都像"戈多"一样,难以确定它们的明确指向。但是,如同第二次世界大战后,西方成千上万有着某些特殊经历的读者与观众,凭借自己的文化素养与生活体验,与那个"戈多"所凝聚的错综复杂的社会矛盾取得了某种默契,而心领神会地接受了这部荒诞的剧作一样,只要我们想一想"1937"这个中国现代史上的黑色年份,想一想这一年7月7日爆发的全面抗战,以及此前日寇对我华北山河的血腥"蚕食",其后"正面战场"丧师失地的战败撤退,也就不难意会诗人所企盼的"天涯""渡船""晚潮"何所指了。诗人的经历与情怀使我们可以相信,他在那样的时候,恐怕是不会有把玩一己闲适生活情趣的兴致的。为此,这"天涯""渡船""晚潮"大约也就不仅只是这些物象自身的实指,同时也是,或者说更主要的还是诗人对于民族生死存亡、民众激愤情绪的感应与关切,以及由此生发的丝丝缕缕说不尽道不明,剪不断理还乱的情思的郁积、纠结与意象化。在第二行诗中,诗人打破了正常的语序,不说"眼睛里充满了希望",而是"安一个希望在眼睛里"。这一由于前置而得到凸现、强化的"希望",似乎可以看作上述审美意象的共同灵魂:救亡图存的希望,抗战到底的希望,胜利到来的希望,像"天涯"一样虽远犹近、已近犹远,又像"晚潮"一样必将到来的"希望"。似乎不必再为这些审美意象一一寻求确切的主观与客观"对应物":明确与切实并不是文学,尤其不是诗歌文学仅有的艺术追求。与诗作的整体美学风格相协调的"意指"的不确定性,或许可以进一步增富诗的思想容量。这首小诗恐怕就是由于模糊了审美意象、诗情诗意的确指,而获得了更大的普遍性和更持久的艺术生命力。诗人从自己彼时彼地真切的情感体验出发,通过曲隐含蓄的艺术表现,充分释放出"咫尺天涯"这一古老美学命题的盎然诗意——咫尺有时难以跨越,天涯有时并不遥远。我们不仅能够从诗作所显示的若断若续的情绪轨迹中,窥探那个历史年代人们心灵深处的情绪流向,而且能够在意境的转换切分与诗意的思辨中,得到一种参悟了某种人生哲理的特殊审美愉悦。

秀丽的乡愁
——读《过阳朔》

听亲切的鸟音送我——
车驰过襟接的山和山,
窗子是画,我是画中人
层层翠色扑向我的眉宇。

禾黍离离:鸭绿色的田野
吞食我惜别的目光,
活水潺潺:处处春渠灌遍
烦思遂如百转的桔槔。

> 树头生意婆娑,
> 长堤拂如带的柳丝,
> 郁郁如结的客心
> 亦欲披季节的彩衣了。
>
> 今朝我过你瑰绝的阳朔道。
> 飙尘中暂驻我流云的记忆,
> 有如从天下的名山胜水,
> 忆取江南故野的风物。

桂林山水甲天下,阳朔山水甲桂林。千百年来,多少文人墨客流连于漓水碧波,忘情于象鼻山麓。对可餐秀色,吐心底积愫,踏重峦叠嶂,惊造化神工。绿水长流诗长流,青山绵绵诗绵绵。套用一句苏联的幽默隽语:大约阳朔的每一片山石、每一颗水珠,都已被诗人们写过三遍了。

然而,仍然不断有人来写第四遍、第五遍。这一方神奇的景致,似乎是一部永恒的"诗帖"。抗战前期,诗人吕亮耕途经阳朔,面对秀山丽水,也情不自禁地加入了"临帖者"的行列。其时神州大地已是烽烟四起,生灵涂炭,山河蒙尘。这一角尚未为战祸殃及的名胜,就显得更加清秀妩媚,更加善解人意了。颠沛流离的仆仆风尘,感时忧国的重重烦忧,仿佛都被这如洗碧空、如画山水轻轻拂去了。于是诗人那颗明净的诗心,便渐渐与同样明净的山川风物融为一体了。

山水林泉因诗心的传导获得了生命。在诗人的笔下,不唯鸟的鸣啼是亲切的,就连山峦也不是巅连群峰,而是摩肩擦袖、秉性各异的"襟接的山和山";满山青翠,热切地扑向"画中人"的眉宇;遍野禾黍,"吞食我惜别的目光";潺潺流水,导引出心田深处的重重郁闷,漫漫长堤,延绵着含情脉脉的如带柳丝。这三节写景文字,生动形象,层次分明,在行云流水般的描述中灵巧地完成了主客观转换,把抒情主人公赏心悦目的观览,转化为山川风物兴高采烈的俯就,从而加强了诗的"画面"的动感。这段文字虽仅寥寥十数行,但确实把阳朔风光写活了,也把融会于其中的诗情诗意写活了。于是,似乎诗人那有家归不得的"郁郁如结的客心",也想从这诗情画意中索取一件斑斓彩衣,以改变自己形销骨立的愁容。

然而,阳朔虽好,却并非"忘川"。即便饮尽漓水碧涛,也还是难以忘情于艰难时世,多舛命途,难以忘情于故乡风土,桑梓亲情。随着这轴山水"长卷"的逐渐展开,我们看到,那隐伏于重山复水之中的郁郁客心、重重乡愁,在恬静淡然的"画意"中越来越浓郁,越来越凝重。这位年轻的"临帖者"(诗人当时年仅二十六岁),也像他的许多有才情的前辈一样,从山水林泉中写出了自己,写出了自己的风骨与气格。他的"习作"以"诗帖"——阳朔山水钟灵毓秀、浑然天成的神韵,淘洗出风格独异的"笔锋":即诗中那隐隐约约、反反复复闪现的,像阳朔风光一样秀丽的乡愁。"乡愁"而能"秀丽",是因为它甦生在阳朔的明山秀水之间,因为它经过绿野上百转桔槔的汲引,经过长堤季节彩衣的装扮。然后,她便悄悄浮现于"艳绝的阳朔道"上的"飙尘"之中。至此,我们方才有所感悟:诗人对于阳朔的礼赞与抒唱,如同对于其他名胜的企慕与向往一样,都不过是寄意山水,触景生情,触景生思,忆取地处江南三湘大地故土的山川风物,都不过是借青山绿水之酒杯,浇心底乡愁之块垒。所以,"过阳朔"也就是"忆江南",抒写阳朔也就是忆念故乡。然而阳朔可过,故乡难归,唯有托言"襟接的山和山",将热土之恋绵延至故乡的峰峦;唯有寄意"长堤拂如带的柳丝",将缕缕挚情飘送至故乡的树巅。诗中每一处对于山川风情的歌赞,同时也都是对于乡思乡愁的刻画。因此,阳朔山水越是美不胜收,诗人的乡思乡愁也就越是秀丽凄婉。

20年代中期,前辈诗人闻一多写过这样两行"诅咒"乡愁的诗:"朋友,乡愁最是个无情的恶魔,/他能教你眼前的春光变作沙漠"(《死水·你看》)。乡愁能让你目迷五色,神志恍惚——这是以"反语"形式所表达的,对于乡愁的巨大情感力量的敬畏与服膺。而吕亮耕的这首《过阳朔》所呈示的那种"秀丽的乡愁",则以另一种形式,从另一个侧面完成了对于乡愁的审美表现与审视：乡愁是多难人生的良伴，乡愁可以从天下的名山胜水中幻化出故乡的面影，可以把"眼前的春光"变作故乡的春光，乡愁中有惆怅的忧思，却也有给人以宽慰的诗意。

一个我对另一个我说……
——读《影答形》

时间有尽，我们的情谊无尽。
我追逐你，更逾于爱者的痴心。
任何心爱物都不似你我的逼近——
如鱼即水如水即乳的交融
华灯作证，日月星辰作证：
我紧随你，时刻也不曾分离——
你的情怀冷暖，我知道最亲切，
我分担过你的悲哀同欢悦：
曾伴你独自走向无人的旷野，
且颤心地窃听过你的啜泣；
我零乱的影子象打散的珠串；
今夜，青春稚子，当你的诗笔在——
羊脂烛上生花，
我又偷窥了你新的秘密。

七月，满月夜，耒阳。

形影不离，自古已然。然而，自古已然、司空见惯的现象之中，却往往蕴涵着深刻隽永的哲理意味与美学情趣，成为人们，尤其是敏感的诗人们时常关注与"开发"的对象。吕亮耕的《影答形》，就是对于"形影关系"的一次新的、有意义的审美"开发"。

那是抗战中期的一个七月月圆之夜。流落到湖南古城耒阳的诗人面对如水月华，难以入眠，遂与自己的影子互致问答，写成了这首短诗。他让抒情主人公分别扮演两个角色，以"影"拟写超脱的、旁观的"我"，去应答、抚慰"形",去应答、抚慰为生活而劳碌,为生活所困扰的现实的"我"。于是,一个我对另一个我说:我们的关系是人世间最亲密的情谊,我了解你,追随你,一刻也不分离。因此,你不必感到孤寂。诗人的"拟写"是十分认真、十分精细的。他以"更逾于爱者的痴心",以鱼水关系、水乳交融等隐喻、暗喻,既审美又精确地状写了"形影相随"的客观现象;他以"华灯作证,日月星辰作证"的誓言,巧妙地引入了符合科学理论的审美意象群:影生于光,只有能够成为光源的华灯与日月星辰,才可以充任形影活动的见证。认真精细的"拟写"使得"影"有了相对独立的品格,使得影形对话饶有情致:"影"最了解"形"的情怀;"影"曾多次分担过"形"的悲哀与欢悦;"影"曾陪伴"形"在荒原上悲泣,"影"总是"形"的新作的第一位读者。"影"是"形"的最忠实的友人,甚至可以说是"形"的延长部分:见影而知形。从这里我们可以看到,诗人的抒写、诗人的美学发现固然是新颖独特的,但也并非横空出世、一无所本:形影相吊、顾影自怜等成语,不都可以成为这首言简意赅的诗作的注脚吗?

这是一种生发于民族文化传统的幽深诗意。其美学特征,不仅表现于上述"注脚"的历史联系,不仅表现于具体审美意象的民族色彩,也表现于诗意的"酿制"——艺术处理方式之中。乍看诗人似乎欲以影形问答来驱遣、淡忘难耐的孤寂。但实际上,"影"的热情抚慰,反倒凸现了"形"的孤寂深重。因为关切来自"影",情谊来自"影",解劝来自"影",分忧也只有"影"——除了"影","形"已无处可以倾诉心头的郁闷与积懑了。于是,"影"的娓娓诉说,到头来只能增添"形"的落寞与怅惘。这正是:蝉噪林愈静,鸟鸣山更幽,抽刀断水水更流,举杯浇愁愁更愁。愈是热热切切的"如影随形",便愈见冷冷清清的"形单影只"。

这种孤寂感留有那个历史年代的特有印痕。战火改变了诗人的既定生活道路,迫使他长途流徙,为生计奔波。远别亲故的失落,国家民族命运的惶惑,个人前途的茫然,萦于怀,系于心,日积月累,孤寂顿生。何以解忧?唯有缪斯。凭借缪斯的神力,诗人演示了这样一场精神

"双簧",从一个"我"与另一个"我"的问答之中找到了情感洪流的宣泄口,使孤寂感找到了可供奔泻的河道。一首诗当然无法完全消弭那沉重的孤寂,但心灵却因此得到了净化与慰藉。而且,这孤寂应当说是一种洁身自好的坦诚,是积极的人生探求、思索、进取中的愁苦,是步伐超前的生活强者的精神品格。诗人充分利用诗歌文学长于谈论自己的文体特点,把这种若隐若现的心理情绪表现得十分深刻,又十分精美。

  与诗情诗意的民族化特点相辅相成的,是这首诗作在艺术形式上对外来形式因素的大胆借鉴与改造。这首诗从形式上看,是一首连写的变体十四行(Sonnet)诗。大约是为了保持诉说语气的连贯,这首诗在排列上一贯到底,没有分节,但实际上严格地按照意体十四行"4—4—3—3"的分节原则,内在地体现为四个若断若续的诗意单元:第一到四行告白形影关系;第五到八行证实形影休戚与共;第九到十一行具体展示了"影"如何为"形"分忧,第十二到十四行总括全诗,抒写了"影"对"形"的深情关注。通过诗意的层层递进,真实地又是审美地表现了托言"一个我对另一个我说"的自省、自慰、自嘲的心理过程。与十四行诗的格律要求相适应,诗行也相对整齐,以五顿(五音步或五音组)的诗行为主体,较好地体现了诗思的致密与严谨。此外,诗歌语言的口语化程度较高,做到了寓咏叹于说白之中:每一行诗都是简洁的白话口语,但又都是深刻隽永、耐人寻味的诗行。这是相当高的艺术境界。带有诉说"语感"的诗意,似乎更容易让人理解与亲近。

后　记

2011年3月，我在为《中国新诗总系》北京宽沟研讨会准备的发言稿中，写了这样一段话：

> 1943年，闻一多先生在着手编选翻译《新诗选》（中文本可能就是以后的《现代诗钞》）时，曾在致臧克家先生的书信中说过，"唯其曾经一度写过诗，所以现在有揽取这项工作的热心，唯其现在不再写诗了，所以有应付这工作的冷静的头脑而不至于对某种诗有所偏爱或偏恶。我是在新诗之中，又在新诗之外，我想我是颇合乎选家的资格的。"（《闻一多全集》第12卷第382页，湖北人民出版社1993年版）《总系》各卷的主编正是这样一批既"在新诗之中，又在新诗之外"，既有"工作的热心"，又有"冷静的头脑"，兼有诗人与学者身份与气质，"颇合乎选家的资格"的一批学者。特别是三位领衔的老先生，不仅学养深厚，而且在气质上各有侧重，呈现"互补"状态——在我看来，谢冕老师似乎偏于诗人气质，洪子诚老师偏于学者气质，而孙玉石老师则基本上是二者均衡。三位老师构成了中国新诗学术研究的"无敌金三角"。

我的这本小书，就是在"金三角"的照耀——耳提面命的，以及书信和电子邮件的教诲、引领、点拨——之下完成的。也可以不夸张地说，是一个呈给"金三角"的作业本：其中有在他们悉心指导下写就的本科毕业论文和硕士论文；有向他们召集、主持的学术会议提交的论文；有为他们主编的著作撰写的文字；更多的是在他们的课堂、论著、学术报告的循循善诱乃至工作生活的细枝末节之中，在他们的身教言教之中，所获得或领悟的选题与思路。

谢冕老师最初给我们上课,是三十多年前的事了。其时高等教育和各行各业一样,正处于恢复时期,课程建设也是如此。我们的"中国当代文学"课程,由四位老师共同承担,"四手联弹"(严格地说是"八手联弹")。首当其冲的是谢老师,讲诗歌。记得课安排在春季学期,还有些春寒料峭的时候,谢老师上课时即已只穿单薄的白衬衣。讲到入神、动情处,谢老师便会下意识地捋衣袖——常常是到了下课的时候,他的衬衣袖子已经到了肘关节以上乃至近肩处。除了同样如痴如醉的互动与感悟外,面对如此投入的老师,作为学生的我们也实在不好意思不好好学习。而在当时,教学的全身心投入似乎是北大中文系的一种学风、系风,有着一定程度的普遍性——孙玉石老师为我们讲"中国现代文学",他说上完两节课就好像大病一场,马上得回家躺上半天;以后还听说,钱理群老师对一节课成功与否的自我测评标准是,是不是出了一身汗。而我每次见到他从教室出来,无论春夏秋冬,宽阔的额头上总是热汗涔涔。前些年他常常来南京,受聘为他的母校南京师范大学附属中学的师生讲鲁迅,听说同样是大汗如潮且好评也如潮。我心想这也很正常,因为他是得了鲁迅先生真传的:至少是以行为艺术,真情演绎了先生的《文学与出汗》。

扯远了。且说谢老师。谢老师讲诗,也喜欢在课堂上读诗。有些诗作以前是读过的,可现在一经谢老师那带着八闽风味的普通话,以及独特的抑扬顿挫和肢体语言的开发性诵读之后,好像立刻有了全新的领会与顿悟。同一首诗作——同样的琴键、同样的乐谱,但面对谢老师,觉得自己就如同面对傅聪级的钢琴大师,仅仅能把琴键按响的诚恐诚惶的初学者。

偶尔谢老师也会读自己的诗——那以后我才知道,谢老师还写过旧体诗。可惜年代久远兼之记性太坏,又搬了几次家,当年的笔记已不知所踪,如今只记得其中一首诗的首句:一架藤萝深似海……

在以后"反自由化"的浪潮中,谢老师因为他的三分之一"崛起"论,受到了如今看来完全是莫名其妙的非难。一天下午,忽然想看望谢老师,就去了蔚秀园。有弟子自颐和园路对面来,谢老师自然是不亦说乎,但神情略显落寞。谢老师告诉我,有两本书稿被原先约稿的出版社退回了。但不管他,我这里还有书。说着便从书架上取下一本大作《共和国的星光》。为调节气氛,我指着谢老师题签中我的名字说,我还有过一个非正式的曾用名:江西全。"文革"初起时,有同学好心劝诫说,你的名字两个字都有金字旁,一望而知是为弥补命中缺金,封建迷信;"铨"字又冷僻,很多人不认识,岂不是有意刁难工农兵。不如主动革命……不得已,只好主动"革"去了两个金字旁,而"锡"字只有用同音字代替了。好在当时派出所也在闹革命,更改姓名找不着人登记,风头一过也就不了了之,又恢复原姓名了。谢老师一听却激动起来,连问了几个为什么,说是连姓名自由也要剥夺吗?一下子又回到了慷慨激昂的课堂情境。

那天我第一次见到了谢师母陈素琰老师,亲切而瘦削,精神很好。

从蔚秀园回来后心里颇不宁静。月亮渐渐升高后读鲁迅先生的《两地书》,读到了这样一段话——

> 我在静夜中,回忆先前的经历,觉得现在的社会,大抵是可利用时则竭力利用,可打击时则竭力打击,只要于他有利。我在北京这么忙,来客不绝,但一受段祺瑞,章士钊们的压迫,有些人就立刻来索还原稿,不要我选定,作序了。其甚者还要趁机下石,连我请他吃过饭也是罪状了,这是我在运动他;请他喝过茶也是罪状了,这是我奢侈的证据。

先生又说——

> 借自己的升沉,看看人们的嘴脸的变化,虽然很有益,也有趣,但我的涵养工夫太浅了,有时总还不免有些愤激……

(《两地书·七三》,《鲁迅全集》第11卷第200页,人民文学出版社1981年版)

掩卷长思,竟有些释然了。人情冷暖,世态炎凉,从来如此,况且还没有听谢老师说到"其甚者"——不过彼时教员也都不富裕,怕也没有余钱请人吃饭喝茶。而且坚韧如鲁迅先生尚"不免有些愤激",谢老师有些落寞,有些激动,有些慷慨激昂,也实在是人情之常了。

至于那莫名其妙的非难,以后听说是谢老师仿照周扬先生对《人民日报》记者发表谈话的方式,对《北京大学报》记者发了一通议论之后,便如我那非正式的曾用名一样,不了了之。

然而衣着单薄的生活习惯,谢老师似乎一直保持着。近年来有几次隆冬时节在北京见到谢老师,似乎从未见他穿过羽绒服之类,最多披一件呢大衣。有时还会得意地掀起裤脚让我们核查:没有穿毛裤。但也没见他感冒过。

素琰老师也见过,亲切依旧,但没有发福,精神更加好。

"四手联弹"的第二位傅聪级大师,是洪子诚老师。洪老师讲短篇小说,风格完全不同于谢老师,慢条斯理,不疾不徐,但同样给我们强烈的震撼与感染:他平朴而严谨的讲授所展现的高瞻远瞩的审视角度和高屋建瓴的理论认识,记下来稍加整理,就是一篇高水平的学术论文;而听他解读作品,感受也依然如面对大师的学童。他的诗意是不露声色的深幽文韵和言简意赅,言近旨远的判断与评骘。多年后的一个初春,他和孙玉石老师联袂南来,参加江苏老诗人丁芒先生的作品研讨会,我也得以敬陪末座。但偏偏在洪老师发言的时候,被会务组找去处理一些琐事。急急忙忙返回会场时,洪老师已经讲完了,从而痛失了面聆教诲的良机。会后转而向时在南通师范学院任教,又一直在会场侍座的陈学勇学长请教,陈学长想了想,字斟句酌地说:洪老师讲得很大气。

诚哉斯言。陈学长的"很大气"三字箴言,使我顿生"英雄所见略同"之感。洪老师为人为学,确实可以这三字箴言概括。

在宽沟研讨会上,洪老师介绍编选《中国新诗总系·1959—1969年卷》的体会,说他选诗是"有洁癖"的。对此我深以为然,觉得这是与"很大气"相联系的,整洁、简洁、高洁之"癖"。读他的著作,听他的教诲,乃至于与他的日常交往中,大约都可以领略他的"气"与"癖"。

也就是在丁芒先生的作品研讨会期间,我有了几乎是唯一的一次

"服其劳"的机会:陪洪老师逛街。但洪老师逛街也同样是简洁的——直奔新华书店,为酷爱昆曲的师母幺书仪老师买CD。江苏是昆曲的故乡,南京又云集了张继青等一批昆曲名家,原以为作为城市文化名片,昆曲CD也该像真空包装的盐水鸭一样普遍吧。但结果却让人大跌眼镜——在一家规模颇大的书店的音像专区,几乎看不到昆曲CD;搜遍了角角落落,总算找到了两张,让我这个"曲盲"地主很没面子。洪老师出于对学生的体谅,反过来宽慰我:总算不虚此行吧。

待到研讨会结束,两位老师又在南通、扬州等地游历一番后准备返京。正值江南"春在溪头荠菜花"时节,内子知道孙玉石老师家师母张菊玲老师是南京人(我们曾去考察过她家位于太平南路的老宅,拜访过太师母),就为两位老师每人准备了一包南京地产野菜——当然并非采自荒野,而是蔬菜大棚引种的"伪野菜",记得其中有芦蒿、荠菜、马兰头等。内子还写了一张纸条,简单介绍了各种野菜的处理和烹制方法。后来孙老师告诉我,下了飞机,出了首都机场后,洪老师即婉拒了他的那一份,结果两包野菜都归了孙老师,使得张老师的思乡之情来得更强烈、更深厚。但是思乡之情可以绵长,新鲜野菜却不能久放。于是张老师又找来几位同好师母分而食之,并按内子的纸条进行紧急食前培训。估计洪老师是看到那张纸条,觉得手续过于繁琐,有违他的简洁原则;但作为培训教材,那纸条好像又太过简单——其实根本算不上是教材也算不上讲义,充其量也就是一份为应付现代教育技术大检查而匆忙赶制的课件。

幺老师以后见过几次,像洪老师一样瘦削而优雅,很有夫妻相——请两位老师原谅,这实在是我做学生的不应该说的话,但惭愧的是我还真就是这样认为的。在公共场合,她像洪老师一样低调甚至更低调,更沉默,更无声无息。但我知道,那是一种不言自秀的,由悠长而精致的文化教养,包括流芳数百年的"水磨腔"淘洗出来的温婉与雅致。

这本小书是在洪老师的具体指导和敦促下完成的。洪老师读了初稿后,就篇目的删减,目次的编排与调整,提出了很好的意见。按照洪老师的指点对书稿重新整理之后,觉得面貌果然不同——大气和整洁固然谈不上,但比起初稿,总算是整齐、紧凑得多了。我已过了"耳顺"(实为"耳背")之年,2010年夏已办了退休手续,教书读书也有三十多年,但读着洪老师要言不烦,虽不能说是一句顶一万句,但确是无一字无指向,字字落在实处的邮件,不禁心生感慨:馒头再大,大不过蒸笼;再老的学生也还是学生……

孙玉石老师没有参与"四手联弹",他和袁良骏老师给我们讲"中国现代文学"。孙老师是东北人,戏称他和袁老师共同承担的课程是"二人转"。如前所述,他的课兼有谢老师的激情澎湃和洪老师的严谨绵密。对于孙老师,我受教的机会更多一些:他是我的本科毕业论文指导老师和硕士论文实际的指导老师之一。在岑献青学兄主编的敝班纪念文集《文学七七级的北大岁月》中,我曾忆及第一次接受孙老师指导的情景——

> 第一次去蔚秀园孙老师家,孙老师就一连提了三个虽有研究性,但没有太多学术含量的问题:
> 听说你熄灯5分钟后就睡着了,是真的吗?
> 听说你每天都吃1斤1两饭票,早上3两,中午4两,晚上4两,是这样吗?
> 听说你每天早晨在操场上只跑3又3/4圈,确切吗?
> 我点头如捣蒜……
> (《文学七七级的北大岁月》第95页,新华出版社2009年版)

这是孙老师独特的工作方法:先缓和气氛,让你放松了来接受他的那些严谨、严密、近乎严苛的指点与挑剔——过于紧张的时候,你是无法充分领会那指点与挑剔中所蕴含的,基于学术工作基本素养培植的良苦用心的。就这样,我在孙老师不断的指点和挑剔之下,一遍一遍地修改和调整论文;同时也在他手把手的扶植下,摸索着学术工作最初的门径。以后,孙老师又把这篇论文推荐给学报发表,成为我的第一篇公开发表的学术论文。这就是收入本书的《试论闻一多关于新诗绘画美的理论和实践》——这里要郑重感谢学报编辑部的老师们,慨然以举世闻名的《北京大学学报》近三万字的版面,二十三个页码,发表同一学科两个本科生的毕业论文(同一期学报同时刊发了黄子平学兄的大作《从云到火——公刘新作初探》;以后这两篇论文都收入了浙江文艺出版社版的《中国语言文学专业全国大学生毕业论文选编》),无论是当时还是现在,恐怕都是有些惊世骇俗的吧。

以后,我又从严家炎老师攻读硕士学位。严老师招生的研究方向是现代小说,但他异常开明,也知道一些我的"底细"——经他指导并推荐发表的学期读书报告,都是关于现代诗歌研究的习作,包括收入本书的《闻一多的〈死水〉与〈庄子〉研究》。为此,严老师多次训示:学位论文不一定要写小说研究,并要我多向孙老师请教。进入论文开题阶段,我选取了两个关于新诗的论题,分别征求两位老师的高见。两位老师一致认为,以我现在的基础与条件,应当沿着本科毕业论文的走向做进一步拓展,继续做新诗绘画美研究。我当然欣然从命。于是有大半年的时间,常常在晚饭后兴冲冲地出西校门,过颐和园路(绝无今日令人心惊又令人生厌的车流),进蔚秀园。彼时孙老师和我已很熟悉,见面后自然用不着再缓和气氛,但也会聊几句家常后再切入正题——一旦切入正题后则一仍其旧地严谨、严密乃至严苛。收入本书的《试论中国新诗的色彩美》,就是在孙老师悉心指导下完成的硕士论文的一部分。本书中其他关于新诗绘画美的论文,则是利用硕士论文的资料"冗余",在离开北大后陆续写成的,可以算是硕士论文的"衍生产品"。离开了老师的指点与挑剔,水平自然会打些折扣。其可靠程度,大约也就像是如今形形色色、名目繁多的金融衍生产品,与真金白银,或是以真金白银为本位的货币之间的差距吧。

硕士论文的备份选题"中国现实主义新诗研究",以后成为我入职后做访问学者的研究题目,在西南师范大学(今西南大学)中国新诗研究所所长吕进老师的指导下,做过一点相对集中的研究。收入本书的《中国现实主义新诗艺术发展考略》,可以看作是这个选题的一份论要。以后在《中国现代文学研究丛刊》上,意外而惊喜地读到了孙老师对这篇小文的肯定与褒奖(孙玉石:《十五年来新诗研究的回顾与瞻望》,《中国现代文学研究丛刊》1995年第1期,第47-48页),不禁感慨系之:人虽离开了北大,却并没有离开老师的视线。

以后我把这个论题写成一本小书,题为《中国现实主义新诗艺术散论》,2005年在母校出版社出版。孙老师赐予长序,我在欣喜之余又十分不安。那本书的《后记》中,有这样一段话——

> 而更加令我为之动容的,是孙老师为了写这篇序言,不是翻阅,也不是通读,而是非常仔细地阅读了全部书稿,然后给我寄来了一张长长的勘误表:不仅指出了其中的史实讹误和错别字,还有标点符号的脱、衍,以及中国数字和阿拉伯数字规范用法的辨析。我当然为我的浅陋和粗疏而愧疚,但心头更多地涌起的,还是因为拥有永远的老师而成为"永远的学生"的自豪与坦然。

"永远的学生"首先应当永远地体谅老师。此前我做得不好,那就从现在做起吧。整理完这部书稿后,我在犹豫和纠结中决定,不请孙老师赐序了——不是不想,而是不忍。

因为孙老师的关系,张菊玲老师也是几位师母中拜见较多的一位。张老师是少小离家的南京人,而我在南京也生活了二十几年,于是就有了一些关于南京的共同话题。张老师是前辈大师吴组缃先生的高足,但似乎仍拘守着"内外有别"的传统观念,孙老师和我谈论文,她一般不参与——尽管她是资深师辈;偶尔坐在一旁静静地听,从不插话。每次接听我的电话,一定先喊孙老师过来;若孙老师不在家,才会和我聊几句。2010年冬,张老师听说我来京开会,就让孙老师把一个出自日本北海道的木雕带给我,说是上了年纪以后,就常想着要把自己喜欢的东西分送给友人。当时我是悲喜交集——喜的是那木雕实在精美;悲的是不知不觉张老师竟然也认为自己上了年纪……我希望继续得到张老师的惠赐,但前提是她不必想到自己的年纪;只须秉持着简单的理念,比如"送人玫瑰,手有余香"就好。

让人欣慰的是几位老师和师母都健康矍铄。古人说"仁者寿",但那"仁者"边际模糊,难以界定;若是说"学者寿",我则深信不疑——几位老师伉俪都称得上是饱学之士,如今都还身板硬朗,腿脚利索,才思敏捷。祝愿他们继续健康长寿。

本书是一部论文集。由于生性疏懒,才识浅陋,学术积累当然也十分单薄。收入本书的三十余篇小文,是从先前发表过的百来篇文章中挑选出来的,大致分为三辑:一辑为新诗史散论,一辑为闻一多新诗创作与诗学理论研究,一辑为新诗鉴赏"抽样分析"。这些小文收入本书时,除明显的错别字外未做改动,基本上保留了初刊的面貌。书名《两京论诗》,取义于作者拜师受业于北京,工作生活于南京,书中的绝大部分文字,均写于这"两京";而各篇小文的内容,则都是个人关于新诗的一些浅见。"论诗"的口气大了些,但也无奈——若题为"两京学诗",态度似乎谦和了一些,但又担心被望文生义,以为是诗歌创作谈,以致误导文学青年。只好硬着头皮,自大一回吧。

感谢本书的责任编辑张雅秋学兄的辛勤劳作。她的热情、谦和、负责、认真,给我,相信也给很多师友留下了深刻印象。要感谢的人还有很多。我的班主任张剑福老师,当年把我招进北大,被我戏称为"座师"的方锡德老师,以及吴晓东学兄,都曾多次鼓励我、敦促我,要我尽快把这本小书编出来,晓东和我还有很多关于本书的邮件往还;感谢当年刊发各篇小文的编辑师友们的关爱扶植,没有他们最初的努力和奉献,也就不会有如今的这本小书。

本书的编选过程中,同事薛瑞东教授自告奋勇,从期刊网等网站上下载了大量的拙文,并帮我整理、校订了一些文稿;他是教师中的电脑高手,又是电脑高手中的中文教育专家,尚滞留在"电脑扫盲班"的我所遇到的技术难题,在他那里全都迎刃而解。我的两个学生单亚东和陈丽华,则校订、整理了大部分文稿。特别是陈丽华,这个有着女性化姓名,认真精细的山东小伙在暑假中,还在为我做书稿最后的调整。这里一并致谢。

东拉西扯,东想西想,想来想去,又想到了谢老师的诗句:一架藤萝深似海……

  深似海。藤萝深似海。北大深似海。记忆也深似海……

  然而我却拙于表达,只能从记忆的深海中撷取几个点滴,以为后记。

2013 年 8 月,石头城下,天低吴楚之时